回到中國歷史現場

世道人心（上）

关山远 著

广西教育出版社
南宁

图书在版编目（CIP）数据

世道人心 / 关山远著. -- 南宁 ：广西教育出版社，2021.2
（回到中国历史现场）
ISBN 978-7-5435-8901-8

Ⅰ. ①世… Ⅱ. ①关… Ⅲ. ①散文-作品集-中国-当代 Ⅳ. ①I267

中国版本图书馆 CIP 数据核字(2021)第 002689 号

策划编辑：黄红杰　王飞峙　孙华明
责任编辑：孙华明　陆施豆
责任校对：杨红斌　何　云　卢佳慧
封面设计：王　媚
内文设计：今亮后声
责任技编：蒋　媛

出 版 人：石立民
出版发行：广西教育出版社
地　　址：广西南宁市鲤湾路 8 号　邮政编码：530022
电　　话：0771-5865797
本社网址：http://www.gxeph.com
电子信箱：gxeph@vip.163.com
印　　刷：天津奥丰特印刷有限公司
开　　本：880mm×1230mm　1/32
印　　张：20
字　　数：480 千字
版　　次：2021 年 2 月第 1 版
印　　次：2021 年 2 月第 1 次印刷
书　　号：ISBN 978-7-5435-8901-8
定　　价：78.00 元（全两册）

自序

我们和我们的历史

2009到2019年，我给《新华每日电讯》每周五的副刊《草地周刊》写读史专栏，整整十年，每周一篇，几未间断。这篇自序，算是十年写作的一个小结。此文写得断断续续，动笔时正值2020年艰难的春天，完成时又逢北京控制疫情、南方暴雨成灾，而世界日甚喧哗与骚动，充满了不确定性。

2020年刚刚过半，却真正让人感悟到何为“百年未有之大变局”，回想此前岁月，甚至有何等平淡无奇之感慨，我们从未如此真实地拥有“历史感”。从这个意义而言，此文也算“应运而生”。

故　事

我并非职业的专栏作家，平时工作繁忙，经常要出差。《草地周刊》每周三晚上截稿，我是一个让编辑很崩溃的作者，基本上都是拖到每周三晚上开始写稿。晚餐后开始动笔，很多时候要写到凌晨两三点，我常对编辑说：“你睡吧，明天一早就能看到稿子了。”我在飞机、高铁上写过，在休假旅游途中写过，在一场大醉后写过，偶尔还用手机写过，逐字揿出六七千字的长文。新冠疫情暴发后，时间被迫缓下来了，不再熬夜写专栏，但每到周三晚上，我总有些怅然若失，睡不着觉，背后似乎有只手推着，想去打开笔记本电脑。

不止一人跟我讲过：关老师，每篇都是六七千字，干吗要写这么长呢？多累！确实累。现在网络流行的写法是长诗式，一行一句，把当年武侠小说作家古龙以尽可能少的字数来撑完一页纸的狡猾手法发挥到了极致。就此而言，我是一种古典的厚道。我的回复是：按字数算稿费的啊。对方无不大笑。稿费很重要，至少在心理层面——“北漂”伊始，我的房租就来自每周专栏的稿费，颇感自豪，但是当房东顺应大势毅然提价后，这笔稿费就不足以支付每月房租了。稿费确实不高，我还在每周吭哧吭哧地写，就不是单纯为了稿费了。那又是为了什么呢？一是逼自己多读点书，二是让读者每周能通过我的文章有一次深度阅读。

第一点容易做到。我曾经有过良好的阅读习惯，用我妈妈的话来说，走到哪里，手里都拿着一本书。她深感自豪。如今她老人家很伤心：儿子走到哪里，手里都拿着一个手机了。我妈妈学历不高，她不知道尼葛洛庞帝，不知道移动传播，不知道算法。在她朴素的认知里，万般皆下品，唯有读书高。我得继续保持读书的好习惯。毕竟，每周写一篇专栏，每篇六七千字，不读点书，是比较吃力的。

第二点就比较难了。中国人历来信奉“己所不欲，勿施于人”，但是“己所欲”而“施于人”，在当今也是容易招致反感的。虽然中国读书人一直努力在践行对己“明德”、对人“新民”的“大学之道”，但是在今天的互联网环境下，中国人尤其是年轻人最反感的就是说教，不过大家对故事是不抗拒的。每篇六七千字，能够完整地讲一个故事了。六七千字，大约 15 分钟读完，我的愿望是：读完后，读者能够若有所思，或者再读一遍。这个时间，大约半小时。每周能有这么一次，足矣。

中国的历史，有多少故事值得后人去讲！这套丛书名为《回到中国历史现场》，我试图在几千年的中国历史中找到一个片段，可以是一个故事，可以是一个人物，也可以是一段思考，还可以是一种情绪，将其置于一个充满戏剧张力的场景中，有矛盾，有冲突，有悬念，读罢让人若有所思，最后有些收获。

基于信史，阐释历史，讲述故事，非常重要。英国哲学家科林伍德有句名言：“一切历史都是思想史，是历史学家心灵中重演过去的思想。”但这句话必须要有一个前提：信史。历史不是主观认定的，它必须有确凿的根据。力求真实地反映和再现历史，是史学家最为基本的学术道德准则。我不是一个专业的历史研究者，不做历史考据，也不写历史小说，更不戏说历史，最为反感的是那种精心预设一个子虚乌有的“历史标靶”，然后集中火力攻击，并以此来进行证明或否定。此种手法，有时很讨巧，但终非正道。

近年有种似是而非的观点，认为所谓爱国主义之类的宏大叙事都是不可信的，只有个体叙事才是真实的，甚至有人试图以所谓个人叙事、小叙事去解构宏大叙事。唯物史观认为：历史细节的真实，不等于历史事实的真实。因为历史细节纷繁复杂、有轻有重，并不是所有细节都有助于弄清真相，有些细节还可能掩盖真相。比如，我们不能因为慈禧太后纠正了“杨乃武与小白菜”的冤案，就认定她是一代明君。对历史事实的阐释，应当重视的是那些重大的、具有决定性意义的细节。

因此，我一方面在史料中努力选取重大的、具有决定性意义的细节，让人读懂个人与家国发展至今的内在逻辑；另一方面，努力提高自己“讲故事”的能力，注重鲜活与真实的融合。

“讲故事”的能力很重要。《人类简史》的作者赫拉利甚至说，史前时代，智人获得了最终的成功，就在于“会讲故事”。人和人之间的合作，不需要彼此熟悉，只需要认同同一个故事即可。这些故事可以是同一套法律规则，同一种宗教信仰。当然，赫拉利所说的是广义的“讲故事”。但我理想中的历史故事，也是如此境界，即共识之构建，重点在于对历史的共识。好的历史故事，不是告诉读者一些历史细节，比如慈禧太后每顿饭都吃些什么，也并非教人如何从纷纷扰扰的历史中学习生存之道，而是努力告诉读者：我为什么会这样？我们为什么会这样？中国人为什么会这样？

哪个人的身上不带着历史的烙印？科幻小说《沙丘》中，生活在沙漠深处的弗雷曼人有极具仪式感的穴地狂欢，喝下沙虫的生命之水，得以抹掉回忆、忘记历史。但这只是科幻小说。恩格斯说过：“历史就是我们的一切。”历史是一个民族、一个国家形成发展和盛衰兴亡的真实记录。一个人的身体发肤，来自父母，传承着父母的基因。但这个人的精神和思想中，却流淌着历史的基因。只有我们读懂了中国历史，尤其是自 1840 年以来的近现代史，才会明白：为什么有那么多仁人志士，又有那么多汉奸败类；为什么有人基于中国的历史对未来充满信心，而有些人却鼓吹历史虚无主义，甚至歪曲、抹黑历史，无所不用其极；为什么很多人充满自信，“此生无悔入华夏，来世还生种花（种花，谐音中华）家”，而有些人却恨父母没给自己生一副白皮囊……

我们都背负着历史往前走。在路上，共识很重要，共识也很难得。讲好历史故事，构建国人共识，正是我辈的使命。

损　益

十年读史，读出的是对中国文化的自信。

从古至今，中国读书人的读书大境界不是升官发财，而是“美其身”。乡贤唐浩明先生以研究曾国藩著称，我曾上门请教曾国藩修身之道对今人的意义。唐先生说：“曾国藩一直走在成为圣贤的路上。”

汲取营养，摒弃糟粕，让自己变得更好——这是中国历史的魅力与生命力所在，也就是孔子所言的“损益”（《论语·为政》）二字。“损益”意即传承之道，对于上一朝代，不是完全颠覆，也不是萧规曹随、全盘照搬，而是有继承有发展，去其糟粕，留其精华。

“损益”是一个动态的过程，对于中华文明至关重要。众所周知，古代四大文明中唯一延续至今的，是中华文明。相比于人类文明重要的起源地——西亚两河流域、地中海与印度，战争与征服频频带来文明更迭（今天的印度早就不是当年唐僧西游取经的那个印度了），中华文明更多的是一种“孤独的成长”，这一格局一直延续到 1840 年第一次鸦片战争才被打破。

“孤独的成长”，并不是静止的，因为有“损益”。在漫长的历史中，中国历史文化的核心并没有发生根本变化，确保了中华文明的延续性，与此同时，中华文明因不断地大浪淘沙、自我调适，具有高度的生命力。

今天所说的中国、中国人，其实是一个复杂的范畴。它既包括5000年灿烂文明，也有近代史开启以来100余年的屈辱与抗争，还有新中国建立后的社会主义建设的探索与实践，还有改革开放40余年的积累……我们无法以某一段历史来限定中国、中国人，甚至不能以简单的时间递进来概括。它有5000年文明的基因，有革命年代、社会主义建设年代打上的烙印，也有不断学习外国文化，尤其是对西方文化的批判和吸收。那种僵化的“非黑即白”式的思维，是无法真正理解当今中国和中国人的。

事实上，人类的历史也是一个“损益”的过程。人类有过那么多至暗时刻：奴隶制的罪恶、奥斯威辛集中营、南京大屠杀……回首历史，人们总是痛惜美好被毁灭，并努力阻止这种毁灭，这就是人类进步的意义。让自己变得更好，是自身努力的过程，也是学习他人的过程，“各美其美，美人之美”的过程。

这个过程是动态的，人类向上向善向美向好之心，是人类相信未来的最大动力。这个过程有时也是曲折的，甚至还可能在一定时期后退。傲慢与偏见是人类的大敌，但历史螺旋上升，此消彼长，处于不同文明之中的人们，都在追求一个更好的未来。历史不可能终结，福山自己也承认了“历史终结论”的错误。不同的文明有不同的产生环境，也选择了不同的发展道路，“美美与共，世界大同”才是人类文明理想境界。

我们从“损益”的角度来看待中国历史，自信无疑会油然而生。譬如今天谈儒家，有人往往嗤之以鼻，以为要“复古”，但是，儒学一直处于消化、吸纳外来思想后不断前行的动态之中。汉儒融入了道，宋儒吸纳了佛，今天的儒学更是消化、吸取了众多外来思想，儒学内部也在不断反思、检讨、演变，剔除了其中落后的部分。从北宋的二程、张载，到南宋的朱熹、陆九渊，再到明中期的王阳明，儒学一直在变化，及至明末清初，大思想家王船山痛定思痛，基于问题导向，对儒家与时代的不适应进行了系统性的批判。他批判过朱熹、王阳明、司马迁，甚至还有孔子。他提出“理势合一”的历史观，痛斥“复古论历史观”“循环论历史观”，认为历史是发展变化的，不是“今不如昔”，要回到过去，也不是一段时期就简单循环一次，而是“新故相推，日生不滞”。

王船山先生是我老家湖南衡阳先贤。衡阳县有乡野名菜“夫子肉”和“夫子辣椒”，后来我才知道源于王船山（船山先生本名“王夫之”）。他逃避清廷追捕，隐居于尚未开化之穷乡僻壤，思考著述之余，利用当地食材发明了这两道美味。但王船山对衡阳乃至湖南的贡献，又岂止这两道菜？船山精神是以求实、创新为内核的湖湘文化的一个源头，曾国藩、胡林翼、郭嵩焘、谭嗣同、梁启超、黄兴、章炳麟、杨昌济、毛泽东等名人固然均不同程度受过他的影响，就连没读过几天书的衡阳乡民也不尚空谈，埋头苦干。

船山思想的传播过程，堪称“中国文化自信”的经典诠释。生前，船山先生的著作主要在其亲族好友中小范围传播。作为终其一生不向清朝低头的“硬骨头”，他自言 200 年之后才会有人知道他。但是不用等到 200 年，船山先生逝世 150 年后，“湘学复兴之导师”（梁启超语）邓显鹤发现了《船山遗书》，欣喜若狂，刊布了船山先生著作18种，共150卷。湖湘学子开始深受影响，其中包括曾国藩。曾国藩祖籍衡阳，妻子欧阳氏是衡阳人，他少年时代亦在衡阳石鼓书院（王船山曾任此书院教职）念过书，奉旨搞团练后，从长沙负气出走，来到衡阳操练湘军及水师，由此腾飞。就是在衡阳练兵时，曾国藩立下承诺：平定太平天国后，校勘刻印《船山先生全集》。攻克南京一年后，1865年，曾国藩、曾国荃兄弟在此大量刊行《船山遗书》刻本，计57种258卷，船山先生重要著作基本纳入此丛书，曾国藩作序。从此，天下皆知王船山。1914年，长沙成立了船山学社，时常举行讲座，其中一个认真的听众就是青年毛泽东。新中国成立后，毛泽东曾为船山学社题词。他如是评价：西方有个黑格尔，东方有个王船山。

可以说，晚清以来，处于忧患之中的中国知识分子，无论是自我修炼还是寻求“变法”，无论是推翻清王朝还是抵抗日本入侵，都能从王船山的著述中汲取营养，都能从中找到批判的武器。

值得一提的是，曾氏兄弟当初刊印《船山遗书》时，还是冒着一定风险的；20世纪90年代初，衡阳人唐浩明推出长篇小说《曾国藩》，让读者看到了一个与此前语境中完全不同的曾国藩，也是冒着一定风险的。有意思的是：唐家的祖先曾经办了一个私塾，请了名塾师汪觉庵，后来汪觉庵成为曾国藩的恩师，而汪觉庵的小女儿还嫁给了王船山六世孙王世全的第四子。

这是中国一代代读书人基于文化自信而自觉传承的担当，更是中国优秀文化的生命力！

中 庸

与“损益”一样，“中庸”也是理解中国历史的关键词。

有人常把“中庸”视为圆滑，大谬矣！“中庸”，朱熹注为“不偏不倚、无过无及”，是儒学推崇通过“至诚”而达到的道德行为的最高标准。照我的理解，“中庸”是寻找平衡点的哲学，这个点往往并非对称点，可能是黄金分割点，也可能是体育比赛的“赛点”；这个点还是时常变换的，寻找这个点并不容易，有时需要斗争，甚至可能会矫枉过正。但一旦把握到了这个点，就抓住了主要矛盾和矛盾的主要方面，从而使矛盾不致恶化，避免局势失控，进入均衡状态。但这种均衡状态也不是恒久不变的，所以读历史常有惊心动魄之感，国家、民族如同在时间的惊涛骇浪之上走钢丝，于动荡中寻找平衡。

中国人很早就认识到：不变的，就是变。中国古代哲学认为宇宙中充塞着“气”，“天地间只有一气充周，生人生物”（黄宗羲语），而“气”是处于不断的运动变化之中，也让天地万物相互关联，“生生日新”。主宰这一切的不是上帝，“所谓主宰者，即是理也”（朱熹语）。因此，人对“理”或“天理”或“道”的追求，就能达到追求整体和谐的目的，“致中和，天地位焉，万物育焉”（《中庸》），“阴阳合和而万物生”，最终达到“天人合一”“天人相通”的境界。

今天看来，这确实是中国先贤苦苦探索天地造化规律的智慧结晶。更重要的启示是“人本主义”在中国早有萌芽。人本主义、人本精神是中国文化的一个核心，早在西周时期，中国人就意识到自己与“天”的关系，是“法天”“以天为则”，把“天”作为学习的一个榜样（这正是孔子迷恋西周的原因），而不是匍匐在“神”的脚下做奴隶。“天人合一”“天人相通”的境界，让人能够拥有与天、地一样平等的地位。如何走到这一步？靠人的自我德行提升。中国精神的精髓，就蕴藏在两句古语中：“天行健，君子以自强不息”，“地势坤，君子以厚德载物”。

“中庸”，就是一种最高的道德追求。从中国历史来看，无论一个人，一个家族，还是一时代，深谙“中庸”者都拥有好的运势。当然，这方面的反面例子更多，比如中共党史绕不过去的一个人——王明。他是俄语娴熟的超级学霸，苏共青睐的天之骄子，最终人生却惨淡收场，原因就在于他没有学会从中国共产党的立场出发，而是习惯走极端，先是“左”，左得要死，后是“右”，右得要命。

“中庸”不仅仅是中国人的方法论，更是价值观，甚至可以视为折射中国文化包容性的一种善意设计，让人平衡心灵、不走极端。譬如儒道释，往往三者一体，趋于平衡，让人得意时不忘形，失意时不绝望，能入世也能出世，给了中国传统文人多少生存的智慧，更让苏轼这样的人成为中国人优雅人格的典范！唐浩明先生治有一印，印缺了一角，正是他推崇的曾国藩“守阙”之道。真正得道之君子，要安于有缺陷的生存状态，如曾氏所言：“平日最好昔人‘花未全开月未圆’七字，以为惜福之道、保泰之法莫精于此。”在曾国藩眼里，“花好月圆”，不是最佳状态，最佳状态是花尚未全开、月尚未全圆的时候。大智慧！

上述的“天”是崇高的、善意的，但中国古人也深知，有时“天地不仁”、天意难测，这个时候怎么办？“中庸”之道，教出的确实不是迂腐的精致利己主义的孱弱儒生，而是为“道”“理”可以殉道的霹雳书生。孟子说“虽千万人，吾往矣”，天地将倾，如果没人挺身而出，那只会顺势往一边倒。挺身而出者很清楚，以孤勇之躯又哪能力挽狂澜于既倒？但还是挺身而出了，他们是悲剧英雄，但他们的牺牲并非没有价值，他们是确保中国精气神千年赓续的守护者。历史的天平正因为有他们存在，才不会一头坠向暗黑深处。孤勇者的传承更让人感动。有古人将于谦、史可法视为南宋文天祥再世，这就是历史基因的传承！读抗战史淞沪会战一段，装备低劣的中国海军派出两艘排水量仅10吨的鱼雷艇，出发主动攻击日军旗舰——排水量近万吨的重型巡洋舰“出云号”，这两艘鱼雷艇一艘名“史可法102号”，一艘名“文天祥171号”，读到此处，怎能不热泪长流……

我在《回到中国历史现场》中写了很多先贤，从孔子、墨子到苏轼、辛弃疾，再到王船山、谭嗣同……我在故纸堆里寻找他们的故事，仿佛也在与他们进行跨越时空的对话，感受他们伟大的人格力量。世界从来不是按照理想模式运行的，但永远有人为了理想而奋不顾身。罗曼·罗兰在《米开朗琪罗传》有一句话被引用滥了：“世上只有一种真正的英雄主义，那就是在认清了生活的真相后，依然热爱生活。”相对应的，中国思想家李泽厚先生在《中国哲学如何登场？》中有同样表述，但更让中国人“心有戚戚焉”：

佛知空而执空，道知空而戏空，儒知空却执有，一无所靠而奋力自强。深知人生的荒凉、虚幻、谬误却珍惜此生，投入世界，让情感本体使虚无消失，所以虽心空万物却执着顽强，洒脱空灵却进退有度。修身齐家，正心诚意，努力取得超越时间的心灵境界……

为这段话，当浮一大白！

长 征

中国共产党的历史上，有太多这样壮烈的“殉道者”，他们殉的“道”，是共产主义理想。

人们习惯说“中国共产党员是用特殊材料制成的”，确实，在中国以往的历史中，可以依稀找到类似的为了理想信念赴汤蹈火的先贤影子，但找不到像中国共产党这样一个群体，他们把价值观与方法论、理想与纪律进行融合，更重要的是，没有自己的特殊利益，这使中国共产党拥有了区别于人类历史上一切其他党派的独特属性。

读懂了中国共产党的历史，才会读懂中国的近现代史；同样，读懂了中国的近现代史，才会读懂中国共产党的历史。

1944 年夏天，中国守军与日寇在衡阳有一场惨烈的大战。我父亲当年二十出头，曾被日军征去当挑夫，后来伺机逃脱。衡阳保卫战，被誉为东方的斯大林格勒保卫战。但是，衡阳保卫战注定不是斯大林格勒保卫战。斯大林格勒保卫战历时半年。德军突入了城区，占领了市中心，继而占领了整座城市 80%的地区。苏联红军一度岌岌可危，但硬撑着没有崩溃。最后崩溃的是德军，严寒降临，他们被增援的苏联红军“包了饺子”，此役最终成为第二次世界大战东部战线的转折点。但是在衡阳，在中日双方都快支撑不下去的时候，始终没有等来援军的衡阳守军最终被迫投降了。后人无法指责衡阳守军，他们尽力了，他们也赢得了对手的尊重，但这毕竟是留给历史的最大遗憾。多遗憾啊，衡阳守军都听到了遥远的枪炮声，如果援军能打进来，崩溃的就是日军，但历史又哪能假设……抗战期间，中国军队确实找不到几场酣畅淋漓的胜利。这是历史注定的遗憾——那个时代的中国，虽竭尽全力，仍身不由己。

这种无力感弥漫在1840年以来的中国历史中，有些人甚至已习惯了跪姿，把他搀起来，他双腿发抖，忍不住还想继续跪下去，直到抗美援朝几场对外敌酣畅淋漓的胜利之后——1950年冬天，在朝鲜半岛的长津湖，美军号称最能打的精锐部队被中国人民志愿军打残了，清长大捷的消息传来，不仅美国人震惊了，100年来就没有正眼看过中国人的日本人也受到了巨大的震撼。一个国家靠什么赢得尊重？实力。这才是世界的真相。中国文化历来强调和谐大于冲突，信奉“国虽大，好战必亡”，但是，没有实力守护和平的时候却去奢望和平，就是莫大的悲剧。

中国共产党给中国带来了翻天覆地的变化，最明显的就是这股在20世纪50年代注入的“精神国力”。这种强大的力量，是中共在无穷的苦难中磨砺出来的。

前些年，趁公干出差或休假旅游，我断断续续走完了长征路。2011年夏天，我们驱车翻越夹金山，这也是当年红军长征途中翻越的第一座大雪山。山路盘旋，海拔渐高，车到山顶王母寨，大雾弥漫，几步之外的山路林石皆隐没不见。山顶氧气稀薄，我们走得很慢，轻声说话，突然间，大雾中现出一座碑来，“红军长征翻越夹金山王母寨纪念碑”，碑前有香，青烟袅袅。跟山下宝兴县城青衣江畔的长征纪念碑相比，这座碑低矮且简陋，但于沉沉雾中蓦然显现时，扑面而来的历史感，真切且深刻。

在长征路上，我一直在思考一个问题：中国共产党与国民党同样诞生于中国内忧外患之际，同样有救国救民的初心，甚至连党的组织形态都同样“以俄为师”，堪称“一根藤上结出的两个瓜”，但为什么却在历史中走向了两个方向？除了信仰、理想、纪律、政治建设、群众关系等因素，国民党还缺少了一场苦难的长征。

读懂了中国共产党在历史上遭遇过的一次次苦难，才会理解她的一切：不会屈服于外力压迫的“硬骨头”，独立自主的强烈愿望，自我纠错能力，对纪律的严格要求，“理想信念大于天”的忠诚……

很多人误以为，长征之后，中共和红军就安全了，但鲜为人知的是，西安事变爆发前的1936年年底，中共和红军已山穷水尽，濒临绝境。一方面，陕北地瘠民贫，难以支撑一支大军；另一方面，红军寻求战略空间的努力严重受挫，西渡黄河失败，西路军损失殆尽。虽然红军当时已与张学良的东北军、杨虎城的西北军秘密结成三位一体，也在与国民党秘密谈判，但蒋介石手握一手好牌，自然想赢光对手。他逼迫张学良给疲惫不堪的红军补上最后一枪，你不开枪，就调走，换嫡系部队上来。张学良左支右绌。红军局势日急，甚至计划再来一次长征——分路突围转战内地，经山西、河南、陕南，一年之后再打回到陕北或甘北。此行将途经国民党中央军势力范围，可以想象，这将远比此前的长征更艰难，红军和大批干部能否还保持下来，都将成问题。恰恰此时，西安事变爆发了。

这是历史对中共的眷顾吗？“运气”无法解释，更多是历史的必然：长征结束后，面对国内国际局势，中共进行了重大战略转变，由“武装保卫苏联”转为建立抗日民族统一战线，不但促成了全面抗战局面的形成，也极大地改变了中国共产党自身的处境和形象。在外部因素中，张学良的转变至为关键。这个身负家恨国仇的军阀，在与红军秘密谈判时突然提出加入中国共产党的要求（见谢春涛主编《入党：40个人的信仰选择》）。当时中共中央同意，但由于共产国际的反对，张学良没能入党。张学良要求入党是一时冲动吗？探寻风雷激荡下的人物内心，确实是一场生动的历史课。张学良在晚年的口述历史中说道：“可以说我就是共产党……不但同情他们，我拥护他们，这是真正我（的）内心。”

为什么逆境中苦苦求存的共产党能够绝处逢生、绝地反击，而手握一手好牌的国民党，却把牌打得稀烂？答案，可以写成皇皇巨著，也可以很简单：

从诞生之日起，中国共产党就不是一个利益集团，而是一个价值观集团。还可以说，中国共产党一直在路上，新的长征，新的磨砺，从未停歇。

融　生

历史会重演吗？

这是很多人喜欢问的问题。我总是回答：“人不能两次踏进同一条河流”，时过境迁，一切都在变化。相比于“人类从历史中学到的唯一教训，就是人类无法从历史中学到任何教训”这句广为人知的名言，美国史学家约翰·托兰在《日本帝国衰亡史：1936—1945》序言中的一句话，或许更精辟：“历史不会简单地给人以教训，只有人类本性的再现，而不是历史的重演。”

用发展的眼光来看待历史、研究历史、书写历史，非常重要。例如，不能在今天一说儒学，就强调“半部《论语》治天下”，一部《论语》在当前是无法实现国家治理体系与治理能力现代化的。当代中国，经过 70 余年的社会主义建设、40 余年的改革开放，经历了工业体系的建设、市场经济的洗礼，从世界看，从历史看，均无法套用任何一种模式：不是简单延续中国历史文化的母版，不是简单套用马克思主义经典作家设想的模板，不是其他社会主义国家实践的再版，也不是西方现代化道路的翻版。

没有一套现成的理论可以解释今天的中国，同样，也没有一套现成的理论，可以解释今天的世界。跨入21世纪第三个十年的人类，正亟待突破一个瓶颈：人文社科与自然科技同样在低迷徘徊。

譬如，2020年，世人最大的疑问应该是：以“上帝的选民”自诩的美国怎么了？

以往理论，无法解释。

旅美一甲子的历史学家许倬云先生倒是提供了一个新的视角：美国信仰淡薄，个人主义沦于自私，“在城市之中，芸芸众生熙来攘往，满街是人，却都是社会学家所谓寂寞的人群”。

许倬云先生提及的“寂寞的人群”，堪称一针见血。当今世界，“人”的问题愈发凸显，战争、饥饿、贫富分化、大国霸凌、传染疾病等老问题尚未解决，新的问题又接踵而来：科技发展带来的人际关系的疏离，虚拟世界对现实世界的侵蚀，反智主义与技术迷信同样盛行……人类上一轮解放还没彻底完成，又面临第二轮解放。

真的有“上帝的选民”吗？在当今世界，历史青睐的，是真正用心去解决“人”的问题的大智慧者。“人”，不是乌合之众，也不仅仅是一张张“选票”，而是一个个有尊严、有价值、正在创造历史的真实的人。

此时再读马克思在《资本论》中提出的“自由人联合体”，似乎听到了激荡至今的历史风雷之声。马克思、恩格斯在创立唯物史观过程中就确立了以人的发展为核心的价值取向,《共产党宣言》大气磅礴地预测了未来理想的社会形式:“将是这样一个联合体，在那里，每个人的自由发展是一切人的自由发展的条件。”在《资本论》中，马克思更是力透纸背地写道：要建立“一个更高级的、以每一个个人的全面而自由的发展为基本原则的社会形式”。

生而为人，既脆弱又高贵。“自由人联合体”，蕴藏着对人的彻底解放和自由全面发展的价值追求。在弊病丛生、焦虑盛行的当今世界，面对各种糟糕的“人类本性的再现”，“自由人联合体”怎么不可能站到人类社会道义的制高点?

“自由人联合体”，前提应是“以人为中心”。这无疑与当今中国的实践高度契合，诚如许倬云先生所云:“中国取精用宏，最后组成至今仍在人心的文化体系——一个以‘人’为中心的社会伦理观。”

“以人为中心”，是当今马克思主义中国化的最佳切入点。哲学大家汤一介先生曾提出马克思主义与儒学有四个契合之处：其一，儒学与马克思主义具有共同的社会理想；其二，儒学与马克思主义都是注重实践的学说：其三，儒学与马克思主义都是从社会关系来定义“人”，而不是从抽象的个人来定义“人”；其四，儒学和马克思主义都主张自然社会万事万物通过斗争而最终达到和谐。其实，还有一个更重要的契合点，就是对“人”的重视。马克思主义强调“人的解放”与“人的全面发展”；中国古人则强调“天人合一”，共生和谐,《周易》更是有“天地人三才”之说，将人与天、地并论，高扬人道旗帜。

但是，中国共产党的群众观点跟儒家文化的“民本”思想相比，并不在一个层面。儒家文化提出“民为邦本”，把民比作水，“水可载舟，亦可覆舟”，孟子甚至还说“民为贵，社稷次之，君为轻”，归根结底，就是劝导君主要施“仁政”，使君民之间的对立不尖锐化，本质还是基于“君”与“民”的对立。与“民”相比，儒家精英是高高在上的，“民本”很多时候只停留在宏观的理论层面。儒学走向衰败，就源于儒家精英与普罗大众的距离，儒家精英高高在上，高谈阔论而无实干之才，社会治理基本由胥吏掌握，“官无封建而吏有封建”（语出南宋思想家叶适）。所谓“皇权不下乡”，政府对基层失去有效控制，结果可想而知。马克思主义群众史观则强调“人民群众主体地位”，新中国成立后，中国共产党紧紧依靠人民、带领人民，进行了犁庭扫穴式的深度社会变革，缔造了一个真正的“以人为中心”的新中国。

中国共产党源自人民，根基在人民，血脉在人民，除了最广大人民的利益，没有自己特殊的利益，党和人民不是对立的，而是一致的、统一的。任何试图把中国共产党从中国人民中间“剔除”出去、制造对立的人，确实是太不了解中国共产党了。以前，有人喜欢宣称“我爱中国，但不爱政府”之类的言论，也有人振振有词：“我爱国家，但国家爱我吗？”但是，这次新冠疫情给大家上了何等生动与深刻的一堂课！“让子弹飞一会儿”，很重要，曾经的愤怒，曾经的迷信，过段时间再看，对照着再看看，并非那么回事儿。中国人有什么理由不自信？！

历史的规律是大乱之后有大治。相信诞生过众多伟大思想家的西方文明，未来还能够继续诞生伟大的思想家。而在中国，我们这一代人则将幸运地看到中国智慧融合而生，为人类文明提供宝贵借鉴。

“中国智慧”，并不简单只是马克思主义与中国传统文化尤其是儒学的若干契合，更不是谁占多少比例的简单拼盘，而应是基于中国立场、摆脱西方话语体系之后的“融生”，是全新的中国思想、哲学指引，可视为在中华民族优秀传统文化、西方先进文化“损益”的基础上，对“中庸”的全新的追求：在传统与现代、本土与西方之间，找到一个坚实的平衡点。

我们这个时代，注定深邃，不会平庸。

我们的历史和未来

我们的未来会好吗？

我们这一代人“历史感”很强。我在乡村长大，村子一直到我上初一时才通电。没有电的晚上，用煤油灯照明，煤油灯还有一个用处：夏夜燎蚊子，放下蚊帐，把煤油灯上的鼓形玻璃罩朝蚊子一凑，嗤一声轻响，冒一股焦香。这是一段难忘的回忆。现在，煤油灯几乎只有到博物馆才能见到了。我们这一代中国人，经历的是浓缩的加速度的“中国时间”，一个贫穷的农业国家几十年便完成了工业化进程，骤然开始了欢呼尖叫、目眩神迷之旅。未来充满不确定性，但未来就在前方。

相较于“历史会重演吗”这个问题，“未来会好吗”是一个更难回答的问题。预测未来，比阐释历史要困难得多。但是，今天决定明天，历史决定未来。科幻大家阿西莫夫在代表作《基地》中写了一种神奇的心理史学，成功地预测了银河帝国的命运和人类的未来。书中的心理史学是以物理学的气体分子动力学转化而成的社会学说：

气体分子动力学不能估计每个分子的运动，但能计算出整体是膨胀还是收缩；同样的道理，心理史学不能预测个人的命运，但把经济及社会力量的影响导入模型后，就完全可以通过统计科学的计算，准确地预测出社会的发展走向，甚至可以在关键点导入适当的变数，进而改变以后社会发展的可能途径。

初读《基地》，甚感玄幻，但是，在今天大数据与每个人发生关联时，心理史学或许很快成为现实。我们应该充满自信：中国选择了一条正确的道路，加上中国人历来勤奋，且有从古至今形成的价值观，比如做到个人服从集体、责任大于权利等，虽然曾被人诟病，但在这次疫情期间，中国年轻人表现出来的自律力与责任感，让人深感中国未来大有希望。亿万在路上的中国人，只要坚持，保持定力，中国更美好的未来是可以预测到的。至于我本人，还将继续撰写读史专栏，但不打算再熬夜了，宁肯少写几篇，也要重视健康。按第二个百年目标，至 2050 年，中国将建成富强民主文明和谐美丽的社会主义现代化强国。而我是 1972 年生人，届时年近八旬，还能热烈拥抱历史，老泪纵横，且步履矫健。

最后，不能免俗，要感谢很多人，感谢为本书出版付出辛勤劳动的人，感谢为本书赐墨题写书名的唐浩明先生，感谢《草地周刊》陪伴我十年的方立新、田朝晖、姜锦铭、李牧鸣、易艳刚、刘小草和《瞭望智库》的夏宇等人，还要感谢广大读者，认识与不认识的均给了我巨大的鼓励。最感谢的还是我的家人，支持理解，十年不变。

是为序。

2020 年 7 月 16 日于北京

目录

启蒙 去留肝胆两昆仑

燎原 革命理想高于天

御侮　每一个牺牲都永垂不朽

启蒙

去留肝胆两昆仑

林则徐带来了鸦片战争?

鸦片战争，是中国历史的一大痛点。近来读到一些奇怪的言论，认为是林则徐引发了鸦片战争，甚至有文章耸人听闻地说：林则徐不是民族英雄，而是千古罪人。

其实，历史早有公论：鸦片战争的爆发是必然的，是疯狂扩张追逐利益的英帝国主义强加到中国头上来的侵略战争。为什么个别国人不去谴责英国人的霸道与蛮横，不去谴责鸦片的罪恶，反而责怪自己人的正当行为呢?

这种思想背后的逻辑，无疑值得深思。

一

清朝大臣琦善最先攻击林则徐惹恼英国人，认为他是招来战争的“罪魁祸首”。

1840年6月，在英军总司令懿律的指挥下，由40余艘舰船、4000多名士兵组成的远征军开始封锁珠江口，进攻广州。第一次鸦片战争爆发，苦难的中国近代史由此开始。

在广东，由于钦差大臣林则徐严阵以待，英国人没讨到什么便宜，于是沿海岸挥师北上。清军战备松懈，英军一路攻城略地，7月攻占浙江定海，8月抵达天津大沽口，一时威胁北京。朝廷大震，林则徐的厄运降临。

琦善时任直隶总督，道光皇帝派他到天津与英国人谈判，琦善遂对林则徐落井下石，他报告皇帝：英国人很强大，咱们打不过。不过，英国人只恨林则徐一人，只要朝廷惩治林则徐，所有问题都可解决。道光皇帝便把林则徐当了替罪羊——虽然是他亲自派林则徐去广东禁烟的，林则徐在广东禁烟的种种决定与举措，均上报朝廷，皇帝也不断点赞；就在英国人打上门来不久，林则徐过55岁生日，道光帝还亲笔书写“福”“寿”二字的大楷横匾，差人送往广州，以示嘉奖。但强敌出乎意料地威胁北京，战端既然开启了，总得有个人负责任吧，正好琦善进言：干掉林则徐，英国人就满意。

随后，道光帝下旨，革掉林则徐之职，任琦善为两广总督兼粤海关监督。此前，林则徐两次上奏，大胆陈述禁烟抗英的合理性和正义性。道光帝翻脸，指责林则徐简直是一派胡言。

道光帝此举，无疑开启了中国近代史上悲剧之门：以牺牲硬骨头、主战派来取悦敌人，谋求妥协，殊不知更为敌人所轻视，帮敌人撑大了胃口。

琦善与林则徐素有过节。早在鸦片战争爆发前20余年，还是嘉庆朝时，黄河南岸河堤决口，琦善时任河南巡抚，处置不当，引发大水灾。林则徐当时任江南道监察御史（类似今天到地方巡视的中纪委官员），他调查了河南大水灾的原因后，不顾琦善皇亲国戚的背景，毅然上奏抨击琦善无能。以琦善之“胸怀”，岂能不恨得牙痒痒？这仇恨经 20 余年的滋长，终于找到爆发的导火索。

林则徐被免职后，道光帝走马灯似的不断派人与英国人谈判，但英国人要价太高，谈判桌上要不到，就通过坚船利炮来要。琦善屡战屡败，最后与英国人私下拟定了割让香港、赔偿 600 万两银圆的《穿鼻草约》。虽然英国政府衡量所得利益太少，也未签字，但琦善擅自割地之事传至北京，道光帝大怒，将琦善“革职锁拿，查抄家产”，发配充军——在鸦片战争中，主战的林则徐，主和的琦善，都被发配流放了。

琦善之后的接替者是奕山，此人来头更大，是道光帝的亲侄子，他在广州又被英国人打得溃不成军。为了逃避责任，他又把责任推到林则徐身上，造谣说英方是愿意议和的，他们恨之入骨的只有林则徐一人。言外之意：必须再次惩办林则徐，英方才能罢兵议和。此前林则徐只是被降为四品卿衔，赴浙江镇海听候谕旨。道光帝求和心切，不顾事实，把广州战败的责任再次归罪于林则徐，说他在广州任职时没有积极筹划防务，以致英军发起进攻后，奕山招架不住。林则徐被革去四品卿衔，“从重发往新疆伊犁，效力赎罪”。时为 1841 年 6 月，鸦片战争爆发已一年。

林则徐被琦善捅了一刀，又被奕山补刀。

二

鸦片战争是林则徐引发的吗？

道光帝的理由貌似理直气壮。当初派林则徐去广东禁烟，明确的训令是："鸦片务须杜绝，边衅决不可开。"只让你禁烟，谁让你打仗？

但不打仗，能禁得了烟吗？

众所周知，鸦片战争爆发前的中国，虽然在政治、经济、科技与军事诸领域已全面落后于英国，但因为自给自足的农业文明特征，通过占世界90%的茶叶出口，中国与英国的贸易长期处于顺差，英国的商品很难打开中国市场，直至鸦片这个罪恶的商品成为突破口。白花花的银子潮水般流出去，留下一群行尸走肉般的瘾君子，已经直接威胁到了清政府的核心利益。

个别人在一厢情愿地幻想：假如林则徐禁烟不那么"狠"，多满足英国人的一些需求，也许就没有鸦片战争了。此论是完全不了解19世纪的英国。

19世纪堪称"英国人的世纪"。在这100年当中，英国完成了工业革命，并通过大肆军事侵略完成了殖民扩张：在亚洲，英国完全征服了缅甸和马来亚；在非洲，英国夺取了荷兰在南非的殖民地；在大洋洲，英国占领了许多岛屿，并侵占了新西兰，把它们统统并入了大不列颠帝国的版图……通过武力，一个庞大的英帝国出现了，号称"日不落"帝国。1801年，进入19世纪第二年，英国合并爱尔兰，英国的正式名称成为"大不列颠及爱尔兰联合王国"。除了针对中国的第一次鸦片战争、第二次鸦片战争，英国人还在世界各地挑起争端：

1839年，英国入侵阿富汗。1878年，英国第二次入侵阿富汗。

1853年，英国与法国对俄国宣战，卷入克里米亚战争。

1879年，英国入侵南非祖鲁王国。

1883年，英国镇压苏丹马赫迪起义。

…………

这么一个侵略成性的国家，为了维护自己的利益，自然会选择武力。哪里是林则徐引发了鸦片战争？给中国带来无穷灾难与屈辱的“潘多拉魔盒”，是英国人打开的！

受命禁烟之初，林则徐做过很多尝试和平解决的努力，但中国一方要维护被鸦片损害的国家核心利益，而英国一方却要通过国家行为来贩卖鸦片牟取巨额利益，用马克思在《鸦片贸易史》一文中概括的就是：“中国皇帝为了制止自己臣民的自杀行为，下令同时禁止外国人输入和本国人吸食这种毒品，而东印度公司却迅速地把在印度种植鸦片和向中国私卖鸦片变成自己财政系统的不可分割的部分。”分歧如此巨大，双方又如何能够谈得拢？

著名学者蒋廷黻评价鸦片战争时曾说过：“以中国的国力及国情，用文忠（林则徐）的方法尚有一线之望，不用则全无禁烟的希望。”遗憾的是，当英国侵略军被弱小的阿富汗人以及祖鲁人、苏丹人（曾在华镇压太平军的英军将领戈登后来任苏丹总督时，被当地人击毙）以低劣武器打得狼狈不堪时，曾经骁勇的八旗士兵，却不复当年英勇了。

三

有人指责林则徐的是他在鸦片战争爆发前的“硬伤”，即不懂世界，更不懂国际规则，把皇帝给误导了。比如，1839年9月，林则徐在给皇上的奏折中说："且夷兵除枪炮之外，击刺步伐，俱非所娴，而其腿足裹缠，结束紧密，屈伸皆所不便，若至岸上，更无能为，是其强非不可制也。"说的是洋人腿不能弯曲，故只长于海战，一登岸就无可作为。又如，林则徐还给道光皇帝上奏："况茶叶大黄，外夷若不得此，即无以为命。"这说的是洋人嗜吃牛羊肉，若无从大清国进口的大黄、茶叶以辅食，就都会消化不良而死。

今天看来，这些说法确实是笑话，但今人又怎能苛求19世纪中叶的中国人在长期闭关锁国后所形成的世界观呢？

鸦片战争爆发后，满朝文武大臣不知道"英吉利"为何方神圣，道光帝曾询问：英吉利是否与俄罗斯接壤？通过新疆能否走旱路到英吉利？他更迷惑地问大家："该女主（维多利亚女王）年甫二十二岁，何以推为一国之主？"

评价一个人，不能超越这个人所处的历史时代。实事求是地讲，道光帝不是一个坏皇帝，他勤政、节俭，颇有明君气象，但偏偏在他当皇帝的时候，爆发了鸦片战争。只能说，他的爷爷——自我感觉太好的乾隆，从当初拒绝了英国使团那一刻起，就给子孙后代埋下了地雷。

鸦片战争是一场"奇怪的战争"，双方时打时和，谈判的时候鸡同鸭讲，学者蒋廷黻在《琦善与鸦片战争》一文中写道：

中英双方均未发表宣战正式公文，并且忽战忽和，或战于此处而和于彼处。此种畸形的原因大概有二：一则彼时中国不明国际公法及国际关系的惯例。不但不明，简直不承认有所谓国际者存在。中英的战争，在中国方面不过是"剿夷""讨逆"。就此一点，我们就能窥测当时国人的心理和世界知识。第二个原由是彼时中英两国均未预抱一个必战之心。

英军劳师远征，为的是榨取尽可能多的利益；清军奋起抵抗，也是因为对方谈判桌上的要求太贪婪。

今日再读鸦片战争史，颇为伤感：国家有难之际，一国精英轮番上阵，却囿于时代局限，轮番败下阵来。

有个叫杨芳的人，值得重点写一写。他是贵州人，南征北战，战功赫赫，堪称嘉庆、道光年间耀眼的将星之一。他最著名的战役是平定张格尔叛乱并生擒叛军首脑张格尔。这是了不起的军功，道光帝对杨芳恩宠有加，准他在紫禁城骑马游行，在紫光阁绘功臣画像。

无疑，鸦片战争爆发后，清军处处溃败，道光帝心急如焚，他企盼"战神"杨芳能够成为他最后的王牌，克敌制胜。当71岁的杨芳出征广州后，道光帝勉励他"日夜引领东南，企盼捷音之至"。然而，这次杨芳未能成为"关键"先生，反而留下了"马桶破敌"[1]的野史，毁了一世英名。

林则徐、杨芳，可谓分别代表了当时大清帝国文臣武将的最高水平，然而与一群陌生的敌人开始一场陌生的战争时，他们固有的经验完全派不上用场。当封闭已久的中国大门被英国人野蛮地踹开时，无论是有"天下第一能臣"美誉的林则徐，还是身经百战的传奇战将杨芳，此刻，他们视野的局限性、知识结构的巨大缺失、"天下

---

[1] 传说杨芳到达广州后，对英军的船坚炮利无法理解，以为是妖术作怪，于是收集民间马桶粪便，遍布海防，意图破解敌人施放的"巫法"，结果清军大败。

观”“华夷观”的落后等，暴露无遗。只能说，那时的中国之势如过山车一般不可阻挡地下坠，又哪是林则徐、杨芳等人能够止住的？但如果没有林则徐、杨芳，境况会更糟糕。

这是历史的悲剧。

四

即便在当年，鸦片贸易也不是什么光彩的事，因此，英国历史不承认鸦片战争，一直将第一次鸦片战争、第二次鸦片战争称为“贸易战争”，声称该战争是为了寻求平等承认和贸易自由。难道英国人这么说，我们中国人也就这么认了？

个别中国人偏偏习惯于从外国人的角度来观察与思考中国的事，比如指责当年林则徐不给英国人自由贸易的机会，不尊重国际规则，才引发了鸦片战争。但事实上，鸦片战争的起因之一是 1839 年 7 月九龙尖沙咀村的“林维喜案”：英国水兵在村内醉酒闹事，打死村民林维喜。林则徐要求英国商务总监义律交出凶手，他当时还委托外国专家专门查阅了《万国公法》，查明义律根本不享有治外法权。但义律却自己轻判了事，将凶手遣送回国。林则徐大怒，派兵开进澳门，驱逐英国人出境。林则徐之举，完全是在捍卫主权，行使正当的执法权。

那么，是谁不尊重国际规则？

评价鸦片战争这段历史，一定不能忘记鸦片贸易以及英国发动鸦片战争的不正义性——一个国家，居然以国家行为对中国进行武装贩毒，还忽悠这是“贸易自由”！

鸦片，给中国人造成了极大毒害。乾嘉时人俞蛟在《梦厂杂著》中曾如实记录了吸鸦片者的惨状：

瘾至，其人涕泪交横，手足委顿，不能举。即白刃加其颈，豸虎出其前，亦惟俯首受死，不能少为运动也。故久食鸦片者，肩耸项缩，颜色枯羸，奄奄若病夫初起。

连英国人蒙哥马利·马丁都这么说：

“奴隶贸易”比起“鸦片贸易”来，都要算是仁慈的。我们没有毁灭非洲人的肉体，因为我们的直接利益要求保持他们的生命；我们没有败坏他们的品格、腐蚀他们的思想，也没有毁灭他们的灵魂。可是，鸦片贩子在腐蚀、败坏和毁灭了不幸的罪人的精神存在以后，还杀害他们的肉体。

遥想当年，林则徐在虎门销烟，他的心中充盈着在儒家哲学中培养出来的中国政治精英的自豪感与为国为民担当的责任感。此刻，他代表了人类应该坚持的正义与道德，然而，他哪能意识到，非正义与非道德的势力那般强大，尤其是当时自以为代表了人类文明发展高度的英国人，一旦利益（即便是不道德的利益）受损，马上就露出狰狞的一面。马克思在《鸦片贸易史》一文中曾精辟地写道：

半野蛮人坚持道德原则，而文明人却以自私自利的原则与之对抗。

英国打赢了他们声称的“贸易战争”，也成功打开了将鸦片倾销到中国的大门。鸦片毒雾弥漫中国，害人无数。一直到 1949 年中华人民共和国成立后，鸦片才遭到摧枯拉朽式的查禁，终于在 1953 年基本被肃清。

回首这段历史，我们就能更深刻地理解“真理只在大炮射程内”的西方式丛林法则。而“落后就要挨打”这句话，到现在都不过时。

五

1842 年 6 月，林则徐挚友、大学士王鼎恳求道光帝重新起用林则徐，不要批准丧权辱国的条约，廷谏、哭谏均无效，毅然自缢以“尸谏回天听”。他死后 81 天，《南京条约》签订。

1842 年 8 月，被遣戍新疆伊犁的林则徐，在西安与妻子告别时，写下名言：“苟利国家生死以，岂因祸福避趋之。”

1850 年 1 月，时已卸任云贵总督的林则徐告病返乡，途经长沙时，与左宗棠会面，两人彻夜长谈。当时林则徐 65 岁，左宗棠 37 岁。一位是当时的一代名臣、民族英雄，一位是即将登场的“中兴之臣”、国家栋梁，两人烛下放怀畅谈今昔，纵评天下大事，尤其是新疆之事。

这年秋，左宗棠听闻林则徐逝于广东，含泪撰挽联：“附公者不皆君子，间公者必是小人，忧国如家，二百余年遗直在；庙堂倚之为长城，草野望之若时雨，出师未捷，八千里路大星颓。”26 年后，左宗棠率大军去收复新疆。为国家民族立下不朽功勋之时，左宗棠也

60多岁了。

因鸦片战争开启的中国近代史，痛点太多，不堪回首。但让我们深感幸运的是，中国一代又一代杰出人物，比如林则徐、左宗棠，他们从未放弃努力，他们无法成为超越时代的“超人”，却一直在努力。惨痛的历史，并不曾失去希望。

八里桥溃败：武器的退步与清廷的傻

2020年10月18日，是圆明园罹难160周年纪念日。1860年10月18日，英法联军一场大火，毁了一个藏宝无数、美轮美奂的皇家园林，也在中国人的历史里，留下了永远的耻辱烙印。

在今天回顾1860年的那场大火，不能不提到一个名叫“八里桥”的地方。现在，这里是京东交通要道，整天车水马龙；而在当年，这里有过一场惨烈的大战，史称“通州八里桥之战”，是近代历史上中国军队同西方军队的一次大规模野战。当时，中国占据“天时地利人和”，以3万大军对阵8000敌人，但结果却是全军覆没，而英法联军损失甚少——中国历史记载为英法联军死伤千余人。正是因为八里桥之战的这场失败，才会导致京城的沦陷与圆明园惨遭火烧的遗恨。后人常说：这场战役，是西方“船坚炮利”打开中国大门的典型案例。但是，如果仔细剖析这一战役，清军惨败，跟武器落后有关，但不只是因为武器落后……

一

史载：1860 年 9 月 21 日上午 7 时，八里桥之役打响。清军由名将僧格林沁指挥，部队由绿营兵与蒙古骑兵组成，共 3 万人。英法联军约 8000 人，分东、西、南三路对八里桥清军阵地发起攻击。东路为雅曼指挥的法军第 1 旅，西路为格兰特直接指挥的英军，南路为科林诺指挥的法军第 2 旅，负责主攻八里桥。由于此次作战以法军为主，故由孟托班担任总指挥。

英法联军先进攻。僧格林沁令所有步兵均隐蔽在灌木林和战壕里，待机杀敌；马队则率先进攻，向联军的左翼到右翼的宽大正面实施反冲锋。战斗打响后，清军马队立即冲向前去。他们奋不顾身，齐声大呼杀敌，用长矛和弓箭迎击敌人，企图冲乱和割裂敌人的战斗队形，甚至有一部分骑兵冲至离敌人四五十米的地方，有的冲到敌军指挥部附近。但是清军的大刀长矛毕竟敌不过英法军队的洋枪洋炮，八里桥的石栏板被炸得粉碎，许多石狮子也被炸毁，桥面上堆满了清军的尸体。八里桥失守了，3 万将士伤亡大半。

这不是战争，而是屠杀。

二

1860 年，经历过拿破仑战争考验的英法联军，已形成强大的近代战争能力，由义务兵役制加职业军官团形成的军队，装备的是配刺刀的前膛燧发枪和滑膛炮，使用空心方阵和三排阵列的战术，将火器威力发挥到当时之极致。相形之下，清军的武器就要落后一些。

据史家考证，1860 年左右，与英军相比，清军火炮在样式及机制原理上大体相同，差别在于制造工艺落后引起的质量问题上。一是清军火器质量差。据茅海建《天朝的崩溃》介绍：“工业革命使英国的冶炼技术改观，铁质大为提高，为铸造高质量的火炮提供了良好的原料。清朝的冶炼技术落后，炉温低，铁水无法提纯，含杂质多，铸造出来的火炮十分粗糙，气孔气泡多，演放时很容易炸裂，自伤射手。”清军当时为防炮管炸裂，不断加厚，清军拥有不少巨炮，非常笨重，但威力反而不如西方小炮。二是清军铸炮工艺落后。“英国此时在铸造上已采用铁模等工艺，并使用镗床对炮膛内部切削加工，使之更为光洁。清朝此时仍使用落后的泥模工艺，铸件毛糙，又未对炮膛进行深入的加工，致使炮弹射出后，弹道紊乱，降低了射击精度。英方此时因科学的进步，对火药燃烧、弹道、初速度等方面已进行研究，火炮的各种尺寸比例和火门的设计，比较合理。”此外，清军火炮的炮架（炮车）和瞄准具以及炮弹等，跟英军火炮比都相形见绌。

由于制作工艺落后，再加上官员偷工减料、中饱私囊，使得清军的火器质量极差。因此我们看到，在两次鸦片战争的炮战中，清军岸炮对西方舰炮，硝烟过后，敌军无一艘战舰被击沉，而自己的阵地却被打得千疮百孔。

清军当时不仅火炮不行，火枪也不行。当时清军的军用枪主要是火绳枪，枪管薄厚不均，枪膛宽窄不一。膛宽则弹出无力，飞行不远；管薄则易膛炸，自伤射手——所以清军兵丁往往不愿使用。在火器上已先天不足，再加上僧格林沁过于迷信蒙古骑兵的威力——当年，这可是一支纵横欧亚的无敌大军——因此，八里桥之战，成为蒙古骑兵一曲悲歌，已不可避免。

三

历史不能假设，所以历史总是让人感慨。

如果按照中国兵器发展史正常演进，八里桥之役或许是另外一种结果。中国在宋朝时期开始大规模使用火枪火器，清朝之前的明朝，是火器大发展的时代，明军真正意义上的火器发展是从抗击倭寇时开始的。火器成为明军的制式兵器之一，通常明军的武器构成为“铳十，刀牌二十，弓箭三十，枪四十”。《兵录》《神器谱》《武备志》《西法神机》《火攻挈要》《筹海图编》《军器图说》《火龙神器阵法》等兵书详细地记录了明军装备火器的制法、图谱以及火器部队的编制和战法。明朝诞生了数位知名的火器专家，如赵世祯、毕懋康、胡宗宪、茅元仪、孙元化等；还有戚继光、孙承宗、袁崇焕等十分重视火器运用的军事将领。明末清初还有武器发明家戴梓。

清军入关前，饱尝了明军红衣大炮的威力，相传努尔哈赤便是被明军火炮击伤后不治身亡。清初也高度重视火器的运用，用缴获的红衣大炮攻打了潼关、扬州、广州等城池。康熙年间，火器技术也曾经得到较大的发展，康熙亲自跟比利时传教士南怀仁学习，下令制造了数千门火炮，建成了一支比较有规模的火炮部队，神威无敌大将军、金龙炮、制胜将军、威远将军就是当时比较有名的几种火炮。

但是，令人遗憾的是，此后清朝火器研发不仅故步自封，而且逐渐退化。史载，乾隆时期的大将军福康安在看了英军新式火枪练军后表示不屑一顾。从明军到清军，武器由火器再次转变为冷兵器，这是中国历史完完全全的倒退。待到鸦片战争爆发，清朝统治者才如梦方醒。

四

武器远非决定战争胜负的唯一因素，否则，1895 年已经装备了先进武器的清军，就不会有甲午之惨败。现在剖析八里桥一役，除了武器，还有更多让人叹息之处，如当时咸丰皇帝对战、和的犹豫不决，以及当时清廷面对英法联军借谈判来拖延的计谋屡屡犯下低级错误。

八里桥之役前，曾有 1859 年大沽口之战。当时，英法舰队由上海北上，无视中国军队劝阻，闯入中国军队设防的大沽口防区。僧格林沁在恨得咬牙切齿之余，“玩”了英法联军一把，让英法联军误以为大沽口不设防，于是大规模地登陆。他们没有想到，刚上岸，僧格林沁即令放炮，英法联军死伤颇重，狼狈退去。这一仗应该说赢得侥幸，但清廷上下得意忘形，错判了形势，又摆出了天朝大国的架子来：与英法两国谈判代表协商时，清朝坚持英法两国代表必须向皇帝行跪拜礼，若坚持不跪拜，就不进行谈判。人家不干，僧格林沁又做了件很“猛”的事——直接将人家的 39 人谈判使团给扣留了，送进了刑部大狱。在押运途中，这些洋人身上的金纽扣、金笔、怀表之类物品也被清兵们管制没收，可见清廷上下何等蔑视当时的国际规则。

清廷经常干这种傻事。1900年，慈禧太后勇敢地向世界多国宣战。其中的原因很复杂，或说是西方列强催促她“归政”光绪，或说是她受到了来自义和团的压力。也有说，她是受了裕禄关于天津大沽口战斗的假捷报而受到鼓舞，被虚假的胜利“冲昏了头脑”，于是当天就发布了宣战诏书。还有一说，慈禧是相信了义和团“刀枪不入”的“神话”，故而宣战……

无论是站在今天圆明园的废墟前，还是八里桥的古战场上，每个中国人，都会感受到历史是如此的沉重。“落后就要挨打”，何尝不是历史带给中国人的沉重感悟？

谁处死生而不乱？

2014年9月30日，是中国首个烈士纪念日。“烈士”一词，古代指有气节、壮志的人，譬如曹操在《步出夏门行·龟虽寿》所言：“老骥伏枥，志在千里；烈士暮年，壮心不已。”到现代，“烈士”指为正义事业而牺牲的人。据不完全统计，从1840年算起，有2000多万英烈献出生命，他们绝大多数都没能留下名字。

笔者在翻阅英烈传记时，总会想起三个人的面容——谭嗣同、陈天华、秋瑾。他们有共同的特点：明明可以不死，却慷慨赴死。他们三位，顶天立地，卓然不凡。

一

“生存，还是毁灭？”这是著名的哈姆雷特之问。摆在谭嗣同、陈天华、秋瑾面前的，同样也是这个问题。

1898年9月21日，慈禧太后发动政变，囚禁光绪皇帝，大肆抓捕维新领袖。历时103天的戊戌变法宣告失败。在大搜捕与大逃亡的时刻，可谓生死时速，谭嗣同却做了令人意外的选择，“竟日不出门，以待捕者”。就这样，他一直等到9月24日被捕入狱。足足4天时间，他就这么等着，等待死亡的到来。

朋友们都劝他赶紧离开，梁启超力劝谭嗣同出走，谭嗣同不听，反而劝梁启超赶紧离开：“不有行者，无以图将来；不有死者，无以酬圣主。”京师大侠王五也劝谭嗣同改变初衷，谭嗣同这么回答：“各国变法，无不从流血而成。”

秋瑾亦是如此。1907年7月6日，徐锡麟在安庆起义失败。7月10日，秋瑾获悉徐锡麟失败的消息，却拒绝了要她离开绍兴的一切劝告，表示“革命要流血才会成功”。她遣散众人，毅然留守大通学堂。13日下午，清军包围大通学堂，秋瑾被捕。几乎同样是4天，她就静静地等着。

陈天华与谭嗣同、秋瑾两人不同，他是在并没有生命威胁的状况下，在日本蹈海自杀身亡。1905年12月8日，陈天华留下万言《绝命书》，在日本东京大森海湾，一步步走向海水深处。他用死，不仅仅是抗议日本文部省颁布的《取缔清国留日学生规则》，更是试图唤醒“求利禄不居责任”的中国留学生和甘当奴隶的麻木的祖国同胞。

他们都是慷慨激昂、任侠好义之士。谭嗣同从少年时代起，就有“剑胆琴心”的雅号。笔者曾见过一幅谭嗣同在就义前一年摄于南京的照片，外穿月白色长衫，内着玄色武士装，左手叉腰，右手持剑，浓眉俊目，闪闪似电，有一种立如山岳、傲视死神的凛然正气。秋瑾被称为“鉴湖女侠”，史载“好剑术，善骑马”，留有著名的持剑照，蔑视封建礼法，提倡女权，常以花木兰、秦良玉[1]自喻。陈天

---

[1] 秦良玉（1574或1584—1648），字贞素，四川忠州（今重庆市忠县）人，明朝末年著名女将。曾抗击清军，战功显赫，被封为二品诰命夫人。

华其人其文，都激烈勇猛，他到日本留学不久，正逢沙俄企图侵占东北三省，陈天华刺破手指写血书，寄至湖南各学堂，号召拒俄，连当时的湖南巡抚赵尔巽亦为之感动，亲临各学堂宣读，并刊登于官报，还饬令各府、州、县开设武备讲习所，使湖南全省拒俄运动士气更加高涨。陈天华写的《猛回头》和《警世钟》两书，血性文字，激动人心，堪称当时的时代最强音。

三人死时，都很年轻：陈天华 31 岁，秋瑾 32 岁，谭嗣同 33 岁。陈天华甚至都没结婚，他在岳麓书院就读时，曾被一官员看中，想把女儿嫁给他，他效法汉时霍去病“匈奴未灭，何以家为”，谢绝说：“国不安，吾不娶。”

二

没有什么比死亡，更让人类惧怕。王船山所说的“历忧患而不穷，处死生而不乱”，是对人的胸襟和气量的最高要求。自古以来，能够做到的人有几个呢?

死亡很痛苦。谭嗣同就义的时候，据在现场的一个老人描述，死状极其惨烈。临刑前，谭嗣同大呼：“有心杀贼，无力回天。死得其所，快哉快哉！”

谭嗣同是在被捕 4 天后就义的，他知道死亡不可避免，却始终坦然。笔者曾读过清人回忆，当时在狱中的“戊戌六君子”——谭嗣同、康广仁、林旭、杨深秀、杨锐、刘光第，等待死亡的心态，并不一样：

谭在狱中，意气自若，终日绕行室中，拾取地上煤屑，就粉墙作书。问何为，笑曰："作诗耳。"……林旭美秀如处子，在狱中时时作微笑。康广仁则以头撞壁，痛哭失声曰："天哪！哥子的事，要兄弟来承当。"林闻其哭，尤笑不可仰（抑）。既而传呼提犯人出监，康知将受刑，哭更甚。

谭嗣同在监狱墙上所作的诗，就是传诵至今的"望门投止思张俭，忍死须臾待杜根。我自横刀向天笑，去留肝胆两昆仑"。

秋瑾在就义前，也留下了传诵至今的七个字。当时她被审讯，让她写供词，开始她只写了一个"秋"字，这是她的姓。再叫她写，她续了六个字，这就是一百多年来有名的"秋风秋雨愁煞人"。

史载，秋瑾被捕时，蓄发辫，穿玄色湖绉长袍，上面还有血污，面色微红，鼻高端尖，双目奕奕有光，神色自若。就义当天，秋瑾穿着白色汗衫，外穿玄色生纱衫裤，脚上是皮鞋，钉了铁镣，双手被反绑，一路有兵防护，临刑时她不作一声，只是默默地看了看围观的人，俯首就刑，从容镇定，没有哭哭啼啼，也没有吓得瘫倒。

日本学者永田圭介在《秋瑾——竞雄女侠传》一书中这么写秋瑾的最后时刻：

1907年7月15日凌晨，大批举着火把的士兵簇拥着一名女犯人，死刑犯双手被反绑在背后，脚上拖着沉重的铁镣，从陋屋前走过。

……

终于，秋瑾被按倒在刑具旁，刽子手抓住秋瑾的肩膀让她跪在指定的地方。可以想象此刻伤痛一定瞬间痛彻全身。但秋瑾咬紧牙关忍受着最后的痛苦，命令已举起屠刀的刽子手说：“稍等，我要和熟人告别。”

说完，在黎明前的黑暗中，秋瑾凝视着拥挤嘈杂的人群，他们在翘首等待着行刑的瞬间。

芸芸众生，孰不爱生？……

片刻，秋瑾露出满足的表情，静静地闭上双眼，垂下头用低沉的声音叫道：“可以。”

在当时，妇女死刑一般是绞刑，而秋瑾却被处以斩刑。

三

俗话说“好死不如赖活”，或曰“留得青山在，不怕没柴烧”。对于像谭嗣同、陈天华、秋瑾这样舍生取义、杀身成仁的人，有人敬佩，也有人认为不值，还有人甚至说，他们只是“好名”。

他们慷慨赴死，是为了以鲜血唤醒国人。但是在他们迎接死亡时，有大量的围观者，大多数人并未为他们的英勇而感动。在谭嗣同就义的菜市口刑场，有人往“戊戌六君子”身上扔菜帮子，也有人吆喝着让他们吼一嗓子“二十年后又是一条好汉”，这些看客就像观看任何一场死刑一样亢奋；秋瑾就义，“观者如堵”，看杀头的，人山人海。十多年后，鲁迅写的小说《药》，里面的“夏瑜”指的就是秋瑾。

他们这么死，值吗？

李英安曾经导演过“穿越”版话剧《谭嗣同》，讲了这样一个故事：在戊戌变法失败前夕，谭嗣同因为一个偶然事件，得以穿越时空，来到了 21 世纪。他遇到了一群现代年轻人，发生了很多有趣的故事，并提前知道了戊戌变法失败的结局。大家劝他不要再回到过去，但是他谢绝了众人善意的劝告，毅然回去赴死，因为他明白，自己所代表的精神正是当下青年所需要的。

生命永远值得珍惜，但在关键时刻，总有一些选择，比生命更重要。这正是英烈的意义，如鲁迅先生所言：

我们从古以来，就有埋头苦干的人，有拼命硬干的人，有为民请命的人，有舍身求法的人……这就是中国的脊梁。

陈天华死后，其灵柩经黄兴、禹之谟等人的倡议筹办运回长沙，各界不顾官方阻挠，决定公葬于岳麓山。下葬当天，长沙全城各校师生纷纷参加，送葬队伍达数万人，绵延十余里，凄凄哀歌。送葬队伍分别经由朱张渡、小西门两处渡河，“适值夏日，学生皆着白色制服，自长沙城中望之，全山为之缟素”。军警站立一旁，不敢干涉。后来毛泽东在《湘江评论》第 4 号上评价，这是“湖南惊天动地可纪的一桩事”。

在陈天华蹈海自杀前一天，日本的报纸正在嘲笑陷入内讧的中国留学生是“乌合之众”，《朝日新闻》甚至干脆说中国留学生是“放纵卑劣”的一群，挖苦中国人缺乏团结力。陈天华试图用自己的生命，告诉人们：在这个世界上，有比生命更重要的东西。他还想以自己的死，让每一个中国人在羞愤中意识到国人的缺陷与陋习，督促、劝诫、警醒国人务必正视这些缺陷与陋习并加以改变。蹈海，这是他用生命在写《警世钟》。

值得一提的是，陈天华自杀时，秋瑾也正在日本留学，鲁迅也在。而12年后，一位即将赴日留学的青年还不忘此事，写下一首诗表达怀念之情：“大江歌罢掉头东，邃密群科济世穷。面壁十年图破壁，难酬蹈海亦英雄。”这个人，就是周恩来。

谭嗣同、陈天华、秋瑾，他们不是轻视生命，而是重视比生命更重要的担当。谭嗣同在他的著作《仁学》中，敏锐地触摸到了中国这个病入膏肓的病人的脉搏，认为大病应下猛药：“救天下亟待之大病者，用天下猛峻之大药者也；拯天下垂绝之大危者，斥天下沉痼之大操者也。”还有什么比死亡更能让国人惊醒的吗？

在电影《辛亥革命》中，秋瑾有一段著名的台词：

我此番赴死，是为革命，中国妇女还没有为革命流过血，当从我秋瑾始。纵使世人并不尽知革命为何，竟让我狠心抛家弃子。我此番赴死，正为回答革命所为何事，革命是为给天下人造一个风雨不侵的家，给孩子一个宁静温和的世界。……死并非不足惧，亦并非不足惜，但牺牲之快、之烈，牺牲之价值，竟让我在这一刻自心底喜极而泣。

秋瑾死后四年，辛亥革命爆发。

后人纷纷以诗文讴歌这些英烈，其中有几句关于谭嗣同的是这么写的：“但得兆民醒百世，何憾人生三十三。名随星火传。”

英烈之不朽，正是因为如此！

四个被淡忘的湖南人，一段惊心动魄的历史

2020 年，中国改革开放 42 周年，同时也是戊戌变法 122 周年。

说起戊戌变法，绕不开一个人——谭嗣同，他是湖南人。湖南，也是中国近现代史无法绕过的一个省份。本文以湖南为观察点，来写四个已被时间淡忘的湖南人，时间环环相扣，命运载沉载浮，由此洞见中国变革之不易。

一

第一个湖南人，叫魏光焘。

1895 年 3 月 4 日，晚上 10 时许，一身血污的魏光焘在部下拼死掩护下，从牛庄开始突围。牛庄在今天的辽宁省海城市，是辽河下游以东的一座古老小街镇。

今人说起甲午战争，谈得更多的是海战、北洋水师的完败，但陆上战斗同样惨烈。当李鸿章一手打造的北洋水师在燃烧的大海上折戟沉沙时，他的嫡系淮军也在东北的广袤大地上溃败。

清廷无奈，想起了帝国曾经的“救火队”——湘军。

1866年初，在广东梅州，太平天国残军谭体元部十余万人，被湘军围歼。至此，因镇压太平天国起义而兴起的湘军，完成了历史使命。这支军队的缔造者曾国藩，是个有大智慧的人，他深知清朝贵族对于一个掌握着庞大军队的汉人之忌惮，太平天国没了，湘军也该解甲归田了。曾国藩大幅裁撤湘军，有效化解了最高统治者的猜忌。但湘军又有新的历史使命，晚清内忧外患，正规军早已是烂泥扶不上墙，余下的湘军还得继续为摇摇欲坠的大清东奔西走，南征北战。最辉煌的战绩，当然要数左宗棠率湖湘子弟收复新疆失地。

魏光焘就在左宗棠麾下。他是邵阳人，出身贫苦，曾经当过厨子，从军后，屡立战功。新疆建省后，第一任巡抚为湘军名将刘锦棠，魏光焘任第一任布政使（相当于今天的常务副省长），政声卓著。甲午战争爆发，清军一溃千里，走投无路的清廷想起了被冷落已久的湘军。魏光焘此时正在老家为亡母守制，应诏就地募军三千人，赶赴辽东战场——跟当年曾国藩奉旨办团练时一样，但魏光焘注定不是第二个曾国藩，时过境迁矣。

在牛庄，三千湘军遭遇了两万日军。战斗持续一昼夜，从清晨开始，至午夜结束。牛庄无险可守，守军与敌军展开了残酷的巷战。牛庄之战还是中日甲午战争中唯一一场大规模巷战。湘军的黄金时代已经过去，此次仓促成军，在苦寒之地作战，武器也远不如日军，但湘军的血性仍在。此役后，魏光焘回忆说："雪天冰地，各勇喘息未定。适倭寇由辽阳纠悍股二万余众来扑，督兵御之，血战竟日。余马凡三岛，究以众寡悬绝，援兵不至，死亡过半，且无精利枪炮，兵少械窳，力不能支，始退驻田庄台……"

日本人对牛庄之役，有相当详细的记载。《东京日日新闻》战地特派记者黑田甲子郎目睹了牛庄城“路旁扶（伏）尸相枕”，酒店门前“筑成的尸山之间流出几条浑浊的血河”之惨状。日军死伤惨重，不得不承认“我军战颇苦”。

魏光焘突围的时候，日军处处阻击，在各街口要道纵火，切断清军退路，“我军肝脑涂地，惨死万状”。一直到子夜时分，魏光焘等才脱离险境，余部已所剩无几。来不及突围的湘军士兵，全部英勇战斗到最后一刻。今人说起甲午战争，多言清军畏缩不前、斗志全无，并非都是真实历史，至少牛庄一役中的湘军是英勇无畏的。

但是，牛庄却成了湘军悲壮的谢幕之地。

那支由饱读诗书的儒生与淳朴不油滑的农夫组成的雄师，起于乡野，苦战经年，收复金陵，北上镇捻，平定西北，收复新疆，兴办洋务，抗击法军……他们转战了大半个中国，四处灭火，曾经让垂死的清朝一度有中兴的迹象，但这个颟顸帝国的衰败，是全方位的，就如甲午之败，是系统性的溃败。湘军无法再一次拯救清朝了，甚至无法拯救自我。

牛庄，是湘军的一个句号。

二

甲午战争的惨败，逼出了戊戌变法，也逼出了一个“新湖南”。

第二个湖南人登场了，他叫周汉。

对于周汉这个名字，今人已经非常非常陌生了，但是在 19 世纪最后十余年，周汉是一个在民间具有超级影响力的煽动家。

他是宁乡人，年轻时读过不少书，后来投笔从戎，加入湘军，与魏光焘当过同事，在新疆打过仗，因功被保荐为陕西补用道，一个没有实职但可领薪饷的闲官。他不愿意这么混日子，1884 年，他回到长沙闲居，开始了他的另外一项事业：出版。

周汉的出版物应该称得上“狂热地盲目排外”。他在长沙闲居期间，其实一点都没闲着，花了大量时间撰写反对洋人洋教的文字，鼓吹诛杀洋人、驱逐洋教，然后大量印刷，免费散发。他是个读书人，又长期在军队，深谙用俚俗的大白话来迎合底层民众认知能力之道。他迅速出名了。

周汉之暴得大名，离不开当时湖南封闭保守的“土壤”。甲午战争之前，湖南一度是中国最排外的省份，湘军在拯救了清朝的同时，也让湖南人长期处于一种前所未有的地域优越感之中。湖南人的性格本来就固执与顽强，加上地处内陆，与沿海省份相比受国外影响较小，仇洋排外的心理较强，社会风气趋于保守。美国学者裴士锋在《湖南人与现代中国》一书中写道：“在周汉眼中，洋人横行中国，乃是因为朝廷无能，未能将他们拒于门外；因此，湖南人得团结起来不让他们入境。”湘军崛起后，更给了湖南人另外一个排外的充足理由：太平军就是受洋教影响的，湘军已成功打败了他们，以后也要确保不受任何来自外国的东西侵犯。因此，“湖南独以疾恶洋务名于地球”。

从郭嵩焘的遭遇，就能看出当时湖南保守之状况。郭嵩焘也是湘军大佬，后来受命担任首任驻英公使，结果遭受巨大冲击，冲击主要来自湖南老家，什么话难听就拿什么话骂他，他的宅子也被聚众围攻。郭嵩焘的痛苦可想而知：在亲身体验过英国工业革命的伟大成果后回到家乡，周边却全是对自己进行大肆人身攻击的老乡，他们以此表明自己拒绝开眼看世界和抵制洋务之决心。《湖南人与现代中国》一书中有这么一个细节：“郭嵩焘最风光时，宣讲的对象一次顶多只有五十个观众，而周汉的一本小册子，据知就印了八十万份。”

有一句辱骂郭嵩焘的话广为人知，是“未能事人，焉能事鬼”。当时湖南人把洋人叫作“鬼”，这也是周汉用得最得心应手的一个字。在《湖南通省公议》里，周汉号召湖南民众全部起来“驱鬼”，如有敢阻挠、为“鬼”说话者，立即击杀，尸体弃之荒山以喂虎狼；如有敢将土地房屋卖给“鬼”者，将业主与经办人全家杀尽，产业充公，作为“灭鬼”经费。在周汉的煽动资料里，郭嵩焘被丑化为“四鬼”之一，曾国藩的儿子——优秀的外交家曾纪泽，也是另外一“鬼”。

郭嵩焘郁郁而终。他死后四年，湘军覆没于牛庄，湖南人惊醒了。

牛庄之役后，湖南多出无数新坟，亲人披麻戴孝，恸哭不已，而更多的湖南人在茫然失措之后，开始反思。“威名赫耀之湘军亦败，且较诸军尤为大败……”“湖南人始转侧豁寤，其虚骄不可向迩之气亦顿馁矣。”甲午战争之后，谭嗣同如是写道。他认为，湖南人因甲午战败而敲响警钟，改变盲目自大的仇洋心态，这样惨痛的教训亦可视为中国挫败中的一丝曙光。可以说，正由于之前的闭塞，甲午战争对湖南人的刺激较其他省份又更深一层。这种巨大的心理反差为其他省份的人所没有，给湖南社会风气的转变带来了机会，湖南从最保守的省份一变而为“全国最富朝气的一省”。

转眼间，湖南从万马齐喑的排外格局，一跃为维新运动时期全国最激进的省份，从官员到士绅到知识分子，纷纷觉醒。官员陈宝箴、黄遵宪、江标、徐仁铸等人开明开放，吸引了大批维新骨干入湘，因此湖南成了维新人物最集中的省份，推动湖南维新走向高潮，而本土年轻知识分子谭嗣同、唐才常、熊希龄，在维新大业中脱颖而出……人人热烈拥抱维新大业，他们立誓：改变中国，先从改变湖南开始。

事实上，湘军牛庄之败，也刺激了谭嗣同，使他从一个保守派变成一个激进派。他，很快就要震惊中国。

三

1898 年 8 月，与谭嗣同一起进京的，是本文要讲的第三个湖南人：毕永年。

这个名字在历史中湮没久矣，但在当年，毕永年绝对是一个一等一的猛男。他是长沙人。他在戊戌变法中的特殊使命是：带领一百个好汉，冲进颐和园刺杀慈禧太后。

那个年代，湖南盛产既熟读诗书又武功高强的年轻小伙。谭嗣同是一个，他“倜傥有大志，淹通群籍，能文章，好任侠，善剑术”；五四运动时率先冲入曹汝霖住宅、火烧赵家楼的匡互生是一个；毕永年也是一个。毕永年是湘军子弟，从小在军营长大，练得一身好武艺好胆识，读书成绩也相当不错，考取过拔贡。毕永年跟随谭嗣同进京后，认识了康有为。康有为一看毕永年侠肝义胆的模样，就很留意，在他后来“围园杀后”的设计中，毕永年成为一个关键人物。

戊戌变法失败后，康有为、梁启超逃亡海外，否认有“围园杀后”的计划，但袁世凯在《戊戌日记》提到的谭嗣同夜访法华寺游说时提过“派湘籍武士百人入袁军，围园时的杀后任务由他们完成”，有人认为这是出卖者袁世凯的诬蔑，不可信。直到后来历史学家在日本找到毕永年流亡日本时写的日记，历史学家杨天石据此发表过一篇很有影响的文章《康有为谋围颐和园捕杀西太后确证》，才知确有此事。

在日记中，毕永年记录了康有为在行动开始前与他的秘密对话。一则为康有为说：“或以百人交汝率之，何如？至袁统兵围颐和园时，汝则率百人奉诏往执西后而废之可也。”另外一则是有人向他转告康有为的意思：“顷梁君谓我云，先生（康有为）之意，其奏知皇上时，只言废之，且俟往围颐和园时，执而杀之可也，未知毕君肯任此事乎，兄何不一探之等语。”

众所周知，因为袁世凯的告密，计划破产，变法失败，六君子遇害，光绪帝被软禁，康有为、梁启超亡命天涯，毕永年也逃到了日本。

变法，在中国，从来就不容易。鲁迅先生当年沉痛说过：“可惜中国太难改变了，即使搬动一张桌子，改装一个火炉，几乎也要血；而且即使有了血，也未必一定能搬动，能改装。”后人回顾戊戌变法，无不扼腕叹息。变法者，操之过急，不知道变法是牵一发而动全身，将冲击既有利益格局，如果缺乏良好的顶层设计与实操方法，不可能成功。

光绪帝当年太急了，他认为架空老人老臣、重用新人小吏，就能推行变法；康有为、梁启超、谭嗣同也太急了，以为有了皇帝的支持，即可一逞其志，毕其功于一役。

变法初期，康有为有次在朝房等候光绪帝召见，曾遇到荣禄。谈及变法，荣禄说：法是应该变的，但是一二百年的老法，怎能在短期内变掉呢？康有为愤然作答：杀几个一品大员，法就可以变了。后人再读这段话，不禁摇头无语。其实，康有为策划的“围园杀后”，就是基于这一逻辑：去掉最主要的阻碍，变法就能成功了。但这些急躁的变法者哪能料到：他们根本无法除掉自己想除掉的人，而他们一心想除掉的人反过来要除掉他们，却轻而易举。

著名历史学家唐德刚因此在《晚清七十年·甲午与戊戌变法》中评价道：

> 纵使时机发展至法有可变之时，也应分为轻重缓急次第施行。诏书一日数下，朝野莫知所适，也不是个办法。不幸这位年轻皇帝，显然感到国亡无日，所以迫不及待。但是他的军师谋臣，应该有见及此。不幸康某木讷执拗，识见不足，而操切浮躁，且有甚于幼主。——言念及此，我们不能不说康有为实在只是一位狗头军师。他不能担当推行政治现代化的天降大任，而开了倒车。

被康有为看中的湖南猛士毕永年，未来得及一展身手，变法就已经失败了，缇骑四出，捕杀新党。毕永年只得东渡日本，在那里认识了孙中山，加入了兴中会，从此成为一个坚定的革命派。他策划了多次起义，屡战屡败，心情压抑，再加上劝好朋友唐才常与康有为脱离关系遭拒绝，一怒之下，万念俱灰，去寺里当了僧人。他出家后，孙中山如失左右手，四处寻找他而不得。

四

第四个湖南人，叫李闰。

她是谭嗣同的妻子，18 岁嫁给谭嗣同。丈夫就义后，她自号“臾生”，取的是丈夫狱中诗句“忍死须臾待杜根”之意。

李闰很爱自己的丈夫。谭嗣同北上后，她牵肠挂肚，对月焚香，祈求远行的丈夫顺利平安。她在日记中写道：“如有厄运，信女子李闰情愿身代。”

谭嗣同确实是一个伟男子，戊戌变法失败后，他完全可以脱身，却留下来从容赴死。他的一段话，至今读起，仍让后人热泪盈眶：“各国变法，无不从流血而成，今中国未闻有因变法而流血者，此国之所以不昌。有之，请自嗣同始！”他在走向菜市口刑场的路上，被愚昧的民众扔菜叶、砸鸡蛋，他还忍受着刽子手的折磨，人头落地时，看客轰然叫好……但他认为自己的死，值得。

他也很爱自己的妻子，两人虽是包办婚姻，却也心灵相通。他给妻子写信，开头常常都是“夫人如见”。有一封信上，他写了“视荣华如梦幻，视死辱为常事”，他不害怕“死辱”。这个湖南人坚信，自己的死值得。

今天的湖南省博物馆，还珍藏有谭嗣同给李闰的一封信札，写于他抵达北京、准备应召觐见光绪帝之时。此后，他无比忙碌，再也没有时间从容写信了。这封家书是这样的：

夫人如见：

在鄂连寄数信，嗣于六月十六日起程，本月初五日到京，事之忙迫，殆不胜述。朝廷毅然变法，国事大有可为。我因此益加奋勉，不欲自暇自逸。幸体气尚好，精神极健，一切可以放心。此后太忙，万难常写家信，请勿挂念。

寄上《女学报》及女学堂书共一包，此后如欲看《女学报》，可开出卖报之处，请唐次丞托人去买。唐如不能，可径托大兄设法在上海购买也。（或函托秦生弟更好。）我十七、八可引见。此上，即颂坤安！

复生手草 七月十一日住浏阳会馆

他始终惦记着要让自己的妻子跟上这个时代，李闰也没让他失望：丈夫生前，她带领家中的大足仆妇走上街头，宣传不缠足的好处，呼应丈夫发起的不缠足运动。她还是中国女学会的倡办理事。丈夫遇难后，她参与创办了浏阳第一所女子师范学校，还担任这个学校的总学监，然后又建立了浏阳第一所育婴局。浏阳女子师范学校，是湖南也是中国最早的师范学校之一，不仅为浏阳女性的培养和教化作出了巨大贡献，更是促进了整个社会思想的开放。

李闰余生都在对丈夫的思念中度过，漫长的时光中，湖南，中国，都在发生着巨大的变化。

毕永年在 1902 年因病去世，生命定格于 34 岁。周汉死于 1911 年，他在 1898 年因为挑起教案被判终身监禁，他死的这一年，辛亥革命爆发。同在 1911 年，为拯救危局，清廷启用魏光焘任湖广总督。因为当时起义军多是湖南人，魏光焘拒绝上任，数年后，他寿终正寝。李闰活到了 1925 年，享年 60 岁。她六十大寿时，康有为与梁启超合赠了“巾帼完人”的匾额。这四个字，她当之无愧。

五

1978 年，中国开始改革开放。历史中充满了巧合，重蹈覆辙的悲剧故事很多。但 40 多年前开始的这段时间，却是对中国由衷的祝福。改革开放，足以告慰先人——他们的理想、奋斗与牺牲。

“刀枪不入”的前世与来生

人类之间的摩擦与格斗，与人类历史一样悠久，甚至还要久——类人猿就是爱好近身搏斗的物种。人类很早就开始研究矛盾论了——进攻的同时如何加强自身防御？所以硬气功这玩意儿，在很久很久以前是很受欢迎的。

一

在65岁的时候，慈禧太后做了一个震惊古今中外的决定：向世界列强宣战。那是清朝光绪二十六年，也是世界进入20世纪的第一年——1900年，从5月25日起，清朝宣布即日起与各国正式进入战争状态。

结果是极其悲惨的：号称“刀枪不入”的义和团死伤惨重；清朝皇室狼狈“西狩”；八国联军攻占北京，烧杀抢掠，无恶不作，甚至在紫禁城举行阅兵式……最终清政府确定向侵略者赔款白银4亿5000万两。

慈禧太后这个疯狂举动让后人大惑不解。清人吴永口述的《庚子西狩丛谈》记载，义和团运动失败后，慈禧曾对人说过这样一段话，把自己的责任推得一干二净：

这都是刚毅、赵舒翘误国，实在死有余辜。当时拳匪初起，议论纷纭，我为是主张不定，特派他们两人前往涿州去看验。后来回京复命，我问他："义和团是否可靠？"他只装出拳匪样子，道是两眼如何直视的，面目如何发赤的，手足如何抚弄的。叨叨絮絮，说了一大篇。我道："这都不相干，我但问你这些拳民据你看来，究竟可靠不可靠？"彼等还是照前式样，重述一遍，到底没有一个正经主意回复。你想他们两人，都是国家倚傍的大臣，办事如此糊涂，余外的王公大臣们，又都是一起儿敦迫着我，要与洋人拼命的，教我一个人，如何拿得定主意呢？

很多人认为，慈禧是相信了义和团"刀枪不入"的"神话"，才决定跟列强拼命，但这个结论并未形成共识，有很多人不相信慈禧太后如此愚昧，在诸多史料中，也未看到慈禧迷信"刀枪不入"的文字。

史学大家唐德刚先生在《晚清七十年》中写到，真正让慈禧太后丧失理智的，其实是因为一封情报。情报上说，各国公使联合决定，"勒令皇太后归政"。这让权力欲望十分强烈的慈禧寝食难安，她绝对不允许有人摸她的老虎屁股，挑战她视为生命的权力，这样就是"人人忠愤，旷代所无"。所以慈禧怒不可遏了："我为江山社稷，不得已而宣战。"

不过，综合来看，慈禧对义和团的态度，应该是比较复杂的，不是过分迷信，也不是简单利用。她与自己的臣民一起，在一种偏执的情绪中走向了癫狂。

学者张鸣在《义和团“刀枪不入”之谜》一文中写道：

尽管有着如此浓厚的神秘文化的基础，但是如果没有甲午战后中国近乎绝望的情势，也不会出现这种朝野皆狂的昏乱局面。从义和团身上，满族王公和很大一部分士大夫似乎看到了某种能够抗衡西方力量的东西，从精神上的民心士气，到灵界的“刀枪不入”。这一部分士大夫其实是处于落后和先进之间的状态，他们的态度，在很大程度上决定了中国的走向。此时的他们对于“刀枪不入”其实是宁信其有不信其无，因为既然已经不愿意或者说不能在维新变法中获取抗衡西方的力量，他们所能依赖的，也只有这些“下九流了”。他们实在是太想把洋人赶出去了，几乎到了病急乱投医的程度……

史料记载，义和团信奉超自然力量，希望通过迷信仪式达到刀枪不入的效果，如《闭火分砂咒》：“弟子在红尘，闭住枪炮门，枪炮一齐响，沙子两边分。”事实上，义和团的一些“大师兄”，确实练就了一身硬气功，但是，在子弹面前，硬气功又如何能硬得起来？

历史中，有些早被湮没，有些已成谜案，有些沦为笑柄，但那成千上万身着八卦兜肚的中国精壮男子，念着咒语，举着刀棒，向着洋枪洋炮发起冲锋的场景，却始终不堪回首，让人心情沉重。

二

人类一直梦想自己拥有刀枪不入的能力，在远古时代，人类通过神话中的人物来完成自己的梦想，例如与炎黄二帝大战的蚩尤，传说他有八只脚，三头六臂，铜头铁额，刀枪不入，善于使用刀、斧、戈作战，不死不休，勇猛无比；又如希腊神话中的阿喀琉斯，出生后被母亲握住脚踵倒浸在冥河水中，除未沾到冥河水的脚踵外，周身刀枪不入。成书于明朝的《西游记》，里面的孙悟空更是铜头铁臂，在电视剧中甚至还有被砍头后复活的桥段，至今还让一些小观众津津乐道。

当然，人不可能是神，所以人们更希望通过后天的努力，磨砺血肉之躯，来达到“刀枪不入”的境界，因此武侠小说中频繁出现“铁布衫”“金钟罩”两大外功。“铁布衫”，望文生义即为“身穿铁制之衣衫”，意指全身如钢铁般能抵抗外力之任何攻击；“金钟罩”，顾名思义即是“有一金铸之钟覆罩全身”，强调其外力难以进入，难以攻击。不过这两项功夫，在武侠小说的诸般武功中，地位并不高，没有哪个绝顶高手，会下死功夫去练刀枪不入，大约是因为“铁布衫”“金钟罩”只不过是随时准备挨揍的功夫，高手岂不以此为耻？

“铁布衫”“金钟罩”，其实就是硬气功的一种，换作现在的话说，是练习者抗击打能力较强，进攻者拳脚招呼上来时，能挨得住。当然，在被对手击打时，并不会发出金属之音。

练“铁布衫”“金钟罩”，比较辛苦，也有人专门练全身某个部位“刀枪不入”，比如“铁头功”。在成龙早年的成名作《醉拳》中，他就碰上了“铁头老鼠”，一个坚硬无比的大光头把成龙撞得人仰马翻的，不过成龙马上扭转战局，他操起一把铁锤，在“铁头老鼠”的脑袋上敲出一堆恶心的包来，赢了这一仗。这也多少显示了硬气功在表演与实战方面的区别。

如果既无天赋，又不想下苦功夫练，那么实现“刀枪不入”就只能借助外物了。《射雕英雄传》与《神雕侠侣》中，有一件极其重要的武器，其重要性甚至超过了打狗棒，那就是穿在黄蓉身上的“软猬甲”。“双雕”二书里的大量反派，都惨遭“软猬甲”的伤害，例如武功盖世的西毒欧阳锋，也吃过苦头：“欧阳锋听她又以古怪姓名称呼自己，一怔之下，陡然见她招到，双掌力推，将郭靖的掌力逼开半尺，就在这电光石火的一瞬之间，一把抓住了黄蓉肩头，五指如钩，要硬生生扯她一块肉下来。这一抓发出，三人同时大吃一惊。欧阳锋但觉指尖剧痛，原来已抓中了她身上软猬甲的尖刺，忙不迭地松手……”

在小说中，“软猬甲”是黄药师送给妻子冯氏的定情之物，后来黄药师把它交给黄蓉。这“软猬甲”，刀枪不入并可防御内家拳掌，而且满布倒刺钩，如肉掌击于其上，必为其所伤。最后黄蓉把“软猬甲”传给郭芙了。当然，此中也有让金庸迷感到困惑的地方：为什么色鬼欧阳克一碰黄蓉就撒手不迭，但靖哥哥却能够抱着蓉妹妹啥事也没有？这么说来，这“软猬甲”确实通人性。

在金庸小说中，这种护体神衣多次出现，如《连城诀》中的乌蚕衣，《碧血剑》中的金丝背心，《鹿鼎记》中韦小宝机缘巧合获得的帮他几次逃过杀手的护体神衣。其实这些护体神衣，就是古代的避弹衣、防刺服。古人为了防止刀枪伤害，发明了各式各样的盔甲，这些盔甲大多笨重，像这种丝毫不影响行动而且隐蔽性极强的软猬甲、乌蚕衣一类，确实让人深感武侠小说真是成人童话。

美国有个著名的银幕英雄“钢铁侠”，那一身高科技智能盔甲，既能抵御子弹，还能助人飞翔，甚至能成为发射火焰与导弹的武器库，把人类对于“刀枪不入”的梦想，提高到了一个全新的境界。

三

在诸多抗战影视中，“大刀队”是影视创作者乐此不疲用来展现中国军人血性与战斗力的重要内容。

众所周知，“大刀队”源于二十九军。二十九军原属西北军，当年冯玉祥创建西北军的时候，因为部队扩充快，枪支弹药不足，就为部队士兵配发了大刀。西北军用的大刀，都是长柄、宽刃、刀尖倾斜的传统中国刀，十分利于劈杀。冯玉祥还聘请了一批武术高手，设计了一套适合对付敌人刺刀的刀术，让部队士兵勤加练习。1925年，苏联顾问普里马科夫在北京鹿钟麟的司令部里，看到士兵在操练大刀，他记载下了当时的情景。

院内，许多身着白上衣的警卫军士兵在挥舞大刀，一共作出25个劈杀动作。场面非常壮观：约600名身体非常结实的青年士兵，飞速地舞动着闪闪发光的大刀，时而防卫，时而出击。练兵场上夯实了的土地，由于600双脚的冲击和跳跃，发出低沉的声响。

1933年，二十九军大刀队在喜峰口长城一役中，重创日寇，也因此有了后来的那首脍炙人口的歌曲《大刀进行曲》。史载，当时为了对付日本人的刺刀，中国军队还总结了大刀口诀："迎面大劈破锋刀，掉手横挥使拦腰。顺风势成扫秋叶，横扫千军敌难逃。跨步挑撩似雷奔，连环提柳下斜削。左右防护凭快取，移步换型突刺刀。"日本人在喜峰口一役中被大刀砍得胆战心惊，他们自从侵占东北以后，所遇抵抗甚微，夜间都是脱衣而睡，警备松懈，嚣张狂妄至极。经此次打击之后，人人都和衣持枪睡觉，甚至还有人晚上都戴着钢盔以防被砍头，连日本报刊都不得不承认喜峰口之战是"皇军的奇耻大辱"。

影视归影视，历史归历史，其实日本人的近身格斗能力，相当之强。在整个二战中，直到投降前夕，日本人仍对自己的刺刀拼杀术相当自信。事实上，在抗战早期，中国军人在和日本军人拼刺刀的时候普遍落下风，八路军老战士曾经回忆说："我们三个人拼不倒他一个。"究其原因，一方面，日本军人训练有素；另一方面，日本的武器也起到了关键作用。专家研究：当时日本普遍装备的三八式步枪，实际拼刺时枪刺全长 1.675 米，而中国当时的"中正式"步枪要短 10 厘米左右，汉阳造步枪要短 5 厘米，"一寸长，一寸强"，这几厘米的长度在格斗中的作用非常大，而且日本刺刀的质量非常好，所以抗战初期中国军人在与日本拼刺刀时非常吃亏。这种情况下，大刀就派上用场了。

在有些影视中，日本军人白刃战之前，会先退掉枪膛中的子弹，这倒是真实的，有人分析说是日本的武士道精神，真的如此吗？旅日作家萨苏所著的《尊严不是无代价的》考证：日军在拼刺刀前自卸子弹，是因为日军的"三八大盖"穿透力强，弹丸初速高、质量好，击穿对方后，经常杀伤自己人，而且由于击穿对方后弹丸速度降低，二次击中后的弹丸会翻滚、变形，造成的创伤更为严重。再加上白刃战中双方人员往往距离太近互相重叠，给自己造成伤害的概率也更大，这才是日军拼刺刀时自卸子弹的真正原因。基于此，日军《士兵操典》里对拼刺刀前必须自卸子弹有极其严格的规定，根本不是什么武士道精神。

往事久矣，在科技瞬息万变的时代，军人还需要近身格斗吗？有则新闻讲美国正在研制一种威力巨大的仿生装备，用于打造一种真人版的“钢铁侠”。这是一种全身防护装甲，将由高科技纳米材料制成，该材料粒子在常态下就像能流动的金属一样，而一旦遇到子弹或者弹片的冲击时，它们彼此之间就会紧密地“锁”在一起，使得一件看似柔软的制服能够迅速变成一套坚硬无比的盔甲，不仅能防护，更能进攻，类似人造肌肉，能够让单兵拥有携带重型装备的力量。

如果这种“钢铁战士”真的出现在战场，还会有近身格斗吗？或许对真正的军人来说，这并不是一个问题。当年，大刀队如此骁勇，依然阻挡不住山河破碎，但这并不是对近身格斗能力的否定。今天，取消了“银枪刺喉”等“硬气功”训练，也并非基于未来不会再有近身格斗的判断。战斗力从来就是个复杂的构成，不仅涉及体能与武艺，还有勇气、意志、信心、科技、谋略……这些综合起来，纵然做不到“刀枪不入”，却也是能够取得胜利的。

事实上，人类一方面追求“刀枪不入”，另一方面又隐然对此不以为然，无论是蚩尤还是阿喀琉斯，他们都以悲剧谢幕。人类其实很清楚：即使是神，也有破绽。

看海上大阅兵，想起了萨镇冰

2019 年 4 月 23 日，人民海军七十华诞，海上大阅兵。

看战舰破浪前行、战机掠空而过，突然想起了一个人：萨镇冰。

一

萨镇冰是谁？他的生平实在复杂，如果用一句话来概括，那就是：一位经历了晚清、北洋政府、南京国民政府和中华人民共和国的中国近代海军宿将。

如果再多几句，那就是：他是中国最早的海军军官之一，英国留学归国，参加过甲午海战，经历过辛亥革命、北伐战争、抗日战争、解放战争。他当过清朝和中华民国时期的海军司令，短暂代理过北洋政府国务总理，当过福建省省长。1949 年 10 月 1 日，中华人民共和国开国大典，他还应邀登上了天安门城楼，见证新中国的诞生——这一年，他已经 91 岁高龄。

1859 年，萨镇冰生于福建福州——近代以来盛产中国海军将领的城市。他出生的这一年，清朝正挣扎在内外交困之中：在东南，清廷与太平天国仍在殊死争战；在北边，清军与英法联军还处在第二次鸦片战争中，这一年爆发了大沽口之战，英法联军惨败，但翌年他们卷土重来，攻占北京，烧掉了圆明园……就在这么一个动荡的年代，萨镇冰的人生大幕拉开，开启了他传奇的一生。

萨镇冰的这个“萨”姓，有些独特。萨姓出自著名的福州色目人萨氏家族，其始祖为辅佐元世祖忽必烈有功的色目人答失蛮，元代中期赐姓萨，后为蒙古族所同化，明后更“从汉俗，弗称氏”。因为先祖曾世居山西雁门，故常称为雁门萨氏。元代末期一支后人迁居福州，名列福州八大家族，名人辈出。

1869 年，萨镇冰 10 岁，考入马尾船政学堂二期。他有一位同学，名叫邓世昌。1876 年，萨镇冰 17 岁，作为福建船政第一批留学生出国，被派往英国格林威治皇家海军学院学习。同学中还有叶祖珪、刘步蟾、方伯谦、严复等人。

学成归国后，萨镇冰先是担任“澄庆”舰大副，后来到天津水师学堂当教师。1884 年，中法马江海战爆发，中方惨败，他大受刺激，不愿意再教书，坚持要上前线，最终如愿以偿。他很努力，27 岁的时候，就当上了“威远”舰舰长。30 岁的时候，已擢升为从三品的游击将军，是当时最年轻的海军高级将领。甲午海战，北洋水师惨败，他的同学很多都战死了，他劫后余生，又担负起重建海军的重任，东奔西走，鞠躬尽瘁。

他的言行举止，对后人影响很深。著名作家冰心的父亲谢葆璋，曾是他的学生。1936 年 3 月，冰心写过一篇文章《记萨镇冰先生》：

萨镇冰先生，永远是我崇拜的对象，从六七岁的时候，我就常常听见父亲说：“中国海军的模范军人，萨镇冰一人而已。”从那时起，我总是注意听受他的一言一行，我所耳闻目见的关于他的一切，无不增加我对他的敬慕。时至今日，虽然有许多儿时敬仰的人物，使我灰心，使我失望，而每一想到他，就保留了我对于人类的信心，鼓励了我向上生活的勇气。

在这篇短文中，冰心饱含深情书写了萨镇冰“清洁超绝”的人格：惜才爱兵、热心慷慨、廉洁自律。冰心一直想搜集足够的资料，为萨镇冰写一本传记，许多年后，她还懊悔没有写成这本传记。

萨镇冰的传记，确实不好写，漫长的90余年历史，要写下来，太厚太厚，但只有读懂了这本厚书，才算读懂了中国近代海军的历史，才算读懂了中华民族“向海图强”的艰难，才算读懂了如此历史背景下的人民海军70余年！

二

要写萨镇冰的历史，以及中国近代海军的历史，无法绕开甲午战争。

此役，日军军舰虽有多艘被重创，但无一艘被击沉；而亚洲第一、世界第八的北洋水师，却全军覆没。清廷被迫赔款、割地，列强从此视中华为鱼肉，尤其是海防形同虚设，列强军舰自由出入中国内河，飞扬跋扈，中国的国运开始大逆转……

在甲午战争惨败的50多年后，萨镇冰即将走到人生尽头，谈起这场惨败，仍然愤恨难平。

此恨绵绵。

萨镇冰的同学、同乡，在甲午战争中，先后或悲壮或屈辱地死去：黄海海战中，邓世昌，“致远”舰舰长，驾“致远”舰全速撞击日军主力舰“吉野”号，未果，壮烈牺牲；黄建勋，“超勇”号舰长，“超勇”号起火沉没时，黄建勋落水，从容赴死；方伯谦，“济远”号舰长，因军舰受到严重破坏而撤离战场，后被处死。威海卫之战中，刘步蟾，“定远”号舰长，因弹药告罄，自杀……

冰心的父亲谢葆璋，先后参加了黄海海战和威海卫之战。他当时担任“来远”舰驾驶二副，“来远”舰先是在黄海海战中被敌舰疯狂围攻，中弹200余发，仍坚持作战，是此役北洋舰队幸存军舰中受伤最重的一艘。在接下来的威海卫之战中，“来远”号被日军鱼雷艇施放的鱼雷击中，一声巨响，“来远”舰翻转，不久沉入海底。谢葆璋在军舰爆炸的瞬间，纵身跳入冰冷刺骨的海中，凭着一身好水性，拼命游上刘公岛，得以死里逃生。

萨镇冰没有参加黄海海战，但在威海卫之战中，他奉命守卫日岛，有出色表现。

黄海海战以后，北洋舰队不敢再战，剩余26艘军舰退守威海卫港。日岛是拱卫军港的一大屏障，在刘公岛东南2000米的海面上，面积14亩，因它是威海湾最早看见日出的地方，故得此名。岛上没有淡水、粮食和蔬菜，守军所需物资全部靠刘公岛和威海湾南岸供应，守岛官兵常年驻守在阴暗潮湿的地下掩体中。萨镇冰上日岛后，日夜备战，因生活环境恶劣，加上劳累过度，他病倒了。夫人陈氏闻讯从福州赶来探视。萨镇冰下令撤开扶梯，不准夫人登舰。左右将士极力相劝：夫人千里迢迢过来探望，见一面又如何？萨镇冰断然答道：

此地非同寻常，此时非同寻常，怎能允其登舰？告她当我已死，令其速回！

1895年1月20日，威海卫之战打响，日军先攻日岛。时值隆冬，大雪纷飞。日军以18艘舰艇分四批轮番进攻，并从已被日军占领的威海卫南北炮台，以猛烈的炮火狂轰日岛。战况激烈，萨镇冰率守军浴血奋战，英勇抵抗了11天，一直打到日岛炮台损毁，炮弹告罄，才奉提督丁汝昌的命令，撤回刘公岛。

2月3日，日军占领威海卫城，威海陆地悉数被日本占据，丁汝昌坐镇指挥的刘公岛成为孤岛，但仍在抵抗。12日，丁汝昌拒降，自杀。17日，日军在刘公岛登陆，威海卫海军基地陷落，北洋舰队全军覆没。萨镇冰当时想自杀，被人劝阻，为重建中国海军，忍辱偷生。以萨镇冰为主角的电视剧《东方有大海》第20集，重现了这一段历史。

这一年，萨镇冰36岁。在他漫长的余生中，这份痛楚从未消失。

三

今天看来，甲午之战，北洋水师官兵不可谓不英勇，这场惨败堪称是清政府系统性的溃败：政治腐败、军纪废弛、理念落后、高层掣肘……但是，清廷没有自我反思，尤其是那个自私而又愚昧的慈禧太后，压根不会检讨为给自己做寿挪用了海军军费之荒唐。战败后，慈禧太后反而把怨气全撒在海军身上：将总理海军事务衙门及海军内外学堂全部停撤，北洋海军的军官士兵一律遣返，部分军官革职查办。

萨镇冰没有受到处分。据萨本仁教授所著的《萨镇冰传》分析说，“大概是他苦守日岛的奋勇遵纪表现，尤其是他所管带的‘康济’练舰在作战中没有被击沉的缘故”，但他也在遣返之列。他回到福州，囊空如洗，家计维艰，连两个子女也无法抚养，只好到官绅家庭当塾师挣钱糊口。雪上加霜的是，妻子也过世了。萨镇冰一直没有再娶。冰心在《记萨镇冰先生》中写道：“夫人去世后，就将子女寄养岳家，鳏居终身。人问他为何不续弦，他说：‘天下若再有一个女子，和我太太一样的我就娶。’”

在福州赋闲一段时间后，萨镇冰被重新启用。清廷认为还是得有海军，于是分别向英国和德国定购了“海天”“海圻”等舰，萨镇冰任“海圻”号舰长。1900 年，八国联军侵华，打进了北京城。议和时，清廷有吓破胆的蠢材，提出将“海天”“海圻”等 5 艘大型军舰出售，撤销一切防务，以表示中国绝无对外备战之意，以此讨好外国人。此言一出，萨镇冰坚决反对，这几艘军舰才得以保存。

此后，萨镇冰逐年升迁。1909 年，清政府将北洋、南洋、广东、福建四支水师，统一改编为巡洋舰队和长江舰队，萨镇冰任筹备海军大臣和海军提督，成为中国海军的第一号人物。辛亥革命后，萨镇冰任海军总长，后于 1921 年 5 月卸任，从此告别了海军。这一年，他 62 岁。这是一个并不老迈的年龄，他此后还担任了各种职务，但再也没有回到海军。

卸下海军总长职务后，萨镇冰回到福建。1922 年 10 月，北洋政府任命他为福建省省长，同年 11 月解职。1923 年 2 月，军阀王永泉等策动毛一丰掀起“倒林（森）拥萨”风潮，他担任“自治”省长。1933 年，十九路军将领蒋光鼐、蔡廷锴在榕发动“闽变”，当时他不计较个人名利和身家性命的安危，参加这一抗日反蒋的义举，被聘为高等顾问，任命为福建省省长，但不久又解职，从此从政坛引退，致力于公益慈善事业。他拥有崇高威望，热心家乡建设，又关心民间疾苦，获得了“活菩萨”的美誉。

萨镇冰给海军留下了一批“种子”：

他重建海军时，将北洋水师将领的后人带入军中。其中，方伯谦的侄子方莹，后来成为抗日名将。日本投降时，他代表中方接收了日本降舰，因不愿打内战自请退役，为中国共产党做地下工作，1949 年参加了人民解放军海军。

萨师俊，萨镇冰的侄孙，以中校军衔担任中山舰舰长。1938 年 10 月 24 日，在武汉保卫战中，他指挥中山舰与日机作战，被炸断双腿，躺在血泊中，仍死战不退，后壮烈牺牲，中山舰亦被炸沉。他是抗战中阵亡的军衔最高的中国海军军官。

特别值得一提的是林遵。林遵跟萨镇冰同为福建福州老乡，他是民族英雄林则徐的侄孙。1924 年，他入烟台海军学校学习。这所军校是萨镇冰 1903 年冬天创办的。林遵在抗战中英勇打击日寇，抗战胜利后，他率“太平”“中业”两舰接收南沙群岛，将南沙主岛改名为“太平岛”，并在岛上竖立纪念碑。1949 年 4 月 23 日，也就是人民海军在江苏泰州白马庙成立的当天，时任国民党海防第二舰队司令的林遵，率 1200 余名官兵、25 艘舰艇在南京笆斗山江面起义。毛主席赞道：这次起义是“在南京江面上的壮举”！

四

在今天，看萨镇冰留下的照片，模样大都黑瘦沉默，罕见欢颜。

无论是生前与身后，萨镇冰都有巨大声望；无论在朝在野，他均爱国爱民，扶贫济困，绝对是一个好人。尤其是他为官数十年，为政清廉，从不牟取私利，一生没买过一块田，没建过一间房，身后无片瓦寸地。冰心在《记萨镇冰先生》中写了这么一个细节：

萨先生所在的兵舰上，纪律清洁，总是全军之冠。他常常捐款修理公物，常笑对父亲说：“人家做船主，都打金镯子送太太戴，我的金镯子是戴在我的船上。”有一次船上练习打靶，枪炮副不慎，将一尊船边炮的炮膛，划伤一痕。（开空炮时空弹中也装水，以补足火药的分量，弹后的铁孔，应用铁塞的，炮手误用木塞，以至施放时炮弹爆裂，碎弹划破炮膛而出。）炮值二万余元，萨先生自己捐出月饷，分期赔偿。

这样一个人，自然是“仰不愧于天，俯不怍于人”，但是，萨镇冰的人生，仍然是有大遗憾的。

电视剧《东方有大海》有这么一个细节，在甲午战争惨败后，有知己勉励萨镇冰：成为现代的赵氏孤儿，像程婴一样忍辱负重。今生今世，一定要报仇雪耻，重建海军。

确实，甲午战争之后，萨镇冰一直在为重建海军而努力，但当他1921年卸任海军总长后，一直到1949年中华人民共和国成立前，中国海军也没能恢复到甲午海战之前的规模。在1937年7月7日全面抗战爆发后，中国海军的规模仅有甲午海战时的一半，总吨位不及日本的三十分之一。抗战开始不到几个月，中国海军的绝大部分舰艇被击毁或自沉。

当时迫于日军水陆攻势凶猛，国民政府不得不做出封锁长江航道的决定，在江阴自沉船舰，阻止日舰沿江而上。1937年8月11日，数十艘军舰和商船开始自沉于此：海圻号，购自英国，萨镇冰曾任舰长，自沉；海容、海筹、海琛三舰，购自德国，自沉；建安、建威号驱逐舰，福州船政局建造，自沉……

这些舰艇，有相当数量是萨镇冰在清朝的时候到国外购买的。

何等悲壮的一幕！

国民政府的海军将士看着仅有的一点家底沉入大江，无不泪流满面。悲剧的是：因为时任南京政府行政院机要秘书的汉奸黄濬出卖情报，长江上中游的日舰在封江前争分夺秒往长江口逃逸，导致原定将他们捂在长江里"瓮中捉鳖"的计划因此大打折扣。在抗战的大部分时间里，中国海军变成了一支没有军舰的海军，他们硬是靠在江底布水雷，炸沉了300多艘敌舰。1945年，庆祝抗战胜利的阅兵式上，一群衣衫褴褛的士兵走来，打着一块写着"海军"的牌子。

抗战胜利时，萨镇冰在重庆，不知道他是否看到这一幕，如果看到了，这位86岁的老人，又是何种表情？

有人说，萨镇冰是"一代海军名将"，其实，萨镇冰是名副其实的中国近代海军耆宿，一个模范军人，但并算不上是海军名将——不是因为他的能力，而是因为他生不逢时。

五

《毛泽东年谱》记载，1952 年 5 月 25 日，毛泽东在致时任中央文史研究馆副馆长叶恭绰的信中写道："数月前接读惠书，并附萨镇冰先生所作诗一首，不久又接读大作二首，均极感谢。萨先生现已作古，其所作诗已成纪念品，兹付还，请予保存。"

毛泽东信中所言的萨镇冰的诗作，其中就有："尚望舟师能再振，海氛一扫捍岩疆。"

1949 年 8 月，福州已闻解放炮火，萨镇冰拒绝去台湾。中华人民共和国成立后，萨镇冰任第一届全国政协委员、中央人民政府人民革命军事委员会委员、中央人民政府华侨事务委员会委员、福建省人民政府委员会委员等职。1952 年 4 月 10 日，他于福州病逝，享寿 94 岁，传奇一生，就此落幕。

萨镇冰临终前，写了几首诗来庆祝中国人民志愿军在朝鲜战场的胜利，他怎么能不满心欣喜？甲午战争，战火初燃于朝鲜半岛，半个多世纪过去了，历史轮回，却已天翻地覆，那个萎靡、涣散的民族，已经血性迸发、精神强健，而他念兹在兹的"尚望舟师能再振"，也已不再是梦想！

杨度这个人

1975年年底，周恩来总理饱受病魔摧残，生命之火日渐微弱之际，他嘱托秘书去办了一件事，在《辞海》上给一个人的条目加上："他最后加入了共产党。"

由此，一个湮没了近半个世纪的秘密得以揭开。

这个人，名叫杨度。此前，他一直被绑在拥立袁世凯称帝的历史耻辱柱上。

如果说周恩来总理临终前仍然不忘为一位已过世多年的同志正名，显示了一代伟人的崇高风范，那么，堪称一代奇人的杨度，在经历了人生的大起大伏、大喜大悲之后，又是怎么在晚年成为一名中国共产党党员的呢？

一

关于杨度，除了同一时代当事人或系统或零碎的回忆，也有人著书专门论述，比较有影响的，有民国著名报人陶菊隐写的《六君子传》，杨度女儿杨云慧的《从保皇派到秘密党员——回忆我的父亲杨度》，著名作家唐浩明的三卷本长篇小说《旷代逸才——杨度》，以及学者张晶萍所著《书生襟抱本无垠——近代风云人物杨度》。这四本书作者身份不同，角度各异，对照起来读，能够读出一个真实的杨度，或者说，一个尽可能接近真实的杨度。

杨度，太复杂了。有人戏言，杨度拥有一个民国“最牛朋友圈”。确实如此，清末民初，杨度几乎与所有的重要人物都有交集，与一些人更是关系密切：从慈禧太后、载泽、张之洞，到谭嗣同、康有为、梁启超；从袁世凯、曹锟、张勋、黎元洪，到孙中山、宋教仁、蔡锷、黄兴；还有共产党人李大钊、周恩来、陈赓、潘汉年；甚至还包括上海滩的大流氓杜月笙、张啸林……曾劝曾国藩当皇帝的一代名儒王闿运，是他的老师。蔡锷、黄兴、汪精卫等人，是他的同学。对了，若干年后名闻天下的大画家齐白石，也是他在老家湘潭的正经同学。

在这个“最牛朋友圈”里，杨度不是跑龙套的，也不是来蹭个合影、求个点赞的，有时候他甚至是“男二号”。今天来看杨度这个人，他经历的绝对是极富戏剧张力的“浓缩人生”。

他是“湘军二代”，接受过系统的儒家教育，有“神童”的美誉，小小年纪就中秀才，中举人，春风得意。在北京参加会试时，热血沸腾地赶上了著名的“公车上书”。他得张之洞青睐，1903年被保荐入京参加新开的经济特科进士考试，初取一等第二名。一等第一名是未来北洋政府的国务总理梁士诒。清朝确实腐败得无可救药，就因为有人把梁士诒这个名字说成是“梁头康尾”（康有为原名“祖诒”），慈禧太后因戊戌变法恨死了康梁师徒，此时若惊弓之鸟，不仅除了梁士诒的名，还让排名第二的杨度也“躺枪”了：他不仅没中进士，反而遭到通缉。他的功名，始终只是一个举人。

但举人杨度却在慈禧太后去世的1908年候补四品，出入颐和园，成了清政府皇族的高级讲师。一群娇生惯养脑满肠肥之辈，排排坐听杨度讲君主立宪。此前，清廷迫于压力，派镇国公载泽等五大臣出洋考察君主立宪。五大臣公费旅游一圈后，找到在日本留学的杨度和梁启超当枪手起草报告，根据他们的报告，清廷下诏预备立宪。这当然是骗人的。骗人者倒也想专业些，所以请来杨度给他们“恶补”宪法。

辛亥革命后，清政府覆亡，杨度与袁世凯紧紧绑在一起，为袁世凯四处奔走。看出袁世凯有称帝之心，杨度在1915年4月抛出《君宪救国论》，鼓吹“中国如不废共和，立君主，则强国无望，富国无望，立宪无望，终归于亡国而已……故以专制之权，行立宪之业，乃圣君英辟建立大功大业之极好机会”。袁世凯自然如获至宝，称之为“至理名言”。为了给袁世凯称帝造势，杨度与孙毓筠、严复、刘师培、胡瑛、李燮和等人共同组织筹安会，并亲任理事长，主张君主立宪，拥立袁世凯。陶醉在皇帝梦中的袁世凯亲笔题字，赐匾杨度，称他为“旷代逸才”。

但“旷代逸才”旋遭狗血淋头，袁世凯称帝后，蔡锷首先在云南举行护国军起义，率军入川讨伐袁军，通电要捉拿坏人，杨度名列其中。他一时差点被唾沫淹没，湖南老家的人骂他是汉奸，骂人水平最高的是他曾经的好友梁启超，他称杨度为“下贱无耻、蠕蠕而动的嬖人”。所谓“嬖人”，是指宫廷中身份卑下而受宠爱的佞臣。待到蔡锷“拔剑南天起”，各地随之群起讨袁，袁世凯首先扛不住了，宣布取消帝制，不久在惊惧中死去。杨度成了首号通缉犯，只能躲进天津租界。他的余生都未能摆脱骂名。

晚年，杨度寓居上海杜月笙的公馆，成了这个大流氓的“清客”，自己也卖字画。一个曾经恃才傲物、立志要做“帝师”的人，沦落至此，饱受诟病。1931 年，杨度因病在上海去世，享年 57 岁。

杨度去世近半个世纪后，他是中共党员的消息公开，一些与他相识的旧人，瞪大了双眼：这是真的吗？

二

当隐藏太久的秘密被揭开后，人们将重新认识一个人，此时会猛然发现：我嘲讽的，却恰恰是你的不易。比如，世人曾经以为杨度沦为杜月笙的“清客”，实际上他却是借杜月笙在上海滩的势力，来为党做地下工作。

1929 年，杨度经潘汉年介绍、周恩来批准，在上海加入了中国共产党。他以杜月笙“清客”的身份为掩护，为党做了大量工作。当年奉命与杨度单线联系的夏衍，曾在《纪念潘汉年同志》一文中回忆了他跟杨度首次见面的情形：

（潘汉年）把我介绍给一位五十出头一点的绅士。他们似乎很熟脱，相互间没有什么寒暄客套。汉年同志一上来就说：“过几天后我要出远门了，什么时候回来也难说，所以……”他指着我说：“今后由他和您单线联系，他姓沈（注：夏衍原名沈乃熙），是稳当可靠的。”这位老先生和我握了握手。潘又补充了一句：“他比我大六七岁，我们是老朋友。”他们随便地谈了一阵，讲的内容，特别是涉及到的人的名字我全不了解。临别的时候，这位老先生把一盒雪茄烟交给了他，潘收下后连谢谢这句也不说，我也猜到这不是什么临别的礼品了。出了门，他才告诉我：“这是一位知名人物，秘密党员，一直是我和他单线联系的，他会告诉我们许多有用的事情，你绝对不能对他怠慢。”停了一会，又说：“这座洋房是杜月笙的，安南巡捕不敢碰，所以你在紧急危险的时候可以到这儿来避难。”

夏衍曾回忆，他跟杨度单线联系了半年之后，才知道其大名：“他给我介绍的那位老先生，开头我连他姓什么也不知道，大约来往了半年之后，他才坦然地告诉我：‘我叫杨皙子，杨度。’这一下可真的使我大吃一惊……”

杨度的子女一度也不知道自己的父亲加入过中国共产党。杨度的女儿杨云慧在《从保皇派到秘密党员——回忆我的父亲杨度》一书中，回忆了一个细节：1930 年，她在光华大学念书，倾向进步，登台主演了一个小话剧。后来上海小报刊登了一则新闻，说“杨度的女公子杨云慧登台演左翼话剧，由田汉导演”。杨度见到后，大为不满，勒令她退学。杨云慧一度以为父亲古板保守，后来她才醒悟到：“我演的是进步话剧，又是田汉导演，色彩未必太鲜明了，这对父亲的工作会有影响……”

杨度的党员身份最终得以揭晓，源于 1978 年 7 月 30 日《人民日报》上发的一篇文章《难忘的记忆》，作者是时任国家文物局局长的王冶秋，他撰文怀念周恩来总理，其中有这么一段：

敬爱的周总理在逝世前几个月，有一天，派秘书来告诉我：

“当年袁世凯称帝时，‘筹安会六君子’的第一名杨度，最后参加了共产党，是周总理介绍并直接领导他。总理说：请你告诉上海的《辞海》编辑部，《辞海》上若有杨度辞目时，要把他最后加入共产党的事写上。”

同一年9月6日，《人民日报》第三版刊登了时任中联部常务副部长李一氓的文章《关于杨度入党问题》：“杨度确是党员，确是同志。”同样在这一版，还刊登了夏衍的文章《杨度同志二三事》。

杨度，是同志。

《辞海》修订了杨度词条：

杨度（1874—1931），近代湖南湘潭人。字皙子。王闿运门生，留学日本。1902年（光绪二十八年）与杨笃生等创刊《游学译编》，后为清政府出洋考察宪政五大臣起草报告，任宪政编查馆提调。1907年主编《中国新报》（月刊），主张实行君主立宪，要求清政府召开国会。辛亥革命爆发后，受袁世凯指使，与汪精卫组织国事共济会。1914年袁世凯解散国会后任参政院参政，次年联络孙毓筠、严复、刘师培、胡瑛、李燮和等组成筹安会，策划恢复帝制。袁世凯死后被通缉。后倾向革命，1927年李大钊被军阀张作霖逮捕前后，他曾多方营救。晚年移居上海，参加中国互济会及其他进步团体。1929年秋加入中国共产党，在白色恐怖下坚持党的工作。

坎坷一生，盖棺定论。

三

常人看来，杨度之“奇”，在于他的“反复”。他的思想变迁之路，真的是一个观察中国近现代纷繁复杂的社会思潮的生动“样本”：一介梦想充当“帝师”的儒生，在日本留学接触了西方思想后，开始信奉君主立宪；碰壁后，潜心向佛，提出“无我主义”的“新佛教论”；复出，辅佐孙中山；最后，加入了中国共产党。

但研究者认为，杨度并不是一个反复无常之人，偏偏他是一个很固执的人。学者张晶萍在《书生襟抱本无垠——近代风云人物杨度》一书中，还原了杨度一生的心路历程：他并非一个反复无常、道德品质败坏的小人，他在近代史的许多重大关头的抉择之所以让人不齿，往往只是因为他作为一个书生的固执而已。

杨度是湖南人，一个很骄傲的湖南男人。

“王闿运在学说上不但鼓吹‘帝王之学’，还时常向我父亲灌输古代策士们的纵横捭阖思想，说他们是怎样找到一位‘明主’，怎样去辅导他，为他奠基立业，助推他成帝为王，等等。并说：‘皙子，以你之才，日后是大有可为的，要好自为之。’我父亲在王闿运那里受了几年教育，很受王闿运的‘帝王之学’和他那种洒脱不羁性格的影响。因此，少年气盛，自负甚高。”这是杨云慧的回忆。

袁世凯称帝失败，杨度的“帝师”之路其实已宣告失败，但他仍不认错。杨云慧写道：

（袁世凯死后）父亲的心情确是非常复杂的，但是态度仍然很高傲。帝制固然失败了，父亲却以为这只是因为袁世凯这个人不得人心，并不是君主立宪不能实行。父亲本着他的一番救国之心，仍然保持着自己的主张。

有一天，忽然有个外国通讯社的记者来访。他想要了解父亲失败后的心情。父亲的态度仍然很安详，用很坚决的口吻回答说："我的政治主张虽然失败了，但是我的君主立宪的主张是不可动摇的。十年前，我在日本东京时，孙中山、黄兴主张共和革命，我不同意，我认为共和有缺点。我和梁启超是老朋友，最初他也主张君主立宪，可是到后来，他又改变了主张。我则始终没有改变。"

今人不能超越特殊的历史阶段去评价一位置身于当年历史之中的人物——袁世凯对杨度有知遇之恩，杨度对他寄予厚望。唐浩明在《旷代逸才——杨度》一书中说，即使是秉承"士为知己者死"的古训，杨度也甘愿为袁世凯驱驰，更何况袁世凯让他看到了"君宪救国"的希望：衰老腐朽的中国，实行君主立宪，可望平稳地走上民主富强的现代化之路。只是，他的选择已逆时代大势，一时身败名裂，在所难免。

事实上，当时对袁世凯寄予厚望的人，不在少数。学者谢本书在所著的《蔡锷大传》中，就写了蔡锷曾经也是袁世凯的坚定拥护者，他在从云南赴京任职时曾对部下表示："现在总统袁世凯，原是我们的政敌，戊戌那年因为他临时告密，我们的师友，有的死、有的逃，现在想起来，犹有余痛。但衡量中国现在的情势，又非他不能维持。我此次入京，只有蠲除前嫌，帮助袁世凯渡过这一难关。"蔡锷甚至表示："袁是中国的一个人才，能把中国治理好。"袁世凯称帝后，蔡锷才打消了对他的幻想，辗转回到云南，举起义旗。

蔡锷在变，杨度其实也在变。一个如此聪慧而又自负的人，在巨大的失败面前，不可能不反思。唐浩明在《旷代逸才——杨度》中，写了袁世凯死后，杨度去湖南浏阳拜谒谭嗣同墓地，看到谭嗣同身后所受的尊崇，想到自己孜孜以求却背负一身骂名，不由失意至极，痛定思痛。夏衍也写道：

最少在他晚年，我认为他倒很善于自我解剖。他对我说过："我平生做过两件大错事，一是辛亥革命时，我拒绝和孙中山先生合作，说黄兴可以和你（指孙中山）共事，我可不能和你合作，对这件事，我后来曾向孙中山先生认过错；二是我一贯排满，但我不相信中国能实行共和，主张中国要有一个皇帝来统治，这件事直到张勋复辟后，我才改变了想法。"

1917年6月，张勋率5000名"辫子兵"进入北京，拥戴已退位的清朝末代皇帝溥仪复辟。这场闹剧只持续了12天。清廷曾一度邀请杨度入京参加，但出乎意料的是，杨度坚决拒绝，并通电痛斥张勋与掺和其间的康有为："所可痛者，神圣之君宪主义，经此牺牲，永无再见之日。度伤心绝望，更无救国之方。从此披发入山，不愿再闻世事。"

但以他的性格，不会从此不闻世事，只是寻找更正确的道路。与其说他"反复无常"，不如说他在"苦苦求索"。研究杨度，不可忽略的是：他始终是一个爱国者，因为爱国，而苦苦寻找救国之路。要知道，"若道中华国果亡，除是湖南人尽死"这句名言，正是出自杨度。

杨云慧总结得很好：“一个爱国主义者所走过的道路，并不都是那么简单的，有的甚至非常曲折。但是，只要他真心爱国，即使像我父亲那样顽固的君主立宪派，最后还是捐弃了成见，投身到无产阶级阵营中来了。”

四

杨度思想的更大变化，发生在李大钊牺牲后。

李大钊对杨度影响很大，让他开始接触马克思主义。1927年，李大钊被捕。为了营救李大钊，杨度四处活动，竭力周旋。陶菊隐的《六君子传》中，详细写了这一过程。李大钊牺牲后，杨度悲痛不已，同时也为共产党员坚持真理、视死如归、为革命献身的伟大精神所感动。他以能与李大钊结为挚友为幸事，卖掉北京家里的值钱首饰，变卖了在青岛的房产，将所得金钱全部用来救济死难者家属，留下了“毁家纾难”的佳话，也激发了他加入中国共产党的信念，迎来了人生最重大的改变。

杨云慧回忆说：“有一次谈到国家大事时，父亲颇有感触地说：‘要想救中国，我看只有共产党才能做到。’这是我第一次听到这样的话，也是第一次听到父亲说这样的话。”杨度入党的1929年，正值大革命失败后，中国革命转入低潮，中国共产党遇到了前所未有的困难。夏衍回忆说，有人因为杨度入党而嘲讽他投机。“他曾对我说：‘我是在白色恐怖最严重的时候入党的，说我投机，我投的是杀头灭族之机。’”

学者谢春涛把杨度入党的历史收录进了《入党：40个人的信仰选择》一书。这本书记录了不同年代的共产党员讲述“我为什么要加入共产党”这一严肃而又充满理想的问题，有放弃高官厚禄毅然入党的朱德、贺龙，有在革命低潮时期以51岁“高龄”入党的徐特立，有在国民党看守所中入党的习仲勋……

还有在弥留之际要求入党的邹韬奋，在遗嘱里写道：“请中共中央严格审查我一生的奋斗历史，如其合格，请追认入党。”邹韬奋病逝后，党中央在唁电中说：“先生遗嘱，要求追认入党，骨灰移葬延安。我们谨以严肃而沉痛的心情，接受先生临终的请求，并引此为吾党的光荣……”

读他们的入党经历，会想到一个词：“殊途同归”。他们各自出身不同，教育不同，经历不同，在国家民族岌岌可危的黑暗年代里，在各种思潮、各种主义、各种党派纷繁复杂的背景下，他们曾经挣扎、彷徨、困惑，却始终苦苦寻找，上下求索，甚至经历了一次又一次的失败，最终选择了共产主义信仰。

今天读起王冶秋的《难忘的记忆》，能够解答很多关于杨度的疑问：

杨度由著名的保皇党一变成为共产党，岂非咄咄怪事？其实也不怪。人总是会变的。杨度所处的时代，是风云变幻的时代，光绪皇帝要变法，失败了；“民国”成立了，从床底拉出来个黎元洪当总统，也失败了。孙中山当了总统，北洋军阀又闹得不可开交，又推给袁世凯来作。袁世凯作总统还觉得不过瘾，又作了皇帝，最后还是失败。变来变去，中国还是在帝国主义、军阀割据的水深火热中。

杨度目睹或参加了这些活动，终于毫无出路，他是深有感触的。

杨度以写挽联著称，病逝前，他给自己写的挽联是："帝道真如，如今都成过去事；匡民救国，继起自有后来人。"杨云慧感叹说："父亲的一生，为了爱国救民，走了不少坎坷的道路，挨过不少讥讽嘲骂，跌倒了又爬起来，最后终于找到了真理，确认马克思主义是挽救中国的唯一指针。从此，父亲就放弃了一切旧观念，毁家纾难，不畏风险，不怕牺牲，一心为革命，死而后已。"

五

今天，在上海的宋庆龄陵园，能看到杨度的墓地。杨度墓是在 1986 年重修的，当时已经年近九旬的夏衍没有参加仪式，但他写了一篇《续〈杨度同志二三事〉》，专程托人送到上海。他写道："旧社会的知识分子可以不自觉地沉沦下去，也可以顿悟而来一次飞跃；杨度同志的飞跃是可贵的。他心安理得地为人民做了许多有益的工作。所以在他逝世半个多世纪以后，还有这么多人在怀念他，对他的一生作了公正的评说。"

站在镌刻有"杨度同志"的石碑前，能够站很久很久。时间浩荡而过，历史如此真切。

踏平坎坷成大道！这是一代中国优秀知识分子的心路历程。

燎原

革命理想高于天

新青年，老青年

就在《人民日报》刊文称“青年为何暮气重”的同时，一则据说是联合国世界卫生组织确定的新的年龄分段在微博上疯传：44 岁以下为青年人，45 至 59 岁为中年人，60 至 74 岁为年轻老年人，75 至 89 岁为老年人，90 岁以上为长寿老人。很多网友“热泪盈眶”：感谢联合国，又让我找回了青春……

“青春”两个字，从来就让人纠结：有的人害怕韶华将尽，各种怀旧，渴盼抓住青春的尾巴；有的人却在各种压力中，失去青春活力。

一

其实，如何从年龄来界定“青年”并不是件容易的事。联合国教科文组织认为 16 至 45 周岁的人为青年；中国国家统计局把 15 至 34 周岁的人看作青年；共青团则认为 14 至 28 周岁的人为青年；而全国青联则把 18 至 40 周岁的人视为青年……

“青年”一词的含义在全世界不同的社会中是不同的，而青年的定义随着政治经济和社会文化环境的变化一直在变化。中国古代并无“青年”一词，只是根据男子成长过程的生理特点，以十年为单元，将人生大致分为九个阶段：“幼”“弱”“壮”“强”“艾”“耆”“老”“耄”“期”。《礼记·曲礼》记载：“人生十年曰幼，学。二十曰弱，冠。三十曰壮，有室。四十曰强，而仕。五十曰艾，服官政。六十曰耆，指使。七十曰老，而传。八十九十曰耄，七年曰悼。悼与耄，虽有罪，不加刑焉。百年曰期颐。”

这种以“什么年龄干什么事”的划分，颇为有趣，但实际情况并非如此，例如“三十曰壮，有室”，指一个男子到三十岁的时候要有家室了。别说古代，就是十几二十年前，中国农村如果一个男青年30岁还没结婚，那就很难结婚了。

当然，“三十曰壮，有室”有出处，先秦《周礼·地官·媒氏》说：“令男三十而娶，女二十而嫁。”《礼记·内则》也说：男子二十举行冠礼，开始学礼，三十而成家。女子十五举行笄礼，二十而嫁，因特殊原因，最迟二十三岁而嫁。

据考证，“男三十而娶”“女二十而嫁”，在古代绝对属于“晚晚婚”了。更多的记载表明，古人初婚年龄要提前得多，男子一般在15至20岁之间，以16岁为多，女子一般在13至17岁之间，以14岁为多。例如汉惠帝下令女子出嫁不得超过15岁，晋武帝下令女子出嫁不得超过17岁。北周建德三年（574年）颁布诏书：自今以后男子15岁，女子13岁以上军民依时嫁娶。到了唐代，唐太宗在贞观元年（627年）下诏：男20岁、女15岁以上者，令其好合。到唐玄宗在开元二十二年（734年）下诏又将婚龄降为男15岁，女13岁。

宋朝时，南宋宁宗嘉定时下令：男 16 岁、女 14 岁属嫁娶之期。

学者彭卫在《汉代婚姻形态》一书中说：汉代男子普遍初婚年龄在 14 至 18 岁，各种身份的人无明显差别。地主和官吏阶层的女子平均婚龄为 14.7 岁，平民为 15.1 岁，皇族为 13 岁。

人们普遍认为，古代以男 16 岁、女 14 岁为礼法婚龄，是以古人对人体发育成熟的认识为基础的，但同时也有一个重要的原因：人生苦短。人口学家推算，如果算上极高的初生儿死亡率，中国古代人口平均寿命不过 35 岁；如果去除这个因素，中国古代人口的平均寿命为 57 岁。古人必须将初婚年龄提前，以保证人类的繁衍生息。

对古人来说，“逝者如斯夫”是那般真切与无奈。古代有诸多感怀诗词，叹息人生苦短、韶华易尽，如“惟草木之零落兮，恐美人之迟暮”，“常恐秋节至，焜黄华叶衰”。因此，古人大多强调奋发努力，在有限的生命中建功立业。今日看来，有些诗词称得上励志佳句：“三更灯火五更鸡，正是男儿读书时。黑发不知勤学早，白首方悔读书迟”，“少壮不努力，老大徒伤悲”。

从生命长短来说，古人很少有可以用来挥霍的青春。

二

1142 年 1 月 27 日夜，一代名将岳飞在杭州大理寺狱中被杀害，年仅 39 岁。

39 岁，常使后人泪满襟——嵇康、拖雷、常遇春、郑成功、张溥、李自成、多尔衮……他们功名卓著，遗憾的是他们的生命均在

39 岁画上了句号。

岳飞沉冤 21 年后，宋孝宗即位，准备北伐，便下诏为岳飞平反。假如岳飞不死，这一年他正好 60 岁。60 岁的老帅，还可统兵北上，所向披靡——公元前 251 年，赵军以少胜多，大败燕军。率军追击 500 里直入燕境、逼燕王割五城求和的，是时年 76 岁的廉颇。

但是在古代，像廉颇这样的老将毕竟是少数。相比今天，古人生命太短暂，更多的人，在生命的早期，就迸发了人生最炫目的光芒。

岳飞 20 岁从军，即使在今天看来，也不算早，但他在短短 19 年时间里，“八千里路云和月”，从小卒起步，带出一支被誉为“撼山易，撼岳家军难”的常胜之师，最终位列南宋“中兴四将”之首，令后人景仰。而另一位著名的“中兴之将”韩世忠，16 岁从军，40 岁时指挥了著名的黄天荡大战，以 8000 人与 10 万金兵大战 48 天，铸名于史册。

沧海横流，方显英雄本色。今天的中国，很多青年还在苦苦准备高考、苦苦寻找工作，而千百年前的同龄人，已是一方豪杰。

或许与古人进行年龄对比并不合适，但就在 20 世纪，也有“自古英雄出少年”的佳话：1955 年中国人民解放军首次授军衔时，在 254 位中将以上的将帅中，有 222 位参加过长征。从红军开始长征的 1934 年算起，这 222 位参加长征的将帅当时的平均年龄只有 25 岁。其中 9 位元帅，平均年龄是 36.5 岁；8 位大将，平均年龄是 31.7 岁；48 位上将，平均年龄是 25.9 岁；157 位中将，平均年龄是 23.8 岁……

长征途中，彭德怀率领红军勇猛打退敌方骑兵的追击后，毛泽东曾写诗赞扬他："山高路远坑深，大军纵横驰奔。谁敢横刀立马？唯我彭大将军！"此时，"彭大将军"37岁；时任红四团团政委的杨成武突破腊子口天险时，距离他21岁生日还有1个多月；而长征途中担任红一军团第二师政委的萧华，年仅19岁……

很多人的一生，按部就班。孔子总结自己的一生时说："吾十有五而志于学，三十而立，四十而不惑，五十而知天命，六十而耳顺，七十而从心所欲，不逾矩。"这本是圣人足迹，却被后人奉为安身立命的准则。在时代大动荡大变革中，固有的人生轨迹往往被打破，风云际会，少年成名。如杨成武，出身贫寒农家，6岁上学，在村里念私塾，9岁从私塾转到小学，毕业后考进中学——假如在今天，这是一条稳定可预见的农家少年求学之路，但是在家乡轰轰烈烈的革命浪潮中，不到15岁的杨成武参加了闽西古城地方武装起义，从此走上了少年英雄之路。

这样的传奇并非只在战争年代。比尔·盖茨在20岁时创立了微软公司，成为世界首富时，正好39岁。

另一种39岁。

三

《那些年我们一起追过的女孩》《致我们终将逝去的青春》等电影，除了怀旧，还是怀旧。韶华将尽时，最是惆怅。然而，在风华正茂的年龄，有很多青年却显得暮气沉沉。

《人民日报》上有一篇文章这样写道：

如果说“叹老”只是情绪的释放和吐槽，那么精神上的“早衰”就值得警惕了。“早衰”的年轻人，有时会显得和“成熟”很像，举手投足都无比正确，待人接物都恰如其分，说话谈吐都深思熟虑。但总让人觉得少了点什么。

每一代年轻人都很累，每一代都有每一代关于累的怨言，跟父辈比起来，这一代年轻人享受着完全不同的物质条件，经历着完全不同的文化生活，拥有着完全不同的国际视野，但为什么还这么累？这是值得深思的话题。

是什么让他们这么累？房子？车子？票子？是物质危机，还是精神危机？

窃以少年老成，中国称人之语也；年长而勿衰（keep young while growing old），英美人相勖之辞也。……青年如初春，如朝日，如百卉之萌动，如利刃之新发于硎，人生最可宝贵之时期也。青年之于社会，犹新鲜活泼细胞之在人身，新陈代谢，陈腐朽败者无时不在天然淘汰之途，与新鲜活泼者以空间之位置及时间之生命。人身遵新陈代谢之道则健康，陈腐朽败之细胞充塞人身则人身死；社会遵新陈代谢之道则隆盛，陈腐朽败之分子充塞社会则社会亡。

这是1915年陈独秀为《新青年》所写的发刊词《敬告青年》中的一段文字。是年陈独秀36岁，他觉得自己老了，已把自己排除在“青年”之外，而将希望寄托在青年身上。

而在电影《开天辟地》中，有这么一幕：

陈独秀被捕，老警察对被捕的陈独秀言道：“什么新青年，老子让你尝尝老青年的滋味！”扬起手来，对着陈独秀就是一记耳光。陈独秀不甘示弱，对着老警察说：“放开我，我也叫你尝尝‘新青年’的滋味！”扬起手来，对老警察还以一记耳光。

老青年，新青年，分野终究来自精神，其实跟年龄无关。

一个“北漂”的苦乐年华

1949年3月23日，一支由11辆小汽车和10辆大卡车组成的车队，浩浩荡荡行进在华北大地上，山道弯曲，尘土飞扬。

车队开道车是一辆小吉普，扬起的尘土落在第二辆中吉普上面。毛泽东就坐在这辆中吉普上，戴着风镜与口罩来抵挡灰尘。他心情大好，与随行人员有说有笑，因为他将要率领中共中央和解放军总部迁到北平。车队的行进路线是：西柏坡、灵寿、正定、行唐、曲阳、唐县、保定、徐水、定兴、新城、涿县，再换乘火车。

北平！北平！毛泽东怎能不思绪纷飞！距离他上一次来这座著名的城市，已经整整30年了。

那时，他还是一个“北漂”，穷困，然而并不潦倒。

一

1919年的年初与年末，26岁的毛泽东都是在北京度过的。

我自己在北平的生活是十分困苦的。我住在一个叫三眼井的地

方，和另外七个人合住一个小房间，我们全体挤在炕上，连呼吸的地方都没有。每逢我翻身都得预先警告身旁的人。不过在公园和故宫的宫址我看到了北国的早春，在坚冰还盖着北海的时候，我看到了怒放的梅花。北京的树木引起了我无穷的欣赏。

这是《毛泽东自传》中的一段话。

《毛泽东自传》，由毛泽东口述，美国记者埃德加·斯诺笔录而成，被誉为“中国第一自传”，初版于 1937 年，是极其珍贵的重要文献。1936 年，毛泽东在陕北保安的窑洞里，与后来成为一生挚友的斯诺彻夜长谈，回忆往事。在斯诺的记载中，“北平”与“北京”交替出现，不是传主口误，也不是译文错误。

对于北京这座拥有三千多年历史的古城，“北平”之名，要远早于“北京”。“北平”之名，最早源于战国时燕国置右北平郡。西晋时，右北平郡改称北平郡，“北平”作为一个地名第一次出现在行政区划中。明洪武元年（1368 年），大都易名为北平府，取“北方和平”之意，后于明永乐元年（1403 年）明成祖朱棣夺取帝位后，将北平改名为北京，与南京对应。

从 1912 年 3 月到 1928 年 6 月，北京是“中华民国”的首都；北伐战争后，首都迁至南京，北京改为北平。1937 年，七七事变后，日伪将北平又改为北京，但并未得到中国政府承认，北平的名称在此阶段仍在沿用。1945 年日本战败投降后，恢复原名北平。再一次改为北京，要等到 1949 年 9 月 27 日。当天，中国人民政治协商会议第一届全体会议讨论并通过了一项重要议案：中华人民共和国国都定于北平，即日起改名为北京。9 月 30 日，毛泽东在闭幕会议上当选为中央人民政府主席。翌日，就是开国大典。

一个“北漂”，主导了北平这座古城的改名与新生，一个何等励志的故事！

此前，毛泽东曾到过北京两次。第一次是 1918 年 8 月，组织湖南学生赴法勤工俭学，他一直待到 1919 年 3 月，因母亲病重，返回湖南。第二次是 1919 年 12 月 18 日，率驱张请愿团抵达北京，“张”即为祸湖南的皖系军阀张敬尧。毛泽东这次在北京待到了 1920 年 4 月，后来离京赴上海继续驱张活动。当年 6 月，张敬尧被赶出湖南，7 月，毛泽东从沪返湘。

这两次来京，“北漂”毛泽东在北京城里几乎没有立锥之地，怎一个“苦”字了得！他青年时代的好友罗章龙后来回忆说：

初始，大家在外吃饭，食费昂贵且不习惯，于是商议自行炊爨，各事所宜，无分劳逸，体弱及事冗者亦伴食无碍。尝因缺乏炊釜，乃以搪瓷面盆做锅。北京米贵难买，经常以炒面调成糊，加葱花、盐末充食。一次子昇做了一面盆浆糊，大家外出劳累了一天，虽饿亦无法下咽。房东是一满族少妇，人极腼腆，平日很少出门，只从窗户里探望我们，有事则让其七、八岁的小女儿来通话。她见我们不会做面食，觉得好笑，便亲自出来教我们发面蒸馍。还有送水的山东人老侯，也愿意帮忙，他说：“我不要你们的工钱，我做好馍和你们一起吃就可以了。”并将自己的炊具也搬来，每天为我们做饭，和我们一起吃馍馍、咸菜。

我们八人只有外套二件，出门时轮流着穿。……入冬以后，则昼往沙滩北京大学第一院图书馆阅览室避寒，夜则返寓围炉共话。

在来京的一群湖南青年中，毛泽东是最穷的一个。美国著名学者罗斯·特里尔的名作《毛泽东传》中有这么一个故事：

在少年中国学会一次讨论会上发生的一件事反映了毛泽东经济上的窘迫。毛泽东发言说："总是坐着空谈没有用，应该付诸行动。把你的衣服给我，我来洗……大小不论，价钱一样。三天以后你就可以交钱取货。"没有人反应。后来一位学生的妻子开玩笑说："作为绅士，毛泽东不会干洗衣服的行当。"另外一位学生认为毛泽东只不过是说说而已，就对毛泽东说："那好吧，明天你来给我洗衣服，我要看看你会不会做。"毛泽东真的做了，当然也就得到了钱。

毛泽东不是绅士，他是偏远农村出身的青年。当然，他不是一个寻常青年，虽然穷得叮当响，却还能保持着欣赏别样景致的心境，在冰天雪地为梅花怒放而动情。

二

身为"北漂"，毛泽东受到的打击，远不只是经济上的窘迫。《毛泽东自传》中写道：

我的职位如此之低，以致人们都不屑和我来往。我的工作之一就是登记来馆读报的人名，不过这般人大半都不把我放在眼里。在这许多人名之中，我认得有几个是新文化运动著名的领袖，是我十分景仰的人。我很想和他们讨论关于政治和文化的事情，不过他们都是极忙的人，没有时间来倾听一个南边口音的图书馆佐理员所讲的话。

当时，毛泽东在北京大学图书馆馆长李大钊的帮助下，在北大图书馆找到一份管理员的工作，管理15种报纸，清理书架，打扫房间，登记阅览者的姓名，月薪8块大洋，非常低的工资了——当时同在北京工作的鲁迅，一个月能拿420块大洋。

其实，来北京前，毛泽东在长沙，已经是一个“名人”了。他在湖南第一师范读书时，因志向非凡、才华超群，深受学友们的爱戴与推崇。但他的才能，远不只是纸上谈兵的层面。《毛泽东年谱》载：

（1917年11月15日）在南北军阀混战，北军败走，南军未到长沙之际，北军溃军王汝贤部在第一师范附近徘徊。这时，毛泽东以学友会总务的名义，把学生志愿军组织起来，布防学校周围山头。当溃军向北移动时，联络警察分所，利用他们的真枪射击，志愿军放鞭炮助威，高喊“缴枪没事！”溃军不知虚实，惊慌失措，纷纷缴械，由商会出钱遣散。全校师生议论说，“毛泽东浑身都是胆”。

离开长沙，在欧美博士成堆的北京大学，只有一个中师文凭的毛泽东，自然没多少人瞧得上他。《毛泽东传》是这么描述的：

在北大的各个场合毛泽东的地位也同样低，只有在缄口不言时他才能去听讲座。一次，他斗胆向胡适提了一个问题（胡当时是著名的激进分子，后来成为有名的自由主义者，蒋介石的驻华盛顿大使）。胡适问提问题的是哪一个，当他得知毛泽东是没有注册的学生时，这位激进而洒脱的教授拒绝回答。

……

北方是官僚传统的沃土，同时是达官贵人的世界。在权贵眼中，满头大汗的苦力是不会有脑子的，他们根本不能理解一个曾在韶山种过田的人的想法。

作为一个韶山农民的儿子，毛泽东第一次离开农村，来到大城市，是在1911年。他步行140里路，来到长沙，考入湘乡驻省中学堂读书，他跟斯诺描述过当时既兴奋又紧张的心情："我听说这城市是非常大的，有许许多多居民、许多学校和一个巡抚的衙门。这简直是一个伟大的地方！这时我很想到那里去……我步行到长沙，心中极端地兴奋，一半生怕被摒，几乎不敢希望真入那个伟大的学校做一学生。"（《毛泽东自传》）这一年，毛泽东18岁。

第一次去北京，也是毛泽东第一次离开湖南的远行，但跟当年初到长沙相比，兴奋仍在，却远远少了那份紧张，当时他已经相当自信了。

自信，是毛泽东的重要性格特征。青年毛泽东曾经感叹："自信人生二百年，会当击水三千里。"豪迈自信，透纸而出。《毛泽东家书》中收录过他的一封信，上面写道："在我身上有些虎气，是为主，也有些猴气，是为次。""虎气"加"猴气"，能够很好解读毛泽东的性格特征："虎气"是一往无前，无所畏惧；"猴气"是灵活机智，敢于反抗。毛泽东说的“猴”，是他特别欣赏的孙悟空。学者刘峰在《领导哲学》一书中分析说：

毛泽东所说的虎气主要是指领导者的勇气和担当，所说的猴气主要是指领导者的智商和情商。

……

概言之，毛泽东的特质是大智大勇高情商。

自信心的养成，离不开一个人的学习和见识。在长沙就读期间，毛泽东博览群书，而且“读万卷书，行万里路”，善于思考，勤于调研。他对中国社会的真正了解，他的学习态度、学习能力和学习方法，远远超过了留学归来的洋博士们。

毛泽东出身农家，貌似输在起跑线上，也一直被轻视：在湘乡高等小学堂，“许多有钱的学生都轻视我，因为我常穿破烂的袄裤”；在北京，被欧美博士轻视；在中央苏区，被苏联留学归来的“二十八个半布尔什维克”轻视……但轻视能击败毛泽东吗？

三

并不是所有人都轻视“北漂”毛泽东。

一位是对他影响极大的恩师杨昌济。杨昌济一生以“欲栽大木拄长天”诗句明志，堪称毛泽东的启蒙先师。他在长沙时就对毛泽东另眼相看，在日记中写道：“余因以农家多出异才，引曾涤生、梁任公之例以勉之。”杨昌济期望不可谓不高，希望毛泽东像曾国藩、梁启超一样成为“异才”，但曾、梁之成就，又哪里比得上毛泽东？

杨昌济从湖南到北京大学任教后，促成了毛泽东等人的首次北京之行。他为一众老家来的北漂青年东奔西走、倾囊相助，更成为毛泽东在北京的引路人，并介绍毛泽东认识了李大钊。也是在北京时期，毛泽东与杨昌济的女儿杨开慧产生了炽烈的爱情。

一个是亦师亦友的黎锦熙。他比毛泽东只大 3 岁，湘潭人，在湖南第一师范当历史教员时，认识了毛泽东，认为他“大有见地，非庸碌者”。1915 年，黎锦熙离湘到京任职，毛泽东给他写过 6 封书信，讨论的问题相当广泛，从国家大事、哲学思潮，到人生观、世界观，从求学方法，到锻炼身体，等等。两人在书信中无所不及，无话不谈。毛泽东到北京后，黎锦熙很高兴，两人有空就在一起交流，得知毛泽东生活清苦，黎锦熙常请毛泽东打打“牙祭”。后来，两人失去了联系，黎锦熙冒着危险，一直保留着毛泽东的 6 封信。漫长的 30 年过去了，毛泽东第三次来到北京时，已经是即将夺得全国胜利的中共领导人，他上门拜访黎锦熙，开口就叫“邵西先生”。

值得一提的是，抗战胜利前夕，黎锦熙痛感台湾沦落日寇之手半个世纪、以日语为官方语言，遂倡议和推动在大后方的多所学校创办国语专修科，为在台湾推行国语预先培训人才。后来，抗战胜利，台湾光复，为推行国语前往台湾的学者达 100 多人，台湾因此成为中国第一个开展普及国语的省份，对于推进台湾与大陆“书同文、语同音”，起了巨大作用。

还有一位是邵飘萍，20 世纪 20 年代中国最著名的记者。毛泽东首次到北京时，邵飘萍在任《京报》社长。据《毛泽东年谱》记载，1919 年 2 月 19 日，毛泽东参加北京大学新闻学研究会改组大会，听邵飘萍讲授《新闻工作的理论与实践》。其间，毛泽东“曾多次拜访邵飘萍，并得到邵在经济上的接济”。

毛泽东从北京回到长沙后，创办了《湘江评论》，声名鹊起，该刊后来被誉为“新媒体的鼻祖”。1931 年 11 月 7 日，新华社的前身红中社在江西瑞金诞生后，毛泽东就不断写稿。1947 年解放军撤离延安、中共中央转战陕北以后，新华社集报纸、电台、通讯社于一身，毛泽东撰写的稿件全部由新华社播发。他爱用新华社记者名义写评论，尖锐犀利，气势磅礴，引导舆论，震慑敌人，被誉为新华社“首席记者”。可见，邵飘萍所传授的知识，给了毛泽东不少的帮助。毛泽东也一直感激邵飘萍，他跟斯诺谈话时，评价邵飘萍是“一个具有热情理想和优良品质的人”；到了晚年，他仍称“我是邵飘萍的学生”。

1919 年在北京，毛泽东像寻常青年一样，精力旺盛，兴趣高昂，学习、恋爱、打工、交友、写作、游览、参加社团……跟寻常青年不一样的是，他广泛地结识各路著名人物，通过与他们的交往，了解、比较各种思想、主张。在北京，他认识了陈独秀、邓中夏、张国焘、梁漱溟、蔡元培、傅斯年、陈公博、周作人……这些人，都在日后的岁月中，跟他有过交集。命运的不同走向，更让人感怀那个年代的风云际会。

当然，北漂期间，对毛泽东影响最大的是李大钊。

四

在北京大学图书馆，李大钊不仅当过毛泽东的“顶头上司”，更是他一生中最重要的领路人。

毛泽东如何看待李大钊？李银桥在《在毛泽东身边十五年》一书中提到这样一个细节，在1949年3月“进京赶考”的路上，离北平越来越近时，毛泽东感叹道：

三十年了！三十年前我为了寻求救国救民的真理而奔波。还不错，吃了不少苦头，在北平遇到了一个大好人，就是李大钊同志。在他帮助下我才成了一个马列主义者。他是我真正的老师，没有他的指点和教导，我今天还不知道在哪呢！

在与斯诺谈话时，毛泽东也很动情地说：“我在李大钊手下担任国立北京大学图书馆助理员的时候，曾经迅速地朝着马克思主义的方向发展。”

李大钊在1918年就开始用马克思主义的观点分析第一次世界大战和十月革命的原因。在《庶民的胜利》一文中，他热情地歌颂了十月革命是劳工主义的胜利，是庶民的胜利。1919年，李大钊在《新青年》上发表了《我的马克思主义观》，标志着李大钊成为马克思主义者。在此前后，李大钊不仅亲自撰文，办了《新青年》“马克思研究”专号，而且帮助《晨报》副刊开辟了一个“马克思研究”专栏。到了1920年，李大钊不仅继续撰写大量的宣传马克思主义的文章，还与邓中夏、高君宇等在北京大学秘密发起了一个马克思学说研究会。

在李大钊的影响下，许多先进青年不仅在五四时期成为具有初步共产主义思想的知识分子，而且很快地成为马克思主义者，毛泽东就是其中一位。毛泽东少年时代，曾经崇拜康有为、梁启超，一度还是无政府主义的信徒。他坦承自己苦苦寻觅救国之路时，思想一度比较混乱："用我们的话说，我正在寻找出路。我读了一些关于无政府主义的小册子，很受影响。我常常和一个来看我的、名叫朱谦之的学生讨论无政府主义和它在中国的前景。当时，我赞同无政府主义的很多主张。"

图书馆馆长李大钊倾心研究和介绍十月革命和马克思主义，直接影响了图书馆管理员毛泽东。罗斯·特里尔的名作《毛泽东传》中这么写道：

中国的革命始发于图书馆。当时需要一种理论来指导对旧制度的反抗，有一种理论早已存在。当毛泽东的祖父还是小孩子的时候，就由卡尔·马克思在另一图书馆——大英图书馆里提出了。第一次世界大战之前，马克思主义仅有只言片语传入中国，只是在苏联布尔什维克革命之后才逐渐进入中国人的心灵。

……那么中国难道不应该进行同样的革命吗？或许马克思的深奥难懂的论文需要更加仔细认真的研究？因此，1917 年以后，一些思想敏锐的中国人在毛泽东当时工作的图书馆开始涉猎马克思的文章和小册子。

毛泽东不必花钱就可以读个够——这对已捉襟见肘的他来说倒是实惠，在这里他第一次读到了马克思和列宁的书。

伟大的转变已经发生，一个开天辟地的时刻即将到来。毛泽东后来回忆说，他第二次在北京生活的期间，热心地搜寻那时候能找到的为数不多的用中文写的共产主义书籍，建立起他对马克思主义的信仰，“我一旦接受了马克思主义是对历史的正确解释以后，我对马克思主义的信仰就没有动摇过”。

五

2020年，距离毛泽东“进京赶考”，已有70余年漫长的岁月；他离乡“北漂”，更是足足100余年前的事了。

但有一个镜头是永恒的：在北京的严寒里，青年毛泽东穿着与同乡青年共用的一件大衣，伫立于冰雪之间，在一片银装素裹中，凝视若火焰般绽放的红梅，满心欣赏，热血沸腾。他乐观，不焦虑；他不抱怨，努力寻找问题症结与解决之道；他不在乎身外之物，他追求精神的强健，还有信仰的力量。

这个镜头，最好的配乐，是1919年的流行曲《中国男儿》：

中国男儿，中国男儿，要将只手撑天空。

睡狮千年，睡狮千年，一夫振臂万夫雄。

青年毛泽东的春节

每逢春节来临，空气中都是喜气洋洋的味道。大家都在安排春节计划，有的要出境游；有的要宅着，与手机、电脑为伴；有的表示要好吃好喝，“每逢佳节胖三斤”……

不妨看看青年毛泽东当年的春节是怎么过的。他过得很充实，主要做了这么几件事：游学，读书，交友，思考，锻炼，写作……

一

1918 年，农历戊午年，毛泽东的春节应该是在长沙度过的。

《毛泽东年谱》上记载说，1918 年 2 月 19 日，毛泽东“出席湖南第一师范学友会职员会议，提出本学期学友会继续办工人夜校等活动事项，会议讨论通过”。这一天，是大年初八。

这一年，毛泽东 25 岁，是省城湖南第一师范即将毕业的学生，担任学校学友会总务（负总责）兼教育研究部部长。对于今天的青年学生来说，25 岁这个年龄应该是研究生毕业，相当于今天中专生的毛泽东无疑年龄偏大了点。但是，毛泽东却拥有当今青年无法企及的人生经历。

据《毛泽东年谱》记载，这一年春天，毛泽东“和蔡和森沿洞庭湖南岸和东岸，经湘阴、岳阳、平江、浏阳几县，游历半个多月，了解社会情况，读‘无字书’。路上还详细商谈组织新民学会问题”。而在 1917 年的冬天，毛泽东还曾“步行到浏阳县文家市铁炉冲陈赞周同学家探望，晚上同附近农民谈心，宣传种果树，说前人栽树后人乘凉，前人栽树后人食果，并动手在铁炉冲栽了几棵板栗树”。

文家市地处浏阳市南部，是湘赣边界的一个小镇，距离长沙 100 多公里。陈赞周家境殷实，毛泽东在他家以及另一位同学陈昌的家中住了二十几天，进行农村社会调查，几乎踏遍了文家市，与当地不少农民交了朋友。

毛泽东此后与文家市结下了不解之缘：1927 年，毛泽东率领秋收起义部队三团会师文家市，擎起了中国工农红军第一面红旗，并主持召开了前敌委员会会议，果断否定了继续攻打长沙的主张，决定转向敌人统治力量薄弱的农村保存和蓄积革命力量，走向井冈山，从此开辟了农村包围城市的道路；又过了 3 年，毛泽东、朱德率领红一军团来到文家市，巧妙设伏，全歼湖南军阀何键部戴斗垣旅，敌军上自旅长下至马夫一个也没跑掉，取得了红一军团战史上第一次歼灭敌人一整个旅的辉煌战绩，史称“文家市大捷”，毛泽东的军事才能得以显现。

此役发生激战的高升岭，即当年毛泽东农村考察时一步步踩过的地方。

今天可以推算出的是，毛泽东利用寒假，先是到文家市进行社会调查，返回长沙过了年没多久，又与蔡和森去了洞庭湖一带。

青年毛泽东酷爱远足。据史料记载，毛泽东的第一次远足应该是1916年5月，他步行数百里，从长沙到娄底茶园山拜访一师同班同学刘且侯。刘家在当地是一个大富户，毛泽东在刘家住了一段时间，在附近进行社会调查。一个有趣的细节是：在刘家，毛泽东不住好房间，不睡好床铺，坚持和长工王海文在侧屋睡一张床，屋里放着一个桐油灯，两人抵足而眠，无所不谈，毛泽东因此更全面了解了当地情况。

后人多以“游学”来形容青年毛泽东的徒步远行。他最著名的一次游学，是与朋友萧子升在1917年暑假期间，历时一个多月漫游长沙、宁乡、安化、益阳、沅江五县。美国著名学者罗斯·特里尔的名作《毛泽东传》如此评价：“毛泽东和他的朋友不带一文钱，他们给当地的乡绅写巧妙的对联换取食宿。这次游学历经六个星期，步行近千华里，让毛泽东更多地了解了湖南。”

1918年春节后，与蔡和森游学归来，毛泽东与志同道合者在长沙蔡和森家里，成立了新民学会。在中国共产党成立前，新民学会是湖南省反帝反封建的核心组织。

毛泽东一路走，一路思考。游学经历，对于青年毛泽东的成长帮助，是全方位的。

“没有调查，没有发言权。”几年后，毛泽东喊出了这个口号，谁能比他更有底气？

二

春节，是毛泽东的读书好时光。

《毛泽东年谱》中记载了毛泽东在春节期间读书的细节。

1915年2月24日，还在春节期间，毛泽东给表兄文运昌写了一张还书便条："书十一本，内《盛世危言》失布匣，《新民丛报》损去首叶，抱歉之至，尚希原谅。"这个便条是他从长沙回韶山过春节时写的。

1916年1月28日，春节已近，毛泽东致信萧子升，请他帮助借《甲寅》杂志第十一、第十二两期。2月19日，他再次去信借这两期杂志。

从上述记载可以看出，毛泽东看书是如饥似渴型的，对想读却一时读不到的书刊，心情也是如饥似渴的。

他对于读什么书，有自己的独到见解。1916年2月29日，他给萧子升开了一个书单，列出77种书目，并注释道："据现在眼光观之，以为中国应读之书止乎此。苟有志于学问，此实为必读而不可缺。然读之非十年莫完，购之非二百金莫办。"

毛泽东堪称"书痴"。1912年，毛泽东以第一名的成绩考入湖南全省高等中学校（后改名为省立第一中学）。在校学习期间，国文教师柳潜借给毛泽东一套《御批历代通鉴辑览》，他读得非常认真。学校课程有限，加上校规刻板，半年后毛泽东做了一个大胆的举动——从学校退了学，并且制订了一个自修计划，每天到位于长沙定王台的湖南省立图书馆去看书。

罗斯·特里尔的《毛泽东传》是这么描述的：

他总是早上开馆就进去，下午闭馆才出来。他一动不动地坐在书桌旁埋头苦读，好像一尊低着头的塑像一般一动不动。只是中午出去买个烧饼或几个包子当午饭。

他饱览了现代西方的历史和地理。为了扩大知识面，他又转涉小说、中国诗词和希腊神话，还有改良派严复新近翻译的亚当·斯密、斯宾塞、穆勒和达尔文的名著以及卢梭和孟德斯鸠的作品，毛泽东在《世界英雄豪杰传》中就熟悉了后两位思想家。

他凝视着挂在图书馆墙壁上的《世界堪舆图》。他以前从未见过这样的地图：中国只是一个国家，与其他几十个国家排列在一起，模糊的边境线把中国与外国分开，中国在这上面不是一个“中央帝国”。

当时毛泽东寄居在长沙新安巷的湘乡会馆，每天早出晚归，步行三里地到省图书馆，风雨无阻，从不间断。这半年休学读书生涯，对毛泽东的影响巨大。他后来回忆说，在省图书馆看书，“像牛闯进了菜园子”。

青少年时代养成的良好阅读习惯，伴随毛泽东的一生。他不是读死书，在读书笔记《讲堂录》中他这样写道：“闭门求学，其学无用，欲从天下国家万事万物而学之。”他强调读书不仅要读有字之书，还要读无字之书，即社会和天下万事万物。要读懂这本书，就必须走出书斋，到社会上去调查研究，即游学。

1916 年 5 月，从长沙到娄底，他第一次远行，随身就带着不少书，白天有时到外面调查，有时在房里看书。

“行万里路，读万卷书”，就是如此。

三

毛泽东的春节，除了游学与读书，锻炼也是少不了的。

毛泽东在1958年的《沁园春·长沙》自注中说："那时初学，盛夏水涨，几死者数。一群人终于坚持，直到隆冬，犹在江中。当时有一篇诗，都忘记了，只记得两句：自信人生二百年，会当水击三千里。"

1936年，毛泽东在延安接受美国记者埃德加·斯诺采访时，回忆了自己青年时代进行的体育锻炼：

> 在寒假当中，我们徒步穿野越林，爬山绕城，渡江过河。遇见下雨，我们就脱掉衬衣让雨淋，说这是雨浴。烈日当空，我们也脱掉衬衣，说是日光浴。春风吹来的时候，我们高声叫嚷，说这叫做"风浴"的体育新项目。在已经下霜的日子，我们就露天睡觉，甚至到十一月份，我们还在寒冷的河水里游泳。这一切都是在"体格锻炼"的名义下进行的。这对于增强我的体格大概很有帮助，我后来在华南多次往返行军中，从江西到西北的长征中，特别需要这样的体格。

青年毛泽东的锻炼项目很多，如日光浴、风浴、雨浴、冷水浴、游泳、登山、露宿、长途跋涉以及体操和拳术等。他最爱的还是游泳，一师毗邻湘江，这条江穿长沙城而过，江宽水深，是天然的游泳场。毛泽东时常约二三好友到湘江中流击水，还在学校组织了一个有近百人参加的游泳队，晚饭后到湘江里畅游一番。游泳这个爱好，他一直坚持到晚年。

在当年一起游泳的小伙伴中，毛泽东和陈绍休泳技最高，但毛泽东仍在不断学习，听说有人游泳好，必去访求。1918年初夏，在上海商务印书馆工作的李某因事回家，路过长沙，毛泽东知道他是游泳高手，就通过第一师范教师的介绍，邀请他到橘子洲头做游泳表演，并请他详细介绍泳姿和游泳的经验。

毛泽东一生发表了大量文章，有趣的是，他第一篇公开发表的文章，是谈体育的。1917年4月1日，《新青年》第3卷第2号刊发《体育之研究》一文，全文约7000字，作者署名为“二十八画生”。“二十八画生”是毛泽东的笔名，“毛泽东”这三个字的繁写体总共的笔画数为28画。

《体育之研究》运用了大量的历史、哲学、心理、生理、解剖等知识，对体育本质、原理、方法、价值等进行了精辟的分析和研究，全面阐述了“健身救国”的体育思想。他指出，中国饱受列强欺压、民不聊生的重要原因之一是国民体质不强，“国力苶弱，武风不振，民族之体质日趋轻细，此甚可忧之现象也”。国要强，则民必壮。民要壮必须崇尚武风，动员国民经常参加体育活动。他认为，体育能“强筋骨”“增知识”“调感情”“强意志”，使人“身心并完”。他主张学校教育德、智、体并重，认为“体育一道，配德育与智育，而德智皆寄于体，无体是无德智也”。

在《体育之研究》中，毛泽东还向读者详细介绍了自己编的一套体操，融汇了八段锦、体操、拳击、气功等各种运动之长，包括手、足、躯干、头部和打击、跳跃等动作，能使全身获得均衡的发展。

在毛泽东看来，体育不仅是锻炼身体，更是磨砺意志。中华人民共和国成立后，蔡和森的妹妹蔡畅曾回忆说：一个暴雨雷电大作的夏夜，毛泽东湿淋淋地闯到岳麓山下的蔡和森之家，原来他刚从山上跑下来，就是为了体会《书经》上“纳于大麓，烈风暴雨弗迷”的境界。

四

从宋代开始，湖南就是烟花鞭炮的重要出产地，每逢春节，热闹非凡。

在毛泽东就读长沙的年代，春节照例是烟花漫天璀璨，鞭炮响声不绝，但这些无法掩盖时世之糜烂：国家贫弱，列强虎视，军阀跋扈，官员贪婪，民众穷苦，社会闭塞。毛泽东梦想与志同道合者，共建一个健康积极向上的社会。

毛泽东很早就意识到团队的巨大作用了。他酷爱交友。1915 年 9 月，为了联合更多的青年挚友，毛泽东以“二十八画生”之名发出了有名的征友启事，启事说“愿嘤鸣以求友，敢步将伯之呼”，提出要结交能刻苦耐劳、意志坚定、随时准备捐躯的青年。启事寄到长沙各个学校后，还引起了女校校长的误会，以为是有人借此到学校谈恋爱，还找上门来质问。

毛泽东对朋友要求很高，用他的话来说，这次征友，只得“三个半人”。在斯诺的《西行漫记》一书中，毛泽东回忆说：

我逐渐地团结了一批学生在我的周围，形成了一个核心，后来成为对中国的国事和命运产生广泛影响的一个学会。这是一小批态度严肃的人，他们不屑于谈论身边琐事。他们的一言一行，都一定要有一个目的。他们没有时间谈情说爱，他们认为时局危急，求知的需要迫切，不允许他们去谈论女人或私人问题。……在这个年龄的青年的生活中，议论女性的魅力通常占有重要的位置，可是我的同伴非但没有这样做，而且连日常生活的普通事情也拒绝谈论。记得有一次我在一个青年的家里，他对我说起要买些肉，当着我的面把他的佣人叫来，谈买肉的事，最后吩咐他去买一块。我生气了，以后再也不同那个家伙见面了。我的朋友和我只愿意谈论大事——人的天性，人类社会，中国，世界，宇宙！

数风流人物，还看今朝——就是这个范儿。

一群有远大理想、志在匡时济世的有为青年，很快就结为挚友。用句通俗的话来说：史上最牛的创业团队成立了！毛泽东与朋友们关系非常密切，常与好友结伴，四处游学，同吃同住。

从 1916 年起，毛泽东和朋友讨论最多的问题，是“如何使个人及人类的生活向上”，逐步提出了“集合同志”组织团体的想法。1918 年 4 月，毛泽东、蔡和森、萧子升、何叔衡等 13 人成立新民学会，学会以“革新学术，砥砺品行，改良人心风俗”为宗旨，要求会员不虚伪，不懒惰，不浪费，不赌博，不狎妓。从 1918 年创立到 1921 年中国共产党建立，新民学会活动了三年多时间，前后有 80 多名会员。这些人中的大部分后来都走上了革命道路。

1918 年 8 月，从一师毕业的毛泽东，与萧子升、罗学瓒、罗章龙、陈赞周等 20 多名准备赴法勤工俭学的湖南青年离开长沙，前往北京。抵京后，毛泽东与小伙伴们住在距离北京大学不远的三眼井吉安东夹道七号三间狭小的房子里，“隆然高炕，大被同眠”，生活非常清苦。毛泽东的恩师杨昌济先生为这批青年学子解决了不少难题。也是在杨昌济的引荐下，毛泽东认识了时任北大图书馆馆长的李大钊。征得蔡元培同意，毛泽东被安排在图书馆当助理员，月薪八块银圆。

也是在这段时间，毛泽东与杨昌济的女儿杨开慧从熟悉到相恋。这是他们的青春芳华。

五

中国人习惯春节后出远门。1911 年春节后，18 岁的毛泽东离开家乡来到长沙。正值中国风云激荡之际。

1921 年 2 月上旬，毛泽东和弟弟毛泽覃从长沙回到韶山过春节，做亲人工作，一起去革命。《毛泽东年谱》上记载道：“同毛泽民、毛泽覃、继妹毛泽建、弟媳王淑兰等，谈论家庭及国难当头民生多艰等情形。劝毛泽民把家里的事情安排好，走向社会，参加革命，要舍家为国，舍己为民。说：房子可以让给人家住，田地可以让给人家种，我们欠人家的钱一次还清，人家欠我们的一笔勾销。几天后，毛泽民随毛泽东离开韶山，到了长沙……”毛泽建也在这一年到长沙读书，毛泽覃则于 1918 年已到长沙读书。

毛泽建 1929 年牺牲于湖南。

毛泽覃 1935 年牺牲于江西。

毛泽民 1943 年牺牲于新疆。

1921 年 6 月 29 日，毛泽东与何叔衡离开长沙，前往上海，出席中共一大会议。开天辟地的时间到了。

“八一”，也应当是中国青年的节日

2017年，在中国人民解放军建军纪念日90周年前后，《战狼2》引爆了暑假的票房，吴京塑造的中国军人的强悍形象，深入人心，引起共鸣。这部电影的故事取材于2015年中国海军也门撤侨事件，用吴京的话来说，这是一部向中国军人致敬的电影。

在娱乐至上的今天，这部电影成功地让中国军人成为中国年轻人的偶像，令人欣喜。

在中国共产党的党史与军史上，年轻人一直是主角，他们崇军尚武，热血澎湃。

一

1930年10月，中央苏区红十二军六千男儿齐发悲声：他们的老军长伍中豪牺牲了。

称伍中豪为老军长，不是说伍中豪年纪大，而是在牺牲的前两个月，伍中豪刚由红十二军军长改任红二十军军长、前敌委员。他牺牲的时候，年仅25岁。

伍中豪与林彪并称为红军中的两只鹰，他是一个文武双全的青年将领，从湖南考入北京大学文学院，后来又考入黄埔军校，与林彪同为黄埔四期。他参加了秋收起义，转战各地，创造了诸多经典战例。毛泽东多次在根据地干部会上，表扬伍中豪能打仗，会做群众工作，是文武全才。

他牺牲得很突然：病愈归队，只带了一个警卫排，途经安福县城时被靖卫团包围，寡不敌众，子弹打光，壮烈牺牲。他的牺牲引爆了红军的雷霆之怒：安福靖卫团被全歼，杀害伍中豪的凶手被押至坟前砍头祭奠。

在为伍中豪牺牲而失声痛哭的红十二军官兵中，有一位年轻军官叫寻淮洲，时年 18 岁，任红十二军三十四师一〇〇团团长。1930 年底，蒋介石调集 10 万兵力向中央苏区发动第一次“围剿”，遭遇惨败，前线总指挥、第十八师师长张辉瓒以下 9000 余人被全歼。寻淮洲率团在围歼张辉瓒一役中，厥功至伟，升任红十二军第三十五师师长。

在接下来的岁月中，寻淮洲战绩显赫，成了红军中一颗耀眼的将星。林彪出任红军军团长时，年仅 25 岁，但寻淮洲在 1933 年出任红七军团军团长时，还不满 22 周岁。

可惜，这颗将星过早陨落了。1934 年 10 月，红一方面军主力向西突围，开始长征。留在中央苏区的最大一支红军部队是红十军团，由红七军团和红十军合编而成。因受当时“左”倾路线排挤，部队合编时，他从红十军团军团长被降为十九师师长，但他忍辱负重，英勇作战。当年 12 月 14 日，红十军团在皖南谭家桥大战国民党军补充第一旅。乌泥关制高点争夺战，成为决定此役胜败的关键。寻淮洲以师长身份率众冲锋，身负重伤。时任国民党军补充第一旅旅长之职的王耀武后来回忆说：“据第二团团长周志道报称……红军有十几个人冒着炮火的危险去抢救一个人，抬着向后方走去，看样子，被抬走的这个人可能是敌人的高级军官。”

被红军官兵冒死从炮火中抬下来的，就是寻淮洲，他一生五次负伤，这一次是致命的。两天后，寻淮洲因伤势过重牺牲，年仅 22 岁。王耀武后来派人将安葬在茂林的寻淮洲遗体挖掘出来拍照，发现他上身无衣，王耀武由此判断：红十军团何等艰苦，装备奇缺，战友穿着牺牲者的衣服，继续战斗。王耀武震惊之余，叹息不能一睹寻淮洲的风采。

伍中豪、寻淮洲，还有牺牲时年仅 25 岁的王尔琢、年仅 33 岁的黄公略，他们的名字，今人已经很陌生了，但他们都是中国人民解放军缔造之初军功赫赫的青年将领，遗憾的是，他们都“出师未捷身先死”。

寻淮州牺牲后，红十军团元气大伤，于 1935 年 1 月失败，主要指挥者方志敏、刘畴西被俘，两人不久后就义。时任红十军团参谋长的粟裕突围成功，后来，他成为中国人民解放军的“战神”。

1948 年 9 月，粟裕指挥华东野战军合围济南，对手就是王耀武。粟裕亲自拟定战斗口号：“打到济南府，活捉王耀武。”济南城破后，王耀武化装出逃，在寿光境内被俘。著名作家王鼎钧在回忆录《关山夺路》中写道：王耀武逃亡途中上厕所的时候，让副官把雪白的高级手纸递过去，就这么一个细节，被人看破了。

二

读中国共产党的党史军史，不难发现，中国共产党及其领导的军队，是年轻人用热血缔造与维护的。

1921 年，堪称“开天辟地”的中共一大，是一场年轻人的会议，13 人平均年龄 28 岁，正巧是出席者之一毛泽东当年的年龄。与会者最年轻的只有 19 岁。遥想当年，他们何等热血沸腾，要以年轻人的心气，去改天换地。金一南在《苦难辉煌》中曾这么写道：

那是一个年纪轻轻就干大事、年纪轻轻就丢性命的时代。无一人老态龙钟，无一人德高望重。无一人切磋长寿、研究保养。

需要热血的时代，便只能是年轻人的时代。

1927 年，南昌起义、秋收起义、广州起义，一群热血青年共襄盛举：毛泽东 34 岁，周恩来 29 岁，贺龙 31 岁，叶挺 31 岁，刘伯承 35 岁，罗荣桓 25 岁，粟裕 20 岁，林彪 20 岁，何长工 27 岁，叶剑英 30 岁，陈赓 24 岁，聂荣臻 28 岁，许光达 19 岁，卢德铭 22 岁，罗瑞卿 21 岁，谭政 21 岁，张太雷 29 岁，瞿秋白 28 岁……年纪稍大的有朱德和谭平山，但也只有 41 岁。

1935 年 1 月，长征途中的中共中央和中央红军经过遵义会议后，迎来了革命的大转折，确立了毛泽东在红军和党中央的领导地位。此时，距离毛泽东度过他第 41 个生日不到一个月。大量年轻人担任了红军的高级职务：王稼祥，中革军委副主席、红军总政治部主任，29 岁；林彪，红一军团军团长，28 岁；聂荣臻，红一军团政委，36

岁；左权，红一军团参谋长，30 岁；彭德怀，红三军团军团长，37 岁；杨尚昆，红三军团政委，28 岁；邓萍，红三军团参谋长，27 岁……而少共国际师师长肖华，这一年才 19 岁。

这一年，红军其他部队的将领也很年轻：红二方面军二军团军团长贺龙 39 岁，政委任弼时 31 岁；六军团军团长肖克和政委王震都是 27 岁；红四方面总指挥徐向前 33 岁，副总指挥王树声 29 岁，政委陈昌浩 28 岁；红二十五军军长程子华 30 岁，政委吴焕先 28 岁……

抗战时期，八路军、新四军都英勇作战。八路军独立第一师师长杨成武指挥部队在黄土岭战役中击毙日军中将阿部规秀时，25 岁。八路军团长陈锡联夜袭阳明堡时，22 岁。八路军独臂团长贺炳炎身先士卒、设伏雁门关时，24 岁。在电影《太行山上》中，著名演员梁家辉饰演贺炳炎，他演活了独臂团长的霸气，但遗憾的是未能形象展现独臂团长的年轻英姿，毕竟，电影上映这一年，梁家辉已经 47 岁了。

在艰苦卓绝的抗战中，有很多年轻的传奇英雄，未能等到胜利的一天。

白乙化，本是中国大学的高才生，九一八事变后，他留下“吾当先去杀敌，再来求学”的豪言，回东北组织义勇军抗战，因爱穿白衣，被誉为“小白龙”。全面抗战爆发后，他在 1939 年任华北人民抗日联军副司令；年底，任晋热察挺进军第十团团长。1941 年 2 月 4 日，他在指挥密云马营战斗中，被敌人从烽火台射下的子弹击中，不幸牺牲，年仅 30 岁。

今天，白乙化战斗过的地方，仍流传他的诸多传奇故事。白乙化有个绰号叫“白大胡子”。当时一提“白大胡子”，日伪都胆战心惊。白乙化牺牲后，人们为他立了一块纪念碑，但不久便被前来扫荡的日军破坏。后来，当地军民又为他立了一块纪念碑，刻着“民族英雄”四个大字。为了避免再次被日军破坏，乡亲们用油布把碑包起来藏在地下。这块保存完好的碑，现存于首都博物馆。

包森也牺牲在长城下。他是陕西人，是电影《剑吼长城东》中令日寇丧胆、威震关内外的主人公鲍真的原型。七七事变后，他从延安被派往晋察冀抗日根据地，1938 年 6 月率 40 多人到冀东开辟抗日游击区，1939 年秋任冀东军区副司令员。包森所率部队以超凡的战略战术和强悍的战斗力著称，威震冀东。史载：日伪军惧怕他，内部争吵时，常诅咒对方“出门打仗碰上老包”，就连时任侵华日军华北方面军司令的冈村宁次也哀叹“到冀东如入苦海”。

这位抗日名将，牺牲时年仅 31 岁。1942 年，包森率部开往长城以北去打伪满洲军时，在遵化野虎山同敌人相遇，他被敌人狙击手冷枪射中胸部，壮烈牺牲。

三

南昌起义的时候，总指挥贺龙还不是共产党员。

贺龙时年 31 岁，但已经是国民革命军第二十军军长了，用他自己的话来说，是一个“军阀”。他一直想摆脱当时中国军阀混战的局面，实现自己从小“为受苦人打天下”的梦想。他从中国共产党人的身上，看到了这股改变中国的力量。南昌起义前夕，正是共产党人遭遇大屠杀、白色恐怖弥漫之际，但贺龙认准了自己要选择的道路。起义前，贺龙在南昌第一次见到周恩来时，就斩钉截铁地表示：“党要我怎么干，我就怎么干。”周恩来当即以前敌委员会的名义，任命贺龙为起义的总指挥。起义军南下途中，贺龙在瑞金由周逸群、谭平山介绍，加入中国共产党。

这就是信仰的力量！在中国共产党最艰难的时候，在意志薄弱者纷纷逃离的时候，贺龙做出了无悔一生的选择。有个细节是：起义队伍离开南昌时，贺龙将随身携带的较为奢侈的生活用品，诸如茶具、笔洗等都赠予了他人。这是他与过往军阀的旧生活决裂之标志。

纵览党史军史，我总会思考一个问题：中国共产党及其领导的军队，为什么从缔造之时开始，就对中国一代代年轻人有如此巨大的吸引力？

王尔琢，出身小康之家，毕业于黄埔一期，在黄埔军校时加入中国共产党，北伐途中，战功累累。蒋介石很想拉拢他，以擢升军长相许，诱惑他加入国民党。王尔琢坚决拒绝。他参加了南昌起义，起义失败后，部队面临瓦解溃散，南昌起义的火种，眼看就要熄灭。王尔琢坚决支持朱德、陈毅，将最后的火种保留了下来，他自己蓄须明志：革命不成功，坚决不剃须！朱德、毛泽东井冈山会师后，王尔琢任中国工农红军第四军参谋长兼第二十八团团长。毛泽东曾指着王尔琢，对中共湖南省委特派员杜修经取笑道：“别看他长发长胡，可他还是个 20 刚出头的英俊小伙子呢。”

1928 年 8 月 25 日，王尔琢为了追回被裹挟逃跑的两个连，不幸死于叛徒袁崇全枪下，年仅 25 岁。他牺牲的时候，仍然是长髯飘飘。今天，在王尔琢家乡湖南常德的一面石墙上，镌刻着一首纪念他的诗：

一夜风云变，上海大屠杀。尔琢拔刀起，血誓效讨伐。革命不成功，此生不理发。新婚方五月，大义割柔肠。致书慈父母，泪落沾衣裳。为救工农苦，不能侍羹汤。南昌首义后，转战上井冈。指挥主力团，威震赣与湘。三战丧敌胆，活捉两只羊。红旗闪耀处，须发自堂堂。崇义追叛徒，桂花落地黄。英年二十五，天地为悲伤。

有不少年轻人从小家境优渥，在大城市接受过良好的教育，接受了共产主义的思想之后，从此不离不弃，甚至与过去决裂，意志坚定不移，无惧生命危险，更不用说甘愿忍受艰苦的物质生活——这是在中华人民共和国成立前，一代又一代加入中国共产党的年轻人的共性。埃德加·斯诺在《西行漫记》一书中感慨万千地写下这样的话："这些人当兵不只是为了有个饭碗，这些青年为了胜利而甘于送命。他们是人，是疯子，还是神？"

延安的宝塔山极具象征意义，抗战时期，这座宝塔就是灯塔。据 1942 年 5 月日本人出版的《华北共军现状》披露，北平大学生到大后方去的占 20%，投奔解放区的则达 70%。他们中有很多人加入了在延安的中国人民抗日军事政治大学（简称"抗大"），随即又奔赴前线。那是一个属于年轻人的、共同谱写英雄史诗的年代。

四

《战狼 2》的火爆，并不奇怪。

在许多"文化人"以为中国年轻人只需要娱乐并不断绞尽脑汁、

突破底线制造各种娱乐话题时，吴京拍了一部弘扬民族精神、彰显军人血性的电影。大家发现，其实这才是中国年轻人需要的品德。

“故今日之责任，不在他人，而全在我少年。……少年强则国强……少年雄于地球则国雄于地球。”梁启超的这段精辟文字，至今读起，仍让人心生激情与责任。

有两篇文章，对照着看，令人感慨。

一篇是金一南在《心胜》一书中写的俄罗斯人在卫国战争中牺牲的无名烈士墓前的场景：

在黑龙江抚远三角洲，一位边防团长给我讲了这样一件事：到黑龙江和乌苏里江对岸的哈巴罗夫斯克市访问，给他留下最深印象的，不是俄罗斯远东最大城市的异国风情，而是在该市无名烈士墓旁，看见幼儿园老师领着一群孩子，老师给孩子们讲故事，老师哭，孩子哭，大人小孩哭成一团。

这位团长告诉我，那场景使他深受震动。

……

我与那位团长讨论：3 岁到 5 岁的孩子，懂得多少事情？竟然会在烈士墓前流泪。关键是老师流泪了，他们看见以后也跟着流泪。进而又想：一个民族，从幼儿园的孩子开始就知道在烈士墓前流泪，其未来之精神素养该是何等强大。苏联解体了，俄罗斯国家至今没有完全走出低谷，但他们那些珍贵的东西并没有完全丢失，仍然在构成他们的精神内核。幼儿园的孩子在无名烈士墓前流泪，新婚的夫妇联袂向无名烈士墓献花，这样的民族怎么可能堕落，怎么可能被黑暗吞没，怎么可能被其他民族征服。

金一南写到，我们不能想象一个精神衰落的民族会是一个强大的民族，不能想象一个不能构成自己核心精神内核的民族会是一个自立于世界民族之林的民族。

另一篇，是现任北部战区陆军司令员李桥铭将军在2014年建军节前后发表的一篇文章，题为《青年要有崇军尚武的精神底蕴》：

一个国家是不是强国，不仅是物质的也是精神的。一个国家的国民没有一种强悍的精神气质，即便是经济第一，富甲天下，这个民族也不是真正的内心强大……

当一部分青年人“啃着老人”、穿着名牌，追逐着崇拜着外国的明星，嘲弄着自己的国家，嘲弄着自己的英雄，作为一种基本价值、道德准则和精神支柱，爱国主义、崇尚英雄和荣誉受到批判和嘲弄，必须引起高度警觉。中国要发展、要强大，要实现强国梦强军梦，青年人必须对爱国主义这面旗帜形成高度共识，让爱国主义成为全体国人坚决捍卫的核心价值……

当娱乐至死、娱乐至上成为年轻人的主流时，当一个国家的大多数青年人没有崇军尚武的精神底蕴时，任人宰割的历史必然会重演！

李桥铭将军说：“八一”，不仅是军人的节日，也应当是中国青年的节日。

是的，“八一”，也应该是中国青年的节日，因为如果没有90多年前那群热血的中国青年，就不会有今天这个节日。

井冈山为什么没有变成梁山泊、瓦岗寨？

“撼山易，撼解放军难。”

回望历史，回溯原本，回到起点，总是有些感慨。1927 年，南昌起义、秋收起义后失败的两支队伍，汇聚于远离城市的井冈山时，当时的舆论制造者包括起义者中的一部分人，都认为这不过是中国历史上屡见不鲜的“落草为寇”，结局不外乎被剿灭、招安，或自生自灭，不过是又一个梁山泊、瓦岗寨的翻版。

但是，井冈山为什么没有变成梁山泊、瓦岗寨，反而从这里培养了比大山更难撼动的无敌铁军？

一

走向井冈山，道阻且长。

一开始，井冈山并非目的地。1927 年，蒋介石、汪精卫先后叛变革命，屠杀中国共产党人，6 万名党员，只剩下 1 万多人。是任人宰割，还是奋起反抗？中国共产党人用枪声做出了回答：这一年，南昌起义、秋收起义、广州起义相继打响。这是中共党史军史上的三大起义，都先后失败了，队伍被打散，秋收起义、南昌起义的余部和广州起义的少数人员，上了井冈山。

秋收起义队伍是最先到达井冈山的，之前他们的目标是夺取长沙。1927 年 9 月 9 日，秋收起义爆发，当时呼喊的一个口号就是“坚决攻克长沙”。当时中共一些领导人偏好制定攻占大城市的计划：俄国十月革命不是这样成功的吗？阿芙乐尔号巡洋舰一声炮响，先占领首都彼得格勒，再歼灭白军，把红旗插遍广袤的大地。这是苏联的经验，也是共产国际代表所津津乐道并坚持要中国共产党效仿的。

但是斗志昂扬的秋收起义军在进军长沙途中，就遭遇严重挫败。第一团在修水起义，第一仗就惨败，当时混入起义部队的土匪邱国轩突然反戈叛变，国民党军乘机反扑，结果一团撤退下来，2000 人只剩下一半，团长钟文璋失踪。第二团在安源起义，进攻萍乡未克，西进攻占了老关、醴陵，又北进占领浏阳，但由于部队麻痹轻敌，陷入了优势敌人的包围，部队被打散，部分突围脱险，不少人牺牲。第三团在铜鼓起义，顺利占领了白沙镇，旋即又占领东门市，但被敌人兵分两路包围，撤退后，1500 人只剩下 400 余人……起义军有一部分人牺牲，更多人被打散，离开了队伍。

怎么办？三路行动均失利，是继续进攻还是实施退却？如果退却的话，向哪里退却？在湖南浏阳文家市，时任秋收起义前委书记的毛泽东断然决策：放弃进攻长沙，把起义军向南转移到国民党统治力量薄弱的农村地区，寻找落脚点，以保存革命力量，再图发展。《中国革命战争纪实·土地革命战争·创建革命根据地卷》如是评价：

这是一个大胆的决策。因为继续进攻长沙，这是中共临时中央原来的决定，不这样做无疑会被扣上“逃跑”的罪名。

这更是一个创新的决策……无情的事实证明，这条路（俄国十月革命）在中国走不通。中国革命要成功，只有独辟蹊径。而从进攻城市到转向农村进军，可以说是毛泽东最先觉悟到的，并果敢地迈出了第一步。

就在秋收起义余部做出向湘南撤退决定的同一天，中共中央根据共产国际驻长沙代表的报告，再次做出要湖南省委进攻长沙的决议。然而，当这一决议送到湖南时，秋收起义军已开拔南下了。假设这支队伍继续进攻长沙，只能遭受全军覆没的命运，好在，历史不容假设。

“上山”，并非毛泽东在遭遇失败后的权宜之计。《毛泽东年谱》记载，1927 年 7 月 4 日，毛泽东参加中共中央政治局常委会第三十四次会议，在讨论湖南问题时，他在发言中，就主张“上山”，认为“上山可造成军事势力的基础”。当时大家意见不一，有的建议进攻城市，有的说到国民党部队中“当兵”，以待时机。毛泽东坚持“武装上山”。

井冈山，就此走进历史。

二

从湖南浏阳文家市，到江西永新三湾村，这一路危机四伏，抵达三湾时，起义队伍已不足千人，最惨痛的是，总指挥卢德铭也牺牲了。

这时毛泽东做了一个令人吃惊的决定，他当众宣布：参加革命，完全自愿，愿留者留，不愿留者，发给路费，离队——当然，枪支不能带走。又走了一批人，留下的队伍，还能坚持多久？严峻的现实是，逃跑已经公开化，投机分子竟然互相询问：“你走不走？”“你准备往哪儿去？”如果再有一场失利，还会有更多人逃亡。

归根结底，这支队伍还没有脱离旧军队的习气。人员鱼龙混杂，有意志坚定的战士，也有一身江湖气的兵痞；有接受过正规军事训练的黄埔军校学生，也有开始满腔热情但一失败就萌生退意的年轻农民；有的人知道为革命而战，有的人却把自己当成了雇佣兵……人心涣散，思想混乱，这个问题不解决，即使上了山，也照样无法避免覆亡的命运。

这时，在历史上有不朽地位的“三湾改编”出现了。“支部建在连上”，在部队各级都设立了党的组织，班设小组，连有支部，营、团有党委。这是一个重大的创造，它对于党整合军队并确定党对军队的绝对领导，起到了非常重要的作用。毛泽东后来在《井冈山的斗争》中提到“三湾改编”对调整军队和党组织结构所起的重要作用时，这么写道：“红军所以艰难奋战而不溃散，‘支部建在连上’是一个重要原因。”

“为谁而战”，一直是中国旧军队的重大困扰，“× 家军”历史久矣，部队往往就是将领的本钱甚至私产。到了近代，湘淮军延续了“兵为将有”的陋习。袁世凯小站练兵，以德国军制为蓝本，在中国近代军制史上是一个重大的转折，但选拔将领、教育士兵，仍然打造“袁家军”，培植专属于自己的势力，麾下官兵，“吃袁大帅饭，为袁大帅打仗”。国民党军队亦是如此，虽然兵多将广，却派系林立，将领拥兵自重，一个个小心思小算盘，战场上见死不救的事，多了去了。

1932年7月，日军侵犯热河，时任南京国民政府行政院院长兼内政部部长的汪精卫，令当时占据华北的张学良出兵抵抗，后者拒不执行命令，还回电暗示汪精卫无权指挥华北军事。张学良晚年在回忆录中，还原了当年与汪精卫的对话，当时汪精卫说，日本人给的压力太大，你的军队动一动，跟日本人打一打，就可以了，先平息一下舆论。张学良如是回复：“汪先生，你这是在说什么话？让我的部下打一下，让我的部下拿生命来换你们的政治生命？……我张学良从来没有靠牺牲我部下的生命来换取我的政治生命。为这事，你中央政府也好，你也好，都别来找我！”

这样的逻辑，这样的军队，这样的政府，这样的政党，怎么可能不垮台？

相比之下，中国共产党重视政治工作则显现了巨大的优势。可以说，从“三湾改编”开始，中国共产党领导的武装，已经脱胎换骨了，“党指挥枪”从此成为中国共产党对人民军队绝对领导原则的形象表述。诚如历史见证者罗荣桓后来回忆说：“三湾改编，实际上是我军的新生，正是从这时开始，确立了党对军队的领导。当时，如果不是毛泽东同志英明地解决了这个根本性的问题，其结果即使不被强大的敌人消灭，也只能变成流寇。”

三

宏大的历史，总是透过一些细节，扑面而来。

今天，在井冈山，人们喜欢穿着灰色红军服，重走“挑粮小道”。几十年过去了，天翻地覆，扁担没有变，还是用井冈山盛产的毛竹制成。

在井冈山博物馆，有一件“朱德的扁担”复制品。当年的红军军需处长范树德生前回忆说，他花了一个铜板买了一根毛竹，削成两根扁担，一根送给朱德，一根留着自己用。朱德在自己的那根扁担上，用毛笔在一端写上“朱德扁担”，另一端写上“不准乱拿”。1928年12月间，为了保护井冈山根据地，红军发起了一场挑粮运动，朱德已年过四旬，又是军长，战士们劝他不要挑粮，但他仍然亲自挑粮上山。战士们因此为朱德编了一首歌谣：“朱德挑谷上坳，粮食绝对可靠。大家齐心协力，粉碎敌人‘会剿’。”

官兵平等，在军队内实行民主主义，也是“三湾改编”的重要内容。《中国革命战争纪实·土地革命战争·创建革命根据地卷》中写道：

的确，旧军队的官兵之间历来界限分明。由叶挺独立团发展而来的这些部队，虽然是共产党领导的，但在官兵待遇、部队管理等方面，基本沿用国民党军队的规矩。如军官和士兵除打仗外，平时伙食不一样，士兵吃大灶，连以上军官吃小灶——四菜一汤，官兵差距不小。尤其是黄埔军校出身的军官，都有皮帽、皮带、皮鞋、皮包、皮鞭，人称“五皮军官”。这些“五皮军官”非但伙食特殊，而且平常凡事高人一等，打骂士兵更是家常便饭。

“三湾改编”，在连、营、团各级设立了士兵委员会，废除繁文缛节，不准打骂士兵，经济公开，士兵管理伙食，官兵待遇平等。这个规定，极大地调动了士兵的革命热情。历史见证人宋任穷曾在井冈山时代担任过士兵委员会主任，他回忆说：

它（士兵委员会）的工作，一个是政治民主，一个是经济民主，管理伙食，管理经济。那时来自旧军队的军官很多，打人骂人的军阀习气还是存在的，有的相当严重。士兵委员会就同他们那种旧习气作斗争。

当年，井冈山本来经济基础差，加上敌人封锁，红军的生活非常艰苦。时任二十八团团长的粟裕后来回忆说，当时每天的伙食除粮食外，油盐菜金五个铜板，基本上餐餐吃红米、南瓜。南瓜吃了涨肚子，不好受。最困难的是部队吃不到盐。今天，来井冈山的游客，总要品尝红米饭、南瓜汤，人们很难想象当年红军官兵每天都吃这个。人们更难想象的是，在如此艰苦卓绝的条件下，红军还能保持旺盛的革命乐观主义。这是因为平等，“不患寡而患不均”。《毛泽东选集》第一卷中写道：“从军长到伙夫，除粮食外一律吃五分钱的伙食。发零用钱，两角即一律两角，四角即一律四角。因此士兵也不怨恨什么人。”

官兵平等的同时，军民关系也得到重塑。众所周知，“三大纪律八项注意”源于井冈山，当时叫“三项纪律，六项注意”。先有“三项纪律”：第一，行动听指挥；第二，筹款要归公；第三，不拿老百姓一个红薯。后有“六项注意”：上门板、捆铺草、说话和气、买卖公平、借东西要还、损坏东西要赔。

在井冈山博物馆里，还陈列着一张渔网。当年，井冈山的百姓感慨红军真不一样，他们很喜欢红军，于是用这张网捞鱼慰劳红军。

四

历史很奇妙，有的人风风火火出场，浓眉大眼亮相，却旋即没了戏份，甚至沦为丑角；有的人在历史帷幕拉开时，并不显眼，无人看重，却在接下来的时光，走进舞台中央，成为改变历史的重要人物。

余洒度，黄埔军校二期生，以口才、文才著称，秋收起义时任工农革命军第一军第一师师长，响当当的英雄人物，上井冈山后，对革命失去信心，悲观失望之下，选择脱逃部队，辗转来到上海，又选择了脱党，被国民党特务逮捕后，他又选择了投敌，被委任为少将处长。为了满足奢侈生活，余洒度利用职权贩卖毒品，事情败露后，蒋介石亲自下令将其枪决。

苏先骏，黄埔军校四期生，北伐战争时期加入中国共产党，参加秋收起义，任工农革命军第一军第一师第三团团长。上井冈山后，也是因为悲观失望，与余洒度一起脱逃部队。他在岳阳被捕后叛变，出卖中共湖南省委领导人郭亮，导致郭亮被捕牺牲。1930 年 7 月，红三军团攻占长沙，苏先骏被处决。

史载，余洒度、苏先骏在脱逃途中，被哨兵挡住，毛泽东知道后，说：“他们要走，就让他们走吧。”

“井冈山的红旗还能打多久”这个问题，考验着根据地的每一个人。不少人以各种借口离开了根据地，大多是不辞而别，有的迷信到中心城市去闹暴动，有的悲观消极，逃避革命回了家，还有的投靠敌人当了叛徒，还有人信念坚定，坚持了下来。所谓“大浪淘沙”，即是如此。

关键时刻，最见定力。金一南将军在《心胜》一书中，写过朱德的故事：南昌起义，组织指挥起义的核心领导成员中都没有朱德。起义的当天晚上，前敌委员会分派给朱德的任务，是用宴请、打牌和闲谈的方式，拖住滇军的两个团长，保证起义顺利进行。陈毅后来回忆说，朱德在南昌起义的时候，地位并不重要，也没有人听他的话，大家只不过尊重他是个老同志罢了。

朱德真正发挥作用，是在这支部队面临失败结局的时候。当时，大家纷纷脱队，“南昌起义军在部队中除各级军事主官外，军、师两级设有党代表，团、营、连三级设有政治指导员。这一健全的军政领导体制到1927年10月底在江西安远天心圩最后崩溃。师以上军事领导干部走得只剩下朱德一人，政工领导干部则一个不剩。团级军事干部只剩下七十四团参谋长王尔琢，政工干部只剩下七十三团政治指导员陈毅。团以上干部全部加起来，仅剩朱德、陈毅、王尔琢三人。领导干部如此，下面更难控制。营长、连长们结伙出走，还有的把自己的部队拉走，带一个排、一个连公开离队。剩下来的便要求分散活动……部队面临顷刻瓦解、一哄而散之势。南昌起义留下的这点火种，有立即熄灭的可能”。

关键时刻，站出来的是朱德。他用坚定的信念，凝聚了队伍，将部队改编为一个纵队，朱德任纵队司令员，陈毅任纵队政治指导员，王尔琢任纵队参谋长，共800人。金一南写道：“两万多人的南昌起义队伍，最后真正保存下来的，就是这点家底。这点家底后来成为中国人民解放军建军的基础，战斗力的核心。”南昌起义的火种，从此再也没有熄灭。

朱德带领这支队伍上了井冈山，有了“朱毛会师”。金一南评价说：朱德从南昌起义队伍的边缘走到了“朱毛红军”的核心，最后成为中国人民解放军总司令，没有义无反顾投身革命、舍生忘死追求真理的精神世界，也无法获得这样深刻和敏锐的历史自觉。一句名言说：人的一生虽然漫长，但关键时刻只有几步。个人如此，集团、国家同样如此。能够在关键时刻帮助领导者做出关键判断、采取关键行动的那种发自内心召唤的历史自觉，是伟人之所以成为伟人的必备条件，更为见风使舵者、见利忘义者、投机取巧者永远无法获得！

五

《中国1927——解密80年前中国政局的历史谜团》一书写道：

10月22日清晨，部队在遂川县的大汾镇，突然遭到遂川县地主武装靖卫团三四百人的袭击，因为人地生疏，仓促应战。枪声一响，毛泽东与特务连连长曾士峨、党代表罗荣桓迅速撤退。……一路上只收容起三四十人。……毛泽东率领这支小部队继续向井冈山转移……

这就叫作“星星之火，可以燎原”！

今天回望历史、打量井冈山，会有许多启示。历史或有机缘巧合，但历史也自有规律，比如，历史的胜利者属于有信仰有信念有信心的一群人，他们在最黑暗最艰难最绝望时刻，依然不失诗性与浪漫，正如毛泽东所写的：

它是站在地平线上遥望海中已经看得桅杆尖头了的一支航船，它是立于高山之岭［巅］远看东方光芒四射喷薄欲出的一轮朝日，它是躁动于母腹中的快要成熟了的一个婴儿。

井冈山因此是独一无二的井冈山，而不是梁山泊、瓦岗寨的翻版。

在井冈山，感悟“超越死亡”

在井冈山参观星罗棋布的革命遗址，墙上一张张肖像照下是简单的生平介绍，看得愈多，心愈发一揪一揪地疼：他们生卒的“卒”，大多是1928、1929、1930、1931……这些在20多岁、30岁出头就牺牲的烈士，永远凝固在一张张清晰度并不高的黑白照片中，有些人甚至没有留下一张照片。

他们是一群有着浓重悲剧意味的英雄：他们播种，却不问收获。他们为了胜利而奋斗，却没有等到胜利的时候。他们在无尽的黑暗中高举火把，却在日出东方、大放光明的前夕，永远闭上了双眼。

死亡，始终是人类的终极恐惧。

中国自古以来常说“好死不如赖活”“蝼蚁尚且贪生，为人何不惜命”“留得青山在，不怕没柴烧”……90多年前，聚集在井冈山的这群年轻人，是什么让他们不畏惧死亡？又是什么，让他们的生命价值超越了死亡？

一

1930年5月，井冈山的莽莽苍苍的山林中，红军著名将领张子清溘然长逝，年仅28岁。

古希腊悲剧中，有一个“阿喀琉斯之踵”的故事：无敌的英雄阿喀琉斯，浑身唯一“死穴”是他的脚跟，结果被敌人一箭射中此处而死去。张子清的致命伤也在脚跟。1928年3月，毛泽东率部下离开井冈山迎接朱德。4月18日，在草铺湾追击逃敌时，张子清左脚踝骨中弹负伤。10天后，朱毛会师。因为缺医少药，张子清脚踝骨中的子弹一直未能取出，伤口感染，但他坚持在担架上指挥战斗。后来还是因为伤势太重，这位参加过秋收起义、辅佐毛泽东创立井冈山革命根据地的年轻将领，长眠在这片大山之中。

张子清是湖南桃江人。他的父亲张建良先后参加了同盟会和湖南新军，当上了湖南江道区少将司令。张子清文武双全，他本来可以凭借父亲故旧的关系到美国留学，但他却上了井冈山。他拥有卓越的军事才能，在井冈山根据地创建初期，他率部作战大小上百次，多次挽救红军于危难之中，堪称毛泽东的“左丞右相”。张子清在红军中的地位如何？毛泽东任工农革命军第一师（下辖两个团）师长时，张子清任师参谋长兼一团团长；朱毛会师后，中国工农红军第四军宣告成立，下辖三个师，张子清任十一师师长兼三十一团团长，而此时林彪还只是一个营长。

熟悉中国共产党党史和军史的人如今说起张子清，都会叹息：假如当时有一针青霉素就好了；假如张子清没有牺牲，他在中华人民共和国成立后必是元帅……

历史哪有那么多“假如”？但是，人们心中仍然忍不住感慨……

假如卢德铭没有牺牲……

卢德铭，四川自贡人，由孙中山亲自推荐入黄埔军校二期。北伐时任叶挺独立团营长，后又升任团参谋长。秋收起义时，他是总指挥。在起义部队遭到挫折时，他坚决支持毛泽东改变攻打长沙、转向山岭中进行武装割据的主张，支持起义部队上井冈山。在江西萍乡芦溪县，为掩护部队前进，卢德铭被敌军一颗子弹击中右胸后牺牲，年仅 22 岁。毛泽东痛惜不已，叹道：“还我卢德铭！给我三个师也不换。”

假如王尔琢没有牺牲……

王尔琢，湖南石门人，黄埔军校一期生。1927 年，他参加北伐，时任团长。蒋介石派人游说他：只要加入国民党，就擢升军长。他拒绝了，随后参加南昌起义，上了井冈山，屡立奇功。1928 年 8 月 25 日，王尔琢追赶被叛徒袁崇全裹挟的两个连，将他们劝回了红军队伍，但王尔琢却遭袁崇全开枪射击，英勇牺牲，年仅 25 岁，时任红四军参谋长。

假如王良没有牺牲……

王良，重庆綦江人，黄埔军校五期生。他参加秋收起义后，上了井冈山，后来担任连长取得了著名的黄洋界保卫战胜利。毛泽东挥笔写下了“黄洋界上炮声隆，报道敌军宵遁”。后来他担任师长，全歼敌军第十八师，活捉敌军师长张辉瓒。毛泽东又写下“雾满龙岗千嶂暗，齐声唤，前头捉了张辉瓒”。1932 年，他在前沿阵地观察敌情时被冷枪击中牺牲，年仅 27 岁，时任红四军军长。

假如黄公略、伍中豪、刘畴西、王展程、宛希先、何挺颖、寻淮洲、刘作述、刘辉霄，还有年仅 24 岁便成为我军第一位总参谋长的朱云卿等人，没有牺牲……

真的是巨大的牺牲！井冈山斗争时期，4.8 万多名烈士长眠于此，只有 15744 人留下姓名。苏区时期，兴国县 23 万人，参军参战的有 9.3 万余人（正式参加红军的有 5 万多人），牺牲的烈士共 5 万多名，有姓名可考的有 23179 人，其中牺牲在长征路上的有 12038 人，几乎每一公里就有一名兴国籍官兵倒下。中华人民共和国成立时，全国党员人数 400 多万，牺牲的党员烈士也近 400 万……

今天，在宁冈茅坪的中共湘赣边界第一次代表大会（1928 年 5 月召开）旧址的墙上，悬挂着当年 43 名出席代表的名单。中华人民共和国成立后，名单上只有 7 个人还活着。

二

在战争年代，生存，还是死亡，偶然性很大。读井冈山那段历史时，不时会想起“命运”二字。冲锋时，撤退时，或者，就是在行军的时候，敌人一排枪打过来，有的人中枪了，年轻的生命就此凋谢。

1955 年，中国人民解放军授军衔，当年参加过井冈山斗争的老红军群体，可谓将星璀璨：十大元帅中有朱德、彭德怀、陈毅、罗荣桓、林彪 5 位，十位大将中有粟裕、谭政、黄克诚 3 位，还有 14 位上将、20 位中将、众多少将……这些还不包括一大批参加过井冈山斗争的老红军，以及在中华人民共和国成立后调离军队到党政部门担任领导职务的谭震林、滕代远、何长工等人。

就在这一次授军衔前，彭德怀向毛泽东汇报，提到段德昌这个名字时，毛泽东顿时两眼泪花，汇报不得不改日进行。段德昌是湖南益阳南县人，1921 年就与毛泽东结下真挚友谊。他与贺龙、周逸群一起创建了湘鄂西苏区，他还是彭德怀的入党介绍人和革命引路人，26 岁就当上了中国工农红军第六军军长，被誉为“常胜将军”，遇难时年仅 29 岁。

毛泽东本人，在井冈山根据地和中央苏区时期，也多次遇险。1927 年 9 月，在前往指挥秋收起义的路上，毛泽东被地主武装团防队抓住了。若干年后，毛泽东在延安对美国记者斯诺讲述了自己脱险的经历：

我曾向一个同志借了几十块钱，我想用它贿赂护送兵来放掉我。那些士兵都是雇佣的兵，他们并没有特殊的兴趣看我被杀，所以他们同意释放我。但是那个解送我的副官不肯答应，因此我决定还是逃走，但是一直到我距民团总部二百码的地方才有机会。在这个地点，我挣脱了，跑到田野里去……

追兵过来搜索，差点就发现躲藏在草丛中的毛泽东，直到天黑才放弃。毛泽东光着脚连夜翻山越岭，才脱离险境。

在江西瑞金叶坪，毛泽东居室外有一棵大树，敌人飞机扔下的一颗炸弹居然悬在树上没有爆炸。今天，当地人把一颗炸弹模型挂在树上，来纪念那个有惊无险的瞬间。在长征路上，毛泽东率军翻越二郎山附近的甘竹山时，遭遇空袭，敌机扔下的炸弹这次炸了，警卫员胡长保将毛泽东推开，自己牺牲了。轻易不流泪的毛泽东，此刻泪流满面。

中国工农红军早期最惊险的一幕，发生在1929年2月2日凌晨，毛泽东、朱德、陈毅三人差点集体遭遇不幸。

当时毛泽东、朱德和陈毅率领红四军主力3600余人准备开辟赣南、闽西革命根据地，从井冈山一路转战至赣南的寻乌县，在圳下村宿营。2日凌晨，敌军突然冲了进来。枪声响起来时，毛泽东刚醒来，敌人的先头分队已越过了他的住房。粟裕后来回忆说：

凌晨，我们在项山受到刘士毅部的突然袭击。那次第二十八团担任后卫，林彪当时任第二十八团团长，他拉起队伍就走，毛泽东同志、朱德同志和军直属机关被抛在后面，只有一个后卫营掩护，情况十分紧急……

毛泽东反应迅速，听到枪声后，趁拂晓昏暗，敌人不注意，立刻带领前委机关和手枪班越过居所旁边的小溪，撤往村东南的山上。陈毅、江华、谭震林等从前门冲了出去。战斗中，陈毅险些被俘虏，一个敌人揪住了陈毅的大衣，陈毅顺势把大衣脱下盖住敌兵的整个头部，飞快地跑走了。

朱德被敌人包围，激战后只带着一个警卫员突围了。朱德的妻子伍若兰为了掩护朱德，手握双枪，边打边退，不幸腿部受伤被捕。她后来遭受敌人严刑拷打，坚贞不屈，2月12日被敌杀害于赣州卫府里，时年26岁，连一张照片也没有留下。伍若兰是湖南耒阳人，牺牲时还带着身孕。残忍的敌人把她的头颅挂在了城墙上，后来放在一个竹筏上，顺赣江而下“沿江示众”，并写上“共匪首领朱德妻子伍若兰”。朱德一直怀念伍若兰，粟裕回忆说：“我们看到朱军长把伍若兰同志为他做的一双鞋子一直带着，很受感动。”

圳下战斗惊险无比，差点改写了中国革命的命运。“那真是中国革命史上惊心动魄的时刻。后来消灭八百万蒋介石军队建立新中国的共产党领袖们，差一点儿就被国民党的地方武装‘包了饺子’。”

1949 年，中华人民共和国成立，经历过一次次生死考验的胜利者，其实也是幸存者。巾帼英雄曾志晚年在病榻上以回忆录的形式写成一部自传，名字就叫《一个革命的幸存者》。1928 年，曾志参加湘南起义，随朱德上了井冈山。她也参加过圳下战斗。1998 年，曾志逝世后，骨灰安葬在井冈山小井的一处小山坡上，不远处就是当年她工作战斗过的红军医院，以及惨遭敌人杀害的 130 多名战友的集体墓穴。

三

1929 年 5 月 3 日下午，井冈山脚下的莲花县，35 岁的中共莲花县委书记刘仁堪走到了生命的终点。他在刑场不断怒斥敌人、发动群众，敌人暴跳如雷，用匕首割掉刘仁堪的舌头。他浑身是血，无法言语，却用脚趾头沾上鲜血，在站立的方桌上，写下了“革命成功万岁”几个大字。

中共党史和军史上有许多类似壮烈的瞬间，共产党员们用自己的死来接近自己奋斗的目标。他们坚信革命能够成功，坚信自己的奋斗有价值，坚信自己的死亡将成为走向胜利的铺路石——这就是革命战争年代中国共产党人能够蔑视死亡、超越死亡的原因。

“我这样做，为的是革命，你以后会明白的。我走的是正路，虽然这条路我走不到头，但最后一定有人走到头！”这段话是肖国华在狱中对妹妹说的。肖国华是江西省吉水县人，中共早期妇女解放运动的卓越领导人之一，还是中共井冈山党组织创始人龙超清的入党介绍人。她家境优越，父亲在江西教育界有极高的地位。她被捕入狱后，家人各方奔走。监狱答应，只要她在自首书签字，就能保释。但她拒绝了，她认为信仰比生命更重要。她被残忍杀害时，年仅30岁，孩子还不到3岁。

像肖国华这样的出身，为什么会做这样的选择？她3岁就由伯父做主定下亲事，6岁被迫穿耳缠足，在南昌读师范期间，被逼辍学提前与半痴呆的富家子弟结婚……她在黑暗中无法呼吸，渴望打破这个旧世界。她信仰共产主义，宁肯死，也不放弃信仰。

当年，汇聚井冈山的，有赤贫的工人农民，也有留学生、大学生、富家儿、官宦子弟……明明知道自己走的是一条无比危险、随时可能丢掉性命的道路，但他们毅然走下去，因为这是一条信仰之路。

1936年春，28岁的赣南军区司令员蔡会文在突围中身负重伤，不愿被俘，拼死搏斗，被敌人割断了脖子。

蔡会文是湖南攸县人，蔡家堪称当地首富，但他成了“叛逆”，革命从自家开始，开仓分谷，由此带动了攸县的农民运动。他参加秋收起义后，来到井冈山，迅速成长为优秀的红军将领。红军长征后，他留下来坚持战斗，极端困苦的环境下，他与战士谈心，拿自己举例：我是地主出身的知识分子，不搞革命，完全可以过上无忧无虑的生活，在家里搞家业，享清福，可为什么偏偏要钻进深山吃苦？就是因为我相信共产主义，我要为它的实现奋斗终生。现在革命并没有失败，只是处于低潮，我们决不能丧失信心，不能悲观失望，更不能动摇叛变……蔡会文牺牲后，他的遗骨至今都未能找到。

红军将领胡少海也出身于湖南宜章的首富之家，是县城人人羡慕的胡家“五少爷”，却因从小目睹社会不公平、穷人命运悲惨而发誓要改变中国。1928 年 1 月，他利用自己“五少爷”的身份，与朱德里应外合，打下了宜章城。他的首富父亲暴怒，登报以五百大洋缉拿“孽子”。胡少海并非不孝顺父亲，但人的出身和时代都不是自己能选择的，他告诉前来劝说的弟弟：我只能离开自己的家，投身革命的家，跟着共产党去扫清天下的不公。1930 年 8 月 6 日，红二十一军军长胡少海在前线中弹牺牲，时年 32 岁。

从诞生之日起，中国共产党就不是一个利益集团，而是一个价值观集团：有着共同信仰，共同价值观。正因为如此，那么多人，在生与死的关头，在苟且偷生与坚守信仰的抉择中，甘愿为捍卫自己的信仰而放弃宝贵的生命，甘愿成为共产主义的殉道者。中国井冈山干部学院常务副院长梅黎明在《大格局视野中的井冈山》一书中写道：

在井冈山，毛泽东硬是用信仰，组建了一个志同道合的团队，愿意革命的留下，为革命吃不了苦的，为养家糊口的，不愿意革命的，你都可以回去，还发路费给你。这是一种什么样的信仰追求？自觉自愿。你不认同信仰，不强迫你。大路朝天，各走一边。认同了，那就留下来，共同努力，艰苦奋斗去实现这个信仰。

1934 年冬天，时任江西省苏维埃政府裁判部部长的江善忠，在江西兴国县长冈乡一座山崖被敌人团团围住，他打光子弹，拒绝诱降，在纵身跳下山崖前，咬破手指在衣襟上写下血书：“死到阴间不反水，保护共产党万万年！”信仰为什么会有力量？人生短暂，但信仰能够让人的生命价值，超越死亡化为永恒。

这种力量一旦凝聚，便是不可阻挡的历史洪流。美国著名记者埃德加·斯诺在《西行漫记》一书中写道：

冒险、探索、发现、勇气和胆怯、胜利和狂喜、艰难困苦、英勇牺牲、忠心耿耿，这些千千万万青年人的经久不衰的热情，始终如一的希望，令人惊诧的革命乐观情绪，像一把烈焰，贯穿着这一切，他们无论在人力面前，或者在大自然面前，上帝面前，死亡面前，都绝不承认失败。

四

行走在井冈山，我常常思考这样一个问题：革命先烈既然知道自己的同志随时可能牺牲也甘愿牺牲，为什么还偏偏愿意冲锋在前？

在井冈山革命博物馆，我看到了陈毅安的信，这位红军骁将写得一手好字。他在一封信中写道：

最可笑的就是我去学炮科，你恐怕我去打仗而死了，没有什么价值；你又说你毕业后出来当教员，把一些青年子弟要教成爱国者，来为国家流血。你不愿你的爱人流血，而要别人去流血，这真是笑话了。你的学生将来他没有爱人吗？父母吗？兄弟吗？他不是中国人吗？他就应该去血战吗？假若他的爱人死死的不要他去流血，那中国就无可救药了……

你说不要糊糊涂涂的死了，这也不错。但是为了革命而死，为民众谋利益而死，是不是糊糊涂涂呢？假若是的，那中国一定没有烈士，革命也永远不能成功。

这是陈毅安写给自己的恋人李志强的一封信，这位革命者的逻辑非常清晰：自己不流血，只希望别人去流血，那么，革命永远不可能成功。

陈毅安的肖像，俊朗清秀，戴着眼镜，像个秀才。他是湖南湘阴人，黄埔军校四期生，骁勇善战，秋收起义后上了井冈山。李志强在长沙城里的湖南省立第一女子师范就读，两人属于一见钟情。对于年轻人来说，“生命诚可贵，爱情价更高”，美好的爱情让他们幸福不已。但在陈毅安心中，比爱情更重要的是革命。他在一封信中这样写道：

唉！情魔，情魔！你把我们的革命性销（消）磨了。我们是有阶级觉悟性的青年，担负了世界革命的重大使命，我们难道恋恋于儿女的深情吗？没有一点牺牲的精神吗？我们绝对不是这样……

最亲爱的妹妹，你不要畏难吧！十八层地狱底下的中国，今日也得见青天白日了。眼见得帝国主义军阀及一切反动势力快要到坟墓里面去。一钱不值的我们，也要做起天下的主人了。努力！努力！前进！前进！我们的目的地终会到达啊！

1930 年 7 月，因伤从井冈山回乡养伤并结婚的陈毅安，告别了新婚 9 个月的妻子，担任攻打长沙战役的前敌总指挥。7 月 28 日清晨，红军占领长沙全城，此役消灭湘敌八千余人，俘虏团长以下官兵近三千人，成为第二次国内革命战争时期红军攻下的唯一省城，在国内外产生了巨大政治影响。敌军疯狂反扑，8 月 4 日，在撤退中，25 岁的陈毅安被敌人机枪子弹击中，彭德怀闻讯跑过来时，陈毅安已经停止了呼吸。

1931 年 3 月，陈毅安牺牲 7 个多月后，李志强接到了一封信，信封上是陈毅安的手书，她欣喜万分，抽出信纸——竟然是空白的。她失声恸哭。丈夫曾与她相约：如果我哪天不在人世了，我就会托人给你寄一封不写任何字的信，你见了这封信，就不要再等我了。

陈毅安给李志强一共写了 54 封家书，李志强悉数精心保留，终身未改嫁。他们的故事，在残酷岁月中绽放人性光辉，更显悲怆。

“中国革命太难投机了！”金一南在《苦难辉煌》中如是感叹。他说：“有一种认为中国共产党人的胜利是来自历史的偶然，是利用对手的失误，利用国际形势提供的一些机缘。持这些说法的人应该看一看中国共产党人走过的艰苦卓绝历程。”

没有人不知道：生命只有一次。革命者也都是有血有肉的人，有他们的爱和怕，但他们往往都选择了革命。

毛泽建，毛泽东的堂妹，让敌人闻风丧胆的女游击队队长，写信总在落款处画一柄利剑。1928 年 5 月，在一次突围中，她和丈夫陈芬同时被捕，丈夫的头被割下来装在笼子里，挂在耒阳城头“示众”三天。毛泽建被同志救出，但敌人很快反扑，她即将临产，只好藏匿在当地一位农妇家里，生下了儿子。她给他取名“艰生”，以纪念这艰苦岁月。由于孩子的哭声惊动了民团，毛泽建又一次被逮捕。

敌人抓到了毛泽东的堂妹，如获至宝，但无论怎样威逼利诱，都一无所获。敌人开始动用酷刑，仍然撬不开毛泽建的嘴巴。临刑前，毛泽建对前来探监的陈芬的姐姐说：想见见儿子艰生。她不知道，因为没有奶吃，艰生早已夭折。陈芬的姐姐只能从老乡家借了一个婴儿抱给她看。毛泽建抱着婴儿亲个没完，陈芬的姐姐不忍心告诉她真相，只能放声痛哭。毛泽建就义的时候，只有 24 岁。

胜利，从来不是从天上掉下来的。从这个意义来说，用看似时髦的话语“史上最牛创业团队”来诠释中国共产党人走过的路，是何等肤浅！

五

王尔琢牺牲后，红军在宁冈举行追悼会，毛泽东亲笔拟就、陈毅手书了一副挽联：

一哭尔琢，二哭尔琢，尔琢今已矣！留却重任谁承受？

生为阶级，死为阶级，阶级后如何？得到胜利方始休！

这副挽联，写出了要如何告慰牺牲者，那就是得到胜利！

那些衣衫褴褛、浑身血污的烈士，没有活到胜利的一天，没有赶上评功、授勋、授衔，但他们从此湮没于历史了吗？

答案是否定的。他们的牺牲，不仅让中国共产党人在艰苦卓绝之中取得惊天动地的胜利，更给颓丧萎靡已久的中国注入精神力量，让渴望摆脱屈辱的中华民族完成了一次精神洗礼。用毛泽东的诗性语言来表述，那就是：“为有牺牲多壮志，敢教日月换新天！”

缺盐的岁月

中国共产党的历史既有波澜壮阔的历史大势，亦有耐人寻味的历史细节，比如，盐是今日寻常物，但20世纪30年代初，中国共产党建立中华苏维埃共和国，开始执政的伟大预演时，却一度陷入缺盐的困境。

以盐作为切入口，来观察中共党史的一段特殊时期，能够细细品尝到历史的滋味。

一

现代健康饮食倡导“少盐”，但长期没有盐吃，是什么感受？

盐，不仅仅是调味品，也是维持人体运转不可缺少的物质。盐分摄入不足，会导致人体出现一系列的问题。如果穿越到20世纪30年代初的中央苏区，那里的人是这样的状态：因为长期缺盐，到处都是“少白头”，人们的头发变白，食欲不振，四肢无力，在路上走着走着，突然眩晕，甚至昏厥。红军战士们体质明显下降，部队战斗力被严重削弱。

当年缺盐时代的亲历者，对此有刻骨铭心的回忆。

1972年年底，被“下放”到江西的邓小平即将复出。回京前，他到江西老革命根据地进行了调研。邓小平第一次踏上江西的土地，是在1931年2月，这一年8月，邓小平担任中共瑞金县委书记。次年5月，又赴会昌担任第一任中心县委书记。这次调研，他特地到了樟树县城南郊的江西盐矿，仔细地看了卤水库、平锅熬盐、盐仓和真空制盐车间。邓小平的女儿邓榕在《我的父亲邓小平》一书中写道：

在当年苏维埃政府旧址，父亲看到一棵浓荫蔽日的大榕树，他感慨地说：“都变样了，只剩下这个大榕树。当年我经常在这个树下看书、看报。”话语中含有无限的眷恋。到周田参观盐矿，他回忆说：“苏区时期，没有盐的苦头我们是吃够了。”他还与大家谈起苏区时熬硝盐的情况。

张闻天的夫人刘英，对中央苏区缺盐的艰苦生活，也有清晰的回忆。1932年，她从苏联回国，在中央苏区任共青团福建省委书记，少共中央局宣传部、组织部部长。苏区的生活质量，与苏联有巨大差距，《在历史的激流中——刘英回忆录》中写道：

毛主席和王稼祥同志，一个养病，一个养伤，一起住在《红色中华》编辑部的一个空房间里，离少共中央局不远。傍晚散步，也常常弯进来坐一坐，说说笑话。稼祥是红军总政治部主任，四次反“围剿”被打穿肠子。下面部队都很关心他，有了战利品，总是“进贡”一点给他。稼祥同志会来招呼我：“刘英，快来揩点油，改善生活嘛！”其实所谓战利品，大多只是一点面粉，一点盐。吃上一碗面条，就算是生活大改善了。那时的生活确实艰苦，粮食不够吃，每人一个小蒲席包，挂上名牌，放进锅里去煮，干粥烂饭，还夹着沙子，直硌牙。缺油缺盐，有时只放一点又苦又涩的硝盐，更不用说吃什么菜了。

中央苏区缺盐，是当时国民党军事“围剿”加经济封锁造成的。

1931 年 5 月 30 日，国民党中央政府颁布新《盐法》，对食盐的产销、储存严加管制，明令禁运、私卖。这一年 11 月 7 日，中华苏维埃共和国在江西瑞金宣告成立。国民党加大了对中央苏区经济封锁的力度，他们在江西南昌设立了食盐火油管理局，苏区周边各县下设食盐火油公卖委员会，推行“计口售盐”“封锁匪区办法”，宣称不让“一粒米、一撮盐、一勺水”落入共产党手里。

当年中央苏区境内不产盐，435 万军民每月耗盐量至少也要 15 万斤以上，一时之间造成食盐供应空前紧张，盐价暴涨，一块光洋在白区可买 7 斤盐，在苏区却买不到 7 钱 3 分的盐，所谓“盐顶七钱三”，还常常有价无市。毛泽东 1933 年 11 月在著名的《长冈乡调查》中记载了当时苏区的“天价盐”：

盐——暴动前每七斤一元，一九三一年三月每一斤一元，去年每三斤半一元，今夏每一斤大洋一元，纸洋二元，十一月每一斤十二两大洋一元，每一斤四两纸洋一元。

在《长冈乡调查》中，毛泽东还写道：

老少平均每人每天需盐四钱（月十二两），今年七月减少一半只二钱（月六两），十一月三钱多一点（月约十两）。群众食酸菜水，说与放盐差不多。（这是国民党的罪恶，冲破封锁才有盐吃。）

做长冈乡调查时，毛泽东已被“左”倾势力排斥，失去了在党和军队中的领导职务。时任红三军团第四师政委的黄克诚回忆说，“左”倾让苏区缺盐的状况进一步恶化：

中共临时中央自上海转移到中央苏区之后，进一步排斥毛泽东的正确领导，并最终取消了毛泽东在党和军队中的领导职务，使毛泽东被迫离开了红一方面军，由此而造成的损失是无法估量的。……他们所实行的土地政策、工运政策、城市政策、商业政策等等，都“左”得出奇，使自己陷入被动孤立的境地。……在中央苏区内造成了新的赤白对立，给红军带来了许多意想不到的困难。过去可以从赣州、吉安等地把盐运进中央苏区，这时候中央苏区吃盐却成了大问题。国民党加紧对中央苏区实行封锁，固然是一个方面的重要原因，而另一方面，由于我们实行过“左”的政策，把私商这条线也割断了，等于自我封锁起来，这样就只好没盐吃。当时兄弟部队见面时，能向对方要到一点盐，就是很难得的收获了。

二

1933年夏天的一个傍晚，夜幕四合时，瑞金县安治乡（因毛泽覃1935年牺牲于此，中华人民共和国成立后改为泽覃乡）一处偏远山村的废弃茅厕土坯墙边，有个年近六旬的老人挥锹刨土，不料土墙坍塌，她来不及躲避，摔进2米多深的坑里，一时动弹不得，大声呼救。幸亏有老乡经过，才把她救出来，她被紧急送到中央苏区红色医院时，已是深夜，她的女儿和女婿正在焦急等待。

这个老人名叫杨振德，她的女儿是邓颖超，女婿是周恩来。

杨振德是个很不平凡的女人，生下邓颖超没多久，丈夫就去世了，她靠行医、教书，一个人拉扯着孤女长大。邓颖超与周恩来结婚后，杨振德同他们住在一起，替女儿、女婿料理家务，送信放哨，并用行医的收入贴补家用。周恩来、邓颖超先后从上海来到中央苏区后，杨振德随后也经过地下秘密交通线来到瑞金，并在红色医院当了一名医生。

好好当着医生，为什么要跑那么远去刨茅厕土坯墙？

缺盐！

中央苏区没有盐吃，只能土法熬硝盐，取硝土作原料，熬制提炼食用硝盐。硝土哪里来？老屋墙上，地窖里面，甚至找棺材底下的泥，挖来煮出硝。这种土法熬制的硝盐又苦又涩，吃多了还有毒，但总比没有盐好。不过，即使是这种硝盐，也是极度缺乏的。周恩来因为长期缺盐，加上工作辛劳，身体状况很糟糕。

当时周恩来任中共苏区中央局书记、红一方面军总政委，是中共中央主要领导人、军事和组织部门主要负责人、苏区党和军队掌舵人。邓颖超也在中央苏区担任要职。他假如要搞特权弄点盐，那是轻而易举的事，但周恩来坚持执行最低食盐定量标准，每人每月一律供应旧秤 4 两食盐，折合市秤才 0.25 斤。有一次他的警卫员瞒着他，在他的菜里多加了一点盐，周恩来知道后大发雷霆。杨振德出去挖硝土，是因为当时中央苏区经济严重恶化，盐荒加剧，周恩来因为长期缺乏盐分，加上天热，晕倒了。当时他正骑马赶路，直接从马上掉下来了，情形很危险。

杨振德急啊。她从硝盐厂打听到，只要能挖到 20 斤上等硝土，就可以换取二两硝盐。于是每天下班后，她习惯性地挑着担子带着锹，四处转悠挖硝土，大家都在挖，她越走越远，终于找到了安治乡那个废弃多年的茅坑，茅坑墙上的土砖硝霜很浓，让她如获至宝……

周恩来很孝顺岳母，但这一次等她伤愈后，他发了一通火，并把岳母辛苦换来的硝盐送给了中央红色医院。

今天读这段历史，怎能不感慨那个年代的共产党人的品格、风骨与担当！

食盐供给，人人平等！毛泽东坚持每天食盐的最低标准，不多占一分，就像他在井冈山时一样。当时规定领导人晚上油灯可以用三根灯芯，这样灯会亮一些，但毛泽东坚持跟大家一样，只用一根灯芯。盐跟灯芯不一样，因为缺盐，毛泽东常常冒冷汗、脚发软。有一次，罗荣桓从前线带回两担优质海盐，分配给每位中央领导 3 小包，毛泽东三送三拒，在他的带动下，两担海盐全部送给了中央红色医院。当时药品奇缺，伤员只能用食盐水冲洗伤口。

当年中央苏区关于食盐最有名的一句话是“有盐同咸，无盐同淡”，这句话是谁先说的？查阅史料，朱德与彭德怀都说过。其实，“有盐同咸，无盐同淡”，是当年中央苏区共产党员的共同价值观。

三

1934 年 1 月 25 日拂晓，一声巨响，无数呐喊，红军将福建沙县（这个县的小吃如今遍地开花）的城门楼炸塌了，大军涌入城内，经三小时巷战，攻克了沙县，红军将士开心啊：城里好多好多盐！

红军是当年 1 月 8 日开始攻城的，沙县城墙又高又厚，敌人防守严密，红军多次搭云梯强攻，均未成功。彭德怀决定改用挖坑道爆炸的方式，他亲自教战士们用土硝（苏区熬硝盐的副产品）、硫黄等配制黑火药。红军战士经十天十夜土工作业，将坑道挖到城墙下。红军第一次炸开了城墙，却被敌人在城门楼的优势火力压回来了。彭德怀决定再挖，直接炸掉城门楼，又苦干了三天三夜，将足足 7000 斤黑火药装填在城门楼底下，起爆。这次成功了。

红军在沙县县城里，缴获了大量食盐，以及粮食、布匹和各种武器，这些缴获物资均为中央苏区所紧缺，时值第二次全国苏维埃代表大会在瑞金召开，大会立即给攻占沙县的部队拍发了“奖励电”，称赞他们“在占领沙县的伟大胜利中，给予了第二次全苏大会以最光荣的礼物”。攻打沙县的是红三军团，大伙在城里过了一个愉快的新年。开国上将王平时任红三军团第十一团政委，他后来回忆说，当时接到命令赶到指定地点与红一军团换防，红一军团军团长林彪见到王平的第一句话就是讨盐，“林彪看到我们穿戴整齐，还带着不少东西，非常高兴，头一句话问我们有盐没有，我们把盐和腊肉分给红一军团一部分……”

中央苏区红军多次入闽作战，后人说起这段历史，常常称之为“夺盐战争”。

没有盐，是新生的中华苏维埃共和国面临生死考验的一个缩影。

中华苏维埃共和国的成立，是中国共产党首次以国家形态登上中国政治舞台的标志，成为中国共产党治国安民、执掌政权的伟大预演，谱写了中国共产党领导的革命根据地建设和红色政权建设的新篇章。到 1933 年秋，中央苏区辖有江西、福建、闽赣、粤赣 4 个省级苏维埃政权，拥有 60 个行政县，总面积约 8.4 万平方公里，总人口达 453 万，党员总数约 13 万人，红军和苏区发展到了鼎盛时期。

今天回顾这段历史，由衷感叹 20 世纪 30 代初中国共产党人改天换地的决心和信心，当时条件之差，后人难以想象：外有强敌压境、严酷封锁，内有“左”倾错误，“崽卖爷田心不痛”。但新生的苏维埃政权中华苏维埃共和国，在法制建设、民主政治建设、武装斗争、经济建设、文化教育、干部队伍建设以及党的作风建设等方面，开展了大量有益探索，创造了很多光辉实践，造就和培养了一大批领导和组织、管理人才，为 1949 年新中国成立后在全国范围内执掌政权，积蓄了力量，建构了坐标。

还是以食盐为例。国民党想以禁运食盐来困死共产党，能得逞吗？共产党的办法，远不只有熬制硝盐与“夺盐战争”。中央苏区采取了一系列举措，来打破食盐禁运的局面，如大力发展公营商业，发展消费合作社，发展对外贸易，实行适度宽松的税收政策，加强对外贸易干部的培养等；为保障流通，稳定市场，还设立了国家银行，发行货币、股票、兑换券、公债券等。毛泽东的大弟毛泽民，是中华苏维埃共和国第一任国家银行行长。创业艰难百战多，作为中央苏区的理财人，毛泽民可谓殚精竭虑。比如，苏区发行纸币如何防伪？毛泽民日夜苦思冥想，晚上毛衣被油灯烧了都不知道。后来他探索出来一个办法，在生产纸币的纸张时，加入一定量的羊毛，既可透视纸币鉴别，又可以撕开或火燎纸币，通过嗅羊毛的臭味，来辨别真伪。毛泽民任银行行长时的会计科科长曹菊如，在中华人民共和国成立后，当了十年中国人民银行行长。

多管齐下，政策对头，白区的商人都乐于跟苏区做生意，后人将之称为“赤白贸易”。尤其是食盐贸易，由于苏维埃政府实行保护和鼓励私营商业发展的政策，深得民心，苏区群众和白区开明商人千方百计藏匿食盐，冒着生命危险穿越封锁网，源源不断地将食盐输送到苏区。他们的办法之多、行动之隐秘，令国民党防不胜防，不得不承认：“天下事，往往不能尽利无弊。封锁之布置愈严，偷运之诡谋亦愈巧。”后人统计，当时群众送盐进苏区的办法主要有：把棉衣、棉裤浸泡盐水，晒干穿在身上，带进苏区，然后水洗变成盐；将大毛竹的竹节打通，灌进食盐，密封好，做成竹筏，撑进苏区；把盐、药品装入棺材，后面跟一群披麻戴孝的妇女、儿童，扮成送葬队伍，走出封锁线；把粪桶做成双层，下层放盐，上层装粪，挑到苏区；有的妇女还把盐包捆在腹部，假扮怀孕，躲过敌人检查……

可以说，中国共产党早期独立领导经济建设，始于中央苏区。1933 年 2 月，苏维埃中央国民经济部和对外贸易总局成立，随后又成立了河流修道委员会和转运局，打造了 300 多艘货船，从水、陆两路开展对外贸易活动。当年 10 月，外贸总局利用广东军阀陈济棠跟蒋介石的矛盾，与陈济棠签订了一份秘密协议，用苏区的钨砂换取广东军阀的食盐等紧缺物资。赣县江口外贸分局独当一面，为中央苏区解决了 70% 的食盐用量，被誉为中央苏区“第一海关”。

1934 年 1 月，毛泽东在“二苏大会”的报告中自豪地说：“打破敌人的经济封锁，发展苏区的对外贸易，以苏区多余的生产品（谷米、钨砂、木材、烟、纸等）与白区的工业品（食盐、布匹、洋油等）实行交换，是发展国民经济的枢纽……由于对外贸易局等机关的设立，已经得到初步的成绩。”

历史研究者发现，当年有两条秘密主干道，纵横数百公里，贯通闽粤赣三省边县苏区交通运输网，成为中央苏区南部最活跃、持续最久的贸易线，也是维系中央苏区经济命脉的南部秘密盐钨通道。这两条运输线上，始终上演着对食盐控制与反控制、争夺与反争夺的斗争。

这两条秘密通路，东西走向的叫“马克思路”，南北走向的叫“列宁路”。

四

电影《闪闪的红星》有个细节：潘冬子巧妙地把盐化成水浸入棉衣，躲过敌人的搜查，送给游击队。潘冬子是虚拟人物，但这种送盐方式，是真实存在的。

《闪闪的红星》故事发生在红军主力部队离开中央苏区，开始长征之后。留在南方坚持游击战争的红军部队，度过了堪称中共党史、军史上最艰难的三年时间。在敌人残酷的封锁与围捕之下，红军游击队只能隐藏在深山老林中，风餐露宿，这里住一夜，那里过一宿，有时一天要换几个地方。1944 年，陈毅在延安向美国观察组外交官谢韦思介绍南方游击战争时说："我们像野兽一样地生活。"正如陈毅在《赣南游击词》中这样描述：

天将午，饥肠响如鼓。粮食封锁已三月，囊中存米清可数。野菜和水煮。……夏吃杨梅冬剥笋，猎取野猪遍山忙。捉蛇二更长。……

在《赣南游击词》中，陈毅还写道：

靠人民，支援永不忘。他是重生亲父母，我是斗争好儿郎，革命强中强。

这是真情实感。如果没有人民支持，这三年南方游击战争，怎么可能坚持下来？敌人采取各种办法，封山封坑，移民并村，想阻断红军与群众的联系，但群众利用初一、十五开禁日上山打柴的机会，带些粮食、盐、咸鱼和报纸、情报，在深山里到处丢，让游击队去拾。靠近大山的村子，敌人来搜山搜村时，群众就在山内山外、村内村外及墙头、树梢、窗口等地方做暗号，游击队看到这些暗号就及时避开了……

当然，在红军长征前，群众冒险带盐进苏区，有一部分人是为了获得可观的经济利益，那么，当中央苏区已经沦陷，红军主力已经远去，国民党军队已对苏区进行了残酷清洗报复之后，这些群众，为什么还会冒着生命危险，用潘冬子的模式，为藏在深山中的红军送盐？只能说，因为中华苏维埃共和国的伟大预演，群众发自内心信赖中国共产党。这正是共产党立于不败之地的根基。

1934 年 1 月，毛泽东在江西瑞金召开的第二次全国工农兵代表大会上，做了题为《关心群众生活，注意工作方法》的报告：

我们应该深刻地注意群众生活的问题，从土地、劳动问题，到柴米油盐问题。妇女群众要学习犁耙，找什么人去教她们呢？小孩子要求读书，小学办起了没有呢？对面的木桥太小会跌倒行人，要不要修理一下呢？许多人生疮害病，想个什么办法呢？一切这些群众生活上的问题，都应该把它提到自己的议事日程上。应该讨论，应该决定，应该实行，应该检查。要使广大群众认识到我们是代表他们的利益的，是和他们呼吸相通的……要得到群众的拥护吗？要群众拿出他们的全力放到战线上去吗？那末，就得和群众在一起，就得去发动群众的积极性，就得关心群众的痛痒，就得真心实意地为群众谋利益，解决群众的生产和生活的问题，盐的问题，米的问题，房子的问题，衣的问题，生小孩子的问题，解决群众的一切问题。我们是这样做了么，广大群众就必定拥护我们，把革命当作他们的生命，把革命当作他们无上光荣的旗帜。国民党要来进攻红色区域，广大群众就要用生命同国民党决斗。

今日读史，能够读出当年苏区人民“一切为了苏维埃”的赤诚之心，他们为中国革命做出的巨大奉献和牺牲，令人震撼。没有发自内心的认同与拥护，做不到这一点。共产党确实赢得了人心，当年中央苏区有这样的歌曲：“苏区干部好作风，自带干粮去办公；日着草鞋干革命，夜打灯笼访贫农。”

刘启耀，曾任江西省苏维埃主席，红军长征后，他留下来打游击。一次战斗负伤后，他与党失去了联系，便装成乞丐，肩背讨饭袋，手拿打狗棍，在山区漂泊流浪。时间长了，他衣着褴褛，披头散发，成了人人嫌弃的叫花佬，但谁知道，这个“乞丐”居然腰缠万贯——那是让他保管的党的经费，他乞讨度日，忍饥挨饿，却没有动用一分公款。三年后，他找到组织，成立临时中共江西省委，才把这笔经费拿了出来，作为省委办公经费。

张其德，曾任中央苏区闽浙赣省苏维埃政府财政部部长、闽浙赣省苏维埃银行行长。他非常节俭，办公桌缺了一条腿，用砖叠起来顶住继续使用。在他的办公室兼住所，堆着大量食盐。有一天，张其德的孩子来看他，吃饭时，桌上的菜寡淡无味，孩子误认为父亲忘了放盐，于是就想拿个小瓷瓢去装点出来。张其德立即制止了他：“不是我忘了放盐，那是公家的盐！”

长征途中，周恩来被拍下一张戴军帽、蓄长须、目光炯炯的照片，西方人评价说：这就是圣徒的目光！

可以说，张其德、刘启耀，以及许多有名无名的共产党人，在峥嵘岁月，散发着人格光芒，群众怎不热爱这样的人？

张其德和刘启耀都没有活到新中国成立。1938 年 7 月底，张其德在上饶英勇就义，时年 64 岁；刘启耀 1946 年病逝时，穿着破烂的长衫和补丁连补丁的单裤。

五

今天的江西宁都，饮食有一个特殊之处：汤里不放盐。外来者第一次喝，很不习惯，还以为厨师忘了放盐，但宁都的汤确实不放盐。因为，宁都是中央苏区前期的政治军事中心，历次反“围剿”都与它有密切关系，震惊中外的“宁都起义”也在这里爆发。那也是中央苏区缺盐最严重的一段时期。当初宁都人为了支援红军，倾尽全力，刮净了自家的盐罐子，没人舍得往汤里放盐……喝无盐汤这个习惯，就此传下来，成了当地独特的饮食口味。

历史看似已经远去，其实却凝固在今天的细微处，不经意间提醒后人，让人感慨万千，热泪盈眶。

长征与辣椒

1936年，中国工农红军一、二、四方面军历经千辛万苦，在甘肃会宁地区胜利会师，标志着长征胜利结束。遥想当年，九死一生的红军将士欢呼相拥时，回望来时路，谁的心里，不是满腔炽烈的火辣辣？

看看红军长征走过的路，江西、湖南、广西、贵州、云南、四川、陕西、甘肃……这些地方确实是一片火辣辣的区域，产辣椒，吃辣椒。

长征与辣椒，有不解之缘。

一

回忆红军长征的文章，除了写激烈的战斗、艰苦的行军，关于伙食的也有不少——毕竟这一路上，吃是个大问题。

例如，打下遵义后，红军得到一个休整的机会，每个战士都发了一两块大洋，于是纷纷下馆子改善伙食。何涤宙在回忆文章《遵义日记》中，三次写到吃“辣子鸡”的事：进城第二天，问到遵义规模最大的川黔饭店，“掌柜很客气，让我们上楼到雅座，代我们点了他们的拿手菜辣子鸡丁、醋熘鱼、血花汤等六七个菜……不一时菜来了，一盆辣子鸡丁，堆得满出来，味道确不坏，大家都很满意”；进城第五天，“又到川黔饭馆去吃辣子鸡丁，竟有一半是白菜，未免欺人，向伙计理论，他说明天一定做好”；进城第七天，还是去川黔饭店吃辣子鸡丁，“太不成话，少得连盘子底都铺不满，并且大部分是猪肉，大概认为‘红军先生’可欺……决定以后不来吃了，伙计看我们有点像发气，又来赔不是……”这段记录颇为有趣，可见当时红军难得有一次打牙祭的机会，而店家的辣子鸡却越做越差。

贵州是嗜辣之地，无菜不辣，无辣不欢，而另外的食辣大省湖南、四川与江西，也常常为谁更能吃辣而争论不休。历史地理学专家蓝勇教授将现代中国分成三个辛辣口味层次地区：以四川（含今重庆）、湖南、湖北、云南、贵州、陕南为主的长江上中游重辣区；以北京、山东为核心，东及东北地区，西至新疆的北方微辣区；江苏至广东，基本不吃辣椒的东南沿海淡味区。红军长征，是一路从长江上中游重辣区走到了北方微辣区的边缘。

蓝勇教授认为，长江上中游重辣区的共同特点是日照少，冬季寒冷，气候潮湿，人们才会因为祛寒湿方面的需求而养成吃辛辣香料的习惯。此阴、冷、湿为食辣三要件，缺一不可。长江上中游的食辣地区，往往太阳辐射较少，而且山多雾大，冬季湿冷，是理所当然的重辣区；而北方微辣区冬季虽冷却日照强烈，大部分内陆较为干燥，因此辛辣取向较重辣区弱得多；至于东南沿海地区，虽然湿度大但冬季温暖，且日照较为强烈，因此没有食辣需求。

电视纪录片《舌尖上的中国》捧红了一个词语——食材。套用这个时髦的词语，辣椒确实是红军长征途中的主要“食材”。著名军旅作家王树增在《长征》中写了这么一个细节：湘江血战后，中央红军攻占贵州黎平，得到一个喘息机会，红军中的夫妻能够团聚几天。

贺子珍买了一只老母鸡，作为给丈夫毛泽东的见面礼物。尽管她对丈夫备受疟疾折磨有思想准备，但是见面的时候，贺子珍还是因为毛泽东的憔悴而十分伤感。……她对丈夫始终充满了温存的情感。她在炖鸡汤的时候没有忘记放一把辣椒，毛泽东对她炖的鸡汤很满意。

这碗漂着红红的辣椒的鸡汤，端到毛泽东面前时，是在1934年12月，正是阴冷潮湿的冬日。被剥夺了领导权力又备受疾病折磨的毛泽东，正处于极度失意的状态。能够想象，这份滚烫香辣的鸡汤，给了他多少温暖！正是在黎平，中央红军经过激烈争议后，决定改变北上湘西的计划，做出了转向西进的行动部署，史称“黎平转兵”。接下来，就是实现了历史折转的“遵义会议”。

二

著名作家魏巍的《地球的红飘带》，是我国第一部描写红军二万五千里长征的长篇小说，作品从湘江之役写起，描绘了中央红军长征的完整过程。“红飘带”是一个极好的意象，湘江血战劫后余生的红军，昂起不屈的头颅，一路西进北上，像一条鲜艳夺目的红飘带挂在这个星球上，给人类与后世留下永远的纪念。

对比历史，红军长征行进之路径，与辣椒在中国传播之途径，高度相似。众所周知，辣椒源自南美，直至明朝末年才传到中国。比较一致的说法是，辣椒通过海路从浙江登陆，但并未在浙江大规模种植，而是一直深入到内陆湖南，才找到了迅速蔓延的土壤，而后从湖南继续西进，清朝乾隆年间风靡贵州，同治年间盛行于四川，而后北上陕西等地，不继开疆拓土，终于构成了蔚为壮观的“辣椒帝国”版图。

如蓝勇教授研究，长江上中游重辣区阴冷潮湿，需要发汗去湿、抵御风寒之物。辣椒传入中国之前，这一带的人们吃什么来获得辣味刺激？生姜、大蒜、紫苏、胡椒。辣椒一来，这些全部退居二线，原因很简单：作为外来物种的辣椒，生机蓬勃，适应力强，产量又高，不像胡椒那样昂贵（同样作为外来物种的胡椒，历史上一度被权贵土豪当作奢侈品囤积），所以深得平民百姓的欢迎。

此外，辣椒在湖南、贵州等地大发展，还有一个重要原因：这些地方多为山地，交通不便，耕地少，人口多，相对沿海和平原地区，较为贫困。在特殊时期，例如山区食盐匮乏时，辣椒往往起到替代盐的作用。在史料中，常常有这样的记载：“海椒，俗名辣火，土苗用以代盐。”“当其（盐）匮也，代之以狗椒（即辣椒）。椒之性辛，辛以代咸，只诳夫舌耳，非正味也。”还有研究者称，由于太平天国运动占据东南，阻断了海盐向内陆输送的通道，辣椒才在内陆地区得到新一轮大发展。

所以，今天人们也能够理解当年红军为什么选择了这样一条长征之路：不断西进，走进云贵高原的大山之中，然后北上，行走在青藏高原的皱褶中，直至黄土高原。这条线路，正是当时南京国民党政府鞭长莫及之地。事实上，张学良“东北易帜”之后，蒋介石国民政府名义上实现了对中国的统一，但军阀割据的现状，注定了众多区域并不在蒋介石政府和军队的真正控制之下。湘江一役后，红军元气大伤，接下来的战略转移，不得不尽量避免和国民党正规军的作战，利用国民党中央政府与地方军阀的矛盾，努力选择一条敌人较弱但行进艰难的道路前进。

从红军长征的路径来看，沿途有湘系、粤系、桂系、黔系、滇系、川系，以及占据陕西的张学良东北军、杨虎城西北军，没有一个派系是跟蒋介石一条心的，各自均以保住自己的地盘和人马为第一要务。各派系虽然奉南京中央政府之命令狙击、拦截红军，有时还挺卖命，但同时又对尾随红军入境的中央军疑虑重重，不欢迎不配合不支持，局势一片混乱。

当时蒋介石真正能够控制的，还是东南沿海与中原一带，这些地区均非食辣区域，尤其是东南沿海，历来是富庶之地，讲究饮食，以原味为美，追求体现食材原味的烹饪技艺。口感上，则以甜为贵，辣椒是不受欢迎的。

三

在老红军关于长征的回忆录中，辣椒被频频提到的时候，不是寻常佐餐，而是在爬雪山、过草地饥寒交迫之际。

刘丽丽在《她们——三十二个女人的长征》一书中，讲了刘彩香的故事。她是江西赣县田村人，家境贫寒，出生 8 个月就给人当童养媳。1930 年，蔡畅在田村组织妇女参加革命，成立红军洗衣队。年仅 15 岁的刘彩香参加了洗衣队，成为一名女红军，同年加入中国共产主义青年团，1932 年加入中国共产党。1934 年，她调到红一方面军工作，随后参加了长征，是红一方面军走完长征全程的 30 名女红军之一。长征出发前，刘彩香获准回赣县田村老家看望自己的母亲及弟弟。出发前夜，她与母亲彻夜长谈，依恋之情不能言表。母亲深知西行之路的苦寒，离别时，家徒四壁的母亲给了刘彩香一大包田村的辣椒。只因是母亲给的，刘彩香在历次战斗中都没舍得丢，最后这包辣椒作出了巨大的贡献。爬雪山、过草地时，天气特别寒冷，刘彩香从田村带来的辣椒起了很好的御寒作用。大部队还发动大家集体搜集辣椒，起了大作用。

参加长征的红军将士，多为南方人，翻越雪山时，还穿着单衣，作为前锋的红四团在夹金山下组成几个工作组，深入老乡家中取经，得到的回答是：早、晚时段切莫过山，要通过雪山的话，必须在上午 9 时之后、下午 3 时之前，要多穿衣服，带上烈酒和辣椒，好御寒壮气。

夹金山下，人烟稀少，贫困不堪，白酒不好买，辣椒倒是有。常敬竹著《战地女杰：长征中的红军女战士》一书中写道：

女红军们不怕路途遥远，跑了五六里地，从很远的村庄里买回了一堆红红的小辣椒。上山之前，用大锅烧了一锅辣子汤，让每个人喝上两碗，这可难坏了大家；指导员李坚真见大家犹豫着不动，就带头端起大碗，捏着鼻子把又热又辣的辣子汤灌了下去，顿时辣得心里冒火，眼里流泪；琼香、刘彩香、金维映等人，也眼睛一闭，端起了碗……

在火辣辣的灼烧感中，红军开始挑战长征以来除国民党军队之外的又一个强敌：雪山。在今天，即使有盘山公路，有现代化的交通工具，翻越夹金山也并不是一件容易的事。当年，有多少人在雪山上只是累了想坐一坐，却再也没能起来？老红军杨定华在《雪山草地行军记》中回忆翻越夹金山的情景：

照例想来，上山走快一点，身上发热，那么就可以御寒，然而气候却不容许你这样想。因为山上空气异常稀薄，呼吸非常困难，因此只好慢慢地一步步来走。吃辣椒水的办法，结果只能使身体强健的人起了作用，可是身体弱的人则不生效力了。这些体力弱的人竟有些冷得牙齿啪啪地响，有如机关枪发射的声音，甚至脸上也改变成黑黝的颜色。

据统计，红一方面军一共翻越夹金山、梦笔山、长坂山、昌德山、打古山 5 座雪山。他们的装备，只有木棍做的拐杖、少量白酒和一些干辣椒。杨成武将军后来回忆说："我们只能以内心的革命烈火，去战胜雪山的严寒……"

四

科学已经揭开了辣椒的秘密——源自其本身一种叫"辣椒素"

的物质。人们的口腔和皮肤上有一些特定的神经受体，能与辣椒素结合，给味蕾、消化道或皮肤带来“烧灼感”，本质上就是疼痛刺激，传导到大脑，会误导大脑认为“受伤了”，为了安慰“受伤的”身体，多巴胺神经元会释放出一种叫“内啡肽”的激素，令人们缓解疼痛和感觉愉悦。

从这个角度，我们或许能够理解当年辣椒对于红军将士的特殊意义。他们进行着苦难而又辉煌的远征，艰苦卓绝，却又意气风发。辣椒，是他们的朋友，与他们火热的精神力量相匹配。

人类历史上，堪称不朽的，是伟大的精神。

王树增在《长征》中写到，中国人应该能够从人类文明发展的角度去探寻中国历史上的这一重要事件：

长征是人类历史上罕见的不畏艰难险阻的远征。长征跨越了中国十五个省份，转战地域面积的总和比许多欧洲国家的国土面积都大。长征翻越了二十多座巨大的山脉，其中的五座位于世界屋脊之上并且终年积雪。长征渡过了三十多条河流，包括世界上最汹涌险峻的峡谷大江。长征走过了世界上海拔最高的广袤湿地，那片人烟罕至的湿地的面积几乎和法国的面积相等。而更重要的是，在总里程超过两万五千里的长征途中，中国工农红军始终在数十倍于己的敌人的追击、堵截与合围中，遭遇的战斗在四百场以上，平均三天就发生一次激烈的大战。除了在少数地区短暂停留之外，在饥饿、寒冷、伤病和死亡的威胁下，中国工农红军在长征中不但要与重兵“围剿”的敌人作战，还需要平均每天急行军五十公里以上。

仅中央红军，在长征途中就进行了380余次战斗，攻占了700多座县城，牺牲了营以上干部多达430余人，他们平均年龄不到30岁，击溃国民党军数百个团……

腊子口天险，地处川甘古道，30多米宽的山口，两侧尽是斧劈刀削般的悬崖绝壁。游人到此，无不咋舌惊叹：我的天哪，当年红军是怎么打下来的？

当年，就连横刀立马、身经百战的彭德怀彭大将军，也有同样的惊叹。1935年9月18日，腊子口天险攻克翌日，彭德怀经过时，看到一段50米的崖路上，手榴弹的弹片铺满一层，有的地方还厚厚地堆了起来，他连声感叹："不知昨天我第一军团这些英雄怎样爬上这些悬崖绝壁，投掷手榴弹的……"

在今天，已经难以统计有多少红军战士倒在长征路上，他们有的在战斗中牺牲，也有大量非战斗减员。一些老红军回忆说，过草地时，沿途都有红军战士的遗体，不少人至死仍保持着前进的姿势，成为后续部队壮烈的"路标"。

四川荥经县有一座纪念馆专为一名青年战士设立，他叫胡长保，长征时是毛泽东的警卫班长，在荥经县境内遭遇敌机袭击，为掩护毛泽东而牺牲。据时为警卫营战士的陈昌奉后来在《跟随毛主席长征》一书中回忆：胡长保牺牲后，毛泽东含着眼泪把他轻轻地放在地上，将自己用的夹被盖在胡长保身上。在战友们掩埋胡长保遗体的时候，已经走出一段路的毛泽东又返回来，亲手添了一抔土，并将随身的一瓶辣椒水洒在胡长保墓上。

这是祭奠，也是致敬。

五

“阅读长征的故事将使人们再次认识到，人类的精神一旦唤起，其威力是无穷无尽的。”美国记者索尔兹伯里在《长征：前所未闻的故事》中文版自序中这么写道 。

今天，距离写下这句话的索尔兹伯里去世已有 20 多年，距离长征胜利已有 80 多年，今天的人们，又如何去理解长征的精神力量?

其实，我们可以去想象当年他们走过的那一片土地，正是辣椒收获的季节，火红，灿烂。历史一年年远去，辣椒一年年生长，生生不息。

假如没有长征

读历史的妙处之一，是能够在结果的时候去回溯开始，揣摩这因果始末，然后恍然大悟。比如，长征的故事，看得多了，突然明白了一件事：不管是一个人，还是一个政党，都需要一场属于自己的长征。

一

著名作家高阳在《粉墨春秋》第一章《误中副车》中，详细描述了一次刺杀行动：

于是王鲁翘直上3楼，直奔目标；门自然在里面锁上了，助手取出小钢斧，乒乒乓乓三五下，就在门上劈开了一个大洞。王鲁翘朝里一望，床前影影绰绰两条影子；一条身材高大，跟汪精卫很像。

“汪先生！”王鲁翘喊。

没有回答。

“汪先生！”

仍旧没有回答，王鲁翘心想不错了，将快慢机伸向洞口，扳机连扣，只朝那条高大的影子打。他不想伤害另一条影子，无奈两条影子靠得很近，终于双双倒在床前。

这次刺杀发生在1939年3月21日凌晨，地点在越南河内，刺杀目标是当时国民党二号人物汪精卫。当时，在中国抗日战争的最艰苦时期，汪精卫接受了日本的政治诱降，在1938年12月19日率陈璧君、曾仲鸣、周佛海、陶希圣等10余人乘飞机逃离昆明，飞抵越南河内，12月29日发表臭名昭著的“艳电”，响应日寇“近卫声明”，走上叛国不归路。1939年元旦，蒋介石召集国民党中央执行、监察委员召开临时紧急会议，决定永远开除汪精卫党籍，并撤销其一切职务，同时要求抢在汪精卫离开河内到南京筹组伪政府之前将其除掉，于是就有了这次刺杀行动。

但刺杀并未成功，死的是汪精卫的心腹秘书曾仲鸣。高阳在《粉墨春秋》中写道：

阴错阳差，种种因素凑成汪精卫的命不该绝。原来汪精卫的大女儿汪文惺，是在河内结的婚，陈璧君买了一套新家具，布置洞房，汪文惺却坚持要让给曾仲鸣夫妇用；由于有圆桌有沙发的缘故，汪精卫白天常借曾仲鸣的房间会客，以致在望远镜中窥察，从任何迹象来看，都不能不信其为汪精卫的卧室。当然，最大的关键是，王鲁翘两次叫“汪先生”而无反应。如果他一出声，听出不是汪精卫的声音，便可不死，令人困惑的是，不知曾仲鸣是吓昏了，不知道应该自辩非汪；还是怀着“国士待我，国士报之”的心情，有意不答，以期替汪而死？

侥幸逃过一死，更坚定了汪精卫投敌之决心，他在日本人的帮助下从河内抵达上海。翌年 3 月 30 日，汪精卫正式成立伪国民政府。国民党副总裁汪精卫的投降，对于当时抗战士气打击之大，可想而知。得知汪精卫逃到河内时，蒋介石就在当天日记中用“痛苦之至”来描述自己的心情：“当此困难空前未有之危局，不顾一切，借口不愿与共党合作一语，拂袖私行，置党国于不顾，岂是革命党员之行动乎。痛苦之至，唯望其能自觉回头耳。”接下来的日记中，蒋介石在多处思考汪精卫投敌后的影响：“汪去后，对党政军以及各地之关系应特加审慎。”“汪去后，外交与对敌或有影响乎？”“广东军人是否受汪影响？”“政府内部受汪影响人几何？”……眼见汪不可能回头，终于下发刺杀令：立即对汪逆精卫予以严厉制裁！

不能否认，抗战期间，国民党军队在正面战场英勇抵抗，一寸山河一寸血，但国民党中像汪精卫这样的投敌者，也多如过江之鲫，高官、军人、政客，纷纷倒戈。据统计，抗战期间，国民政府 58 个旅长、参谋长以上将官投敌，一些部队成建制哗变。协助日军作战的伪军人数高达 210 万，超过侵华日军数量。

相比之下，在艰苦卓绝的敌后战场，整个抗战期间，共产党的高级领导者无人向日本人投降，八路军、新四军也没有任何一支部队去当伪军。这一点无疑给蒋介石留下了深刻印象。学者金一南在一篇文章中写道：

抗战开始，德国在中日之间“调停”。德国驻华大使陶德曼在给德国外交部的密电中，这样描述蒋介石对“调停”的态度：“他（蒋介石）秘密地告诉我，假如他同意日本要求，中国政府会被舆论浪潮冲倒，会发生革命，唯一结果就是中国共产党会在中国占优势，这就意味着日本不可能与中国议和，因为共产党是从来不投降的。”

二

1937 年 8 月 30 日，中国工农红军肃立于陕西云阳大操场，举行红军改编抗日誓师大会，全体指战员将红五星帽换成青天白日帽徽的帽子，脱下红军军装，穿上国民革命军军装。从此，他们变成国民革命军第十八集团军，旋即开赴抗战前线。史载，当时许多红军指战员想不通，有的愤懑难言，有的伤心流泪——是的，这是一群刚刚在国民党军队围追堵截下九死一生的长征幸存者，战友死伤无数，血海深仇仍在，如今却要换下令他们骄傲的红军帽徽，换上曾经的敌人的军装，怎么不会悲愤莫名？

但这毕竟是一支经过长征考验的队伍，他们把苏维埃旗帜卷起来，举起抗日民族统一战线的旗帜，很快在抗日战场上爆发出惊人的力量。可以说，长征为中国共产党领导的武装完成了抗日战争的多种准备：领导核心、路线方针、干部队伍，还有士气——坚韧不拔、血战到底的士气。

前些年热播的电视剧《亮剑》中男主角李云龙的原型王近山，在抗战期间先后任八路军副团长、团长、旅长，就是一名经历过长征的优秀指战员。李云龙在剧中有一句经典台词：“狭路相逢勇者胜，亮剑精神就是我们这支军队的军魂。剑锋所指，所向披靡！”王近山其人之勇猛，并不比剧中的李云龙逊色，打起仗来，素有“王疯子”之称。《亮剑》中歼灭日军军官“战地观战团”一役，即是真实战例。1943 年 10 月，兼任太岳军区第二分区司令员的王近山，奉命率 1 个团赶赴延安担负保卫任务，途经山西临汾东北韩略村时，顺手打了个“大家伙”：一举歼灭日军华北方面军“战地观战团”服部直臣少将旅团长、6 名大佐联队长及以下军官 120 余人。史载：战斗打响前，王近山扮作一位挑着柴火的农民，站在公路上，望着开来的日军军车微笑，笑容背后是腾腾杀气与超级自信。

有这么一句话：“长征两万五千里，剩下两万五千人。”是的，长征牺牲惨重，长征前，各根据地鼎盛时期红军总数达到 30 万人，经过各种磨难曲折，损失九成，但这幸存下来的两万五千人，是经过大浪淘沙留下的中国革命的精英，是经过千锤百炼的党和红军的骨干。正如毛泽东在长征结束前的一次会议上所说：我们是经过锤炼的，不论在政治上、体力上、经验上，个个都是经过考验的，是很强的，我们一个可以当十个，十个可以当百个。全面抗战爆发后，毛泽东还是这样跟奔赴前线的八路军将士说：“你们每一个人都是革命的火种。”当时延安有句话是这么说的：“不发枪、不发炮，就发干部和电报。”八路军、新四军都有以人名命名的部队番号，一个个干部被派到敌后，就变成一个个火种，迅速填补国民党军队溃退后的空白，发动群众建立起武装，创造了敌后游击战场。

假如没有长征的磨砺，中国共产党又会是什么模样？

历史不容假设，以下这些数字能够说明长征对中国的意义：抗日战争时期，八路军和新四军师、军以上干部 90% 参加过长征；解放战争时期，各大战区党政军主要领导人 90% 参加过长征；中共七大中央政治局委员 13 人，10 人参加过长征；中共八大中央政治局委员 17 人，15 人参加过长征；10 位元帅中的 9 位、10 位大将中的 9 位参加过长征；1955 年授衔，57 名上将中的 48 名、177 名中将中的 157 名参加过长征……

这批衣衫褴褛的精英，跨越千山万水，经历九死一生，改写了中国的历史，也改变了一个政党的气质。

长征是熔炉，是中国共产党在抗日和解放战争之前一次关键的淬火成钢。在红军长征出发 50 周年后的 1984 年，美国著名作家哈里森·埃文斯·索尔兹伯里重走长征路，这位 76 岁的老人，怀揣心脏起搏器，带着打字机，跋涉一万多公里，出版了一部比埃德加·斯诺《西行漫记》更能全景式反映红军长征的名作《长征：前所未闻的故事》。他在书中写道：

> 从红军 1934 年 10 月 16 日在华南渡过浅浅的于都河，直至毛泽东 1949 年 10 月 1 日在北京天安门城楼上宣布中华人民共和国成立……长征把中国这段历史紧紧地联系在一起。

三

曾有人这么问著名军旅作家王树增：“《长征》在写什么？”他回答说：“就是四个字——永不言败。”

相比之下，国民党就缺这么一股精气神。且不论 1931 年不抵抗丢了东北的奇耻大辱，就说1937年卢沟桥事变后全面抗战爆发，半壁江山沦敌手，还遭遇南京大屠杀这样的国难，国民政府一方面咬牙抵抗，而另一方面却始终没有放弃与日寇和谈的幻想，因此出现中外战争史上的奇闻：一直到珍珠港事变美国对日宣战之后，国民政府才正式对日宣战。此时距离九一八事变已有10年，距离卢沟桥事变已有4年。

迟迟不敢宣战，就是没有放弃和谈的幻想。而像汪精卫之流，更是公开宣扬失败主义。有一次他问冯玉祥：大家都说抗战到底，“底”在何处？冯玉祥回答“日本投降”。汪精卫后来嘲弄说：“这简直是一个丘八的狂妄与无知。”高阳在《粉墨春秋》中，不无感慨地写了汪精卫这个曾经的热血青年，居然落了一个认贼作父的可耻下场。1910年，汪精卫刺杀清朝摄政王时何等气概，狱中慷慨赋诗：“慷慨歌燕市，从容作楚囚。引刀成一快，不负少年头。留得心魂在，残躯付劫灰。青磷光不灭，夜夜照燕台。”英勇少年抗清义士，却在中年时堕落成民族败类，身败名裂。

无论一个人，还是一个政党，要守住“初心”，并不容易。北京大学教授潘维在《大道之行：中国共产党与中国社会主义》一书的序言中写道：

当年的共产党与国民党的区别是什么？两党的目标似乎没什么不同，都是打倒军阀、平均地权、民族解放。孙中山先生曾反复讲，三民主义就是社会主义。然而，两党有两个根本区别。第一，国民党在平民百姓中没有根，共产党植根于平民百姓。第二，国民党要扮“上帝”，给人民“送慈善”；共产党则要人民自己当家作主，让人民组织起来自己解放自己。没有根的国民党迅速蜕变成了新军阀，就完不成平均地权和民族解放的任务。共产党深深植根于普通人民，动员人民，组织人民，以组织起来的人民力量为“上帝”。

其实，国民党与共产党相比，还有一个区别：国民党的历史中，缺一场长征。

长征的历史证明，残酷的斗争是对每个革命者最好的考验。长征给共产党带来了什么？一个成熟的领导集体，一支千锤百炼的干部队伍，一种绝不轻言放弃、敢于追求胜利的精神气质。这些，恰恰是国民党最缺的。1948 年，蒋介石在“戡乱建国干部训练班”开学典礼上，讲过一番沉痛的话：“我们党和团的组织复杂、散漫、松懈、迟钝，党部成了衙门，党员成了官僚，在社会上不仅不能发生领导的作用，反而成了人家讥笑侮辱的对象。”他还气愤地说：“自抗战以来，本党在社会上的信誉一落千丈，我们的革命工作苟且因循，毫无进展。老实说，古今中外，任何革命党都没有像我们今天这样的没有精神，没有纪律，更没有是非标准。这样的党，早就应该被消灭淘汰了。”

中国共产党一直严把入党关，只是在长征胜利结束后才规定，“经过长征的人可以直接入党”，因为长征是一个大浪淘沙的过程，动摇和投机分子根本坚持不下来。相比之下，国民党入党，只能用“任性”和“混乱”来形容了。抗战期间，国民党中央拼命追求党员数量的扩张。1940 年春，李宗仁在湖北老河口公园举行的一次集体入党仪式上，一次就吸收了 1 万多名军官士兵为国民党员，其后几天内，第五战区 10 万官兵都集体成了国民党员。因此，在抗战时期国民党拥有400多万“军队党员”。人人皆是党员，跟人人皆非党员，又有多大区别？国民党中央组织部长张厉生抗战期间曾经慨叹：“党员数目，变成一篇糊涂账，同二十五史一样难查。谁都不知道到底有多少同志！”

有一件事在今天简直就是一个段子。1946年，国民党中央郑重宣布：“永远开除宗维泰党籍。”这个决议下发后不久，国民党中央组织部复查时发现，宗维泰并无党籍。

四

其实，中国共产党历史上并不是没有叛变投降者。从这个角度而言，长征是一道分水岭。

金一南曾撰文指出：“中国共产党是历史上淘汰率最高的党派。”例如，1927年，蒋介石发动“四一二”反革命政变，共产党人惨遭杀害，血流成河，李大钊、罗亦农、赵世炎、陈延年、李启汉、萧楚女、邓培、向警予、熊雄、夏明翰、陈乔年、张太雷等多名领导人相继遇害。严酷的白色恐怖中，组织被打散，党员同党组织失去联系，彷徨者、动摇者纷纷脱党，有的公开在报纸上刊登反共启事，并指认捉拿搜捕自己的同志。残酷的环境，考验每个共产党员，有的人始终坚守自己的信念，而有的人则做了另外的选择，被历史所淘汰。金一南做了这么一个统计：

当时背叛者比比皆是。中共中央总书记向忠发被捕叛变，中共特科负责人顾顺章被捕叛变，上海中央局负责人李竹声、盛忠亮被捕叛变，中共军区参谋长龚楚叛变，闽赣分区司令员宋清泉叛变，红十六军军长孔荷宠叛变，赣粤分区参谋长向湘林叛变，湘赣省委书记陈洪时叛变，闽赣分区政治部主任彭祜叛变，闽浙赣省委书记曾洪易叛变，红十军副军长倪宝树叛变，闽北分区司令员李德胜叛变，瑞金游击司令部政委杨世珠叛变……

长征，是共产党和红军的战略转移，也是艰难求生，更是历经生死考验后的成长与成熟。尤其是遵义会议，彰显了共产党独立自主解决中国革命实际问题的精神和勇气，可谓完成了一次质的飞跃，用斯诺的话来说，中国共产党和红军“把原来可能是军心涣散的溃退变成一场精神抖擞的胜利进军”。

不管是历史还是当代，不管是一个人还是一个政党，是需要一场属于自己的长征的。成功固然令人迷醉，但起初苦苦拼搏的磨难，更让经历者终生铭记并感谢，自豪，自信，并愈发自强。

这种在艰难中磨砺出的精神力量，永远令人动容。当年，在大渡河畔，担任前锋的红四团上演了真实的“生死时速”，一昼夜徒步行军 240 里，他们的口号是“要桥不要命”，最终夺下了泸定桥，拯救了自我。从来就没有什么救世主，也不靠神仙皇帝，只能靠自己！

相比之下，更早些时间的太平天国冀王石达开，居然因为儿子出生，在安顺场这处“死地”，全军暂停渡河，庆祝三日，结果陷入重围。绝境之中，他又心存幻想，企图以自己的投降，来换取四万将士的性命，最终只能是以全军覆没的悲剧收场。

说到石达开，我常常想起一位红军烈士——红三十四师师长陈树湘。他在惨烈的湘江战役后，身负重伤被敌人俘虏，在担架上硬生生扯断了自己的肠子……宁死，也不投降。

石达开若有陈树湘这种精神，又怎么会英雄一世，却屈辱而死呢？

五

人们总爱讨论“为什么红军没有变成石达开第二”。除了战术层面的探讨，其实从另外一个细节也可以找到答案。太平天国军队中，有一个特殊阶层，叫“老兄弟”，均为广西金田起义时的元老，随着太平天国席卷半个中国并定都南京后，“老兄弟”渐渐成为享受特权的贵族阶层，贪图享受，飞扬跋扈，却无人敢管，俨然拥有免死资格。长征胜利结束后，中国共产党也拥有了一个功勋群体——“长征干部”，他们受人尊敬，但他们有“免死铁券”吗？1937年10月12日，红军师团级干部黄克功因为情感纠纷枪杀女学生被判处死刑。此事影响巨大，因为黄克功是一个立下汗马功劳的“长征干部”。

战胜苦难，是让自己变得强大，并明白特权并非对所受苦难的犒赏——这样，自己才能更强大。

董振堂，我们不应忘记的一位真心英雄！

1931 年 12 月 14 日，董振堂、赵博生、季振同等领导了震惊中外的宁都起义。董振堂是河北邢台市新河县西李家庄村人，新河县建有董振堂事迹陈列馆。故乡立有他的墓碑，但那是衣冠冢，一代名将的遗骸，与众多西路军将士一起，湮没在祁连山下的茫茫大漠戈壁之中。

董振堂短暂的 42 年人生，似乎与冬天有着不解之缘：他出生于 1895 年 12 月 21 日，宁都起义是 1931 年 12 月 14 日，他牺牲的时间在 1937 年 1 月 20 日……

在将军故乡的雪夜中，我细细思考他的一生，一个原本是为中国前途命运而迷茫的旧军阀，为何能够成长为有着坚定信仰、奋斗到生命最后一刻的红军高级将领？

一

这是中国革命史上极具象征意义的一个时刻：1931 年 12 月 14 日深夜，宁都起义爆发，国民革命军第二十六路军宣布加入红军。他们连夜向中央苏区开拔，走出黑暗，迎来了朝阳，苏区军民敲锣打鼓，列队欢迎。身材高大的董振堂走在队伍前，他素来是个不苟言笑的军人，此刻却满脸愉悦之情。

二十六路军后来被改编成中国工农红军第一方面军第五军团，且不论这次起义对蒋介石及其麾下国民党军队的心理打击，也不说对刚诞生的中华苏维埃共和国的干部群众的精神鼓舞，就看看他们给红军增添了什么家底吧：1.7 万余官兵，1 个军部、2 个师部、6 个旅部、11 个整团，携带着 2 万多件轻重武器和 8 部电台以及大批装备物资……中央苏区主办红军力量得到极大加强，从 3 万多人猛增到 5 万人。2 万多件武器有力地改善了红军装备，各种物资也让处于“围剿”之中处境艰难的中央苏区得到及时补给（宁都起义比原计划推迟一天，是因为新发下的 2 万套冬装和军饷在这一天抵达宁都）。更为珍贵的是，起义部队带来了 8 部电台和 40 多名通信技术人员！

中国人民解放军的无线电通信事业，是从红军第一次反“围剿”时缴获的一部“半电台”起家的。原来红军战士第一次缴获电台时不“识货”，砸掉了发报机，只剩下收报机，领导闻讯大怒，勒令以后不准再乱碰电台。在这一部半电台的基础上，组建了新华社的前身——红中社。宁都起义后，8 部电台加上 40 多名技术人员，让红军无线电通信事业实现了飞跃发展。

宁都距离瑞金不到 100 公里。1931 年 11 月 7 日，中华苏维埃共和国第一次代表大会召开。同一天诞生的红中社播发了“一苏大”召开的消息，被驻宁都的二十六路军接收到了，更坚定了他们起义的决心。

《毛泽东年谱》记载，1932 年 1 月 13 日，时任中华苏维埃共和国临时中央政府主席的毛泽东、副主席项英，特地带着董振堂、赵博生等起义将领一同到位于瑞金叶坪村的红中社参观。

二

1932 年 3 月 7 日，赣州南门城下，董振堂率先手舞大刀冲进敌阵，身后数千把大刀举起来，白光闪闪，杀声震天，敌人哪见过这阵势，仓皇逃入城内。

这是宁都起义后董振堂率部参加的第一次战役。当时红军围攻赣州半个月，没有攻下有“铁赣州”之称的坚城，反而被敌人反包围。情势危急之际，董振堂率领作为总预备队的红五军团第十三军杀入战场，以大刀贴身近战，掩护攻城部队撤退，随即红军撤围赣州。

董振堂从小习武，他所在的西北军，素来以大刀著称。1933 年春天长城抗战时，西北军二十九路军的大刀曾在喜峰口把日本鬼子砍出了心理阴影。起义整编两个月后，这支劲旅在赣州城下闪亮登场，从此成为红军中能攻善守、以打防御战著称的精锐部队，军中人手一把步枪、一把驳壳枪、一把大刀，令敌人闻风丧胆。

赣州之战后，董振堂、赵博生等率部又参与了漳州、南雄水口、乐安宜黄、黄狮渡等战役，以及第四次、第五次反“围剿”战斗，硬撼强敌，从不退缩。以南雄水口之战为例，该战从 1932 年 7 月 2 日至 10 日，历时 9 天，是红五军团首次独立作战。时任政委的聂荣臻后来在回忆录中写道：“水口战役是著名的恶仗。双方伤亡之大，战场景象之惨烈，为第二次国内革命战争时期所罕见……”

何为恶仗？当时红五军团的对手是尚未领教过红军厉害的粤军，他们想南撤广东，颇为悍勇。战至9日，董振堂感觉不对劲：情报不是说对方只有4个团吗？怎么这么难打？后来才知道：哪是4个团，是足足10个团！当时红五军团投入战斗的有6000多人，也就是说，6000多红军阻击了10000多粤军！10日，决胜之日，红五团从正面，毛泽东亲率红一军团从侧面，向敌人发起总攻，激战1小时，击溃敌人。战后统计，9天恶战，毙伤敌人3000人，仅在红五军团阵地前，被大刀砍死的敌人尸体就有近千具。粤军被打服了，很长时间不敢轻举妄动。红五军团牺牲惨重，有的团剩余不过百人……

在宁都起义一周年之际，董振堂、赵博生双双获得“红旗奖章”——这是中华苏维埃临时政府仿造苏联红军奖章样式，最早制作、最早颁发且仅颁发一次的奖章，比红军后来制作颁发的“八一红星奖章”，还要早8个月。

三

把起义的旧军队改造成一支新型的人民的军队，并不容易。中央在红五军团中建立了政治工作和政治委员制度，确立共产党的领导，还从红一、红三军团中抽调大批优秀干部到红五军团工作，政治上实行官兵平等，连队成立士兵委员会，同时组织政治学习，进行阶级教育……

回首这段历史，不得不感慨中国共产党政治建设的强大威力。

董振堂、赵博生、季振同等率部起义的过程，堪称国共两党的“生死谍战”。一方面，蒋介石歧视杂牌部队，企图让红军与之两败俱伤而自己坐收渔利，结果将董振堂等“逼上梁山”；另一方面，中共地下党员做“兵运”工作，堪称成效卓著。

西北军中，很早就有共产党员在活动。1926年8月，共产党员刘伯坚应冯玉祥之邀，担任西北军政治工作干部，积极改造旧军队，与杨虎城、吉鸿昌、邓宝珊、赵博生、董振堂等西北军高级将领结下深厚友谊。虽然短短9个月后，刘伯坚就因冯玉祥“清党”而被“礼送出境”，但从此留下火种，在以后的历史关键时刻，一次又一次影响了西北军，如宁都起义、察绥抗日同盟军成立、西安事变等，直至淮海战役开始时，西北军最后一支部队还在张克侠、何基沣率领下起义。

对红五军团的政治改造，不是简单的说教灌输，而是把政治工作做到了这支旧军队的心坎上。红军政工干部深入浅出地讲红军与白军的区别，讲红军为什么要打仗、为谁打仗，讲红军的三大纪律、八项注意。文艺宣传效果也很好，工农剧社的宣传队下到红五军团慰问演出。话剧《为谁牺牲》描写一个白军士兵的悲惨遭遇，对大家的思想触动很大，不少人流下悲愤的眼泪，还有人带头高呼：“打倒反动派！”

四

1932年4月下旬，董振堂入党了，他把自己积攒下来的3000块银圆，全部作为党费上缴。这事在红军中传开了，连毛泽东都惊动了，找他谈话，让他给自己留些钱用，给家里也寄点。他说：“现在我当了红军，又入了党，留着这些钱也没有用了，我要把一切献给党，甚至把生命也献给党！”在毛泽东的劝说下，他留下了300块银圆，其余的全部交作党费。

此事颇见董振堂的性格。燕赵之地，自古多慷慨悲歌之士。忠义，一直是董振堂的性格特征。加入红军后，他的思想又发生了巨大转变，从一个信仰和服从长官的旧军人，成长为以共产主义为信仰的红军高级将领。信仰的力量，支撑他到生命的最后一刻。

据新河县编撰的《董振堂》记载，新河自古多灾而民性不屈，尤其是在19世纪末20世纪初，华北大地苦难深重，风云激荡。董振堂出身贫困农家，父母咬牙供他读书，他很刻苦，暗下决心，发奋读书（他写得一手好字），学好本领，救国救民。

后来董振堂到保定陆军军官学校学炮科。这所学校不简单，是中国近代史上第一所正规陆军军校，毕业生后来有不少到黄埔军校当教官。他以优异成绩毕业，去了冯玉祥的西北军，卷入军阀混战。中原大战后，冯玉祥失败，董振堂所在的部队被蒋介石收编，后被派到江西打红军。他痛苦、茫然，不知出路在何方，直到他加入红军。

宁都起义后，董振堂带头撕掉了国民党军的帽花、胸章、领章，但要成为一名真正的红军将领，他还需要进行政治思想的彻底转变。

他成功完成了转变。

在中国历史上，经历了三湾改编和古田会议，确定了“党领导枪”的中国工农红军，是一支崭新的军队。董振堂热爱这支军队。

五

刚加入红军不久，董振堂看到朱德总司令生活朴素，就给他送了一条毛毯。这是董振堂以前在北京买的，当时买了两条，紫地大花，厚实松软，俄国货。

这条毛毯一直陪着朱德，经历了长征的日日夜夜，直到抵达陕北革命根据地。西安事变后，周恩来要去西安谈判，正值冬天，朱德又把这条毛毯送给周恩来御寒。

1937 年 4 月 25 日，周恩来乘卡车从延安出发，前往西安继续同国民党谈判。路途颠簸，周恩来便把毛毯垫在背后。在途经甘泉县劳山时，遭到土匪袭击。这是周恩来一生中遇到的最大危险之一。打退土匪后，周恩来派人找回毛毯，发现毛毯已被枪弹打穿了十余处。到西安后，周恩来派人找城里最好的织补店修补。

很难还原周恩来当时的心情了——这条破了十几个洞的毛毯的原主人董振堂，在 3 个多月前，已经悲壮牺牲了……

周恩来很珍惜这条毛毯，全面抗战爆发后，朱德率部开赴前线，周恩来又把这条毛毯送回给朱德。在山西，朱德睡的炕烧得太热，毛毯给烧了一个洞，卫士和房东大娘进行了精心缝补。两年后，毛毯多处磨损断线，又被送到八路军后勤部的被服厂缝补。随后，朱德带着它南征北战，直到中华人民共和国成立。

这条毛毯，今天陈列在中国人民革命军事博物馆里。

在它面前，我们顿悟了什么叫革命情谊。

六

电视剧《绝命后卫师》重现了红军长征中血战湘江的悲壮往事，红五军团三十四师师长陈树湘受伤昏迷被俘，醒来后毅然从腹部伤口拉出肠子扯断……还有什么比陈树湘的牺牲，更能说明湘江之战的惨烈？此役，作为红军后卫的红五军团，由两个师1万余人减少到了一个师不足5000人，军团长董振堂几天几夜没有休息，亲临前沿阵地指挥战斗。

湘江之战、西路军蒙难、皖南事变，被称为中国人民解放军军史上三大悲剧，董振堂亲历了湘江之战，并成为西路军蒙难之役中的悲剧英雄……

红军长征过湘江时的序列是这样的：林彪率红一军团为左路，彭德怀率红三军团为右路，两个军团前头开路；罗炳辉率红九军团在红一军团之后跟进，周昆率红八军团在红三军团之后跟进，两个军团掩护左右侧翼的安全，军委纵队居中，董振堂率领红五军团殿后。在战火的洗礼中，董振堂与他指挥的红五军团，逐步形成了善打防御战、阻击战的作战风格 。这也是从长征开始到结束，红五军团一直担任后卫的重要原因。

血战湘江，四渡赤水，翻雪山，过草地……今人怎能想象当时红五军团殿后之艰难？在1935年5月的金沙江阻击战中，因缺乏渡船，为掩护兄弟部队过江，军委不得不一再命令红五军团延长撤防日期。从3天3夜，到6天6夜，一直到9天9夜。不足5000人的红五军团，硬是把1万多敌人死死拖在阵地前。董振堂命令：“就是只剩一个人也要守住阵地，没有命令绝不撤离，保证主力安全过江。”

在这样的对手面前，习惯了拥兵自重、互相倾轧、见死不救的国民党部队，焉能不败？

长征途中，董振堂率红五军团保障了军委纵队及中央红军的后方安全，被誉为“铁流后卫”。《董振堂》一书认为，没有这支“铁流后卫”的阻击掩护，红军的长征也许是另外一种结局。

七

1935 年 4 月，红军在贵州北部山区急行军时，国家政治保卫局局长邓发的妻子陈慧清分娩了，她痛得满地打滚。敌人追上来了，与红军后卫激烈交火。

董振堂拎着枪跑过来问：“还有多久能生出孩子？”谁也不知道。董振堂又跑回阵地，大喊：“你们一定要打出一个生孩子的时间来！”

战士们不顾牺牲，坚守阵地，整整两个小时后，孩子生出来了（这个可怜的孩子随即被包裹起来，放在地上，留下一张请人收养的字条和几块银圆），产妇匆匆上路。阻击的战士见到她，怒目而视。董振堂大怒：“你们瞪什么瞪！我们今天革命打仗为的是什么？”

每次看到这一段，我都不禁热泪盈眶——为先烈的艰辛，更为先烈的担当。董振堂，真心英雄！

八

红军渡过于都河开始长征时，留守苏区坚持斗争的刘伯坚赶过来送别董振堂。这两个男人的友谊，始于1926年9月17日内蒙古五原县城的“五原誓师”大会。当时受邀担任冯玉祥部队总政治部副部长的共产党员刘伯坚，登台演讲：“我们的官兵兄弟都是贫苦工农出身，我们要革命，要为工农而战，为工农当家做主的新中国而战！”董振堂坐在台下，心灵受到极大震撼。从此，刘伯坚于他，亦师亦友。宁都起义后，董振堂在苏区见到了阔别4年多的刘伯坚，后者任红五军团政治部主任。在将这支旧军队改造成纪律严明、听党指挥、不怕牺牲的红军队伍的过程中，刘伯坚付出了巨大心血。

于都之别，也是两人的永别。

1935年3月初，刘伯坚在战斗中左腿中弹，不幸被捕。敌人让他戴着镣铐，在江西大余县最繁华的街道示众。他虽为囚徒，却气宇轩昂，路旁的人们全都敬佩不已。回到牢中，他写下了著名的诗歌《带镣行》。这一年3月21日，刘伯坚被敌人杀害，时年40岁。毛泽东赞誉他为“我党我军政治工作第一人”。

刘伯坚牺牲前，还不知道自己的妻子王叔振已先他一步在闽西游击区牺牲了，他留下的遗书是：

我为中国革命没有一文钱的私产，把三个幼儿的养育都要累着诸兄嫂。我四川的家听说久已破产，又被抄没过，人口死亡殆尽。我已八年不通信了。为着中国民族，就为不了家和个人。诸兄嫂明达，当能了解，不致说弟这一生穷苦，是没有用处。

刘伯坚牺牲后不到两年，在援军被阻击无法到达的情况下，董振堂率军在甘肃高台县浴血奋战9个昼夜，与敌人战斗到最后一刻，3000多人全部壮烈牺牲。董振堂牺牲后，残暴的敌人砍下了他的头颅，悬挂在高台城楼上。

董振堂是红军时期牺牲的最高将领之一，牺牲时任中央军委委员、红五军军长，年仅42岁。中华人民共和国成立后，中央派人到高台县寻找他的遗骸，虽百般努力，但终无所获。

他甚至连照片也只留下了一张：中华人民共和国成立后，董振堂的侄子董光权回到董家的老宅院，从残垣断壁中找到了当年日本鬼子抄家时他偷偷藏在墙缝里的叔叔的照片。从墙缝中取出时，照片下面三分之一已经霉烂，从半身像变成了半身头像。这张黑白半身照片，还是董振堂在西北军时拍摄的。这也是迄今为止发现的董振堂唯一的原始照片。

照片中，董振堂神情英武刚毅，双目炯炯有神。今人睹之，怎不肃然起敬！董振堂与刘伯坚，是同一类的悲剧英雄，他们播种，却不问收获。他们为了胜利而奋斗，却没有等到胜利的时候。

九

1935年元旦，蒋介石发出悬赏：朱德、毛泽东、徐向前，生擒者各奖十万元，献首级者各奖八万元；林彪、彭德怀、董振堂、罗炳辉，生擒者各奖八万元，献首级者各奖五万元……

后人不禁假设：董振堂如果没有牺牲，1955年授衔时，他是元帅，还是大将？

宁都起义的部队中，涌现了一大批党内军内高级干部，1955 年到 1964 年，共有 31 人被授予中国人民解放军将军军衔，其中 1 位上将、5 位中将。

假设董振堂没有牺牲……但他毕竟牺牲了，还有卢德铭、王尔琢、黄公略、张子清、邓萍、左权、刘志丹、叶挺、彭雪枫等高级将领都牺牲了。

历史无法假设，但可以肯定的是，董振堂以及其他众多牺牲的烈士不是为了元帅或将军的军衔去奋斗，他们前仆后继，是为了信仰，因为他们是忠诚的共产党员。

董振堂受过委屈。第五次反“围剿”时，由于博古、李德的错误指挥，红军与敌人以堡垒战对堡垒战，遭遇惨败。丢掉广昌后，董振堂提出不应该以红军血肉之躯去攻打敌人的碉堡，结果李德大怒，把失败责任推到董振堂和彭德怀等人身上。当然，彭老总当时也雷霆大怒，冲李德吼出了那句著名的“崽卖爷田心不痛”。

也是在第五次反“围剿”时，敌人玩“反间计”，在战场上丢些材料，说董振堂要“反水”，拉队伍回到国民党阵营。关键时刻，董振堂坚信党不会轻信谣言，最终党组织也证明了他的清白。

董振堂牺牲的噩耗传到延安，中共中央在宝塔山下为他举行了隆重的追悼会，毛泽东深情地说，“路遥知马力”，董振堂是“坚决革命的同志”。

中国共产党领导的革命得以成功，何等艰苦卓绝，哪是投机所得？大浪淘沙，意志薄弱者、信仰不坚定者，哪怕顶着耀眼的光环，最终也会现出原形。比如张国焘，中国共产党的缔造者之一，最终却成了可耻的叛徒。而董振堂，从敌对阵营走过来，成为一名共产党员后，至死都未忘记入党时的誓词：

遵守党纲党章和纪律；绝对忠实，为党工作，永不叛党；保守党的秘密，服从党的一切决议；经常参加支部生活和活动；按期交纳党费；如有违上列各项愿受党的严厉纪律制裁。

这份当年的入党誓词，如今保存在福建建宁革命纪念馆内。

十

20 世纪 60 年代，河北省进行根治海河会战，原规划在新河县挖一条人工河，董振堂家的祖坟被划到海河泄洪道内，需要动迁。

毛泽东得知此事，指示修改了规划，海河南大堤拐了一道弯，绕过了董家祖坟。

时至今日，不时有人专程来此瞻仰，察看大堤之“弯”。

这道拐弯的大堤，是历史给一位真心英雄的丰碑！

长征后的苏区

关于脱贫攻坚工作，习近平总书记多次强调：全面建成小康社会，一个不能少，特别是不能忘了老区。

革命老区为什么穷？这是一个沉重的话题。不仅仅只是地理因素，更重要的是，为了新中国的建立，老区付出了巨大的牺牲，直接影响了区域经济的发展，比如，青壮年人口的“断代性”牺牲。

且看当年红军长征后的苏区命运，这是一段让今天的中国人脱帽肃立致敬的历史。

一

首先讲一讲王进臣的故事。《六安红军与长征》一书中有一段王进臣的口述史，非常传奇，堪称一部大片，浓缩了红军长征后苏区的残酷、反抗与温暖。

1932 年 10 月，红四方面军主力撤离鄂豫皖苏区，西进开辟了川陕根据地。1934 年 11 月，红二十五军团从安徽金寨县突围，在河南罗山县集结开始长征，他们成为继当年 10 月中央红军离开瑞金后的第二支长征队伍。跟中央苏区一样，大别山也有部分红军队伍留了下来，开始了艰苦卓绝的“南方三年游击战争”，他们一直坚持到全面抗战爆发。

王进臣是安徽舒城胡家老庄人，红军主力长征后，他留下来在老家的地下交通站从事秘密工作。

有个故事，充满了各种反转，惊心动魄：某天，游击队负责人来交通站找王进臣，被反动保长的密探打听到了，马上去报告给了保长，保长连夜布置要端掉交通站。殊不知，保长家里的帮工是地下交通站的耳目，消息传出来后，地下党决定先下手为强。这天晚上，保长到前保长家里打麻将，前保长是打入敌人内部的地下党员，他用上厕所的时间把消息传出来，游击队遂把前保长家团团围住，并从外到里布下五道岗哨。保长见势不妙，立马逃命，一口气逃过三道岗，终于在第四道岗的时候毙命。

更传奇的故事，是王进臣三进安菜山。1934 年初冬，他受命到舒城安菜山与驻守在那里的红八十二师建立联系。莽莽大别山，天寒地冻，王进臣扮作到山里收购木炭的小贩。在路上，先是碰到国民党的二十五路军，接下来又碰上国民党的十一路军，都是对大别山苏区进行“清剿”的部队，他都小心避开了。一直走到第三天，才到达安菜山，但是，红八十二师不久前已撤离了。

怎么办？王进臣决心完成任务，找当地的地下党组织打听红军下落。他从炭贩子变身为收山货的商客，借宿在一个姓冯的老奶奶家里，每天走村串户，寻找地下党组织，但一无所获。后来才知道，在白色恐怖下，安菜山党组织在春季就停止了活动。王进臣正愁眉不展时，危险降临：由国民党十一路军和地方民团组成的“清剿团”

来了，见到陌生人就抓。冯奶奶很善良，对红军也有感情，隐约猜出了王进臣的身份，便把他藏到了一个山洞里。山洞很隐蔽，安全没问题，但吃饭是大问题。一开始，冯奶奶还送点玉米粑粑来，但后来再也不见她来了。

饥寒交迫的王进臣陷入了绝境，他偶然发现洞外有两只松鼠蹿过，于是跟踪过去，在一堆刺蓬下面，居然发现了一棵阳桃树，树上面还残余了不少阳桃。这堆果实，让他熬过了大雪封山的日子。下山后，他去找冯奶奶，才发现冯奶奶的两间草房已被"清剿团"烧掉，冯奶奶也遇难了。他继续打探红军消息，获知一些信息后，又化身为收购鹅毛的小贩，翻山涉河，偶遇了一个和尚，原来是老家的旧相识，因为参加农协"染红"，红军长征后逃离家乡，在钝斧庵出家了。和尚告诉王进臣，他的师傅、安菜山香炉庵的冯老和尚，对山里情况很熟悉。王进臣返回地下交通站，把相关情况做了汇报。

几个月后的春天，王进臣再次奉命到安菜山继续打听红军下落。这次他化身为朝山拜佛的香客来到香炉庵，见到了冯老和尚，但后者也不知道红军去向。王进臣正懊丧间，冯老和尚提供了新的信息：有个叫"三姑娘"的，可能是红军的人。在佛殿，王进臣见到了"三姑娘"，一个双眼明亮的年轻女子，但"三姑娘"很谨慎。在她出庵下山后，王进臣跟上去，亮出了接头暗号，终于接上头了！但"三姑娘"说，红八十二师离开安菜山后，她也在找队伍……

王进臣再一次到安菜山，是 1935 年秋天，他受命去恢复和发展党组织，发展游击武装，建立根据地。他和"三姑娘"并肩战斗，把包括冯老和尚在内的多人发展成党员，活动地点就是香炉庵。在支部成立大会的最后，"三姑娘"压低嗓子，给大家唱了《八月里桂花香》和《红军到金寨》等歌曲，然后大家摸黑下山。游击武装很快组建起来了，处决反动保长，打得“清剿团”晚上只敢龟缩在碉堡里，敌人惊叹说：“‘三姑娘’是来无影去无踪的妖精！”

全面抗战爆发后，王进臣参加了新四军。

二

万永达是湖北麻城一个穷人家的女儿，小小年纪就给人当童养媳。1928 年，她 22 岁，加入了中国共产党，后来当上了乡苏维埃主席。红四方面军主力离开大别山后，她留下来做地下工作，成为敌人抓捕的对象。《麻城县志》记载：1933 年 10 月，有 8 个月身孕的万永达被清乡团围困在万字山，三天三夜水米未沾，后经上山砍樵的老百姓多方掩护脱离虎口。

后来她还是牺牲了。1934 年 1 月 16 日，腊月初二，潜回家中生孩子的万永达，因叛徒告密被捕。敌人破门而入前，她匆忙把一份地下党员名单锁起藏好，敌人没有搜出名单，当着她的面摔死了她的孩子，又把她捆在树上，残忍杀害。乡亲们将她埋葬在附近山上。

20 世纪 70 年代，人们准备将万永达的遗骸迁到烈士墓，才发现遗骨中，竟然夹杂着一把生锈的小钥匙——被捕前，她紧急把钥匙吞了下去……

万永达是麻城 12538 名登记在册烈士中的一个，更多的人没有留下姓名来。据当地统计：麻城共有 76300 人先后参加了红军，有 7260 余人参加了长征，有 14.3 万人死难，其中相当数量死于长征之后国民党军队与地方民团对苏区残酷的“清剿”。

今天再读红军长征后中央苏区与各个苏区遭受“清剿”的史料，有椎心泣血之感，那真是用鲜血浸泡的黑暗一页，也是国民党历史上极不光彩的一幕。

蒋介石要求对江西苏区“石头要过刀，茅草要过烧”，更是在“剿匪”报告中写道：“剿匪之地，百物荡尽，一望荒凉；无不焚之居，无不伐之树，无不杀之鸡犬，无遗留之壮丁，闾阎不见炊烟，田野但闻鬼哭。”

1936 年 6 月，美国记者埃德加·斯诺到陕甘宁边区采访。来自湖北大悟县的徐海东告诉他，自己的家族有 66 人被杀，其中近亲 27 人，远亲 39 人。埃德加·斯诺惊呆了，不敢相信自己的耳朵，失声问：“什么？”徐海东告诉他：是的，66 人。

徐海东后来在回忆录中写道：“蒋介石曾下令一旦占领我的家乡，姓徐的一个也不能留。”这导致当地人一度不敢姓徐。1949 年 10 月，徐海东自己掏钱，在家乡湖北大悟新城镇江冲村建起了“徐海东亲属烈士墓”，墓中葬有其伯父徐有义、四哥徐元海、五哥徐元波，堂兄徐元大、徐元洪、徐元典、徐元兴、徐元庆，侄儿徐文初、徐文治、徐文阶、徐文庭、徐文朗、徐文雄、徐少东等人。

此时，家乡已经没有跟徐海东同辈的老人了。

三

1935 年 4 月 26 日，在江西瑞金红林山的黄田坑村中，一小队红军被国民党军包围，掩护战士后撤的指挥官右腿、左腿先后中弹，双腿跪地，但他仍在向潮水般涌上来的敌人不断射击，一直战斗到生命最后一刻。国民党军获悉他的身份后，欣喜若狂。

他就是毛泽覃，毛泽东的弟弟，时任红军独立师师长，时年30岁。

一年之后的1936年5月14日，又一位红军将星陨落在大别山，即时任红二十八军八十二师政委方永乐。令人唏嘘的是，牺牲前，方永乐刚被错误打成“第三党”，被解除职务下了枪。当他们在河南商城与湖北麻城交界处的雾露塘地区与敌人突然相遇时，方永乐习惯性地又开始指挥战斗，他要回了枪和望远镜，带领部队从上午九时一直打到下午三时，掩护主力撤退。激战中，他被敌人狙击手击中胸部，旋即牺牲。

许多年后，方永乐当年的部下，有的已经成为新中国的将军，他们谈起方永乐来，热泪长流——他牺牲时年仅20岁，没有结婚，甚至没有留下一张照片，人们只能比照他弟弟的模样，给他画了一张素描……

毛泽覃、方永乐，都是牺牲在南方八省红军三年游击战争中的高级干部，这期间先后牺牲的烈士名单，很长，很长，很长：何叔衡、瞿秋白、刘伯坚、贺昌、阮啸仙、万永诚、李赐凡、李天柱……南方三年游击战争，堪称中国共产党党史、军史上最为艰难的三年。

美国作家哈里森·索尔兹伯里在《长征：前所未闻的故事》一书中写道：“长征时留在江西的人中间，牺牲的杰出共产党人比任何其他斗争时期都要多。”他把这些没有参加长征、留在南方坚持游击战的红军部队称为“死亡军团”。

读红军长征后苏区的历史，有一个细节，尤其令人动容：

一些红军重伤员不能随主力部队长征，分散在各个野战医院，缺医少药，处境艰难。苏区群众听说后，纷纷跑到医院，没儿子的认领儿子，没女婿的认女婿，背的背，驮的驮，抬的抬，接到各自家中……他们的儿子、女婿踏上了长征路，或者已经牺牲在保卫苏区的战斗中了。这些红军伤员，就是他们的儿子、女婿。

四

今天，在江西革命老区还能听到经典歌曲《十送红军》。歌声哀婉而又激越，铭记着伟大长征，铭记着生离死别，铭记着人心向背。

1934 年 10 月 16 日，中央红军各部队在于都河以北地区集结完毕。从 17 日晚开始至 20 日晚，中央红军主力五个军团及中央、军委机关和直属部队共 8.6 万余人，从于都县城的东门渡口、南门渡口、西门塔脚下渡口，梓山镇的山峰坝渡口，罗坳镇的孟口渡口、鲤鱼渡口、石尾渡口，靖石乡的渔翁埠渡口，先后渡过于都河，踏上了战略转移的征途，开始了著名的长征。

于都河沿岸群众卸掉自家门板，甚至拆掉给老人准备的棺木，协助红军在近 70 华里的河段上，仅用不到 4 天时间，就突击架起 5 座临时浮桥。为了不被敌人的侦察机发现，军民们每天下午 4 时开始架桥，晚上 8 时架通供部队过河，次日凌晨再拆除，不留任何痕迹。5 个渡口的浮桥反复拆搭足有 15 次之多，堪称奇迹！

红军长征后，多少父老乡亲在等待他们回来，尤其是一些送丈夫踏上漫漫长征路的青年妇女，苦苦等了一生，却不知道她们的丈夫已经倒在了长征路上……这样的“盼夫”故事，这样坚贞的爱情守望者，让今人泪眼婆娑。

在鄂豫皖根据地，红军长征后，也流传着一首歌谣《盼红军》：

自从来了“刮民党”，劳动人民遭了殃，
奸淫烧杀抓壮丁，无数穷人把命丧。
白天盼太阳，夜晚盼月亮，
盼望红军快回来，工农群众得解放。

今天读这些文字，我一直在思考一个问题：当年的苏区群众，为了支持红军付出了巨大的牺牲。他们处贫瘠之地，却竭尽财力支持红军前线作战，“最后一碗米当军粮，最后一块布做军装”，甚至送子送婿参军。红军，中国共产党，到底有什么“魔力”？这个答案，可以很长很长，也可以一言以蔽之：红军，中国共产党，视革命理想大于天，要为中国人创造一个新中国。

1947 年 3 月，中共中央主动放弃延安。胡宗南部得以占领延安，一时大加吹嘘，为应付记者采访，甚至安排一人扮演被俘的共产党旅长。彩排时，胡宗南很不满意，他亲自教这个演员：一定要把“共产党”说成“刮民党”。令他懊丧的是，即使给延安老百姓钱财，延安人也照样不说共产党坏话。

最耐人寻味的是蒋介石的延安之行。1947 年 8 月 7 日，蒋介石乘美龄号专机飞临延安。翌日，在大群侍卫的严密保护下，他来到枣园毛泽东居住过的窑洞前，看到一架纺线的纺车，问：“毛泽东要这东西做什么？”胡宗南回答：“大军围困，延安物质匮乏，毛泽东亲自纺纱。”

历史的答案，其实就在这架纺车上。

五

1948 年 4 月 22 日，人民解放军西北野战军收复延安。1949 年 8 月 23 日，第四野战军解放瑞金。

2018 年 7 月 29 日，瑞金市正式脱贫摘帽，退出贫困市序列。2019 年 5 月 7 日，延安的贫困县全部摘帽，从此告别绝对贫困。

因为今天，回顾历史变得如此生动。因为历史，今天我们充满自信。

从毛泽东找徐海东借钱说起

近读中国工农红军长征史，读到毛泽东找徐海东借钱的故事。这个故事不长，却能让我们对“党性”二字有了更深刻的认识。

一

毛泽东找徐海东借钱，是在 1935 年 11 月中央红军千辛万苦抵达陕北之时。经过这二万五千里艰苦卓绝的长征，中央红军早已疲惫不堪，弹尽粮绝，衣衫褴褛，一贫如洗，日子是没法过了。于是毛泽东手写一张借条，让杨至诚（时任军委采办处主任和红一方面军后勤部部长）去找徐海东借钱。徐海东在 1935 年 9 月 18 日率红二十五军抵达陕北，与刘志丹率领的红二十六、二十七军胜利会师，成为长征队伍中最先到达陕北的一支。

关于毛泽东找徐海东借钱的记载，有多个版本。学者金一南在《浴血荣光》一书中写道：

当时，毛泽东内心确实没有把握，他试探性地给徐海东写了一封信，这封信上讲了中央红军的极度困难，向红二十五军借一千大洋。当然，这封借钱信，一方面是中央红军确实需要帮助，另一方面则是一种试探。

徐海东接到毛泽东的信后，没有考虑，立即把供给部部长找来，说不是借，而是给中央红军五千大洋。同时复信说，红二十五军完全服从中央红军的领导。毛泽东等中央领导拿到五千大洋和徐海东的信后，一块儿落泪。

“中共党史人物传”系列丛书中，关于徐海东有这么一段：

直罗镇战役后，天气骤然变冷。徐海东考虑到，应该给战士特别是从南方来的战士，添点棉衣、增加点山药蛋，让大家过个温饱的冬天。一天，他来到经理部，问他们还有多少现洋？回答有七千块，并报告说：添冬装要用多少，买药要用多少，买盐、买油……要是再有三五千块，这个冬天就好过了。徐海东指示经理部，要尽快发钱给各团改善伙食，添置冬衣，以后打了胜仗，从敌人那里缴获了钱再补给你们。

第二天，中央红军杨至诚来见徐海东，从衣兜里掏出一张毛泽东亲笔写的要借二千块钱以解决吃饭穿衣问题的纸条。徐海东马上把经理部长找来，要他们把七千块钱留下二千，拿出五千送中央，经理部坚决地照办了。一天，彭德怀见到徐海东说：那钱真是“雪中送炭”，应多多感谢你这位财神爷！徐海东不好意思地说：彭司令怎么这么客气，这是应该的，本应多给些，无奈我们穷，拿不出来呀！

这段记载非常有意思，可见当时徐海东麾下的红二十五军日子也不好过，尤其是冬天来了，急需用钱。

红军纪律严明，强调公平买卖。有没有钱，大不一样。大洋救过红二十五军：1935 年 9 月初，红二十五军进入陕甘根据地边沿绍山一带，粮食全部吃完，当地又荒无人烟，眼看就要陷入绝境。幸好，饥饿的红二十五军遇到一个羊贩子赶着 500 多只羊，马上花钱将这 500 多只羊全部买下。徐海东回忆说："我们的部队就吃起羊肉来。没有盐，锅也少，有脸盆的用脸盆煮，没有脸盆的，把羊肉切成薄片放在石板上烤；有的拿着羊腿放在火上烤。"幸亏有这群羊，让红二十五军填饱了肚子，坚持走到了陕甘根据地。

徐海东大将写于 1965 年的自传《生平自述》则是这么回忆的：

> 我对毛主席是真诚地拥护和热爱的。当杨至诚同志拿着毛主席批的条子，要二千五百块钱时，我把供给部长找来，问他还有多少钱，他说全部七千元。我说留下二千，其他五千元全部送交中央。当时我认为，一个共产党员，应该无条件地服务中央。

毛泽东找徐海东借钱的数目，有一千、两千和两千五百块大洋三种说法，但可以确定的是，徐海东毫不犹豫给中央红军送出了五千块大洋。许多年后，毛泽东还对这五千块大洋念念不忘，他常说："徐海东是对革命有大功的人。"当时亲历过这段历史的人，皆对徐海东充满敬意。中华人民共和国成立后，周恩来总理有一次在北戴河理发室理发，听说徐海东将军来访，立刻让理发师住手，留半边头，急忙出门迎接，紧紧握住徐海东的手，相谈甚欢。

二

毛泽东说“徐海东是对革命有大功的人”，当然远不只是他雪中送炭给中央红军五千大洋。要真正理解毛泽东对徐海东的评价，必须理解当时的背景。

“1935 年的 9 月 9 日，红一、四方面军分裂，毛泽东说这是他一生中最黑暗的日子。”金一南在《苦难辉煌》中这么写道。1935 年 6 月，红一、四方面军在四川懋功（今小金县）会师。史料记载：四方面军负责人张国焘骑一匹白色骏马，在 10 余位警卫的簇拥之下，飞驰两河口，远远看见毛泽东率领政治局全体委员，站在蒙蒙细雨中恭候。

当时，会师双方都非常激动，包括张国焘。但是张国焘在会师的时候，就开始想多了。《长征：细节决定历史》一书对张国焘搞分裂的细节，有这么一些记载：

红一、红四方面军于 1935 年 6 月会师，在庆祝会师盛会上，一切庆祝的表面排场都有了——旗帜、标语，大碗热气腾腾的鸡和肉，大堆的饭和菜，大锅的汤和大罐的酒，还有当地酿造的类似贵州名酒茅台的烈性白酒。但双方都对对方部队的人数提出了疑问。张国焘曾走到周恩来面前说：“你们有多少人？”周反问道：“你们有多少人？”张说：“我们有十万。”周回答：“我们有三万。”

红一、四方面军会师后，从两位领导人身上可看出明显的差别：张国焘的脸面丰满红润，虽不肥胖，但身上肉滚滚的，脸上毫无疾苦之色。毛泽东很瘦，面色憔悴，皱纹很深，举止十分拘谨。张的灰色军装十分合身，而毛仍穿着他长征时的老军服，又破又旧，缀满了补丁。

红军刚刚进驻毛儿盖，周恩来就草拟了攻打松潘的作战计划。他把计划交给了张国焘，但张却改变了计划，他不是立即组织攻打松潘，而是派他的三十军前去佯攻，三十军包围了松潘，却没有发起攻击。1943 年国共合作期间，胡宗南在重庆的一次谈话中曾透露："当时我们人很少。我的司令部设在城里的一座庭院里。我记得我曾想过如果红军包围了松潘，要是我被抓住，该怎么办？"胡宗南还记得，他在黄埔军校时周恩来当过他的老师，他想"他会照顾我的"。但是，胡宗南不需要找他的老师帮忙。援兵一到，三十军就撤走了。也许因为张不想北上。他认为国民党太强，红军应该向西和向南走。

这几个细节，非常丰富和细腻地反映了当时的情形：张国焘一看自己兵强马壮（当时红四方面军八万余人，中央红军不到万人），油然而生"谁的枪多谁当老大"之邪念。这种想法是当时军阀的主流价值观，但张国焘忘记了：他不是军阀，他是一个共产党人。

《徐向前传》记载：两河口会议后，张国焘为取代毛泽东的领导地位，授意一些人给中央提出报告。如陈昌浩在行军途中致电中央："请焘任军委主席，朱总总前敌指挥，周副主席兼参谋长。中政局示决大方针后，给军委独断决行。"张国焘还在公开场合与私下谈话中，散布"中央政治路线有问题""一方面军的损失和减员应由中央负责""遵义会议是不合法的""军事指挥不统一"等，进行挑拨和煽动。张国焘是老资格的中央政治局委员，只有他能出席中央政治局的会议，他又是红四方面军的最高领导人，他散布的话很容易迷惑和欺骗人。

毛泽东、周恩来、朱德等人维护红军团结的努力告之失败，最终红一、四方面军分裂，毛泽东仅率领7000红军北上，张国焘率领8.3万余红军南下。1935年10月5日，张国焘在四川松岗卓木碉召开高级干部会议，宣布另立“临时中央”“中央委员会”“中央政治局”“中央书记处”“中央军事委员会”和“常务委员会”，自封为“主席”，并通过了“组织决议”，决定“毛泽东、周恩来、博古、洛甫应撤销工作，开除中央委员及党籍，并下令通缉。杨尚昆、叶剑英应免职查办”。

红军分裂，众多将士痛心疾首。被张国焘裹挟南下的朱德后来回忆当时的情形说：“革命生涯经历了多少坎坷、多少困难，从来没有像这次这样心情沉重，自己人分裂了，在最需要红军力量团结在一起的时候，红军力量分裂了。”《长征：细节决定历史》记载了一个细节，南下过草地某日，徐向前与三十军政委李先念并肩坐于一个山包上休息，徐向前叹道：“我也不懂，红军和红军闹个什么劲！”随即吧嗒吧嗒猛抽烟。

就是在这种艰难的情况下，中央红军抵达陕北，得知徐海东已率红二十五军先期抵达，军威鼎盛。此前，毛泽东与徐海东从未谋面，而从战斗序列上来说，红二十五军是红四方面军的部队，也就是在张国焘领导下的部队，且徐海东是张国焘的老部下。张国焘当时已经另立“中央”了，徐海东到底是听中央的还是听张国焘的？

关键时刻，徐海东表现了自己的坚定党性，“一个共产党员，应该无条件地服务中央”。在当时的形势下，毛泽东的激动完全能够理解。

三

从鄂豫皖苏区直接打到陕北的红二十五军，是一支传奇队伍。

在长征的几支队伍中，红二十五军人数最少，平均年龄最年轻，出发最晚，但最早到达陕北。这还不算，他们还是长征中唯一一支有增员的红军，其他几支红军出发时浩浩荡荡，一路牺牲惨重，众多将士倒在长征途中，未能抵达终点。但红二十五军一路上抗击了 30 多个团的敌人的围追堵截，不仅没有减员，到达陕北时，部队还增加了 800 多人。红二十五军还是长征中唯一一支创建了根据地（豫陕、鄂陕边区十余县）的中国工农红军，也是唯一一支发展地方游击师的红军。红二十五军在商洛地区将各路游击师和游击大队合编组成中国工农红军七十四师，有效策应了中央红军长征和陕甘苏区建设。红二十五军最终锻造出 97 位共和国将军。

红二十五军入陕时，兵强马壮，极为神气，有陕北“信天游”民谣唱道：

一杆杆红旗空中飘，红二十五军上来了；
长枪短枪马拐枪，一对对喇叭一对对号；
头号盒子红绳绳，军号吹起嘀嘀嗒。
一杆杆红旗空中飘，红二十五军上来了。

来到陕甘洛河川，劳动人民好喜欢。

徐海东的人生也极富传奇色彩。他是湖北省大悟县人，出身贫寒，父辈兄长全靠做窑工为生，他 14 岁时，也开始去当窑工。徐海东在《生平自述》中写道："有一年冬天，我穿着破单裤，叫卖了好几个村，没卖一个小盆，冻饿倒在一家农民门前，再走不动了。幸得一家农妇给了一碗热粥，才活过来。"

1925 年 4 月，徐海东在武昌加入了中国共产党。当时他在城里挑水卖，每天可挣一串六百钱，他第一次交党费，就是卖水得来的钱。1926 年夏加入国民革命军，参加了北伐战争。1927 年参与黄麻起义。在创建鄂豫皖苏区的斗争中，他从县赤卫队大队长，红军营长、团长、师长，一步步成长为红二十五军军长。

1934 年 9 月，中央派程子华由江西到大别山，徐海东主动建议程子华任军长，吴焕先任政委，自己改任副军长。但人都称他"老军长"。他常说："我这个人打仗有瘾，走路有瘾，喝酒也有瘾，就是没有官瘾。"

《长征：细节决定历史》中写道："长征中，每次大战之后，徐海东倒头即睡，雷打不动，短者一天一夜，长则 2 至 3 日。徐睡后，部属皆不安，既忧其醒，又忧其不醒。徐海东醒，皆喜形于色，奔走相告也。"

1935 年 8 月，在甘肃泾川四坡村战斗中，红二十五军政委吴焕先英勇牺牲，红二十五军也成为四支长征队伍中唯一牺牲了主要领导人的一支。徐海东也与死神擦肩而过：在庾家河战斗中，一颗子弹从徐海东左眼下射入，从颈后穿出，喉咙被瘀血堵住，呼吸困难，生命垂危。紧急关头，护士周少兰伏下身子，一口一口将他喉咙里的瘀血吸出，并昼夜寸步不离，悉心照顾。在昏迷4天4夜后，他奇迹般地活了过来。

到达陕北后，周少兰嫁给了徐海东，丈夫认为妻子的名字有兰字，不像个红军战士的名字，于是她改名为周东屏——徐海东的生命屏障。

四

全面抗战爆发后，中国工农红军改编为国民革命军新编第八路军，徐海东任一一五师三四四旅旅长，开赴华北前线，参加了著名的平型关战斗，一直转战华北，伤病复发后回延安休养，后又到华中地区指挥新四军作战。1940年，再次病倒在战场上，此后一直处于养伤状态，没有参加解放战争。1955年授衔，徐海东表示自己因伤病久未指挥作战，不评衔都可以。但毛泽东直接指示：徐海东不但要评大将，而且大将里面要排第二，仅次于粟裕。

金一南在《浴血荣光》一书中写道：

中国革命之所以能够胜利，不仅仅是因为有正确的主义，正确的路线，正确的方针和纲领，我们还有一大批像徐海东这样忠于主义、忠于信仰的战将。

徐海东与毛泽东素未谋面，而且指挥序列还不是中央红军的。但是中央来了之后，他坚决服从中央的领导，忠于主义、忠于信仰，我觉得这是我们革命能够胜利的一个重大原因。这样一批人的存在，与我们党的正确路线、方针、政策一样，对中国革命至关重要。

张国焘妄想“枪指挥党”，但他失败了。中国共产党领导的工农红军，注定是一支全新的武装：1927 年 9 月，秋收起义部队在三湾改编时，毛泽东创造性地提出“支部建在连上”的原则，对实现党对军队的领导，奠定了重要的组织基础。1929 年 12 月，毛泽东主持制定古田会议决议，从理论上阐明了党对军队绝对领导的原则，并从政治上、思想上、组织上确立了党领导军队的一些基本制度和措施。1932 年 9 月 12 日，《中国工农红军总政治部关于红军中党的工作训令》中，第一次出现了“保障党在红军中的绝对领导”的字句。

党和军队的诸多高级领导，坚决维护党的决定。

红一、四方面军分裂后，朱德被裹挟南下，一路上与张国焘进行了坚决的斗争。史载，在一次争论中，朱德拍了桌子：

党中央的北上方针是正确的。北上决议，我在政治局会议上是举过手的。我不反对北上，我是拥护北上的。我是一个共产党员，我的义务是执行党的决定。

红四方面军高级将领徐向前回忆说：

朱德同志坚决反对另立“中央”，对张国焘也起了有力的制约作用。朱德总司令在党和红军中的巨大声望，人所共知。也只有他，才能同张国焘平起平坐，使之不敢为所欲为。自从张国焘另立

“中央”起，朱德同志就和他唱对台戏。他同张国焘的斗争，绝不像“左”倾教条主义者那样，牙齿露得越长越好，而是心平气和，以理服人，一只手讲斗争，一只手讲团结。我去红军总部汇报时，曾不止一次地见过他同张国焘谈论另立“中央”的问题。他总是耐心规劝张国焘，说你这个“中央”不是中央，你要服从党中央的领导，不能另起炉灶，闹独立性。张国焘就劝朱德同志出面，帮他做党中央的工作，要中央承认他的“中央”是合法的，是全党的唯一领导。俩人的意见，针锋相对，谁也说不服谁，但又不妨碍商量其他问题。张国焘理不直，气不壮，矮一截子，拿朱老总没办法。朱总司令的地位和分量，张国焘是掂量过的。没有朱德的支持，他的“中央”也好，“军委”也好，都成不了气候。张国焘是个老机会主义者，没有一定的原则，没有一定的方向……

《长征：细节决定历史》中写了这么两个细节：

1936年6月，红二、六军团到达甘孜与红四方面军会师。张国焘以“总部”名向红二、六军团派工作队。某日，朱家胜收到工作队送来的《干部必读》小册子若干本，阅之大惊失色。书中有醒目通栏标题“反对毛（毛泽东）、周（周恩来）、张（张闻天）、博（博古）逃跑路线”等等。朱家胜回忆说：“一看内容，吓得心里直发毛，不敢不收，又不敢下发，只得把书藏在老乡家的柴草堆里。”后，朱急向王震报告此事，王震态度鲜明，命令道：“统统烧掉，谁敢发一本，我就处分谁。”朱家胜时任红二、六军团五十一团总支书记。

张国焘试图说服其他部队跟他一起走——包括二方面军和一方面军。一天下午，在干涸的湖边的一座小草房里，美国医生马海德在张的身边，他亲眼看到房里有不少摊开的地图，张正企图说服贺龙率二方面军渡过黄河。贺龙拒绝了，他对张说："去你妈的。"

1938年4月，张国焘叛党。当年11月6日，中共六届六中全会召开，毛泽东在《战争和战略问题》中，针对张国焘同党争权的历史教训，提出：共产党不争个人兵权，不要学张国焘。但要争党的兵权，争人民的兵权，并形象地将党对军队绝对领导的原则表述为"我们的原则是党指挥枪，而决不容许枪指挥党"。

五

在《生平自述》的结尾，徐海东这样写道：

我这一生，所经历的道路是光荣曲折的。党把我一个没有文化、受尽旧社会痛苦、百事不懂的手工业工人，培养成一个高级将领。使我不安的是为党、为人民做的工作太少，病的时间太久。今后我将像以往，虽然不能再为党更多地工作，但要做一个永远忠实于党、忠实于人民、忠实于共产主义事业的共产党员。

这是值得所有共产党人认真学习的一段文字！

饥肠辘辘的长征

1936年9月，刚刚从南京逃离到延安的著名作家丁玲，坐在窑洞的煤油灯下，她的面前，是堆成一两尺高的来稿，各种各样的稿纸——一些用蜡光油纸写的，一些用粗纸写的，红红绿绿的稿子，有些纸皱巴巴的，有些字体已经模糊……

她一个字一个字读着这些稿子，没有华丽的文字，有些文笔甚至很粗糙，但却流淌着蓬勃强劲的生命力，百折不挠、一往无前的呐喊声，几乎要透出纸面，充盈天地间。

丁玲面前的稿子，来自中共党史和军史上第一次大规模的征文活动：1936年8月5日，毛泽东与时任红军总政治部主任的杨尚昆联署，为编辑《长征记》，向参加长征的同志发出征稿通知，要求"择其精彩有趣的写上若干片段，文字只求清通达意，不求钻研深奥……"

到当年10月底，共收到稿件200余篇，约50万字。1937年2月，丁玲主编完成《红军长征记》，共收录长征亲历者100篇回忆录，附歌曲10首，讲述红军长征中许多鲜为人知的经历和见闻、感想，这是一部关于长征的最早、最真实、最珍贵的记录。

今天，再读《红军长征记》，能够读出太多太多的故事，以及故事背后的内涵，比如，长征途中吃饭的问题。

一

虽是五月，但在金沙江干热河谷，白花花的太阳，晒得人晕头转向，汗如浆出。急行军的队伍，在午后到了一个村庄，有古树数十株，洒下一片难得的阴凉，大家赶紧歇息，取江水溶以糖，饮之甚甘。

糖，是当地人用土法熬的甘蔗糖，因为提纯水平不高，团成各种形状，糖溶水后，满浮杂草及沙泥、渣滓、沉淀物，也没有多少甜味，但在炎暑中行军，取此糖溶江水饮之，亦凉爽宜人，大家都随身带着不少。

这是中央红军长征途经贵州、四川、云南三省交界时的一个场景。今天看这段路途的行军作战路线图，纵横交错，眼花缭乱，遥想当年红军声东击西、神出鬼没，上演了一幕幕传奇大片，而读到以江水溶蔗糖的细节，还能够从苦中品出一丝甘甜来。

红军长征，从江西出发，走过中国中部、南部，折而向西，又从西南到西北，穿越千山万水，地理千差万别，既有繁华都市，更多是贫瘠山村，人烟稀少之地，还有人迹罕至之绝域，许多地方，当时中国人知之甚少。今天读这段历史，在坚定的信念、顽强的意志、卓越的勇气与残酷的战斗之外，于细微处，我们还能读到一部风俗志。

中华人民共和国成立后成为高级领导人的王首道、李一氓，都回忆过长征路上火腿的味道。红军打下云南宣威后，缴获了堆成小山一般的火腿，战士们分到不少。遗憾的是，很多人不知道火腿的吃法，炊事员更是一锅炖，煮出油腻腻的一锅汤。但到了饥饿的草原，火腿已经成了“黄金记忆”(李一氓语)。

茅台也是长征路上的有趣回忆。日后成为开国少将的熊伯涛，1934 年 3 月打进茅台镇，红军毫无伤亡，消灭敌人大部，俘获人枪各数十，还有枪榴弹，一并缴到茅台酒数十瓶。熊伯涛说：“战士的阶级友好和胜利的热忱，欣然给了我一瓶。”在茅台镇，“义成老烧房”的主人是标准的土豪，自己有枪，在红军来之前，他就逃之夭夭了。熊伯涛记得，“义成老烧房”是一座很阔绰的西式房子，里面摆着每只可装二十担水的大口缸，装满异香扑鼻的正宗茅台酒。

熊伯涛生动地记下了当年喝战利品的场面：

真奇怪，拿起茶缸喝了两口，“哎呀！真好酒！”喝到三四五口以后，头也昏了，再勉强喝两口，到口内时，由于神经的命令，坚决拒绝入腹，因此除了鼓动其他的人“喝啊”以外，再没有能力和勇气继续喝下去了。

关于“吃”，长征途中最经典的记载是遵义辣子鸡。

遵义，是红军长征途中占领的最大的城市，而且是两占遵义。抗战期间任新四军第四师师长兼政委的彭雪枫，曾两次率军打下遵义城。他说：“长征以来遵义是最使战士们想念的一个城，那比较繁华的街市，那相亲相爱的群众，那鲜红的橘子，那油软的蛋糕……”

首占遵义，红军足足休整了十天（遵义会议就是在这期间举行的），非常难得。当时年轻的工兵军官何涤宙详细地记载了吃辣子鸡丁的故事：第一天进城，处处可见国民党溃兵抢劫的痕迹，店家大多歇业；第二天，店开了，大家购物后，不约而同想到了找东西吃，问路问到城里著名的川黔饭店，点了招牌菜辣子鸡丁、醋熘鱼、血花汤等，他们对辣子鸡最满意：一盆辣子鸡丁，堆得满出来，味道的确不坏，大家都很满意；第五天中午，再到川黔饭店，又点辣子鸡丁，人很多，都是红军将士，等到下午两点才吃完午饭；第七天中午，又到川黔饭店，仍然人很多，点了辣子鸡，已没有第一次那么丰富，用白菜作底……第十天，拂晓出发，打土豪得来的东西，全分给了群众……

二

通读红军长征史，才能理解遵义城里这盘辣子鸡丁的意义——长征，从某种程度上来说，是“饥肠辘辘的长征”。

惨烈的湘江之战后，辎重损失殆尽，粮食紧缺从此成为红军长征路上面临的巨大挑战。红军将士都有过挨饿的经历，不过在进入川西北之前，筹措粮食倒不是太困难，红军挨饿，主要是因为连日行军作战，节奏太快，有时甚至几天都吃不上一顿热饭，更甭说一日三餐准时了。

红军宣传干部彭加伦在随军突破第二道封锁线时，翻越大王山，碰到倾盆大雨。战士们冒雨赶路，半夜里来到一个小村子，火把点光了，人也疲劳万分，肚子饿得发痛，决定就地宿营，圈着火堆坐了下来，背靠背地打盹。外面有个部队架好了铜锅在煮饭，饭的香味一阵阵地冲入鼻孔中来，更使人难受。铜锅的周围，站满了人，大家都眼巴巴地望着锅内，垂涎欲滴。饭熟了，一个冲锋，就冲得干干净净。饭是那么香，口水自然会流出来，可是怎么好意思去和战士们抢呢？总算事出意料，他们指导员送了一盆子进来给宣传干部们吃，虽然没有菜，彭加伦几个每人也就吃了一碗，肚子还没饱呢，但不可能有第二碗了。

红军长征途中筹措粮食，主要有战斗缴获、没收军阀和土豪劣绅的部分粮食以及向商人和农民购买粮食等几种途径。红军打下贵州瓮安之后，正逢春节，红军缴获了土豪准备过年的物品，过了一个丰富的年，有六大盆菜，猪羊鸡肉都有。当地把穷人叫作“干人”，瘦得枯干如柴的意思，瓮安城里的“干人”们受邀与红军将士一起过年。他们边吃边嚷：“红军先生，如果不是你们来了，我们连年饭也吃不成哩！还有这样阔气吗？你们救了我们干人儿的命呵！”

越往北走，粮食筹措越困难，尤其到了过草原的时候，那是中国革命史上一段刻骨铭心的饥饿记忆，在茫茫草原上饿得前胸贴后背的红军将士，感觉此前吃过的苦，真不叫苦了。时任红军总政宣传部部长的陆定一在翻过贵州省黔东南境内的老山界后，发现了一个新的现象：在每条溪流的旁边，有很多饥饿的战士等不及炊事员做饭，自己用脸盆、饭盒子、口杯煮稀饭吃。

老山界是我们长征中所过的第一座难走的山。但是当我们走过了金沙江、大渡河、雪山、草地以后，才觉得老山界的困难，比起这些地方来，还是小得很。

是的，在老山界，战士的口杯里，还能煮上大米，但是，到了草地，只能煮牛皮带了……

读红军的回忆录，不难发现，过草地前，关于“吃”的内容并不多，只是偶尔穿插其间，但关于草地的回忆，主要就是饿，以及有什么能吃的。红军进入草地前，准备了青稞炒面，但是，草地中很难找到干净的水。很多战士来不及磨面，带的就是青稞麦，只能一颗颗咬着吃，既吃不饱，又难消化。原来准备可以吃五六天的干粮，两三天就吃完了。断粮后，就只能靠吃野菜充饥，有不少人中毒。前面的部队把野草树皮吃完了，后续部队就只好将身上的皮带、皮鞋，甚至皮毛坎肩马鞍子，都切成细丝，煮着或者烤着吃。有的战士实在没吃的，只能把粪便中没有消化的青稞麦，一粒粒挑出来，洗干净了再煮着吃……彭德怀、黄克诚等红军高级将领，甚至含泪杀死了跟随自己多年的坐骑，让战士们有肉吃。

从草原出来后，红军发动包座战役，围点打援，先围歼敌军四十九师，后攻入了上包座大戒寺，敌人逃跑前，放火焚烧粮食，饥饿的红军战士一边灭火，一边抓起粮食大把吞嚼……

三

此人不很高，身体肌肉很饱满，脸部稍带黑色，眉毛很粗，头发差不多生到了眉毛边，眼睛又圆又大，上边遮满了一线睫毛，嘴唇红红的，露出一排黄色的牙齿，一个大辫子盘在头上，上身的汗衣打上了几块补钉，肩上一个大洞……

这是红军长征途经广西全州时，彭加伦碰到的一个苗族男子。这个男子听说红军过境，过来拜访，请求支持，帮他们从压迫中解放出来。

红军长征，经过多个少数民族地区，今天看来，那是民国政府之外的另一个中国，一些少数民族遭受的剥削与压榨，是令人难以想象的。拜访彭加伦的苗族男子就控诉道："说来真气人，我们的田地都被他们占去了，派款，我们苗家特别的多，修碉堡、派差事，也总是我们苗家吃亏，这样的世界，再不拼命，也是不得了的。我们下了决心，联合你们去干！"

蒋介石也利用红军长征途经地一些少数民族生产落后、消息闭塞、平时对剥削阶层积怨深重的特点，一度企图让他们变成阻挡红军前进的"棋子"。红军长征开始后，国民党地方政府、军阀与地主拼命进行反动宣传，百般污蔑，甚至把红军描写成"青面獠牙""专吃人脑花和娃娃"的魔鬼，加重了部分少数民族群众对红军的恐惧。

长征中，红军做了第一等、第一流的民族工作和群众工作。他们经过少数民族地区时，积极宣传共产党的政策和红军的纪律，提倡民族平等，反对民族压迫，尊重少数民族的宗教信仰和风俗习惯，支持和帮助少数民族开展对反动政权的经济和政治斗争，帮助少数民族建立武装力量。可以说，正是因为有了正确的民族政策，才有了长征的胜利。

比如，面对那位苗族兄弟，彭加伦做了细致的思想工作，写了一封回信，办了很多菜，请他吃了饭，并送了很多礼物给他带回去。这位苗族汉子又笑容满面地作了无数个揖，欢天喜地回去了。彭加伦因此感慨道：

> 苗民的痛苦，确是到了极点，受够了豪绅地主军阀官僚的压迫，他们进行了不少原始式的反汉官军阀的斗争，但总得不到援助，以致终归失败。他们虽然迷信很深，对红军没有正确的认识，可是他们总知道红军是替民众谋利益的，是他们的救星。他那知识的闭塞，虽然可怜，但他那天真烂漫忠诚英勇的精神，确值得佩服，少数民族的工作，是怎样值得我们注意呵！

红军长征途中，少数民族无私帮助红军筹措粮食，红军也时刻不忘解群众燃眉之急。红军打下黔西北重要集镇瓢儿井后，没收反动首领的盐庄，一小时之内，号召了一千多人分盐。王首道这么回忆：“如山如海的干人儿争着要盐，搞得非常热闹。附近许多苗人也来要盐，往来背盐的人好像蚂蚁一样忙个不停。”陆定一在过老山界时，路遇一户瑶家，这户人家过得很艰难。“她拿出仅有的一点米来，放在房中间木头架成的一个灰堆——瑶民的灶上，煮粥吃。她对我们道歉，说是没有米，也没有大锅，否则愿意煮些给部队充饥。我们给她钱，她不要。好不容易来了一个认识的同志，带有米袋子，三天粮食，虽然明知前面粮食困难，我们把这整个的米袋子送给她，她非常喜欢的接受了。”

陆定一还写了一个细节：这户瑶民的房子和篱笆，是用枯竹编成，他生怕红军会拆来当火把，于是写了几条标语，用米汤贴在外面醒目处，要红军的部队不准拆屋子篱笆做火把。

今天再读当年红军的回忆录，能够读出红军对少数民族朴素而真挚的情感，即使红军对少数民族的风俗习惯有些好奇，但从未有过居高临下的傲慢。渡过金沙江后，红军宣传员艾平深入彝族部落，就争取了很多彝人兄弟当红军，他写道："(彝人)没什么虚假的礼节，但他们互相亲爱，与我们红军也是很亲爱的。"他还生动地记下了彝人好酒的特点：没有饭吃，没关系，一定得有酒喝。

四

飞夺泸定桥，红四军团一天一夜走了 240 里路，这是长征史上的不朽传奇，绝对是真实版的"生死时速"。此役指挥官杨成武后来回忆说，他们比原来命令规定的时间提前一小时吃饭，五点钟就出发了，然后一直处于狂奔状态，中途还打掉了挡路的敌人，架好了一座被敌人破坏的桥。

如果能够穿越到当时的现场，今人能够瞬间明白什么叫"革命英雄主义"与"革命理想主义"。队伍风一般卷过，在行军纵队中，忽然一群人凑拢在一起，这群人刚散开，接着出现了更多人群，他们一面跑，一面在激动地说着什么。这是连队的党支部委员会和党小组在一边行军，一边开会。暴雨如注，大渡河畔的羊肠小道泥泞不堪，战士几乎三步一摔，五步一跌，队伍简直是在滚进。但即便如此，因为太过疲劳，还是不断有人打瞌睡。有的人走着走着就站住了，后面的人推他："走呀！前面的走远了！"这才恍然惊醒，又赶快跟上去。后来，大家干脆解下了绑腿，一条一条接起来，前后拉着走。

“人是铁，饭是钢”，勇气再大，也得吃饭，飞夺泸定桥途中，吃饭问题怎么解决？嚼生米、喝凉水充饥……

读到这些场景，怎不让人肃然起敬？长征途中，天大的困难，红军都一个个克服了。革命理想信念高于天！

红五军团，从长征一开始，就担任后卫掩护全军的重任。长征路上，他们几乎每天都要和敌人开火，始终处于艰苦疲劳急行军饿肚子的状态，对他们来说，跟追兵一样凶险的敌人，还有饥饿。前方部队过去，土豪基本打过了，粮食基本吃光了，留给红五军团将士的食物，所剩无几。时任红五军团师政治部主任的周碧泉，从湘江之役开始，就遭遇多次断粮：在老山界，断粮一天两夜，他以坚强的毅力翻过了高山；初入贵州，有钱也买不到粮食，宿营的时候，还要用门板、手掌、被毯和砖头来磨米……

困难面前，红军将士始终保持着乐观心态。

大渡河安顺场，就是太平天国石达开全军覆没之处，蒋介石企图让红军变成第二个石达开。在巨大的危险面前，作为红军总司令的朱德，淡定自如。当时军委政治部打土豪，杀了几头猪，分给了群众，给司令部留了一个猪肚、一副猪肝。警卫员问朱老总：“怎么弄中饭吃？”朱德说：“你把它切好，我来炒。”不到一刻钟，朱老总就把猪肚子炒好了。大家一边吃，一边说炒得好。朱德开心笑道：“我很会炒肚子的，以后你们找到肚子，准备点辣椒，我再帮助你们炒吧！”

最令人难忘的，还是翻越雪山时的一个场景。在雪山顶上，大家稍作休息，看着身边洁白无瑕的积雪，红军将领“盛夏赏雪”。这时，萧劲光（开国大将）提议吃冰激凌，全体赞成，一行十几人都持着漱口杯，争向雪堆下层挖。有人问：谁有糖精？于是有人将自己的“私藏”贡献了出来。大家都在赞美自己的“冰激凌”，记录下这一幕的周士第（开国上将）“吹嘘”道：“我这杯冰激凌，比上海南京路冠生园的还美！”陈赓（开国大将）不服气，“反击”道：“我的更美，是安乐园的呢！”那时，长征中的红军将士都很年轻，他们有理想、热血和勇气，他们还有年轻人特有的旺盛精力与无限好奇。对他们来说，长征是苦难，但长征也是磨砺与成长。

这样的人，怎么会被打败？

五

1935年10月21日，陕北保安县吴起镇西十余里处，上演了一起“步兵追杀骑兵”的奇观。国民党骑兵两千余人进入了红军钳形包围圈，一轮枪响后，惊慌四逃，衣衫褴褛的红军战士从荒凉的山梁狂奔下来，奋勇杀敌，一口气追出50里。暮色中，红军凯旋，唱起了《打骑兵歌》：“敌人的骑兵不须怕，沉着敏捷来打它。目标又大又好打，排子枪快放易射杀。我们瞄准它，我们打坍它，我们消灭它……”

是役，乃中央红军长征最后一战，亦称为“切尾巴战役”。此后，自红军长征开始后一直像尾巴般如影随形的国民党追兵，被切断于陕北根据地之外。翌日，中共中央政治局会议在吴起镇举行，毛泽东做了关于目前行动方针的报告。此次会议正式宣布：中央红军长征结束!

会上，毛泽东热泪盈眶，众人感慨万千，有人情不自禁高呼口号：“长征万岁！”当时，陕北已是寒气砭骨，红军将士尚着单衣，但是，每个人都洋溢着火一般的热情。

感谢已经走进历史的先辈，给后人留下了如此丰富的精神食粮。

“崽卖爷田心不痛”

如果回到1934年的12月，广西全州、兴安之间的湘江，是一条淌着鲜血的河流。

湘江血战与之后的西路军蒙难、皖南事变，并称为中国人民解放军军史上三大惨痛的记忆。

历史是最好的教科书，今天再读这段沉重的历史，突然明白了一个道理：自己的路，必须自己走！

一

电影《血战湘江》一开头，时任红一军团军团长的林彪咬牙怒斥：“李德，你个龟儿子，你错失了我的先机，只差六个半小时，六个半小时啊，你就是看地图也应该知道，全州不能丢……”

李德是德国人，原名奥托·布劳恩，本是共产国际派往中国的情报员，却阴差阳错，从1933年9月起开始担任中华苏维埃共和国中央革命军事委员会军事顾问，事实上成了红军的“钦差大臣”乃至“太上皇”，以不切中国革命实际的“瞎指挥”留名于史。林彪怒斥的，就是红军长征后，李德命令实行“大搬家”甬道式行军，将所有物品都带上，大到军工机器，小到卫生便盆，一千多副挑担，严重影响了行军速度，用朱德的话来说，“这不是抬着‘棺材’走路吗？哪像个打仗的样子”。结果错失了渡过湘江的最佳时机，被敌人夹击，8.6 万人经湘江血战后，只剩下 3 万人。

林彪的那句台词，跟彭德怀冲李德拍桌子怒吼出“崽卖爷田心不痛”，颇有异曲同工之处。红军长征血战湘江时，李德时年 34 岁，比彭德怀小 2 岁，比林彪大 7 岁，其实都算是同辈人，却被彭德怀、林彪这般当作儿子痛骂一通，彭、林心中痛恨，可见一斑。

历史没有记载林彪是否以“龟儿子”痛骂过李德，但彭德怀痛骂李德“崽卖爷田心不痛”，却是真实发生过的。根据《彭德怀自述》，1934 年 4 月，在中央苏区第五次“反围剿”的广昌战役中，李德亲自到前线督战，强迫彭德怀所率的三军团打阵地战，固守广昌，遭到惨重损失。李德军事指挥过于集权，不给前方指挥员一点儿机断权。每个连队、每门迫击炮甚至机关枪的位置，都由李德在作战图上规定，前线部队只能机械执行。这也是林彪在《血战湘江》台词“你就是看地图也应该知道”之由来。在指挥所里，面对面争执，彭德怀历数指挥的错误，指着鼻子痛斥他们“是图上作业的战术家”，怒吼：“崽卖爷田心不痛！”

江西广昌，是中央苏区的北大门。广昌保卫战持续 18 天，在李德的瞎指挥下，中央红军用所谓“短促突击”的战术，处处设防、节节抵御，硬是以较弱小的力量同优势的国民党军在固定的阵地上拼消耗，虽毙伤俘敌共 2626 人，但是自身却伤亡了 5093 人，约占参战总人数的五分之一，其中红三军团伤亡 2705 人，约占全军团总人数的四分之一。广昌保卫战的失败，直接导致红军不得不撤出中央苏区，被迫踏上长征路。

损失惨重的彭德怀，自然痛心不已。“崽卖爷田心不痛”，是一句湖南话，意思是当爹的辛辛苦苦置下的家业，心血所在，感情很深，但儿子没有经历过创业的艰辛，轻率地就把田地给卖了，毫不心疼。史载，当时翻译碍于情面，没有直译这句话，彭德怀坚持让他如实翻译，结果李德听后，暴跳如雷。《杨尚昆回忆录》对此有生动记载：

刚正不阿的彭德怀同志，难以控制自己的感情，甚至有些急不择言，但意见都是中肯的，坦率的。我试图缓和一点气氛，也不可能。他接着说：

“一三军团在赣闽奋战七八年，才打出这块根据地，容易吗？可是在你们指挥下，丧师失地，损兵折将。三军团这次要是听了你们的话，用多兵堆集守广昌，那就全完了！”他非常动情地说：“你们至今还不认账，真是‘崽卖爷田心不痛’！”

也许是伍修权觉得这句话过于尖锐了，没有全部翻译过去。彭总看到李德没有强烈的反应，就意识到了，要我重新翻译。我如实地翻译了一遍。

“封建，封建！”李德咆哮起来，“你是报复，因为你对撤销你军委副主席不满意。”

“现在是研究怎样才能战胜敌人，”德怀同志鄙视李德说：“我根本没有想那些事，你卑鄙……”

在《彭德怀自述》和《杨尚昆回忆录》中都有同样的记载：与李德大吵一架后，彭德怀做好了最坏的打算，他把一套旧军衣装在背包里，准备跟李德回中央苏区的首都瑞金："受公审，开除党籍，杀头，都准备了，无所顾忌了！"

横刀立马的彭大将军，从不矫情，他知道，李德虽然只是所谓"顾问"，但得罪不起。在1933年9月的黎川之战中，萧劲光率仅有70人的教导队和部分地方武装抵御国民党军3个师对黎川的进攻，终因寡不敌众被迫撤退。这一年11月，他对"左"倾冒险主义提出过不同意见，得罪了李德，被撤职审查。李德给萧劲光加上退却逃跑、丢失黎川的罪名，甚至计划将萧劲光处以极刑。因为毛泽东坚决反对，1934年1月，经审判后，萧劲光被开除党籍和军籍，获判刑5年。后在毛泽东、王稼祥等人保护下获释，到红军大学任教员、政治科科长。新中国成立后，战功赫赫的萧劲光，受命组建中国人民解放军海军，任海军司令员兼第一海军学校校长，1955年授大将衔。

李德为何如此嚣张？原因一，他被认为是共产国际的代表；原因二，当时中共中央负责人博古不懂军事，对李德过于依赖。李德在若干年后给共产国际的报告中写道："实际上我掌握了红军行动的决定权……我对每个涉及红军的问题都提出了建议，并且直到红军进入贵州省之前我的所有建议均被采纳。除此之外，一些建议只由几个同志进行了讨论，主要是博古同志和周恩来同志，因此造成了对集体领导原则的部分违反。最终我直接干预了指挥部和司令部的工作，我自己起草了作战文件。"

实际上，当时在中央苏区，不只彭德怀，很多人都对李德表示过不满。毛泽东的弟弟毛泽民在给共产国际的报告中直率地指责李德："党和红军的所有重大事项，只有在取得他的同意之后才能贯彻执行。如果有什么事情没有取得他的同意或者没有按照他的意愿做了，那么他就会开始训人，不管谁都训。"

但是，中央负责人博古从来不认为李德有错，他总是说："李德是共产国际派来的，他能错吗？"

二

说说共产国际。

现在很难想象，在相当长的一段时间内，中国共产党在理论上只是共产国际的一个支部，受共产国际万里之外的遥控指挥。共产国际是由俄国共产党在 1919 年创立起来的国际组织，曾经是世界共产主义者的大本营。20 世纪上半叶，包括中国共产党在内的东方落后国家的革命运动和民族解放运动，大都是在它的推动、组织、指导或影响下起步的。中国共产党与共产国际的关系，颇多纠葛，非常复杂。打个比方，中国共产党是在共产国际这个"保姆"的精心呵护下诞生与成长的，幼年时期，只能走"保姆"指定的路，但是当娃娃已长成了青年，"保姆"对他却还像对待孩子一样处处管束，种种代劳。这"保姆"，恨不得让这青年完全按自己的成长经验成长，完全按自己指定的路走路，而且要求他必须完全以自己为中心。结果，可想而知。

1960 年 7 月，中共中央在北戴河召开省、市、自治区委书记会议。会上，周恩来做了一个报告《共产国际和中国共产党》："共产国际的成立和解散，都是必要的。共产国际从成立到解散共存在二十四年（1919—1943），三个八年。毛泽东同志说它是两头好，中间差。两头好，也有一些问题；中间差，也不是一无是处。共产国际的成立，当然是必要的。它对各国党的建立和成长起了很大的作用。后来各国党成长了，成熟了，共产国际就没有存在的必要了。”

“两头好，中间差”，是对共产国际与中国共产党关系非常精辟的论述。“中间差”，是指 1927 年到 1935 年，正是中国共产党在大革命失败后，痛定思痛，到农村创建革命根据地继而成立苏维埃政权直到放弃苏区被迫长征扎根陕北的时期。回看这段历史，有“枪杆子出政权”的觉醒，有“农村包围城市”的智慧，有“星星之火，可以燎原”的信心，有建立政权为新中国进行伟大预演的激情，但也有不顾中国革命实际照搬苏联经验的惨痛教训，用毛泽东的话来说，就是“白区损失百分之百，苏区损失百分之九十”。

1933 年 3 月，中央苏区取得第四次“反围剿”胜利之后，疆域扩至最大，声势也达到极盛，但是，危机却接踵而来：一方面，蒋介石摆平了其他军阀的挑战，集聚空前的军力，稳扎稳打，发动第五次“围剿”；另一方面，在多年来高强度的战争环境下，中央苏区本就贫瘠的资源已到极限，无力支撑，而“左”倾路线，自我折腾，种种错误，让苏区雪上加霜，几近灯枯油干，已无法应对国民党空前残酷的第五次“围剿”。学者黄道炫写过一本书，题为《张力与限界：中央苏区的革命（1933~1934）》，细致还原了中央苏区当时人力财力物力的枯竭。

当时在中央苏区，毛泽东已被排挤出领导核心，主要领导是生于 1907 年的博古，他从 24 岁开始，就任中共临时中央主要负责人。他能坐上这个位置，是因为他跟中共驻共产国际代表王明是留苏同学，同为所谓的“二十八个半布尔什维克”。《张力与限界：中央苏区的革命（1933~1934）》一书写道：正因为毛泽东朱德在江西苏区干得有声有色，江西苏区才成为中央苏区，但是当中共临时中央在上海待不下去了，迁到中央苏区后，毛泽东反而失去了领导地位。《黄克诚自述》中也写道：

本来，毛泽东同志在中央革命根据地军民中，已经有了很高的威望，大家都公认他的政治、军事路线正确。然而，临时中央从上海进入中央苏区后，轻而易举地夺了毛泽东的权，以错误的政治、军事路线，代替了正确的政治、军事路线。

辛辛苦苦打下的基业，却被一群后来者在错误中轻易断送，难怪彭德怀会怒吼“崽卖爷田心不痛”。在血与火中走过来的共产党人，对于1931年11月7日成立的中华苏维埃共和国，感情之深厚，是可以想象的。他们浴血奋战，胼手胝足，在穷乡僻壤间建立了一个属于自己的工农民主政权，并改“瑞金”为“瑞京”。若干年后，美国记者斯诺谈到瑞金建政时感慨：“在没有港口，没有码头，没有铁路的山林里建立起一个共和国，这是建国中的奇迹！”

中华苏维埃共和国既是新中国的伟大预演，也留下了共产国际照搬苏联经验的惨痛教训。例如，在共产国际“帮助”中华苏维埃共和国拟定的法律中，规定中国革命的力量，即可以享有国民权利与待遇的只有工人和贫苦农民两部分人。这种绝对的划分，让中国共产党自我孤立了。毛泽东曾说过：“土地革命战争时期，党内机会主义的主要特点是‘左’……把赤白对立绝对化；对中小资产阶级实行过左政策；片面强调工人利益而把工商业很快搞垮了；主张地主不分田、富农分坏田，并损伤了一部分中农的利益。当然，我们党在农村中还是有群众的，不能说是在农民中完全孤立。总之，土地革命战争时期实行‘左’的政策的结果，我们没能孤立蒋介石，而是孤立了自己。”

苏区过左的错误政策，把反对民族资产阶级和反帝反封建并列，混淆了民主革命和社会主义革命的界限，一大恶果就是导致苏区经济在战争重压之下陷入崩溃，财政枯竭，已无力支撑红军完成第五次“反围剿”。

反思一直在继续。1940 年 12 月 4 日，延安，中共中央政治局会议，毛泽东长篇发言，既批评了“联合一切”，又批评了“打倒一切”，强调“马列主义要跟中国实际联系起来”。《毛泽东年谱》记载，在这次发言中，毛泽东指出：

苏维埃末期，又是打倒一切，估计当时是苏维埃与殖民地两条道路的决战……遵义会议决议只说是军事上的错误，没有说是路线上的错误，实际上是路线上的错误，所以遵义会议决议须有些修改。

确实，“崽卖爷田心不痛”所批评的，远不只是军事上的失败。

三

读中共党史，有时不得不掩卷深思：危急时刻，中国共产党为何能够频频“如有神助”？

其一，血战湘江后，红军元气大伤，命悬一线，毅然改变了继续前往湘西北“死地”的原计划，最终在遵义迎来了伟大转折。1935年1月15日至17日，中共中央在遵义召开的政治局扩大会议上，明确了毛泽东的领导地位。遵义会议的另一个非凡意义，是中共中央在没有得到共产国际指示的情况下，自行改组了中共中央政治局及政治局常委会。当时中共中央无法与共产国际取得联络，生死攸关之际，自己做出了正确决定。

其二，中共中央初到陕北，而张国焘另立中央、拥兵自重，处境艰难之际，恰好共产国际代表张浩（林育英），穿过茫茫无际的沙漠，终于来到中共中央所在地陕北瓦窑堡，找到了与共产国际长期失去电讯联系的中共中央，从此宣告双方中断联系长达一年多时间之后，又重新接通了关系。张国焘另立中央的图谋，自此彻底破产，因为张国焘正是质疑遵义会议是在共产国际不知情的情况下召开的，从而挑战中共中央的权威。中国共产党和红军也避免了分裂的悲剧。

看似巧合，但正如《国际歌》中所唱：“从来就没有什么救世主，也不靠神仙皇帝……全靠我们自己！”

一是，中国共产党自我净化、自我完善、自我革新、自我提高的能力。湘江血战后，红军到哪里去，高层还在激烈争论。博古、李德不顾局势变化，仍一心要去湘西北与红二、六军团会合，“因为这是经过共产国际同意的”，但蒋介石已判明红军的行动企图，在红军前进的道路上部署了重兵。毛泽东则力主放弃原定计划，改向国民党统治力量薄弱的贵州前进，以摆脱敌人，争取主动。

沧海横流，方显英雄本色，关键时刻，毛泽东显示了卓越的政治能力，他一一耐心争取党内同志，最终达成共识。《毛泽东年谱》详细记载了毛泽东在行军途中对王稼祥、张闻天及一些红军干部反复进行深入细致的工作，取得他们的支持。而周恩来、朱德与博古、李德的分歧越来越大，也支持毛泽东的正确意见。从湖南通道到贵州黎平、猴场，连续三场关键会议，环环相扣，最终迎来大转折。遵义会议水到渠成。

值得一提的是，遵义会议是中国共产党集体觉醒的结果，除了毛泽东的努力，党和红军的领导干部也在长久以来的思考中做出了正确的选择。早在血战湘江前，党和红军已经因“左”倾错误统治而遭受严重损失，许多领导干部从奉李德、博古为圭臬，到亲自经历了血淋淋的现实，看到他们奉献了青春、激情和鲜血的革命事业，却被“崽卖爷田”……他们愤怒、困惑、反思，一路走向遵义。

犯错不可怕，可怕的是不会反思为什么会犯错，最可怕的是清楚为什么犯错误，但自我安慰这是别人的原因，等待别人以后改正，完全丧失了危急关头自我拯救的信心。但党和红军的高级干部在遵义完成了一次自我拯救。唯有如此，烈士们洒在湘江的血，才不会白流。

二是，中国共产党人用自己的实践，让共产国际看到了“山沟沟里的马克思主义”的科学。1927 年国共关系破裂后，共产国际试图在中国照搬“十月革命”成功经验，攻占大城市，结果遭遇惨败，付出沉重代价。深谙中国国情的毛泽东，没有按部署去进攻长沙，而是转向井冈山，开辟了“农村包围城市”的崭新道路。事实证明，毛泽东是对的。毛泽东的伟大，就是把马克思主义与中国革命实践成功结合起来。著名学者杨奎松在《“中间地带”的革命——国际大背景下看中共成功之道》一书中写道："自 1934 年中央苏区反围剿战争失败前后，共产国际即已开始重视毛泽东这位土生土长但具有'丰富经验'和突出能力的中共领导人。"

有人做过假设：假如 1935 年底张浩首先遇到的是张国焘，历史将会重写吗？答案是：不会。共产国际已经承认毛泽东在中国的地位：1935 年 7 月 25 日至 8 月 20 日，共产国际七大在莫斯科召开，毛泽东已经被共产国际看成是中国苏维埃革命的"旗手"和"象征"，享有和共产国际七大主席季米特洛夫、七大名誉主席台尔曼等少数国际共产主义运动领导人一样的殊荣和赞誉。然而，中共中央和红军对此一无所知，共产国际七大召开时，毛泽东和他的战友们，正在四川松潘一带，备受张国焘的掣肘，旋即张国焘另立中央，毛泽东陷入了"一生中最黑暗的时刻"。

共产国际对毛泽东的肯定，也间接承认了此前共产国际在中国推行苏维埃革命和暴动政策的失败。今天说中央苏区的"左"倾错误路线，简而言之，就是依据俄国革命阶段划分的经验，把中国的资产阶级乃至小资产阶级一并排除在了革命队伍之外，并列为最危险的敌人，结果把自己孤立了。最令人扼腕叹息的，是对"福建事变"的应对：在第五次"反围剿"时，国民党第十九路军将领蔡廷锴、陈铭枢、蒋光鼐和国民党内一部分反蒋势力李济深等，发动"福建事变"，成立抗日反蒋的"中华共和国人民革命政府"，公开宣布与蒋介石决裂。蒋介石不得不停止"剿共"作战，抽调兵力入闽讨伐。这是红军粉碎敌人第五次"围剿"的有利时机，毛泽东立即提议援助十九路军，但博古和李德拒绝了这一提议。在他们眼里，根据阶级划分理论，十九路军仍然是红军的敌人。结果，蒋介石从容地各个击破。

基于当时法西斯的威胁，共产国际七大的决议指出“在殖民地与半殖民地国家，共产党人最重要的任务是建立人民反帝阵线”，中共驻共产国际代表团随即发布《八一宣言》，明确提出“兄弟阋于墙外御其侮”，同一切反日的力量实行联合。在1935年12月瓦窑堡召开的政治局扩大会议上，张浩向大会传达了共产国际七大的精神和《八一宣言》的内容，为之后的中共抗日民族统一战线的策略奠定了思想基础。这也意味着，毛泽东一直坚持的符合中国国情、充满东方智慧的主张，得到认可，“团结一切能团结的力量”，从此成为主流。

四

众所周知的是，长征途中，张国焘曾“另立中央”；但鲜为人知的是，抗战初期，王明也试图干过这事儿。

王明，是党史上绕不过去的一个人。他原名陈绍禹，安徽金寨人，自幼聪颖，1925年10月入党，当年11月，去莫斯科中山大学学习。他学习很努力，能说一口流利俄语，以马克思理论家自诩，深得米夫赏识。

米夫这个人，也不简单，历任莫斯科中山大学校长、共产国际东方部副部长、共产国际驻中国代表团团长。王明进入米夫的“小圈子”后，从此飞黄腾达。1931年1月，中共中央六届四中全会在上海秘密召开，由米夫“钦点”，原来连中央委员都不是的王明一跃进入政治局成为委员，名义上是向忠发继任总书记，但实际上王明大权独揽。这一年6月，向忠发被捕叛变，斯大林指示米夫以共产国际名义指定由王明为代理书记，党内由此开始了第三次“左”倾错误的统治。同年9月，党中央机关遭到破坏，王明随米夫去苏联，任中共驻国际代表。王明去苏联前，指定中央由博古负责。博古后来在上海也待不下去了，到了中央苏区，执行的还是王明那一套“左”倾错误路线。

1937年全民族抗战爆发后，王明回到国内，在武汉任长江局书记，他唯共产国际马首是瞻，且教条执行，从原来的“打倒一切”，又走到另一个极端：主张“团结一切”，否认抗日统一战线中的独立自主原则，主张抗日民族统一战线中“一切经过统一战线”，“一切服从统一战线”，放弃党对统一战线的领导权。历史对此评价是右倾投降主义错误。

用今天的眼光来看，王明的问题，是以共产国际即苏联的利益为中心，彭德怀所骂“崽卖爷田”，一针见血。这自然与毛泽东等人产生冲突。王明自以为有共产国际做靠山，认为中央应放到武汉来，并经常以中央的名义发指示，不赞成张闻天、毛泽东继续行使中央的权力，甚至要求把中共中央的机关报等都搬到武汉去办，在延安开政治局会议都是王明打电报通报延安会议日程。这一争议不可避免地影响了中共中央自身的团结和指示的权威性。

但时过境迁，王明的靠山米夫已在苏联大肃反中遭到清洗，失去了共产国际的信任。共产国际领导人季米特洛夫得知王明在武汉以中央自居时，态度明确：应该“在毛泽东为首的领导下解决”“党内团结问题”。《“中间地带”的革命——国际大背景下看中共成功之道》一书对此评价道：

这是共产国际最关键的一次，也是它最后一次从组织上直接干预中国党的内部事务了。他们注意到了毛泽东与共产国际基本一致的“政治路线”，但他们忽略了一点，毛泽东是那种更加重视自己国家革命事业的土生土长的共产党领导人。与由苏联培养出来的王明以及多数中共领导人不同，毛泽东有着极强的个性和宏大的政治抱负，除了他所信奉的关于阶级斗争的整套意识形态和为了他赖以实现理想的党的利益之外，他不会轻易地听命于任何人或组织，即使是对苏联和共产国际也一样。他的一切政策、策略的出发点，都是为了中共所领导的革命事业。

相比于跟着共产国际亦步亦趋、教条执行、动辄走向极端的王明来说，毛泽东是个实事求是的人，他深谙“度”的把握，既有定力，又很灵活，更关键的是，他始终以中国革命利益为核心利益，虽然十分重视十月革命的经验和苏联社会主义建设的经验，但是他坚决反对把十月革命的模式强加在中国革命头上、要求一切照办的倾向，坚决反对苏联领导人和共产国际领导人按照自己的经验和自己的利益在中国头上挥舞的指挥棒。1938 年，毛泽东在一次讲话中强调指出，中国共产党必须“学会把马克思列宁主义的理论应用于中国的具体的环境”。他说：“成为伟大中华民族的一部分而和这个民族血肉相连的共产党员，离开中国特点来谈马克思主义，只是抽象的空洞的马克思主义。因此，使马克思主义在中国具体化，使之在其每一表现中带着必须有的中国的特性，即是说，按照中国的特点去应用它，成为全党亟待了解并亟须解决的问题。”

1943 年 5 月 25 日，共产国际公开宣布解散共产国际，声称这是为了适应反法西斯战争的发展，便于各国共产党独立处理问题。翌日，苏共中央发表决定，完全同意解散共产国际。同一天，万里之外的中国延安，毛泽东白天晚上都在开会。

据《毛泽东年谱》记载，白天，毛泽东主持中共中央政治局会议，讨论共产国际解散一事，会议认为：共产国际已完成自己的历史使命，各国共产党更加需要根据自己民族的特殊情况和历史条件，独立地解决一切问题。

> 中国共产党在革命斗争中曾经获得共产国际许多帮助；但是，很久以来，中国共产党人即已能够完全独立地根据自己民族的具体情况和特殊条件，决定自己的政治方针、政策和行动。……共产国际的解散，将使中国共产党人的自信心与创造性更加加强，将使党和中国人民的联系更加巩固，将使党的战斗力量更加提高。……中国共产党人是马克思列宁主义者。因为马克思列宁主义是科学，而科学是没有国界的。中国共产党人必将继续根据自己的国情，灵活地运用和发挥马克思列宁主义，以服务于我民族的抗战建国事业。

晚上，毛泽东出席中共中央书记处召集的延安干部大会，做关于解散共产国际的报告。他提出：共产国际的解散，不是为了减弱各国共产党，而是为了加强各国共产党，使各国共产党更加民族化。他强调：有两种团结是绝对必要的，一是党内的团结，一是党和人民的团结，这些就是战胜艰难环境的无价之宝。全党同志必须团结在中央的周围，只要共产党人团结一致，同心同德，任何强大的敌人，任何困难的环境，都会向我们投降的。党的干部应当和广大群众打成一片，克服一切脱离群众的官僚主义，“我们共产党人不是要做官，而是要革命，我们人人要有彻底的革命精神，我们不要有一时一刻脱离群众。只要我们不脱离群众，我们就一定会胜利。”

这正是毛泽东的中心思想：自己的路，自己走，外面的力量是靠不住的，靠得住的，是自己的人民。

五

最后，再说说博古的故事。

博古原名秦邦宪，江苏无锡人。湘江血战后，博古一度想要自杀；遵义会议后，他被取消了领导权。史料记载：博古在行军中沉默寡言，减食少睡。《遵义会议文献》中，“关于洛甫（即张闻天）代替博古职务”的记载“是 1935 年 2 月 5 日前后”，“行军到云、贵、川三省交界的鸡鸣三省一带宿营时”，“常委分工上，决定以洛甫同志代替博古同志负总的责任”。博古完全服从中央的决定，坦然把中央委员会的印章、中央政治局书记处的印章与中央书记的条形章交出来，并说明把文件担子挑到张闻天处。

延安整风时期，博古压力很大，但他没有丝毫的犹豫，而是以一个无产阶级革命家的宽阔胸怀，勇敢地投入了这场检查思想、路线、党性的整风运动，坚持批评与自我批评，正确认识和努力改正自己的错误，得到了同志们的赞赏。他任新华社社长期间，为党的新闻事业做出卓越贡献。1946 年 4 月 8 日，博古与王若飞、叶挺、邓发等从重庆返回延安的途中，因飞机失事遇难于山西兴县黑茶山，殉难时年仅 39 岁。

坦然正视错误，承认错误，改正错误，这正是中国共产党为什么能成功的另一面。

御侮

每一个牺牲都永垂不朽

又是一年“九一八”

又是一年“九一八”。

自1840年鸦片战争，中国近代史大幕拉开，到中华人民共和国成立，一百年间，国耻不断，但没有哪一个比“九一八”更让中国人椎心泣血……

一

“不抵抗”这三个字，至今仍然是中国人心头一根无法拔除的刺，仍然是史书中一页洇满了屈辱的纸。

在1931年9月18日的那个晚上，那么多年轻力壮的中国士兵，就那么直挺挺地躺在军营的床上，枪支弹药就在不远处，但他们就那么躺着，任由日军士兵冲进来，用刺刀一个个捅死他们……他们接到的命令是：“不准抵抗，不准动，把枪放在库房里，挺着死。大家成仁，为国牺牲。”

这哪是为国牺牲？他们用毫无价值、充满耻辱的死亡，在中外战争史上堆砌成了一个罕见的“弱”字。

这个“弱”，不仅仅是与当时的日本相比而言，中国综合国力上的弱，更多的是一种精神孱弱，这是中国人历史上空前的精神孱弱，中国人的血性，中国人的民族精神，在这一个晚上，以及接下来的日子，沉沦到了历史最低谷。

谁都无法否认，九一八事变当晚，东北军并非不能一战，如果奋起反抗，历史的走向将完全不同。当时中国在东北地区有17个步兵旅，3个骑兵旅，1个步兵师，共20多万人。另外，在平津地区还有东北军11万精锐部队，随时可以调用。驻扎在北大营的独立第7旅，是东北军战斗力最强的一支劲旅。

当时日军有多少？在东北，日本人只有2个旅团和6个守备大队，大约一万人。即便算上在东北的日本警察、退伍军人和驻扎在朝鲜的两个日本师团，也不过两万余人，中国军队的人数占绝对优势。

武器装备，中国军人也绝对不差，当时东北军是中国军队中装备最好的。不战而溃后，日军仅在沈阳的兵工厂和军火仓库中就缴获了东北军飞机262架，大炮250门，炮弹10万发，迫击炮600门，迫击炮弹40万发，步枪15万支，子弹300万发……

就是因为“不抵抗”，北大营逾万人的精锐部队，居然被500多人的日军击溃。到了9月19日上午8时，日军几乎未受到抵抗，便将沈阳全城占领，东北军主力撤向锦州。

东北各地的中国军队，除个别怒而反抗外，仍然“不抵抗”，有的还变节投敌。旋即，锦州沦陷，哈尔滨沦陷……日军占领辽宁、吉林、黑龙江3省。

接着，东北军又丢了热河，这也是一场屈辱到让人不堪回首的失败。听说日军进攻，防守热河的汤玉麟立刻动员全军200多辆军车搬运鸦片私产，力求完脱。结果汤部溃不成军，日军仅以128名骑兵为先锋，轻取热河省会承德。什么叫“兵败如山倒”？看看九一八事变后的东北军，就明白了。

东北军毫无斗志，当时国民政府的高层又在做什么？愤怒，却畏敌如虎，只能寄希望于国际仲裁。蒋介石在9月23日的日记中写道：

呜呼，外侮既急，国内政客官僚非卖国即畏敌，如此民族不亡何待，此次国际联盟既出面干涉，如我国内不能一致对外，则中国从此无人格矣，忧焚无已。

晚与万福麟详谈外交形势与东三省地位，与其单独交涉而签丧土辱国之约，急求速了，不如委之国际仲裁，尚有根本胜利之望。

《中华民国时期外交文献汇编》中，有一则国民党中央执行委员会政治会议第290次会议的速记记录，时为1931年9月23日上午8时，国民党大员济济一堂，讨论如何应对日军的攻势，吵吵闹闹，哀叹不能跟日军打，但不打，又不甘心，只能寄希望于国际调解。

“欣赏”一下时任国民政府实业部部长的孔祥熙妙语：“（对国际联盟）要声明我们并未抵抗，我们是讲道义的。否则我们决不缴械的。”“日本这次袭击沈阳，是和强盗一样的，在黑夜里杀了起来。普通欧洲人决斗，也要有一定的秩序，不要说是两国相争，要宣而后战。日本军队已不是这样，自然是不可以理喻的。”军人贪生怕死，文官痴人说梦。

二

九一八事变后的损失到底有多大?

民政机关损失 3685 万大洋，军政机关损失 4.69 亿大洋，官办铁路损失 6.374 亿大洋，官办银行损失 5.889 亿元，东三省唯一金库的官银号被日军用载重车搬运一空。……帅府多年积蓄的古玩、珠宝、玉石不翼而飞……公私方面的损失合计至少 200 亿大洋。

这些数据，出自 1932 年九一八事变一周年时出版的杂志《国闻周报》中一篇题为《“九一八”给我们的损失》的文章。这还仅仅是沈阳一地。东北军的武器装备落入敌手后，迅速成为敌人进攻的武器。1931 年 10 月，江桥抗战爆发，日军开上战场的法国雷诺坦克，就是从沈阳缴获的。堆积如山的枪支弹药，日军除了自己使用，更多的是用来装备汉奸部队，收买土匪与军阀。最令人痛心的，还是当时号称亚洲最大兵工厂的东三省兵工厂之失陷。东三省兵工厂实力较雄厚，一些产品令其他军火企业望尘莫及，比如它是当时国内唯一生产过加农炮的工厂，榴弹炮也实现了量产。落入敌手后，东三省兵工厂改为关东军野战兵器厂，为侵华日军源源不断生产武器。据记载，99 式 77 步骑枪，该厂月产量最高达 6000 支；96 式 77 轻机枪，月产量最高达 80 挺；92 式 77 重机枪，月产量最高达 50 挺……

“我的家在东北松花江上，那里有森林煤矿，还有那满山遍野的大豆高粱……”这是抗战名曲《松花江上》的一段，但实际上，东北又何止是有森林煤炭与大豆高粱？

20 世纪 20 年代末 30 年代初，东北已经成为中国农业最发达、工业最发达、经济最具活力的地区，建立起了发达的铁路网、现代的通信和邮政系统，有数座国际化水平很高的城市，还形成了较为完备的工业体系。比如，1929 年，辽宁迫击炮厂开始试制汽车；1931 年试制成功载重 1.5 吨的“民生牌”卡车，并打算批量生产。但是，九一八事变爆发了。

今天回望历史，又怎么不会悲愤莫名？九一八事变，不仅让 20 世纪二三十年代本来就步履蹒跚的中国现代化举步维艰，更让本应成为中国现代化坚实后盾与澎湃动力的东北地区，沦为日寇侵略和榨取全中国的前站，成了日寇发动全面侵华战争的武库、粮仓和钱袋子。

1932 年 3 月 1 日，日本扶植的伪满洲国正式成立。3 月 9 日，溥仪担任执政，但谁都知道，他不过是日本人的傀儡。日本人在伪满洲国实行经济统制，凭借满铁、满业（满洲重工业开发株式会社）等托拉斯集团，掌控了伪满洲国的各行各业——从银行、采矿到纺织业、制糖业，几乎囊括了所有的重工业、军需工业和基础工业。卢沟桥事变后，日军全面侵华。在东北，全面的殖民掠夺转变为一切服从战争需要，重点发展直接的军火工业和军需工业必需的燃料、钢铁、铝等生产，把东北变成日本的军需基地。那些流亡关内的东北军将士，陷入何等的悲剧——倾泻在他们头上的炮火，竟然产自他们日思夜想的家乡……

最悲惨的还是挣扎呻吟于日寇铁蹄之下的东北人民。1935 年 7 月，东北流亡作家萧军的代表作《八月的乡村》问世，详细描写了日军侵占东北后，中国老百姓的悲惨与他们不屈服的反抗。其中有一句经典的话："应该打仗的王八们，跑了。遭殃的是谁呢？除开我们老百姓还有谁呢？"

中国人沦为伪满洲国的贱民。伪满洲国《米谷管理法》规定：只有日本人能够吃大米，中国人吃大米就是经济犯罪！同时规定中国农民的余粮一律上缴，称为"出荷"。东北老百姓只能吃橡子面、玉米面和谷糠的混合物。除粮食外，棉花、棉布、棉织品也都属于统制品，实行"配给"。

日本侵略者强迫农民上交粮食，还强迫农民上缴棉花。棉花棉布被征作军用，老百姓穿什么？"更生布"。所谓"更生布"，是用破棉絮、废旧棉花、破衣服等破烂纤维，经过水洗，重新纺织成粗线再织成的粗布，有的还是用植物秸秆的纤维织成的。这玩意儿当然不能久穿，不能淋水，也不能洗，被称为"坑人布"。

小说《林海雪原》中有这么一段描写：

至于穿的，更加凄惨呐，伪满配给的更生布做的衣服，早已穿得稀烂，像是雨涮过的窗户纸。有的人身上穿着一个牛皮纸的洋灰袋子，有的穿着破麻袋片，补了又补，连了又连。

整整14年，中国人在自己的土地上，却只能穿着"更生布"，吃着橡子面，那是何等悲惨的岁月？当年有句民谣："日本鬼子是恶狼，抓劳工要出荷粮，老百姓遭了殃，穿的是更生布，吃的是糟糠，好像没爹娘。"

不是没了爹娘，而是当时国家过于孱弱，没法保护自己的人民。

三

今天反思九一八事变时中国精神孱弱之背后，能够总结很多沉痛的教训，比如国民心中国家意识的淡漠，比如中央政府权威的匮乏，比如军阀拥兵自重的痼疾，比如那时国家的决策层缺乏战略思维，整个国家也缺乏应对突变的能力……

九一八事变爆发前，在东北的日军早已摩拳擦掌、蠢蠢欲动，中日官方、民间冲突不断，连普通百姓都知道有大事发生。

但是，九一八事变当夜，东北的军政大员基本不在岗位上，甚至不在沈阳，一个个处于悠闲的休假状态：

东北边防军司令长官张学良长期驻留北平，当夜他在北平请朋友们看戏——梅兰芳的《宇宙锋》。

东北边防军司令长官公署参谋长荣臻正忙着给他父亲做寿。

黑龙江省主席兼东北边防军副司令长官万福麟也在北平，将黑龙江的军政大权交给了他的儿子。

吉林省主席兼东北边防军副司令长官、东北军辅帅张作相，因为久病的老父亲去世，正在锦州操办葬礼，军政大权由他的参谋长熙洽代理。

北大营驻军中，东北军第七旅旅长王以哲也不在军营里……

当晚，听到日军进攻北大营的消息后，张学良没当回事，以为只是普通冲突，没有料到日军野心那么大。后来他追悔莫及，说早知如此，当时肯定要抵抗的。但历史无法假设，今日再看九一八事变，只能叹息，丢了东北的张学良，“崽卖爷田心不痛”。

此前，张学良在皇姑屯事件后，毅然易帜，完成了中国形式上的统一。但只是形式上的统一，东北、华北，仍然是他的私人地盘。即使丢掉了东北，他还有一支人数庞大的军队，有人有枪，还愁没有资本?

在张学良晚年的回忆录中，有这么耐人寻味的一段，当时日军要进攻锦州，张学良还是不想抵抗，南京国民政府急眼了，二把手汪精卫跑到北平，让张学良抵抗。张学良在回忆录中写道：

他（汪精卫）到北平来，跟我讲："现在山海关的问题了，你要抵抗一下。"我说："政府是不是有准备？"他说："你要不打，现在的政治，就是政府玩不下去了。"我说："您是不是要我牺牲我的部下来维持你们的政治生命？"他点点头有这个意思。我说："要是政府真有准备我就打，既然这样你就下命令吧。"他当时带了一封蒋先生的信。蒋先生是政府军事首领，蒋先生下命令，叫我怎么打我就怎么打。那就不是我的事情了。给我命令呀，那我就得打呀。他来和我商量，就是咱俩可以谈。你说不打不能维持你的政治生命，那我绝不肯牺牲我部下的生命来维持你的政治生命，我做不到。我这下子把汪精卫得罪了。他说，"我来一趟和你说这事"，我说绝不肯牺牲我部下的生命来维持我的政治生命，我这个人从不做这个，而且还是为人家的政治生命，我更不做呀。汪先生说我既然来了这一趟你给我这么个大钉子，他回去辞职就为这事了。

今日再读这段文字，除了叹息，还是叹息。

没有国家意识，只知保存个人实力，谁给甜头，就跟谁干，管他是蒋介石还是日本人，只要有利可图，哪管国家民族？这也是抗战期间汉奸多如牛毛的重要原因。

事实上，九一八事变之后，东北汉奸遍地。

东北边防军驻吉林省副司令长官公署参谋长熙洽率部投敌，东北军黑龙江洮南镇守使张海鹏投敌，且奉日军命令派出 3 个团进攻齐齐哈尔，东北军陆军独立第二十七旅吉兴投日，东北军骑兵第七旅常尧臣投日，东北军骑兵第八旅程志远投日，东北军陆军独立第二十三旅李桂林投日……

那个在九一八事变当夜奉命发出“不准抵抗，不准动，把枪放在库房里，挺着死。大家成仁，为国牺牲”命令的荣臻参谋长，后来也沦为了汉奸，且多处担任伪职，先是在华北，后来加入汪伪政权，在日寇投降前，他做到了伪河北省省长。

稀里糊涂而又自以为聪明、“活着就是一切”的软骨头！

相比之下，当年日本人对中国、中国人、中国人性又是何等透彻的了解！

九一八事变的元凶板垣征四郎，1931 年 8 月在对关东军做战斗动员时，讲过这样一番话：

从中国民众的心理上来说，安居乐业是其理想，至于政治和军事，只不过是统治阶级的一种职业。在政治和军事上与民众有联系的，只是租税和维持治安。因此，它是一个同近代国家的情况大不相同的国家，归根到底，它不过是在这样一个拥有自治部落的地区上加上了国家这一名称而已。所以，从一般民众真正的民族发展历史上来说，国家意识无疑是很淡薄的。无论是谁掌握政权，谁掌握军权，负责维持治安，这都无碍大局。

两相比较，板垣征四郎飘荡在历史中的这番话，让人不寒而栗。

四

放在九一八事变后国人孱弱精神的灰暗色背景下，后人重温当年东北抗联14年的绝地死战，怎不热泪盈眶！

九一八事变后不久，正规军奉命不抵抗，但各种形式的武装抗战风起云涌。不肯投降也不肯撤入关内的东北军将士、热血青年、爱国乡绅，甚至连啸聚山林的土匪，都打起义勇军大旗，一度严重打击了日军。但因缺乏组织，各自为战，且外无援军，内无装备，先后陷入失败。

但有一支武装，由弱到强，即使艰苦卓绝，也始终坚持战斗，这就是中国共产党领导的东北抗日武装。东北抗联从只有十几人的游击队，最盛时发展到11个军3万多人。据统计，东北抗联对日作战达10余万次，有力地牵制了关东军，动摇了侵华日军的大后方。

日军恨之入骨，调集大部队疯狂“讨伐”，并用残酷的“集团部落”模式，来封锁和孤立抗联。1939年到1940年，是东北抗联极端困苦时期，地方党组织遭到毁灭性破坏，与上级党组织又失去联系，山上密营损失殆尽，粮食、药品、盐等给养完全断绝，许多优秀的指战员牺牲……今人很难想象，当年在东北，在自己的土地上，东北抗联却陷入了无处藏身的绝境，这是何等的绝望？

即使身处绝境，他们也没放弃反抗。东北抗联的主要将领杨靖宇在牺牲前，已经断粮五天，孤身一人与敌伪周旋，身患重感冒，双脚严重冻伤，右臂受伤……他陷入日寇和汉奸的重重包围，面对诱降，他的回答是枪声。

日本人描述了杨靖宇的最后时刻：当日军的西谷喜代人指挥官率领日军和伪满警察向杨靖宇将军靠近时，下令部队停止前进，然后开始喊话："君是杨司令否？"试图劝降，杨靖宇凛然回答："不必多说，开枪吧。"他手持双枪还击，枪声响了将近半个小时。书上写道："西谷一声令下'打死他'，随着机枪射手勾动了扳机，杨倒下了。"

杨靖宇殉国后，日本侵略者无法理解他凭什么支撑了五天五夜。他们残忍地剖开了杨靖宇的胸腹，发现他的胃里，尽是枯草和棉絮，竟无一粒粮食……日寇震惊，连参与围剿的伪通化省警务厅长岸谷隆一郎也不得不承认："虽为敌人，睹其壮烈亦为之感叹，大大的英雄！"

强敌当前，有人匍匐跪拜，有人闻风而逃，但有人不屈抗争，死，也要站着死，用自己的生命与血性，来洗刷同胞的耻辱，来证明中国还有希望。

杨靖宇之牺牲，源于汉奸出卖。在他的最后时刻，一个上山砍柴的农民曾劝他投降，他沉默了一会儿，对这人说："老乡，我们中国人都投降了，还有中国吗？"

学者金一南在《全民抗战是百年沉沦中的民族觉醒》一文中写道：

这句话真是震人心魄。冰天雪地之中，四面合围之下，共产党人杨靖宇用整个生命，大写出一个顶天立地的中国人。今天之所以还能有中国，就是因为有这样惊天地、泣鬼神的英雄，在最黑暗、最困难、最无助、大多数人万念俱灰的时候，用自己的灵魂与血性，支撑起中华民族的脊梁。

五

说起九一八事变，很多人爱说一句话：落后就要挨打。

需要警醒的是，对一个民族、一个国家来说，落后的精神比落后的物质，更能导致挨打。

张学良不是没有过热血时刻。1929年中东路事件，他与苏联开战，信心满满，却遭遇惨败。此役的挫败感，对他影响严重，一直延续到九一八事变。从自大到自卑，未战而先怯敌。

近代以来，自大与自卑的两种极端心态，一直困扰着中国人。还有一种心态，就是忍让退缩，希冀对手见好就收、良心发现。

九一八事变之后，很多人的心态是：此后至少可保半个世纪以上的和平，因为日本要“消化并开发”吞下的广袤疆域，至少需耗时50年。

中国的步步退缩、忍痛割让，能换来对手的满足与悲悯吗？绝无可能，反而让对手因为看透了中国的孱弱，有了敢于一再冒险的信心，更习惯以极小的成本获取极大的收益。

甲午战争，日本人利用天价赔款，迅速拉大了与中国的距离；九一八事变后，日本人得来全不费工夫，获得了全面侵华的基地……假如没有九一八事变的轻易得手，没有因此产生对中国的轻蔑，日寇还会有全面侵华的野心和妄想吗？

中国最后胜利了，虽然是惨胜，也是伟大胜利。作恶者终有恶报，这不是因果轮回，而是作恶者逼出了被压迫者的血性。九一八事变之后的 14 年抗战中，中华民族的精神逐渐强健，虽然这种民族精神成长的代价太过沉重，但成长毕竟是成长。

国耻令人椎心泣血，但不能仅仅停留在痛苦悲愤层面，而是要让国人记住，一个精神孱弱的民族，是落后的，只能挨打，只能被羞辱，在敌人刺刀下直挺挺躺着，沦为刀俎下的鱼肉。

地图背后的魅影

电视上有不少抗战剧在播，但愿少些“手撕鬼子”“手榴弹炸飞机”的“神剧”。无底线地贬低与丑化对手，其实是对先烈的侮辱，是对那段艰苦卓绝的历史的歪曲，更是对后人可怕的误导。中国人对日本，到底有多少深刻的认识？

这方面，可从地图讲起。

一

近年来，陆续有一些日军侵华罪证被发现，其中有相当多的是地图。这些地图测量之精准，令人惊叹，足见日本发动侵华战争前做了大量细致的准备工作以及他们侵略整个中国的野心。

日本人对地图的重视，堪称狂热。借助地图，也让日本认识中国的手段及途径，远远超过其他国家。1874 年，日本政府在内务省设置地理局，负责地图的测绘工作。1885 年，地理局测绘人员及资料全部移归军方。日军注重测图，许多作战文书都辅以略图和要图做说明。这种习惯，极大增强了日军的战斗力。

史载，日本对中国地图和海图的公开实测早在 1904 年就开始了。日俄战争爆发时，日军野战测量队进入我国东北，完成《满洲略测图》。主要方向是旅顺和辽河入海口、大长山群岛，以及吉林、内蒙古等地。在日俄战争中，日本曾创造一天印制 63400 份地图的纪录。1914 年，第一次世界大战中，日军攻占青岛，日本陆地测量部向独立第十八师团司令部派遣写真测量班测量地图。到九一八事变爆发前，日军用飞机航测基本完成整个东北的 1 ∶ 200000 地图的测绘。日本陆地测量部还绘制了东北、内蒙古东部、华北北部以及中苏、中朝边境的 1 ∶ 500000 地图。

笔者曾读过中国老兵章明的回忆文章。1950 年秋天，章明在湖南宜章第一次见到侵华日军的军用地图。当时，他跟随警卫排在当地搜集革命历史文物，排长小李就时常靠一份日军地图确定行军路线。当行至一座大山前面时，李排长看着地图说，有一条小道可以直穿大山，不用绕道走。但找不到路口所在，问遍路过的几个年轻人，都说没有路。最后找来一位当地老人，才在荆棘灌木丛中砍出一个路口，现出一条浓荫蔽日、藤蔓缠绕的崎岖小路。

1928 年的地图，竟然能让人在 22 年后找到一条小路。

惊讶之中，章明仔细察看这份地图。地图用的比例尺竟然是 1 ∶ 50000，也就是说，地图上的 1 厘米等于实地的 500 米。“在作战地图当中，这是 20 世纪最先进、最精密、最实用的了。”章明回忆说。一座山丘，一条小溪，一个村庄，一块水田，一条小路，一座庙宇，一片树林等，都在地图上画得清清楚楚。地名一律用汉字标示，山顶制高点和山腰等高线一律用阿拉伯数字标明了若干米，所有的道路也都标明了分段里程。地图上还用汉字注明“大日本陆军总部绘制”等字样，标示日期为“昭和三年”，也就是 1928 年，在全面抗战爆发之前 9 年！

从 1928 年到 1950 年，22 年过去了，这条小路还在，只是路口被疯长的灌木堵住了……

二

从留存下来的日军装备图可以看出，日军每个军官和士官都有一套牛皮制的图囊作为战斗装具，战时右肩左携，与军刀、手枪一齐披挂于身。在侵华战争中，这些地图让日军对中国地形的熟悉程度，甚至超过了一些中国人。

例如，1926 年由日本海军派遣的胜间田善根据海南岛各县政府绘制的地图，绘制出海口市地图和海南岛地图，他绘制的地图详细得连国民党军在海南修成而尚未使用的地下工事和仓库都有标示。1939 年日本海军攻取海南岛，就是依据这些地图。1935 年，日军“台湾军参谋部”派遣华籍特务王振谦、简积玉到广东汕头开设医院，秘密测绘潮汕地区地图。这份地图在日军攻占汕头时起了重要作用。

在一些国人陶醉于“横店式抗日”之中时，日本人对中国的了解有多深？几年前《随笔》上的一篇文章，今天读起来仍有毛骨悚然之感：

湖南耒阳县深山老林里有一种宝藏，就是地下的无烟煤，质量特优，烧起来无味、无烟，只留下一点白灰。村民用来取暖做饭十分方便，有的就挖煤挑到30多里外的一个水路码头去卖高价，发点小财。由于交通不便，不可能大规模运出去，也没有外人来大规模开采，所以中国其他地方都未能利用这种煤，几乎很少人知道。无论在多大、多详细的地图上都不可能有这个偏僻山村的位置。但是后来父亲留学日本，竟发现日本人已经将此矿藏记录在案！那是在日本图书馆看到，日本的同文书院对中国各省调查记录报告中，记载有湖南耒阳田心铺（他们甚至知道这个小地名）某山上有无烟煤矿！这使他既钦佩日本人，又感到触目惊心……

这位作者的父亲资耀华，是在1917年到日本留学的。那个时候，没有卫星，自然也没有什么搜索引擎，偏远山村的资源，日本人竟然比中国人还清楚。日本人是如何准确地标注此前无法在地图上找到的中国偏远乡村里的无烟煤炭资源的？日本人为此又花费了多少人力，使用了多少不为人知的手段？

1917年，距离九一八事变还有10多年，距离七七事变还有20年，只能说，不管出于什么目的，日本人对中国图谋已久。作者感慨地说："日本对中国研究之深、之细，由来已久，而且是一贯的。各国都有'汉学家'和研究中国的'专家'，但论'知华'人士之数量和对中国了解的深度，比日本还是逊一筹。"

中日两国是一衣带水的近邻。但是，日本对中国的认知程度，却远远超过了中国对日本的了解。"大概可以说，不管是战争年代，还是和平时期，中国都是日本极有兴致、极为认真做的功课……如民国初年戴季陶所说：'中国'这个题目，日本人也不晓得放在解剖台上解剖了几千百次，装在试验管里化验了几千百次……一个世纪后，一位旅日的中国学者说：在日本面前，中国像裸体巨人。”学者胡平在《情报日本》一书中这么忧心忡忡地写道。

三

在今天，看着一张张发黄却精确的日本测绘的中国地图，会产生强烈的恐惧——在你目光难及或司空见惯之外，隐没着多少诡异的身影?

日本测绘中国的地图，有两种途径，一是窃取地图，二是秘密测绘。

冈村宁次在其回忆录中说，他年轻时经常驻在中国，从事搜集军事要地的兵要资料等情报工作，但得到军用地图却很不容易。侵华日军在武汉作战时所用的华中中部地区的1 ∶ 50000地图，大部分是他秘密搞到的。那还是冈村宁次为军阀孙传芳当顾问的时候，一次冈村宁次去南昌前线，孙传芳部的指挥官把华中中部地区的这些地图全部借给他，委托他制定阻挡北伐军的作战指导方针和计划。冈村宁次按要求提出了方案，但这套地图却未归还，他偷偷带回了九江的司令部。不久，孙传芳军节节败退，冈村宁次赶紧雇条小船躲到日本舰队的旗舰“安宅号”上去。仓促间，冈村宁次丢弃了所有的行李，却未忘记带上这套地图。回国后，他把地图交给了日本参谋本部，曾获得巨额秘密赏金。时任日军方面军参谋长，后任大本营作战部长的宫崎周一中将说，在武汉作战和其他地方作战都多亏有这套地图。

无独有偶，与冈村宁次经历颇相似的佐佐木到一，1922 年被参谋本部以武官身份派遣到广州，后来成为孙中山的军事顾问，深受信任，获得了大本营的特别出入证，不必向门卫说明，就可径直而入。他利用自己的身份，偷走 200 余张有关广东、广西的 1 ∶ 100000 地形图，因此受到日本参谋本部次长武藤信义中将的嘉奖。他测绘的香港地区背面地图，也成为日军 1941 年进攻香港地区的依据。

更多的地图，是在战前派遣特务秘密测绘的。早在 1873 年，桦山资纪海军少校偕同儿玉海军上尉潜入中国华南、台湾等地，搜集军事情报。同时“汉学家”福岛九成陆军少校被派到台湾秘密测绘台湾省地图。这种间谍，已无法统计有多少。1936 年 11 月，中国军队取得百灵庙大捷。当时百灵庙驻有日本特务机关“善邻协会”“大蒙公司”“稽查处”等，著名日本特务，如山本、盛岛和小宾，都曾在这里潜伏。例如小宾，九一八事变后来到百灵庙，伪装成喇嘛，穿蒙衣，说蒙话，吃蒙饭，混入寺庙隐蔽了多年。平时，他利用当喇嘛之便，四处出走，测绘了内蒙古地形图。他每年又以出国“化斋”为名，回日本一次，传送他搜集到的情报，领取间谍经费。

伪装成和尚、喇嘛，是日本间谍在中国偷偷搜集情报、测绘地图的一大手段。1894 年 8 月 19 日，在一艘从镇海开往普陀山的客船武宁轮上，伪装成中国和尚的日本间谍藤岛露出马脚，后与在普陀山上隐藏的另一个假和尚高见一起被捕。当时正值中日甲午海战，在严刑拷打下，两名间谍招认，他们得到日本总领事大越的密令，并领取了密码，计划会合后，一道测绘中国地形，窥探军情。中国之外的很多地方，也是日本假和尚出没之地。“二战”时在日军进攻缅甸之前若干年，就有大批日本间谍伪装成和尚，潜伏到缅甸大小寺庙，为

1942年日军占领缅甸打前站。这些日本间谍执着、隐忍，为了学会当地语言，甚至带着六七岁的孩子一起潜伏，就为了在关键时刻，发出致命一击。

在《情报日本》一书中，胡平写道："无论在100多年前，还是在今天，日本对于西部大陆的认识，远远甚于我们对这个蕞尔岛国的了解……"老祖宗提倡"知己知彼"，但我们真的"知彼"吗？

卢沟桥事变对中国人的启示

2020年是中国抗战胜利75周年，在此背景下，开启全民抗战大幕的七七事变格外引人注目。

有糊涂人把“七七”误为“七夕”，被各种批评。也有人把卢沟桥称为中华民族的“胜利之桥”，倒有不少人附和，其实，这也是一种糊涂说法。

那么，站在今天审视历史，卢沟桥对中国人到底有何意义？对后人又有什么启示？

一

夺回卢沟桥！命令一下，手持锋寒大刀的二十九军士兵中，有人竟兴奋得号啕大哭——终于能够杀敌报国了！

在卷帙浩繁的七七事变史料中，这个细节让人感慨万千。

这口窝囊气，中国人憋得太久了。近代以来，失败、割地、赔款……屈辱感挥之不去。就在这群中国士兵的身后，北平城，在中国人心中有着崇高神圣地位的都城，却是在屈辱中进入20世纪的：

1900年，八国联军攻陷大清帝国的首都，并在紫禁城内阅兵。而发生在1931年的九一八事变，北大营8000名守军放弃抵抗，被只有数百人的日军击溃，旋即数十万中国大军不战而溃，拱手让出东三省百万平方公里的大好河山。

很多人不理解，为什么1937年7月7日日本军人能够在宛平城外军事演习，并借口一名士兵“失踪”强行要求进入宛平城搜查。这要从签署于1901年的《辛丑条约》说起。该条约是中国近代史上赔款数目最庞大、主权丧失最严重的不平等条约，其中就规定：划定使馆区。将北京东交民巷划定为使馆区，成为“国中之国”。在区内中国人不得居住，各国可派兵驻守。拆除大沽及有碍北京至海通道的所有炮台，列强可在自北京至山海关沿铁路重要地区的12个地方驻扎军队。

在《辛丑条约》签字之前的两个月，日本就以“护路”“护侨”为名向中国派遣了驻屯军，命名“清国驻屯军”，第一任司令官大岛久直中将，总兵力约2600人。此后，日军不断增兵，36年后，就是这支军队发动了卢沟桥事变。从留存下来的照片能够看出，这支部队（民国后改为“中国驻屯军”）常常在北平使馆区演练，被后人称为“日本人在北平演练如何占领北平”。

研究者公认的是：七七事变并非偶发，日本人酝酿已久，“欲开战端，何患无辞”。七七事变的关键人物之一、中国驻屯军第一联队第八大队大队长一木清直1938年6月30日接受《朝日新闻》采访时坦承：当时已接到所谓“失踪”士兵归队的报告，但是，日本军队不想“就这样算了”，以免让中国军队误以为“只要敢真枪实弹地对付日本军队，就可以让演习的日本军队逃跑”。于是，他下令占领卢沟桥与北平之间的中方阵地后再与中方进行交涉。七七事变，就此爆发。

日本人侵华的底气在哪里？在于他们胜利得太容易了。1894年，甲午海战，北洋水师虽然损失巨大，但仍保存了实力，北洋海军不少官兵斗志也旺，但李鸿章为保存实力，命令北洋舰队躲入威海卫港内，实际上把中国的制海权拱手让给了日本，也把数千年来东亚大国的地位送给了日本。1895年初，威海卫海战，北洋水师全军覆没。此役，日本不仅控制了制海权，还彻底摆脱千百年来“中强日弱”“华强夷弱”的心理弱势，信心大增。

中日两国，国运从此扭转。日本人对中国不仅是“蚕食”，简直是大口吞噬：台湾、东北、热河、华北大部……应该说，当时日本人对中国人的了解，远远超过中国人对日本人的了解。他们摸准了中国当权者“保存实力”的软肋，屡次试探，屡次得手，终于，日本人像游戏中的贪吃蛇，一路顺利地吃过来，眼看它的森森獠牙，就要吞噬北平了。

有些中国人习惯用“小日本”来贬称日本，就像今天的抗战神剧一样，显然是基于自身的狭隘经验和对可怕对手的不了解。还是美国人类学家本尼迪克特的名作《菊与刀》中说得透彻：日本文化是不同于欧美“罪感文化”的“耻感文化”，“美国因为与这个强大的对手在思维和行为方式上的差异巨大，所以我们必须认真考虑如何对付它。西方国家认为，即使是在战争中，也应该遵循一些符合基本人性的战争惯例，但在日本人眼里却没有这些概念……”是的，无法用中国人的思维方式来理解日本，在历史上，日本是一个典型的欺软怕硬的国家，你越软弱，它越欺你。毫无道义可言。

九一八事变之后，很多人的心态是：此后至少可保半个世纪以上的和平。因为日本要“消化并开发”吞下的广袤疆域，至少需耗时50年……

中国的步步退缩、忍痛割让，能换来它的满足与悲悯吗？绝无可能！

抗战爆发前，相比于日本人的步步进逼，虽然中国军队相当数量的官兵求战心切，愿以死洗刷屈辱，但当时中国高层却畏葸不前，心存侥幸，被动应战，这就让日本人更加摸准了中国当权者的心态：“好死不如赖活”“留得青山在，不怕没柴烧”。他们的军事进攻与心理威慑是同步进行的，烧杀淫掠，尤其是屠城、屠村、屠户……以此恐怖行径，来进一步强化中国人在日本人面前的心理弱势：只有投降，才能活下来。

恐吓、劝降中国军队，是日本人成本最低却屡屡奏效的手段。日军华北方面军司令冈村宁次曾在日记中这么写道：“我要求各军司令官、兵团长等对国民党地方军进行诱降工作。结果非常奏效。从1942年春开始，这些将领陆续投诚，到1943年秋几乎全部归顺我军（指华北地区）……后来我在中国派遣军总司令官的末期，估计向我军投诚的重庆系地方军的兵力共约40万人，其中华北部分即达30万人左右。”

回望壮烈的全民抗战，我们不得不同时反思：抗战期间为什么中国有那么多汉奸，有那么多伪军，有那么多投降的中国军队……

在这里，不得不提被誉为“军神”的蒋百里，他应该是中国现代最了解日本人的中国军人之一了。在全面抗战前夕，蒋百里写成《国防论》。针对当时国民党内恐日心理严重的状况，蒋百里在卷首说道：“万语千言，只是告诉大家一句话：中国是有办法的！”抗战爆发后，蒋百里到处做报告，激励国民，并发表《日本人——一个外国人的研究》，文章的结论成了抗日时期的名言："胜也罢，败也罢，就是不要同他讲和。"

蒋百里说：

打不了，亦要打；打败了，就退；退了还是打。五年、八年、十年总坚持打下去；不论打到什么天地，穷尽输光不要紧，千千万万就是不要向他（日寇）妥协，最后胜利定是我们的。你不相信，你可以睁眼看着。我们都会看得见的，除非你是个"短命鬼"。

遗憾的是，1938 年 11 月 4 日，时任陆军大学校长的蒋百里因操劳过度而病逝于广西宜山，年仅 56 岁。将军逝后就地殓葬。1947 年好友协助迁葬，起棺时，发现其尸身竟然不朽。其生前至交竺可桢大哭道："百里，百里，有所待乎？我今告你，我国战胜矣！"一时众人泣不成声。

宁可战死，也不要被对手吓死。别被对手吓死，死战到底，终会胜利。

二

军队，必须效忠国家，而不是军阀。

七七事变爆发前，有这么一段插曲。1937 年初夏，北平风雨欲来，各种传闻满天飞。7 月 6 日，日本驻华大使馆驻北平的陆军助理武官今井武夫接待了一个“不速之客”——时任冀北保安总司令的石友三。石友三询问今井武夫：“中日两国军队是不是在卢沟桥打起来了？”今井武夫矢口否认，然后反问石友三消息来源。石友三不肯说，继而强调：“即使日华两军果真发生全面战争的话，驻在北平北郊黄寺的我的部下，对日军是不怀战意的，所以请你务必尽力不叫日军攻打他们。”

只知保存个人实力，却无国家民族概念，这是近代中国屡屡遭遇国难时军人无法挺身而出保卫国家的一大原因。1895 年，威海卫海战惨败，威海卫陷落。南洋舰队居然派人向日本海军请求归还被俘去的南洋舰队的两艘军舰，因为这两艘军舰是北上参加北洋水师会操的，并非参战的军舰，理应归还。此事成为世界海战史上的笑柄。

这样的笑话，却屡屡发生。

在中国，“私人军队”的传统根深蒂固，这就造成了一个现象：国难当头，外敌入侵，国家却无法有效动员全部军队；而没有外敌时，则往往是军阀混战。以民国时期为例，1928 年张学良东北易帜，北伐结束，南京国民政府取得各地军阀名义上的臣服，但只是“名义”上的。随即，1929 年爆发蒋桂战争；1930 年爆发阎蒋冯桂中原大战；1933 年“福建事变”，十九路军在福建另立反蒋政府；1936 年陈济棠起兵反蒋，是为“两广事变”……可以说，南京国民政府并未实质上控制中国，这种状况一直延续到抗战胜利之后。在解放战争中，国民党军队各种指挥不动、见死不救：辽沈战役前夕，蒋介石反复要求卫立煌放弃沈阳撤至锦州，卫立煌拒不执行；平津战役前夕，蒋介石苦口婆心要求傅作义放弃华北，将部队南撤，傅作义死活不从……

众所周知，蒋介石麾下军队有嫡系和杂牌之分，但鲜为人知的是，就连嫡系也分嫡系中的嫡系和嫡系中的杂牌，杂牌也分杂牌中的嫡系与杂牌中的杂牌，简直一团乱麻。对于军阀来说，地盘是重要的，手下子弟兵是重要的，这两点保住了，就保住了命根子，其他都不重要，比如为谁而战，比如国家民族。所以，抗战期间，有大量像石友三这样的“奇葩”。

石友三曾被讥为“倒戈将军”，以善投机钻营、反复无常著称，一生中三次背叛冯玉祥、两次背叛蒋介石，在军阀混战中作恶无数，少林寺也是他在1928年下令放火烧毁的。抗战爆发后，石友三又玩起了翻云覆雨的老把戏，先联共，又反共。1940年4月，他投靠日军，在开封与日本驻军司令佐佐木签订互不侵犯协议，并准备在联合消灭八路军后向日军投降。

他的下场是这样的：石友三的结义兄弟、部下高树勋不愿做汉奸，请石友三的老长官孙良诚以开会为名，邀请石友三前往濮阳。在会议室里，大家谈笑风生，共叙往事。不一会儿，有一勤务兵入内对高树勋说：“太太有事相请。”高树勋即离室而去。突然，四名卫兵进入会议室，用麻绳套住石友三的脖子，将他架走，当天夜里，石友三被活埋于黄河岸边。

如何有效整合力量，改变国民党里面派系林立的局面，成了全面抗战之初蒋介石最挠头的事。为此，他决定杀鸡儆猴。

1938年1月24日晚上七点，武昌城外，军统特务朝着时任山东省政府主席的韩复榘连开三枪，后者头部中两弹，身上中一弹，倒地身亡。在韩复榘被枪杀之前的13天，他在河南省政府举行的高级将领机密军事会议上，与蒋介石顶起嘴来。当时，蒋介石不点名批评他：“我们抗日是全国一致的，这个重大的责任应该说是我们每一个将领义不容辞的责任，可是，竟有一个高级将领放弃山东黄河天险的阵地，违抗命令，连续失陷数大城市，使日寇顺利地进入山东，影响巨大，继而放弃济南、泰安，使后方动摇，这个责任，应当有人负担！”听闻此话，韩复榘竟然毫无愧疚之意，毫不客气地顶上去说：“山东丢失是我应负的责任，南京丢失是谁负的责任呢？”这番话，更坚定了蒋介石杀韩之心。

跟石友三一样，韩复榘也是个反复无常的军阀，在中原大战前脱离冯玉祥投靠蒋介石，主政山东后，又极力拒绝蒋介石的势力进入山东。全面抗战爆发后，韩复榘只顾自保，临阵逃跑，导致济南、泰安沦陷，使得黄河天险轻易丢失。

韩复榘之死，就发生在著名的台儿庄战役前，这对于震慑心存异心的军阀、激励各路部队斗志，起了不可低估的作用。抗战期间超越军阀派系的价值取向，也由此形成：一切为了抗日。抗日高于一切，抗日成了判断爱国的唯一标准。

三

团结，只有团结，才能改变国运。

台儿庄一战，率 5000 名川军死守滕城的王铭章决心牺牲：“我们身为军人，牺牲原为天职，现在只有牺牲一切以完成任务，虽不剩一兵一卒，亦无怨尤。不如此则无以对国家，更不足以赎川军 20 年内战之罪愆了！”

对于只知自保、罔顾大义的中国旧式军阀来说，台儿庄一战，精诚团结，尽洗前耻。

此役特别值得一提的是临沂保卫战。当时庞炳勋部先奉命在临沂建立防御阵地，以诱敌深入，先挡住日军第五师团的正面攻击，然后迅速调派张自忠的第五十九军驰援临沂。张自忠部此时远在淮河流域一带。此时日军也掌握到张自忠部的动向，但是日方估计，五十九军最快也要3天的时间才能从峄县赶到临沂，所以日军认为可以抢先击溃在临沂弹尽援绝的庞炳勋部，然后再以逸待劳，反击张自忠部。

日本人确实很了解中国人，但这次他们失算了。张自忠一声令下，五十九军日夜急行军，竟然能够在一日一夜之内，提前赶到临沂，在日军完全没有预备的状况下，从天而降般猛攻日军第五师团背侧，庞炳勋部将士更是拼命地从阵地反击。日军绝对没有想到中国军队竟然会用这种内外夹攻的拼命打法，遭遇极其惨重的损失，从战场溃退。临沂之战得胜，砍断了津浦路北段日军的左臂，促成了在之后的台儿庄会战中，李宗仁围歼孤军深入台儿庄的矶谷师团的契机。

张自忠与庞炳勋，原来是一对宿敌。两人均是西北军冯玉祥旧部。中原大战时，庞炳勋暗降蒋介石，临阵倒戈，使张自忠部大损，张自忠亦受重伤。此次临沂危急，李宗仁无可调之兵，遂派张自忠前往。二人尽弃前嫌，共御外敌，方有临沂之捷，真正是“兄弟阋于墙，外御其侮”。

在亡国灭种的危机面前，中华民族实现了真正的全民族觉醒，没有党派之分，没有阶级之别，没有地域之隔，这片广袤土地上的人们，真正团结起来，结成了利益共同体、命运共同体、荣辱共同体，改变了一盘散沙的旧局。抗日战争的举国性质，因此得以彰显。

川军原以内战著称。抗战开始后，刘湘上将已到肺结核晚期，经常大口吐血，仍不听劝阻率军出川，病逝在第七战区司令的岗位上，他说：“从清末到民国当兵，打了一辈子内仗，杀了不少人，杀的全是中国人，我以为我这辈子盖棺定论了，我就是一个军阀，没想到日本人来了，给我一个机会，日本人给了我们川军一个机会，我们要以日本人的血，洗清我们四川军人的耻辱！”

在四川建川博物馆的“壮士广场”，国共两党两百多位抗战名将和著名烈士站在抽象的中国地图上，站在他们保卫和牺牲的地方。樊建川为“壮士广场”写过一段话，讴歌当年全民族抵御外敌的伟大团结，读起来让人百感交集：

一起钢筋，一起铁骨。一起仰天，一起长啸。一起森严，一起壁垒。一起杀倭，一起驱鬼。一起冲锋，一起陷阵。一起前仆，一起后继。一起苦撑，一起待变。一起艰苦，一起卓绝。一起肝脑，一起涂地。一起成功，一起成仁。

卢沟桥事变后，中共中央在翌日发出通电：“全中国的同胞们！平津危急！华北危急！中华民族危急！只有全民族实行抗战，才是我们的出路！”同一天下午，蒋介石收到毛泽东、朱德、周恩来等7人联名打来的电报：

庐山蒋委员长钧鉴：日寇进攻卢沟桥，实施其武装攫取华北之既定步骤……红军将士，咸愿在委员长领导之下，为国家效命，与敌周旋，以达保地卫国之目的。

9日，蒋介石收到由彭德怀、林彪、刘伯承、贺龙等代表全体红军打来的电报：

我全体红军愿即改名为国民革命军，并请授名为抗日前锋，与日寇决一死战！

贺龙元帅之女贺晓明在《参考消息》“父辈的抗战”专栏中，撰文《走进父亲贺龙的抗战岁月——八路军艰难抗日让人震撼》，其中披露了红军将士改编时的困惑：“红军改编，许多干部、战士想不通，尤其是对‘红军改名’和‘穿国民党军服’‘戴国民党帽徽’意见最大，思想上不能接受红军的红五星换成‘白军’的青天白日十二角星……面对这种情况，父亲非常着急。他也理解官兵的心情，就一个团一个团地到部队去做动员。”

贺晓明提到，当时贺龙对红军官员说：“为了中华民族的独立，必须实现国共两党合作，团结一致抗日，目的是让我们不当亡国奴。如此一来，红军就得改名……”

国难当头，国家和民族利益至上！当年，如果没有全国军民团结抗战，又怎么会有后来的胜利？

当年台儿庄大战，军方以重金募集敢死队员。三十一师九十一旅旅长王冠五的57人敢死队，身绑手榴弹，手握大刀，与日军展开肉搏，返回时仅剩13人。出征前，他们把发给他们的大洋扔在地上：“命都不要了，还要钱干什么？我们打仗是让子孙后代别做日本人的奴隶！”

历史应永远铭记这句话！

正是起端于卢沟桥事变的全面抗战，凝聚了一盘散沙的中国，也让世界看到了中国人久违的血性和大义，团结起来，不再做奴隶！

这支孤军的悲壮背后，你可知一个弱国的悲凉？

电影《八佰》上映后，国人在银幕上重温了1937年淞沪会战中八百壮士的悲壮故事。但是，你可知道，八百壮士悲壮故事的背后，是当时中国作为一个弱国何等的悲凉？

一

历史上的八百壮士上演了一部悲壮的真实大片。

一支中国孤军，在日军围困中以寡敌众、死守不退，日军一拨一拨的疯狂进攻都被勇士们击退。当日军抵近企图爆破守军所在大楼时，一位身上绑满手榴弹的中国士兵，毅然从楼上跳下，与敌人同归于尽。

15岁的中国姑娘杨惠敏，身缠一面青天白日旗，潜入中国守军的阵地。中国军人临时找到两根竹竿作为旗杆，将旗升起，正值黎明时分，曙色微茫中，军人们肃立敬礼，没有音乐，只有一两声冷枪，外面是即将发动新一轮进攻的敌人。

这些皆是1937年惨烈的淞沪会战中的细节。历史细节，唯有放在历史中观察，才能让人更加真实地理解历史及历史细节。

八百壮士孤军坚守，象征意义远大于军事意义。

当时的背景是：淞沪会战后期，中国军队不敌日军海陆空一体的凌厉攻势。10 月 26 日，大场失守，上海战局急转直下，中国军队侧背受到严重威胁，为防止被日军围歼，决定放弃现有阵地，全面向苏州河南岸转移。但是，当时蒋介石决定留一支中国军队在苏州河北岸坚守，最终选择了毗邻苏州河的四行仓库。

四行仓库是座钢筋混凝土结构的 6 层大厦，1935 年竣工，为当时闸北一带最高、最大的一座建筑物。原是北四行（金城银行、中南银行、大陆银行及盐业银行）的联合仓库，与租界隔一条苏州河相望，旁边有一座混凝土桥（1942 年加固拓宽后改称为“西藏路桥”，沿用至今）连接租界。

选择此地作为中国军队在苏州河北最后一块阵地，是非常合适的。四行仓库背靠苏州河，日军只能围困三面（杨惠敏送完旗帜后从苏州河游回租界），而且与租界只隔一条狭窄的苏州河。在租界一侧，还立着一排大煤气罐。为避免炮火落入租界，日军不敢动用重炮攻击和飞机轰炸。仓库先前作为中国第 88 师师部，贮存了大量食物、救护用品及弹药，是一个适合坚守的堡垒。在 4 天 4 夜的战斗中，日军横尸 200 余具，中国守军仅伤亡 37 人。

后人看来，这是一场“奇特”的战斗：在中国上海，苏州河北，只有一支中国军队在日军三面围攻下死战不退；而一河之隔的租界，在中国的地盘上，却不属于当时中国政府的管辖。上海市民围观战斗，为中国军人助威。史载当时“观者如堵，靡不赞叹”。

八百壮士，实则只有 452 人，一个营，他们来自第 88 师，由

524 团团副谢晋元率领。

史料记载，大场失守当天，中国战区副司令长官顾祝同打电话给 88 师师长孙元良，让他率领全师留在闸北，死守上海市区，但孙元良一口拒绝了，理由是经过两月苦战，部队已无力再战，何况是以孤军留守作战，会遭受敌人任意屠杀。于是，留下 1 个师的计划缩水为 1 个团，但孙元良仍然拒绝，最后勉强留下了 1 个营。

在日军已经占领的苏州河以北区域留下 1 个营坚守，已无太大军事价值。在蒋介石眼中，这支孤军的意义是：让外国人看看，我们还是有部队坚守在上海市区的。

蒋介石满心希望：国联大会 11 月 3 日就要在布鲁塞尔开幕了，这个会议一定要做出制裁日本的决定啊……

二

通过将战争引到上海，蒋介石迫使世界关注此事。对世界而言，中日两国在华北的磕磕碰碰可以被视作是在“偏远地区”的小打小闹，因为那里距离上海的租界很远，并没有引起外国势力重视。在日记中他写道，他希望“使各国怒敌，作经济制裁……并促使英、美允俄参战。……”

牛津大学中国研究中心主任拉纳·米特在《中国，被遗忘的盟友》一书中这么写道。

的确，蒋介石的逻辑是：你们西方列强在上海有巨大的利益，现在日本人打过来了，你们还不赶紧干涉？

1937年9月22日，淞沪会战正打得难解难分之际，蒋介石在南京就即将召开的国联大会回答《巴黎晚报》记者提问时，说过如此一段话：

> 若列国仍又不采取及时措施，遏制日本之侵略，则不但各国对中国原有之贸易为之消减，即各国在东亚之领土，亦必受严重之威胁。故对日制裁，非所以独助中国，亦所以保护国联会员国及相关非会员国本身之利益。本人深信各国远大眼光之政治家，必当有见及此，遵照会章制裁日本，以尽其义务矣。

一个弱国的悲剧，就是幻想自己陷入危难时，强国会“尽义务”出手援助。蒋介石把希望寄托于国联出面主持公道，也确实健忘——就在1931年九一八事变后，日本人占了东北，中国向国联申诉。国联派出了调查组，也就走了个过场。日本人还不满意，退出了国联。当时驻国联的中国代表顾维钧向各国代表逐个求援时，得到的回答让他颇为难堪：“你们自己都不抵抗，怎么能期望别人替你对付日本？”

当淞沪会战局势日渐对己不利后，蒋介石的选择是：要坚持跟日本人打下去，哪怕是象征性地打，也要坚持到国联大会召开，由国联出面干涉、调停。

这又是弱国的悲剧：没有足够的军事实力与坚决的战斗意志与强敌对抗，却幻想通过外交斡旋来达到目的。

《中国，被遗忘的盟友》一书中评价淞沪会战时说：

这场战争的爆发却将英国的冷漠暴露在大众目光之下。……“我们（英国）不应该插手干预此事，因为这对保护我们在远东重要的政治和经济利益有害无利。”

国联大会11月3日如期在布鲁塞尔召开了。会上，中国代表顾维钧要求与会国对日本进行经济制裁，停止提供贷款和军需物资，并向中国提供军事援助。但与会各国出于各自的战略考虑和利害关系，除发表泛泛的谴责之词外，谁都不愿率先制裁日本。

会前，控制会议的英、美两国商定，凡有损于对日关系的任何提议，他们一概不提。苏联代表支持中国政府的上述建议，但又不愿单独卷入冲突。

经过3个星期的空谈，11月24日会议通过了《九国公约会议报告书》，会议拒绝了中国政府关于制裁日本的正义要求，强调九国公约和平原则的有效性、必要性和普遍适用性，要求中日停止敌对行动，采取和平程序。

这份报告书，形同一张废纸。而这份报告书出炉之时，淞沪会战已经结束，日军兵锋直指瑟瑟寒风中的南京。

心存幻想，又怎能坚决斗争？

史料记载，在淞沪会战中，蒋介石有多处错误的决策：该坚决进攻的时候突然叫停；该紧急撤退的时候，又突然让部队再坚持几天。他的错误判断，皆基于想要西方国家干涉日本的幻想。

比如，会战初期，中国军队尚占优势，正开始全线攻击时，蒋介石获悉英、美、法三国政府向日本政府提出建议——将上海设为中立区、中日两军同时撤出上海，于是下令停止攻击。哪能想到，日本政府根本不睬，援军如潮水般涌至上海。

又如，会战后期，中国军队牺牲过于惨烈，将领纷纷要求撤出上海战场，蒋介石同意了。但后撤的命令刚刚传至各部队，蒋介石的另一命令又来了：停止后撤，原地坚持10天以上。蒋介石的用意是：国联大会马上要开了，你们再坚持一下，争取国际社会的同情和支持。但在关键时刻，前后矛盾的命令，会给部队造成多大的混乱？

时任中国右翼军总司令张发奎回忆说，在松江的一次高级军官会议上，绝大多数人都同意撤离战场，将部队撤到苏嘉、吴福国防要塞，但上面又来了新的指令。

此时蒋夫人突然从上海来到，我还记得她穿着毛皮大衣，她宣称我们若能守住上海——我记得她说10多天——中国将赢得国际同情，国际联盟将帮助我们抑阻日本侵略，谈到国际援助，与会者只有少数人同意她的观点，蒋先生说：上海必须不惜任何代价坚守。

张发奎在回忆录中叹息道：

蒋先生犯了一个重大的战略错误。蒋夫人的愿望被证实是一种错觉，她太天真了，蒋先生怎能听从妇人之言去指挥一场百万人的大战役呀！

三

八百壮士四行仓库保卫战，是历时 3 个月之淞沪会战的尾声。

淞沪会战是中日双方在抗日战争中的第一场大型会战，也是整个中日战争中进行的规模最大、战斗最惨烈的一场战役。中日双方共有约 100 万军队投入战斗：日军投入 8 个师团和 2 个旅团 20 万余人，宣布死伤 4 万余人；中国军队投入最精锐的中央教导总队及 87 师、88 师及 148 个师和 62 个旅 80 余万人，自己统计死伤 30 万人。

史学界已有一致意见：淞沪会战，是中国为了把日军由北向南的入侵方向引导改变为由东向西，以利于长期作战，而在上海采取主动反击的战役。

最早指挥会战的第 9 集团军司令张治中回忆说，中国对付日敌，分作 3 个时期：

第一种他打我，我不还手，如九一八事变；

第二种他打我，我才还手，如长城抗战；

第三种我判断他打我，我就先打他，这叫作先发制人，又叫先下手为强，淞沪会战即是第三种。

遗憾的是，会战初期占据天时地利人和的中国军队，却无法实现战略目标：将盘踞上海的日军“赶下海去”。

1937 年 8 月 13 日战斗打响时，中国军队占了绝对优势，不仅有 2 个精锐师，还有 2 个装备德国火炮的重炮团，即炮兵第 10 团（150 毫米榴弹炮）和炮兵第 14 团（150 毫米榴弹炮），加上坦克、空军助战，按理应具有压倒性优势。其时日军在上海的部队仅海军陆战队 3000 多人，紧急从日本商团中动员退役军人，合计也不过 4000 人，重武器也不足。

中国军人憋足了劲，战斗意志旺盛，但因装备低劣、火力不够威猛，面对日军钢筋混凝土筑造的坚固工事，一筹莫展。时任左翼军总司令的陈诚战后叹息：“以 5 师之众，对数千敌陆战队实行攻击，竟未能奏效，实在是当时部署种种不当的缘故。”

陈诚所言部署不当，是多方面的。张治中在回忆录中写道：“上海之未能一次总占领，统帅部失机于先，三次叫我停止攻击。后来大战展开，除陆军外，又没有配合有力的空军……因为缺乏空军和炮兵的配合，以致未能达到占领全沪的目的。”

中方先机既失，渐渐转为防御。此后双方不断增兵，终成百万人的大血战。淞沪会战最终以中国军队失败告终。后人评价：此役粉碎了日本“三个月灭亡中国”的梦呓，彰显了中国人面对强敌血战到底的信念，形成了全国团结一致抵抗侵略的局面。《中国，被遗忘的盟友》一书评价桂军、川军等地方军阀部队积极参战时说：“在相对和平时期让蒋介石大感头疼的国家统一进程，反而在战争时期聚沙成塔地得到了加强。”

在淞沪会战中，中国军队付出了巨大的代价：蒋介石耗费心血训练的 20 个德械师全部葬送在黄浦江畔，还是雏形的中国空军也折损了大半战机，海军舰只几乎全部自沉封锁长江航道，抗战初期库存的弹药装备全部耗用在淞沪之战……

从史料中能够读出：中国军人的血气之勇与武器装备、战术理念、战略思想的落后，形成了鲜明对比。当时中国最精锐的部队，缺乏步兵与炮兵、战车的协同作战训练，不适应日军的海陆空立体作战。

今天读到骁勇的桂军士兵挺着刺刀向日军坦克进攻、三个小时就拼完一个师，读到中国军队不懂防空，在后方生火做饭时被日军飞机轰炸死伤惨重，不禁掩卷长叹。

那时的中国，确实是一个弱国，不仅仅是军事上的“弱”，更是系统性的弱。

蒋介石将日军主力从华北吸引到上海来的战略没错，但他确实算不上一个优秀的军事家。英国作家乔纳森·芬比在《蒋介石传》中毫不客气地评价：

> 蒋（介石）坐镇其上海西北的丝绸之城苏州的总部指挥作战，他下达详细的常常与瞬间万变的战场实际毫不相干的书面命令，而当这些命令到达前线时已是时过境迁。

张发奎直至晚年，仍坚持一个观点：淞沪会战不应该打这么长时间，应该撤下一部分军队防守苏嘉与吴福国防工事。

苏嘉与吴福国防工事号称“东方的马其诺防线”。在图纸设计上，这些国防阵地充分考虑了中国南方的地形地貌，利用长江、太湖等河流湖泊的天然屏障和散落在水网中的天然高地，修筑起永久性或半永久性的、用碉堡和战壕相互连接的军事防线。为了防线的巩固，国民政府甚至还修建了专线铁路。但是，在 1937 年 11 月 13 日，江南的深秋时节，张发奎坐在苏嘉线国防工事一座机枪掩体的顶盖上，看到日机扔下的炸弹就在不远处爆炸，他感到一身寒意。

他傻眼了：军队进不去国防工事，因为国防工事的地图和钥匙早被村里的保甲长带着逃走了。

当时，有些部队砸掉了锁扣，进入工事后，也傻眼了：整个就是豆腐渣工程……

何等荒谬！

四

淞沪会战中比八百壮士更悲壮的，是坚守宝山城的姚子青营。

1937 年 9 月 4 日，宝山县城的防御工事全部被敌炮击毁，陷入重围。当晚，姚子青致电旅部："抱誓与敌皆亡之旨，固守城垣，一息尚存，奋斗到底。"9 月 6 日凌晨，日军攻入城内，姚子青率队转入巷战。最终，600 名将士全部英勇殉国。

从整个淞沪战役来看，中国军人，无论是低层士兵，还是高级将领，大多有英勇无畏的表现，但并不意味着所有人都这样。

张发奎回忆说：11 月 8 日午夜，他接到蒋介石的电话，让他命令上海市公安局局长蔡劲军留在南市。张发奎遂打电话给蔡劲军，让他过来，但是，在张发奎传达蒋介石的命令后，蔡劲军拒绝接受。张发奎又给蒋介石打电话报告了蔡劲军的态度，蒋介石说："毙了他！"

当然，张发奎没有枪毙蔡劲军。他深知，这只是蒋介石习惯在一时冲动时下达的命令。蔡劲军是黄埔一期生，当过蒋的随从参谋，深受宠信。张发奎去做蔡劲军的思想工作，让他服从蒋介石的命令："你是蒋先生的门生，必须服从蒋的命令，为蒋效命。此外，留下来未必有生命危险。"但张发奎无法说服蒋校长的得意门生，"警察们没有动摇，但蔡局长先逃走了……事后，蔡劲军给蒋介石写了份报告，就没受到处分”。

相比于蔡劲军，蒋介石的另一个嫡系军官孙元良更过分。孙元良是88师师长，八百壮士的直接上司。四行仓库保卫战开始前，谢晋元给孙元良写了一封信：“誓不轻易撤退，亦绝不做片刻偷生之计。在晋元未死之前，必向倭寇索取相当代价。……决不负师座，不负国家。”

谢晋元和八百壮士，确实没有辜负师座和国家，但师座却无疑辜负了国家和他的战士们。

孙元良是黄埔一期生，长得一表人才，深受蒋介石宠信。但此人贪财好色，淞沪战役中，各种中饱私囊，贪污国防工事费用，变卖上海各界的慰问物资，甚至将抢劫来的棉纱偷运到武汉出售。最令人发指的是，前线打得尸山血海，他还有心情霸占民女。

时任第88师军械处主任兼南京通讯处主任的葛天回忆道：

（1937年）10月上旬我到了上海，那天正好遇到上海学生代表在四行仓库八十八师师部慰劳，这时孙元良看到一个女学生代表眉清目秀，就以花言巧语要该女生单独在师部多玩一下，企图强奸。这个情况被该师副师长冯圣法知道后，曾前往劝解无效。这时我到了师部，冯要我再去一劝。我照冯意对孙劝说后，他竟说：“英雄总是和美人联系在一起的，自古英雄都喜欢美人，尤其是我们在上海作战有功，做这一点小事（指强奸该女学生）没有什么。”

在历史上，孙元良以“长腿将军”著称，说的是他撒腿逃跑的本事极强——在北伐、抗战和解放战争的淮海战役期间，孙元良三次丢下部队成功逃跑。南京保卫战中，受命守卫中华门的孙元良就丢下袍泽逃跑，甚至被写进了《拉贝日记》：“得知孙元良藏身在难民营中，拉贝亲自将他接到金陵女子文理学院顶层密室里居住……”

早在北伐时期，孙元良就因逃跑惹怒了蒋介石，蒋介石当即要对他处以军法从事。但经黄埔嫡系求情，蒋介石不仅没有枪毙孙元良，反而送他到日本留学。

淮海战役中，孙元良见势不妙，撒腿就跑。他先化装成中尉副官，骗过盘查，后又化装成农民，一路狂奔。当解放军发动总攻时，孙元良已出现于南京城中了——真是个好演员。他有个儿子孙祥钟，后来真的成了电影明星，艺名秦汉。

据张发奎回忆：淞沪战役最后几天，特别混乱。一天，蒋介石叫张发奎去看孙元良，张发奎又叫自己的副手黄琪翔去找他，发现孙元良正在公共租界内的百乐门舞厅跳舞。张发奎把此事向蒋介石报告了，蒋介石说：“混账！毙了他！”

“我没有枪毙他，我感到蒋介石只是说说而已。”张发奎在回忆录中很冷静也很无奈地写下了这句话。

五

八百壮士作为蒋介石“打给外国人看看”的象征，最终成为中国人面对强敌不屈抗战的象征。

著名作家老舍在《四世同堂》中写道，当时留在北平沦陷区的中国人最兴奋的就是听到八百壮士一类的消息。

爱国歌曲《歌八百壮士》更是在当年激励了无数中国人：

中国不会亡，中国不会亡，
你看那民族英雄谢团长；
中国不会亡，中国不会亡，
你看那八百壮士孤军奋守东战场。

事实上，谢晋元和八百壮士，并不是“打给外国人看看”，外国人靠不住。他们以一腔热血，不畏死亡，在全体中国人当中树立了一座坚持抗战的精神丰碑，他们是中国人的骄傲！

八百壮士的结局，同样悲壮。

血战4个日夜后，他们受命退入租界，旋即被英军缴去武器，并予以长期圈禁。这支孤军的生存全靠上海市民接济。他们坚持出操和训练，但在纪念抗战一周年的升旗仪式中，遭到租界军人的袭击，4死11伤。他们只能通过绝食来抗议。

1941年4月24日，谢晋元在出操时遭受叛徒袭击，中弹身亡，年仅36岁。同年12月，日本偷袭珍珠港，太平洋战争爆发。日军进入租界，将这支孤军分解，全部押至各地做苦工，最远的被押送到巴布亚新几内亚。战士们有些逃脱，有些死于折磨……

这支孤军的悲壮，是当年弱小的中国的悲凉。

所幸，现在的中国，再也不是当年的中国了。

这恰恰就是历史赋予今天的意义。

抗战，毋以军衔论牺牲

很多人说国民党抗战牺牲了两百多位将军，而共产党只牺牲了一个左权，这是不符合历史事实的。坦率地说，正面战场规模大，牺牲的将军肯定是会多一些，但需要指出的是，这些阵亡将军里面也有许多是团职甚至营职军官，将衔是后来追赠的。因为八路军、新四军未授军衔，如果按照旅级干部算将军的话，共产党牺牲的将军数量也不少，包括杨靖宇、赵一曼、赵尚志等人。

以上正是建川博物馆馆长樊建川在口述回忆录《大馆奴》一书中的一些思考，发人深思。

一

1942年5月25日，山西辽县十字岭，一位八路军高级将领被炮弹碎片击中头部，壮烈牺牲。他就是左权。

电视剧《亮剑》有日本特战队突袭八路军总部的情节，这是真的。根据《八路军一二九师征战实录》记载，在日军“扫荡”中，乔装深入到太行山区的日军益子挺身队首先发现了撤退中的八路军总部，直接导致日军调整部署，对八路军总部采取全线围击，在十字岭截住了正在撤退中的目标，猛烈围攻并以第二十九独立飞行队反复轰炸。八路军总部经过激战最终突出重围，但遭受极大损失，冲过日军第一和第二道封锁线后，左权倒在第三道封锁线上。

左权殉国时，任国民革命军第十八集团军副参谋长、少将。全面抗战开始后，八路军、新四军共31人被国民政府授予将军军衔，其中第二战区副司令长官兼第十八集团军总司令朱德为陆军中将（加上将衔），中将10人，少将20人。

事实上，在第一次国共合作期间，相当数量的中国共产党党员当时在国民革命军中任职，也被授予了军衔。例如刘伯承、贺龙，在南昌起义前是国民革命军陆军中将加上将衔，他们在抗战爆发后，分任第十八集团军一二九师和一二〇师师长，均领中将衔。叶挺在北伐中任国民革命军第十一军第二十四师师长，被授予中将衔，新四军改编后，叶挺出任军长，领中将衔。

抗战胜利后，为便于同国民党军协调工作，八路军参加军调部工作的和派驻各地的军调部代表，也都被临时授予军衔。电视剧《潜伏》中，八路军的代表就是邓铭将军。

但总体来说，从红军到八路军、新四军，再到1955年全军授衔之前的中国人民解放军，中国共产党领导的部队没有系统的军衔制度，大家对此也很淡然。1927年南昌起义后，许多人还放弃了军衔和高官厚禄，脱下了将校呢军服，换上了粗布军装，加入了红军。有“布衣司令”美誉的朱德写过一副对联，生动描述了红军将士同甘共苦的情景：“白军中，将校尉薪饷各有不同；红军里，官兵夫待遇完全平等。”

左权是黄埔一期生。众所周知，黄埔一期很牛，到1943年，黄埔一期生中已经有12人任国民革命军集团军总司令，占当年度在编40个集团军总司令的30%，都位列上将。但左权选择了另外一条路。

值得一提的是，抗战期间被授予军衔的31名八路军、新四军高级将领中，并非只有左权一人牺牲于抗战期间。

周建屏，是一名身经百战的红军将领，全面抗战开始后，任国民革命军第十八集团军一一五师三四三旅副旅长，授少将衔。平型关一役，他率部在平型关右侧担任主攻任务，重创日军板垣师团。此后率部转战太行山区，由于艰苦的战争环境和频繁的转战、作战，1938年6月13日，周建屏在河北省平山县小觉镇旧伤复发，不治去世，留下了最后的遗言："你们替我转告官兵和民众，要抗日到底……"

周建屏病逝后，当地群众在太行山山腰里，为周建屏建起一座烈士墓。令人唏嘘不已的是，日军先后三次"扫荡"小觉镇，三次炸毁周建屏烈士墓，可是群众又三次修复烈士墓。

此外，时任第十八集团军总参议、授中将衔的共产党员宣侠父，1938年8月1日被国民党特务杀害于西安。宣侠父一生从事兵运工作和上层统战工作，胆识非凡，才华横溢，牺牲时年仅39岁；国民革命军新编第四军副军长、授少将衔的项英，在1941年皖南事变后，与周子昆等率军部10余人隐蔽于附近山区，在泾县蜜蜂洞被叛徒刘厚总杀害。

"出师未捷身先死"，宣侠父、项英这两位将军，牺牲于抗日期间，却不是牺牲在抗日战场上，这是历史的沉痛悲剧。

二

要说一说民国政府的授衔制度。

1912 年 8 月，北洋政府在中华民国南京临时政府军衔制基础上重新制定了军衔制，并颁布《陆军官佐士兵等级表》，军官仍为三等九级：将官——上将、中将、少将；校官——上校、中校、少校；尉官——上尉、中尉、少尉；军士——上士、中士、下士；兵——上等兵、一等兵、二等兵。北洋政府还有两个特殊的规定。一是虚衔规定：将官衔在正式授予之前，可以先加一个虚衔，陆军上校可加少将衔，陆军少将可加中将衔，陆军中将可加上将衔。如护国名将蔡锷，为陆军中将加上将衔。二是追赠军衔的规定：军官作战阵亡或病逝后，依其生前业绩，可以追赠高一级的军衔，如中将可以追赠上将。1931 年 4 月，国民党政府颁布了《陆军军官佐及士兵等级表》，沿用北洋政府时期的军衔制，衔级和名称都不变。

但是，当时军衔管理比较混乱，授军衔没有统一的机构，国民政府可以授，总司令部可以授，军事委员会可以授，甚至上级机关或军政长官也可以授。电影《让子弹飞》当中，姜文就穿了一件不伦不类的制服。当时有个真实的笑话：1932 年，西北军阀马步芳委派 12 岁的儿子马继援为青海省南北边区警备司令部的上校参谋长。南京中央军政部收到上报后，竟然给予正式命令，发了委任状。于是，小学生马继援摇身一变，就成了上校。

一时间，各种将军多如牛毛。一些地方军阀，手中不过万把几万人，也自封为上将。

在全面抗战爆发前的 1935 年，国民政府对军队军衔混乱状况进行了整顿，颁布了新的军衔等级表，把上将分为第一、第二两级，增设特级上将——特级上将为最高军衔，授予陆海空军最高军事长官。实际上这一衔级是专为蒋介石而设的。

抗战爆发后，100多位国民革命军将军牺牲在战场上（另一说为200多位，建川博物馆统计为257人），足见抗日战争之残酷与中国军人之血性。就在1937年7月28日北平沦陷前的激烈战斗中，中国军队在同一天牺牲了两名高级将领——佟麟阁、赵登禹，他们均被追授为上将，今天北京有以他俩名字命名的道路。忻口战役是全面抗战初期中日之间一次大规模的正面交战。10月16日这一天，中国军队牺牲了三名将军：第九军军长郝梦龄与第五十四师师长刘家麒穿越日军火力封锁路段时，同时中弹，双双殉国；同一天，时任独立第五旅旅长的郑廷珍，在南怀化高地中弹牺牲。当时流传着这样一句话："西战场上三英雄，精忠报国郝刘郑。"

笔者在云南腾冲国殇墓园曾看过这样一个悲壮的故事：1941年5月，日本进攻中条山，国民革命军陆军第十二师师长寸性奇少将率部血战，5月13日晚，他的右腿被日军炮弹炸断，他以重伤之躯，率余众数十人突击至毛家湾，再次遭遇日军重重拦截。在交战中，寸性奇左腿又被炸断，血如泉涌。此时，寸性奇要求团长黄仙谷等突围快走："我腿已断，不必管我；我决心殉国，以保全国格人格。"言毕，用最后的力气拔剑自杀。在场官兵无一人离开，全部陪伴寸性奇壮烈牺牲。

寸性奇就是云南腾冲人。1942年5月日军占领腾冲，寸性奇的父亲寸大进，已经88岁高龄，有着失子之痛、失地之恨的他深恨自己年事已高，无力杀敌，又不愿做亡国奴，遂于大罗倚坪一棵古杉下绝食而亡，死后双目不瞑。

国殇墓园中，有寸性奇的墓地，也有寸大进的雕像。

三

1943 年 10 月，冀鲁豫军区军民哀悼五分区司令员朱程，“痛哭废食者数百十人”。朱程之牺牲，十分壮烈：为掩护主力部队突围，他率众固守的一座土墙围子被日军重重包围，为了节省子弹，朱程下令等敌人冲到土墙 30 米时才射击。日军陈尸累累，开始施放毒瓦斯弹，因院内无水，大家只好用撒上尿的毛巾掩住鼻子，坚持战斗。日军越过土墙，进入院内。八路军战士与敌人展开了肉搏，有的刺刀截弯了，就用枪托打，终于把进入院内的敌人消灭掉。敌人开始炮击，南面土墙被轰塌一段，朱程带领战士突围，壮烈牺牲，年仅 33 岁。这场战斗因在菏泽市曹县的王厂村打响，被称为“王厂血战”。一个日军战地记者记述了王厂战斗之惨烈，说“朱程决死指挥”“必死抵抗”“不见降服的样子”，日军进攻时，王厂已“有如地狱”。

在朱程的追悼会上，冀鲁豫军区司令员杨得志致悼词，说“朱程同志的牺牲，使我中华民族失一将才”。1990 年，杨得志又亲笔为朱程烈士写了“向朱程同志学习，做国家的——铁军将才”的题词。

实际上，朱程没有将军军衔，他不是将军。

电影《剑吼长城东》中令日寇闻风丧胆的主人公鲍真，原型是冀东军区副司令员包森，他上百次出没在与日伪军短兵相接的战斗厮杀中。日伪军惧怕他，日军听说包森的军队到了，便会有人摸着脑袋："死了死了的。"伪军们口角，便常以"出门打仗碰上老包"为咒语。就连冈村宁次也哀叹："到冀东如入苦海。"1942 年 2 月 17 日，包森率部在遵化野瓠山遭遇敌人，他上北山用望远镜观察敌情时，被敌人狙击手冷枪射中胸部后牺牲。日军在得知这个消息后，所有报纸都做了"包森司令长官战死"的郑重报道。

包森被誉为"抗日名将"，但他没有将军军衔。

类似朱程、包森这样壮烈牺牲在抗日战场上的八路军高级军官，还有很多很多，但他们都没有军衔。

中国抗日战争史学会副会长、侵华日军南京大屠杀遇难同胞纪念馆馆长朱成山曾在《北京日报》上发表《抗战期间牺牲了多少共产党将领？——谈对抗战期间牺牲的中共将领群体认识的缺失与失真》一文。他指出，抗战中牺牲的许多中共部队高级军官，本来与国民党军队将领级别相当，但并没有被授予同等的军衔：

红军经过改编后，就八路军而言，与改编前相比人数虽未减少，但编制级别却大大降低，主要表现在，由原来的三个方面军改为三个师，有的军级编制降为营级编制，如原红二十九军改编为第一二九师特务营，原红三十军改编为第一二九师炮兵营，原红军独立第一师和陕北独立团改编为第一二〇师特务营。在此次改编过程中，大多数红军干部不得不降级使用，许多高级将领"官降三级"，甚至"官降四级"。方面军总指挥当师长，军团长当旅长，军长当团长。如红二方面军总指挥贺龙任第一二〇师师长，红二方面军副总指挥萧克任第一二〇师副师长，官降四级……这就导致后来在抗战中牺牲的中共部队的将领，许多本来与国民党军队中将领级别相当，应当是将领，但并没有被授予同等的军衔。如1938年4月18日牺牲的叶成焕烈士，红军改编时由师政委改任团长。如果根据国民政府当时授予旅长以上为少将的规定，叶成焕烈士理应为将军，这还没有考虑军衔追加的问题……

朱成山研究发现，与国民党部队牺牲的同等级别的将领对比，仅东北抗联就有70位以上的中共将领在抗战中献出了宝贵的生命。他同时表示，由于受到资料的限制，实际上远远不止70位中共将领。

是啊，杨靖宇、赵尚志、魏拯民、赵一曼、冯仲云、李学忠、史忠恒、夏云杰、王德泰、曹国安、宋铁岩、陈荣久、周树东、李福林、许亨植……这一个个著名或不著名的名字，都是当年在极其艰苦的条件下，血战于白山黑水、林海雪原之中的中共抗联将领。

但他们都没有军衔。

四

有人统计过，不算东北抗联，全面抗战爆发后，中国共产党军队牺牲的高级军事干部，八路军副旅以上为一百多人，新四军团以上为四十余人。樊建川则表示，中国共产党武装的特点是敌后抗战，如果把地方上地委以上的牺牲干部都算上的话，数量更多。

朱成山在《抗战期间牺牲了多少共产党将领？——谈对抗战期间牺牲的中共将领群体认识的缺失与失真》一文中分析说，多种原因造成人们对抗战期间牺牲的中共将领群体认识的缺失与失真，除了上述中共将领与国民党将领级别相当但并没有被授予同等军衔的原因，纵观整个抗战期间，中共部队在军衔制上没有形成一个系统的制度和管理体系，这是造成抗战期间中共领导的部队一直没有统一的军衔，乃至军官牺牲后也没有进行军衔上的追加和认定的一个重要原因。此外，八路军、新四军一直没有按照国际惯例，追加在抗战中牺牲的将领军衔。中华人民共和国成立后首次授予军衔时，对抗日战争中牺牲的中共将领仅仅追认为烈士，并没有进行军衔上的追加。朱成山写道：

1955 年在全国授予军衔的时候，只是对在战争中幸存下来的中共将领进行了军衔授予。从此，中国人民解放军有了自己的 10 位元帅、10 位大将、57 位上将等等。但对在抗日战争中牺牲的官兵仅仅是追认为烈士，并没有进行军衔上的追加，贻误了追加抗战期间牺牲的中共将领军衔的最佳时机，留下了历史的遗憾。

有人说，不能光看军衔，要看职务；也有人说，光看职务也不行，要看所率部队具体有多少人。

抗战期间，部下不足千人的国军团长，牺牲后被追授为少将；那么，东北抗日联军司令赵尚志，一度统率数万人马，威震东北，他应该被授予或者追授什么军衔？中将？上将？不过，他需要一个中将或者上将的军衔来证明他的价值吗？

评价历史，评价历史人物，不能从一个极端走向另一个极端，不能借神化一方来贬低另一方。

为了民族解放，每一个牺牲都永垂不朽。

历史有时让人感慨万千。就在左权将军殉国一天之后，中国远征军二〇〇师师长戴安澜将军在缅甸牺牲。那是中国抗战最艰难的时候，将星纷纷陨落，国人挥泪如雨，对敌的仇恨与必胜的斗志被进一步激发了。

这就是将军牺牲的意义。诚如当年岳飞的经典名言："文臣不爱财，武将不惜命，天下太平矣。"在救亡图存的民族解放战争中，中国军队有那么多不惜命的将领，还有那么多同样不惜命的战士，才赢来了伟大的抗战胜利。何必纠结于有无军衔，并以此来衡量牺牲者的价值与贡献呢?

八路军是游而不击?

1937 年 7 月，卢沟桥头的炮声，让中华民族空前团结起来，奋起全面抗战，八年浴血，牺牲无数，终于赶跑侵略者，取得了抗战的伟大胜利。今天，回首这段历史，国人仍然热血沸腾。只是，网上有些杂音，嘲讽八路军“游而不击”，此前甚至还有人编造出抗战期间八路军只打死 851 个日军的恶毒谎言。

历史真相如何? 读一读日本人自己写的史料，会有更清晰的认识。

一

连日激战，我军步枪子弹用尽，只剩下重机枪子弹和炮兵部队的最后 30 发炮弹，真令人担心。炮兵队出发时带来 420 发炮弹，两天内两门炮打出 390 发，战斗的激烈可以想见。7 中队、8 中队弹药也已用尽，只靠刺刀了。在我右侧 100 米左右的地方，敌捷克造机枪正在喷火。

被敌人围得水泄不通，既无弹药，又无友军来援的迹象，有人绝望地说，怎么可能冲出敌人的包围圈！更使我悲痛的是，就在我跟前有人说："我先告辞了！"随后两人相继自杀了。他们勇敢作战而负伤，认为已成累赘对不起大家，因而自杀的。尽管我劝说其他伤员要活着回家乡，打消他们自尽的念头，但后来还是有些人自杀了。

4 月 26 日清晨，终于开始向沙河桥行军。我是指挥班的人，所以走在中队的前头。我前面的马车上装着六七具战死者的尸体。有的死于手榴弹和步枪，很大的伤口张开着，鲜血染红了军装，有的人头部中弹。目睹这凄惨的场面，难过地走了十几公里路。在我前面一边 20 多辆马车都装着战死者的躯体。仅在一次战斗中就出现如此之多的伤亡，这在中国事变发生以来，即使是南苑战斗，或武汉作战也不曾有过。若给农民们看到，也许会说我们的坏话：瞧这支残兵败将的队伍！一想到这些，真感到恼恨万分。

上述文字节选自《齐会、大超市村的讨伐战》，载于《中国驻屯步兵第 3 联队战志》，作者名叫内匠俊三，时为侵华日军中的一名上等兵。他如实记载了当时八路军的勇猛、日军绝望之下的自杀以及最终运尸回城的溃退。

八路军军史称此战为"齐会战斗"，1939 年 4 月 23 日到 25 日发生在河北省河间县，八路军一方为第一二〇师独立第一、二旅，日军为第二十七师团步兵第 3 联队吉田大队以及后续增援部队。八路军战史记载：齐会战斗毙伤日军 700 余人，俘日军 17 人，缴获长短枪 200 余支、轻机枪 10 余挺、掷弹筒 3 个、大车 56 辆、战马 4 匹。这跟内匠俊三的记载是吻合的。他悲伤地写道，回到河间县城后，"环视一下宿舍，感到房子空空荡荡的，3 小队的伙伴一人未见，他们全部阵亡……”

值得一提的是，吉田大队曾经参加过南京大屠杀。在齐会战斗中，他们对八路军使用了毒气。在一线指挥作战的一二〇师师长贺龙也中了毒气，他稍事休息，戴着一只蘸了水的口罩继续指挥战斗，将恶贯满盈的吉田大队几乎全歼。《贺龙传》一书写道：当时中共中央机关报《新中华报》还为这次胜利发表了社论《华北新胜利与贺师长光荣负伤》。蒋介石也致电贺龙，并发医疗费 3000 元。

类似齐会之战这样的战斗，在华北大地上不时发生，而比之规模小的战斗，更是几乎每天都有，日军对此进行了详细记载。《第 33 步兵联队史》写道：日军驻在距离保定约 20 公里的高阳，“几乎每夜遭受敌之袭击”，尤其是在 1938 年 2 月 11 日（日本的纪元节，即日本神武天皇即位之日）当天，“从保定大队部去高阳运送粮秣的辎重队在途中遭到共军伏击，车队几乎全被消灭”。《鲭江步兵第 36 联队史》则详细记载了自 1938 年 2 月起，他们入驻山西清徐县之后的频繁战斗：2 月 1 日，“敌凭借险峻山地顽强抵抗，激战后虽将其击退，但我方也伤亡 10 余人”；2 月 14 日，“双方展开手榴弹肉搏战，激战中我方伤亡 8 人”；3 月 1 日，“我大队陷入苦战”；3 月 14 日，“松浦小队在苦战之后终于全军覆灭”；3 月 16 日，“混战中，我死伤 10 余人”；3 月 20 日，“前来支援的第 1 大队有 10 余名伤亡”；4 月 14 日，“一部敌人用云梯登上城墙，向城内猛烈射击，我方人员、马匹等多数死伤”；5 月中旬，“机枪中队川琦大尉以下 10 余人伤亡”……

日本战史统计，仅仅在 1940 年不到一年之间，日军在华北五个治安大队就参加了 4214 次战斗。聂荣臻元帅在抗战期间曾经说过一句著名的话：咱边区有200多个县，每个县每天打死一个鬼子，一个月就能打死他六七千，就相当于他一个旅团！抗战胜利后，八路军宣布：全面抗战期间，八路军总共进行了99847次战斗！

陷入如此汪洋大海一样的战争，日军哪有不失败的道理？

二

武器低劣，但战术灵活，而且异常凶猛——这是日军对八路军的评价。曾任日军中国派遣军总司令的冈村宁次在回忆录就这样写道：八路军“作战勇敢，内部团结，只是武器装备太差”。

1938年8月3日，八路军第一二〇师三五八旅七一六团一部奇袭山西朔县榆林车站，主力设伏于朔县汛河村袭击由朔县、山阴方向增援榆林车站之敌。此战“毙日军150余人，俘日军1人，缴获长短枪20余支、轻重机枪2挺，击毁汽车5辆、火车1列，破坏车站1个；我方伤亡100余人”（见《中国抗日战争军事史料丛书·八路军·表册2》）。日军后来写的记录此战经过的《榆林站悲惨事件》一文，较好地还原了当年八路军的精气神：

事件发生在昭和十三年8月4日凌晨2时50分。同蒲路榆林车站突然遭到八路军正规军约1000人的包围。哨兵三部上等兵及野口一等兵发现敌情时，敌已聚集在车站房舍四周约50米处悄悄逼近。三部上等兵得知敌人袭击，立即开枪报警。车站房舍四周垒有沙袋，全体人员准备凭此依托应战时，敌军迫击炮、机枪及步枪早已对准车站房舍一齐猛烈射击，发出可怕的呼啸声。

当时八路军以轻武器为主，迫击炮是奢侈品，但八路军的炮手很厉害，日本山地战的专家阿部规秀中将就在太行山黄山岭被八路军迫击炮连发 4 炮击中身亡，这门迫击炮至今还陈列在中国人民革命军事博物馆内。日军知道，一旦八路军动用了迫击炮，肯定是主力部队上来了。

交战约 1 小时半，很遗憾，敌虽可能有很多伤亡，但我方不断出现死伤，已经难以支持……全体人员逐渐聚集在车站房舍内。可恨敌兵轻视我方人少，愈加狂暴，竟利用东北侧小厨房登上车站房舍的屋顶，从被迫击炮、手榴弹炸开的屋顶大洞投进手榴弹。车站房舍变成人间地狱，手榴弹的爆炸声，敌人可怕的喊声一直不断，满屋硝烟弥漫，血肉横飞。炮弹爆炸的巨响震耳欲聋，口、眼难开。某军曹倒下，某上等兵负伤。充血的眼睛，只见前后左右尽是血人。

可见，手榴弹是八路军最得心应手的武器。八路军冲过来齐齐扔手榴弹的动作，让日军毛骨悚然。日本兵内匠俊三在《齐会、大超市村的讨伐战》中写到了这样的一个细节：

眼前的敌人成一列纵队，领头的人吹着哨子，他们弯着腰向我马车队冲去，接近二三十米时，一声号令，同时投出一批手榴弹。轰、轰的爆炸声震动大地，紫色的闪光照亮夜空，亮光中闪现我们和马车的身影。

八路军爱使手榴弹，真实原因令人心酸：抗战时期，手榴弹是八路军唯一能够自给自足的武器。据统计，全面抗战爆发后，八路军和新四军的兵工厂共造了450万枚手榴弹。那时许多战士没有枪，腰里掖着几枚长柄“边区造”手榴弹，酷爱近战，往往付出惨烈牺牲，但冰雹般的手榴弹砸过来，日军也心惊胆战。1942年日本搞“五一大扫荡”，在河北无极县赵户村，八路军战士赵三子守卫南街口，一个人一口气扔出180枚手榴弹，把日伪军炸得鬼哭狼嚎，保持阵地不失。

手榴弹太猛，榆林站的日军撑不住了，呼叫援军，但电话线被八路军事先全切断了，怎么办？只能放火焚烧自己住的兵营，用冲天火光来召唤援军。但他们不知道的是，人数更多的八路军已经埋伏在援军过来的路上。这就是八路军经典的“围点打援”战术，屡试不爽。果然，救援榆林站的列车从岱岳出发，刚到埋伏地，列车就脱轨了：

与此同时，埋伏的敌兵从右、前、左三个方面，一齐用迫击炮、机枪、步枪猛烈射击，轰击机车，转瞬之间机车成了蜂窝，玻璃窗碎片飞向四面八方。司机井田头部负伤。迫击炮弹打穿煤水车铁板，火星迸发飞溅，发出可怕的响声。此时阿部少尉立即命令全体人员下车，靠近10来米后边铁路两侧的土堤，组成圆形阵地应战。

敌人看到我兵少力微，以惊人的勇敢逼近我方，50米、30米、10米，有的冲到了5—6米的地方，双方面对面地展开白刃格斗，手榴弹的弹片横飞，凄惨景象简直成了凶神恶煞的战场。

一直到更多的援军过来，八路军才从容撤离战场，现场只剩下给打得像蜂窝一样的机车，周边全是日军的尸体。

如此低劣的武器，如此顽强的精神，如此壮烈的牺牲，这正是中流砥柱！

三

一、管区内的敌人，使日军最感棘手者，为冀西及冀中军区的共军。彼等以省境及日军作战地区附近，或沼泽、河流等日军势力不易到达的地区为根据地，进行巧妙的地下工作及灵活的游击战。因此，了解和掌握其动向，极为困难。二、共军的情报搜集、传递，非常巧妙而且迅速。日军的讨伐行动，往往在事前便被侦悉……三、共军的行动轻快而敏捷，熟悉地理，因而无法捕获。相反，日军却多次遭到共军的伏击……

这是《华北治安战》一书中选入的日军第一一〇师团作战主任参谋中村三郎在1940年初对八路军情况的记述。至今读起，我们还能想象他的一脸苦相及巨大的心理阴影。不得不说，日军的情报搜集能力极强。通过认真地分析八路军的特点，他们发现，八路军跟他们此前碰到过的对手国民党正规军不一样，正规军一退走，八路军迅速填补进来，深深扎下根。

曾任中国派遣军总司令部参谋的井本熊男在《作战日志中的中国事变》一书中写道：

1939年底，中共的渗透大致遍及华北全境，对我方确保治安构成最大之敌。事变初期，蒋介石军队不战而放弃华北5省，在其后一年多的时间既无战线又无敌踪。然而恰似被细菌侵蚀了人体，如置之不顾，整个地区势将变成与我敌对之势……

《游击队与游击战》一书写道：

山东的游击队开始，系继韩复榘之后的沈鸿烈及于学忠等正规军的逃跑所致。首先在左翼青年之间诞生了游击队，进而发展成第八路军山东纵队，其势力不可小看。

《游击队与游击战》（东京和泉书院1940年6月出版）值得一提，作者长野朗系侵华日军陆军步兵大尉。在书中重点研究了八路军的游击战术：

初期，（八路军）既打正规战，又打游击战。自山西归属日军以后，即专门进行游击战。第八路军的游击队从山西向河北平原、察哈尔、山东及华北一带涌来，对我后方兵站、医院、铁路以及在日本援助下成立的地方治安维持会，进行袭击和破坏，并且建立共产党的县政府。从此时起即已深入民众，在民众中开始组建游击队。由于他们能够与民众联系密切，因而得以了解我军行动，我军刚要将其包围，他们很快即逃遁一空。据说一年内战斗已达638次。他们的手也伸向临时政府方面的保安队，使若干保安队叛变，从而获得武器弹药。为此，八路军向各游击区派出支队，以使游击队与自卫团进行联系，同时与共产党县长联络，扩大共产党的势力范围。

共军之所以顽固，在于他们依靠历来的战术，在我占领区山岳地带及省境等地开辟了许多抗日根据地。其根据地在地形上为日军无法靠近的山西五台山脉、东南山岳地带、山东泰山山区、河北的铁路中间地带等地区。每一根据地相当于数县之广，在此集中粮食，设立小型武器维修厂，成立宣传机构，建立学校，发行纸币。根据地的县均有共产党的县政府及县长。共军以其特长训练、组织民兵，建立人民自卫团，使之投入抗日战争。这类抗日根据地是分布在日军占领地区以内的。

长野朗敏锐地发现，八路军的真正秘诀，在于赢得了民心，他写道：

他们在掌握民心方面煞费苦心，因此在地方深得民心。例如山西地区贫苦，共军对军队自身军纪特别重视，禁止任意征用民工、车马及粮食。必要时召来人民代表，使其自愿提供。共军进一步武装民众，使之站到抗日战线上来。另一方面，将原有的地方团体改编成共产党方面的团体，并掌握其领导权，反对者作为汉奸，动员群众予以驱逐，将此地纳入共产党的地盘。

老百姓的心，都向着八路军，日军自然讨不了好。长野朗感叹道：

山西省民众抗日情绪的确非常高涨，从老年妇女到儿童也都进行反抗，在井里投毒，很难对付。

日本人还是蛮爱学习的，在残酷的武力无法压服华北老百姓之后，他们也在想办法向八路军“学习”赢得民心。《华北治安战》一书中记载了日本华北方面军加强培植汉奸组织新民会的意见：

考虑到对华北当前敌人共产党的对策，大家知道，共产党以党、政、军三位一体，与民众的关系犹如鱼水，正在积极争取民众，我方也必须以军、政、会三者与之对抗，打一场争取民众的战争……

当然，这是侵略者的梦呓。

四

抗战期间，日军对八路军的认识，是不断深化的。

1937年9月25日，八路军取得平型关首战大捷，日军还以为是苏联人在指挥八路军作战。《宇都宫辎重史》一书收录了日军第六兵站汽车队关于参加平型关作战的战斗详报，是这么分析的：

当面之敌几乎均为20岁以下少年兵，作战勇敢，远非以前所遇之敌可比，或为以学生等组成的军队。再者，其战术类似苏军之战术，显系在其指导之下。

这个基本上就是胡说八道了。

随着与八路军交手越来越多，日军对八路军的认识也越来越深刻。《游击队与游击战》一书写道：

共军原来是连步枪也不多的军队，改编为第八路军后并无多大变化。虽不断向蒋介石方面申请补给，但蒋介石方面似乎给的不多，飞机、坦克和重炮共军当然没有，据说只有少量野山炮和迫击炮，基本上普及了机枪和步枪。由于武器弹药不足，有专门担当窥视日军辎重队的部门。当友军失败时，迅速前去打扫战场，搜集武器弹药，收容残兵，从而得到人员、武器及弹药。所以他们非常珍惜子弹，一粒子弹也不能随意发射。有称为特别狙击手的，并制定了如下严格的射击规则：一、见到敌人时才开枪；二、瞄准后才开枪；三、有命中把握时才开枪。

到了抗战后期，尤其是1941年、1942年日军残酷的“大扫荡”之后，八路军愈挫愈强，而日军已经陷入了恐惧。《华北治安战》记录了日军不愿意与八路军作战的沮丧与绝望：

华北地区1940年以前从未发生投敌罪。到1941年发生了2件，1942年也发生了2件，1943年以来，此类事件迅速增多，其中大部分是性质恶劣的故意投敌……另外，自杀现象严重，1942年7月，曲阳有4名士兵自缢，河底村有10名士兵集体服毒，阳泉也有2名士兵因不愿执行任务而自杀。

日本人在这本书里甚至这样形容：日军在华北占领的点和线，处处薄弱，宛如赤色海洋中漂浮的一串念珠。

战场上的另一个变化，是被俘的日军越来越多了。全面抗战爆发初期，八路军很难俘虏到日本兵，后者无比凶悍，死战到底。百团大战之后，越来越多的日本兵当了俘虏。他们不少人被送到延安，在延安的日本工农学校得到改造，彻底转变了军国主义思想，成为坚定的抗日战士。他们后来把亲身经历写成了书，今天读起来，能够从另一个角度得知八路军胜利的秘诀。

《八路军内日本兵》作者之一——香川孝志记录了日军飞机轰炸延安的往事：

1943 年 6 月的一天早上，突然听到飞机的轰鸣声，这是日军来轰炸了。我们从窑洞里出来，嘴里数着："1 架、2 架、3 架……"飞机在没有人住的旧市区轰炸了一阵子便返航了。我们当时是在"袖手旁观"。可是，当天晚上的日本电台和往常一样，广播什么"延安的军事设施一个接一个地燃烧了起来"。刚来延安不久的一个新学员听到这个之后很有感触地说："在日军里，我们也是被这样的蛊惑宣言欺骗了的。"实际上，在那一天只炸死了一头驴。炸弹的碎片被送到延安北面约 50 公里的安塞兵工厂，成了八路军制造兵器的原料了（我也曾去过安塞）。《解放日报》社利用一发没有爆炸的炸弹，做成了印刷用的滚筒。

另一名延安日本工农学校学员梅田照文的记载，更有深意。梅田照文在百团大战中被俘，一度自暴自弃，到延安后，耳闻目睹，内心受到极大冲击，成了一位坚定的八路军“铁粉”。他在《从鬼子兵到反战斗士》一书中，详细记录了1944年4月出席朱德总司令母亲钟太夫人追悼会的两个细节：

看到出席葬礼的总司令的形象，我大吃一惊。总司令本来是位胡须很重的人，又加一个多月他未刮胡子，显得所谓“胡子拉碴”的憔悴样子。中国有个习惯，在父母去世的一百天内，为表示哀悼之意，不刮胡子，总司令大概也是按照那种风俗行事的。

再一点使我深受感动的是，总司令对各界人士的悼词以严肃的态度致了谢词。他那谦虚的态度宛如站在恩师面前的学生一样诚心诚意，他眼角上噙着泪水，用一种低沉的声音这样说：

“中国共产党和中国人民对我和我母亲给予了破格照顾。这是我和我母亲的最大光荣，十分感激。为了报答这些，我庄严地宣誓：作为一名战士，我将一辈子忠诚于党和人民……”

这是中国共产党和中国人民的最高领导人之一朱德同志讲的话。这是多么谦虚的语言哪！这是提高党和人民的威望，为党和人民服务的无私的誓言！

五

这些关于八路军的回忆文字，虽是日本人以“敌”相称所写下的，但我们读后仍然能够清晰触摸到那些年轻的中国生命的心跳，能够清晰感受到延续至今的中国人爱国主义精神的伟大与神圣。

无论是国民党军队在正面战场与日军的 22 次会战，还是共产党军队深入敌后的规模不大但是数以万计的游击战，都值得我们铭记。

因为，为了祖国的独立与尊严，每一次战斗，每一个牺牲，都是不朽的！

文盲与战争

2014年，甲午海战120周年，各方反思甚多。笔者近读中国人民解放军国防大学政治委员刘亚洲空军上将对于这场深刻改变中日历史甚至世界格局的战争之思考，对其中一句话感慨良多："甲午战争10年后，日本又打赢了日俄战争。日本天皇说，赢了这场战争，他最应当感谢的是日本的小学教师，因为日本士兵绝大多数都受过小学教育，而沙俄士兵则大多数是文盲。"

甲午战争或许过去太久，但抗战呢？在抗日神剧泛滥荧屏的今天，我们真的反思历史了吗？

一

在数以百万计的侵华日军中，东史郎与荻岛静夫是后来在中国比较有名气的两个日本士兵，他们的名气来自他们的日记。

东史郎是日本京都府竹野郡丹后町人。1937年8月，25岁的东史郎应召入伍，系日军第十六师团步兵二十联兵队上等兵，参与了1937

年12月开始的南京大屠杀暴行，还曾参加过天津、上海、徐州、武汉、襄东等战斗和战役。1939年8月因病回国。1944年4月，他再次应召参加侵华战争。1945年8月，他在上海向中国军队投降后回日本。荻岛静夫也是在1937年8月应召入伍作为侵华日军一员来到中国，时年27岁，当时是上海派遣军伊东部队加纳部队卯野部队本部步兵上等兵。他是一名火葬兵，偶尔也作为后勤兵参战，先后参加了淞沪会战、徐州会战、武汉会战等重大战役，在战争结束前就平安地返回了日本。

如果不是留存于世的日记，东史郎与荻岛静夫无疑是在“二战”结束后侥幸活下来最终湮灭于历史中的无数侵华日军中的毫不起眼的两个，但正因为他俩在战火中留下的文字，让他们留名于历史，让后人知道了侵华日军的不义与残酷、中国人民遭受的巨大苦难。与此同时，也让今天的中国人深思之下不由反思：普通的日本士兵为何有这等文化素养？

东史郎的日记，共有五卷37万字，把侵华战争期间的所见所闻详细地记录下来；荻岛静夫的日记则近20万字，他同时还是一名摄影爱好者，他的文字与图片不仅记录了日军的残暴和兽性，也记录了日军在中国军队打击之下的惨状和中国军人英勇战斗的事实，同时记录了一个从农村入伍的日本青年的战时生活和心态。

作家胡平在《情报日本》一书中不无感慨地写道：

抗战前，中国大约95%的士兵是文盲，日本98%以上的士兵小学毕业；中国只有不足10%的军士接受过专门的士官学校培训或中学毕业，日本的这个比例超过90%；中国只有约50%的低级军官接受过高等教育或是军校毕业，而日本一半以上的军官拥有大学或专科军事学院的学历。同样可供比较的是，抗战前，中国不到2%的士兵有钢笔，日本士兵基本上都用钢笔；中国只有少数下级军官才配望远镜，日本的军士这一级就有；中国只有少数中级军官才会用照相机，日本很多下级军官就会用；中国只有高级军官才有无线电或电话，日本方面，这些东西基本是中级军官的必备品。

胡平沉痛地写道：

国内的一些军事评论家，往往喜欢从经济发展、政治运作、武器装备等方面对比两国实力的巨大差距。而在笔者看来，倘若对当时中国和日本军人的文化素质多加考量，或许可以引发我们更加深刻的民族自省……

二

后人获得的荻岛静夫日记，附带有影集，共8本。当初为了战争时期便于携带，日记本只有小孩子手掌大小，正好可以放入口袋中。这些不是中国印刷，全是当年日本出品，而且是战争时期专为前线军人制作的，附页上还有军人守则、常用汉语对照、伪满洲国地图、中国南方几个省的地图等文字图案——这无疑是为有一定文化基础的日本军人所准备的。

研究者称，荻岛静夫爱看小说，爱看杂志，崇尚与人的内心进行交流。他爱好文学，爱好电影，爱好艺术，是日本军人中有想法而感性的人物。三年的战争，他每天都在记录，每天都在思考。而千千万万的中国军人，尤其是一些普通士兵，他们面临的生死考验，他们经历的家国之痛，自然刻骨铭心，但他们无法记载，因为当时绝大多数中国士兵是文盲。

大量史料印证了当年中国军人的文化程度。1941 年 5 月，蒋纬国被胡宗南派到第一师第三团第二营第五连当连长，他回忆说："那时国军里面的兵大部分都是文盲，军官稍微好一点，不过有些从士兵升上来的人也不识得几个字。"而在抗战开始之初，南京政府纸面上有 200 万军队，但许多部队缺员，一半军官是文盲。德国军事顾问承认：中国军队以其现状不适宜面对一场现代化战争。《桂柳大撤退：桂柳会议影像全纪录》中评论说：

战时国民党军队大部分由征兵组成。所有男子，凡在 18 至 45 岁之间——除去学生、独生子和严重病患者——均得服从征召。按照法令，他们以抽签的方式公平地被挑选。事实上，有钱有势的人逃避征召，而无钱无势的国民被强征入伍。征兵的军官们往往甚至连抽签的手续都不顾。有些农民甚至是在田里劳作的时候被抓去的；另有一些则是被捕去的，那些不能买通路子出来的人于是就被编入军队。

这种从田间地头直接被抓了壮丁的士兵，文化素质又能高到哪里去?

应该说，抗战期间，中国军人虽然武器低劣，读书不多，但作战英勇，可歌可泣，然而，单凭血气之勇，又如何能够打得赢一场现代化的战争？当时中国军队协同作战能力低下，壮丁入伍，军官教的第一件事情，居然是在操练中如何区分“左”“右”。很多士兵甚至不知飞机为何物，空袭一至，许多部队就溃败。笔者曾采访过淞沪战役的老兵，他们痛惜地说：有些部队还没上前线，不懂隐蔽，在后方生火做饭，炊烟袅袅，结果被日本重炮一阵狂轰，未上战场便损失惨重。

在淞沪战役中有上乘表现的国民政府税警总团，是宋子文在财政部部长任期内建立的缉私征税的特种警察部队。这支部队在与日军的作战中，成为连当时国民党甲级正规军都无法比拟的精锐部队，不仅仅因为其装备先进，还因为税警总团的官兵素质也很高。宋子文主政时期的税警总团的总团级、团级等高级军官很多是军事留美生，基层军官很多来自国内军校。普通官兵需要具备一定的文化素质，不要文盲，参加税警总团需要经过严格的考试。

“一寸山河一寸血，十万青年十万军”是抗战时期著名的政治口号，当时国民政府军事委员会开展知识青年从军运动，广泛动员学生参加青年军。青年军先后参加了缅北大反攻，如密支那、八莫、南坎、腊戍诸战役，对打通中印公路发挥了积极作用。尤其是第一次远征军失利后，中国陆续派遣由学生组成的青年军人前往印度集训，这支驻印军后来对日作战的战绩最好，除了装备和后勤有美国负责保障，主要原因还在于官兵的素质。

三

刘亚洲在反思甲午战争时说，日本与清朝的对决，是一个现代国家与前现代国家的对决，清朝怎么能赢？

日本是通过明治维新成为一个现代国家的。明治维新有三大政策，即政治上的“富国强兵”、经济上的“殖产兴业”和科学技术文化教育事业上的“文明开化”。三大政策中，文明开化是关键，是基础。所谓文明开化，狭义来说，主要是指科学文化教育事业的近代化和普及。当时明治政府提出的文教政策有三条方针：一是普及初等教育，以提高一般国民的文化知识水准；二是本着少花钱多办事的方针，少而精地创办高等教育机关，以培养工业化的指导者一类高科技人才；三是通过教育特别是技术教育，迅速消化、掌握从欧美先进国家摄取来的科学技术成果。尽管明治维新时政府财源拮据，教育事业的经费却是最多，文部省经费在政府各省（部）中为最高。

令人深思的是，日本明治维新时期大办近代教育的一个突出特点，是以小学为一切学校教育的基础，抓小学全力以赴，以期迅速普及国民教育。1872 年明治政府颁布的《学制》，明确地宣布要从小学抓起，务必做到“邑无不学之户，家无不学之人”的普及初等国民教育方针。据统计，日本 1873 年小学就学率只有 28.1%，1877 年达到 39%，1879 年达到 41.2%，后来更迅速上升，1890 年达到 50%，1894 年达到 60%，1899 年达到 70%，1905 年达到 96%。1919 年以后每年都达到 99%。日本自明治维新大办小学教育以来，不足半个世纪就完全实现了国民教育的普及。

相形之下，中国进入 20 世纪乃至清朝灭亡之后，文盲仍占国民的绝大多数。著名的教育家晏阳初在 1923 年成立了以“除文盲，作新民”为宗旨的中华平民教育促进总会，1927 年，该会在河北省定县的全县文盲调查统计显示：全县人口约 40 万，7 岁以上人口约 33 万，男约17万，女约16万。男女合计33万人口中，文盲约27万，识字者约6万，文盲约占83%，识字者约占17%。如男女分计，男子17万人口中，文盲约12万，识字者约5万，文盲约占69%，识字者约占31%。女子16万人口中，文盲约15.6万人，识字者约4000人，文盲约占98%，识字者约占2%。

一直到中华人民共和国成立，全国5.5亿人口中有4亿多都是文盲，文盲率高达80%。新中国成立后不久，一场轰轰烈烈的扫除文盲运动便在全国范围内展开，十几年中，先后有近一亿中国人摘掉了文盲的帽子。如此大规模并卓有成效的扫盲运动，创造了人类历史上的奇迹。

今天，在经济取得可观成就的中国，"读书无用论"却再度升温，令人忧心忡忡。梁启超当年说过："今日世界之竞争，不在国家而在国民。"这句话放在今天，依然不过时。

李逵为何穿上了和服？

李逵是《水浒传》中的著名男配角，作风简单粗暴，鲁莽却又忠诚率真，是典型的大宋男儿。根据考古研究，他应该像当时的北宋男子一样，穿交领或圆领的长袍，打架、打仗或者打虎的时候，衣服往上塞在腰带上，袖子一捋，抡着板斧或者赤手空拳往前冲。从中国服饰史来说，宋服沿袭了汉服，简洁质朴，“很中国”。

但笔者近日读到一位名叫翟鸿起的老人关于七七事变后北平沦陷期间的回忆，当时这位老人还是一个小学生，他记得看过一部电影《水浒传》，李逵拿着板斧，穿的是日本和服，讲的是日文，连唱带说。

李逵为什么穿和服说日语？其实，这个小小细节却能折射当年日寇侵华的巨大野心：不仅让中国“亡国”，还让中华民族“灭种”。

一

1942年8月，伪满洲国治下的铁岭市发生了一起轰动一时的“徐渐久事件”。

徐渐久是伪满国铁岭市的市长，精通日语，自然在当时情形下颇受日本人重视，但他是个有血性的中国人。

有一天，伪铁岭市公署召开暑期教员讲习会，会议的议程有市长训话。徐渐久登台训话时，先说些套话，一边说一边观察会场有没有日本人。发现没有后，他又小声问在座的老师们："今天有日本人来吗？"老师们回答说没有。于是徐渐久开始讲些真心话了，其中有一句抱怨："叫我们供'天照大神'。老张家的祖宗，硬叫老李家供奉，行吗？"

"天照大神"是日本神话中高天原的统治者与太阳神，被奉为今日日本天皇的始祖，也是神道教最高神。古代日本人每次饭前都要说感谢"天照大神"。日本人霸占东三省之后，开始让中国人供奉"天照大神"，尤其是 1940 年，日本人的傀儡、伪满皇帝溥仪奉命从日本捧回来代表"天照大神"的三件神器（八尺琼曲玉、八咫镜、草薙剑），并在伪满皇宫修造了"建国神庙"以供奉日本"天照大神"，并将其奉为伪满的"建国元神"，勒令东北人民信奉参拜。溥仪每逢初一、十五都要带头参拜"建国神庙"。伪满洲国还以法律条文规定：对"建国神庙"及其摄庙不敬者，处以一年以上七年以下徒刑。

日本人的神，竟让中国人如此供奉，难怪徐渐久会有"老张家的祖宗，硬叫老李家供奉"的愤慨。

徐渐久讲完这番话的翌日，被日本人逮捕了，旋即按伪治安法规定，说他对"建国神庙"不敬，以"大不敬罪"判处七年徒刑，其他在场的教师也全被拘留。此后徐渐久便下落不明。研究者认为，他应是被日本人秘密处死了。

当时在伪满洲国，日本人是"太上皇"，掌握了一切权力，连

“皇帝”溥仪都要对他们俯首帖耳，更别说一个伪市长了。

九一八事变之后，日本人给中国东北带来了无穷的苦难，除荼毒生命、经济掠夺外，他们还试图让东北人忘记自己的祖宗。

史载，日本侵略者废除了中国东北原有的教学秩序、教学内容和教材，成立了由日本人担任首席编审官的教科书编审委员会，编写、出版了大量进行奴化教育的新教材，将日语列为大、中、小学的主课，把中国传统的民族文化教育摧毁殆尽。

例如，东北小学生一入学，就被强迫背伪满“建国宣言”：“向我满蒙各地，属在边陲，开国绵远，征诸往籍，分并可稽，物产丰饶，实为奥府。”胡说东北地区在历史上就是单独开国，并且多次并入中国又分离出来。日本人严禁老百姓说自己是中国人，必须承认是“满洲国人”。一旦说是中国人，就是“反满抗日”，将被逮捕，遭受酷刑。

又如，在课程设置上，把日语和日语教育摆在突出地位，日语被列为“国语”，把汉语改为“满语”。伪满的“新学制”规定，学习日语不单纯是掌握一种语言、文字，而是要“把握日本精神的真髓”，学生升学、就业，都要看日语的资格。

在台湾、东北、华北等地，日本人进行残酷武力侵略和疯狂经济掠夺的同时，这种毒辣的奴化教育，也始终在进行。因此，他们能让李逵在电影中穿上和服，能让“日语”变成伪满国“国语”；在沦陷区的一些学校，强迫师生剃光头，戴战斗帽，腰后系一条毛巾，以表示支持“圣战”的决心……

二

日本人不在场，徐渐久才说了那番话，但为什么那么快就被日本人知道了呢？当然是汉奸告密。

没有汉奸，日本人不会在中国屡屡得逞；没有汉奸，日本人的奴化教育也无法顺利推动。

说起奴化教育，不得不提一个名叫缪斌的汉奸。

缪斌是第一个在抗战胜利后被处决的汉奸。此人颇有才华，26 岁时就出任江苏省政府委员兼民政厅长，但因贪污渎职被去职。日本人打过来后，他迅速当了汉奸，他对国家民族的危害，远远超过一般的汉奸——他是日军全面侵华后奴化教育的具体执行者。

日本人通过控制伪“新民会”来进行沦陷区的奴化教育，伪“新民会”的中央机构设在北京，会长由大汉奸王克敏兼任，缪斌任中央指导部部长，实际成为伪“新民会”的“理论家”。

伪“新民会”组织庞杂，触角渗透到城市、乡村，机关、学校、厂矿企业等各个领域，一开始它把自己定位为“民众教化团体”，充当奴化教育的积极吹鼓手。作为“理论家”，缪斌宣称：“新民主义主张用文化使天下民化为一民，同时使天下土化为一土。因为天下之公物，也不是某某国家可得而私有的。”这话极其无耻，意图粉饰日本侵略中国的“合理性”，并诱骗人民放弃国家观念、民族观念，服服帖帖地当日伪统治下的“顺民”。缪斌又宣称：“新民主义的中国即是王道政治的中国，所以我们的教育，永远是要适应着这一大国策。一切教育，通以造就王道国家的政治人才与一般国民为最高目的。”这话同样极其无耻，就是企图通过奴化教育，为傀儡政权培养所谓“政治人才”和恭顺服从其统治的“顺民”。

汉奸的无耻，在于数典忘祖，自己当大汉奸，还想别人都当小汉奸。他们倒不希望有太多大汉奸，原因很简单：避免在主子那里失宠。他们有一整套理论自慰，再试图麻醉他人，给沦陷区人民洗脑，消除他们对侵略者的仇恨，让他们按侵略者的意图活着，奉献着。像缪斌这种饱读诗书又懂传播技巧的汉奸，危害远远大于陈佩斯在小品中演绎的那种扣着礼帽、马褂敞开、斜挎驳壳枪盒的汉奸。

这种文化汉奸或曰斯文败类还有很多，譬如从小诵读经史、以东坡自许的梁鸿志，又如被称为“国学大师”的王揖唐。

王揖唐在光绪三十年（1904年）参加清末最后一次科举考试，殿试高中二甲第五名进士，被授予兵部主事。可见他读书是不错的，但跟缪斌一样，此人也是执行日本主子在沦陷区推行奴化教育任务的大汉奸，无耻到了极致。1940年，日本派遣军总参谋长板垣征四郎被调回国，王揖唐设宴欢送，他在欢送词中，称赞板垣征四郎功高勋著，此次离任回国，“真令人有离别慈父之感”——活脱脱的“认贼作父”。

七七事变之后，王揖唐出任伪职，曾先后两次去日本，他参拜了靖国神社，叩谒天皇裕仁，奉献大批中国名贵古玩书画以示忠顺。他归国后曾写诗抒感明志，其中一首诗称：“八纮一宇浴仁风，旭日萦辉递藐躬。春殿从容温语慰，外臣感激此心同。”由衷赞扬日本军阀征服世界的迷梦，更自称“外臣”，奴颜媚骨溢于言表。他到处发表演讲，奴化国人，并训诫伪军“不能只依靠友军的力量，而应主动地做好治安工作”。在华北一众汉奸中，对日寇极其驯服忠顺且为害最大者，当属王揖唐，华北人民无不恨之入骨。

汉奸之间还会为争宠互相攻击。王揖唐虽然在日本人面前是条听话的恶狗，但贪污暴敛，结果被另一个大汉奸王克敏给举报了。日本人将王揖唐改授虚职，他在去职时发表演讲，还无耻地说：“华北为大东亚建设中心，应担负起兵站基地之任务，把人力、物力、精神总力供献给日本。个人无论在野在朝，均为大东亚战争而努力。”

1948 年 9 月 10 日，71 岁的王揖唐在北平姚家井第一监狱等来了自己的末日。当时他躺在竹编长躺椅上，被抬到刑场，声泪俱下，大喊饶命，身中七弹，方才毙命。

三

读历史，一些“真假”汉奸发人深思。

川岛芳子，人人皆以为这是日本间谍。其实她是中国人，本名金碧辉。1948 年春，她在北平第一监狱被枪决。

李香兰，人人皆以为这是中国人，抗战胜利后，她以汉奸罪被捕。其实她是日本人，本名山口淑子，因证明了自己的日本人身份得以幸免，被判无罪，释放回国。

2020 年距抗战胜利已经 70 多年了，李香兰也不在人世了。在现代很多人看来，李香兰就是一个才貌双全的明星，她当年唱的《夜来香》，今天很多人还很喜欢。但是，中国人不能忘记，在当年日本人试图让中国人“亡国灭种”的图谋中，李香兰是个重要角色。

李香兰的祖父山口博酷 1906 年举家搬到东北，1920 年李香兰在沈阳近郊出生，那时她还名叫山口淑子。13 岁的时候，她认父亲的中国同学、当时的亲日派沈阳银行总裁李际春为养父，从此有了“李香兰”这个中国名字。

她天生丽质，又能说一口流利的汉语，还有一副美妙的歌喉，很快就被日本人相中了，被包装成为“满映”的女明星。“满映”，即“株式会社满洲映画协会”。这是日本人侵占东北后成立的一个电影机构，从其诞生之日起，就带着强烈的殖民主义政治色彩，以电影艺术形式，扮演奴化教育的急先锋。

“满映”生产的影片大致分为“娱民电影”“时事电影”和“启民电影”三种。“娱民电影”类似于故事片，一是利用黄色内容吸引和毒害观众，二是赤裸裸地充斥日本军国主义政治内容的影片。“时事电影”就是新闻片，当时有“满映通讯”（日文）和“满映时报”（中文），以一周或一天间隔，快速报道日伪统治现状，配合形势进行宣传，各电影院放映故事片前都要放上一两个这样的片子。“启民电影”主要是宣传片、教育片和纪录片，其主要目的就是宣传和灌输军国主义思想。

李香兰主演过很多“满映”炮制的电影，其中一部讲述中国女子桂兰在战争中失去双亲，家也给烧掉了，所以她痛恨日本人。一次，她为日本醉汉所缠，男主人公此时出现了，是一个名叫长谷哲夫的日本船员为她解围，并且把她带回旅馆，让用人照顾她。桂兰仍然对日本人非常敌视，不过日本男主角“以德报怨”，当她患病发高烧时，长谷哲夫整夜未眠，对她仔细照顾，她仍不领情，后来长谷忍无可忍掌掴了她一巴掌，并痛斥她“清醒一点吧”。这一巴掌把桂兰打醒了，她不但不再仇视日本人，还深深爱上长谷，与他结婚。后来长谷在一次航运中被中国军队袭击而不知所终，桂兰伤心欲绝，幸好长谷还是平安归来。这部电影拍摄于1940年，正是中国人奋起抗战的关键时刻，日本人深深的恶意不言而喻。

李香兰在另一部有名的电影《热砂的誓言》中扮演女主人公芳梅。芳梅是一个中国姑娘，她爱上了男主人公，一个继承兄长遗愿来中国东北在“满铁”工作的日本青年。

以纯真可怜的中国女人面孔出现的李香兰，麻痹了大量中国人——谁都以为她是中国人，谁都以为这是一个中国演员的本色演出。

当历史的硝烟散去，一些糊涂的国人又开始抛开所谓“政治的偏见”，来重新评价李香兰的艺术成就，并说如果不考虑当时中日两国交战的背景，李香兰主演的电影其实更多是在宣扬爱情至上、真爱无敌。但是，怎么能脱离具体的历史背景来评价人与事呢？连李香兰恢复了山口淑子本名后，在自传中都这么写道：“中国人不知道我是日本人，我欺骗了中国人……”

四

历史铭记了一张中国小学生的面孔：

1932年3月，日本人闯入奉天省立第二小学，强令师生集会举行所谓建国庆祝会，并迫使师生呼喊“大日本帝国万岁”口号。这时，三年级学生高麟府突然在队伍中振臂高呼：“打倒小日本！”

高麟府被日本人当场杀害。但在沦陷区，中国人对奴化教育的反抗，始终没有停止过——这些反抗或大或小，或激烈或隐蔽，有个人也有群体。

有老人回忆说，在伪满时代，每当校方命令他们高呼“满洲国万岁”时，总有人嘹亮地喊“满洲国完事儿”。针对日寇强行推行的奴化教育，中国师生或用两套课本，或者结成读书社，传承中国文化；师生背地里传唱爱国歌曲，一直唱到日本投降；在华北游击区，甚至还有“地下小学”，在荒村，在地道，在青纱帐，爱国知识分子冒着生命危险，教授中国孩子不要忘记自己的国家民族和祖先……史料记载，日寇杀了那么多中国知识分子，焚毁了那么多中国的图书报刊，但始终无法扑灭中国人心中的火种，始终无法把他们变成奴隶。

当年在电影中看到李逵穿着和服的翟鸿起老人，回忆说：

抗日胜利后，语文课张老师一上讲台就说：“同学们，你们从小学一年级到今年为止，已经受了8年的奴化教育。”一听这话，四五十个同学开始交头接耳。原来这8年来学的日语，都是奴化教育的阴谋，我们心里难受得不行，好多同学都哭起来了……

李逵穿和服的历史，已经终结了，也逐渐被人淡忘了。应当铭记这段历史，像铭记抗战期间国家民族蒙受的巨大苦难一样铭记这段历史——为了“李逵”不再被换掉属于他的衣裳。

每一个牺牲都永垂不朽

2011年9月14日，从缅甸回归祖国的19位中国远征军抗日阵亡将士遗骸在云南腾冲国殇墓园安葬。从数年前在巴布亚新几内亚发现中国抗战将士遗骨的消息，到如今流落异乡半个多世纪的烈士魂兮归来，从《我的团长我的团》，到《中国远征军》，这一段曾经湮没的历史，正拂去岁月的尘埃，再现当年壮怀激烈的史实。这是甲午战争以来中国首次派遣部队出国作战。

外侮需人御，将军赋采薇。师称机械化，勇夺虎罴威。浴血东瓜守，驱倭棠吉归。沙场竟殒命，壮志也无违。

这是毛泽东1943年在延安时期写的唯一一首挽诗，哀悼中国远征军高级将领戴安澜。

在中国近代史上，中国远征军出征是一个重大历史事件，这是自甲午战争以来中国首次派遣军队出国作战。从时间上来划分，中国远征军作战可分两个阶段。第一个阶段是1942年2月起，中国将领罗卓英和同盟国中国战区参谋长史迪威指挥远征军，先后入缅作战。从3月到4月，远征军在同古、仁安羌、腊戍等地与日军激战。

其中仁安羌一战援救被围英军七千余人。远征军在缅北的抗战，给日军以沉重打击。但由于中英美战略目标不一致，使远征军陷于被动的态势，至4月底被迫后撤。8月，远征军大部退至怒江东岸，与日军对峙；另一部西撤印度。十万大军此时仅剩四万人左右。第二个阶段是1943年10月，中国驻印军为掩护中印公路，沿公路向缅北推进，经十个月的苦战，于1944年8月攻占缅北重镇密支那。1944年5月，滇西中国远征军强渡怒江，沿滇缅路向缅北实施反攻。1945年1月27日，远征军与驻印军会师于缅甸芒友，打通中印公路，至3月将日军全部赶出缅北和滇西。

戴安澜将军是在中国远征军第一次入缅作战时壮烈牺牲的。同古保卫战结束后，戴安澜在撤退过程中，遭敌袭击，身负重伤。由于缅北复杂的地形和连绵的阴雨，戴安澜终因缺乏药物医治，伤口化脓溃烂，在缅北距祖国只有100多公里之地的茅邦村，壮烈殉国，时年38岁。战士们一直没有放下将军的遗体，他们一步步抬着他走回了中国。时任腾冲县临时县长的张问德，领腾冲县数万老少下跪迎接戴安澜归国。腾冲一位老华侨献出了自己的楠木棺，将戴安澜遗骸置于棺内。后来灵柩途经保山、昆明、贵阳、柳州等地，至广西全州，遗体被安放于湘山寺内，沿途民众无不怆然泪下，隆重奠祭戴将军。

让人百感交集的是，戴安澜的女儿戴藩篱，在中华人民共和国成立后，参加了抗美援朝，再一次代表国家出境作战。笔者曾访问过目前居住在上海的戴藩篱女士，她说，“藩篱”之名由来，是戴安澜希望自己的女儿反对日本帝国主义，铸造起一道篱笆来，把日本帝国主义拒之门外。

现在人们更多是从影视里了解中国远征军历史。2009年，电视连续剧《我的团长我的团》引发热烈关注，一方面是因为这部电视剧沿用了此前大红大紫的《士兵突击》中的除“许三多”之外的原班人马，另一方面，这是国内第一部以远征军为题材的电视剧。在这部电视剧开播之前，同名小说已经出版。

电视剧开始时的场景为1942年的滇西，一群溃败下来的国民党士兵聚集在小镇禅达的收容所里，他们被几年来国土渐次沦丧弄得毫无斗志，只想苟且偷生。而日本人此时已经逼近国界，打算切断中国与外界的联系。收容所里聚集了各色人物：孟烦了、迷龙、不辣、郝兽医、阿译等。他们混日子，他们不愿面对自己内心存有的梦想，那就是再跟日本人打一仗，打败日本人。因为他们已经不抱有任何希望了。他们活得像人渣，活着跟死了也差不多。此刻师长虞啸卿出现了，他要重建川军团。但真正燃起这群人斗志的是嬉笑怒骂、不惜使用各种手段的龙文章。龙文章成了他们的团长，让这群人重燃斗志，变成勇于赴死之人。这些人从一开始就知道，自己的命运就是炮灰的命运，他们面对的是一场几乎必死无疑的战争……

观众对这部电视剧褒贬不一，但不可否认的是，剧中充分展现了当年英勇的抗争、惨烈的牺牲，跟一些充满娱乐化倾向的抗日题材电视剧相比，《我的团长我的团》无疑更能让人静下心来思考与回忆。

《中国远征军》再度引发关注，这部电视剧号称“最大程度还原‘二战’时期中国远征军保卫滇缅公路史实”。不同于《我的团长我的团》花了大量篇幅探讨人性、战争，《中国远征军》更突出了军人的铁血味与战争的惨烈、残酷，比较全面、严肃地讲述了这段历史，在剧中一一展现了同古战役、仁安羌战役、野人山大撤退等几乎所有重要战役，吸引了大量“军迷”。

著名作家宗璞在病中写就的《野葫芦引》四部曲的第三部《西征记》，其背景正是中国远征军的壮烈历史。她笔下的中国远征军，虽无刀光剑影，却烙刻了深重的精神创痕，让人为那些青年男女的慷慨赴死掩卷长叹。

跟宗璞的女性视角相比，余戈的《1944：松山战役笔记》则弥漫着浓烈的血腥。这本书获得专家与读者的一致好评，原因在于此书有两个突破，或称两个“正视”。其一，正视国民党军在抗日战争正面战场的正面表现；其二，正视侵华日军在军事行动上的严密作风。知名军事作家朱增泉中将评价说：本书从军事的、战役的、战术的乃至从具体的战斗过程、具体的战斗细节切入去研究战争史。翔实、真切、细致、可感，有具体日期、具体人物、具体地点、具体景象、具体过程，给人以身临其境的现场感，如见其人，如闻其声，如闻到硝烟，如听到枪声炮声，如见到怒江滔滔翻滚的浊浪和对岸高崖上日军碉堡黑洞洞的枪眼。

《1944：松山战役笔记》的写作与出版，无疑标志着国内对中国远征军的历史研究，已到达一个新的高度。

腾冲的国殇墓园也一度荒芜。但是，历史没有被遗忘。近年来，昔日的战场，迎来了一批又一批的游客，其中有相当数量的历史、军事专业或业余研究者，越来越多的人加入了研究、还原这段历史的行列。那些壮烈牺牲的战士，那些风烛残年的老兵，开始享受英雄的礼遇。

半个多世纪过去了，在西南的丰沛雨水中，昔日的战场早已草木繁茂，但当年残酷厮杀的遗迹，依然可见。中国远征军在两个阶段的战斗均付出了巨大的牺牲。第一次入缅作战，中国远征军伤亡过半。令人唏嘘的是，绝大多数伤亡发生在撤退途中，缅甸最北部的野人山吞噬了无数条鲜活的生命。据资料记载，入缅参战的中国远征军 10 万总兵力中，当时为战斗而牺牲的约 1 万多人，近 5 万人死在了野人山。第二个阶段，松山与腾冲均发生了极其惨烈的战斗，日军修建了大量坚固的永久工事，进攻一方的中国军队以悲壮的牺牲，获取了胜利。

当年，诗人穆旦是中国远征军的一名随军翻译，他亲历了当年震惊中外的野人山战役。沼泽、暴雨、热带丛林、吸血蚂蟥，这一切就是被缅甸人称为“魔鬼居住的地方——野人山”。穆旦曾经满怀一腔热血与激情，写道：

在阴暗的树下，在急流的水边，
逝去的六月和七月，在无人的山间，
你们的身体还挣扎着想要回返，
而无名的野花已在头上开满。

在今天，莽莽丛林中，还有忠骨隐现。他们“回家”的时候到了。

魂兮归来，每一个牺牲都永垂不朽。

回到中國歷史現場

世道人心

（下）

关山远 著

广西教育出版社

南宁

目录

解放 不尽长江天际流

屹立　中华民族的精气神

解放

不尽长江天际流

80 年后提起西南联大，国人为何还热泪盈眶？

电影《无问西东》热映，四代中国读书人的故事感人至深，尤其是西南联大一段，尽显国家民族危难时刻中国读书人的血性与风骨。

1938 年 4 月，国立西南联合大学在昆明成立。这是一所只存在了 8 年多时间的大学，却在中国人的记忆中有着无可替代的地位。80 年后提起西南联大，国人依然百感交集，热泪盈眶。

一

看《无问西东》的过程中，第一次感觉心脏受到撞击，是“静坐听雨”一段：昆明的骤雨打在教室的铁皮屋顶上，声若雷鸣，教授一次次提高音量，学生们仍然听不见。教授索性在黑板写上四字“静坐听雨”，然后坐下，肩头已被渗透下来的雨水打湿，他就那么坐着，眼神恬淡从容，看着满屋青年学生。

这是抗战年代中国读书人的真实写照：无畏日寇猖狂，不惧环境恶劣，以浩然正气，护中国文脉。

电影中写下“静坐听雨”的教授，原型是西南联大经济系教授陈岱孙。他素以上课“准时”著称，往往是讲完最后一句话，下课铃声就响了。有一次他还没讲完，下课铃声就响了，后来发现是校工敲错了。但是在西南联大，环境简陋，一旦下雨，他讲课的节奏就会被打乱。简陋还有另外一个“副产品”，任继愈在《我钦敬的陈岱孙先生》一文中回忆道：

陈先生讲课认真，以身作则，给同学做出榜样，同学们听课从未敢迟到。个别同学去迟了，不好意思进教室，就站在教室窗外听讲。好在西南联大的新建校舍有门窗而无玻璃……站在靠近讲台的一端听讲，比坐在后排还听得清楚，只是没有扶手椅，记笔记不方便。

铁皮屋顶后来也没了。经济越发困难，西南联大只得把以前的铁皮房顶卖掉来维持运转，全部改造成了稻草屋顶。一下雨，教室漏得厉害，学生们只好打着伞上课。能打着伞上课也还算不错了，日寇飞机频频前来轰炸，师生们只能躲到乡间，这是何等之悲愤，虽然偏处西南一隅，仍然避不过侵略者的炮火。但敌人再猖狂，又能怎样？即使在躲空袭的间隙，师生们仍在上课。《无问西东》中有这样的镜头：在昆明乡间的山沟里，浑身泥泞的师生，仍然能够从容地上课，地质学、哲学、文学……当敌机轰鸣而过时，陈楚生饰演的吴岭澜，在大声为学生朗诵泰戈尔的诗歌。

但凡知道一点中国历史的，看到这个镜头，无不难抑热泪。这样的中国人，岂是能够被打倒的！

今天回想起来，当年云集在昆明的那一代读书人，确实践行了先贤孟子所言“富贵不能淫，贫贱不能移，威武不能屈”。他们原本是大城市名牌大学的著名教授，生活优渥，身份尊贵，住华屋，有听差，来到昆明，居然会遇到“饥饿”这个难题。当年，在一个又一个漫漫长夜里，朱自清饿得无法入睡，一人孤独坐着。他的日记中，常有“胃病发作”“胃痛”“抽搐”“每日呕水”等记载。1941 年 3 月 8 日，他在日记中写道：

本来诸事顺遂的，然而因为饥饿影响了效率。过去从来没有感到饿过，并常夸耀不知饥饿为何物。但是现在一到十二点腿也软了，手也颤了，眼睛发花，吃一点东西就行。这恐怕是吃两顿饭的原因，也是过多地使用储存的精力的缘故。

物理系教授吴大猷的家，遭到日机轰炸，最让他心疼的是缸里的面粉掺进了很多碎玻璃和泥沙，只能用水冲洗，做成面筋。为了给妻子补充营养，他常常去菜市场捡些牛骨头，回家熬汤。在最窘困的时候，他甚至养了两头小猪，计划到年底卖掉换些钱……

教授夫人们也早就告别了养尊处优的生活，为补贴家用绞尽脑汁。校长梅贻琦的夫人韩咏华做糕点——上海式的米粉碗糕，取名“定胜糕”，做好后挎着篮子，步行 45 分钟到冠生园寄卖。由于她路走得多，鞋袜又不合脚，把脚磨破，感染了，小腿全肿起来。

著名作家宗璞是哲学家冯友兰的女儿，抗战时期随父亲赴昆明，就读西南联大附属中学。她写的《野葫芦引》多卷长篇系列小说，细腻描述了当年西南联大的生活。第二部《东藏记》，取名“东躲西藏”之意，还原了当年在空袭之下西南联大师生清苦而又丰富的生活。比如在一次空袭中，物理学教授庄卣辰被炸弹掀起的泥土埋住了，还始终紧紧抱着实验仪器。

书中有这么一个细节：几个从北平随父母来昆明的少年，得到了一次吃西餐的机会，孟嵋（原型其实是宗璞本人）“把面包切成小块，仔细抹上黄油，一小口一小口吃”。请客的仉欣雷说：“照说，人都受环境影响，可你们无论环境怎样坏，总有一种清气，或说有一种清贵之气，很奇怪。”玮玮（澹台玮）沉思地说：“虽然吃的是‘八宝饭’，我们却处在一个拥有丰富精神世界的集体中，那力量是很大的。”

这个“丰富精神世界”，是西南联大独有的气质。纵然国破家亡，但始终有一群人，在守护着中国的文脉，这文脉不断，中国就不会亡。

二

他们不得不离开北平。

有一位教授，名满天下，七七事变后，他的父亲愤而绝食而亡，“他觉得自己老了，不能去保卫祖国，国家沦陷，他不能承受如此耻辱”。他给父亲办丧事的时候，日本宪兵队找上门来，请他去做客。日本人正在找名人来为华北伪政府撑门面，比如周作人。但他不是周作人，他没等父亲出殡，就悄然离开北平，往西南而去。这个教授叫陈寅恪，是国学大师。

有一个少年，看到日军在北平沦陷后举行“庆功会”，怒不可遏，当众把一面日本膏药旗撕得粉碎，并扔在地上踩了几脚。他的父亲是清华大学美学教授，知道儿子此举必将引来日军报复，不得不把他送出城，南下昆明。临行前，他告诉儿子："以后你一定要学科学，不要学文，科学对国家有用。"这个少年叫邓稼先，若干年后的"两弹元勋"。

那些想尽一切办法离开北平的人，不甘心在日军铁蹄下生活，更不甘心成为日军毁灭中国文化的帮凶。日本侵略者的目的是妄图摧毁中国之文脉，让中华民族亡国灭种。日军每攻占一个城市，均有计划摧毁和破坏中国文化：焚毁出版机构，破坏大学，占领学术机构，劫掠图书文物，残害知识分子……

北平当时是中国的文化中心，沦陷后，日寇对北平的文化机构尤其是大学进行了疯狂破坏。《北京市抗日战争时期人口伤亡和财产损失》一书显示：北平沦陷期间，北京大学、清华大学、燕京大学、北京师范大学等均遭洗劫。清华大学成为日军的兵营和伤兵医院，学校设施、仪器设备、图书均遭洗劫，体育馆被用作马厩和食物储藏室，木地板全被拆毁，更有甚者，新南院竟成了随军妓馆。北大沙滩红楼沦为日军宪兵司令部，多位留守教职工遭受严重身心折磨。最为恶劣的是，日军劫掠北大图书馆馆藏珍品《俄蒙界线图》，这一孤本文献迄今下落不明……

日军在侵占的城市，大肆推行奴化教育。宗璞《野葫芦引》系列小说第一部《南渡记》，就写了七七事变后日本人在北平各中小学强行推行日语教育的情景：

这时教室门开了，校长、教务主任陪着一个穿浅色西装的男子走进来。

这人显然是日本人了，是侵占了北平的日本人，是逼走了我们父兄的日本人，是来进行奴化教育的日本人。玮玮看着这人相当文雅的脸，觉得血直向头上涌。校长一进门，就站在方老师身边遮住她，很快讲起话来。

"同学们，这位三浦健郎先生是来教你们日语课的，他也要和你们做朋友。"校长咳了一声，"现在北平的日语教师还不多，我们是第一批开日语课的学校。——三浦先生提议早点来认识你们。"他再想不出话讲，便伸手请日本人讲话。日本人高兴地向前走了一步，用生硬的中国话说了一番，大意是：日本是个很小的国家，可是力量很大，和中国亲善的愿望很坚决，我知道，这是全北平的最好学校，学生都是聪明少年。诸位年轻朋友一定要学好日语，好一同合作。他并不趾高气扬，可是他深信自己国家的力量。骄傲的眼光直看着同学们，大有主人翁态度。

教室里死一般安静。同学都低着头。他看了一会，转身出了教室，校长等人也跟着出去。同学好半天还因为羞耻不愿抬头。

《野葫芦引》主人公之一的澹台玮，一个英俊少年，之所以离开北平，就是因为难以忍受上学途中，要经过一个日军哨岗，哨岗上贴着的一圈告示，斗大的字，写的是："每天清晨中小学生过此岗必须向皇军一鞠躬。""玮玮当时只有一个念头：不惜一切代价逃脱这种耻辱。"

到昆明去！到昆明去！

三

到昆明去，道阻且长。

小说《南渡记》中的路线是：从天津乘船，途经上海、香港和越南的海防、老街，到达昆明。这也是邓稼先当年的路线。但与西南联大联系在一起的，是著名的“文人长征”。

1937 年 11 月 1 日，北京大学、清华大学、南开大学在长沙组建成立的国立长沙临时大学开学，这一天也成为西南联大校庆日。战火迅速蔓延，长沙连遭日机轰炸，1938 年 2 月，长沙临时大学分三路西迁昆明，1938 年 4 月，改称国立西南联合大学。从长沙到昆明，当时有三条路线：大多数教师、家眷及部分女同学从长沙乘火车到香港，然后由香港渡海到越南海防，乘火车入滇；经济条件较好的男同学和少数女同学，由长沙乘火车到广西桂林，再由桂林乘汽车途经柳州、南宁、镇南关进入越南，转乘火车入滇——这一路人数最多；而最艰苦的一路，便是由湖南出发，徒步行走到昆明的“湘黔滇旅行团”了。旅行团由 267 名家庭贫困的男同学和 11 位中青年教师组成，配有 4 名军事教官及队医等。他们跨越湘、黔、滇三省，翻过雪峰山、武陵山、苗岭、乌蒙山等崇山峻岭，步行 1800 公里，历时 68 天。

文人长征，旷古未有。虽名“旅行团”，但绝无旅行之悠闲。据载，“湘黔滇旅行团”出发之前，每人发放军装一套，绑腿、草鞋各一双，油布伞一把，限带行李八公斤——主要是路上必需的生活用品。这批读书人脚踏草鞋，行进在泥泞的湘北大地。头几天还有人打伞，可细雨似乎永无停止地下着，为了行走方便，大家将油布伞往背后一搁，不撑了。棉衣湿透了，到宿营地拢一堆火烘干，第二天再穿。

参加过这次“旅行”的人回忆说：“在路上时间长了之后，队伍越拉越长，首尾相距竟有10多公里。为了照顾那些掉了队的人，负责后勤的人一般每天下午五点以后就开始找地方宿营，饭做好后，把所有的碗集中起来，以每人盛一碗为限，先到者先吃。晚上九点以后，各队队长清点饭碗，只要碗都空了，就说明人员全部齐了。”

时年40岁的闻一多是带队教师，一路历尽艰辛，但他仍然意气风发，沿途画了50多幅写生画。他还蓄须明志，表示不驱逐倭寇决不剃去胡须。杨振声教授听说闻一多要参加步行，曾打趣说：“闻一多要参加旅行团，须带一副棺材同行。”闻一多到昆明后，见到杨振声，也风趣地说：“如果我带着棺材走的话，现在可以送给你了。”

西迁的，远不仅仅是西南联大。据统计，抗战期间，中国106所高校进行了300余次搬迁，迁校3次以上的有19所，8所高校迁校达4次。浙江大学从1937到1940年前后迁校4次，历程2600余公里，先从杭州迁至浙江建德，后迁到江西吉安与泰和，再迁广西宜山，终迁至贵州遵义、永兴。迁校同时，浙大还协助浙江图书馆运输文澜阁的四库全书到贵州，保存了这一文化宝藏。浙大四迁，师生饱经磨炼，爬煤车、挤木船，饥寒交迫，然而坚韧不拔。船行不畅，男生就跳下来拉纤；安步当车，师生们趁机开展社会调查……

除了昆明，当时中国高校的西迁目的地还有重庆、西安、成都和川南的宜宾李庄（梁思成就是在这里完成了《中国建筑史》），还有湘中南的安化蓝田。在钱锺书先生的名作《围城》中，赵辛楣、方鸿渐和孙柔嘉一行人从上海出发，千辛万苦到达的湖南三闾大学，即位于蓝田镇。

今天回首抗战岁月，中国的大地上，由东向西，真是一场史诗般波澜壮阔的大迁徙，从海边走向大山，从华北、江南，奔赴偏远的西南，其中有无数读书人高昂着头颅、挺直着腰板在行走。世界上有哪个国家有过如此大规模的文化大转移？世界上有哪个民族遭受过这等苦难？世界上又哪有过这么一群读书人，把大学当作捍卫国家荣誉与民族精神的第二战场？

当年，有一个 16 岁的瘦弱少年，逃出上海，一路向西，浙江、江西、广东、广西、贵州……他途中得了疟疾，又患了痢疾，身上长满疥疮，活像一个流浪的乞丐，无药可服，差点丧命。这是一条饥寒交迫的长路，翻不尽的高山大川，攀不完的悬崖峭壁。他一直咬牙在朝西走。在路上，他曾给茶馆做过清扫工，敌机轰炸时，老板都逃到防空洞去了，他却在机枪扫射下坚持收拾，因为老板答应他可以吃别人剩下的东西。一路上，他的衣服几乎丢光，但书却一本未丢，反而一次比一次多。

他的名字，叫李政道。

这就是苦难的磨砺。

四

电影《无问西东》中令人热泪长流的一幕，是王力宏饰演的富家子弟沈光耀驾机撞向日舰。

今日南京中山陵还有一座航空烈士公墓，其中有多名西南联大的学生。《国立西南联合大学八百学子从军回忆》一书中列举了多名烈士的英名：

戴荣钜，1943级地质系，1944年6月在长沙与敌机作战时殉国；王文，1944级机械系，1944年8月在保卫衡阳战役中与敌机作战时殉国；吴坚，1944级航空系，1945年初在陕西与日寇飞机作战时殉国；崔明川，1941级机械系，1943年在美国接受飞行训练时，飞机失事撞山殉国；李嘉禾，1940年转学入物理系二年级，1944年在美国接受飞行训练时，不幸失事殉国……

在西南联大历史上，曾出现过三次学生从军抗日的热潮。第一次是在长沙临时大学期间，众多学生作为技术人员加入机械化装甲兵团，有些学生去了战地服务团，还有一些学生去了延安抗大学习，他们在八路军中大显身手，制造地雷炸药，甚至还造出了土火箭，可飞150米；第二次是随着来华美军增多，西南联大学子纷纷报名担任翻译人员，其中包括梅贻琦的儿子梅祖彦；第三次是中国远征军组建期间，联大学子被送到印度蓝姆加当汽车兵，驾车活跃在史迪威公路上。

除了三次大规模的从军活动外，也有部分联大学生零星自发参军的。1946年5月，西南联大回迁前，在联大新校舍即今天的云南师范大学东北角竖立了“国立西南联合大学纪念碑”，纪念碑背面为“国立西南联合大学抗战以来从军学生题名”，总计834人，后人亦称之为西南联大“八百壮士”。碑文上写道：

国立西南联合大学于战时任务完成学校结束之日，勒其从军学生之姓名于贞石，庶垂令闻，及于久远。其有遗阙，补于校志。

《野葫芦引》系列第三部《西征记》，写的就是联大学生从军的事迹与残酷的滇西之战。第一部中的英俊少年澹台玮，在这一部已经是英武青年，他参军成了一名翻译，为了架设通信线路，攀上电线杆，被敌人射中，最后在缺医少药的野战医院中去世。

澹台玮之死最令人伤感。很多读者读到他牺牲一幕，都掩卷长叹："我们的玮玮死了……"他是宗璞笔下最优秀的男子，中西合璧式教育下培养出的优秀青年。他家境优越，但为人善良谦逊，在生物学领域很受教授器重，前程大好，类似《无问西东》中的沈光耀。沈光耀是愤怒于日机的暴虐而毅然违背对母亲的承诺，加入空军；澹台玮参军，是梦想着能够打回北平老家，把那些逼着中国孩子鞠躬的"皇军"从家乡赶走，但是，他永远回不去了。

"没有足够的食粮／且拿我们的鲜血去／没有热情的安慰／且拿我们的热血去／热血／是我们唯一的剩余……"这是联大经济系学生缪弘的诗作《血的灌溉》，他在抗战即将胜利之际，用自己的鲜血灌溉了祖国的大地。1945年7月底，他作为伞兵部队的一员，参与了收复广西平南县境内丹竹机场的战役，8月2日伞兵部队占领军事要点，全面打败守敌。但在8月4日的一次战斗中，缪弘手持卡宾枪冲锋时，被敌人狙击手击中，不幸牺牲，年仅19岁。11天后，日本投降。

缪弘与哥哥缪中均是联大学生，同时从军抗日，被传为佳话。令人感慨的是，他们的父亲缪斌却是著名的汉奸，在抗战胜利后被枪决。兄弟二人当初报考西南联大时，在报名表上改掉了父亲的名字，才得以顺利录取。

一代人有一代人的际遇，西南联大的那一代中国读书人，赶上了一个最糟糕的年代，但正因为有些无法选择，在民族大义之前，更能做勇敢的选择。无问西东，只循内心。如同缪弘《血的灌溉》之结尾：

自由的大地是该用血来灌溉的 / 你 / 我 / 谁都不曾忘记

向那一代中国读书人致敬，如此真实，如此血性，如此元气淋漓。

中国人的骨气

翻看抗战史，总能看到汉奸的身影，嚣张而又卑怯，可谓“国难当头，汉奸如麻”。但是，他们只是历史的垃圾。屹立于历史中的，是孟子所言的大丈夫：“富贵不能淫，贫贱不能移，威武不能屈。”

什么叫“威武不能屈”？1943年，日寇带着汉奸，用刺刀和机枪在河北任丘、高阳两县（紧挨着今天的雄安新区）进行了一次“奴化试验”，试图制造更多的汉奸。

日寇忘记了：中国人是有骨气的。

一

在高阳，恒尾带领日伪军突然包围了李果庄，让群众跪在大街上，背“反共誓约”，背不过就用刺刀逼着扒房沿，谁掉下来就杀谁。李果庄群众齐亭章等四人从房沿上掉下来，恒尾狂叫：“大日本皇军到中国是来干什么的？就是来杀人的！”说完把洋刀往冷水桶里一泡，随手把四个人的头砍下来。他还把鼻子凑到带血的刀上闻一闻，凶相毕露。

（在东留果庄，日寇要活埋高大管）高林站出来拦挡，恒尾问："该埋不该埋？"高林愤怒地回答："中国人没有罪，不该埋！"恒尾指使伪军又把高林埋了。他狰狞地说："谁要抗日，不老老实实按六条做皇军的新国民，就杀谁！"

敌人在良村开"反共誓约"会，让群众背六条，孟进背过后，敌中队长小松狂叫："他是八路军的密探！"当场把孟进活埋了。恒尾说："你们村驻八路军，为什么不报告？"一连问了三声没人答言。恒尾暴怒要杀人，群众郭年站起来说："我们村没有驻八路军。"恒尾问："你敢保证？"郭年答："我敢保证！"恒尾扬刀就砍下了郭年的头，说："我叫你拿命来保！"随后，以到会人少和背不过六条为由，又砍了两个人，埋了三个人……

上述文字，出自《吕正操回忆录》。这是吕正操将军对日寇1943年8月下旬在华北地区推行"新国民运动"的回忆。他时任冀中军区司令员兼八路军第三纵队司令员，奋战在冀中抗日根据地。

日寇的"新国民运动"，以所谓"建设华北，完成大东亚战争，剿灭'共匪'，肃清思想，确保农业生产，改善生活，安定民生"为目标，由日本华北方面军司令部直接领导，抽调特务团三十分队的50名特务骨干分子，在华北方面军情报主任山崎和助平恒尾率领下，组成了"示范队"，强力推行"新国民运动"。运动计划从1943年8月开始，至1944年3月，用7个月时间，分为运动准备、强力推行、扩大战果、总结检查四个阶段。高阳、任丘两县被日寇当成"新国民运动"的示范区。

《吕正操回忆录》中所说的六条"反共誓约"，就是由日寇炮制的：

一、皇军及中国军警到达村落时，村民决不逃避；二、皇军和中国军警问话时决无虚伪之陈述；三、今后绝对拒绝八路军及其军政机关所要求的一切破坏行为；四、绝对迅速提供所得的确实情报；五、严守回心条例及布告等，决不违犯；六、以上各条如有违犯，任何处罚情愿甘受其苦。

日寇此举，意在通过残酷杀戮，逼迫中国人忠于“皇军”，变成甘当亡国奴的“新国民”。

吴庆彤，1943 年在冀中军区第九军分区司令部当译电员，住在高阳县的南马村，当时军分区司令部曾几次向晋察冀军区报告日寇推行“新国民运动”情况，由他翻译成密码电报发出去。他后来在一篇题为《太阳旗下的刽子手》的回忆文章中写道：

日寇要求每个人都要背熟这个“誓约”，发誓效忠“皇军”，甘当“反共”的“新国民”，并要求立即照办，检举共产党、八路军及抗日分子。凡是背不过的、不检举的和表示不满的，就不是“东亚解放的新国民”，就要立即处罚。

吴庆彤悲愤地回忆说：“‘新国民运动’的推行过程，就是日本侵略军对中国人民惨绝人寰大屠杀的过程。这伙毫无人性的野兽，用活埋、毒打、刺刀刺死、指挥刀砍死、洋狗咬死、不给吃饭、不给水喝等法西斯手段，残杀不屈服的任丘、高阳两县人民。”

二

“新国民运动”的始作俑者，是汪精卫。

1940年汪伪政权在南京成立后，汪精卫一直在揣摩日本主子的心思。自七七事变后，全面抗战已持续近4年，日寇曾叫嚣的“三个月灭亡中国”俨然已成梦呓，“速亡论”破产，日本人开始另有想法。今井武夫就表示：“为了解决中国事变，单纯凭借武力是难以达到目的了，因此考虑到绝不可缺少掌握中国民心和取得民众的协助。”

作为傀儡，汪精卫所做的一切，都是为了让主子满意。他认真琢磨“民心”二字，谋划如何让更多中国人像他一样当汉奸，为日本人服务。1941年底，太平洋战争爆发，日本人需要一个稳定的“大后方”源源不断为其提供战争资源，汪精卫心领神会，推出了亲日奴化的“新国民运动”，目的就是泯灭中华民族抗战意识和民族意识。

1941年12月27日，汪伪政府在南京召开了“大东亚解放大会”，宣布要全面开展“新国民运动”，为日本人摇旗呐喊并表忠心：通过开展“新国民运动”，予以日本“建设新东亚应有之协力”。汪精卫本人亲自拟定了《新国民运动纲要》，在1942年元旦正式公开发表，汪精卫声称：“现在四年有余的中日事变，已一转而为保卫东亚的大战争，在这新关头，没有新精神，怎样能担负这新责任，完成这新使命？”他意犹未尽，又写了一篇《新国民运动与精神总动员》：

全国同胞，对于这一次大东亚战争，要认定是东亚生死关头，也即是中国生死关头……现在的战争是总力战，所谓总力，一切心力物力都包括在内……在大东亚战争中，日本自己发出了无限的力量，同时也盼望中国发出力量。必须这样，能支持长期战争，才能在长期战争中确保胜利。日本是要中国协力的……

汉奸不可怕，就怕汉奸有文化。

那个曾经写下“引刀成一快，不负少年头”的英武少侠，此时傲骨傲气俱失，自己不仅甘心当奴仆，还试图制造一种理论，让所有中国人都当日本人的忠实奴仆！

时至今日，还有人试图为汪精卫“翻案”，甚至赞其有人格。一个替外虏敲骨吸髓的汉奸，一个帮助异族对中华民族不仅试图“亡国”而且谋划“灭种”的汉奸，又哪能配得上“人格”二字？

汪精卫炮制的“新国民运动”，遭到国民唾骂。当时在山东指挥作战的中共将领罗荣桓，曾经在山东滨海地区召开的一次干部大会上做报告，怒斥“新国民运动”。他说，这东西“比过去更毒辣”。罗荣桓一针见血指出，敌人实施“新国民运动”的六大纲要：第一，“忠国家”，要中国老百姓背叛自己的国家，出卖自己的儿孙，永做亡国奴才；第二，“爱东亚”，要中国老百姓奉日本强盗为独占的统治者；第三，“重道义”，要中国老百姓把日本强盗叫老子；第四，“尚勤俭”，要中国老百姓变成吃草的牛马，一切财物都奉送日本强盗；第五，“负责任”，要中国老百姓忠实于日本强盗；第六，“守纪律”，要中国老百姓不要反抗日本强盗，任其奸淫、抢掠。中国人民一切生命财产，都由日本强盗掌握，大家都俯首帖耳地充当奴才。

可耻的是，汪精卫不仅在自己所能控制的狭小区域内推广“新国民运动”，还跑到华北他一直试图染指的其他汉奸盘踞的势力范围鼓吹“新国民运动”，试图实现“华北的中央化”。当时华北的汉奸组织“新民会”，不睬汪精卫，在经过复杂的博弈后，加上日方的调和（日军华北方面最高司令长官冈村宁次高度认可“新国民运动”），南北汉奸合流，汪精卫被“拥戴”为“新民会”的“名誉会长”，北方“特派王揖唐、周作人为新国民运动促进委员会委员”，“新民会”还宣布：1943 年为“开展新国民运动年”。

汉奸粉墨登场，日寇如获至宝，以为“新国民运动”推广之处，尽是听从日本人意志、甘心为主子卖命的“顺民”。

但是，他们错了。

三

华北群众，尤其是被当作“新国民运动示范区”的高阳、任丘两县老百姓，以极其悲壮的方式，拒绝当“顺民”。

日寇和汉奸在乡村一路杀戮，一路推行“反共誓约”大会，遭到抵抗之后，便想了个毒招，诱逼 16 至 45 岁的男性青壮年到城里参加“反共誓约”大会，借口是“去去就回来，哪个村不去，就是八路村，房子要烧光，人要杀尽”。由于我抗日军政机关采取了一些应对措施，组织人员劝阻，广大群众才没有上当，但仍有 2.25 万人（其中任丘 1.5 万人，高阳 7500 人）被诱逼进城。一进城，便被扣押，苦难降临。

敌人把集会变成刑场，试图恐吓老百姓与八路军“切割”，当“顺民”。《太阳旗下的刽子手》一文中写道：

10月18日，任丘的“反共誓约”大会会场设在城东南角的广场上。会场四周架着机枪，里边挖了很多埋人坑。荷枪实弹的日伪军把会场围了个水泄不通。山崎说，我们这是“淘水捉鱼”。你们“老百姓是水，八路军是鱼”，来了就别想回去。并宣布了“三不准”“十枪毙”：（一）见了皇军不准逃跑。（二）皇军问话不准说不知道。（三）皇军要东西不准不给。交头接耳枪毙，说话枪毙，流动枪毙，解手枪毙，吃东西枪毙，吸烟枪毙，咳嗽枪毙，吐痰枪毙，抬头枪毙，逃跑枪毙。会场一片恐怖。

汉奸们耀武扬威，呐喊着叫大家背“反共誓约”六条。山崎拔出指挥刀，大声逼问：“谁是共产党、八路军？谁给八路军藏枪？谁和共产党八路军通气？”会场鸦雀无声。山崎暴跳如雷，令汉奸李弼臣、张介福拉人到台前逼问。第一个被拉上台的是任丘县麻家坞村村民王虎，他面对敌人愤怒地大声说：“六条不会，八路军我不知道！”敌人立即把他推到坑里活埋。埋后又刨出来再次逼问，王虎依然坚定回答：“不知道！”敌人把他打得皮开肉绽，不省人事。接着又拷打了几个人，敌人用尽种种残酷手段，没有得到一点信息。后来又把群众关押在圣人殿、城隍庙和汽车站三个大院里，一个村、一个村地拷打讯问。三天中，有150多人被毒刑拷打，近百人伤残。被关押的乡亲们，面对敌人的酷刑、屠杀，纷纷起来反抗。任丘县有130人从敌人的监视下向外冲，鬼子开枪射击，有30多人当场牺牲，近百人逃跑成功。在大家向外冲时，东关的陈卜高喊着“中国人誓死不当亡国奴！”扑上去夺了一鬼子手里的枪，被另外几个鬼子开枪打死……

日寇见武力无效，就残忍地断粮断水七天七夜。被关押的老百姓开始吃地上的野草、树叶、树皮、衣服里的棉絮，喝草帽接的雨水，甚至自己的黄尿……但仍然没人说出八路军的武器弹药、粮食、文件藏在什么地方。因为饥渴，被关押在两个县城的群众，死亡的人一天比一天多。日寇决定从两县挑出 3500 多名年轻人送进“感化院”，其他老弱病残陆续放了出来。

吴庆彤回忆说：

我亲眼看到我的房东刘维汉被诱逼进城参加“大会”，十几天后被敌人放回来，已被折磨得好像换了一个人，一位身体结实的壮年人，衰弱得走路都晃晃悠悠。他失声痛哭诉说在敌人那里受苦受难的情景，至今深深地刺痛着我的心，使我永生难忘。

一场“新国民运动”，让任丘、高阳两县平添多少新坟？

被胁迫去“感化院”的人，没有一个人被“感化”，后来在我军民的帮助下，全部逃了出来，大部分人参加了八路军。

四

复仇！复仇！

华北平原上，中国军民用复仇的火焰，坚决粉碎了敌人罪恶的“新国民运动”。在高阳，在任丘，武装抵抗无处不在。

《保定抗日战争实录》一书记录了日本“屠夫”小久保的覆灭。小久保在任丘县血债累累，他曾包围八方村召开“反共誓约”大会，令日伪军用刺刀逼着群众背“反共誓约”，不论背过背不过，小久保都亲自从人群中往外拉人，逼问村里有无八路军。接连问了15人，都回答：“不知道！”小久保一怒之下，把15个群众都活埋了。随后又拉出13个人，连问都没有问，就用洋刀和刺刀把他们全部杀害。1944年1月24日，中国农历除夕，小久保率40多名日军和部分伪军，抬着一挺重机枪去苟各庄检查“反共誓约”大会，遭到八路军一个连和任丘游击队的伏击，书上生动地记载了当时的战斗场景：

小久保指挥日军抢占坟地，以重机枪向我军射击。我军用机枪小炮朝坟地一阵猛打，突然间敌人的机枪不响了。战士们一跃而起要往上冲，被连长制止。这时有两个伪军爬过来说：“鬼子的机枪卡壳了。”战士郭风子说了句：“连长我去看看。”没等连长回话，就只身冲入敌群与敌人拼杀起来，并大声喊道：“鬼子的机枪都哑巴了！”司令员吹起了冲锋号，指战员们端着刺刀冲上去，与敌展开白刃战。经1小时激战，小久保和40多敌人被歼，40多名伪军全部缴械投降。缴长短枪100余支，九二式重枪机1挺，掷弹筒2具。

《太阳旗下的刽子手》也记载了一个细节：1943年12月5日，当日伪军从高阳县百尺村搞“突击示范”回城，经过西良淀时，被八路军伏击，日军一个加强小队被全歼，两个中队伪军缴械投降。

部队在打扫战场时，一位老大娘急忙拉着几个战士到她家去，打开大柜，从里面抓出一个鬼子来。原来这个鬼子被打得乱窜，逃到老大娘家，用手比划着想躲起来，大娘急中生智，把他锁进了大柜里。

八路军与地方武装的连续作战，消灭了高阳、任丘县日军“突击示范队”主力和大批伪军。日军的“突击示范队”到处挨打，不敢外出检查。山崎和恒尾狼狈逃回北平，“新国民运动”彻底破产。

再说说伪军的下场。中华人民共和国成立后任北京军区空军副司令员、当年奋战在冀中平原的刘光裕在《艰苦战斗的岁月》一文中回忆说，八路军在战斗中外翼驱散伪军，内线专门打击日军，几次战斗中，“让过伪军专打日本鬼子，以致两战中伤亡日军多，伪军少，甚至无伤亡，致使高阳日军不相信伪军，伪军不愿意随鬼子出动，使敌伪内部出现了矛盾，为我争取伪军创造了条件……有不少的伪军通过联络员捎口信，说我是中国人，决不真心给鬼子干”。

对于铁杆汉奸，是杀无赦。《艰苦战斗的岁月》中写道，一个叫“小白子”的汉奸作恶多端，群众恨之入骨，八路军设下埋伏将其打死在村边后，群众甚至烧香磕头庆贺。还有一个铁杆汉奸周万银，经常在酒醉之后说：“我是死人还是活人？”他似乎感到自己的末日会随时到来。

今天读华北敌后抗战历史，尤其是堪称悲壮史诗的冀中平原抗战，我一直在思考一个问题：杀戮，能够让中国人屈服吗?

日伪对冀中平原共产党武装恨之入骨，从1942年残酷的“五一”大扫荡，到1943年试图暴力奴化的“新国民运动”，日伪在冀中平原上演了人类历史上罕见的兽行。“五一”大扫荡，冀中根据地军民被杀害万余人，婴儿被一劈两半，孕妇肚子被剖开，出家的尼姑被奸污……河北省社会科学院做过统计，日寇侵华战争期间，在我国华北地区制造惨案1540起，屠杀和平居民25万余人。其手段之残忍、野蛮，在世界战争史上也是绝无仅有的。吴庆彤在《太阳旗下的刽子手》中写道：

> 我知道在晋察冀边区范围内，日军制造的屠杀我同胞千人以上的惨案就有：河北省正定城郊惨案、藁城梅花镇惨案、丰润县潘家峪惨案、滦南县潘家戴庄惨案、平山县黄金寨惨案，山西省天镇惨案、应县下社惨案、阳高县城惨案、灵丘县城惨案、崞县县城惨案等。日军在我国其他地区制造的惨案更是不计其数。

杀戮能够摧毁中国人的抗战意志吗？答案是否定的。侵略者的暴行，反而让中国人意识到：抗日，是中国的生死之战。

1943 年 10 月 18 日，任丘县城“反共誓约”大会上，一个叫李小牛的村民，被敌人用刺刀从前胸穿透后背，仍然挺立，呼喊：“乡亲们，这就是当亡国奴的下场！谁能出去，要报仇，打日本！”

五

历史悠悠，英雄英名，永垂不朽，而像汪精卫这样的汉奸早已被挫骨扬灰。

时间的评判，最为真实。中国人敬重有骨气的中国人。闻一多先生曾在民族危难时刻，挥笔写就《中国人的骨气》，他大声疾呼：“身为中国人，就要像个中国人！”

不能忘记1944年的8月8日

8月8日，对中国人来说，是一个具有特殊含义的数字。2008年，北京奥运会在这一天盛大开幕，那是属于中国的伟大时刻。但还有一个8月8日，需要中国人以另外一种情绪去追忆。

1944年8月8日，极为惨烈的衡阳保卫战结束。

一

“8月8日上午11时许，敌人全线停止进攻，并微向后撤。霎时间，枪炮之声全无，先后成了两个世界。衡阳内外，寂静得如一座死城……”亲历了衡阳保卫战的葛先才将军如是回忆。葛先才时任国民革命军第十军预十师师长，到枪炮声停下来的这一刻，第十军已坚守衡阳城47天了，这是中国抗战期间历时最长的城市争夺战。

衡阳保卫战的另一个非凡之处，在于它是日本战史中记载的唯一一次日军伤亡超过中国军队的战例。美国国会图书馆资料记载：

衡阳保卫战，10万以上的日军包围了1.7万名中国军人。当中国军队在衡阳击败日本的第二波进攻并击毙2.5万日军之后，日本首相东条英机倒台。经47天血战之后，衡阳于8月8日陷落。日军死伤超过7万人，其中4.8万人被击毙；中国死伤1.5万人，其中7400人捐躯……

跟抗日“神剧”不一样，抗战期间，中国士兵杀死一个日本兵，付出的代价很大。日军战斗力强悍，尤其在全面抗战初期，日军装备完整，训练精良，常常能以1个大队（营）扛住中国军队1个师（3团）或1个旅（2团），日军第一军在山西甚至有过战中国军队3个军的记录。据国民政府军令部1944年统计，第一战区敌我兵力之比是14∶100；第二战区是13∶100；第三战区是20∶100，“平均起来，中国军队要六七个人才能抵抗一个敌人”。历史学者王奇生认为：抗战期间，正面战场敌我伤亡比例在1∶4到1∶2之间，“这个比例应该算保守”。

一直习惯美化自己的日本战史，也承认此役“牺牲之大，令人惊骇”，在日本防卫厅战史研究室出版的《湖南会战》一书中，对衡阳战役己方死伤狼藉有详尽的记录：

7月1日，晴。5时50分，日本军发出支援冲锋射击的信号弹，3个大队的步兵轻重机枪都参加了压制射击，枪声极为猛烈，大大激发了冲锋的情绪。第4中队冲入敌阵的悬崖下，遭到集中投来的手榴弹攻击。爆炸停止，白烟扩散，第4中队全体伏卧不动，想是全部战死了……下午14时，日本军步兵炮一起开火，第2中队逼近敌阵，黑川队长手提战刀冲在前面，突然2颗手榴弹爆炸，中队长壮烈战死。眼看就要成功，却被一两名重庆军手榴弹兵阻挡住了。直接协助的炮兵大队已经消耗了计划2倍以上的炮弹，已经所剩无几了……

盛夏的烈日渐渐西去，张家山消失在黑夜里，有热气的微风使人感到可怕。日本军第1大队开始夜袭，不久无线电发生故障，没有了消息。23时传来激烈的交火声和手榴弹的爆炸声，黑濑联队长命令第2大队上去支援。夜已深沉，更觉不安，不久第2大队联系。晨1时，第1、2大队夺取山顶。重庆军冲出来反扑，在夜间挤在又深又窄的交通壕里的日本军第1大队大队长和官兵几乎全部战死，第2大队大队长也负伤了。重庆军以手榴弹袭击使日本军不得不放弃了山顶。在这次战斗中，大须贺大尉、山下芳信少尉、鹫野升少尉等战死，足立大尉、石松三男少尉、高山成雄少尉等负伤。

8月4日。第十一军命令对衡阳第3次总攻击……8时开始冲锋，一线步兵机枪，迫击炮一起狂热射击，冲锋的声势高涨起来。联队长命令拼出死命，坚决冲锋。左大队冲入敌阵，重庆军从两侧面高地猛烈开火侧击，在正面重庆军士兵从被摧毁的房屋背后跳出来投掷手榴弹。最终左大队全部战死了，攻击最终受挫。22时，日本军开始用大型发烟筒发烟，5分钟后开始炮击……但进攻没有成功。同日日本军步兵第120联队，让官兵奉拜军旗，要官兵们与军旗共存亡，做最后的冲锋。但是各个中队连日作战，最多只有40到50名，还有的中队只有20到30名。右侧也一样，大队进攻正面，冲锋人数只有不足一个中队，白刃战只有一个小队。

二

守卫衡阳的第十军，编制名义上是3个师9个团，如果满编应该为3.3万人，但该军刚参加完常德会战，损失惨重，日军扑至衡阳时，尚未完成人员补充，所以实际只有1.7万人。47天中，第十军未得到一兵一卒的增援和粮弹补充，日军第一次总攻后，第十军炮兵的炮弹已基本耗尽。战至后期，伤亡惨重，子弹也基本耗尽。相比之下，日军兵力与火力占绝对优势，且能源源不断补充兵员与弹药，甚至久攻不下时，还无耻地使用了毒气。但是，衡阳守军依然杀伤了远超自军总兵力的敌人，在抗战期间，确实是一个奇迹，要知道，自七七事变以来，正面战场多次会战，均是我众敌寡，结果却是我军很快溃败，丢城弃地，且伤亡远超日军。

不得不说，时任第十军军长的方先觉，确实是一个防守大师。至今，在西点军校教材中，还有他的贡献——“方先觉壕”。日本人则称为“方先觉绝壁壕”，当年他们曾哀叹：“我军既无法靠近，更无法攀登，此种伟大之工事，实为重庆军多年以来与我军作战智慧之结晶！”

当年衡阳城东边与北边为湘江和草河，形成天然屏障，“方先觉壕”保护了衡阳城南与城西，这两处为水田、沼泽和丘陵地带。所谓“方先觉壕”，是将凡属正面对敌的高地，都削成不能攀登的90度断壁绝崖，绝壁上方设手榴弹投掷壕，两侧高地之间马鞍部前面，构成密集交叉火力网，火网之前布置坚固复杂的障碍物和连环的地雷区。绝壁完工后，挖出来的泥土会填至外壕，形成一个壕底，使本来就陡峭的壕体更加难以攀登，壕底还会放置倒刺。绝壁前是一片片平坦的水田，事先放满了水。可以想象日本人的绝望了吧，先被守军炮击，活着越过火炮防线的敌人，在水田里根本无法快速行动，成为重机枪的靶子，千辛万苦，突破地雷、铁丝网到达绝壁下，只能先跳入外壕，下面是扎脚的铁钉，上面是雨点般的手榴弹……

在日本人眼中，“方先觉壕”是一个中国古代城防技术和现代火器有机结合的防御性工事，看似不高，却又上不去，只能一茬茬倒下。史料中多次记载：壕沟内填满了日军尸体，最后连插脚的空地都没有。

值得重点一提的是，让日军最为胆战心惊的，是守军的手榴弹。他们回忆说：中国兵是把手榴弹当刺刀来用。

《湖南会战》一书记载了日军 7 月 2 日的一次进攻：

10 时 40 分，第 3 大队开始进攻，其中第 12 中队攀上山崖冲入敌阵。日本军刚刚松了一口气，一直隐藏在山顶的重庆军却从两侧猛投手榴弹。重庆军手榴弹兵顽强地坚持在被日本军炮火严重摧毁的阵地里进行抵抗，后面的重庆军扛着成箱的手榴弹也陆续上山增援。虽说是敌人，也是佩服的。

在绝壁前吃尽苦头的日军，后来只能采取这样的战法：先用密集炮火对中国守军阵地狂轰滥炸，然后扛着云梯发动进攻。虽然炮弹将山顶的泥土几乎犁过一遍，但掩藏在工事中的中国士兵，正一边拍着身上的泥土，一边拧开一颗颗手榴弹的后盖。史料记载，一位叫劳耀民的中国营长，在一次战斗中，一人就把 8 箱手榴弹投得只剩 5 枚了。给日军造成最大伤亡的，就是从绝壁上砸下去的手榴弹，为了让爆炸威力增大，守军还把三个手榴弹捆成一捆往下砸。日军后来都有了心理阴影，天上飞过去一只麻雀，都会使进攻的日军趴倒一大片。

多年研究衡阳保卫战的学者萧培，曾写过这么一个细节：方先觉备战时，军需仓库管理人员借故刁难，其实就是索贿。方先觉一怒之下，告到军委会，管仓库的小吏这才怕了，除了其他军需，还主动向第十军调拨了 2.8 万枚手榴弹。这批手榴弹，接下来发挥了巨大作用。

三

衡阳保卫战，是不折不扣的修罗战场。

从 6 月 23 日到 8 月 8 日，这 47 天基本上是一年最热的日子，衡阳的夏天更以高温溽热著称，在一个密集的区域内，真是尸山血海，完全能够想到彼时战场之残酷惨烈。中日双方对此战均有详细记载。日本《湖南会战》中称之为“苦难的衡阳战役”，书中写道：“炎热无风的战场，骄阳蒸腾，简直是个地狱。”“一到夜间就臭味难闻，有些地方一踩上去就扑哧扑哧地响，甚至还有蛆爬出来。”在中国官兵的回忆中，烈日之下，战场上尸臭冲天，到处是腐烂的尸体、沾满脓血的绷带和纱布，城内瘟疫流行，因患病而奄奄一息者比比皆是。最可怜的是伤兵，因为没有药品，伤员在烈日下的废墟中辗转悲号，绿色的苍蝇漫天飞舞，白色的蛆虫布满伤口，有因极度绝望而投湘江者……

但更多的中国士兵，始终在坚守，在绝望中坚守。令人感慨的是，从6月23日拂晓日军进攻开始，到衡阳沦陷之前，没有一个士兵逃跑、投降。衡阳外围的阵地是在6月27日失守的，阵地上的中国守军，连同伙夫在内，全部战死。孤城之内，尽是决死之心。日军要想攻占一块阵地，很难很难，除非这块阵地的守卫者，全部阵亡。葛先才在回忆录中提到一位叫张德山的连长，率兵据守停兵山，在日军炮火最猛烈的时候，他给葛先才打电话："师长，我以后可能见不到你了。"葛先才说："张德山，你要听我的话，如果日军攻击太猛烈的话，你可以放弃据点，撤回主阵地，我让你们团的团长用火力掩护你撤退。"但是，张德山始终没有撤退，他在电话里说："我母早逝，老父有二胞弟赡养，我应去阴曹地府侍奉母亲……"

在日军一次又一次疯狂地进攻后，阵地上只剩下张德山和三个士兵，这四位中国军人最后在与日军肉搏中壮烈牺牲。

衡阳保卫战打响之时，正值全面抗战进入第七个年头。这一年，在太平洋节节失利的日军，为打通大陆交通线，向中国派遣军下达了代号为"一号作战"的命令。这一战役在中国被称为豫湘桂大会战。这是全面抗战以来国民党正面战场的第二次大溃退，中国损重兵，失要地，尤其在河南的豫中会战，37天失38城。敌人三次兵临城下均无法撼动的长沙城，这次也沦陷了。当日寇若滔天浊浪一路汹涌向南，自以为无可阻挡时，却被衡阳城硬生生截流了。

起初，日军以为，兵力远不如长沙守军的衡阳，三天就能拿下。谁想到，这一仗，打了47天。衡阳守军，一半湖南人，一半浙江人，都是英勇的中国人。也许是七年来，一个民族的窝囊、憋闷、悲愤、仇恨……此刻，在衡阳集中爆发了，没人害怕强敌，没人考虑活命，没人想到逃避，没人心存侥幸，更没人充当汉奸。既然这是必死之地，那就死得轰轰烈烈。

不再软弱可欺，不再是一盘散沙，不再苟且偷生。衡阳保卫战能够创造奇迹，既在于战术之设计，更在于民族精神之昂扬！

在尸横遍野的修罗战场，在烈日之下，在炮火之中，那些顽强的中国士兵，究竟是一种什么心态？前人的回忆录中，有很多细节，值得琢磨。比如，久围之下，官兵们的伙食成了大问题。于是一个士兵突发奇想，派人趁夜游过百米宽的草河，再偷越敌军防线，到敌阵地后方约 15 公里的山中集镇，买菜回来，改善生活。大家讨论这个话题时，很热烈，因为“既有吃，又好玩，又刺激”。大家推选三人，报到连长那里。连长居然说：“只要你们敢去，我就敢批。”于是这三名士兵带足菜金，每人携手榴弹，找汽车内胎偷渡过河，又溜过敌军防线，真的到达了 15 公里外的集镇。可见当时气氛之热烈。老百姓自然不收钱，还请他们吃饱肚子，帮忙寄家信。三勇士满载而归，全连人都打了牙祭。这绝对是一次买菜传奇之旅。后人每每读至此处，都特别感叹：这三人身携巨款，已成功脱离危城，如果要走，实在是太容易了，但他们没有走，还是返回了这必死之地。

他们不畏惧死，他们只是在尽情享受生命最后时光的精彩。

四

衡阳保卫战，被誉为东方的斯大林格勒保卫战。但是，衡阳保卫战，注定不是斯大林格勒保卫战。

8 月 8 日凌晨，日军已突入衡阳城内，最后关头，方先觉命令守军放下武器，与日军接洽。后来，方先觉与第十军袍泽一再强调只是“双方停战协议”，而日本人则称之为“接受投降”。有人称，47 天的衡阳保卫战，“结果以可耻的投降而告终”。近年来，为方先觉正名的文章很多，认为衡阳最后的陷落非战之罪。

历史有许多关键时段的空白，现在已经很难还原方先觉和他的九死一生的部下最后时刻的所思所想。确实，第十军将士已经尽力了，早已完成固守衡阳两个星期的任务，让敌人付出惨重的代价，完全打破了日军的战略部署。而且，他们一直是孤军苦战，承诺中的援军始终未到。到了 8 月 8 日，他们确实也没有多少战斗力了，幸存者 13000 余人，伤兵就占了 1 万人。如果不放下武器，这些伤兵可能迎来日军疯狂的屠杀……

是的，虽然这些中国军人最后放下了武器，但他们赢得了对手的尊重。从军长方先觉到每个士兵，他们都是抗战时期中国军人的骄傲。

然而，终有遗憾。

斯大林格勒保卫战，历时半年。德军突入了城区，占领了市中心，继而占领了整座城市的 80% 地区。苏联红军一度岌岌可危，在残酷的巷战中，刚刚赶赴城中的红军战士的平均存活时间不超过 24 个小时，军官也只有约三天的平均存活时间。电影《兵临城下》展示的就是斯大林格勒保卫战的惨烈。苏联红军坚持到了最后，硬撑着没有崩溃。最后崩溃的是德军，严寒降临，他们被增援的苏联红军“包了饺子”。最终，此役成为第二次世界大战东部战线的转折点。

军人并不信奉“不以胜败论英雄”，毕竟，军人生来为战胜。今天，有许多人在研究衡阳保卫战时，不胜唏嘘：要是中国援军早到一天就好了，要是中国守军再坚持一天就好了。是的，如果真的如中方战略设计那般，衡阳守军牵引住敌人，然后中国援军四面杀来，里应外合，围而歼之，多么理想！日本人事后也在后怕：如果衡阳守军再坚持下去，“只晚了一天，敌机械化兵团就出现了，我方部队面对前来解围的敌军，多少有些动摇”。然而，历史不容假设，衡阳守军是英勇的，但决定他们命运与这场战役胜负的，远不只是他们的英勇。

在一次艰苦卓绝的战役中，对阵双方谁胜谁负，取决于意志的较量，也取决于综合实力的较量。这就是在抗战期间，中国军队找不到太多场酣畅淋漓的胜利之原因。

47 天血战中，衡阳守军始终没有盼来援军，事实上几路援军几度接近衡阳，但就是无法突破日军防线。这是当时中国军队不能协同、缺乏机动性以及装备低劣之缘故。如果放在当时国际大背景下来看衡阳保卫战，更能看出中国当时之无奈。彼时中国最精锐的部队是远征军，但远征军被美国派来的史迪威反复敦促甚至以停发援华物资为威胁，拉去缅甸作战。这也是史迪威与蒋介石矛盾最尖锐的地方，史迪威一直窥视着中国军队的最高指挥权，但蒋介石又怎肯拱手相让？衡阳告急时，蒋介石又何尝不想抽调远征军回国增援，如果远征军真的回国增援了，衡阳保卫战将是另一个结果。但史迪威可能放手吗？历史不容假设，如同“弱国无外交”一样，是真理。

大历史的吊诡，最终要方先觉来负担。8 月 8 日清晨，他拔枪自杀，未遂。随国民党败退台湾后，他常被人指责有投降污点而屡被攻击，躲无可躲，辩无可辩，仕途再无上升机会。他常说，自己最大的遗憾，就是当年没有死在衡阳。

其实，方先觉不必遗憾，真正遗憾的是那个时代的中国，虽竭尽全力，但仍身不由己。

五

葛先才在回忆录中写道：

我走向阵地，想去安慰已停止战斗的官兵，老远就看见他们满面泪痕，有的抱枪坐泣；有的泪水盈眶，正在埋葬战死的同伴；有的在为负伤者裹伤；有的将枪用力向山石上摔去，口中骂着："他妈的你拿去。"

还有人自言自语："老子的枪不缴给敌人，将它埋入地下。如有机会，老子挖出来再与他拼个死活。"

历史与人性一般，都是如此复杂。

不过衡阳保卫战的结局，终是有几分温暖。当时日军已是强弩之末，看守不严，第十军幸存将士，不少陆续逃出生天。当时衡阳县县长的母亲，听说第十军将士被俘后，就开始吃斋，并训令其子：务必要拯救诸位将士脱险。城外民众，水陆两路，做好了各种接应的准备。

1946 年 2 月，葛先才奉命到衡阳搜寻阵亡将士遗骸，以集体营葬。忠骸最终堆成丈余高的山丘，再逐一移入墓穴安葬。葛先才肃立鞠躬，心中默念："弟兄们，安息吧！你们没有白死，日本已经投降，国家已经因你们之死而得救，你们是求仁得仁了。"默念间，悲从心来，泪如雨下，他在回忆录中如此描述此刻心情："若非我身历其境，又怎能体会到这'求仁得仁'的背后，竟隐藏了这么深重的悲怆！"

历史难求完美，但历史终会铭记为国捐躯的勇士。

解放军历史上，哪止一座狼牙山?

每年的八月一日，是中国人民解放军的建军纪念日。这支军队经历了无数战士的牺牲，才一步一步走到今天。

“狼牙山五壮士”是解放军军史上最悲壮的记录之一。陷入绝境，强敌迫近，战士们誓死不降，纵身跳下悬崖，用生命在天地间写就中华民族不可征服的英雄气概。

但是回溯军史，又哪止一座狼牙山？这是惨痛得让后人不忍翻开的史册，后人也因此顿悟：血与火铸就的辉煌胜利之下，是悲壮的底色。

一

“狼牙山五壮士”的故事家喻户晓。1941 年 9 月底，河北保定易县狼牙山，八路军战士马宝玉、葛振林、宋学义、胡德林、胡福才为掩护主力部队和群众安全转移，将敌人引上绝路，胜利完成阻击掩护任务。在打光子弹后，敌人叫嚣着要“抓活的”之际，五名英雄毁掉枪支，纵身跳下数十丈深的悬崖。

马宝玉、胡德林、胡福才壮烈殉国；葛振林、宋学义被山腰的树枝挂住，幸免于难。1941 年 11 月 5 日，《晋察冀日报》刊登了《棋盘坨上的五个“神兵”》的报道。此报道多年后被修改编入小学课本，定名《狼牙山五壮士》。时任晋察冀军区司令员聂荣臻评价说：“他们身上体现了中国共产党领导的人民军队的优秀品质，体现了中华民族的英雄气概。”

“狼牙山五壮士”跳崖之处，是华北的险要山地，群峰突兀连绵，壁若刀劈斧凿。“狼牙山五壮士”跳崖的时间，1941 年，也正是日伪残酷“扫荡”、华北敌后抗日根据地最艰难的时期。就在距离狼牙山并不远的同样的险要山地间，在 1941 年前后几年，同时上演了与“狼牙山五壮士”一样的悲壮往事：

1940 年夏，天津市蓟县盘山根据地险峻峭拔的莲花峰上，7 位八路军战士陷入重围后，纵身跳下悬崖，仅马占东一人幸存。

1941 年 11 月，在日军袭击山西省黎城县八路军黄崖洞兵工厂的战斗中，战士温德胜、边清漳等 3 人为赢得时间，把日军引向制高点的反方向，自己也陷入绝壁。打完最后一颗子弹后，为不被日军俘获，3 人纵身跳下百丈悬崖，壮烈殉国。

1942 年，在恒山余脉、河北蔚县东南尖埚村，两名战士被“扫荡”的日伪军包围，跳下崖头牺牲，没有留下姓名。

1942 年 5 月，日军对太行根据地发动了残酷的“大扫荡”，位于山西辽县（今左权县）的八路军总部被包围，损失惨重，大量突围不成功的官兵和文职人员，选择跳下悬崖。这一年 6 月 2 日，在太行山巅的庄子岭（今河北涉县和山西左权交界一带），新华社华北总分社、《新华日报》（华北版）经理部秘书主任黄君珏隐藏的石洞被日寇发现，敌人在洞口点燃柴草。为不当俘虏，黄君珏冲出山洞，举起手枪击倒两个鬼子后，砸断手枪，跳下悬崖牺牲。这一天，正是她 30 岁生日。

1942 年 12 月，河北省涞水县曹坝岗村鸡蛋坨，5 名八路军战士掩护主力部队撤退。且战且退，被包围至一绝地，弹药打光后，5 人决定跳崖，副排长李连山未及跳下即中弹牺牲，其他 4 名战士王文兴、刘荣奎、宋聚奎、邢贵满跳下悬崖后，全部壮烈牺牲。晋察冀军区 1943 年 1 月 5 日通令表彰：该副排长李连山及战士 4 人宁死不当俘虏，英勇顽强，精神可佩，特通令嘉奖，望深入传达。

1943 年春，日寇加紧对平西抗日根据地的扫荡，在北京市房山区十渡镇老帽山，八路军一个排奉命阻击敌人，最后只剩下 6 名战士，被敌人一路疯狂追至悬崖边上。战士们抱枪纵身跳下悬崖，其中一名战士跳崖后挂在半山腰，他又挣扎着第二次跳了下去……至今没有人知道他们的姓名。

1944 年 3 月，内蒙古宁城县山头乡李营子前山，在敌人三面围攻下，50 余位八路军战士突围时全体跳下悬崖，9 人牺牲，只有 3 人留下姓名。

…………

他们曾经这样战斗，他们曾经这样牺牲。

二

今天，面对抗战时期众多跳崖牺牲的烈士，有人致敬，也有人说：为什么“宁死不当俘虏”？这多么迂腐，多么违背人性！

这种论调是完全不清楚当年日军对战俘的残暴。

在已公布的日本战犯的自述中，有太多太多虐杀战俘的恐怖事例：活体解剖，用活人练刺杀，取八路军战俘脑子下酒……战犯吉屋勇回忆过 1942 年 2 月，他驻山西省浑源县的乱岭关时，用军犬活活咬死两名八路军战俘：

两个二十四五岁的八路军战士紧紧靠在一起。军犬看见了来人，顿时“汪！汪！”狂吠。我下令将一名拉到当中，然后，我向气势汹汹摆着猛扑姿势的军犬下达命令“把这个八路军咬死！”军犬班的士兵取下了犬颈上的套环。“袭击！袭击！”吉田兵长一声令下，4 只军犬背毛倒竖，猛扑过去。两头咬住八路俘虏棉衣，撕成了碎片。另外两只像恶狼似地咬住肩头和臀部，一口又一口，顿时皮开肉绽，流出的鲜血染红了大地。一只军犬又猛然跃起，扑向俘虏的喉咙，发出了一阵阵阴森可怕的撕肉声。被鲜血染红的凶犬，喘息着不断用舌舔着嘴巴上的鲜血，等候着下一次攻击。几分钟后，另一名被俘战士也死于犬牙之下。

美国著名历史学家西奥多·库克夫妇通过实地走访数百位日本的战争亲历者而完成的著作《日本人口述“二战”史：一部日本平民亲历者的战争反思录》，令人读起来毛骨悚然。比如，战犯鹈野晋太郎回忆自己在太原监狱虐杀战俘的细节：

一把好刀无须费力，只要轻轻一动就能砍下一颗头。但即便如此，有时我还会搞砸。通常俘虏们的身体已经因拷问而变得异常虚弱。他们的意识半是清醒的，身体也会不自主地摇晃，并且下意识地移动。因此有时我会砍中他们的肩膀。还有一次，有个人的肺脏就像气球一样弹出来掉到地面上，这画面令我无比震惊。不过接下来我就会立刻全力向他的脖子砍去。因为动脉被切断，血立刻就喷溅出来，身体马上就会倒下，不过毕竟人的脖子不是水龙头，血很快就停止喷射。每次看到这种场面，我都会体验到一种狂喜……

1942 年 6 月 2 日，当黄君珏冲出藏身的山洞跳崖牺牲后，她的两名战友——23 岁的医生韩瑞和 16 岁的译电员王健被敌人熏得晕倒在山洞内，后被俘，遭到敌人残忍杀害。日寇之残忍，生活在和平年代的人们，是难以想象的。1940 年 4 月 26 日，日寇集结重兵对晋绥边区进行“扫荡”，印尼归国华侨、著名的八路军骑兵女军官李林为了掩护机关和群众突围，不顾怀有 3 个月的身孕，率骑兵连勇猛冲杀，将日伪军引开，自己却被围困于山西朔州的荫凉山顶，身受重伤后，她用最后一发子弹射进自己喉部，牺牲时年仅 25 岁。日寇退后，老百姓将李林的遗体抬下山，发现烈士的腹部被敌人用刺刀划开，里面三个月大的胎儿血淋淋地躺在母亲腹中……

日本史料记载了被俘中国女战士成本华的事迹，她面对日寇镜头时，双手交叉抱胸，轻蔑微笑。这张照片刊登于 1938 年日本朝日新闻出版社发行的画报中，震惊了后人，中国网民后来称她为“最美的抗日女兵”。这位女战士被俘后的命运非常悲惨。侵华日军山下弘一回忆道：“我所在的日军中队进入安徽和县，遭到中国人的武装抵抗。后来我们又抓住一些抵抗的中国人，其中有一名是个很漂亮的中国女人。我们很快搞清楚，这个漂亮的中国妇女是和县本地人，叫成本华，年龄 24 岁，她负责指挥这次抵抗。日军叫她投降，她却轻蔑地看着我们，一言不发。当时，一名日本随军记者拍下了一张照片。随后，日军就将成本华等人关押起来，我和一个名叫小林勇的日本兵等人忍不住轮奸了成本华。”日军撤退前，又再次轮奸了成本华，然后疯狂地用刺刀将她捅死。

四川建川博物馆有一座“不屈战俘馆”，粗粝苍凉。馆长樊建川说，他用自己搜集的战俘资料完成了《抗俘》一书，写作时，多次头埋在桌子上写不下去。

读了这些史料，又怎么会不明白，当年那些被逼上绝境的八路军战士宁可跳崖而死，也不愿意落入比野兽更残暴的日寇手中。

三

当然，如果八路军战士被俘后投降日军，讲出党和军队的秘密，甚至充当伪军，那么，他们是可以活命的。

生命只有一次，没有人不珍惜生命，但是在屈辱地活与壮烈地死这道选择题前，共产党员和共产党领导的战士，毅然做出了自己的抉择。

1942 年 12 月，在河北省涞水县曹坝岗村鸡蛋坨跳崖牺牲的 5 名八路军战士中，18 岁的王文兴令后人心灵受到强烈撞击。他在跳崖之前，有些“恐高”，战友在他眼睛上蒙上一块白毛巾，他毅然跳了下去。藏在对面山洞中的人们目睹了这悲壮的一幕。翌日军民在悬崖底找到他的遗体时，白毛巾仍然蒙在他的眼睛上……

18 岁，在今天正好是读高中的年纪。但是在当年，18 岁的孩子，却要做出生与死的选择，王文兴有自己的恐惧，要用白毛巾蒙住眼睛来克服对悬崖的恐惧。但即使用白毛巾蒙住眼睛迎接死亡，他也不愿意在日本人的枪口下低下头颅。遗憾的是，这个 18 岁的战士，连一张照片都没有留下来，史料中只记载了，他是北京市门头沟区斋堂镇灵水村人，1924 年出生，1939 年加入中国共产党，1940 年参加地方游击队，1942 年所在部队编入晋察冀军区七团……

历史的细节，令人动容。

黄君珏，祖籍湖南湘潭，出生于一个旧官僚家庭，却成长为信仰坚定的共产党员。她砸掉手枪跳下悬崖时，她的丈夫也是她的战友，新华社华北总分社、《新华日报》（华北版）电务科长王默磬正身负重伤，就倒在妻子舍身跳崖地不足 50 米处，目击了她壮烈牺牲的全过程，肝肠寸断，却动弹不得。

后来，九死一生的王默磬在给黄君珏父亲的信中写道：

夜九时，敌暂退，婿勉力裹伤蛇行，潜入敌围，爬行至该山，时皓月正明，寻到遗体，无血无伤，服装整齐，眉头微锁，侧卧若熟睡，然已胸口不温矣。其时婿不知悲伤，不感创痛，趺坐呆凝，与君珏双手相握，不知所往，但觉君珏亦正握我手，渐握渐紧，至不可脱！迨山后枪声再起，始被惊觉，时正午夜，负遗体至适当地点，以手掘土，暂行掩埋。……吾岳有不朽之女儿，婿获贞烈之妻，概属民族之无上光荣！

作家云杉以1942年八路军总部十字岭突围战斗为背景的小说，题为《追我魂魄》，艺术重现了当年黄君珏和她的战友们悲壮牺牲的一幕：

满山遍野都是日本人的嗥叫声，他们甚至摘下了钢盔，露出了丑陋的青色的光头，他们只用刺刀，像冲入羊圈的恶狼……

培蕊拼命向前跑去，她在一条涧流前站住了，溪水从上游汹涌流下，已经被鲜血染成了红色。

人们向峭壁走去，那儿站着一个年轻人，他拉着一匹正在惊跳的骡子，他的大而黑的眸子在落日里闪闪发亮。

“有枪的留下，没枪的跳崖！”

他的喊声变成无数人的吼声，如浪潮般地卷过。

培蕊系紧了她的红色小鼓，走上了峭壁。

日本人停止了嗥叫，像一群突然静默的野兽，嗜血的眼睛里流露出恐惧。

战场在一刹那变得寂静。山风在落日下的悬崖间呼啸，在幽深的谷底盘旋。

那些被围追的人，从悬崖纵身扑向大地。深谷接连不断地回响着物体坠落和撞击的声响。他们有儒雅的学者也有稚嫩的少女，他们是身怀六甲的母亲也是敦厚平实的工人，他们选择尊严的时候也选择了死亡，而且选择得从容不迫。

四

在距今200多万年前的第四纪，今天的华北大地上隆起了太行山与燕山山系，峰峦叠嶂，形势险峻。20世纪30年代末开始，这里成为中国军民不屈抵抗日寇的重要根据地。巍巍大山，庇佑着她的优秀儿女，为他们提供藏身之地，为他们提供歼敌阵地，有时，又用宽广的胸怀，含泪让宁死不屈的烈士得以安息。

日寇的残暴并未让中国军民屈服，宁死不屈跳崖牺牲的勇士，反而愈发激起了反抗的怒火。就在八路军总部遭受重创的同时，八路军第三八五旅利用地形的优势，上演了精彩的苏亭伏击战。1942年5月30日，在今天的左权县粟城乡苏亭村西，八路军在半小时内，杀伤日伪军140余人，除了枪弹，从山上推下的滚石也让日军伤亡惨重。遗憾的是，八路军的子弹很快打完了，只能撤退。此役八路军只牺牲了一名战士。事后，一二九师司令部发出命令，赞扬苏亭伏击战是“以绝少的牺牲换取大的胜利的模范战斗”。这名战士是怎么牺牲的？他利用撤退之机，想去战场上捡几把枪，结果被冷枪击中。这太令人唏嘘不已了。

从史料能够看出，当年，八路军的武器太差，弹药不济，虽然熟悉地形、有群众支持，但是打伏击战时，因为火力太弱，往往难以全歼敌人，而敌人通过猛烈的火力，有时还能够扭转局势。如果敌人蓄谋重兵合围，八路军往往陷入困境，常常需要勇士调虎离山，掩护转移，这也是掩护者弹尽粮绝后无法突围又不愿被俘，不得不跳下悬崖的重要原因。

在如此艰苦的条件下作战，更显当年八路军敌后抗战的传奇。

电视剧《亮剑》中，有一支凶悍的日本特种部队，妄图奇兵突袭，端掉八路军总部。这是真实的历史。当时华北敌酋冈村宁次制订了从围剿到暗杀的周密计划，组建了“杀人挺进队”。日本人写的《华北治安史》中提到，第36师团的两个步兵联队分别编成“特别挺进杀人队”（步兵第223联队以益子重雄为队长，第224联队以大川桃吉为队长，由特别选拔的改穿便衣的约100名士兵组成），因此，这支队伍又称为“益子挺进队”。就是这支队伍，给八路军造成了重大损失，最终导致了黄君珏等人的牺牲。

但“益子挺进队”的末日很快到来。1942年12月，八路军情报系统得知，春节时“益子挺进队”有一个小队要在祁县参加庆功会。于是一支八路军的暗杀队伍经严格训练后，潜入城里。农历大年三十晚6时，祁县县城大德兴饭庄灯笼高挂，“益子挺进队”大吃大喝间，八路军暗杀人员以摔酒杯为号，亮出匕首，猝然发动袭击。清醒过来的“益子挺进队”队员开始反抗，桌子、椅子、盘子，凡能拿到手的东西，都成为他们还击的武器，整个饭庄乱成一团。但这帮醉酒后的日寇，哪里是八路军的对手。旋即，他们被全部杀死，头颅也被割下装入面口袋，其间八路军未开一枪。大年初一，长治城、祁县县城、太原城等地，分别挂出日军“益子挺进队”队员的人头。

这场暗杀，引起了“益子挺进队”残余成员的恐慌。为避免八路军继续追杀，日军第一军司令岩松义雄请示冈村宁次后，下令解散了“益子挺进队”。

另外，再说说被八路军抓住的日本俘虏。全面抗战爆发之初，八路军要想俘虏一名日本士兵，非常困难。平型关一役后，林彪在

《平型关战斗经验》中指出："日本兵至死不肯缴枪，一来因日本之武士道的教育、法西斯教育，同时也因他们对中国军民太残暴，恐怕中国人报复。"八路军俘虏的第一个日本兵，是日军第 20 师团第 79 联队辎重兵军曹加藤幸夫，时在 1937 年 11 月。时任八路军三四三旅参谋长陈士榘在一场伏击战中，亲手抓住了加藤幸夫。当时八路军将士都欢天喜地，纷纷跑过来围观这个俘虏。后来，日本兵沦为八路军俘虏的就越来越多了。

八路军以德报怨，优待日本俘虏，不少日俘幡然悔悟，还参加了八路军，成为坚定的反法西斯主义者。有一个叫秋山良造的日本俘虏，被改造后，发起了"在华日人反战同盟"。他常常在阵地前向日本士兵喊话，唱家乡的歌曲，剪断日军电话线接上电话机和日军士兵攀谈……很快，秋山良造发展了一大批日军"粉丝"，他收到的日军回信，高达一尺。有时他还没喊话呢，碉堡里的日军就扯着嗓子问："秋山君来了吗？"

五

时光悠悠，历史远去，河北保定狼牙山、天津蓟县盘山，还有太行山脉深处的十字岭……当年勇士无畏牺牲处，如今已成风景名胜地。

他们牺牲前的呐喊，早已隐于时间深处，但他们的故事会被我们遗忘吗？

1942 年 11 月 4 日，重庆《新华日报》专门刊文，高度评价黄君珏的牺牲，文中写道：“中华民族有这样坚贞不屈英勇赴难的儿女，日本强盗永远征服不了中国……属民族无上光荣。”

以“无上光荣”之名，铭记他们，铭记这些战士！

国民党为什么会失败?

2021年,中国共产党将迎来百年华诞,一个拥有9000多万名党员的大党迈入百年,仍然保持青春活力。

中共中央组织部最新党内统计数据显示,截至2019年底,中国共产党党员总数为9191.4万名,比上年净增132.0万名。党的基层组织468.1万个,比上年净增7.1万个。中国共产党的凝聚力和战斗力不断增强,党的组织体系更加健全,党的执政根基进一步夯实。

相形之下,创建至今已逾百年的中国国民党,却是另一番光景。

1921年中国共产党举行了一大,3年后的1924年,改组后的中国国民党也举行了一大,初心同样是打倒军阀、救国救民,组织形态同样是"以俄为师",两党堪称"一根藤上结的两个瓜",为何却走向了完全不同的方向?

一

1942年春天,36岁的周天贤和他背后的大佬们都陷入尴尬之中。

当时，国民党中央组织部长朱家骅决定改组湖南省党部，湖南是重点战区，战略地位非常重要，配齐配强省党部班子，很有必要。

朱家骅给湖南省政府主席、第九战区司令长官薛岳发了一个名单过去，说蒋介石已同意，这份名单上既有湖南省党部原班人马，又有中央组织部“空降”人员。但是，薛岳当天就怼回来了，他表示这些人不行啊，我给你拟一个名单吧。这份名单以湘籍人士为主，其中就有周天贤，拟任湖南省党部执行委员。

周天贤是湖南临澧人，日本早稻田大学留学生，“三民主义青年团”（以下简称“三青团”）湖南的骨干。他没有出现在朱家骅的第一份名单中，其实是朱家骅的“欲擒故纵”：朱的柏林大学校友、后来中山大学的同事辛树帜是周的临澧老乡，曾向朱推荐过周。当时国民党中央党部秘书长吴铁城也向朱家骅推荐人选，朱回复说：这个岗位已有人选——周天贤。可以说，周天贤对这个职位势在必得了。

朱家骅与薛岳频繁的电报沟通后，人选终于确定下来，周天贤确实在其间。但周天贤还没来得及高兴呢，湖南当地实权人物的反对声音就传到重庆了，他们攻击周“私德不检，资历浅薄”，朱家骅告诉手下，任命都发了，做好湖南那帮人的工作，“事关中央威信，必须严厉执行”。

这时，极尴尬的一幕出现了：有人掌握了“实锤”，告发上去——周天贤根本不是国民党党员！虽然薛岳、朱家骅鼎力支持，蒋介石也签字通过了，但他们谁都没有想到，周天贤居然不是国民党党员，最后，任命只能撤回。

周天贤的故事，是国民党党籍管理混乱不堪的一个折射。

当年，国民党到底有多少党员，谁是党员谁不是党员，没人说得清楚。党员自动脱党或重复入党司空见惯，有的人到一个地方就重新入一次党，多的甚至先后入党五六次。就此，国民党中央执行委员会组织部甚至还发表过一篇文章：《指示防止重复入党办法六点》。

这般情形，无疑跟孙中山当初的设计大相径庭。

中国国民党成立于 1894 年，由孙中山先生创立，其前身依次是兴中会、中国同盟会、国民党、中华革命党。1912 年，同盟会联合 4 个小党派改组为国民党，1919 年正式改组为中国国民党。自同盟会以来，国民党即是一个组织松懈、纪律欠严的组织。1913 年，“二次革命”失败后，孙中山、黄兴东渡日本。孙中山痛定思痛：国民党的党组织不够坚强，一盘散沙，政令难行，这样不行，要再造一个新党。翌年，孙中山筹建中华革命党。为了增强组织纪律性，他让每个党员入党时，对他宣誓，并在誓词上按指纹。一些老同盟会员对此表示强烈反感，老战友黄兴还因此跟孙中山闹翻了，远走美国。

与苏俄共产党发生联系后，孙中山对苏俄共产党的组织产生了浓厚兴趣，决心“师俄”。在共产国际与中国共产党的帮助下，1924 年 1 月，国民党第一次全国代表大会在广州召开，宣告国民党正式改组。国民党改组的最重要表征，是新党章的制定——苏俄顾问鲍罗廷以俄共党章为蓝本，拟订了《国民党党纲草案》。

历史学者王奇生在《党员、党权与党争——1924~1949 年中国国民党的组织形态》(以下简称《党员、党权与党争》)一书中表示：在党的组织系统方面，国民党仿俄共建立了一套从中央到地方与国家行政相并行的层级机构，以及从中央到地方的监察体制。

王奇生写道：“直到 1924 年改组以后，国民党才由一个隐秘的、封闭的、精英型的革命党，逐渐转变为一个开放的、具有较泛群众基础和较强政治动员能力的革命党。”

这次改组，在国民党历史上是一个里程碑。据统计，1924 年以前，国民党的活动基地和党员基础主要在海外。据 1923 年前后的粗略统计，国民党共有党员 20 余万，其中国内党员不到 5 万；组织机构 400 余处，亦绝大多数设于海外；国内除广州、湖南设有分支部外，其他省区既无正式的组织机构，亦无显著的活动成绩。

1924 年改组后，国民党逐渐建立了从中央党部、省党部、县党部至区党部、区分部的各级机构。1926 年 10 月的统计资料显示，国民党在全国约 90% 的省区和 25% 的县份建立了省级和县级党组织，国民党党员增至 54.4 万余人，其中国内党员约占 82%，海外党员约占 18%。北伐更是使国民党的影响力迅速扩大，似熊熊烈火，燃遍全国。

但是，20 年后，这把烈火已成风中残烛。

国民党何以至此？王奇生认为，1924 年国民党改组，引进苏俄列宁主义政党的组党方法，按理应该一改过去松弛散漫的组织习性，然而考察这个时期国民党组织的实际运作情形，他发现国民党只是袭用了列宁主义政党的组织形式，却未能很好地吸收其内蕴精髓，正所谓“新瓶装旧酒”。

用王奇生的话来说，国民党采取了列宁主义政党的一些组织形式，但其实际运作更接近于西方议会政党的某些做法——征收资格漫无标准，征收方式如同儿戏，党员信仰有无不问，党员质量优劣不顾，几乎来者不拒。

国共两党几乎同时“以俄为师”，共产党组织之严密性和国民党组织之松懈态，很快形成鲜明对比。

当朱家骅与薛岳在煞费苦心地谋求一个非党员担任省党部要职时，中国共产党在干什么？

延安整风。

1942年春天，中国共产党在陕北延安开始全党普遍整风。延安整风运动意义非凡，中国共产党党内经过长期斗争保留下来的一批老干部需要提高认识、统一思想，抗战以来发展起来的70多万新党员也需要教育和培训。

当国民党“以俄为师”只学到一点皮毛时，同样“以俄为师”、一度作为共产国际一个支部的中国共产党，已经开始深入思考马克思主义中国化的问题，通过延安整风，总结党的历史经验，消除王明“左”倾冒险主义的影响，通过批判教条主义和经验主义两种形态的主观主义，教育全党学会运用马克思列宁主义的立场、观点和方法，研究和解决中国革命的实际问题。

《中国共产党历史》如是评价：“整风运动对于加强无产阶级政党的建设，增强党的战斗力，是一次成功的实践，是一个伟大的创举。”

二

再说回中国国民党。

陈果夫、陈立夫兄弟长期把持国民党党务，构成了民国政坛著名的“CC系”，时人称“蒋家天下陈家党”。但是，陈立夫对于国民党到底有多少党员，是说不上来的。1947年秋天，三青团中央干事张宗良当众问陈立夫："立夫先生，你是中央组织部长，请你用中央组织部的名义，发函全国党员，叫他们每人签一个自己的名字上报，看看能报多少？"陈立夫只能满脸无奈地回复："宗良先生，现在是革命低潮啊！"

国民党到底有多少党员？

1947 年 9 月，国民党六届四中全会及中央党团联席会议在南京召开，蒋介石在会上决议将三青团并入国民党，所有党员、团员一律重新登记为党员。合并前，国民党有普通党员 377 万，军人党员 485 万，合计为 862 万；三青团有团员 154 万。合并后，国民党党员总数超过 1000 万。

但是，截至 1948 年 11 月，党员、团员重新登记为党员者仅 132 万。《党员、党权与党争》一书对此评价："在党、团合并过程中，将近九成的党、团员实际已脱离了国民党。"

从历史来看，国民党发展党员是"运动式"的，平时不重视，一旦需要了，就大张旗鼓。抗战时期，国民党吸收党员到了巅峰，鱼龙混杂，来者不拒。

《党员、党权与党争》一书中详细记载了抗战时期国民党征收党员的几条主要途径：一是通过基层区分部介绍、吸收。入党志愿书由国民党中央统一印制。申请人事先不需要向党组织做思想汇报，党组织也无须考察申请人对党的认识程度。申请人只需将姓名、性别、年龄、籍贯、职业、学历、经历、家庭成员及经济状况等填在印制好的志愿书上即可。然后由区分部审查申请人所填写的内容是否属实，手续堪称简便。但战时基层党组织在征求党员时，大多敷衍行事，多数情况下是为了完成上级下达的征求指标。二是由国民党中央委员、中央组织部与各省市党部直接征求入党。三是集体登记入党。

国民党自改组之初，就喜欢搞集体入党。集体入党的弊端，在于不加甄选，不论优劣，不计信仰，将某一团体的所有成员网罗无遗，其结果就是党员数量迅速膨胀而质量日趋杂滥。

抗战时期，这一弊端更是显现无遗。王奇生写道：

> 集体入党在战前即已有之，那时一般限于部队官兵。抗战时期，这一入党方式仍然适用于军队。1939 年 3 月，蒋介石通饬全国各军事长官，一律恢复各级军队党部，全体官兵均须集体宣誓入党。1940 年春，李宗仁在湖北老河口公园举行的一个集体入党仪式上，一次就吸收了 1 万多名军官士兵入党，其后几天内，第五战区 10 万官兵都成了国民党员。抗战时期国民党 400 多万军人党员也都是集体入党的产物。由于“全体官兵皆党员”，数百万军人党员徒拥虚名，对党对军都毫无实际意义。抗战时期，集体入党方式由军队推广到普通党员征收上。1939 年，蒋介石训令全国各机关公务人员于一年内一律加入国民党，届期如无党籍者，有官者免官，有职者免职。于是机关公务员为了保住饭碗而集体入党。此外，战时国民党自中央至地方举办了各种形式的党政训练班。训练班结束时，其学员也被要求集体入党。（据国民党六大党务报告，战时由中央训练团等中央训练机关及各省、市、区、县地方行政干部训练团等地方训练机关受训的人数，总计有 218.9 万。）……一些地方还强制中学生集体入党。

王奇生表示，上述几种入党方式尚算正规，还有更荒诞的。抗战中期，国民党提出要完成 1000 万党员的目标，中央组织部就摊派发展党员任务，下面层层分解，花样百出，有的不入党不发贷款，有的以发粮食为诱饵，让整村人都入党……河南陕县还有一位党部书记兼中学校长，利用职务之便，将本校花名册上的学生每人年龄加大 10 岁，统统吸收为党员。

如此吸收方式，能有什么效果?

总之，国民党党员很自由：入党前不培养，入党时不考察，入党后不训练，人人可自由入党，大多数党员平时游离于党组织之外，不与组织发生关系，不过组织生活，不缴党费，工作调动时不转移党籍，违法乱纪时不受党纪惩处。更荒唐的是，有的书记不知道自己是书记；知道自己是书记的，不知道下面有多少党员；还有些名册上的"党员"，压根儿就不知道自己居然已经是党员了……

英国学者乔纳森·芬比在他所著的《蒋介石传》中写道："1939 年,（国民党）其党员人数只是战前水平的三分之一，但到 1944 年底却猛增到 250 万人，大多数新入党者都是被这个党所提供的利益所吸引，而不是被理念或者改变信仰所激发。"

三

荒唐的入党方式，让国民党党员数量骤增，也让其中鱼龙混杂。

时间回到 1935 年，浙江兰溪，一纸秘密名单让与会者"炸开了锅"。

时任浙江第四区行政督察专员的胡次威，受命“国大代表”兰溪区的选举监督，他接到了浙江省政府和浙江省党部的会衔密电，附有代表候选人名单，要胡次威支持他们一律当选为第一届“国大代表”。

许多年后，胡次威写了篇回忆文章《蒋介石做总统的一个片断》，还原了这个过程：

接到密电和名单后，胡次威召集专区所属十一县的县长到兰溪开会，在会议席上宣布了密电和名单，请大家发表意见。县长们得知名单后，怎一个诧异了得，他们纷纷发言，叫苦连天，总之一句话：这事不好整啊。

名单上的，当然都是国民党党员，但县长们表示，这些人，要么是不见经传的无名小卒，要么就纯属坏蛋，这些候选人在本地声名狼藉，劣迹昭著，“谁都不会选他们”。

但浙江省政府和省党部的密令，明摆着是不能不执行的。胡次威的任务，不是组织大家讨论名单，而是如何让这些国民党党员当选“国大代表”。他很快跟县长们达成了一致：所谓选举也只不过是那么一回事，至关重要的还是选举方法问题。

大家在官场浸淫多年，很快想出了办法：之前各县都未做过选举权人的调查，根本无法编制选举人名册，不过没事，甚至更好，选举人识字的不多，原可由代书人代为签名领取选举票，那就正好发动该县政府全体职员翻开《百家姓》和《千字文》，用排列法任意编造。如何保障秘密名单所提的候选人均能当选？大家一致认为：必须在投票结束后，立即统计他们所得的票数，临时发动县政府全体职员连夜写投票，缺多少补多少，以补到他们足够当选的票数为止。

“选举”开始后，胡次威还排定日程亲往各县监选，能敷衍的就敷衍，能弥缝的就弥缝，务使其不致出事。但他还是不放心，又想出一招：“最后又想出一条‘掩耳盗铃’的办法，要各县县长把选举票柜送到兰溪，在行政督察专员公署集中开票。我曾发现有不少的选举票在票柜里摆得十分整齐，显然是打开柜子成搭地放进去的，而不是一张一张投进去的。好在唱票、计票、监票的先生们都是‘自家人’，大家都心照不宣……”

胡次威在文章中还写道：“全国其他各省各区选举第一届国大代表的手法，和我差不了多少，可能有些地区比我还要搞得更糟。”

值得一提的是，胡次威是中国近现代著名的法学家。上世纪 30 年代初，改造乡村社会的呼声很高，国民党也在尝试县政改革，在南京附近的江宁县和浙江省的兰溪县建立了县政建设实验区，时任国民党中央政治学校法律系主任的胡次威就任兰溪实验县县长。这样一位既专业又富有理想情怀的法律专家，却在县域“国大代表”选举时娴熟且习惯性地违法，也可看出当时国民党基层治理的失败了。

这个事情，除了腐败的选举方式，还有一个让人纳闷的地方：国民党的基层代表中，怎么会有那么多土豪劣绅？这个问题，依旧源自国民党的党员吸收机制。

国民党在组织形式上“以俄为师”，但当年俄共对吸收党员有严格规定：凡志愿入党者，都须经过预备期，这一关键要求，国民党没学。

众所周知，在今天，实行入党预备期，目的在于对新党员进行严格的党的组织生活和实际工作锻炼，对他们继续进行教育和考察，使他们端正入党动机，进一步提高思想觉悟，增强党性修养，成为合格的党员。实行预备期，有利于保证新党员的质量，有利于保证党员队伍的纯洁，有利于增强党的战斗力。

但是，国民党1924年改组后，“师俄”偏偏放弃了关键环节：入党没有预备期，更没有处于预备期的党员向组织汇报思想动态和学习及工作等方面的情况。总而言之，这造成一个可怕的后果：组织不掌握党员的情况，什么人都可以混入党内。

早在帮助国民党改组之初，共产国际当时就观察到了：“农村的剥削者阶层为了应付国民党当局都相应地进行了伪装，他们中的许多人加入了国民党，常常是为了在县和县以下的国民党机构中占据领导职位。”这表明国民党在向基层地域社会渗透的过程中，非但未能动摇旧有地方势力的基础，反而为他们所僭夺。

国民党内部也清楚认识到了这个问题，1927年1月国民党第二次全国代表大会即指出：“各地党部之组织殊为松懈，各地党部之执行委员多不健全，且尚多为不明了党义的反动派所盘踞，而一般土豪劣绅、地痞讼棍，尚多混入党籍，曲解党义，以图私利。”

一个以救国救民为己任的革命党，却眼睁睁看着自己的敌人蜂拥过来占领阵地，妥妥的劣币驱逐良币。

大量土豪劣绅、恶霸地主加入国民党，已经悄然改变了国民党的基础，虽然国民党高层认识到了这一问题，却无力也无心去纠正，毕竟，他们代表的不是广大农民的利益。乔纳森·芬比在《蒋介石传》中写得很精辟：“国民党中有人信仰土地国有化，并且认为个人占有量必须限制在10英亩以下，但这却是国民党始终设法避开的主题。这个政党，已经把他的命运与地主连在了一起……”

1927年四一二反革命政变后，国民党对农村广大农民的革命热情是极度恐惧的，这也加快了与农民群体的切割，并迅速走到对立面。

王奇生认为，国民党地方党权托付无人，唯有听任土豪劣绅和投机腐化分子侵夺和分掠地方权力资源，并网罗社会各界原有的权势人物或具有权势潜能的人加入。这个时期，国民党就已经失去了民心。

四

1949 年 9 月中旬的一天，广州，国民政府“总统”李宗仁与国民党总裁蒋介石正在进行一次特别的会面，这也是两人的最后一次见面。当时，蒋介石已“引退”，却在背后百般折腾李宗仁，而人民解放军已百万雄师渡长江，气吞万里如虎，国民政府“迁都”广州，但广东全境失守，已成定局。

据《李宗仁回忆录》记载，两人见面，李宗仁第一句话就是：“今天我是以国家元首的地位来对你谈话。”然后李宗仁滔滔不绝把蒋介石骂了一通，“把他过去的过失和罪恶一件件地数给他听”。李宗仁心里清楚，这是他最后一次与蒋介石见面了，不吐不快。(蒋介石)“默坐听我历数其过失时，面色极为紧张尴尬。当我有所责问时，他只是唔唔诺诺，讷讷不能出口。”

今天，我们再读李宗仁的这段回忆文字，印象深刻的是李宗仁怒批蒋介石“主政二十年，贪赃枉法之风甚于北洋政府时代”。他用了两个词“军事北伐、政治南伐”深刻地概括了国民党失败的原因。

蒋介石重军轻党，军权日趋膨胀，党权日趋低落，从中央到地方，军权凌驾于党政之上，党治徒有其表。王奇生评价说："国民党党治体制的法理序列是党→政→军，而实际序列却是军→政→党；名义上是以党统政，以党统军，实际上是以军统政，以军控党。"由此可以理解，为什么民国时代国民党党员普遍信仰的是武力而不是党，也同样可以理解，为什么坚持"党指挥枪"的中国共产党，最终夺得了胜利。

《李宗仁回忆录》中写到，以蒋介石"唯我独尊的一生，今天受到如此严厉的诘责，居然能容忍，不至咆哮和反唇置辩"，可见，他明白李宗仁骂得到位。事实上，对于国民党的种种弊端，蒋介石并非不知道，而且他在多个场合呼吁、痛斥、反思。

1927年"清党"之后，蒋介石就讲过要学习共产党的组织，"本党在民国十三年改组之时，本已采用苏俄共产党之组织，第一次全国代表大会通过之总章，自区分部而上，系统井然，其于党员义务，亦有明白之规定。无如本党同志多不耐严格之训练，往往视党章为具文，甚或不知党章之所制定者究为何事……"蒋介石习惯写日记，他的日记中更是充满了此类沉痛的文字。1940年11月26日，他在日记中写道："我一生之苦厄，在于党务也。"

但是，蒋介石本人对军事力量极度迷恋，他一生最为倚赖的是军队，而不是党。面对一个千疮百孔的国民党，他不是像中国共产党那样大刀阔斧地全党整风，对于违犯党纪的党员，能够铁面无私地"清理门户"，他的选择是：既然国民党已经腐朽不堪了，没法用了，我就在党内另立一个新党，一个有别于国民党的新的政党组织，为我所用。

1932年1月8日，蒋介石写下了这样的日记："此后如欲革命成功，非重起炉灶，根本解决，不足以言革命也。”在这种心态下，先有了力行社、CC 系，后来又有了三青团。但是，蒋介石拥有了直接听命于他的派系后，几大派系彼此陷入了惨烈的倾轧，这最终拖垮了国民党。

《党员、党权与党争》一书写道：“派系之间的恶性倾轧和竞争，在国民党内部形成一种持续强韧的内耗和自毁机制，对国民党的整个组织生命的衰竭产生了极大的影响。”

1945 年，抗战胜利前夕，中国共产党和国民党相继举行了全国代表大会。

中国共产党七大 4 月 23 日在延安开幕，旋即，5 月 5 日，国民党六大在重庆开幕。

国民党六大期间，派系斗争空前激烈，因为 CC 系势力强大，三青团、黄埔系、朱家骅系、新桂系、孙科系等几个此前斗得你死我活的派系，空前团结起来，与 CC 系恶斗。蒋介石摆不平，只能空前扩大国民党“中委”名额，从原计划的 250 人一下子“注水”到 460 人，但仍然不起作用，有些未当选者愤然退党，缴还党证，有些想当“中委”，结果花了大钱却只当选候补“中委”，就登报辞退……

而中国共产党的七大，作为“团结的大会，胜利的大会”载入史册，为党领导人民争取抗日战争的胜利和新民主主义革命在全国的胜利，奠定了政治上、思想上、组织上的基础。七大选举产生了新的中央委员会，其中，中央委员 44 人，候补中央委员 33 人。

《中国共产党历史》一书记述了这样一个细节：“大会选举的中央领导集体，是经过充分酝酿产生的。在选举中坚持了三个原则：（1）对过去犯过错误的同志，不要一掌推开，只要承认错误，决心改正错误，还可以入选；（2）对于中国革命在长期分散的农村环境中形成的“山头”，既要承认和照顾，又要缩小和消灭，要把各个地方、各个方面的党的先进人物都组织进中央委员会；（3）不要求每一个中央委员都通晓各方面知识，但要求中央委员会通晓各方面知识，因而要把有不同方面知识和才能的同志选出来。”

至此，共产党与国民党，高下立判，孰胜孰负，其实并无悬念。

五

相比国民党，中国共产党的历史是由忠诚、纪律与牺牲写成的。

最后，再讲几位中国共产党党员入党的故事：

有一位滇军的高级军官，已经加入了国民党，荣华富贵就在身边，但他不甘心这么过下去。1922 年 7 月，他先到北平找李大钊，未遇。8 月，又费尽周折在上海找到了陈独秀，但陈独秀因为他的身份，婉拒了他入党的要求。9 月，他远渡重洋，来到德国柏林，遇到了比自己年轻 12 岁的共产党员周恩来，再次提出了入党请求。这年 11 月，他终于在巴黎入党了。

他的名字叫朱德。

有一位湖南的年轻人，18 岁就参加了中华革命党，自己组织武装与军阀作战，当到了军长。他熟读了马克思主义的书籍，决心加入中国共产党。他“七十次找党”，但因为国民党高级军官的身份，屡屡被拒，同时蒋介石也在拉拢他，许诺让他当国民党中央委员、江西省主席，并赠送一栋地处南京的大洋楼，被他断然拒绝。他后来参与领导了南昌起义，南下途中，起义军被打散，他在瑞金入党了。

他的名字叫贺龙。

还有邹韬奋的故事，他是著名的爱国知识分子，主办了享有盛誉的生活书店。他不满国民党的黑暗统治，以笔为枪，奋斗不息，即使坐牢，也不屈服。他曾多次申请加入中国共产党，但周恩来的意见是，邹韬奋在党外做工作更加有利。

1944 年 6 月 2 日，重病之中的邹韬奋留下遗嘱，希望死后能将骨灰送往一直向往却未能成行的延安，并请求中共中央追认自己入党。7 月 24 日他与世长辞，中共中央在唁电中满足了其临终请求，“并引此为吾党的光荣”。

还有一位被中国共产党引为“吾党的光荣”的党员，叫续范亭。他是著名抗日爱国将领，早年参加孙中山领导的同盟会。1935 年，他不忍目睹国家民族陷于危亡，赴南京呼吁团结抗日，在中山陵前剖腹明志，震动全国。1940 年，他与贺龙、关向应并肩战斗，建立抗日根据地，开展抗日游击战争。1947 年 9 月 12 日，续范亭将军病逝。临终前，他给毛主席和党中央写了一封遗书，正式申请加入中国共产党。后来中共中央从延安发电，追认续范亭为中共正式党员。

续范亭的入党申请书中有这样一句话：“在此弥留之际，我以毕生至诚敬谨请求入党，请中共中央严格审查我的一生历史，是否合格，如承追认入党，实平生之大愿也！”

寥寥数言，朴实无华，却如飞天惊雷，是中国共产党百年历史大片的真实配乐。

西安与延安，青年才俊杀人之后……

中国共产党的历史是一部宏大的历史，但宏大的历史往往要通过一些细节，让人在回溯过程中触摸到兴衰成败的秘密。

一

20 世纪 30 年代中期，中国的天空，战争阴云密布。在此敏感时刻，国共两大阵营相继发生青年军官枪杀女性事件。先是 1935 年，32 岁的国民党军队上校团长张钟麟怀疑新婚仅两年的妻子吴海兰不忠而在西安将其枪杀；后是 1937 年 10 月，26 岁的红军师团级干部黄克功因逼婚未遂在延安枪杀了陕北公学女学员刘茜。

这两起事件，在当时的西安和延安都分别引起了满城风波，但两人接下来的命运并不一样。张钟麟杀妻后，依旧在胡宗南那里当他的团长，继续带兵操练，而吴海兰一家四处控告，最终找到了西安的妇女协会，后者又将此事告到张学良夫人于凤至处，而于凤至则直接把状子递给了宋美龄。“第一夫人”正在热火朝天搞新生活运动呢，一看团长杀妻，这还了得，于是向蒋介石告了“御状”。蒋介石也是大怒，下令将凶手送南京军事法庭查办。

张钟麟在大牢里蹲了一年后，被判处死刑，但蒋介石表示不予执行——毕竟张钟麟是“天子门生”，黄埔四期毕业，又一直在蒋介石的嫡系第一师任职，很有才干。他继续在牢里蹲着，全面抗战开始了，“校长”以国家急需人才、将功赎罪为由，将自己的得意门生释放了，官复原职，上了战场。

在蒋介石看来，在为张钟麟奔走的“黄埔系”看来，一个女子，命如草芥，哪能跟“党国栋梁”金贵的命相比？

张钟麟逃过了死刑，为了再逃脱杀妻恶名，他以字为名，改称“张灵甫”——这是大家都很熟悉的一个名字了。

相比之下，黄克功案的判决则是“从重从快从严”，他在 1937 年 10 月 5 日夜间枪杀刘茜后，翌日被逮捕，10 月 11 日经陕甘宁边区高等法院判决死刑立即执行。

当时，很多人为黄克功求情——黄克功虽然只有 26 岁，但资历很深：1927 年参加革命，1930 年参加红军，同年入党，参加过井冈山斗争和二万五千里长征，从一个红军战士，一步步升到旅长位置。黄克功是个猛将，尤其是在二渡赤水的娄山关战役中立过大功。从这个角度来说，他是深得毛泽东青睐的战将。娄山关之战，是遵义会议确定了毛泽东在党和红军中的领导地位之后进行的关键一役，红军摆脱了当时的被动局面，毛泽东也在此役后写下了著名的《忆秦娥·娄山关》：“雄关漫道真如铁，而今迈步从头越。”

等待判决时，黄克功上书毛泽东，恳求戴罪立功，在法庭上他也表示如果难逃一死，愿意死在战场上，“给我一挺机关枪，由执法队督阵，我要死在同敌人的拼杀中”。黄克功案发生时，红军已改编为八路军，在泾阳誓师后开往前线抗击日寇。各部队到前线后队伍迅速壮大，都向延安打电报要求多给他们分发些干部。像黄克功这样立过大功又能打仗的干部，自然很受欢迎。但是，找毛泽东说情的，还有建议减刑的，都被毛泽东拒绝了。

根据史料显示，当时并非所有人都同意判处黄克功死刑。还原此案的电影《黄克功案件》有这么一个细节：审判结束后，参与审判的陪审员合议时，抗大训练处处长李兴国坚决不同意对黄克功判处死刑。他认为，黄克功是革命功臣，不要说一个刘茜，就是十个刘茜、一百个刘茜，也抵不上一个黄克功。

应该说，这是当时不少红军指战员的看法，但是，在毛泽东看来，一百个黄克功也比不上共产党员和红军的纪律与荣誉。

二

黄克功案最耐人寻味的，是毛泽东写给陕甘宁边区高等法院院长雷经天的一封信，这封信在公审黄克功时由雷经天当众宣读。这么多年过去了，这封信仍然值得重温。全文如下：

雷经天同志：

你的及黄克功的信均收阅。黄克功过去斗争历史是光荣的，今天处以极刑，我及党中央的同志都是为之惋惜的。但他犯了不容赦免的大罪，以一个共产党员红军干部而有如此卑鄙的，残忍的，失掉党的立场的，失掉革命立场的，失掉人的立场的行为，如为赦免，便无以教育党，无以教育红军，无以教育革命者，并无以教育做一个普通的人。因此中央与军委便不得不根据他的罪恶行为，根据党与红军的纪律，处他以极刑。正因为黄克功不同于一个普通人，正因为他是一个多年的共产党员，是一个多年的红军，所以不能不这样办。共产党与红军，对于自己的党员与红军成员不能不执行比较一般平民更加严格的纪律。当此国家危急革命紧张之时，黄克功卑鄙无耻残忍自私至如此程度，他之处死，是他的自己行为决定的。一切共产党员，一切红军指战员，一切革命分子，都要以黄克功为前车之戒。请你在公审会上，当着黄克功及到会群众，除宣布法庭判决外，并宣布我这封信。对刘茜同志之家属，应给以安慰与抚恤。

毛泽东

一九三七年十月十日

这段话点明了中国共产党重要的力量来源——从严治党。这四个字，既是宝贵经验，也可称得上是血的教训。

三

蒋介石是一个喜欢写日记反思的人。1951 年，已到台湾的蒋介石反思自己“对人不校”“用人无方”。在他看来，李济深、陈铭枢、白崇禧、李宗仁等“背党叛国”不止一次，但自己不问恩怨，不念旧恶，重用如故。这不仅是奖恶，而且是自杀，是“误国”，自己对“叛徒”应“杀无赦”。

但这种自我批评，谈不上深刻。蒋介石仍然固守着以自我为中心，根据部属对他一个人的忠诚来衡量是否对“党国”忠诚，李济深、陈铭枢、白崇禧、李宗仁等确实都是他的政敌，但他们确定是国民党的叛徒吗？蒋介石始终未能处理好个人与党、与国家的关系，所以他用人不可能不看出身。他的圈子主要以“黄埔系”为主，如果是像陈诚、汤恩伯这种又是黄埔系又是浙江籍的，那就是“校长”朋友圈里的绝对心腹了。

蒋介石对“黄埔系”的偏袒是出了名的，在职务、装备、后勤、作战等方面，他习惯性地给予“黄埔系”种种特权，而“黄埔系”则效忠于蒋介石个人，其中不乏为之效死力者，比如张灵甫。蒋介石看重的是对他个人的忠诚，至于是否忠诚于公平正义，是否忠诚于法律道德，才不管呢。所以，即便是残忍杀妻的张灵甫，蒋介石也能够赦免，反而自认为熟稔了“帝王术”——我有你把柄，又对你有恩，你能不拼死效忠我？

但历史证明，这只不过是一种可怕的自私。

乔纳森·芬比的《蒋介石传》一书中有很多细节，值得玩味。比如蒋介石与青帮头子杜月笙的密切关系，书中有这么一段：

孔祥熙的职位对于这位财政部长的贪得无厌的妻子宋霭龄来说是一个天赐良机，她会趁她的丈夫在家讨论政策之机获取一些秘密消息，然后通过她的各种各样的投资工具大赚一笔，包括一个杜月笙是其合伙人的机构。但事情也并非总是进展顺利，在号称法币的国家货币被引进四川省之前，宋霭龄把这条内部信息透露给了那个黑帮首领，而后者随即将它作为一个巨大的投机该省银圆的机会。

不幸的是，由于误解，他的损失惨重。杜月笙的赔偿要求被这位财政部长拒绝了。一位英国顾问弗里德里克·莱希－罗斯回忆道：“那天晚上，一个头等尺寸的棺材被六个参加葬礼者放在孔博士的家门口。”第二天，中央银行即开会同意补偿一位遭受兑换损失的“爱国公民”。

把棺材摆到财政部长家门口来进行恐吓——这就是蒋介石的黑道朋友与他的连襟之间的混乱故事。街头流氓无赖的把戏，居然在掌握巨大资源的权贵之间上演，可见世道糜烂之程度。蒋介石一直给予杜月笙各种特权，例如让这个鸦片贩子当上了上海市禁烟局的头头，乔纳森·芬比在书中评价此为“最具讽刺意味”事件。

这本书的中文版封面印着一个问题：“从统治中国到失去江山，为什么会是蒋介石？”作者试图给出多种答案，比如蒋介石“擅用派系矛盾，任人唯亲，并且容忍对其政府的被摧毁起到了推波助澜作用的腐败与道德沦丧”。

蒋介石到台湾后，还总结了这么一条失败的教训：共产党有纪律，国民党没纪律。

这一点倒是很深刻。

四

张灵甫在抗战中表现确实不错，加上有“校长”罩着，大家慢慢淡忘了那个心狠手辣、杀害妻子的张钟麟——多疑而残暴的丈夫起了杀机，他命令妻子到后院菜地摘菜包饺子，正当她弯腰摘菜时，他掏出手枪，从背后将同床共枕之人击毙。事后，他对尸首没做任何处理，丢下女儿，马上返回了部队……

不能否认张灵甫在抗战中的贡献，但能够因此就忽略他杀妻的罪行吗？不少人进行了选择性的遗忘与美化，津津乐道于张灵甫的英武，还有他最后一任妻子的美貌，而惨死于菜地里的吴海兰，魂归何处？

假设一下，如果黄克功没有被判处死刑，而是像张灵甫一样“戴罪立功”，走上抗日战场，他完全可能再立赫赫战功，用敌人的血来冲洗自己手上沾着的女学生的血。甚至可能有人会为自己的“先见之明”而进行表扬与自我表扬：我早说过嘛，十个刘茜、一百个刘茜，也抵不上一个黄克功！

以功抵罪，是中国传统思维中的一种理念。事实上，在1934年4月颁布的《中华苏维埃共和国惩治反革命条例》就规定：“凡对苏维埃有功绩的人，其犯罪行为得按照本条例各该条文的规定减轻处罚。”这无疑是革命初期法制不成熟的体现。到了延安时期，已经开始强调破除特权、法律面前人人平等，1942年2月公布的《陕甘宁边区保障人权财权条例》中，即明确规定：“边区一切抗日人民，不分民族、阶级、性别、职业与宗教……享有平等之民主权利。”

黄克功是功臣，刘茜只是个平凡女学生，当黄克功在井冈山和长征路上浴血奋战的时候，刘茜还在她的山西老家过着安逸的小日子，但是，这就意味着她的生命比他的生命廉价吗？各方面并不完备的陕甘宁边区高等法院说：不，黄克功是功臣，但功臣并没有逍遥法外的特权。制度面前没有特权，制度约束没有例外，何况，“共产党与红军，对于自己的党员与红军成员不能不执行比较一般平民更加严格的纪律”。

在黄克功被执行死刑 4 年后，延安又处决了一名曾经的红军英雄肖玉璧。这个身上留有 90 多处战斗伤痕的“老资格”，在担任陕甘宁边区清涧县张家畔税务分局局长期间，无视法规，滥用职权，贪污腐化，后来竟发展到把根据地奇缺的粮油卖给国民党军队，引起极大民愤。被依法判处死刑后，肖玉璧不服，也要求中央看在他过去战功的分上，让他去抗日战场戴罪立功。但死刑同样执行了，《解放日报》就此发表评论：“在‘廉洁政治’的地面上，不容许有一个‘肖玉璧’式的莠草生长！有了，就拔掉它！”

1940 年，在贫瘠的延安，毛泽东说过一句话：“延安作风打败西安作风。”至今忆起，依然经典，依然警醒。

焦裕禄来兰考之前的日子

焦裕禄在这个世界上只生活了短短的42年，却感动了几代中国人。时至今日，他还是一面镜子，让相当数量的党员干部汗颜。

对于焦裕禄，大家都知道他任兰考县委书记，最后病倒在岗位上的事迹，而他在兰考之前的经历，人们知晓甚少。其实，梳理一下他在兰考之前的轨迹，或许更能让人认识到一个血肉丰满、可亲可敬的焦裕禄。

一

众所周知的是，焦裕禄在1962年12月被调到兰考县，先后任县委第二书记、书记；1964年5月14日，因肝癌不幸逝世。此前，焦裕禄还先后在河南尉氏县、郑州地委、洛阳矿山机器制造厂工作过，赴兰考上任前，焦裕禄任尉氏县委书记处书记。更早之前呢？

1966年2月13日，新华社播发了一篇通稿，题为《焦裕禄同志小传》，文中写道："焦裕禄同志，山东省淄博市北崮山村人，一九二二年八月十六日出生在一个贫农家庭里。因为生活困难，幼年时代只读了几年书就在家参加劳动。抗日战争初期，日寇、汉奸和国民党反动派对劳动人民的剥削和压迫越来越残酷，焦裕禄同志家中的生活越来越困难。在抗日战争最艰苦的年代里，他的父亲走投无路，被逼上吊自杀。日伪统治时期，焦裕禄同志曾多次被日寇抓去毒打、坐牢，后又被押送到抚顺煤矿当苦工。焦裕禄同志忍受不了日寇的残害，于一九四三年秋天逃出虎口，回到家中。因无法生活下去，又逃到江苏省宿迁县，给一家姓胡的地主扛了两年长工……"

焦裕禄生前对自己的经历也有描述，河南省档案馆还保存着他亲笔撰写的《党员历史自传》："1941 年因生活困难，还要给汉奸纳粮交款，明年我还要结婚，父亲终日愁闷，秋天上吊自杀了……1943 年，我 21 岁，逃荒到宿迁县城东 15 里双茶棚村，在已早逃荒去的黄台村几家老百姓家住下……我给开饭铺姓张家担水，混几顿饭吃。半个月后，张介绍我到城东二里第二区园上村地主胡泰荣家当雇工，住在地主一头是猪窝、一头是牛草的小棚里。我在胡家当了 2 年雇工，第一年挣五斗粮食（每斗 14 斤），第二年挣一石五斗……1945 年六七月间，新四军北上，宿迁县解放了，人民政权建立了，工作人员不断召开会议，并听到我家乡也解放了。我们一伙逃荒去的几家一同回家了。我同老乡一同推小车回家了……"

抗战胜利后，焦裕禄回到山东老家，当了民兵，参加过解放博山县城的战斗。《焦裕禄同志小传》说："焦裕禄同志是一九四六年一月在本村参加中国共产党的。不久，他又正式参加了本县区武装部的工作，在当地领导民兵，坚持游击战争。解放战争时期，他带领民兵参加过不少战斗，以后又调到山东渤海地区参加过土地改革复查工作队，担任过组长。解放战争后期，焦裕禄同志随军离开了山东，到了河南，被分配到尉氏县工作……”

二

焦裕禄是一个优秀的山东南下干部。焦裕禄留存于世的照片并不多，最著名的是他叉着腰站在泡桐树下的那张黑白照，清瘦温和。但鲜为人知的是，他文武双全。

当过民兵的焦裕禄，有不俗的军事才能。新中国成立前后，地方干部既要剿匪反霸，又要土地改革，在错综复杂的形势前，焦裕禄充分显示了自己的冷静与智慧。多种材料均记载了1948年发生在尉氏县彭店区的一场遭遇战，当时我方指挥员正是焦裕禄：

1948年春天，国民党鄢陵县保安中队长洪启龙带领队伍袭扰彭店。当时，焦裕禄正在吃饭。他把饭碗一推，说声“掩护群众转移，咱们作好准备，设法对付”，就直奔村口。这时400多敌人已经到南门外了，双方相距不过几百米。边上的人说：“这么多敌人，咱只有几条烂杆子枪，咋能挡得住啊！”焦裕禄说：“咱得保护群众和财产，跟敌人拼了也不能跑，要死咱先死，沉住气。”焦裕禄指挥大家卧倒，等敌人靠近时一声令下：“打！”队员们一齐开火，敌人纷纷掉头逃窜。这次战斗群众没受一点损失，大家都称赞焦裕禄沉着机智有办法。有人问：“老焦呀，敌人为啥那么听你指挥呢？”焦裕禄说：“事情到了危急关头，不得不演空城计。咱穿的是便衣，群众穿的也是便衣，满坡黑压压的，咱就来个全民皆兵。枪声一响，大家一卧倒，保安团净是熊包，他们怕咱暗中包围。凭这就打发他们走了。”

焦裕禄也很有文艺才能，据后人回忆，焦裕禄会唱歌，演过歌剧，二胡也拉得好，生活很有情趣。南下途中，党组织分配焦裕禄搞宣传，他既当演员又当演奏员，在武松打虎的山东阳谷，部队演出歌剧《血泪仇》，焦裕禄扮演剧中主人公——苦大仇深的贫雇农王东才。焦裕禄的苦难身世与王东才极为相似，一接触剧本就产生了强烈的共鸣，他和参与排戏的同志们边行军边背台词，连休息吃饭时也忙里挤空唱上几腔，很快进入了角色。演出时，他把王东才演得活灵活现，方圆十几里观看的老百姓哭声一片。

焦裕禄女儿焦守云回忆说，父亲不只是会忘我工作、只知道拼命硬干的铁人，事实上，他生动活泼、多才多艺，“也是热爱生活的人”。她说，父亲篮球也打得很好，打中锋，“而且他的文章也写得好，据县委的通讯员讲，他经常给大家指导文章写作”。

李雪健曾主演过电影《焦裕禄》，在影片中胡子拉碴，衣服又脏又破。焦裕禄的妻子徐俊雅曾表示，“他人可潇洒了，比李雪健演的那个好看多了”。事实上，焦裕禄身高一米七六，器宇轩昂，电视连续剧《焦裕禄》的编剧何香久评价说，焦裕禄“在当时绝对是一个大帅哥”。

三

从史料中可以看出，焦裕禄是个很真实的人。在《党员历史自传》中，焦裕禄有很大篇幅是在控诉自己遭受鬼子汉奸的迫害，毫不掩饰自己的恐惧，也坦承了当时为了少挨打而自认共产党员的往事：

（1942年闰六月）天气很热，吃过早饭，刚睡到床上想睡觉，忽然大门外狗咬非常厉害，我赤着脚光着背到大门口一看，两个鬼子一个翻译，持着枪在看我家门牌，我见势头不对，便出大门向南拐弯，想跑走，但未走多远，从正南过来两个汉奸便衣，各持手枪，迎头碰上，一把将我抓住……到了博山城西冶街赵家后门的日寇宪兵队，从此开始了人不能想象的地狱生活了。

在监狱中，焦裕禄目睹众多乡亲遭受了酷刑，吓坏了。

后来才询问已被审问者，日寇都问些什么，和如何问，他们对我们说，日寇一开始便问在不在共产党，在党就打的轻，何时不说何时挨打，灌凉水不说，就用报纸沾火油烧，到底不说就打死了事。我们一同押进去十来人便商量好了，日寇问时都说在共产党。说了少挨打……

焦裕禄在监狱中也挨了毒打，他在《党员历史自传》中回忆说：

一鬼子一翻译每人提一根棍子，将我叫去了。到了一个大楼地下，已有几十人在被审问拷打，有的吊在梁上，有的正在灌凉水，有的正用火油烧。一见到眼前即发黑，腿站不住了。汉奸翻译将我拖到日寇宪兵队桌子跟前跪下。鬼子上去踢了两脚，便问是不是共产党。我说是共产党。又问是正式党员、候补党员？这时自己家乡是敌占区，根本没见过共产党，也不知什么是正式党员和候补党员，便说不知道。鬼子脑（恼）火了，一面咕噜一面说：大大撒谎。拿起扁担浑身上下打了数十下。一回（会）头晕眼花晕过去了。睡过来，浑身是水，全身发麻。

在抗战胜利不久之后的 1946 年 1 月，焦裕禄正式加入中国共产党。在留存于世的《中国共产党党员登记表》中，焦裕禄这样描述自己的入党动机：

当时入党时，想到过去自己受了鬼子汉奸太多虐待，现在解放了，当了民兵，诉了汉奸的苦，还能向鬼子、汉奸报仇，很感谢共产党，再入了党，能当干部，村里有啥事都先讨论，将来能当干部脱离生产，生活困难解决了，自己也有出路了。

在入党的时候，他的动机很纯朴，他绝对不会想到今后自己会在贫瘠的兰考，成为中国共产党历史上最著名的县委书记。

北平和平解放的“一、二、三、四”

“解放区的天是明朗的天，解放区的人民好喜欢……”

1949年2月2日，农历己丑年正月初五，北平人打开收音机，惊喜地听到了北平新华广播电台播放的音乐《解放区的天》。

与国统区风格迥异的音乐，是对历史生动的配乐。北平这座古都，在迎接新春佳节的同时，也迎来了一个新的时代。1月22日，腊月二十四，傅作义正式接受中国共产党提出的和平解放北平的条件，北平城内的国民党守军开始陆续到城外指定地点，听候改编。1月31日，正月初三，傅作义部主力全部移出北平，人民解放军开始入城接防。2月3日，正月初六，人民解放军举行了隆重的入城仪式，北平人民载歌载舞欢迎，整个城市沸腾了。

再读北平和平解放的史料，可谓波澜壮阔又云谲波诡，既水到渠成又暗流涌动，虽变数颇多但大势不可阻挡，其中一些历史细节更耐人寻味，让后人更能理解国民党为何败、共产党为何胜。正如毛泽东所言，中国共产党在中国革命中战胜敌人的三个法宝：统一战线、武装斗争、党的建设。

这些细节，且以“一、二、三、四”来概括吧。

一

“一”即“一个飞贼”。

这个飞贼叫段云鹏，他出没于多位历史见证者的回忆中。譬如，时任国民党军统少将特务的徐宗尧在《组织军统北平站和平起义的前前后后》一文中写道：

几乎就在同时，一天晚上，市内发生了一声爆炸巨响，给不稳的人心带来了猜疑和纷扰。据了解，是前北平市市长何思源的住宅被炸。原来，何思源日前从南京秘密乘飞机到平。蒋介石闻讯，十分恼火，责成毛人凤电令北平站站长王蒲臣必须置何思源于死地，以儆效尤。王蒲臣命令主任秘书指使北平站豢养的有名飞贼段云鹏等人前往执行。段云鹏在何宅屋顶安放的炸药爆炸之际，恰逢何思源送走几位客人回到屋内，何幸免于难，其女则被炸死。

段云鹏当年确实是个“名人”，臭名昭著的“名”。他是河北冀县人，会武术，曾经是个兵痞，后来拜“燕子李三”为师，苦练飞檐走壁的绝技。1946 年，段云鹏加入国民党军统局，被授予中尉军衔。因北平市长何思源参与和平运动，与共产党来往甚密，蒋介石命毛人凤暗杀何思源。毛人凤布置给王蒲臣，王蒲臣又布置给段云鹏，这个飞贼遂于 1949 年 1 月 17 日将定时炸弹安放在何家。结果炸死何思源二女儿，伤及何本人（左臂受伤）、妻子和子女 5 人。

飞贼段云鹏曾经给中国共产党造成重大损失。1947 年，正是段云鹏找到了中共设在北平的秘密电台。学者郝在今在《中国秘密战》

一书中写道："美国提供大批最先进的无线电测向车，帮助国民党侦听中共的秘密电台。北平行辕的电检科发现了一个可疑的电台信号，但是一直不能确定准确位置。军统指派飞贼段云鹏，登墙上房，挨户夜查，在京兆东街24号发现密台。"

史料记载，当时段云鹏每天凌晨时分来到电台信号出现地点，悄悄蹿上房，谁家一亮灯，他就用倒挂金钩的办法在窗外窥视。有一天凌晨五点，段云鹏发现院子东屋的电灯突然亮了。一个男子洗漱完毕后，从桌下拿出一个箱子，取出耳机戴上。翌日清晨，段云鹏领着特务扑至抓人，将中共北平地下电台彻底摧毁，西安、兰州、沈阳的秘密电台也相继被破坏，100多名情报员被捕……

到了1949年，蒋介石已无力阻止北平和平解放但又不甘心，只能通过特务来暗杀国民政府自己任命的北平市长。这正是蒋介石的无奈——他从未在实质上统一中国。譬如北平，北伐胜利后，先是掌握在张学良的东北军手里，后来又被西北军第二十九军控制，抗战胜利后，北平又成为出身晋军系统的傅作义部的势力范围。乔纳森·芬比在《蒋介石传》一书中写道："（国民党）政府的集权主义效率十分低下，蒋介石所了解的唯一操控方式，就是像往常一样，把他的权力一点一点地扩充到不顺从的省份，玩弄宗派政治，印刷钞票并且发布一些他常常没有办法来强制执行的命令。"

蒋介石拿地方势力毫无办法。1949年元月，他眼见北平和平解放不可避免，只得跟傅作义商量："望念多年之契好"，能否让在北平的中央军少校以上军官带着必要的武器乘飞机撤离？傅作义没搭理他，蒋介石的嫡系最终也未能走成。傅作义对蒋介石还算客气，当年"山西王"阎锡山身为国民党党员，还干出过查封国民党山西党部、扣押省党部成员的“壮举”，国民党党部在一些军阀控制省份，只能干地下工作。由此，也可理解蒋介石为何只能倚重段云鹏这样的“飞贼”特务来搞暗杀了。

但特务的暗杀，并未吓倒何思源。1949 年 1 月 19 日的《平明日报》，刊登了何思源带伤率代表团出城赴海淀寻找解放军谈判的通讯，标题为《华北和谈代表悄悄出城记》：

在代表团没有到达西直门以前，里里外外的军警，也都渴望着他们。任行健少将说：“一清早就有好些人打电话问代表团出城没有。”代表团的汽车一到，门洞里的人都兴奋起来，一位警士笑着说：“噢！何市长带着伤也在车里头呢。”守城的军警很客气地问了一下多少位？车上说连开车跟车的两位算在一起，一共十四位，警士一扬手，车就开出西直门，在夕阳斜辉之下，踏着鸡犬无声的西郊平原，走向另一个天地去了。

而段云鹏的下场是：1954 年 9 月，段云鹏拿着港澳通行证潜入大陆，一到广州即被抓捕，他设在大陆的潜伏组织因此全遭破获；1967 年 10 月，段云鹏被处决。

二

“二”即“两宿好梦”。

这“两宿”说的是 1948 年 12 月 6 日、7 日。傅作义部最精锐的三十五军在从张家口返回北平的路上，没有“兵贵神速”、连夜赶路，反而神使鬼差地先后在鸡鸣驿和新保安就地宿营，睡了两个晚上。要知道，三十五军当时不是步行，而是开着400辆美制十轮卡车，沿着平张大路走，速度是相当快的，而解放军只能凭双腿来追。史料记载，三十五军这两晚睡觉的时候，周边整夜尽是拼命赶来的解放军战士挥镐在冻得坚硬的土地上挖掘战壕的声音。

结果，三十五军冲破了鸡鸣驿的防线，但在新保安，却再也未能冲出去。解放军在围困新保安15天后发动攻击，经24小时激战，全歼三十五军。解放军共毙敌3000余人，俘敌1.26万余人，缴获火炮164门，枪支5500支，汽车377辆，电台6部，军长郭景云开枪自杀。新保安战役规模虽然大不，但意义非凡，拉开了整个平津战役的序幕，此役的主要指挥员杨得志在晚年回忆道：

我也是打过一些大仗、胜仗的人了，但是今天能亲自和广大指战员一起，吃掉多年来在华北战场横行霸道的傅作义王牌三十五军，内心的激动大不同以往，有点13年前过大渡河的感觉。

三十五军可不是一般的国民党军队，新保安一役，解放军以优势兵力，付出了重大伤亡，才得以取胜。杨得志评价说：“三十五军是整个傅系军队的灵魂，是傅作义本人的‘左膀右臂’‘心尖宝贝’。”得知三十五军全军覆没、军长郭景云自杀后，傅作义捶胸顿足，痛苦不堪，把自己关在屋里流泪。可以说，三十五军的覆没，基本摧毁了傅作义拥兵自重、与共产党讨价还价的自信。

今天再回首新保安之战，能够发现国共双方当时都犯了错误，但为什么解放军能够及时纠正，而三十五军却无可救药呢？

解放军能够军令如山，坚决执行。电影《大决战——平津战役》有这么一个情节：当毛泽东得知敌三十五军从张家口东欲撤回北平的消息时，迅速命令堵截敌人，但杨（得志）、罗（瑞卿）、耿（飚）兵团没有赶上，毛泽东大怒，发了一封措辞严厉的电报。这是史实，《毛泽东年谱》1948年12月7日记载了这份电报的原文：

杨、李过去违背军委多次清楚明确的命令，擅自放弃隔断张、宣联系的任务，放任三十五军东逃（三十五军两个师竟敢乘车三百余辆毫无阻碍地东去，我一纵撤至铁路两侧，坐视不阻不打），是极端错误的……现三十五军及宣化敌一部正向东逃跑。杨、罗、耿应遵军委多次电令，阻止敌人东逃。如果该敌由下花园、新保安向东逃掉，则由杨、罗、耿负责。

杨、罗、耿感受到了电报中透出的怒火，以昼夜200公里的速度直插目标。史载，当时朔风呼啸，滴水成冰，但狂奔中的战士们，每个人的棉袄都冒着热气。来不及做饭，战士们就一把一把嚼着生小米。杨得志部涉过洋河时，士兵棉裤都结了厚厚的冰……但他们成功地把三十五军困在了新保安。

而三十五军的覆没，跟其军长郭景云的刚愎自用脱不了关系。此人是一员虎将，打仗不要命，但智商确实缺了那么一点儿。他奉命撤回北平，却在路上睡了两觉，犯了致命的错误，无疑是因为之前三十五军确实让解放军吃了些苦头。被困新保安之后，他呼叫傅作义来救，傅作义当然也全力抢救三十五军这个“宝贝疙瘩”。然而，当援军安春山部距离三十五军一度只有4公里时，郭景云跟安春山在电话里又吵起来了，两个人互相不服，郭景云自恃资历老，不服从安春山的安排，拒绝朝着援军方向突围，拒绝了最后一次拯救三十五军和他自己的机会。

战场瞬间万变，战机稍纵即逝，就看谁能抓住。胜利者，不仅仅胜在谋略与勇猛，还有更关键的忠诚、格局与毅力。国共内战刚开始时，国民党军队占据极大优势，最终却兵败如山倒，主要原因是有令不从、拥兵自重、各自倾轧。早在1947年9月11日，毛泽东在修改新华社社论稿《人民解放军大举反攻》初稿时，加了两段话，非常精辟地点出了国民党的死穴，其中一段是：

没有前途，没有出路，灰心丧志，慌乱动摇，风声鹤唳，草木皆兵，贪污腐化，愈陷愈深，互相埋怨，见死不救，这就是整个匪军营垒的现状……

三

“三”即“三管齐下”。

这“三管齐下”，指的是除了军事打击外，中国共产党通过地下战线来策反傅作义，最终达到“不战而屈人之兵”的大境界。当时主要有三路策反人马：一是傅作义的女儿、地下党员傅冬菊；二是傅作义的舆论工具《平明日报》的采访部主任、地下党员李炳泉；三是傅作义的身边人，包括傅作义的拜把兄弟曾延毅、老师李厚同、山西同乡杜任之，还有曾与傅作义义结金兰的抗战英雄马占山等。他们从各个方面帮助傅作义认清大势、沟通联系，为北平和平解放做出了特殊贡献。

中国共产党向来重视策反。《中国秘密战》一书中写道：

（解放战争期间）解放军共歼敌861.7万人，其中国民党军队起义、投诚、接受和平改编、自动放下武器的320起189万人，这21%正是策反战果。

中共的军队向来重视政治工作，政治部门有个外军少有的特别机构——联络部。这行当几易其名，破坏部——敌工部——国军工作部——联络部。几番改名，显示工作方针的演变进程……

毛泽东创造了新的秘密战法。国民党军队中流行一句话："天不怕，地不怕，就怕共产党的挖心话。"……

北平和平解放，是中国共产党开展敌军工作的综合成果，创造了著名的"北平方式"，为以后和平解放湖南、四川、云南、新疆提供了范例。当然，地下战线策反工作的艰巨性，并不亚于战场上真刀实枪的拼杀，这是一场看似平静实则危机四伏的攻心战。傅作义的微细心思，就连一次发火、一次犹豫，都会及时报到解放军平津前线司令部，及时报到西柏坡中共中央。秘密工作细致入微，终于将傅作义争取过来。

当然，傅作义也同时震惊地发现，自己身边，原来早就布满了共产党员。

特别值得一提的是，在傅作义身边隐藏最深的共产党员阎又文。阎又文与傅作义是山西荣河同乡，任傅部的新闻处处长、《奋斗日报》社长、华北“剿匪”总司令部政工处副处长，是傅最信任最器重的幕僚。但傅作义不知道，早在1938年，阎又文就加入了中国共产党。虽然一度与党失去联系，但他被“激活”后，充分显示了对党不变的忠诚。

有一件趣事值得一提。1946年7月底，聂荣臻与贺龙联手围攻大同。蒋介石命令傅作义援救大同，傅作义知道八路军“围城打援”的厉害，遂采用“围魏救赵”之法，东去攻打中共驻守的战略重镇集宁，以此来解大同之围。这一办法果然救了大同，旋即傅部与解放军在集宁大战一场，最终傅部获胜，之后又夺取了解放区最大的城市张家口。国民党“国大代表”尊奉傅作义为国民党的“中兴功臣”，一时谀辞如潮，傅作义也得意非凡，发表了《致毛泽东的公开电》，公开叫嚣让毛泽东“放下武器”“结束战乱”。

这篇文章，就是阎又文起草的。北平和平解放后，傅作义带着一行人去西柏坡拜见毛泽东，毛泽东还笑着对阎又文说：“你的文章写得很好啊！”

阎又文在1962年逝世，至死都未暴露自己的真实身份。一直到2009年北平和平解放60周年，北京市档案馆举办“北平和平解放史料展”，阎又文的名字才第一次与刘厚同、何思源、傅冬菊三人并列为北平和平解放的功臣。阎又文的女儿阎海兰、阎颐兰回忆父亲道：

集宁战役后，傅作义找父亲谈了两次话，要父亲为他起草一封致毛泽东的公开信。兹事体大，父亲颇感为难。王玉（注：阎又文的"上线"）在他的回忆录中说，阎又文请他向中央请示。他向上级汇报后，一直请示到周恩来和毛泽东。最后，中央同意父亲写这封公开信，并通过具体指示，让父亲打消顾虑，放开手脚来写。于是就有了那轰动一时的傅作义致毛泽东的公开信。

四

"四"即"凌晨四点"。

据《毛泽东年谱》记载，在1949年1月21日、22日、23日，正是傅作义部接受和平改编的关键三天，毛泽东连续三天凌晨4点在西柏坡给北平前方发电报，叮嘱备至，每个细节都考虑到了。比如在1月21日的电报中，毛泽东叮嘱要提醒傅作义，防止在北平的中央军的反扑，以及暗杀和轰炸。在1月22日的电报中写道："北平二十余万敌军出城改编，你们须令各兵团、各纵首长均看作一件大事，全军紧张地周密地在你们的统一指挥下对付这一个大事件，达到完满地处理此事件之目的，务必不要有轻敌疏忽之观点。"

历史的魅力，往往不在于宏大叙事，而是在于对细节的挖掘。今天回首70年前北平和平解放的往事，仿佛深入了一个庞大的系统工程，环环相扣，任何一个环节，都出不了差错。我们既要看到70年前中国共产党及其领导的中国人民解放军气吞万里如虎的大势，更不能忽略历史当事人的步步为营、艰难博弈。

争取傅作义，绝不是件容易的事。军事和政治斗争的复杂环境，双方数年的血战，都让身处时局者在抉择时不可避免地充满了矛盾、犹豫、算计和反复。傅作义做出最终的选择，也不仅仅是一句“弃暗投明”就能概括的。其中充满了激烈的斗争，双方都在根据自己的实力和处境，尽力谋求以最小的代价换取最大的成果。这是对双方政治能力的复杂考验，最终，中国共产党胜出。

最初，傅作义拥兵自重，数十万人马，是他跟共产党讨价还价的筹码。不过，先是精锐部队三十五军的全军覆没，接下来又是他寄予厚望的天津守军，在29小时内被全歼。天津守军一度自诩为“天津的马斯诺防线，固若金汤”，但迅速就被打趴了。有一个插曲，双方第三次谈判时，傅作义方代表邓宝珊还表示：“天津打得如何了？我建议你们还是把部队撤回来，免得遭到重大伤亡。”林彪冷冷回答说：“天津昨天已被我军攻克，13万守军被全歼，陈长捷被俘。”邓宝珊顿时大惊失色。

打，傅作义是打不过了，何况，当时他的部队也不想打了，北平满城人民更不愿意打了。诚如1949年2月1日，毛泽东为新华社写的《北平问题和平解决的基本原因》的新闻稿中指出的：

和平地解决北平问题的基本原因是人民解放军的强大与胜利……北平人民，包括劳动人民、资产阶级及绅士们在内，一齐渴望和平解决，又是一个原因。……北平和平解决的又一个原因，是近二十万的国民党军队除少数几个死硬分子外，从兵士们到将军们，一概不愿打了。

随着时间推移，傅作义能打的牌越来越少，共产党牢牢把握了主动权。2月3日，毛泽东为中共中央起草致林彪、罗荣桓、聂荣臻、叶剑英、彭真电：

对傅态度如新华社公开所表示者他过去做的是错的，此次做的是对的。他的战犯罪我们已经公开宣布赦免断不会再有不利于他的行动。他不应该搞什么中间路线，应和我们靠拢，不要发表不三不四的通电，应发表站在人民方面即我们方面说话的通电，如果他暂时不愿发这样的通电，也可以，等一等想一想再讲。以上态度应向傅本人及傅左右公开明确反复说明……

北平和平解放后，共产党对傅作义给予了充分的信任。1949年8月，傅作义乘专列到绥远。绥远是他的根据地，当地仍有他麾下的6万余名官兵。当时在绥远的军统误以为傅作义是“脱险归来”，还误导了蒋介石，蒋因此派人飞来游说，游说不成，又想搞暗杀……但什么都无法改变傅作义坚定跟共产党走的信念了，他最终促成了绥远起义。

时任傅作义部政工处长的王克俊若干年后撰写回忆文章，仍然感慨万千：

毛主席关于平津战役的部署，作战方针以及一系列的措施，对敌实行战略包围和战役分割，真是摸透了敌人的内部规律。针对各敌的区别，使敌人战、守、逃的幻想皆归破灭而陷于欲战不能，欲守无力，欲逃无路之境，剩下的只有就地被歼或就地和平解决一途。毛主席的军事战略、策略，与指挥的卓越、非凡，使当时的敌方身处指挥首脑地位的傅先生及其周围负实际责任的一些人，在其觉悟日益提高的基础上，对毛主席更感崇敬，莫不折服。至此，内因与条件皆已成熟，瓜熟蒂落，北平就要解放了，而傅先生以及我们这些跟随他多年的部属也找到了自己真正的归宿。

这就是政治能力!

遥想当年的西柏坡，在历史的关键时刻，毛泽东夜不能寐，伫立于电波声中，大脑如同超级计算机，处理各路信息，迅速做出判断，精确发出指令。给他提神的，是一支又一支香烟。

五

最后再说说“烟”的故事。

1948 年 5 月 26 日，中共中央进驻西柏坡。当年 10 月，傅作义探知情报后，准备出动近十万大军突袭中共首脑机关。好一个“掏心式”的千里偷袭计划！当时确实岌岌可危，西柏坡并无主力部队留守，连中央警卫团都派出去打太原了。

傅作义细心交代部下：届时在俘虏里找手指熏黄的人，毛泽东爱好抽烟。

但共产党获取情报的能力比对方要强得多。毛泽东通过新华社连发三篇文章，详细披露了傅作义的奇袭计划。傅作义一看，这仗没法打了，退兵。

1949年2月21日，傅作义拿着一个包袱，要装上香烟，手下问他："你买这么多香烟干吗？"傅作义说："我要去西柏坡见毛主席了，我给他拿些哈德门香烟做礼物。"

百万雄师过大江

“钟山风雨起苍黄，百万雄师过大江。虎踞龙盘今胜昔，天翻地覆慨而慷。宜将剩勇追穷寇，不可沽名学霸王。天若有情天亦老，人间正道是沧桑。”

众所周知，这是毛泽东在1949年4月下旬为庆祝中国人民解放军解放南京而作的一首诗。今天再读此诗，自信豪迈之气，仍扑面而来。

鲜为人知的是，在渡江战役22年前的1927年8月底，国民党元老于右任亦撰有一联来庆祝国民党军人在南京长江边的胜利——龙潭战役，曰“东南一战无余敌，党国千年重此辞”。

龙潭战役，是北伐战争中最激烈、最具决定性的一场战役，奠定了这一年宣告成立的南京国民政府的基业。同一年，共产党人遭受残酷的大屠杀后，奋起反抗，但起义相继失利，部队被打散，一度转移到湘赣边界的莽莽大山中。

22年，世事沧桑，新旧更替，如这长江滚滚东逝水。

一

1949年4月22日夜，新华社播发了一条新闻稿《人民解放军百万大军横渡长江》：

（新华社长江前线二十二日二十二时电）人民解放军百万大军，从一千余华里的战线上，冲破敌阵，横渡长江……当面之敌亦纷纷溃退，毫无斗志，我军所遇之抵抗，甚为微弱。此种情况，一方面由于人民解放军英勇善战，锐不可当；另一方面，这和国民党反动派拒绝签订和平协定，有很大关系。国民党的广大官兵一致希望和平，不想再打了，听见南京拒绝和平，都很泄气。战犯汤恩伯二十一日到芜湖督战，不起丝毫作用……

这篇新闻稿的作者，是毛泽东。

长江，见证了这场伟大的渡江战役是如何击碎国民党政府“划江而治”的梦呓，奠定了未来中国格局。

同样一条长江，也曾经见证了国民党军人的无上自豪。

1927年8月25日拂晓，长江晨雾弥漫，直系军阀孙传芳的主力大军大举渡江，主渡点在南京附近的龙潭，孙传芳也亲自过江坐镇指挥，还学项羽破釜沉舟，把船只悉数运回北岸交大刀队看管。他扬言要彻底消灭北伐军，“要回南京上海过中秋节”。

此役，孙传芳主力6万余人倾巢而出，志在必得。孙军作战也确实悍勇，一度逼近南京城。而当时的南京国民政府正处于严峻时刻，受武汉汪精卫政权东征讨伐，蒋介石所率的北伐军在徐州遭遇惨败，南京长江以北地区尽被孙传芳、张宗昌占有，蒋介石被迫宣布下野……孙军打来，一时大乱，南京城人心惶惶，百姓准备逃难。

但此时留守南京的李宗仁、白崇禧、何应钦等人临危不乱，率军抵抗，龙潭周围数十里地，炮火蔽天，血肉模糊，战斗甚为惨烈。国民党军队虽挫不退，愈战愈勇，尤其是海军的加入，更是使战局向好。战至31日，孙部已被逼入长江边的狭长地带，进入了白刃战。眼看大势已去，孙传芳只能带少数将领，乘小火轮撤到江北，从此一蹶不振。

龙潭一战，孙军除窜逸和伤亡、溺毙外，被击毙2万余人，被俘者约4万人，被缴枪支3万余支，炮数十门。史载，俘虏自龙潭押返南京明孝陵时，分四路纵队前进，排头已抵南京城郊，而排尾犹在龙潭……

国民党军队中此后的诸多名将，均参与了龙潭之役，此役更是成就了白崇禧"小诸葛"之美名。程思远先生在《白崇禧传》一书中评价道：

龙潭之役，其意义极为重大：第一，表明在蒋介石下野之后，军中失了一个统帅，何应钦、李宗仁、白崇禧三人平起平坐，谁也不能指挥谁，但他们以大局为重，开诚相见，团结战斗，这是历史上罕见的一件事。第二，第一军是蒋介石自己训练出来的嫡系子弟兵，在蒋氏下野后，它的战斗力并未减退，且受白崇禧指挥，与第七军并肩战斗，极为难得。

但是到了22年后的1949年，国民党军队再次防守长江时，他们已过了青春热血期，朝气不再，百病缠身，而且病入膏肓。

二

1949年4月与1927年8月龙潭之役爆发前的情形似乎颇为相似。蒋介石已在此前的1月底辞职，李宗仁成了代总统，与白崇禧一起守长江，其他防守长江的将领，多数均参与过22年前的龙潭血战。除了一个人，这个人是汤恩伯，蒋介石的心腹。

但是，22年前“开诚相见、团结战斗”的一幕，已经不可能重演了。在回忆录中，李宗仁大骂蒋介石和汤恩伯：

蒋先生最不可恕的干预，便是他破坏了政府的江防计划。蒋先生原非将材，东北及徐、蚌二役可说是他亲自指挥垮了的。当时我和白崇禧力争，徐蚌之战应本“守江必先守淮”的传统原则作战，而蒋不听，硬要在徐州四战之地与共军作战，卒至一败涂地。此次守江，虽已属下策，但是我们究有强大的空军和数十艘军舰为共军所无，若善加利用，共军亦未必可以飞渡长江。无奈蒋先生无意守江，却要守上海一座死城。执行他这错误战略的，便是他最宠信而实际最脓包的汤恩伯。

是什么让李宗仁这么伤心？他在辛苦打造长江防线时，汤恩伯却公然把江边的大炮拆走了，根本不把他这个“一把手”放在眼中。乔纳森·芬比在《蒋介石传》一书中很详细地记载了这一段：

当淮海战役的胜利者兵临南京城下，林彪的部队也挥师南下时，一个有关国民党心脏地区防御的重大分歧也随之而产生。李及其团队想利用长江为防御壕沟，坚守南岸。以上海为基地的汤恩伯大军的参与是这一计划成败的关键部分。但是汤恩伯拒绝参与——理由是蒋介石令他固守原地。在李宗仁主持的一个会议上，作战部的首领指出这将削弱阻止解放军过长江的努力。汤则说他不在乎，他已经得到了蒋的命令，而这些命令是必须要执行的。他一边捶着桌子，一边将摆放在他面前的文件扫落在地，并且大声威胁着要杀死那位军政部的首领，然后怒气冲冲地走了出去……

“军政部的首领”指的是国防部第三厅厅长蔡文治，他认为江防部队应该以南京为中心，向上下游延伸布防。南京上游芜湖与铜陵之间的狄港江面最窄，容易被突破，大军主力应放那一带。实事求是地说，他提出的方案，还是颇有些见地的。但是，汤恩伯根本不睬他。《李宗仁回忆录》中也记载了汤、蔡二人的争吵：

蔡文治说：“就战略、战术来看，我想不论中外军事家都不会认为放弃长江而守上海是正确的。现在代总统、何院长、顾参谋总长都同意我们作战厅的方案，为什么你独持异议？”汤说：“我不管别人，总裁吩咐怎么做便怎么做！”蔡说：“总裁已经下野了，你还拿大帽子来压人，违抗参谋总长的作战计划，如果敌人过江，你能守得住上海吗？”汤恩伯至此已血脉贲张，完全失去常态，顿然把桌子一拍，大声嘶吼道：“你蔡文治是什么东西？！什么守江不守江，我枪毙你再说，我枪毙你再说……”说着，把文件一推便冲出会场，扬长而去。蔡文治也气呼呼地把文件收起来，连说：“这还能干下去？这还能干下去？我辞职了！”

当时在现场的人回忆说：蔡文治气得当众揪下肩章和帽徽，说不干了，一排军扣崩出老远。

李宗仁的心，确实被伤透了：蒋介石明明已经下野了，却还在遥控！我明明是代总统，却指挥不动汤恩伯！

大战在即，却上演如此荒谬一幕，可见国民党的派系斗争已经无可救药。乔纳森·芬比在《蒋介石传》一书中精辟分析了蒋介石的意图：

为了使局势明朗，李宗仁试图让蒋要么重掌政权，要么离开这个国家。但这只是浪费时间——总司令的目的是乘李苦苦支撑之机，在台湾建立其新的权力基础，在这里他既可以重新开始，又不会遇到挑战。尽管目的如此，但他也无意让事情对其继任者变得更加容易些。的确，蒋的利益在于李的倒台——长江的成功防御将意味着当他看到时机成熟时作为国民党领袖而重新出山的野心彻底破灭。

是的，蒋介石并不希望李宗仁能够守住长江，在他眼里，李宗仁只是为他争取时间和空间的一枚棋子，或曰炮灰。他执意弃长江而守上海，是因为上海有他的巨大利益，要赶紧再榨取一遍，运往台湾。

汤恩伯守住上海了吗？当然没有，蒋介石让汤恩伯守6个月，但上海战役只打了16天。乔纳森·芬比不无讽刺地写道：在上海，汤恩伯让苦力们挖了很深的壕沟，“并且建了10英尺高的竹制障碍——有消息说他的一位亲戚正是经营木材生意的……”

这样的军队如果还能打胜仗，那真是没有天理了。

三

其实，就算汤恩伯能听李宗仁的命令，拼尽全力守长江，也是守不住的。辽沈、淮海、平津三大战役后，国民党主力已基本被消灭，在宜昌至上海间1800余公里的长江沿线的国民党军队，近70万人，看似庞大，但基本上都是覆灭之后重新组建的部队，战斗力弱，而且士气全无。长江北岸，却是挟胜而来、气吞万里如虎的解放军将士。

今天看来，渡江战役虽然也有江面燃烧、水柱冲天的激战场景，但整体来说，解放军并未遇到特别顽强的抵抗。《中国人民解放军第三野战军军史》有一段回忆了当时的战斗情形：

> 夜幕降临，江上刮起了风。中集团三个军上千船只扬帆起航，船工用力摇桨，战士们纷纷用铁锹、钢盔帮助划水，加快船速。先头船刚过中流，距离对岸300米时，敌军开始炮火拦截。有的船被打穿，战士们用棉絮、身体堵漏，有的船工受伤，仍然摇橹不停。我军炮群再次齐射，掩护部队渡江。江心里波涛汹涌，水柱冲天；江南岸是一片火海，映红夜空。各部队陆续到达南岸，平均渡江时间为15～20分钟……

解放军的江南阵地一旦建立，国民党守军就作鸟兽散了。23日拂晓，陈赓率兵团指挥部乘木船渡江，一帆风顺，很快到达南岸，陈赓在日记中高兴地写道：“晨光熹微，鱼贯入船，微风南送，疾驶如飞。不一时，舫登彼岸，踏上了江南大地……”

如果不了解背景，还以为这段文字写的是游记呢。

对解放军来说，渡江战役的目标，不仅仅只是强渡长江，而是迅速穿插包抄，歼灭国民党军有生力量。指挥东集团渡江的粟裕，在部队渡江成功后，连发几道电令，关键词就是一个“快”字：快追、快堵、快截、快歼！解放军将士此刻又使出了极速奔跑的“绝技”，冒雨轻装追敌，到处“包饺子”。陈赓在日记中写道：

> 大雨如注，部队仍向南挺进。沿途所见，人尽泥饰，走路如扭秧歌。歌声、叫好声、跌跤声混成一片，情绪至为高涨，雨亦不足扫其兴。尤其是沿途敌人遗弃之辎重、车辆、大炮，到处可见，更使部队高兴……

今天看来，渡江战役是中国共产党精心完成的一个系统工程。从反复练习，让北方战士适应水战，到细致侦察，熟悉对岸敌情（20世纪50年代有一部著名电影《渡江侦察记》，讲的就是这段故事）；从克服困难，大量筹集船只和粮草，到策划起义，有效打入敌人内部（守军起义，解放军不费一枪一弹，就拿下了国民党军队寄予厚望的江阴要塞）……虽然复杂，但一切都有条不紊，充分显现了即将建立一个新中国的共产党人的高超能力。

当时的一些历史细节非常动人。比如，江北大军集结之地——

靖江，人口只有37万，粮食作物总产量仅98000吨。但在渡江战役准备及实施期间，靖江人民在短短三个月时间里，硬是支援粮食300万斤、草料950万斤。随军筑路，立马造桥，许多靖江儿女毫不迟疑地砍掉自家的大树，在短短二十几天时间里，筑公路170多公里，支援驻军的人力达12万余人次。靖江市政协组织编撰的《伟大的渡江在靖江》一书中写道："在奔流不息的江水中，多少人家父子、母女同支前，三代同撑一条船，划起数千只木帆船，冒着敌人的炮火，送军渡大江。"

老百姓为什么喊出"豁出命支援解放军"的口号？因为国民党军撤到南岸时，疯狂抢掠，把老百姓家里用来春播的种子都搜刮走了。

四

渡江战役前蒋介石与李宗仁的心理，堪称绝望中的侥幸、现实前的幻想，他们希望抓住最后一根稻草来安慰部下和自我安慰，沉浸在一厢情愿的自我想象之中。

蒋介石幻想固守上海，守上6个月，等待第三次世界大战爆发。李宗仁则幻想"划江而治"，他一边筹备江防，一边派出代表团到北平和谈，还积极游说美国、苏联，希望他们出面劝说共产党，不要打过长江来。

但幻想只是幻想，早在1949年的新年献词《将革命进行到底》中，毛泽东就写道："1949年中国人民解放军将向长江以南进军，将要获得比1948年更加伟大的胜利！"谁都不能阻止中国共产党的胜利之路。国民党要和谈，毛泽东表示：行，欢迎，但是，即使和谈成功了，解放军仍然要过长江。

在渡江战役中，解放军还顺带收拾了蛮横惯了的英国军舰，这就是震惊中外的“紫石英”号事件。英国皇家海军长期把长江当成自个儿地盘，横行霸道。22年前，龙潭战役时，英国军舰就为孙传芳助战，悍然炮击国民革命军。但这次，他们碰到了解放军。

先是英国军舰“紫石英”号不顾解放军警告，遭到炮击，交火后“紫石英”号受创严重，搁浅，再打下去就要被击沉了，赶紧挂出白旗。接着，英国军舰“伴侣”号过来救援，又被打跑。英国人还是想救出“紫石英”号，派出了“伦敦”号和“黑天鹅”号，交火中，这两艘军舰也被一顿狂打，逃窜。再也没有新的军舰敢来救援了。搁浅的“紫石英”号被困了足足101天，后来趁月黑风高伪装成客轮逃出长江口。

“紫石英”号事件，应该是渡江战役期间的一起突发事件。中国共产党的态度是：敢挑衅，就狠狠地揍。在《毛泽东年谱》中，有多处记载毛泽东关于此事的指示：

（4月21日）不管真假，凡擅自进入战区妨碍我渡江作战的兵舰，均可轰击，并应一律当作国民党军舰去对付。

（4月23日）加强江阴方面的炮火封锁，一则使国民党军舰不能东逃，二则使可能来犯之英舰不能西犯，如敢来犯，则打击之。

4月22日，新华社广播了毛泽东撰写的述评新闻《人民解放军战胜英帝国主义国民党军舰的联合进攻》。4月30日，新华社又发表毛泽东撰写的《中国人民解放军总部发言人为英国军舰暴行发表的声明》，庄严宣告：

中国的领土主权，中国人民必须保卫，绝对不允许外国政府来侵犯。

人民解放军要求英国、美国、法国在长江黄浦江和在中国其他各处的军舰、军用飞机、陆战队等项武装力量，迅速撤离中国的领水、领海、领土、领空，不要帮助中国人民的敌人打内战。

同时声明：愿意在平等、互利、互相尊重主权和领土完整的基础上与外国建立外交关系，但是建交国必须断绝同国民党残余力量的关系，并且把它在中国的武装力量撤回去。

真是一个历史轮回。第一次鸦片战争时，英国军舰就是驶入长江，兵临南京城下，最终逼迫清政府签订了丧权辱国的《南京条约》。100 多年后，解放军的炮声，宣告了帝国主义对中国的“炮舰政策”的破产。这段历史，始于英国，终于英国。

1949 年 10 月 1 日，中华人民共和国成立。翌年 1 月 5 日，英国宣布承认中华人民共和国，这是第一个承认新中国的西方国家。

五

渡江战役的日期，因为国民党请求和谈的原因，一再推迟，共产党可谓仁至义尽。1949 年 4 月 20 日，国民党政府拒绝在和谈协议上签字。翌日，毛泽东、朱德发布《向全国进军的命令》：

奋勇前进，坚决、彻底、干净、全部地歼灭中国境内一切敢于抵抗的国民党反动派，解放全国人民，保卫中国领土主权的独立和完整。

命令中还写道：“在人民解放军包围南京之后，如果南京李宗仁政府尚未逃散，并愿意于国内和平协定上签字，我们愿意再一次给该政府以签字的机会。”李宗仁跑掉了，他先去杭州拜访蒋介石，做最后努力，后来失望地返回南京，发现政府居然已经迁往广州了。一夜未眠的李宗仁，第二天飞回了他的老家广西桂林，随即赴美。16年后，李宗仁夫妇回国，受到毛泽东的欢迎。

曾经创造过龙潭战役辉煌的白崇禧，无法抵抗四野大军的渡江作战，逃离武汉。他后来去了台湾，遭到严密监视，处境艰难。他去世后，墓地朝着大陆方向。

不尽长江天际流。

共产党为何赢得胜利？
且看一个国民党老兵的回忆

百年长路，国共两党的命运变迁、此消彼长，令人感慨与深思。

著名华文作家王鼎钧“回忆录四部曲”之三《关山夺路》详细记载了从抗战胜利到败退台湾三年多时间里，一个国民党基层军官的亲身经历，极具史料价值。这三年多时间，可谓世界史上最具戏剧性变化的一段时间，因抗战胜利攀至历史声望最高处的蒋介石政府及其庞大的军队，却在自己发动的内战中兵败如山倒，政权也随之崩溃，黯然退守台湾。无数学人对这三年多时间条分缕析，相关成果蔚为大观，而王鼎钧的回忆录则从一个亲历者的耳闻目睹、所思所想，还原了历史真相，形象而又深刻地告诉后人：那段时间到底发生了什么……

一

王鼎钧被誉为“当之无愧的散文大师”，从 1992 年到 2009 年，他历时 17 年陆续发表“回忆录四部曲”，《关山夺路》系回忆录第三部，也是最精彩的一部。从抗战胜利后在陕西投笔从戎开始，到携老父自上海登舰逃亡台湾结束，跌宕起伏，颇为传奇。

抗战胜利后，作为学生兵，王鼎钧意气昂扬，决意为国效力，辗转陕西、南京、上海，到沈阳当了一名宪兵，参加了日军投降后沈阳的接收工作，目睹无数怪现状，满目尽是国民党败亡之预兆，从满腔热血到心灰意冷。辽沈战役开始前，他托关系到秦皇岛从事部队后勤工作，纯属混一口饭吃了，而后在平津战役中当了解放军俘虏，被释放后徒步穿越华北，抵达上海后与失散多年的父亲会面。在隆隆炮声中，他攀船逃亡，被人一推，差点跌落大海，绝望中伸出一臂，幸好勾住栏杆，又有人拉了一把，“一推一拉，历尽生死福祸”。翌日，上海解放。

这本回忆录记载的许多事，匪夷所思，但又真实存在。譬如，王鼎钧离开沈阳宪兵部队到秦皇岛后勤部门赴任，用的是另外一个人的名字。当时秦皇岛是国民党军队支撑东北战场补给的重要后勤基地，基地上尉军需王鹤霄辞职离任，由王鼎钧来顶替他的名字。书中写道：“我必须记住，官兵薪饷名册里的那个王鹤霄，就是我。”

旧人走，新人来，为什么不办正常的任免手续呢？王鼎钧分析说：“其一，如果办公文报上去，说王鹤霄辞职了，上尉军需出缺了，上级机构可能不容分说‘空降’一个人下来，老板的眼睛里无异渗进一粒沙子。其二，即使老板可以照自己的意思用人，他要用的人，譬如我，资历不合，上级也是不准。”

王鼎钧是山东兰陵人，王鹤霄是河北徐水人。作者在回忆录中说：“为了防备点名检查，我时时默念我叫王鹤霄，河北徐水人，徐水在保定之北，北京之南，东面天津，南面石家庄。太行山有一条河自西北流向东南，经过县城，徐水因此得名。徐水的特产是黄瓜和老醋。……我也时常提醒自己，我的妻子姓许，两个孩子叫大宝二宝。”

当时王鼎钧并未婚配，连女友都没有，为何冒出妻儿来？原来，做了军官还可以领到眷粮。依规定，每人最多不得超过四口，于是一律按四口申报。“我在名册上立刻有了一个老婆和两个孩子，实际有眷的人领实物，实际无眷的人领代金，代金的价格低于实物，中间的差额也归老板。为防虚报冒领，要附全家照片，主办人替我找来三个‘演员’，我付给演出酬劳法币一百五十元。”

可见，当时国民党军队在人员方面，“造假”盛行，猫腻甚多，俨然已形成产业链，上中下游一条龙，其核心还是这支军队历史悠久、臭名昭著的“吃空饷”。王鼎钧经历的是吃空饷2.0版。他写道：“真王鹤霄虽然是个上尉，假王鹤霄却只能领少尉的薪饷，两者的差额由会计部门存进老板的账。我完全没有意见，我知道，我若不来乞食，这份上尉的薪饷全部归他所得，现在他分一大部分给我，并非我分一小部分给他。”

书中多次提到的“老板”，是他所在部门的一把手。是的，“老板”比“长官”更适合此人身份，他真的把当官当成了一门油水丰厚、处处商机的生意。这样的“老板”，当年遍布军中，大大小小，比比皆是。

王鼎钧做这一切身不由己。“心里觉得十分别扭，忽而有得救的感觉，忽而充满了罪恶感。我又能怎样呢，以前政府骗我，我无法选择，现在我们集体欺骗政府，政府也无法选择。”“王鹤霄”这个名字，他用了很多年。

“冒名顶替”衍生了许多悲喜剧，国民党败退台湾后，开始清理整顿，有些人再也无法变回自我，等到两岸能够来往，“大陆上的父母到台湾找儿子，找到一个假儿子。或者真丈夫有个假身份，没法接妻子到台湾见面”。充满戏剧性的是，王鼎钧后来在台湾，居然碰到了照片上的“妻子”许小姐，那情形，也是蛮尴尬的。

二

读罢《关山夺路》，顿悟啥叫“雁过拔毛”。

兵马未动，粮草先行。当年国民党军队百分之四十的军费，用来支撑东北战场。王鼎钧感叹说：“从未想到军粮运补的方式如此粗糙而原始，手续繁复而不精确，每一部手续都有侵吞的机会。”他披露了军粮被侵吞的整过程：

第一步，运粮的轮船进港，起重机卸下米包，每次十包，临时放在码头上。全船一共运来多少包，接粮的单位对“包数”要负责任。依照规定，准许有“船耗”，如果船舱漏水，一部分粮米潮湿霉坏，可以由船长出具证明，申请报废。于是每一艘运粮船的船舱都进水，每一位船长也都愿意证明，没听说哪位船长拒绝合作。为什么每一艘轮船都会漏水？政府从未监督改善。

第二步，每一包米都要过磅，计算这一船米有多少公斤，接粮的单位对“斤数”要负责任。俗话说，两只碗同样大小，把满满一碗水倒进另一个空碗里，不会仍然满碗，依照规定，装船时允许有损耗，卸船时也允许有损耗，按路程远近定出百分比，于是每一船粮米都可以短少一些，完全合法。

第三步，一包一包军米过磅以后，由码头工人背上火车。工人手里拿着一把铁钩，先把铁钩插进麻袋，用力向上一提，接着一转身，另一个工人两手捧起麻袋，向上一送，整袋米驮在背上，这时铁钩在麻袋上拉出缝隙，大米哗啦哗啦流到地上。地上早已打扫干净，从地上扫起来的米仍然是好米，可是依照规定，这些米受了污染，需要整理，整理时有进一步的损耗，两斤折合一斤。每一船米都会有相当数量的“污染米”。工人为什么一定要用那把铁钩？政府从未过问。

第四步，军粮装满火车，再一节车厢一节车厢过“地磅”，地磅装在铁轨上，称出整节车厢的重量，扣除“皮重”，求出“米重”。我一直纳闷，既要分包过磅，又要整厢过磅，这种设计有何必要？两种重量的差距又将如何对待？这个秘密，我始终没有窥破。

上述种种手法，并不高明，却盛行无忌，足见“潜规则”已经完全盖过了规则，风气之劣，可见一斑。王鼎钧还披露了当时一件十分拙劣但大家却一本正经地干着的事：如果船上运来的不是大米而是面粉，又是另一种玩法了。因为面粉只问多少袋，不问多少斤。除了船舱产生漏水废面以外，所有的面粉立即运到特设的仓库，这个仓库由老板最信赖的军官管理，最信赖的工人操作，其他人一律不得走近。若是老板调动，新老板必定要带自己的人来上任，第一天第一件事就是接管仓库。

王鼎钧没有进过这个仓库，只是听说这间仓库除了存放“废米”，还有一间密室，四壁光洁，地上铺着细纹的席子。工人把一袋一袋面粉放在席子上，用藤条抽打，面粉从布袋纤维间飞出来，落在席子上，再扫起来，装进空袋里，由老板待机分配。据说每一袋面粉抽打多少下都有规定，抽打的力度角度都有训练，瘦身后的一袋面仍然是一袋，交出去没有困难。

虽然是公开的秘密，但老板和他的心腹们做得还是很隐秘。王鼎钧有一次在二楼的办公室凭窗下望，看见一个满身雪白的工人经过，那天这个工人疏忽了，没有换衣服就胡乱走动。王鼎钧就看到过这一次。

三

兵站、粮站，是国民党军队的肥缺。《李宗仁回忆录》中曾记载，如果部队要补充武器弹药，必须向兵站行贿，尤其是杂牌部队。如果不行贿，即使蒋介石批准，也休想从兵站拿到一点补充。“第五战区新编王认曲师，获准得新枪 1000 支，就卖掉 200 支，以所得款贿赂兵站仓库官员。而第二十九集团军总司令王赞绪，虽有蒋介石亲批手令领械，不贿赂也一支领不到。”李宗仁还记载了抗战胜利后自己任北平行辕主任时，因国民党官员垄断了城内的粮食供应，名满天下的大画家齐白石竟然买不到米下锅，只能求助李宗仁。后者也无法指挥控制粮食的部门，只好下令从行辕人员的配给粮食中抽出一份，定期送到齐白石家。

李宗仁一度是国民党二号人物，高高在上，他的感受又哪有基层军官王鼎钧那般真切？

国民党内大大小小的“老板”们，是如何通过军粮牟利的？王鼎钧回忆：每年一次或两次，部门依法处理“废米”，照例由三家大粮行竞标，上级派员全程监督。

依照规定，派下来的官员阶级一定要比我的老板高，他和我的老板必须没有历史关系，也没有亲戚关系。这些规定都没有发挥作用，他们虽然没有历史关系和亲戚关系，他们却像电影里的黑帮人物，尽管素昧平生，只消一个手势，一句暗号，立刻产生完全的默契。他们都熟悉音乐和舞步，可以一见钟情，佳偶天成。高级首长派谁出来干这趟差事，就是看某一个老部下生活太清苦了，给他机会找些外快，当时叫做“调剂调剂”，也许由他顺便带些油水回来分享。监督者和被监督者“二人同心，其利断金”，关系超过了同乡同学同宗。

贪污等不法行为，却在冠冕堂皇中进行。监督者先视察仓库，他看见“九千斤废米”（实际是六万斤好米），他做市场调查，证明“底价”的价格合理，他亲自主持开标，亲眼看见得标的粮商把“九千斤废米”运走，他负责证明这一切，千真万确。但是事实上三家粮行共同接下这笔大生意，他们以低价买去六万多斤好米。“可以想象，偌大一笔粮款，绝非老板可以独占，许多人都会有一份。”

防弊的规定虽如此周密，但作弊者破解却易如反掌。当时民间有顺口溜来形容国民党军队后勤部门的黑暗：“从粮（良）不如当仓（娼），当仓不如直接税（睡）！”

“我虽已放弃一切理想，仍不能甘心接受这样的现实。”王鼎钧叹息道。

在国共大决战的关键时刻，如此糜烂的国民党有何胜算？《关山夺路》中颇多意味深长的细节，都指向两个字："烂根"。王鼎钧明白，所效力的政权与军队并非部分长官的问题，而是上行下效，已经从根子上烂掉了。

他写道：他们部门从秦皇岛撤退后，住在塘沽一个小镇上，房东女儿俊秀，同事中一个押送员调戏她，回到办公室和死党计议如何弄她上手。"我想起古人说过'恶徒从来爱村姑'，我想起当时民间批评国军的顺口溜'见了壮丁他要抽，见了钱包他要搜，见了女人他要勾'。东北的百万共军即将入关，华北的局势岌岌可危，还有这等人不知死活。"

王鼎钧还提到，他在天津一役中被俘，获释后，一群人如过街老鼠般走在天津农村，突然，一群农民揪住一个被释俘虏拳打脚踢。"这是什么时候，什么地方，他居然犯了老毛病，随手拿了人家一个鸡蛋。"

四

《关山夺路》中有一个专门的章节名为《贪污哲学智仁勇》。

一个军中小贪官，特地给王鼎钧讲了他的"贪污哲学"："合情，仁也；合理，智也；不必合法，勇也。"贪污需要勇气，"合情合理不能合法"，这是王鼎钧当年的同事和长官的共识。

王鼎钧详细分析了当时的官场生态，指出贪官们有三道防线。

贪官们有不成文的盟约，若是一个贪官倒下来，揭开来，所有的加盟者都成一网之鱼，他们必须互相保证人人可以全身而退。也正因为如此，他们必须计算各方打点之后还能剩下多少，他们必须筹划怎样使加盟者皆大欢喜，结果贪得越多越安全，这是第一道防线。

第二道防线，万一官司上身，就推给部下承担，只要部下说一句“这是我干的，上司不知道”，上级顺水推舟，贪官金蝉脱壳。东方文化有“替死”的传统，首长平时注意物色人选，以备不时之需。如果有一个年轻人，朴实率真，讲忠讲义，没有才能见异思迁，有一点把柄可以被掌握挟持，首长就提拔这个人，把他放在他自己不能达到的位置，由他感恩戴德、火中取栗。如果首长坐牢，他可以替代坐牢，他一人坐牢可以大事化小，首长还可以照顾他的家小，供应他在狱中的需要，安排他出狱后的工作。王鼎钧一度特别担心，自己被选中。

最大的恐惧是部下挺身检举。“常在河边走，怎能不湿鞋”，法网恢恢，那就启用第三道防线。没什么了不起！抗战时期，政府本有《惩治贪污条例》，明文规定要没收贪官的财产；胜利后检讨战时法规，认为这一条很像是专制时代的抄家，不合时代潮流，于是彻底修正，贪官失去权位，仍可以保有财富。“我曾听见一位官太太在打牌的时候说：‘我们这辈子和下一辈子吃不完也喝不完，什么都不怕！’她的丈夫因贪污判罪，正在狱中服刑。”

作为基层军官，王鼎钧深知国民党腐败已如绝症，那么作为国民党和国民政府“第一人”的蒋介石知道吗？其实他完全知道，但他又有什么办法？他没有信心也没有能力来改变。1944 年，案值高达 20 多亿国币的“美券贪腐案”被披露后，蒋介石暴跳如雷，但对此案腐败之源头、时任中央银行总裁的孔祥熙，他一点辙都没有。孔祥熙是他的姻亲。他只能在日记里怒骂孔祥熙“可耻之至”“此人之贪劣不可救药，因之未能午睡”。是的，他气得都不能午睡了，但也仅此而已。

国民党全方位的腐败，已经整个绑架了国民党，无论是高高在上的蒋介石，还是沦落尘埃的王鼎钧，都无可奈何。

在彻底崩溃前夜，国民党的“文胆”陈布雷自杀。他曾满怀梦想，至此全部破灭，他很绝望，“前方军事溃败到如此地步，后方民心思变又如此”。他留下的最后一句话是：“让我安静会儿。”陈布雷名字之由来，是因为高中时面庞丰满，被同学们戏称为英文 bread（面包），于是他就以谐音“布雷”为名。他死时，精神颓丧，头发蓬乱，双颊瘦削，形容枯槁。

油尽灯枯——这是陈布雷的遗容，也是当时国民党败退台湾前留给历史的表情。

五

天津解放后，王鼎钧当了俘虏，他得以近距离观察解放军。他的情绪是很复杂的：这些年轻的战士，形容疲惫却精神健旺，装备粗陋但斗志昂扬，穿着土布军装，装容灰暗，只有腰间插着一双新布鞋，“兵贵神速，他们一昼夜可以急行两百华里，鞋子是最重要的装备”。王鼎钧心头有个疑问：个别看，解放军哪里是雄师？何以集体表现席卷江山？当时被俘的国民党军官陷入沉思，没有答案。

在国民党败退台湾 67 年之后，北大教授潘维给出了答案：

当年的共产党与国民党的区别是什么？两党的目标似乎没什么不同，都是打倒军阀、平均地权、民族解放。孙中山先生曾反复讲，三民主义就是社会主义。然而，两党有两个根本区别。第一，国民党在平民百姓中没有根，共产党植根于平民百姓。第二，国民党要扮上帝，给人民“送慈善”；共产党则要人民自己当家做主，让人民组织起来自己解放自己。没有根的国民党迅速蜕变成了新军阀，就完不成平均地权和民族解放的任务。共产党深深植根于普通人民，动员人民，组织人民，以组织起来的人民力量为上帝。当共产党感动了这个上帝，就没有办不成的事，上帝就帮共产党“移山”。从“三大纪律八项注意”“缸满院净”“为家家户户排忧解难”“减租减息”，到真正实现“平均地权”，共产党时时惦念每家每户的疾苦，人民也就坚决支持共产党，把“最后一块布、最后一碗米、最后一个儿子”交到共产党手里……

潘维这段话写在《大道之行：中国共产党与中国社会主义》一书中的序言里，序言中提出“要警惕共产党的国民党化”。

党风问题关系人心向背、党的生死存亡和事业成败。这就是历史镜鉴。

在国民党军队，“老百姓”曾经是一句骂人话

《关山夺路》中有一个耐人寻味的细节：当年，“老百姓”一词曾是国民党军队中的骂人话。

其实，历史中兴衰成败的秘密，往往就藏在一个个细节中。

一

《关山夺路》这本书是王鼎钧关于自己年轻时从军经历的回忆录。他在抗战胜利后加入国民党军队，成为一名宪兵，经过新兵入伍训练后，经南京、上海到了东北，经历了国共内战，然而在天津成了解放军的俘虏，被释放后，辗转来到上海，在上海解放前一天，乘轮船去了台湾。

他在读高中的时候被诱骗入伍，关于新兵生活，最多的回忆就是班长任意殴打虐待新兵：

班长打人并没有准则，早操跑步的时候，有人踩掉了前面列兵的鞋子。班长立刻把他揪出来，拿刺刀当戒尺打他的手心，打得很

多，很重，挨打的人怕痛，没有军人气概，要狠打。有人硬挺着挨打，很有形象，把打人的班长激怒了。他一面用力打一面说："你有种，你好汉，我一定要打到你哭。"后来挨打的人流下眼泪，班长打得更凶，一面说："你哭，你哭，我一定要打到你笑。"后来，唉，挨打的人一面挨打果然也一面笑出来，笑声凄厉，混合着哀伤、愤怒、绝望，完全不是人类的声音，我至今回想起来，毛骨悚然。

当年国民党军队班长是一边打一边骂，王鼎钧回忆说：

原来新兵训练就是挨打，操课教材无非是打人的借口。起床号已响，你的动作慢了，要打；起床号未响，你的动作快了，要打。熄灯号未响，抢先上床，要打；熄灯号已响，还没有上床，也要打。他们打起人来真狠、真下毒手。

夜间紧急集合是一个完善的样本。紧急集合的号声，把大家从梦中惊醒，穿衣服的时限是五分钟，动作慢一拍的人要挨打，罪名是"老百姓"。有人匆忙中把裤子穿反了，并不惊怕，好像挺有幽默感，该打，罪名是"老油条"。有人担心自己来不及，穿着衣服睡觉，该打，罪名是"神经病"。老百姓，老油条，神经病，班长每天动手动脚，念念有词。

尤其是"老百姓"，这一条是每个新兵的原罪。班长打一下，骂一声活老百姓，打一下，骂一声死老百姓，好像和老百姓有深仇大恨。

行文至此，王鼎钧叹息说：

兵士来自民间，带着民间的习性和身段，也许和军事训练的目标相悖，但是你不该因此污辱老百姓，不该借此丑化老百姓，以致教育出几百万卑视百姓、欺凌百姓的官兵来。

王鼎钧去了台湾后，一直在反思“老百姓”这个问题。他认为那时国民党军队士兵所受的训练，要把“兵”从百姓中分化出来，与百姓对立，以百姓为耻，“这样的军队怎么可能得到百姓支持”。去台湾之初，王鼎钧以卖文为生，他不吐不快，给具有军方背景的《扫荡报》副刊写了一篇文章，直陈军中不可把“老百姓”当作骂人的话使用。

这篇文章起了一定作用，他回忆说：“忘记过了多久，政府通令全军，彻底废除‘老百姓’一语。当然不会是根据我的意见，我想文章既然登在报上，而且是军方的日报，军方有人看过，反映到决策阶层。”

二

“老百姓”居然成了国民党军队的骂人话，可见当时军民关系之恶劣。

史载，1941 年 6 月，蒋介石曾严厉责备第三战区长官顾祝同：

第三战区之军，风纪可谓扫地殆尽，兄其知之乎？中初以为战败溃乱一时之现状，故未加深究，不料至今闽浙各地之国军仍到处扰乱抢劫，其所有行动之恶劣，诚出乎梦想所不及者。此兄平时治军，不认真不严肃，而乃有此不可收拾之一日。

还有记载说，1945年，刘峙转任第五战区司令长官后，长官部四周的农民更是大遭其殃。“花、果、菜蔬时为官兵强取而去，例不给值。农人有来诉苦的，长官部里的人却说，我们一向是这样的。军人为国抗战，难道吃点水果、菜蔬，还要花钱买？”

抗战时期，国民党政府可以用民族主义来凝聚民心与军心，虽然民生问题一直处于危机边缘，但在大是大非的民族问题面前，暂时退居到从属地位。抗战期间，老百姓支持国民党军队抗战的感人故事，比比皆是。抗战胜利后，国民党无论从政府还是军队，都没有想到去改善与老百姓的关系，尤其是部队以胜利者自居，军纪败坏，荼毒地方，更是使军民关系彻底走向恶化。

众所周知，抗战胜利后国民党政府派往沦陷区的接收大员，有“五子登科”之称。王鼎钧在《关山夺路》一书中，则回忆了当年东北老百姓给国民党军队取的另一个外号：“五强”。

“五强”本来是个荣誉称呼，“二战”结束后，美、英、苏并称“三强”，加上法国和中国，合称“五强”。当时在中国，“五强”常常挂在要人的嘴边，嵌在报纸的大字标题里。但这个词后来变味了，成为讽刺国民党军队强买、强卖、强借、强住、强娶的“五强”作风。王鼎钧写道：

强买，商家定价一百元的货物，硬要二十块钱买下来。强卖，拿着东西到商店推销，明明只值二十块钱，硬要一百块钱卖给你。

强借，借用老百姓家的东西，你不借也得借。中国人因为语言不通或腔调不同，互相轻视。有些士兵听不懂东北话，东北人也听不懂他的乡音，借东西沟通失败，自己升堂入室寻找，哪有工夫听老百姓争论，索性举手就打，拿了东西就走。强住，军人不带着房子走路，随地住在农民家，眼睛只看房子不看房主，一句商量也没有。强娶，团长或师长级的带兵官选中了对象要成亲，他的年龄可能比岳父大，说媒求亲纳采下聘样样按规矩来，花轿抬到门口，你还想怎样？

王鼎钧是一名宪兵，干的是维护军纪的事，他在东北期间耳闻目睹各种怪现状。比如，一个保安团长在沈阳铁西区弄到一栋房子，有了房子就得布置家具，他的副官带着几个护兵四处寻猎，冲到一个中年商人的客厅，搬走全套家具。这个商人到宪兵队告状，后者派王鼎钧来处理此事。王鼎钧找到了那个保安团长，其实所谓保安团，完全是个野鸡机构，但这个保安团长，居然任由一个宪兵立正站在客厅里，他不理不睬，与朋友一起喝高粱酒，吃白肉酸菜火锅。宪兵说话，他装作没有听见。王鼎钧火大了，保安团长火更大，站起来斥责他目无长官：“你给我回去，叫你们连长来！”王鼎钧发誓要把家具给追回来，不断给上级部门写信反映情况，言辞越来越激烈，过了一个月，家具给还回来了。王鼎钧因此赢得一些名气，不断收到市民信访，都是申诉军人“五强”作风的，信末写着“谨呈上等兵王”。王鼎钧还有些高兴，但把这些信访件拿给宪兵班长看时，班长就两个字：“烧掉。”他在书中写道：“我遵命烧信，心里很痛苦。”

是的，一个宪兵，又能解决什么问题呢？一个少将高参居然走私鸦片，被宪兵抓住，移交法办。但此人居然又给放出来了，而且还真名实姓地给宪兵队寄来一张明信片，上写：“我行我素，自由自在，其奈我何！”曾经抓他的宪兵在街头看到他坐在吉普车上，搂着一个美女，绝尘而去。

横行无忌，欺压百姓，已经成了不少国民党官兵的一种价值观。王鼎钧在天津当了俘虏，关了半个月被放出来，一群人栖栖惶惶，行走在天津农村里，突然有个人被农民围打，原来他老毛病犯了，随手顺了一个鸡蛋。对于被释放的俘虏兵，老百姓可不客气了。

糜烂，真是到了骨子里。

三

军人与平民的关系，一直很值得琢磨。李安新片《比利·林恩的中场战事》，其实讲的就是军人与平民之间的那种微妙与复杂：一群士兵从伊拉克战场归来，被媒体包装成国家英雄，他们接受欢呼，但并非所有人都崇拜尊重他们。奸商想廉价利用他们，球场观众调侃他们，即使在镁光灯下成为主角登场时，仍有伴舞的男子附在他们耳边骂“傻大兵”。更狗血的是，在电影即将结束的时候，一群浑身蛮力的场地工人居然围殴了这群“国家英雄”，导火索仅仅是因为盛大庆典后，他们沉浸在激动中没有及时离场，影响了场地工人的工作……当然，这部电影还是美国式的主旋律。虽然遭遇各种狗血，他们还是决定重返战场。颂扬勇气与责任，鞭挞平庸之群氓。

黑泽明执导的《七武士》，堪称日本最经典的电影，探讨的也是武士这个特殊的阶层与农民的关系。武士是极度鄙视农民的，其中一个武士的台词是：

> 你们把农民当作什么，以为是菩萨吗？简直笑话，农民最狡猾，要米不给米，要麦又说没有，其实他们都有，就是有，掀开地板看看，不在地下就在储物室，一定会发现很多东西，米、盐、豆、酒……到山谷深处去看看，有隐蔽的稻田。表面忠厚但最会说谎，不管什么他们都会说谎！一打仗就去杀残兵抢武器，听着，所谓农民最吝啬、最狡猾、懦弱、坏心肠、低能，是杀人鬼。

虽然清楚农民本性，但是在农民遭遇山贼欺凌时，武士们仍然为他们浴血死战，所以在电影结尾时，武士头领勘兵卫说："胜利的，不是我们，而是农民。"

"我们"和"他们"分得如此清楚，以精英阶层自居的武士，非常在意他们与农民之间身份的鸿沟，也以此为傲。当然，《七武士》之所以经典，是因为其深刻。这部电影还有一句经典台词，说清了武士与农民的关系，是谁让农民变成这个模样的。"是你们，是你们武士，你们都去死！为打仗而烧村，蹂躏田地，恣意劳役，凌辱妇女，杀反抗者，你叫农民怎么办，他们应该怎么办。"武士为农民而死，是一种责任，也是一种偿还。

在武士时代，把一个武士称作"农民"，是对他最大的侮辱；如同在国民党军队中，"老百姓"成了骂人话。那些傲慢残暴、以虐待新兵为荣的国民党军队班长们，估计都有这样的心理：我是军人，就是比老百姓要高一个等级，就是要瞧不起老百姓。

国民党是典型的精英政党，政府中充满了各种高学历"海归"，洋博士的大帽子一顶比一顶唬人。他们很专业，有国际视野，见惯了大场面，但一个这样的豪华团队，为何交出那么一份不合格的答卷？政治、经济、军事、社会……统统一塌糊涂。只能说，他们太把自己当精英了，他们高高在上，漠视民生，他们其实并不了解真实的中国。

例如，国民党实权人物中，有相当数量的“技术控”，他们迷信国家治理中的军事力量，而对军事力量的迷信，又集中于武器装备，认为优势装备可以解决一切问题。当年王鼎钧入伍的时候，国民党军队获得了大量美式装备，顾盼自雄。1946 年 2 月，国民党政府曾在南京城外举行过一次陆空军联合攻击演习，演习部队是美式装备的张灵甫第七十四师。主持演习的白崇禧在讲评时表示：共产党哪经得起咱们现代化武器的攻击？而在各位将领的恭维下，张灵甫满脸得意。一年后，他殒命孟良崮，七十四师被全歼。

民众是不能被遗忘的。

四

王鼎钧在《关山夺路》中，既详尽写了国民党军队中种种不堪，也清晰观察了当时共产党军队是如何赢取民心的。他写道，正在班长殴打虐待新兵、辱骂他们是“老百姓”时，“也就是这个时候吧，八路军走出解放区，蹲在收复区农家的灶门，亲亲热热地叫声老大娘老大爷……”他还写道，在解放战争中，老百姓是如何支持共产党军队的，而国民党军队又是如何憎恨老百姓的：“国军进入村庄，探问敌情，得到的答复是附近没有共军，话犹未了，共军忽来围攻，国军先把答话的人一枪射死。”“在他们看来，老百姓都是‘匪’，或者都‘通匪’，中央军好像不是跟共军作战，而是跟全体老百姓作战……”

其实，国民党军队不是不知道共产党军队的优势，他们也学过，但就是学不来。全面抗战爆发初期，国民党军队向敌后派出了 50 万以上的部队进行游击战，远远超过共产党的武装，但他们为什么没有坚持下来？1939 年初，国民党军队在湖南衡山开办了“南岳游击干部训练班”，中共将领叶剑英担任副教育长，共产党教员非常坦率地介绍了打游击的前提是军民打成一片，对此国民党军队人员都深以为然。汤恩伯有一次在大会上甚至指着叶剑英对全体学员说：“过去我们为什么老是打不过他们，就是因为他们同老百姓打成一片。”当时八路军的教官介绍了游击战的另一条经验——官兵同甘共苦，并列举了八路军从总司令到士兵，都吃一样的伙食，穿一样的衣服。国民党军官们听后无不叹息，认为不要说军长、师长，就是要求自己部队的连长与士兵过一样的生活也办不到……

在国民党军队无法立足于敌后的同时，共产党军队却在敌后做大做强，并贡献了一个新词。1937 年 11 月，晋察冀军区司令员兼政委聂荣臻率领 3000 余人的武装，在晋察冀三省边界地区创建了第一个敌后抗日根据地。依靠民众，站稳脚跟。1939 年 5 月，聂荣臻发布通令，嘉奖平山团是“捍卫民族、捍卫边区和捍卫家乡的优秀的平山子弟兵”。这是“子弟兵”一词首次用于称呼共产党领导下的人民武装。

国民党的将领们，从来都是轻视政治工作的。在他们眼中，政治工作等同于狗皮膏药，没有疗效，哪里比得上美国的机枪大炮？学者李翔写过一篇《国民党军队覆亡之际的政治工作》，揭示了国民党军队中“轻政工、重装备”的现象，士气沦丧，军民对立，“精神武装的极度匮乏，造成战斗力量的急剧衰弱。军事溃败，导致南京政府在大陆的统治土崩瓦解”。

1947年10月10日，“中华民国”的“国庆日”，就在这一天，中共中央批准公布《中国土地法大纲》和《中国人民解放军宣言》，宣言正式提出“打倒蒋介石，解放全中国”的口号。李翔评价说：

一边是构筑新型经济基础的土地法，一边是要解构掉的上层建筑的最高代表蒋介石。回想重庆谈判时，蒋介石还被中共认可为国家领袖。而两年后，授予底层民众土地的大纲，与呼吁民众起来打倒蒋介石的宣言，竟都选择在国民党政权的国庆日发表。这表明中共清楚无误地认识到，国家政权的正统性与合法性，已从抗战时期的民族主义，转变到战后的民事与民生。在双方军事力量强弱差距逐步缩小的背景下，涉及最广大民众利益的民生问题的解决与否，就成为国共两党政权被民众选择或抛弃的根本指针。国庆日的大纲与宣言，更等于是向国民党政权宣告，中共要用千千万万获得土地的农民和人民的军队，去掀翻蒋介石的统治宝座，终结南京政府的国庆日。

土地历来是中国农民最核心利益所在，孙中山先生当年提出“耕者有其田”，国民党政府也不是没有动过土地改革的念头，但就是下不了决心去推动。直至输掉大陆，国民党才醒悟过来。1949年11月，中华人民共和国已成立，困守西南的国民党高级将领宋希濂反省说：“自黄埔以来，在军队中二十多年，从未像这次指挥的部队，纪律败坏到这个地步。我们当年在广东的口号和国民革命军的信条，是‘爱国家，爱百姓’，而今天却弄到这样危害百姓，将何以自解！”

这就叫忘了初心。

五

王鼎钧是在2002年写成《关山夺路》这本回忆录的，他写道：“共产党员走的是‘群众路线’，国民党员走的是‘领袖路线’，怎样得到领袖的信任，怎样厚结领袖左右的亲信，耗尽他们的精力，他们也自以为这样就解决了问题。”

对一个前国民党军人而言，这是多么痛的领悟。

奔跑吧，战士

古希腊历史上，有一位勇士斐里庇得斯。他是长跑高手，因为他，才有了马拉松这项运动。

我们读解放军军史，能够读到无数位勇士的英雄故事，他们甘于牺牲，竭力奔跑，追求胜利，用双腿创造了一个又一个奇迹。

一

解放军军史上最著名的奔跑，有两次：一次是 1935 年 5 月，红军长征路上飞夺泸定桥；一次是 1950 年 11 月，抗美援朝期间抢占三所里。

如果能够穿越到当时，人们会看到这样壮观的场景：在崎岖的山道间，无论白天黑夜，年轻的战士们不停地奔跑，很多人完全是凭着本能在前进，人体的潜能激发到了极致，头顶热气蒸腾，脚下飞沙走石。有的人跑着跑着，就一头栽倒在地。更多的人，跑到了终点，他们筋疲力尽，目光却是刚毅的。

这两次不惜一切的狂奔，堪称“生死时速”，也带来了辉煌的胜利，直接改变了历史。

飞夺泸定桥，当时红军情势非常危急，前有守军，后有追兵，如果不及时渡过大渡河，完全可能变成“石达开第二”。敌我双方都隔河朝泸定桥飞奔而去，时任红四团政委的杨成武将军在回忆文章中写道：“（敌人）大部分沿河东岸北上，跟我们隔河齐头前进。如果我们比敌人早到泸定桥，胜利就有希望，不然，要想通过泸定桥就很困难，甚至不可能了。我们要和敌人抢时间！要和敌人赛跑……我们已清楚地看见对岸的敌人仍然还和我们并肩前进。”对岸敌人点起火把连夜赶路，红军战士也点起火把，并迷惑对方，让他们以为这边也是国民党军队。“两岸敌我的火把，交相辉映，远远望去，像两条飞舞的火龙，把大渡河的河水映得通红……蠢猪似的敌人万想不到，大摇大摆地跟他们并排走的，就是他们所日夜梦想着要消灭的英雄红军，糊里糊涂的同我们一道走了二三十里。后来，雨下得更大，到深夜 12 点钟，对岸的那条火龙不见了，他们大概是怕苦不走了。这一情况立刻传遍全团，同志们纷纷议论着：抓紧好机会啊！快走，快走啊！一个跟着一个拼命地向前赶路。”

红四团不分昼夜，连赶 120 公里山路，比东岸敌人提前赶到泸定桥，经战斗后将桥控制，确保了红军大部队安全渡过大渡河。若干年后，美国著名记者哈里森·索尔兹伯里重走长征路，来到泸定桥。他在《长征——前所未闻的故事》一书中感慨道：一天一夜步行 120 公里，一项世界陆军徒步行军的纪录由此诞生了！

抢占三所里，是抗美援朝第二次战役志愿军获胜的关键。第三十八军一一三师在冰天雪地中，以 14 小时急进 70 多公里，抢占三所里，接着又派出部分兵力主动抢占三所里以西龙源里，将美军南退的两条道路全部截断。经浴血奋战，志愿军将士给予以美国为首的“联合国军”沉重打击。美军统帅麦克阿瑟本想靠这场战役在圣诞节前结束朝鲜战争，结果在惨败之后不得不命令部队向三八线实行总退却，美军第八集团军司令沃克在撤退中因车祸身亡。这是扭转朝鲜战局的一次战役，史称“清长大捷”，志愿军最终收复三八线以北地区。

此役结束后，志愿军司令员彭德怀写完嘉奖电，意犹未尽，又在结尾写下了著名的“三十八军万岁”几个字。

解放军军史上，有太多太多“急行军”“强行军”的记载。

1938 年 9 月，山西省忻州市五台县，日军蚋野大队 500 余人偷袭残杀我军民 300 余人，八路军一二〇师三五八旅决心在敌人返回县城必经的滑石片村设伏报仇。当时敌人距滑石片村只有 10 公里，三五八旅却要走 25 公里，在旅长张宗逊带领下，八路军战士飞速行军，抢在敌人抵达前 20 分钟赶到滑石片村。战斗打响后，敌人做梦也想不到这里会冒出八路军。是役全歼了日军蚋野大队，这是晋察冀根据地 1938 年秋季反围攻中的一场重要战役，也是抗战史上的一次经典战例。

无独有偶，1947 年 3 月 9 日，解放军东北民主联军得知国民党七十一军八十八师从靠山屯撤往德惠的消息，下令一纵一师迅速插往德惠至农安公路上的郭家屯实施阻击。当时敌人从靠山屯撤到郭家屯是 40 公里，一纵一师从现地赶到郭家屯是 70 公里。一师官兵连续 14 个小时狂奔，终于赶在敌八十八师之前到达郭家屯。激战后，解放军大胜。这是解放战争东北战场“三下江南、四保临江”之战的关键一役，此役后东北战局开始向解放军一方好转。

战后，被俘的敌二六三团团长兰松岩惊奇不已：“从没有见过像贵军这样神速的。原来我们侦察25公里以内没有情况，可是走到这里却被包围了，真是莫名其妙。”得知解放军是从70公里外靠两条腿跑过来的，兰松岩更是震惊：“70公里，两条腿？神速，神速呀！”

二

兵贵神速。无论古今中外，机动能力差的部队，别说打胜仗，命都保不住。

抗战时期，驻延安的美国陆军军事观察组观察员鲁登，曾亲身体验过八路军战士奔跑的能力，当时八路军为了避免日寇的截击，不得不连续26小时不吃不睡地强行军。

无论是红军、八路军、新四军、解放军，还是志愿军，无论是快速转移，还是参加一次伏击战或者双方几十万大军厮杀的战役，共产党军队的“奔跑”能力，均令对手胆寒。尤其是在围歼敌人、堵住包围圈“扎袋口”时，绝对是“飞将军附体”。

大迂回包抄，在快速运动中歼敌，与“围点打援”一样，都是共产党领导的武装力量的经典战术。

解放战争辽沈战役中，为堵住国民党军廖耀湘部的退路，解放军六纵3万余名官兵上演了一场舍命越野大长跑。部队轻装上阵，除了枪支弹药，其他的全部扔掉，包括衣服、背包、干粮袋。全军强行军两夜一天达120多公里，战士累得吐血，没时间吃饭，没时间架设电台，向敌连续突击，终于堵住了廖耀湘兵团主力，把包围圈的袋口紧紧扎住。

淮海战役中，陈官庄收官一战，解放军战士以平行追击、围追和超越拦截的战法猛追猛打，将杜聿明所部 3 个兵团合围。当时国民党的飞行员目睹了江淮大地上壮观的一幕：数以万计的解放军战士三五成群，在旷野中疾奔，像无数浪花组成的洪流，先是在国民党军的后面，之后平行，然后超越。史料记载，解放军在追击中以昼夜 60 多公里的速度奔跑，不少官兵因为饥饿和困倦摔倒在路边的沟里。

相比于解放军的神速，杜聿明集团因蒋介石前后矛盾的指挥，加上自身的混乱，像没头苍蝇东冲西突，最终在陈官庄陷入重围。解放军阵地上广播了《敦促杜聿明等投降书》，第一句就是“你们现在已经到了山穷水尽的地步”，敦促国民党军放弃幻想，放下武器。“你们想突围吗？四面八方都是解放军，怎么突得出去呢？你们这几天试着突围，有什么结果呢？”

跑得快，就是有底气。

值得一提的是，淮海战役重要指挥者粟裕，对于“速度与生死”有着极痛的领悟。

1935 年 1 月 16 日，在浙赣皖三省交界处的江西上饶市玉山县陇首村，时任红十军团参谋长的粟裕毅然决定，率领先头部队连夜快速通过敌人在童家坊至暖水一线设置的封锁线，提前抵达赣东北苏区。而红十军团军团长刘畴西，关键时刻却判断失误，因为部队过于疲劳，他决定就地留下来过一夜再走，结果翌日陷入敌人重围，全军覆没。本来与粟裕在一起的军团军政委员会主席方志敏，返回去接应大部队，未与粟裕等人连夜出发，因此被俘，最终与刘畴西一起英勇就义。

动静之间，生死立判，战场就是这么残酷。

三

红军长征抵达延安后，毛泽东与贺子珍在窑洞前有一张合影。照片中，贺子珍打着绑腿。

从红军时代开始，绑腿就是战士们的标配。1934 年 10 月初，瑞士籍英国传教士勃沙特在贵州被转战中的红军第六军团当作“间谍”扣留，其后他随同红六军团一起参加了长征，1936 年 4 月获释。根据这段经历，勃沙特撰写了回忆录《神灵之手》，这是迄今发现的第一部向西方世界介绍红军长征的著作，具有重要的史料价值。书中有个细节：“（一个青年农民）参加红军后，红军先给他发了一件高领的蓝上衣，一条像睡裤一样肥的裤子，一双草鞋，一顶有帽檐的红军帽和一把大刀。新兵马上就需要自己学会打草鞋和裹绑腿。”

确实，红军战士每天必做的两件事情，就是打草鞋和打绑腿。今天的科学分析认为：高强度的行军会引发小腿血管的过度膨胀，从而引起静脉曲张，打上绑腿后可以压迫血管、加大血液回流压力、提高血液循环量，以减轻腿部肌肉的酸麻。中国共产党领导的军队尤其重视绑腿，因为经常需要奔跑，而且多在山地作战，绑腿可以有效地防止腿部被荆棘割伤，同样也可以防止蚊虫钻进裤腿里面，有效提高行军效率。

打绑腿很有讲究，太紧了会勒得腿疼，血液运行不畅；松了，跑着跑着就掉下来，岂不误事？史载，一些老兵在实践中发明了更有效的打法，即使用两副绑腿，一副打在小腿较细的部位，另一副将小腿剩下部分包住。这种打法不但实用而且美观，也让小腿看起来几乎一样粗细。

绑腿还有其他作用。杨成武将军回忆飞夺泸定桥时说，当时天降大雨，道路湿滑，有人跌倒，有人因为极度疲惫而打瞌睡，后来，“大家干脆解下了绑腿，一条一条的接起来，前后拉着走”。攻打天险腊子口时，红军缺乏绳索，把绑腿连接起来，攀上悬崖。绑腿还有救护作用，粟裕将军年轻时有一次被机枪击中手臂动脉，鲜血狂喷，警卫员临危不乱，扯下绑腿奋力扎在伤口上，将血止住。

1927 年秋收起义后，毛泽东上井冈山创建根据地，他给袁文才送的礼物中，有一对皮革裹腿，至今作为文物陈列于中国人民革命军事博物馆内。

绑腿之外，洗脚的事也得讲讲。

奔跑能力如此重要，得把脚侍候好。部队对于宿营后睡觉前洗脚的事，一向是很重视的。不过，国民党军队与共产党军队在洗脚方面大不相同。

作家高戈里长篇纪实文学《心路沧桑——从国民党六十军到共产党五十军》记载了国民党非嫡系部队六十军在长春起义后，被改编为解放军五十军并参加抗美援朝战争的整个历程，展现了中国共产党思想政治工作的优势。其中有这么一个细节，讲国民党部队中士兵所受的虐待：

李继先在国民党第六十军辎重团第一连当新兵时，一次，给一位姓蒋的班长打洗脚水，水端来后，班长把脚往盆里一伸，烫了，气得一蹦三尺高，飞起一脚将李继先踹倒，然后，把洗脚水泼到李继先身上，再用脚在李继先的胸、腹、腰、背上一阵乱踢。

解放战争时期，解放军通过细致的思想政治工作，迅速将大批被俘的国民党士兵改造成自己人，当时他们有个特殊称号叫“解放战士”。触动“解放战士”灵魂的，往往不是大理论，而是小细节。比如，晚上宿营的时候，班长会给战士打洗脚水，一批批“解放战士”都享受了这一“待遇”。在等级森严的国民党军队，在被毒打的“李继先们”眼中，这简直是天方夜谭。

但班长给战士打洗脚水，就是真实的存在，并非专门为改造“解放战士”而特别设计。作家李发锁在《围困长春》一书中写了个洗脚的细节：

当班长的基本功，得把全班战士的脚管理好，到了营地第一件事是买柴火找锅烧开水，吃不上饭也要先洗上脚，把走麻木的脚烫得觉得痛了才算好，烫完了再挑泡，有的睡得死死的，班长还要给弄给洗。

再说说鞋子的事。抗战胜利后，国民党军得到美械装备，鸟枪换炮，包括穿上了翻毛大皮鞋，但似乎并不合脚。七十四师师长张灵甫曾抱怨：“美制军鞋穿着很打脚，士兵长途行军全部起了水泡，更严重的是捂出了脚气。”他对解放军的棉鞋倒是很欣赏，认为“共军的棉鞋既保暖又透气，而且还不会打起水泡”。

四

解放军军史上的一次次高强度甚至创造奇迹的急行军，是对革命英雄主义的最好诠释。

这些史实包含：历史关键时刻的悬念，冲突与抉择，英雄挑战自我，苦难的过程，辉煌的结果，完成不可能完成的任务，挑战过程中完美呈现的人类宝贵的勇气，以及人性的光辉与人的价值。从美学的范畴来讲，这是一种崇高之美：庄严、刚劲、雄浑。

遥想当年，那些年轻的战士，拼命奔跑，誓死向前，与敌人赛跑，与时间赛跑，也是与命运赛跑，还有什么比这更让历史充满张力和魅力的吗？作家李峰在《决战朝鲜》一书中，还原了志愿军战士、三十八军一一三师穿越朝鲜半岛的山林、雪地、原野和不断出现的小股敌人，赶在机械化的美军前面抢占三所里的场景：

一一三师的官兵们已经要熬干身上的最后一丝精血了。他们边打边跑，击垮无数股散军，一步也不停地向三所里狂奔。一些战士跑着跑着就倒在地上就此不起。一些战士疲倦到极点就躺在路中间，让战友将自己踩醒后接着跑。最苦的是炮兵，沉重的部件和炮弹压得他们腰都直不起，却一步都不能脱离步兵。现在，支撑一一三师前进的已经不是体力，而是纯粹的精神力量了。

在翻越海拔一千二百五十米的长安山时，所有的军官冲到前面开路，战士们结成一长串人链互相拖拉前进，一一三师已陷入疯狂的状态。那时候，上到师长下到炊事员，一一三师所有的人思维都凝固了，疲倦已极的大脑里只有“三所里”三个字，所有的脚掌已经不是靠体力往前迈动，而是靠非凡的意志力在推进。在这个惊心动魄的晚上，一一三师的官兵们正在悄悄创下一项至今没有任何军队能打破的世界纪录。任何语言在他们的壮举面前都是苍白的，也许只有邓华所说的四个字能形容——奇迹、神迹！

当然是世界纪录！以14小时急进70多公里，而且这还是地图上的直线距离，还是在陌生的国家的冰天雪地中。要知道，1990年海湾战争，现代化的美、英军重型装甲部队在平坦的伊拉克沙漠上，每昼夜的进攻速度也才五六十公里。

决定战争胜负的，远不只是武器装备，还有战士的纪律、信仰、斗志和牺牲精神……精神的力量，在历史中一次次让人肃然起敬。杨成武将军回忆飞夺泸定桥时写道：

队伍像一阵风一样迎面卷来，又像一阵风一样从我们身边刮过去。但每一张脸，每一双眼睛，我都看得非常清楚。在走过的队伍中，“坚决完成任务，拿下泸定桥”的口号声，此伏彼起。这声音压倒了大渡河的怒涛，震撼山岳。队伍前进的速度更快了。在行军纵队中，忽然，一簇人凑拢在一起。这群人刚散开，接着出现了更多的人群，他们一面跑，一面在激动地说着什么。这是连队的党支部委员会和党小组在一边行军，一边开会啊！时间逼得我们不可能停下来开会，必须在急行军中来讨论怎样完成党的任务了。

这就是中国共产党和中国共产党领导下的军队的意志力、信仰、信念、信心的英雄交响曲。要知道，“兵贵神速”之后是“狭路相逢勇者胜”。毕竟，拼命跑过敌人，不是目的，目的是把敌人阻击在自己面前，等待战友们聚而歼之。在极其艰苦的急行军后，接踵而至的是更为艰苦的阻击战。

五

1948 年 9 月，解放军在牢牢围困长春数月后，10 万大军南下攻击锦州，关上国民党东北军撤回关内的大门。当时，10 万大军在 9 天时间内，乘坐火车悄无声息地来到辽西，如神兵天降。这是解放军机动能力的一次大提升。时至今日，部队机动能力较之当年有了质的飞跃，令国人欣喜。

但不论机器能力有多强大，甩开双腿奔跑、敢于胜利的精神，永不过时。

解放军敢于胜利，不仅是在战场

每逢“八一”建军节，我们都会回想中国人民解放军从血与火中走过的辉煌长路。

一

1944 年春天的一个深夜，位于胶东半岛的山东招远县道口镇一户农家的院门被敲开了。户主姓赵，他见村长送来了一位想在此借宿的八路军战士，赶紧叫醒老伴和女儿。他的女儿是村里的妇救会会长，叫赵玉芳，20 多岁，中等个头，浓黑的眉毛下有一双机灵的大眼睛。这位八路军战士非常疲惫，吃完饭倒头就睡。清晨，他突然惊醒，村口传来尖厉的马嘶声，鬼子进村了！

战士拔枪想向外冲，但被赵玉芳一把拉住，说你跑不过敌人马队，先在屋里躲躲。躲哪里？赵大爷想把他藏到草棚里一口腌咸菜的大空缸里。但赵玉芳感觉不安全，此时敌人已经在挨家挨户踹门了，外面乱成一团。赵玉芳仍很冷静，她迅速把战士的军装脱下，连枪一起包好，藏起来，然后一把将他按躺到炕上的被窝中，并叮嘱道："一切听我的，你别说话，实在逼急了，我就说是俺丈夫病了。"

哐的一声，门被撞开了，两个伪军端着枪闯进来，赵玉芳一只手压在他的肩头，一只手系着衣服上的扣襻，装作刚起床的样子。一个伪军用枪指着床，问："什么人，怎么不起来？"赵玉芳从容答道："俺男人，病了。"敌人上来就要掀被子，吼道："什么病，分明是八路军装的。"赵玉芳不等他们凑过来，一把掀起被角，嚷道："你们抓不到八路，就拿老百姓撒气！"这时，赵大爷进来，左手一只肥母鸡，右手一把钞票，塞给伪军，解释说："要是八路还敢躺在炕上？都病了几天了，头烫得很……"伪军接过鸡和钱，骂骂咧咧转身走了。躺在床上的八路军战士，已紧张得冒出一身汗来……

这是一个真实的故事，这样的故事，抗战期间在敌后根据地多次发生。但这个故事与众不同，出自《在中国的土地上——一个"日本八路"的自述》一书。是的，老百姓冒险掩护的这位八路军战士，是一个日本人，他名叫小林清，大阪府松原市三宅村人，1939年作为日本侵华派遣军独立混成第五旅团的一名士兵来到中国，任机枪手，1940年在胶东文登县和八路军作战时负伤被俘。

从侵华日军变成"日本八路"，从异国的敌人变成自己的同志，何等神奇的转变！

小林清刚被俘时，羞愧、痛苦、绝望，一心想逃跑，但他逐渐发现，八路军跟传说中的不一样，不仅不虐待俘虏，还帮他治伤，给他换上八路军的衣服后，把他原来衣服里面的零钱什么的，全部还给了他。在八路军的政治教育下，小林清发生了很大的变化。1940年末，小林清和其他日军俘虏被送到延安日本工农学校，在这里，他迎来了人生的大转折。

延安日本工农学校是世界战争史上史无前例的战俘统战学校，1940 年 10 月由中共中央和中央军委委托八路军总部在延安宝塔山山腰创办。学者常改香著有《一种特殊形态的统战——延安日本工农学校研究》一书，对这所特殊的学校有过系统研究。书上写到建校的目的：第一，纠正日本士兵把日本发动的侵略战争看作“圣战”的错误思想，使他们了解战争的本质；第二，从学生中培养出能对日军进行政治工作的干部。

在延安，日本学员在物质生活方面得到优待，学校外面没有卫兵看守，学员们课后可以自由活动。他们学习的内容，包括时事与日本问题、中国问题讲座、社会发展史、政治经济学等，其中有较多的马克思主义课程。《一种特殊形态的统战——延安日本工农学校研究》书中写道：“教员们详细、耐心、生动、活泼地讲解，努力使学员们用社会发展的大思维理解人类历史，把握人类发展的客观规律，尽量消除军国主义对他们的毒害。”“在政治理论教学中，学校特别注重学员对理论的系统、深入的掌握，使学员的思想觉悟、理论水平迅速提高……”

1941 年 10 月 26 日，小林清和其他 34 名日本学员一起，在延安正式加入了八路军。《在中国的土地上——一个“日本八路”的自述》一书中，小林清回忆了自己当时的激动和兴奋的心情，“我一直盼望这一时刻早日到来，一连好几个晚上都没有安稳地睡好”，他暗暗地下定决心：“要做一名坚定的无产阶级国际主义战士，现在要为中国人民的解放事业而努力奋斗，将来还要为日本人民以及全世界无产阶级的解放事业贡献出自己的一生。”小林清从延安回到山东后，参加过战斗，用机枪猛烈扫射日军，但他更多的工作是到前线喊话，瓦解日军斗志。

小林清一直在中国工作、生活，1994 年病逝于天津。

二

1948 年 12 月，吉林九台，刚在长春起义中加入中国人民解放军的国民党六十军暂编第五十二师第一团四连，有 20 多名士兵叛变，他们相信了“美国支持国民党打回东北”的传言，绑架了解放军派来的指导员高汝云，企图再次投向国民党。叛变翌日，他们在逃亡路上被解放区地方武装全数截获。这是长春起义后鲜为人知的一幕。

国民党六十军于 1948 年 10 月在长春起义，这是解放战争中我军第一次争取成功的国民党整军起义，对瓦解国民党军、夺取辽沈战役的全面胜利具有重大意义。但这支庞大的队伍投向解放军阵营后，一度思想混乱，军心不稳。学者陈义风在《百年潮》曾撰文《国民党第六十军改编记》，文中写道：“起义后六十军企图逃跑的约有两千多人，企图叛变的有五百多人。在企图叛变的人中，有些人甚至想企图杀害解放区来的干部后再逃跑。”

令人感慨的是，“九台叛变”事件发生两年后，中国人民志愿军在汉江南岸的白云山鏖战 11 个昼夜，参加此役的中国人民志愿军第五十军一四九师四四七团，因战功卓著，被志愿军总部授予“白云山团”称号，这也是抗美援朝战争中唯一获得称号的团一级单位。坚守白云山主峰的，就是由国民党六十军改编而成的解放军第五十军一四九师四四七团二营五连，浴血奋战的英雄中，就有两年前携械叛变的士兵！

五十军在朝鲜打得非常出色，除四四七团被授予“白云山团”外，四四四团四连被授予“修理山连”，四四五团八连被授予“英勇顽强连”，四五〇团七连被授予“战斗英雄连”。全军有特等功臣16人，战斗英雄8人，476人立了大功。值得一提的是，五十军所属第一四九师创造了两个步兵营用爆破筒、炸药包、手榴弹全歼英军第二十九旅一个坦克营的战争奇迹。此外，第一个攻进汉城的部队，也是五十军。

读到这段历史，不由感叹：中国共产党的政治工作，确实有脱胎换骨的“魔力”！

在长春解放70周年之际，《长春日报》曾刊登一系列当事人回忆文章，其中有一篇由长春市民王玉玲口述的《“六十熊”变身“五十勇”——我所见到的在长春解放中起义的国民党六十军》，文章写道：

而起义后的六十军，国民党军队的恶劣习气十分严重，在解放区名声很臭。……起义后的六十军从长春城内调到九台境内，驻在九台县城周围的各乡，已发生多起闹事情况……例如替被斗争的地主婆喊冤，挑唆被斗争地主到贫苦农家讨要被斗分的东西，还有的直接打老百姓，抢小商铺；县城内也出现他们花“白钱”强行买食品的事。……还有更严重的，在群众开大会时喊反动口号，暗杀八路军派去的干部……

所谓“白钱”，是指当时“国统区”的严重贬值的法币，解放区的老百姓都不用。王玉玲那时还是个孩子，到六十军的驻地去卖点麻花补贴家用，遭遇兵痞用“白钱”强买。不卖，兵痞们居然连小孩都欺负。这是改编前的事，半年后，王玉玲看到了另外一幕：

……空场上，几个很整齐的方阵士兵正在操练。有踢正步的，有跑步的，有喊“一二三”口号的，齐刷刷的。清一色的八路军黄色军装，胸前缝着“中国人民解放军”的显赫名签，整齐地扎着皮带，头上全戴着有五角红星“八一”军徽的军帽，脚上都穿着当时名牌“大傻鞋”，小腿上缠着裹腿。那阵容，那神情，严肃中带着刚毅和正气，一看就是老百姓钟爱的八路军。看着眼前这支队伍，我真不敢相信就是去年散漫邋遢，要用“白钱”买我麻花的那伙大兵，真是变样了！

《心路沧桑——从国民党六十军到共产党五十军》是迄今描述这段历史最丰富的著述，从这本书可以看出，对六十军的改造是一个庞大而复杂的系统工程：在全军建立各种制度，特别是政治委员制度和政治工作制度；发展积极分子入党；实现了团有党委，营有支部，连有小组，保证党对军队的绝对领导；在全军采取了思想教育和思想斗争相结合，领导启发诱导和群众自我教育相结合的方法，开展了对旧军阀制度的控诉运动、反对封建地主阶级的诉苦运动、思想还家的阶级自觉运动；对最难改造的国民党军官，采取“少数清洗、多数调学、部分留队”的方法，对起义的2714名军官在政治上严格要求，思想上热情帮助，生活上关心照顾，采取陆续调学轮训和随同部队一起改造的方式，进行了教育改造，做到量才使用；对混进队伍内的特务、奸细、警察、宪兵、逃亡地主等，实行了坚决清洗。此外，抽调 1000 多名干部充实到部队，并补充了一批新兵……半年时间，脱胎换骨。

解放战争期间，国民党军队起义、投诚和接受和平改编共 188 万人，包括将领 1500 余名，涉及陆军 240 个师，海军大小舰艇 97 艘，空军飞机 128 架。188 万来自敌对营垒的官兵，全被中国共产党领导的人民军队消化、改造了。在此过程中，解放军派去一名指导员，就能彻底改造百十人的一个连；派去几百人的工作团，就能彻底改造几万人的一个军或一个兵团。在世界五千年的战争史上，谱写了空前绝后的辉煌篇章。

三

八路军改造日本俘虏、解放军改造国民党起义部队的巨大成就，总会让人思考一个问题：是什么带来了堪称脱胎换骨、源自灵魂深处的改变？

比如，日本战俘今野博，毕业于延安日本工农学校山东分校，1944 年春天被日军俘虏，起初一直不开口，敌人以为他是哑巴，后来才知道他是日本人。他被带到城里，由日军看押、审问，但不管日军怎么拷打，他都毫不畏惧、针锋相对地驳斥，并庄严宣告：“只要我不死，仍要回到八路军去！”他最后被日本宪兵杀害。据不完全统计，有数十位延安日本工农学校的学员牺牲在抗日一线战场上。

又比如，起义之初的国民党军队对改造多有抵触，甚至叛变，但经改造后，几乎是瞬间，他们就与过去决裂，心甘情愿接受中国共产党的领导，英勇作战，九死而无悔。一些起义将士，一直在申请入党。长春起义中的国民党军中校副团长、代理团长李峥先，1998 年第三次在党旗下庄严宣誓加入中国共产党时，已经 88 岁。

是什么力量，带来了改变？

人的解放！

共产党军队的政治工作，把他们从“非人”变成“人”，再变成拥有革命理想信念的“超人”。他们经历了这个过程后，便会刻骨铭心，深入灵魂，再难忘怀。

延安日本工农学校除了政治理论学习外，还有著名的“日军暴行座谈会”，由日本学员们讲他们自己目睹或经历过的日军暴行，如虐杀俘虏、轮奸妇女、活埋平民……讲着讲着，许多日本学员就痛哭流涕，深刻反思。《一种特殊形态的统战——延安日本工农学校研究》一书中写道：

> （学员）在一边听和一边说的过程中，了解了日本的行为、动机、罪行等，深刻认识到日军的本质，深刻理解了中国共产党和八路军。……他们真正认识到日本帝国主义的欺骗，真正感受到生活的乐趣，打心底感谢延安日本工农学校给了他们重新做人的机会。

对国民党起义部队的改造，则侧重于揭露国民党士兵在旧军队中所受的阶级压迫。

新中国开国少将徐文烈，是云南宣武人，他是解放军杰出的政工干部，在对以滇军为主的六十军的改造中，厥功至伟。徐文烈发现，刚开始对起义部队进行政治教育，多是从正面讲国民党反动派“卖国独裁”“发动内战”等大道理，效果甚微。于是，徐文烈等政工干部采取“解剖麻雀”的方法，具体考察了一个连队，结果发现，在139名士兵中，对国民党、蒋介石有敌意的只有2人；觉得国民党、蒋介石的黑暗统治不好，但认为自己命该如此的有5人。但是，对乡镇保甲长及恶霸地主没有敌意的只有11人，其余全都痛恨乡镇保甲长和地主恶霸。另一个连队的84名士兵中，有83人挨过军官的打，没挨过打的，只有一位某军官的亲戚。

在此调查的基础上，徐文烈等政工干部做了个“实验”：“倒过来讲”，即先从士兵亲身感受乡镇保长、甲长和恶霸地主的剥削压迫讲起，从士兵所遭受长官的欺压讲起，再来讲蒋介石统治集团维护阶级压迫制度。果然，“倒过来讲”几乎是瞬间便激发了起义士兵的阶级仇恨和政治觉悟。台上人讲着讲着，号啕大哭，台上台下，哭成一片，有些人甚至哭得晕厥过去。《心路沧桑——从国民党六十军到共产党五十军》一书中写道：控诉会上，有的哭得痛不欲生，有的哭得口吐白沫死去活来。第四七二团二营召开诉苦大会，第一次大会就哭晕倒了31人，第二次大会又晕倒了35人。一位叫何思勤的士兵诉苦后，哭得精神失常，耳朵听不见了，也不吃饭了，谁劝他，他都不理睬……

国民党军队中的士兵，过的确实是非人的日子。九台政治整训统计资料显示，旧军队残杀逃兵的方法达100多种，有枪毙、刀杀、火烤、开膛、破肚、扒皮、抽筋、勒死、活埋等，其中尤以由交警部队和地方保安武装改编的暂编五十二师最为残酷。该师第三团某军官抓住逃兵后，先挖一个深坑，里面铺满生石灰，将绑住手脚的逃兵推入坑内，再去浇水，让士兵活活烫死……

逃兵的家人也备受欺凌。原六十军有一名新兵跑了，连长便带人到新兵家里去抓，没抓到，就放火把新兵家里的房子烧了。还有一次，没抓到逃兵，就下令让 4 名士兵抬起逃兵的家属放在火上烧，直到烧死。在第一四四师的 2451 名士兵中，母亲、姐妹、嫂嫂被强奸、霸占以及被迫改嫁的，总计达 850 人……

相比之下，共产党对待士兵的态度又是怎样的？

习惯了唯命是从的国民党起义士兵发现，解放军官兵一致，居然有士兵委员会让大家选举，不会写字，就用黄豆投票。士兵委员会成立后，先实行经济民主，由经济委员协助干部管理连队的伙食，监督收支情况，并定期检查，逐月公布账目。每月节余下来的“伙食尾子”，分给大家。“伙食尾子”，是毛泽东、朱德当年在井冈山创建根据地时的创举。

“九台叛变”事件中的当事人，被缴械后进了监狱。指导员高汝云将多数叛兵从监狱里带回连队，经过教育，有人加入了中国共产党，有的还被提拔为干部，当了排长、连长，也就有了两年后抗美援朝战争中坚守白云山的英雄壮举。

中国共产党领导的军队，与任何旧军队的区别，在于它不是一个利益集团，而是一个价值观集团；它不是一个以人身依附、关系纠结而成的军阀武装，而是一个用政治纲领和理想信念武装起来的人民军队。中国共产党领导的武装，需要的是有人格尊严，知道“我是谁”“为谁而战”的革命战士，而不是没有独立思考能力、只知道盲从长官的“奴才”和“炮灰”。

《心路沧桑——从国民党六十军到共产党五十军》一书中，引用了国民党军队起义少尉赵霖芝患癌症临终时散发的《告战友书》中的

遗言:

我去的地方，风景秀丽鸟语花香；我去的地方，没有阶级，更没有压迫；我去的地方，没有富人，也没有穷人，所有的人一律平等；我去的地方，每周开一次民主生活会，开展批评与自我批评……

四

先改造自己，自己足够强大，才能改造敌人。

1927年，南昌起义、秋收起义、广州起义相继失败，部队在转移时，士兵逃跑成了公开现象。

也正是在这种严峻的形势下，中国共产党开始思考如何缔造一支崭新的军队，因此有了三湾改编，有了古田会议，从政治上、组织上确立了党对军队的绝对领导，给军队注入了党的理想信念，赋予了军队政治力量，一支完全不同于以往所有旧军队的新型人民军队诞生了。在接下来的时间里，国民党军队对苏区“围剿”的惨烈，万里长征的磨难，南方三年游击战争的残酷，深入敌后开辟抗日根据地的困苦，解放战争初期敌人数量与优势装备的重压，抗美援朝时对方挟海陆空立体优势扑面而来的腾腾杀气……天大的困难，都未让这支军队畏惧。

回看解放军军史，这是一部敢于胜利的大历史。令人感慨的是，中国共产党领导的人民军队敢于胜利，不仅仅只是消灭敌人，而且擅长瓦解敌人、改造敌人，军事打击与政治工作交融无间，一瞬间雷霆万击与长周期春风化雨相得益彰。较之于军事打击，政治工作的威力并不广为人知，但这二者密不可分，正是中国人民解放军敢于胜利的秘密。

理想信念大于天!

1949，人心是最大的政治

2019年，中华人民共和国迎来了70周年大庆。

回望70年前那一年，从年初到年底，对中国人民解放军来说，关键词是“解放”，摧枯拉朽，势如破竹，真是“气吞万里如虎”。对国民党军队来说，这一年，除了全方位崩溃之外，还有一个关键词，是“起义”。从年初傅作义北平起义，到年底卢汉云南起义，从陆军到空军、海军，从北到南，从东到西，大大小小的起义也贯穿了这一年。

1949年，革故鼎新，重温这一年国民党军队纷纷起义的历史，我们会清晰地看到什么叫“历史大势”，而在历史关键时刻，当事人又如何顺应历史大势，毅然做出了符合民族大义的选择。

一

蒋介石素以黄埔军校“校长”的身份为荣，他从一个毫无家世背景的普通人物，最终走上国民党政权的权力巅峰，靠的就是“黄埔系”。他通过掌握这支军队，逐渐将国民党的军权、党权、政权集于一身，权倾一时。在诸多“天子门生”眼中，他是至尊无上的“校长”。

但在1949年，“校长”差点就被黄埔军校二十三期的学生活捉了。二十三期，也是黄埔军校在大陆的最后一期。

（1949年11月）7日蒋召集军校全体官生讲了话。他披件黑斗篷，只讲了7分钟。他说要迁校，却没说清迁到哪里，但人们都明白，只有一个台湾，别无他处。那时西南只剩一个四川省。贵州解放，云南卢汉起义。这时李永中、肖平波准备扣押蒋介石后起义，但肖步鹏采取两面派手法，出卖起义，把扣蒋计划告诉了蒋。蒋坐机仓惶逃走……

这是黄埔二十三期生谷云鹏在《军校末期起义前后》中的回忆。

黄埔军校二十三期于1948年12月1日在成都正式开学，东北籍学生人数最多。1949年9月8日，黄埔军校三名主要军官李永中、肖平波、肖步鹏（三人均为少将军衔）与共产党西南工作组达成协议：军校将在适当时机举行起义。12月25日，军校三千余人在郫县宣布起义。谷云鹏回忆说：“黄埔军校二十三期的起义不是偶然的，它是革命形势的发展、共产党统战工作的深入和黄埔官生的觉悟等综合因素的必然结果。”

蒋介石非常重视黄埔军校。1949年兵败如山倒时，他试图以四川作为基地与解放军展开持久战，对成都这三千余名黄埔生寄予厚望。这年9月12日，他带着诸多大员飞抵成都，轮番给军校学生讲话打气，但效果适得其反。谷云鹏在回忆文章中写道：

人们不难发现：这些讲话，第一，不敢讲形势；第二，不敢讲战场；第三，再也不敢提多长时间打败共产党了。这就告诉人们：第一，形势不好；第二，战场上一败涂地；第三，打不败共产党。蒋介石想打气反而弄巧成拙。黄埔广大官生预感到形势严重，国民党没有几天了，出路何在？迫使人们早日抉择……

出路何在？这是 1949 年国民党阵营面对的共性问题。1948 年 12 月 30 日，新华社发表了毛泽东亲自撰写的 1949 年新年献词《将革命进行到底》。文中指出，在全国范围内推翻国民党的反动统治，建立无产阶级领导的以工农联盟为主体的人民民主专政的共和国，“把伟大的人民解放战争进行到底”。此中豪气，至今读起来仍荡气回肠。

共产党有这个底气。1948 年底，辽沈战役结束后，东北野战军 80 万大军神速入关，完成对北平、天津、张家口之敌的战略包围和战役分割；淮海战役，大局已定，杜聿明集团已插翅难飞。这年元月初在平山西柏坡举行的中共中央政治局会议上，毛泽东一方面提醒不能有轻敌观念、不要让胜利冲昏头脑，另一方面，已经在考虑新中国经济建设的基本方针了。

跟共产党底气十足的开国气象相比，国民党已气若游丝。1949 年元旦，蒋介石在《新年文告》中称，在保存“中华民国”的宪法、法统和军队等条件下，愿与共产党商谈停止战事、恢复和平的具体方法。毛泽东在元月 4 日通过新华社发表评论，把蒋介石顶了回去，这篇评论题为《评战犯求和》。

迷惘、绝望情绪弥漫于国民党军营。谷云鹏回忆文章中有个细节，1949 年 6 月黄埔军校举行庆祝建校阅兵典礼，正当阅兵总指挥撇刀报告时，悬挂在蒋介石铜像后中门上的国民党青天白日旗，自己断线坠落下来。阅兵完了，大家议论纷纷，都说："国民党寿命已尽，该垮台了。"有的军官甚至掉下泪来。

二

邓锡侯这个人，值得一写。

至今在四川通江县毛浴镇长江村五社，还能看到石刻标语，五个大字："活捉邓锡侯！"这是1933年到1935年红军与邓锡侯的国民党川军作战时留下的历史遗迹。在当年强渡嘉陵江的战役中，红军的口号就是："打过嘉陵江，活捉邓锡侯！"

邓锡侯曾是四川著名的军阀，在35岁的时候就当上了四川省省长。无论是红四方面军建立川陕革命根据地，还是中央红军长征经过四川，都跟邓锡侯打过仗，有几仗打得还很激烈，比如1935年5月至7月的"千佛山战役"，红军与川军都杀红了眼。

十几年后，邓锡侯却毅然投向了曾经生死搏杀的对手。

1949年12月9日，时任川康绥靖公署主任的邓锡侯与国民党西康省政府主席兼第二十四军军长刘文辉、西南军政副长官潘文华通电全国，宣布起义。电文中写道：

在士无斗志，人尽离心的今天，（蒋介石）尚欲以一隅抗天下，把川、康两省八年抗战所残留的生命财产，作孤注之一掷。我两省民众，岂能忍与终古。文辉、锡侯、文华等于过去数年间，虽未能及时团结军民，配合人民解放军战争，然亡羊补牢，古有明训，昨非今是，贤者所谅。兹为适应人民要求，决自即日率领所属宣布与蒋、李、阎、白反动集团断绝关系，竭诚服从中央人民政府毛主席、朱总司令与中国人民解放军第二野战军刘司令员、邓政治委员之领导。所望川、康全体军政人员，一律尽忠职守，保护社会秩序与公私财物，听候人民解放军与人民政府之接收，并努力配合人民解放军消灭国民党反动派之残余，以期川、康全境早获解放……

时间就是这么神奇，超越一时一地，更能让人看清历史的走向。试想，长征途中曾经围追堵截的死敌，如今并肩站在一起，还有什么比这个更能说明历史的选择？

邓锡侯通电起义，是在中华人民共和国宣告成立的两个多月后了。而在这一年10月1日的开国大典上，有许多特殊的参与者，陈明仁就是其中一位。

陈明仁，黄埔一期生，以骁勇著称。1949年8月，陈明仁与程潜率军起义，湖南和平解放后，毛泽东特地邀请陈明仁到家中做客，并幽默地说："我看林彪打仗就不如你哟！"毛泽东说的是1947年四平街战役，那一年，林彪在东北战场战无不胜，独四平街一役败于陈明仁之手。

1947年6月14日，东北民主联军打响了夏季攻势的收官战——四平攻坚战，集中李天佑第一纵队、邓华辽吉纵队猛攻陈明仁部固守的四平街。陈明仁兵力处于劣势，奉蒋介石"死守四平"的命令，血战不退，在丢失五分之三市区、官兵伤亡惨重的情况下，拼死抵抗。民主联军最后的前哨阵地距离陈明仁的核心工事只有500米之遥，就差一口气，却歼灭不了守军残敌，而后者一直撑到援军到达。6 月 30 日凌晨，林彪、罗荣桓下达命令，参加四平地区攻城和打援的部队全部撤出战斗，满心不甘和愤恨地离开了血流成河的四平城。史载，已决意“成仁”的陈明仁死里逃生，在钻出多日不见阳光的地下指挥部后，他已是满脸黑污，胡子拉碴，鬓发斑白，步履踉跄。

在国民党军节节败退之际，四平街的胜利像是一针兴奋剂。蒋介石亲自在南京总统府召见陈明仁，第一句话就是：“有功之将，殊堪嘉奖，不愧为黄埔楷模。”并对手下感慨道：“四平大捷，陈司令创造了人间奇迹，不愧为难得将才！”并请陈明仁夫妇游览玄武湖。此战过后，陈明仁升任第七兵团司令，获得青天白日勋章。

但两年时间后，陈明仁也起义了。

陈明仁起义的消息，对国民党震动极大。谷云鹏回忆说，当时他所在的黄埔军校二十三期震惊不已：“陈明仁在四平同共产党打得难解难分，谁能想到他也这样？以后还能信任谁？”

起义后，陈明仁受到很高礼遇，毛泽东亲自邀请他和程潜赴北京参加全国第一届政协会议及开国大典。程潜、陈明仁二人抵京时，毛泽东派聂荣臻在车站迎接，并陪送到六国饭店下榻，朱老总率众多解放军将领出席迎接宴，毛泽东亲自在门口迎接他们。毛泽东还陪他们及其他代表游天坛祈年殿，特地从人群中召唤出陈明仁，单独合影，请他把照片“洗 50 打”，散发部属，以此回应国民党称陈明仁已被软禁的传闻。

1955 年，中国人民解放军首次授衔，其中有 159 名国民党起义军官被授衔，陶峙岳、陈明仁、董其武被授予上将。陈明仁当时感叹：这是他有生第一个上将军衔。

三

陈明仁起义，是因为他对蒋介石已彻底失望。

四平街一战后，陈明仁的声望达到巅峰，却马上遭遇了“过山车”，居然给撤职查办了。

事情经过是这样的：国民党实权派陈诚以总参谋长的身份到东北视察，接到了时任国民党辽北省政府主席、他的保定同学刘翰东对陈明仁的控诉。刘翰东说陈明仁在四平街战役的一个多月时间里，根本不理会他这个辽北省主席，不但没有每天向他送战报，也不管他个人的安全，在战斗白热化的日日夜夜里，他曾跑到陈明仁的地下指挥所请求庇护，要求在附近住下，被陈明仁拒绝……

其实，刘翰东痛恨陈明仁另有原因。刘翰东私人囤积了大量粮食，这些粮食和辽北省政府的粮食一起堆积在四平街火车站东西两头的铁路两旁，正好四平街战役的焦点是在铁道两侧，战斗胶着，拉锯进行。这些粮食不下万吨，最后全部毁于战火之中。四平街战役后，由于交通阻塞，城内居民缺粮，无数饥民奔向铁道两旁，在燃烧过的粮食灰炭之中觅食，有些人扒到堆中深处，竟发现还有未被烧焦的大豆、高粱，一哄而上，有些部队也加入抢食行列，陈明仁未加阻止。这样，刘翰东既痛失了个人的财物，又丢了面子。

陈诚是个玩“小圈子”的高手，他不喜欢陈明仁，得此控告，如获至宝，根据刘翰东的指控，添油加醋地转报给蒋介石，给陈明仁一个撤职查办处分，留下的空缺，陈诚安排自己亲信补上。后经人反复说项，蒋介石才免去给陈明仁的处分，让他回到南京当一个总统府的中将参军的闲差事。陈明仁是个烈性子的湖南人，怎受得了这个窝囊气呢？

“他尽管是天子门生、嫡系，替蒋介石卖命，战功卓著，也免不了要成为国民党派系斗争的牺牲品。”时任国民党军第一兵团第二处代处长的姚冀基后来回忆道。姚冀基认为，陈明仁的反蒋起义思想和决心，经历了一个较长而又复杂的过程，既有外部的影响，也有他自己的抉择，最主要的还是国民党败局已定，以及中国共产党政策的伟大感召。

1949 年，中国共产党气势如虹，夺得全国胜利已经没有悬念，仍然在团结一切能够团结的人；而国民党呢，即将丢掉大陆，却没有想到同舟共济、救亡图存，仍然在互相倾轧、钩心斗角。

国民党七十二军是一支两度被解放军歼灭又两度重建的部队，原副军长卿云灿在《第七十二军的覆灭和起义》一文中回忆：淮海战役后，他受命回四川招兵，招了两团人，但同样到四川招兵的同僚没有成果。“由于罗广文、郭汝瑰、陈春霖均系陈诚嫡系，以我为顾祝同系，对我十分排挤，连续数次，突出点验部队，想抓我‘吃空缺’之罪，并硬调开我胞弟团长卿云锜……国防部乃恢复我第三三五师番号拨归第七十二军建制。不料他们又耍种种花招，撤销第三三五师，编为两个团，拨交第四十四军、第七十二军各一个团……”这样硬生生地从卿云灿手里抢走了一个团。

卿云灿叹息道：“在面临覆灭的时刻，内部争权夺利斗争，更赤裸裸地什么都不顾了！”

面对风起云涌的国民党军队起义，蒋介石毫无办法，只能用他最擅长的收买、分化“惯用动作”。比如，他让陈明仁去取代程潜在湖南的军政首脑地位，让二人互相制衡，自认为十分高明，殊不知陈、程二人彼此充分信任。对四川亦是如此，蒋介石想分化刘文辉和邓锡侯，耍两面手法，派嫡系部队胡宗南搜捕刘文辉的夫人杨蕴光，袭击刘文辉的公馆，入内大肆劫掠，任意焚烧珍贵书籍、名人字画。为了轰开刘文辉的库房，胡部用工兵施放炸药大爆破，把刘文辉的三幢房屋炸坍一幢。同时，不触犯邓锡侯的家属，意在使刘文辉、邓锡侯发生猜疑，便于分化，殊不知刘文辉、邓锡侯投向革命阵营的决心非常坚定，任其要弄花招，不为所动。

蒋介石对“杂牌部队”是既不信任又想利用，权术用尽，机关算尽，但在 1949 年历史大势下，这些都不管用了。反而，他之前娴熟利用的派系矛盾，最终断送了国民党在大陆的统治。他命嫡系张群主政西南，又从陕西调集大量中央军入川，但中央军与地方军的矛盾，反使川军、滇军各部加速了起义进程。1949 年 12 月，胡宗南黄埔系的部队决战四川的战略，被川军各部的起义迅速打乱，胡宗南被迫将主力撤往西康，但奉命殿后或执行掩护任务的各路中央军，也都纷纷宣布起义，致使黄埔系中央军主力被解放军包围在邛崃地区，直至全军覆没。当胡宗南在西康一隅做了最后一次象征性的抵抗后，蒋介石在大陆的统治终于宣告结束。

相形之下，中国共产党的政治能力何等强大！ 1949 年 1 月 22 日，北平和平解放。31 日，解放军举行了入城仪式，至此，平津战役胜利结束，此役除塘沽守敌 5 万余人由海上逃跑外，人民解放军共歼灭和改编了国民党军队 52 万余人，创造了著名的“北平方式”，成为以后和平解放湖南、四川、云南、新疆的范例。

四

1949年12月9日，卢汉在昆明宣布起义。10日清晨，昆明五华山升起了第一面五星红旗。

那时，昆明还没有人见过五星红旗。时任国民党云南省政府警卫营营长的徐振芳在《云南起义前后的几点回忆》一文中写道：

> 我和总务处长邹奉石研究，究竟新的五星国旗式样如何？面积有多大、五颗星星如何摆设法，大家都弄不清楚。有的说，旗子上面除了五颗星星之外，还有八一两个字。有的又说，要军旗上面才有八一两个字。最后经过各方面的调查了解，才弄清楚国旗的式样是四颗星星围向着一颗大星。长约四尺多，宽约三尺多。摆了式样，派人到云瑞北路显明服装公司赶制了一面带回五华山。

卢汉与徐振芳各拉一边绳子，一起把五星红旗升上了五华山瞭望台，伴奏曲是《国际歌》。徐振芳回忆说：

> 升旗以后我到光复楼顶上眺望昆明全境，相隔不久，南屏街、金碧路、正义路、护国路、长春路、武成路等各处，相继一面跟一面的五星红旗升起来。

重读1949年国民党军起义的历史，类似的细节很多，后人读到此处，颇为动容，能读出那时的中国人对一个新中国的渴望，以及作出历史抉择时的欣喜与自信。

四川刘文辉、邓锡侯、潘文华部起义与云南起义同一天发生，一个细节是：全军官兵自动撕下国民党部队制服上的领章、肩章，细心地剪了一个红五星帽徽来戴上，有的用红缎子，有的用红布，有的大，有的小，形状各异，这也可看出当时官兵的心情。他们等解放军的军代表到来后，才知道帽徽、胸章等要上面颁发。待到大邑整训时，解放军工作团团长正式宣布："今天上面发来两件你们盼望已久的礼物，一件是胸章，一件是帽徽，这一下你们真正成为解放军的一员了！"

国民党七十二军 12 月 18 日在四川起义，起义标志是摘下国民党军帽徽，见到解放军称"同志"。1950 年春，这支部队大多数官兵被整编入解放军第十八军，踏上解放西藏的光荣之路。

对于起义，蒋介石自然是恨之入骨。卢汉在昆明通电起义后，国民党中央军嫡系部队两个军大兵压境，发动陆、空进攻，企图扑灭起义部队，重新占领昆明，中央军向士兵许下了"攻下昆明，准许自由行动三天"的"奖赏"。卢汉火速派人向解放军紧急求援。陈赓接到刘伯承、邓小平首长火速驰援昆明的命令后，立即派出第四十九师作为先遣部队，以最快的速度向昆明进军。同时，卢汉组织一切能够组织的力量，保卫昆明。

危急时刻，昆明军民同心，坚决不让已经升起了五星红旗的昆明城再度落入国民党之手。军人前线拼死作战，群众不眠不休，堆沙包，挖战壕，筑碉，修造枪支，清查匪特。中共地下党组织的工人学生义勇自卫队，更是与起义部队并肩作战……经过 6 天 6 夜艰苦卓绝的战斗，敌军未能打下昆明，而解放军大军已火速逼近，敌人不得不撤围而去，昆明保卫战遂告胜利结束，全城欢腾，为昆明，为新中国，也为自己。

一个新的时间到来了。1949 年 10 月 1 日，面对新中国的诞生，诗人胡风以一句“时间开始了”表达自己的心声，传诵至今。

对于这一年起义的国民党军人来说，确实，新的时间开始了。国民党第七十二军副军长卿云灿率部起义后，参加了政治学习，更加感觉自己做了正确的选择。他在送给每个官佐的起义纪念日记本上，题了几句话，朴素而又真挚：

正确的认识，才是光明的前途；
不断的学习，才是进步的武器！
学习、学习、再学习，
改造我们自己。

五

《毛泽东年谱》记载，1949 年 9 月 23 日，中华人民共和国诞生前夕，毛泽东主席和朱德总司令在北京举行宴会，专门宴请了程潜、张治中、傅作义、邓宝珊、黄绍竑、李书城、李明灏、刘斐、陈明仁、孙兰峰、李任仁、吴奇伟、高树勋、张轸、曾泽生、何基沣、刘善本、林遵、邓兆祥、左协中、廖运周、李明扬、张醁村、黄琪翔、周北峰、程星龄等 26 名国民党起义将领。应邀作陪的有李济深、陈铭枢、蔡廷锴、蒋光鼐、周恩来、陈毅、刘伯承、粟裕、黄克诚、聂荣臻、罗瑞卿、邢肇棠、周保中、赵寿山、张学思、杨拯民。

席间，毛泽东几次举杯祝贺到会的原国民党军将领，称赞他们响应人民和平运动的功绩。毛泽东说：“由于国民党军中一部分爱国军人举行起义，不但加速了国民党残余军事力量的瓦解，而且使我们有了迅速增强的空军和海军。”

这些人名，如灿烂星河，辉映历史，铭记了一个大时代。历史大势，浩浩荡荡，四海英雄，众心所向！

人心，是最大的政治！

为什么是上海?

1949 年 5 月 27 日，上海解放。

还有什么比这更励志的故事——在上海法租界和浙江嘉兴南湖秘密举行的中共一大，宣告了中国共产党的诞生；28 年后，中国共产党领导的中国人民解放军，气吞万里如虎，渡长江、进南京、战上海，进军全中国！

短短 28 年，浓缩了何等壮阔的历史！沧海横流，大浪淘沙，千锤百炼，方显英雄本色。

上海，是观察这段历史的最好坐标。从 1921 年 7 月到 1949 年 5 月，中国共产党何以成功?

时间给出的答案是：不忘初心，方得始终。

一

时间总是令人感慨。

1921 年 7 月中共一大那 13 位风华正茂、热血沸腾的代表，到 1949 年 5 月上海解放时，健在的只有 2 位还有中共党员的身份。

一位是毛泽东。《毛泽东年谱》记载，上海解放两天后，毛泽东拿到新送来的新华社社论文稿，从头至尾仔细审阅修改，当天发出。这篇题为《祝上海解放》的新华社社论激情洋溢地写道：

第一，上海是中国的最大的经济中心，上海的解放表示中国人民无论在军事上、政治上和经济上都已经打倒了自己的敌人国民党反动派；第二，上海是帝国主义侵略中国的主要基地，上海的解放表示中国人民已经确立了民族独立的基础。这两种情况，使得上海的解放在中国人民解放事业中具有特殊的意义。

毛泽东第一次来上海，是在 1919 年 3 月 14 日，为赴法勤工俭学的湖南青年送行，从此与上海结缘。

1920 年 5 月，毛泽东第二次从北京返回长沙的途中，又专程到上海拜访陈独秀。此次上海之行，对毛泽东至关重要。1937 年，毛泽东在陕北接受斯诺的采访时说：到了 1920 年夏天，他已经成了一个马克思主义者。

1949 年 4 月，毛泽东就解放上海做出具体部署：打上海不仅仅是军事战，更是政治战、经济战。“要在军事进城的同时，做到政治进城。”解放上海，因此被形象称为“瓷器店里打老鼠”，但解放军很快赢得了全国最大城市的攻坚战，并且在此过程中城市几乎没有被损坏。

另一位是董必武。他曾是一个晚清秀才，参加过辛亥革命，到日本留过学，加入过孙中山创建的中华革命党。接触到马克思主义后，他确立了自己的信仰，并终生为之奋斗。

《董必武传》记载，上海解放第二天，5 月 28 日，时任华北人民政府主席的董必武与国民党绥远省政府主席董其武举行了《绥远和平协议》草签仪式。那段时间，董必武很忙碌，他参与中国人民政治协商会议的筹备工作，主持起草《中华人民共和国中央人民政府组织法（草案）》，为建立中华人民共和国积极进行立法方面的准备。

1956 年 2 月，董必武为上海中共一大会址纪念馆题词“作始也简，将毕也巨”。典出《庄子》，意为远大前程的事业，初创之时，都很微弱。

中国共产党的发展，就是由“简”到“巨”的过程。这个过程，并非自然而然，而是一条坎坷、曲折甚至苦难之路，伴随其间的，是奉献、牺牲，只有播种、不问收获……

王尽美，济南共产主义小组代表，抱病领导工人斗争，虽被捕入狱，仍不懈奋斗，因积劳成疾，1925 年 8 月 19 日在青岛病逝，时年 27 岁；

邓恩铭，济南共产主义小组代表，1928 年 12 月因叛徒告密在济南被捕，在狱中曾两次组织越狱未果，1931 年 4 月 5 日在济南牺牲，时年 30 岁；

何叔衡，长沙共产主义小组代表，年龄最大的中共一大代表，红军长征后留在根据地坚持游击斗争，1935 年 2 月 24 日在福建长汀水口镇附近被敌人包围，突围时牺牲，时年 59 岁；

陈潭秋，武汉共产主义小组代表，曾任中共中央驻新疆代表、八路军驻新疆办事处负责人，1943 年 9 月 27 日在迪化（今乌鲁木齐）遭军阀盛世才秘密杀害，时年 47 岁，同时被害的还有毛泽东的弟弟毛泽民……

“作始也简”之时，并非所有人都自信地能预见“将毕也巨”，他们因为种种原因，动摇、放弃，甚至背叛：

1922年，陈公博脱党；

1923年，李达脱党；

1924年，李汉俊脱党；

1924年，周佛海脱党；

1927年，包惠僧脱党；

1930年，刘仁静被党开除；

1938年，张国焘被党开除。

中共一大代表中，还有两人沦为汉奸：汪精卫死后，陈公博成为他的接班人，抗战胜利后逃往日本，后被押解回国，1946年6月3日在苏州被处决；周佛海投降日寇后，曾任伪上海特别市市长兼保安司令，1948年2月28日病死南京狱中。

值得一提的是李达，他是毛泽东青年时代的挚友，当年在上海负责中共一大筹备、会务，因密探闯入破坏，也是在李达夫人王会悟的建议下，中共一大到浙江嘉兴南湖继续举行，完成所有议程。1923年，李达在与陈独秀激烈争吵后退党，但他一直没有放弃对马克思主义的宣传。

1948年初，毛泽东派人给李达带信：“吾兄系本公司发起人之一，现公司生意兴隆，望速前来参与经营。”1949年5月14日，李达辗转抵达北平，毛泽东亲赴车站迎接。李达多次诚恳申请重新入党，毛泽东对他说：“早年离开了党，这在政治上摔了一跤，是个很大的损失。往事不可咎，来者犹可追。”1949年12月，由刘少奇介绍，毛泽东和李维汉、张庆孚等人做历史证明人，党中央批准李达为中共正式党员。

重新入党的李达说：“从此我‘守寡’的日子终于结束了，我决心为共产主义事业奋斗到底，鞠躬尽瘁，死而后已！”

二

1948年底，上海解放前半年，张国焘匆匆离开上海，从此再也没有回来过。

国焘同志：我兄去后，甚以为念。当此民族危机，我党内部尤应团结一致，为全党全民模范，方能团结全国，挽救危亡。我兄爱党爱国，当然明察及此。政府工作重要，尚望早日归来，不胜企盼。

上述文字，是1938年4月12日毛泽东等五人在延安发给张国焘的电文，见于学者路海江所著《张国焘传记和年谱》。

背景是：1938年4月4日，时任陕甘宁边区政府副主席（代行主席职务）的张国焘借祭拜黄帝之名，搭国民党高官蒋鼎文的车到了西安，投奔国民党。蒋介石得悉后，如获至宝，让特务头子戴笠安排严密护送张国焘到武汉。

中共代表王明、周恩来、博古、凯丰、李克农闻讯先后在武汉劝说张国焘回延安，遭到拒绝；毛泽东等人发去以上劝告电文，亦无效。

4月16日，张国焘与蒋介石会面，当天，毛泽东再次发电劝告，诚恳希望他早日回延安，“一切事情均可商谈”。但在次日，张国焘发表公开声明，宣布脱离共产党。中共中央遂开除了张国焘的党籍。

张国焘，是中共党史上绕不过去的一个重要人物。学者少华在《张国焘的这一生》一书中，曾提出一个疑问：张国焘的一生曲折、跌宕并逆转——五四时期叱咤风云的学生领袖，建党时期引领群伦的功臣宿将，长征时期拥兵十万的战争枭雄；抗战时期叛党出走的“军统”特务，新中国成立后乞食北美的落魄老人……像彗星一样升起，像陨石一样坠落，是命运乖张，还是性格使然？

其实，历史不是没有给过张国焘机会。他的起步很高：江西名门出身，“学霸”级人物。当毛泽东在北大图书馆做大佬们懒得理睬的管理员时，张国焘是正儿八经的北大学生，担任过北京学联主席，在苏联期间接受过列宁接见……

一手好牌，为什么最终却被他打得稀烂？

原因其实并不复杂：投机。

当时，红一、四方面军会师，在短暂的喜悦激动之后，张国焘开始想多了，仗着自己兵强马壮（当时四方面军 8 万余人，中央红军不到万人），产生了“谁的枪多谁当老大”之邪念。这种想法，是当时军阀的主流价值观，但张国焘忘记了：他不是军阀，他是一个共产党人。

在决定红军命运的关键时刻，张国焘搞小动作，要挟中央，趁机抓权，想当军委主席。以团结北上为重的中共中央不得不重新调整上层领导机构，经慎重考虑，委任张国焘任红军总政委，但他并不满意这个位子，此后从掣肘到分裂，直至另立中央。

此事对于红军打击特别大。1960 年 10 月，毛泽东在北京接受老朋友斯诺采访时回忆说，他一生中最黑暗的时候，是在 1935 年的长征途中，在过草地时与张国焘之间的斗争，“当时党内面临着分裂，甚至有可能发生前途未卜的内战”。

趁势给自己争取利益，是一些投机分子的共性。揣摩自己的野心在党内受到遏制，张国焘又把希望放到了蒋介石身上，上演了一幕“中共创始人反对中共”的丑剧。

《张国焘的这一生》一书中写了个细节：

在张国焘还笼罩着一层神秘灵光时，戴笠对他十分尊敬，认为只要他肯卖一点气力，便可以把共产党搞垮。那段时间，张国焘不仅是戴笠宴会上最受欢迎的嘉宾，也是戴笠最引为骄傲的部属。每次请客，他都要邀请张国焘参加，宴会之前，他会用很神秘的口吻对朋友说：“明天请你来吃饭时，你可以看到共产党里面坐第三把交椅的人物。”张国焘不同意戴笠把他位列第三，排在毛（泽东）王（明）之后。他说：“在长征途上，要是我心狠手辣一点，我在共产党内的地位就不是第三、第二了。”……

可悲的是，被蒋介石、戴笠寄予厚望的张国焘，虽然搞过一些策反共产党军队的工作，但一无所获。国民党方面认为：此人利用价值已尽，不用再养了。1948 年 6 月，张国焘跑到上海办了一本反共刊物。见国民党节节败退，他在 1948 年底跑到台湾，又从台湾跑到香港，一度生计无着。无奈之下，他想起了中国共产党，表达了想回大陆的意愿。然而，由投机的本性驱使，他又开始跟美国人勾搭。

毛泽东态度很坚决，让张国焘做选择。《建国以来毛泽东文稿》

记录了 1959 年 1 月毛泽东的批示：“应劝张国焘割断他同美国人的关系。如能做到这点，可考虑给以个人生活方面的补助。”

张国焘选择了移居加拿大，最后死于多伦多一家养老院里，埋骨异国。

学者金一南在《苦难辉煌》中不无感慨地写道：

张国焘最后神志中，他是否记得 44 年前的 1935 年 6 月，红一、四方面军会合，他骑一匹白色骏马，在 10 余骑警卫簇拥下飞驰两河口，毛泽东率领政治局全体委员走出 3 里路立于蒙蒙细雨中恭候的情景？

三

陈毅，成为上海解放后的首任市长。有趣的是，上海市政府不是在上海成立的。

《31 个省、自治区和直辖市组建实录》一书写道：1949 年 5 月 10 日，在江苏丹阳一座大庙里举行了上海接管干部和部队会议，上海市军管会、市政府预先成立，两块牌子、一套班子、一套人马。上海市军管会主任、市长陈毅军容整肃，打着绑腿，向数百名端坐在背包上的接管干部做了一次入城纪律报告。

这是陈毅的“高光”时刻，也是关于中国共产党人成功之路的形象诠释——这世上，哪有随随便便的成功？

就在陈毅成为上海市市长的 14 年前，他还拖着一条受伤的腿，在湘粤赣交界的莽莽大山中，像野人一样生活，屡屡与死神擦肩而过。

中央红军主力部队长征后，陈毅留下来坚持游击斗争，牵制敌人。陈毅曾数次遇险，最惊险的一次，是与敌人猝然遭遇后，因行走困难，只能跟警卫员一起躲在路边水沟芦苇丛里，与敌人近在咫尺。他握枪在手，随时准备朝敌人开火。所幸水沟有两丈多深，芦苇丛很密，人难钻进来。

在令人窒息的等待中，陈毅听到一个敌兵说：“我捡到一个挎包，里面有件衬衫，还有两本破书。”另一敌兵说：“啊，共产党苦得这样子，还读书呀！”

苦成这样子，居然还读书？一个意味无穷的历史细节。

在艰苦卓绝的三年南方游击战争中，陈毅等人受到的威胁不仅仅来自国民党军队，更来自党内的叛徒。譬如曾任中央军区参谋长的龚楚在1935年的叛变，给赣粤边区的红军和游击队造成了重大损失。

高级将领陆续牺牲，中央红军杳无音讯，死亡威胁如影随形，游击队甚至一夜要换几个地方来躲避敌人的袭击……

明天，太阳还会不会照样升起？

陈毅充满信心。时任少共赣南省委书记的陈丕显在回忆文章《弥天烽火举红旗——忆陈毅同志领导的南方三年游击战争》中写道：

陈毅同志对我们说：“目前南方的游击战争，到了最艰难的时候，打死、饿死是家常便饭。在革命的紧要关头，少数人动摇叛变并不奇怪，真正革命的同志这时候要坚定信心。革命的前途是光明的，但革命的现实是险恶的。能坚持到底的，是将来革命的骨干。留下一点星火，定能燃遍万里江山！”

是的，从诞生以来，中国共产党内不乏关键时刻意志不坚定叛变投敌的“软骨头”，但更多的是面临生死抉择却不改初心的“硬骨头”。

张国焘是“软骨头”，但跟着他走上革命道路的弟弟张国庶，却是一个不折不扣的“硬骨头”。1930 年 5 月，时任江西省委书记的张国庶被捕，国民党南昌卫戍司令部司令张辉瓒威逼利诱，张国庶始终坚贞不屈，严守党的秘密。张辉瓒恼羞成怒，亲自下令处决张国庶。7 月 5 日，张国庶被敌人装进麻袋沉入赣江，壮烈牺牲。他的妻子晏碧芳被砍去头颅，“暴尸三天”。

当然，张辉瓒为他的残暴付出了代价。1930 年底，国民党军对红军发动第一次“围剿”，张辉瓒被红军活捉，后来愤怒的群众将其公审后处决。

为了信仰，铁骨铮铮，前仆后继，这正是中国共产党虽处绝境逆境却敢于斗争、勇于胜利的原因。

临刑前写下“砍头不要紧，只要主义真”的夏明翰是硬骨头，面对枪口高歌吟唱的瞿秋白是硬骨头，中国共产党的两大主要创始人“南陈北李”也都是硬骨头……没有什么压力能让他们屈服，没有什么困难能让他们低下头颅。

观察中国共产党的“硬骨头”精神，长征是一个很好的切入点。有一句话说：“长征二万五千里，剩下二万五千人。”是的，长征牺牲惨重。长征前，各根据地鼎盛时期，红军总数达到30万人，经过各种磨难曲折，损失九成，但这幸存下来的二万五千人，是经过大浪淘沙留下的中国革命的精英，是经过千锤百炼的党和红军的骨干。

正如毛泽东在长征结束前的一次会议上所说："我们是经过锻炼的，不论在政治上、体力上、经验上，个个都是经过考验的，是很强的，我们一个可以当十个，十个可以当百个。"

可以说，这批衣衫褴褛的精英，跨越千山万水，经历九死一生，成长为一个硬骨头集体，改写了中国的历史，也改变了一个政党的气质。没有什么困难，是战胜不了的！

四

中国共产党诞生后，中央领导机关设在上海，虽然曾迁至他地，但不久又回到上海，除中共一大外，二大和四大也都在上海秘密召开，直到1933年1月，中央领导机关整体迁到江西瑞金。

学者说起这段历史，多称"被迫从上海迁到瑞金"。为何是"被迫"？

1931年上半年，负责中央特科工作的政治局候补委员顾顺章和中共中央总书记向忠发先后被捕叛变，敌人在上海疯狂搜捕，使中共中央机关的安全遭到前所未有的威胁。在越来越难以立足的背景下，一批高级干部先陆续离开上海前往江西苏区。1933年1月7日，中共临时中央政治局由上海迁至瑞金。

顾顺章被称为"中共历史上最危险的叛徒"。此人工人出身，敢打敢杀，多才多艺，曾被党组织选派赴苏联学习政治保卫，受训时间虽不长，但他凭聪明机警的天赋，学到一身本领。国民党“中统”老牌特务万亚刚在回忆录中称其为“全能特务，够称得上大师。在顾顺章之后，特务行列中，无人能望其项背”。

应该说，顾顺章为党的事业做出过一定贡献，但时间一长，就骄横起来，露出流氓无产者的本性，简而言之是“无组织，无纪律”。他自我放纵到何种程度？1931 年 3 月，他完成护送任务后，在武汉勾搭上一个女人，因为缺钱，他居然化名在武汉登台表演魔术，大受欢迎。

恰恰就是因为公开表演，顾顺章被认识他的特务发现，结果被当场逮捕。顾顺章迅速叛变，导致当时上海等地的地下党机构几乎完全被摧毁，多人被捕杀，包括中共领导人恽代英、蔡和森。

对如此破坏力惊人的叛徒，中国共产党愤恨不已。1931 年 12 月 1 日，中共中央发出了一份在中共历史上罕见的“格杀勿论”的“通缉令”：“缉拿和扑灭顾顺章叛徒，是每一个革命战士和工农群众自觉的光荣责任。”

顾顺章事件留下了惨痛的教训：组织往往过分看中一个人的才干，却忽略了纪律教育，有时为了让他多干事，甚至默许他拥有某种“特权”，比如顾顺章“吸鸦片”“玩妓女”，结果小恶膨胀、特权反噬，差点导致组织覆灭。

瞿秋白遗孀杨之华专门写过一篇《叛徒顾顺章叛变的经过和教训》，她在文中反思道：

过去对于顾顺章的教育工作，做得极少，甚至可说没有做。他入党直到出走，没有改变他丝毫的习性，如果我们对于他抓紧政治教育，特别是在实际工作的政治教育，我不相信经过长期的党的生活之后不能改变他的性格。这个教训对于党有极大的意义。

中国共产党重要的力量来源，可用四个字概述：从严治党。这四个字，既是宝贵经验，也可称得上是血的教训。

1949 年 11 月 27 日，重庆解放前夕，国民党特务在重庆秘密监狱渣滓洞、白公馆制造了骇人听闻的“11·27”大屠杀。共产党员罗广斌（后来他与人合著了长篇小说《红岩》）幸免于难。重庆解放后，罗广斌向党组织交上了狱中党员合写的长达几万字的《重庆党组织破坏经过和狱中情形的报告》，其中包括著名的“狱中八条”：

一、防止领导成员的腐化；

二、加强党内教育和实际斗争的锻炼；

三、不要理想主义，对上级也不要迷信；

四、注意路线问题，不要从“右”跳到“左”；

五、切勿轻视敌人；

六、重视党员特别是领导干部的经济、恋爱和生活作风问题；

七、严格进行整党整风；

八、惩办叛徒特务。

顾顺章的叛变，导致中共中央领导机关不得不迁出上海；曾是地下党重庆市委书记的刘国定的叛变，导致重庆地下党遭受大破坏……

无论是杨之华的反思，还是“狱中八条”，都是痛定思痛、披沥赤诚的诉说，至今仍然发人深省。

恪守理想，坚守纪律，这正是中国共产党不忘初心的两大武器。

五

1949 年 5 月 25 日凌晨，解放上海战役已近尾声，解放军兵临苏州河，几名中共地下党员冒着流弹，在南京路永安公司顶楼绮云阁挂起第一面红旗。残敌将旗杆射断后，地下党员乐俊炎奋不顾身，趁着枪声刚停，用皮带将自己和旗杆绑在一起，腾出两手，使劲将绳子系在旗杆顶端，红旗高高飘扬。

这是在上海升起的第一面红旗。

从此，红旗在上海已经飘扬了 70 年。

屹立

中华民族的精气神

1950 年的中国：那么艰难，那么勇敢

时至今日，很多人都无法理解 1950 年的中国。那个长期积贫积弱、正值百废待兴的中国，那么困难艰苦、压力巨大的中国，为什么却有勇气在朝鲜战场与一个超级大国硬撼？

一

1950 年元旦，全国多个地方都举行了盛大的群众庆祝活动。北京中山公园、北海公园 5 万群众大联欢，当年报纸上的新闻说："欢乐的锣鼓声、歌声和笑声把冻凝的空气消融为一片春意……"重庆 10 万群众大游行，"观者如堵，途为之塞"。

这是中华人民共和国成立后的第一个元旦节。1949 年 9 月中国人民政治协商会议第一届全体会议决定：中华人民共和国采用世界通用的公元纪年。时任中央人民政府副主席的宋庆龄，将 1950 年称作"第一年的新中国"。

这一年，年轻的共和国欣欣向荣：没收官僚资本，建立国营经济，困扰了中国 12 年的恶性通货膨胀得到了根本治理，通过了第一

部《中华人民共和国婚姻法》，公布施行《中华人民共和国土地改革法》，禁毒运动扎实推进，妓院一律关闭……

同时要看到，那时的国家与人民都穷困不堪。《1981 中国经济年鉴》上曾公布中国在 1949 年国民经济主要数据：1949 年中国的总人口为 54167 万人，人口出生率为 36‰，死亡率为 20‰，平均寿命为 35 岁。工农业总产值为 466 亿元，国民收入为 358 亿元，社会商品零售总额为 140.5 亿元，原煤为 0.32 亿吨，发电量为 43 亿千瓦时，原油为 12 万吨，钢为 15.8 万吨，布为 18.9 亿米，糖为 20 万吨，粮食为 11320 万吨，棉花为 44.5 万吨，油料为 256.4 万吨，水产品为 45 万吨……折算下来，1949 年，中国年人均工农业总产值只有 86 元，年人均国民收入只有 69.29 元。生活在 1949 年的中国人，每人每天只能得到 0.572 公斤粮食、0.013 公斤（13 克）油料、0.017 公斤（17 克）肉、0.0023 公斤（2.3 克）水产品……

原中共中央政治局常委、中纪委书记吴官正在回忆录《闲来笔潭》中，写了 1950 年他在老家江西余干所体验的贫困：

母亲赶紧把我的湿衣服换了下来，都是打补丁的旧土布衣服。父亲煮了一锅菜粥，桌上放了一碗咸芥菜，也没放油。

窗外秋雨仍下个不停。秋风从船板做的墙壁缝中往里面灌，冷飕飕的。看到父母骨瘦如柴，岁月和苦难在脸上刻满了忧愁，我鼻子发酸，眼前一片漆黑。再看自己皮包骨头的手，像鸡爪子，皮肤像那两棵老樟树的皮。

农村贫困，城市也好不到哪里去。文献记载：

上海失业工人大增，共有20万人，并有增至25万人之势，此外，各地失业工人，南京5万，武昌10万，重庆6万，广州5万，京津共6万，全国失业工人约60万，他们生活极为困难……我人民解放军对工人阶级兄弟的困难，应有同情并给予援助，为此我们提议，全军每人捐出一斤米，作为失业工人救济金。

上海失业工人大增的原因，与国民党当时对上海的轰炸有关。进入1950年后，国民党在大陆的残余部队陆续被歼灭，海南岛也得到解放，但国民党利用海军和空军优势，对大陆沿海口岸实行军事封锁，还频繁从台湾和舟山基地派出轰炸机进行侵袭破坏，上海遭受损失最为惨重。1950年初，蒋介石集团召开草山高级军事会议，通过了对上海的发电厂、自来水厂、码头、仓库、船只、车站、铁路、桥梁等重要设施进行广泛轰炸的决定，企图使上海市民失去生存的基本物质生活条件。

仅在1950年1月份，上海就被轰炸过3次。但最严重的一次损失，是在2月6日。这一天，国民党在台北召开空军全军代表大会，将空军视为反败为胜的筹码。同时，国民党空军混合机群17架分4批起飞，中午到达上海市上空，投下六七十枚重磅炸弹。此次突袭轰炸，共炸死市民542人，致伤836人，毁坏厂房、民房2500多间。

当时寓居上海的宋庆龄在给友人的信中写道：

受灾市民共达5万多人，水电交通设备受到了严重的损害。

目前我们在上海所面临的主要问题之一是最近国民党轰炸所带来

的后果……造成大面积破坏，并给人民带来不可言状的苦难。

人们看见自己的朋友和亲戚被卑劣的空袭夺去了生命。人们不断地从虹口及苏州河一带涌过来。长长的三轮车队载着那些离开家园的人们，不知奔向何方。见此情景，不禁使人感到心酸。

当时，土匪也极为猖獗，尤其以西南地区为甚。在广西象州，元旦过后第 8 天，由国民党国防部少将视察官兼粤桂纵队政治部主任郭宏炳直接指挥的“中国反共救国军粤桂边纵队”，拼凑了土匪 1000 余人，包围了当时象州中平区政府。得手后，匪徒得意忘形，在中平街搭台唱戏，并向群众派米派钱，赌博、酗酒、抽大烟、奸淫妇女，庆祝其“胜利”。

这一年的 3 月 15 日，邓小平、贺龙急电中央，专门汇报西南地区突发匪乱的严峻形势，报告中写道：

近一个时期以来，西南川、康、云、贵各省，连续有土匪在各地发动大规模武装暴乱……包围、袭击我军队和地方各级政权，杀害我地方干部、工作人员、征粮工作队人员及解放军干部、战士，焚毁、抢劫仓库、监狱，阻塞车船交通，建立所谓“大陆游击区”，企图达到长期与我相对抗之目的，气焰十分嚣张。

邛崃城遭匪万人之围攻。壁山军分区一夜之间 8 个区政权因遭匪袭击而全部丢失。平塘全县我地方工作人员被匪杀害达 80 余人。该县忠孝乡一保一次被匪劫去 16 岁至 20 岁妇女 40 名。次日，河扬乡往平塘赶场之妇女 21 人被围剥光衣服，7 人被强奸，两名军属被强奸后又掳走……

在这些土匪暴乱的许多地区，我县、区、乡各级政权已几乎全都被捣毁，征集军粮和调往重灾区之救济粮款以及农村中的减租减息、建政、春耕春播等地方各项工作，一度已完全都处于瘫痪状态。……目前，成都、重庆等地之粮食供应一度也感到十分困难，以致物价猛涨。

二

中华人民共和国成立后的第一个元旦，毛泽东是在莫斯科度过的。《毛泽东年谱》记载：这一天他发了两份电报，一份给彭德怀，嘱托解决新疆的粮食问题；另一封给胡乔木，让他用中共中央名义起草一个致各野战军的贺电。同一天，他还会见了罗申与柯瓦廖夫两位苏联客人。

毛泽东是在1949年12月16日抵达莫斯科的，这是他第一次出国。毛泽东首次苏联之行，已有众多史家论述。今天读起来，我们能够清晰地看到当年中苏两个国家之间、两个党之间的协作与博弈。苏联想延续在中国的巨大权益，而中国共产党领导的中华人民共和国，一方面急需苏联的资金、技术与设备援助，但另一方面对上百年来帝国主义强加给中国的种种不平等条约极端反感，竭力希望在平等的基础上争取援助。当时中苏两国强弱悬殊，加上中国处于受援国地位的现实状况，很难争取到真正的平等。

两国两党之间的博弈，具体呈现于毛泽东与斯大林的交往。基辛格在《论中国》一书中谈及这段历史时，称毛泽东和斯大林两人均为“顶尖的谋略家”。“这两个大谋略家在大谈两国友好和意识形态上的团结一致时，施展各种手段争夺上风（以及中国边疆的大片土地）。斯大林是老大哥，实力也一度较强；而毛泽东从地缘政治意义上说则更有自信。”经过紧张而又微妙的博弈，斯大林让步了，1950年2月14日，《中苏友好同盟互助条约》在莫斯科签订。

根据新订的条约和协定，苏联截至1952年末，将交还所有它通过《雅尔塔协定》和1945年《中苏友好同盟条约》在中国东北取得的权益，并承诺在经济上和军事上对中国进行援助。历史学家杨奎松在《毛泽东与莫斯科的恩恩怨怨》一书中评价道：

那时候，所有曾经让斯大林感到满意、让中国人感到耻辱的不平等协定都将废除了。无论是大连、旅顺，还是中长铁路，都将回归中国，这在中国外交史上是一个前所未有的重大成就，其他问题无疑都是次要的了。

确实，首次莫斯科之行，毛泽东虽然有遗憾，但更多的是收获。回国路上，他的心情比较愉悦了。英国学者菲力普·肖特在其《毛泽东传》中评价说：

当毛踏上漫长铁轨上的归途时，他可以聊以自慰的是，他已经为中国在世界上的新地位奠定了一种坚实的基础。随着内战的行将结束，政府就可以腾出手来重整破碎的经济，从而迈出通向社会主义道路上最初的轻快脚步。

是的，战争终于结束了，中国共产党人准备带领新中国投入经济建设了。1950 年 1 月 2 日，苏联《真理报》发表了毛泽东与塔斯社记者的谈话。记者问："中国目前的情势如何？"毛泽东回答说："中国的军事正在顺利进行中。目前，中国共产党和中华人民共和国中央人民政府正在转入和平的经济建设。"

这篇报道出炉的背景是当时西方造谣，说访问莫斯科的毛泽东被斯大林软禁了。为打破谣言，由苏方代毛泽东起草了这篇谈话。毛泽东很认可，还特地致电在北京的刘少奇，请他转告时任新华社社长的陈克寒："照塔斯社稿译发为要。"

在苏联期间，毛泽东给列宁墓献了花圈，看戏，参观了地铁站、工厂、农村和学校。苏联的工业给毛泽东留下了深刻印象。《毛泽东年谱》记载，2 月 27 日，他乘专列到达哈尔滨，稍作休息后，就与周恩来一起到哈尔滨车辆厂视察。在途中，问陪同的市长饶斌："广告牌上为什么都是外国字，过去的宣传画为什么还未涂掉？"又说："我们应当学会管理城市和改造城市啊！"他还说："我们刚建国，首要任务是肃清国民党残余，同时要集中精力恢复经济。还有很多工作，但这两项是重点。"

3 月 3 日，毛泽东在沈阳召开了中共中央东北局高级干部会议，谈了签订《中苏友好同盟互助条约》的意义，还谈了自己在苏联的观感："我们参观了苏联一些地方，使我特别感兴趣的是他们的建设历史，他们现在的工厂有很大规模，我们看到这些工厂，好像小孩子看到了大人一样，因为我们的工业水平很低。"但他同时表示，苏联很多大工厂，在十月革命时还很小或者没有，"我们现在可以从极小的修理汽车、修理飞机的工厂，发展到制造汽车、制造飞机的大工厂。

其他方面，将来我们的发展也是很大的。现在没有的，将来我们可以制造出来”。

在沈阳，毛泽东发出了裁减军队、全力投入经济建设的信号：

我们还有很大的困难，在我们身上负担有几百万军队、几百万政府工作人员，我们把国民党的烂摊子收起来了，这么多人要吃饭，今年要提出把这个负担逐渐减轻，以使我们能够投资于经济建设。

那时，大家都没想到，这一年会爆发朝鲜战争。

三

对1950年的中国来说，朝鲜战争是一道分水岭。

在多年战争的废墟上，中国共产党渴盼和平稳定。1949年12月16日，毛泽东抵达莫斯科当天，就与斯大林进行了会谈，毛泽东开门见山：“当前最重要的问题是保障和平问题。中国需要三至五年的和平时间，以便把经济恢复到战前水平和稳定国内局势。”他问斯大林：“如何和在多大程度上能够保障国际和平？”斯大林很乐观地回答说：“中国目前并不存在直接的战争威胁，和平取决于我们的努力，如果我们齐心协力，不仅能够保障五至十年的和平，而且能够保障二十至二十五年，甚至更长时间的和平。”

进入1950年，新中国大批军人脱下军装，投入经济建设。在天兰、天成、成渝、滇黔、黔桂、湘桂等铁路线的建设中，到处活跃着军人的身影。1月9日，毛泽东在莫斯科复电林彪并中共中央东北局："完全同意由四野调十余万人至东北及热河从事生产，解决华中南地区土地不足的困难……此事如东北局别无不同意之处，即可开始着手调动，以便赶上春耕。"4月21日，毛泽东高度肯定中南区复员53万至60万人的计划，他希望加快进程："我们希望这个复员工作能于五月至八月四个月内做到，以便节省出九月至十二月共四个月的经费，减轻人民一部分粮税负担。"

从1950年4月至9月，袁仲贤、耿飚、姬鹏飞等一批军队高级将领脱下军装，成为新中国驻外大使。在接见外交部首批驻外大使学习班的成员时，毛泽东兴致很高，他说："你们大都是从部队征调来的高级干部，都是将军，将军当大使好！"他特地对即将担任瑞典大使的耿飚说："你是到西方国家去，要了解和学习他们经济建设方面的经验。"

在这一年6月上旬举行的中共七届三中全会期间，中央决定解放台湾之战，仍由粟裕指挥。当时中共中央认为，除了台湾、西藏尚待解放，各地残余土匪尚待剿灭之外，中国人民解放战争已经基本结束，国家的伟大的经济建设工作已经开始。

但是，6月25日，朝鲜战争爆发了。27日，美国介入朝鲜战争，同时命令第七舰队向台湾海峡出动，阻挠中国人民解放台湾的既定部署。

美国人居然如此出尔反尔，中国共产党被彻底激怒了。就在这一年的1月5日，美国总统杜鲁门还信誓旦旦说美国不干涉台湾，而今居然因为朝鲜战争的爆发，找借口干涉中国内政。

6月28日，周恩来代表中国政府向全世界声明——杜鲁门的讲话和美国海军的行动是对中国领土的武装侵略。他昭告世界："我国全体人民必将万众一心，为从美国侵略者手中解放台湾而奋斗到底！"

面对朝鲜战争突然带来的国际变局，中国共产党反应迅速，部队干部与精锐士兵的复员停止，一些复员军人纷纷归队。7月7日，根据毛泽东的提议，由周恩来主持中央军委会议，研究保卫国防、组建东北边防军问题。

美军仁川登陆后，朝鲜战争局面被逆转，朝鲜人民军陷入被动。中国警告"联合国军"：不得越过三八线。

美国人不相信中国会出兵。事实上，中国领导层也为出兵的事争论不休。法国人阿兰·鲁林所著《毛泽东：雄关漫道》一书中写道：

> 高层领导人内部意见不一致，大部分倾向于不参战，他们知道中国经历多年战乱，百废待兴，需要和平来重建国家。毛泽东忧虑焦躁，夜不能眠，只好依靠大剂量的安眠药勉强入睡几小时。

统一思想，决定出兵后又遭遇了苏联的"变卦"：苏联空军尚未准备好，还需要两个月时间。此时，美军已经兵临平壤城下。中共中央决定：不论有天大的困难，出兵！

10月19日，中国人民志愿军跨过鸭绿江。毛泽东终于睡了一个好觉。

四

中国大军进入朝鲜后，苏联人在观望："没有我们的空军，你们怎么打啊……"朝鲜人很悲观："你们装备太差，打不赢美军。"美国人则不相信："中国人怎么敢跑到朝鲜来跟美国较量？"

12 月底，志愿军取得"清长大捷"，收复平壤，"联合国军"溃退至三八线以南。捷报传来，震惊世界。美国人、苏联人、朝鲜人、韩国人、日本人、英国人、土耳其人……统统改变了对中国人的印象。著名经济学家马寅初曾回忆说，他当时在东欧参加"保卫世界和平大会"，志愿军收复平壤的消息传来，几千名世界各国与会代表集体鼓掌，为新中国高声欢呼，时间竟长达十余分钟，实为国际会议中极其罕见的景象……

在如此困难重重的 1950 年，新中国为何最终毅然出兵？后人通过各种解密的史料，进行了深入研究。学者沈志华在《毛泽东、斯大林与朝鲜战争》一书中，对出兵原因进行了分析：

归纳起来，当时流行的一句口号"抗美援朝，保家卫国"十分贴切地反映了毛泽东对出兵问题的全部考虑：对社会主义阵营承担的国际主义责任，把美帝国主义作为直接对手的革命情结，保护新中国安全和主权的领袖意识，以及保持中苏同盟战略态势的深层思考。这四个因素构成了毛泽东决策出兵的基本动机和目的……如果说在对外战略中应以国家利益为最高原则的话，那么，毛泽东的这些考虑，无论对他本人，还是对中国共产党，乃至对整个民族和国家，无疑都是适合的，最终都体现为对美国越过三八线决策所做出的合理反应。

至于谈到革命，毛泽东决心出兵的最后动机，与其说是推动革命的发展，不如说是为了保存革命的果实。

《毛泽东年谱》记载，1950年10月27日，毛泽东与朋友周世钊谈话，后者问："主席今天为什么有这种闲情来谈宗教与哲学的问题，朝鲜局势不是很紧张吗？"毛泽东说：

朝鲜局势日趋紧张，这段时间我们为了讨论这个问题，有很多天是睡不着觉的。但是，今天我们可以高枕而卧了，因为我们的志愿军已经出国了。

我们急切需要和平建设，如果要我写出和平建设的理由，可以写有百条千条，但这百条千条的理由不能抵住六个大字，就是"不能置之不理"。现在美帝的侵略矛头直指我国的东北，假如它真的把朝鲜搞垮了，纵不过鸭绿江，我们的东北也时常在它的威胁中过日子，要进行和平建设也有困难。所以，我们对朝鲜问题，如果置之不理，美帝必然得寸进尺，走日本侵略中国的老路，甚至比日本搞得更凶。它要把三把尖刀插在我们的身上，从朝鲜一把刀插在我们的头上，以台湾一把刀插在我们的腰上，把越南一把刀插在我们的脚上。天下有变，它就从三方面向我们进攻，那我们就被动了。我们抗美援朝就是不许它的如意算盘得逞。"打得一拳开，免得百拳来。"我们抗美援朝，就是保家卫国。我是不打无把握之仗的。这次派志愿军出国，我们中央一些同志经过周详的考虑研究，制定了持久战的战略，胜利是有把握的。

是的，和平不是靠退让得到的。近代以来的中国，种种退让，结果处处割地赔款。1931 年九一八事变，“不抵抗政策”丢了东三省，当时有些中国人还心存幻想：东北这么大，日本人至少消化 50 年，应该可以保持一段时间和平了。可是，结果呢?

但 1950 年在朝鲜，中国人不再只会点头哈腰签订不平等条约了，而是挺直腰杆抡起拳头硬碰硬反击了!

中华人民共和国付出了壮烈的牺牲，其中包括毛泽东的长子毛岸英。1950 年 11 月 25 日，在志愿军发动第二次战役的当天，毛岸英在美军飞机的空袭中牺牲。毛泽东的机要秘书叶子龙在回忆录中还原了毛泽东得知消息的场景：

这时，我感觉空气仿佛凝固了。毛泽东将那份简短的电报看了足足有三四分钟，他的头埋得很深。当他抬起头时，我看到他没有流泪，没有任何表情，但他的脸色非常难看。他向我摆了摆手说：“战争嘛，总会有牺牲，这没有什么！”

近年网上有人诬蔑毛岸英，说他是毛泽东派去朝鲜“镀金”，甚至感谢美军飞行员之类云云。但是只要稍动脑筋，就会明白：哪里不好镀金，偏偏到人生地不熟、处处凶险的朝鲜战场去“镀金”？

20 世纪 60 年代，老友周世钊问毛泽东：“你如果不派岸英去朝鲜，他就不会牺牲了。”毛泽东回答说：“我作为党的主席，作为一个领导人，自己的儿子不派他去朝鲜，又派谁的儿子去呢？”毛泽东逝世后，人们在清点遗物时，意外发现一个箱子里有几件毛岸英的遗物：一件棉布衬衣、一顶蓝色军帽、一双灰色沙袜。这几件东西，毛泽东整整保存了 26 年。

豺狼来了有猎枪

2020年艰难的春天过去了，中国正在走出疫情阴霾，城市的街角巷尾，重新弥漫起烟火气。

这熟悉的一切，让人恍若隔世，又百感交集。

傍晚时分，小区空阔处，大妈们正在跳广场舞，伴奏的是一首经典的歌：

“在这片古老的土地上，到处都有青春的力量。好山好水好地方，条条大路都宽畅。朋友来了有好酒，若是那豺狼来了，迎接它的有猎枪。这是强大的祖国，是我生长的地方……”

何谓经典？它不会在时光中湮没，反而被赋予更深沉的力量，在每一个新的时间节点，都能让我们得以深情回望历史，自信走向远方。

一

70年前的初夏时节，朝鲜战争爆发前夕，半岛局势波诡云谲。

中国中部的大城市武汉还是一派祥和，人们满怀热情地投入到新中国的建设中，规划着自己的美好生活。

27岁的武汉监狱狱长曹玉海正沉浸在热恋中，深爱着他的美丽女护士已提出结婚的愿望，这位伤痕累累的战斗英雄，安享着出生以来从未体验过的和平时光。

但是，随即爆发的朝鲜战争，让曹玉海做了一个抉择。他听说自己的老部队三十八军途经武汉往北开拔，就找到部队，想方设法重新归队，再次成为一名营长，离开了火热的武汉和心爱的恋人，随三十八军踏上了朝鲜战场。

中国人民志愿军在朝鲜打过五次战役，曹玉海参加了前四次，浴血奋战，战功显赫。在第四次战役中，三十八军负责西线作战，曹玉海率一营在汉江南岸阻敌，主阵地是三五〇点三高地，需要死死咬住敌人主力，阻止其向东线靠拢，为兄弟部队在东线围歼敌人创造条件。一营的对手是美军精锐骑一师，飞机坦克大炮齐上，曹玉海带领战士苦战七天七夜，守住了阵地。

1951年2月12日，朝鲜冰天雪地，在又一次艰难的反击中，曹玉海被数颗子弹击中，他留下来的最后一句话是："注意监视敌人！"

他的遗物中，有临别时恋人送给他的一对枕套，上面绣着五个鲜红的字："永不变的心"。——曹玉海回部队前，告诉恋人说自己在战场上随时可能牺牲，不要等他，姑娘就送了这对枕套……

曹玉海的故事，在时任三十八军副军长江拥辉的回忆录《三十八军在朝鲜》一书中有详细记载。借由这本书，我们得以了解一位志愿军下级军官英雄事迹背后的丰富情感。

1923年，曹玉海出生在山东莒南县一个种菜的贫苦家庭，身世凄惨：6 岁时父亲因天灾交不起地租，被地主毒打致死；9 岁那年，他就已经被迫给地主放牛，受尽欺凌；抗战爆发后，日军大举进入山东，曹玉海的祖父被下乡扫荡的日军用刺刀挑死；不久，他的祖母和母亲都在贫病交加中相继死去……

1943 年，曹玉海参加八路军，作战格外英勇。在抗日战争中，他被评为战斗模范；在解放战争中，他又当选为战斗英雄，曾荣立 3 次大功，获勇敢奖章 5 枚。

荣誉的背后，是一次次的受伤。在部队南下宜昌渡江战斗中，曹玉海又一次受伤，被送到武汉养伤，部队决定让他转业到地方工作。他就是在养伤时收获了自己的爱情。

安详美好的生活已在眼前铺陈开来，他也不需要新的战功来证明自己了。

但是，1950 年 6 月 25 日，朝鲜战争爆发。27 日，美国命令第七舰队向台湾海峡出动，阻挠中国人民解放台湾的既定部署。美军飞机侵犯中国领空，“联合国军”司令麦克阿瑟叫嚣：“在历史上，鸭绿江并不是把中国、朝鲜两国截然划开的不可逾越的障碍。”

在台湾，本已山穷水尽的蒋介石开始幻想反攻大陆。

在内地，残余反动势力也蠢蠢欲动，就连在沈阳改造的日本战俘都扬言等待美军解救，甚至一些部队附近都出现了反动标语……

曹玉海有一百个理由不用再踏上残酷的战场，但他偏偏放下已经拥有的一切，重新穿上军装奔赴战场。刚刚通过流血牺牲走出屈辱历史、获得尊严的中国人，在又一次面临威胁时，深知如何去捍卫自己的尊严：“若是那豺狼来了，迎接它的有猎枪。”

曹玉海文化水平不高，但他在跟恋人分别时的一番话，说得非常精辟：“我不是不需要幸福，我不是天生愿打仗，可敌人要剥夺我们的幸福，我不能有别的选择。”

《三十八军在朝鲜》一书中，江拥辉记录了这样一个细节：

曹玉海给副营长姚玉荣看恋人的照片，白衣、黑裙、短发、漂亮的脸庞。姚玉荣羡慕地说：“真漂亮，你小子真有福啊！”但是，曹玉海突然拧紧眉头，神情十分痛苦。

姚玉荣跟曹玉海是老战友，从未见过他有这种神情，即使在打仗最凶险或者负伤的时候，都未见过他愁眉苦脸。姚玉荣不禁问：“怎么了？”曹玉海突然咬牙切齿，双眼怒瞪地咆哮起来：“八国联军真可恨！”

“八国联军”，这是曹玉海给以美军为主的“联合国军”起的绰号。一想到“联合国军”，曹玉海就想起八国联军入侵中国时的烧杀抢掠、无恶不作的情景。

书中还写到，曹玉海让恋人不再等他。姚玉荣问：“你不爱她了？”曹玉海答道：“我……死了也恋着她。”但他害怕自己回不去，不想耽误姑娘的青春。姚玉荣安慰他：“日本鬼子、蒋介石的子弹都没打死你，你命大着呢。”这时曹玉海说：“但愿死神永远不照顾我。”

这段70年前的对话，今天读起依旧令人痛心。血洒朝鲜战场的志愿军烈士们，不只是一个个数字、一个个名字，而是有血有肉的平凡英雄，他们有自己的爱、有自己的怕，但当豺狼来了，他们挺身而出。

二

如果豺狼来了，自己手里却没有猎枪，那是何等悲惨！

卢沟桥事变后，全面抗战爆发，著名作家老舍的夫人胡絜青曾在沦陷后的北平生活过六年，亲身经历过当亡国奴的屈辱。1943 年，她带着三个孩子潜出北平城，一路经历艰难险阻，才与在重庆的老舍会面。她把北平见闻讲给老舍听，老舍因此创作了长篇小说《四世同堂》。

到了 1986 年，胡絜青把这段生活写成文章《沦陷之后》，其中写到她母亲之死，今日读来仍让人悲愤不已：

我母亲那年（1937 年）正是 75 岁高龄，她亲身经历过庚子年间八国联军侵占北京的苦难，亲眼目睹八国联军惨绝人寰的烧杀掠夺。在我儿时，母亲时常像说恐怖故事似的，把这些灾难讲给我听。

八国联军攻进北京后，分地段驻辖。我家住在阜成门内附近，属意大利洋人占领。他们明火执仗地搜括抢夺，百姓连换洗的东西都被洗劫一空。青年妇女被他们污辱，溺井上吊的不计其数，被杀害的就更多。母亲恰是庚子年初才娶过门的新媳妇，看洋人闯入门，急忙地藏入空屋墙角煤堆里，幸好没被刺刀扎着，躲过一关。不久又从东邻闯进来一批洋人，母亲和左邻右舍年轻妇女挖通界墙，一齐钻过西邻几户的界墙大洞，才免遭受辱的灾难。

母亲饱尝了庚子年间当亡国奴的种种苦难，每当回忆起这些往事，不论是讲者，还是听者，都不寒而栗。在她高龄时，日寇再次侵犯国土，古老的北平再次被攻陷，百姓要再次当亡国奴。老母亲料到又要受到非人的折磨蹂躏，痛苦和焦虑使她急患了脑血栓，半身不遂，不能言语。兄嫂们急忙请来医生抢救，打针服药。但老人执拗拒绝，决心绝食，虽经兄嫂跪求，仍执意将药碗摔在地上，不几天就与世长辞了……

拥有灿烂文明的中华民族，是在屈辱中进入20世纪的，1900年，八国联军攻陷清政府的首都北京，在紫禁城阅兵，以此羞辱中国；短短37年后，古城北平又被攻陷，旋即在国民政府的首都南京发生了灭绝人性的大屠杀……

自从有国家以来，人类文明最大的悲剧，莫过于一个国家不能保护自己的国民。《吃“混合面”的苦难纪实》一书写道：日军侵占北平后，残酷统治，监狱林立，宪兵、特务草菅人命，经济上疯狂掠夺，文化上推行奴化教育，当时北平人一度只能靠难以下咽的“混合面”度日，但“混合面”有时也难买到，怎么办？“日军的军马也都用粮食喂养，据说那些军马吃豆类消化不完，拉出的马粪中有许多豆粒，附近有的饥民就到马厩中偷拾马粪，回家用水淘洗后充饥。”

沦为亡国奴，命若草芥，谈何尊严？胡絜青写了这么一个细节：逃难的火车顶上都挤满了人，夜间过潼关城门洞，洞矮，“只听得哗啦啦地往下掉人，许多人坠车丧生，腥臭味冲鼻，惨不忍睹……”

日军打进山东时，12岁的兰陵少年王鼎钧随家人卷入了逃难大军。兰陵王家，本是耕读传家的名门望族，但敌寇的铁蹄踏上这片土地后，家族的命运已无法自主掌控。

许多年后，王鼎钧已成为著名作家，被誉为“当之无愧的散文大师”。他在晚年写就了“回忆录四部曲”，第一部《昨天的云》详写了 12 岁时逃难的经历。

他写到，一家人茫然失措，在巨大的恐惧中随着人流逃难，哪里有枪声，就往相反方向跑。“枪声好像向我们屁股上踢了一脚。转个弯，踉跄西行，一口气走到太阳偏西。这时又出现了大队人流，我们跟着大伙儿，人多了胆子壮，叫‘群胆’。没人说话，个个低着头。”“母亲是缠过小脚的人。她拄着一截竹竿，上身前倾，划船似的奔波，走得慢，但是不休息，常常在我们停下的时候越过我们……”他感慨道：“回想起来，当时的情势真危险，一个在天地间无以自存的家庭，几枚在覆巢下滚动不停的卵。”

三

雄赳赳，气昂昂，跨过鸭绿江。

其实，第一批中国人民志愿军入朝作战，是严格保密的，但有一支部队开拔时，走漏了风声。驻地的群众从十里八村赶到火车站欢送，战士们婉拒了他们的馈赠，但火车开动后，老乡们纷纷把鸡蛋、苹果、橘子塞进车厢。

目睹这一幕的江拥辉感慨万千，写了一段文字：

指战员们感动得流泪了，他们清楚地看到了祖国亲人的心，战火一旦燃过鸭绿江，那不仅是千万人头落地，而且是家破人亡，田园荒芜，城市将要变成废墟，刚刚苏醒的东北大地，又要焚为一片焦土啊！14 年亡国奴的日子，乃是人间地狱。人们再也不需要那喝不尽的苦水，和淌不尽泪水的亡国奴的岁月了！

近年来，随着档案解密，公众更能理解70年前中国的艰难抉择。当时，刚刚成立的新中国百废待兴，亟待转入经济建设，收拾国民党留下的烂摊子。更何况，对手是美国，“二战”后的世界第一强国，拥有最现代化武器的劲旅，派出的最高司令是在“二战”中声名显赫的麦克阿瑟。

当时中国有句歇后语，“穿蓑衣救火——引火烧身”，就反映了这种担心救不了朝鲜还把战火引到国内的复杂心态。

美国断定中国不敢出兵，他们印象中的中国，一向只有被动挨打的份，哪敢与“世界第一强国”硬扛？

当时的美国充满了傲慢与偏见，还不了解中国共产党开国领袖群体强烈的民族自尊心，还有他们对近代以来中国屈辱历史的深刻认识，以及对“独立自主”的执着追求。

彭德怀在尚未确定由他领兵出征前，就坚持出兵。后来，他在《彭德怀自述》中回忆关键时刻自己的判断：“出兵援朝是必要的，打烂了，最多等于解放战争晚胜利几年。如让美军摆在鸭绿江岸和台湾，它要发动侵略战争，随时都可以找到借口。如等美国占领了朝鲜半岛，将来的问题更复杂，所以迟打不如早打。”

毛泽东最终决定：出兵。用他的话来说，“打得一拳开，免得百拳来”“以斗争求生存”。

和平，不是靠退让得到的。

1932年1月28日，日军在上海制造“一·二八”事变，国民政府一面抵抗，一面交涉，幻想依靠大国来解决争端，结果签订《淞沪停战协定》，规定上海为“非武装区”，中国不得在上海至安亭、昆山、苏州一带地区驻军，而日本可进驻“若干”军队。

伪满洲国成立后，日本马上宣称“热河为满洲国的一部分”，策划进攻热河，国内舆论大哗，要求坚决抵抗，就连国民政府驻国联代表顾维钧都从日内瓦来电称，如果中国不以自己的行动来捍卫领土，则国联就没有依据为中国说话。

在此情势下，国民政府决定抗战，1933 年 2 月 21 日，热河战役爆发。但是，内部掣肘、高层畏敌，即便局部战场的抵抗英勇，也挡不住 12 万军队一败涂地，抗战仅持续 12 天，热河就全线沦陷。

热河省主席汤玉麟惦记着自己的财富，从北平、天津征集大批汽车，并扣留前方军用载重汽车 240 余辆，装载私产和鸦片等前往天津租界。1933 年 3 月 4 日清晨，还未见日军踪影，汤玉麟便放弃热河省省会承德，逃之夭夭，128 个日军骑兵兵不血刃便占领承德!

热河抗战之后是长城抗战。在局部战场上，中国军队仍然英勇抵抗，浴血杀敌，“大刀向鬼子们的头上砍去”家喻户晓。结果，国民政府签订了丧权辱国的《塘沽协定》，在事实上承认了日本占领东北三省和热河，并把冀东 22 县置于日伪势力范围之内。

从此华北门户洞开，为 4 年后卢沟桥事变的爆发埋下隐患。

最屈辱的是，在日本的压力之下，中国军人英魂安放之处——“抗日阵亡将士公墓”被迫改为“长城阵亡将士公墓”。

打，还是和?

抵抗，还是放弃?

近代以来，面对外敌的一次次侵略，统治者总是犹豫不决，在现实与幻想之中挣扎。即便卢沟桥事变后全民族抗战爆发，国民政府也一直未对日宣战，一边抵抗，一边秘密谈判，心存幻想。直到“珍珠港事件”后，美国对日宣战，国民政府才跟着对日宣战……

面对敌人的讹诈，单方面幻想委曲求全，等来的，是下一次讹诈。就像豺狼来了，想抛出一只鸡让它吃了离开，这样只会养大它的胃口、助长它的贪婪。

王鼎钧在《昨天的云》中，写过这样一个故事：

有一次，一队日本兵进入村庄搜索，老百姓都逃走了，有个男人偏偏不逃，他用白纸红纸剪贴了一面日本国旗，朝日本兵挥来挥去。日本兵毫不客气，给了他一颗子弹，望着他倒下去。下面一个动作就更出乎人们意料之外了：那日本兵走到尸体旁边，从地上拾起那面简陋粗糙的太阳旗，恭恭敬敬地折叠起来。

寥寥几句，冰寒彻骨。

但在1950年烽火遍地的朝鲜战场，世界看到了一个不一样的中国，一个贫穷却铁骨铮铮的中国：朋友来了有好酒，豺狼来了有猎枪！

四

新中国成立前夕，就确定了自己的一项重要外交战略方针——“打扫干净屋子再请客”。

1949年2月初，西柏坡，毛泽东与来访的苏共中央政治局委员米高扬数次长谈，他主要介绍了解放战争的情况以及新中国内政方针的设想，同时也向苏联客人谈了外交方针政策。

毛泽东的话很形象：我们这个国家，如果形象地把它比作一个家庭来讲，它的屋内太脏了，柴草、垃圾、尘土、跳蚤、臭虫、虱子什么都有。解放后，我们必须认真清理整顿，等屋内打扫清洁、干净，有了秩序，陈设好了，再请客人进来。我们的真正朋友可以早点进屋子来，也可以帮助我们做点清理工作，但别的客人得等一等，暂时还不能让他们进门。

毛泽东的意图非常明显：彻底清除帝国主义在华的一切特权，建立一个真正独立自主的新中国，同世界各国包括西方国家建立和发展平等互利合作关系。

1950 年 1 月 6 日，北京东交民巷，美、英、法、荷、意等国“领事馆”的大门上，一一贴上了内容相同的布告：

中国人民解放军北京市军事管制委员会布告

一、某些外国，过去利用不平等条约中所谓“驻兵权”，在北京市内占据地面，建筑兵营。现在此项地产权，因不平等条约之取消，自应收回。

二、此项地产上所建筑之兵营及其他建筑，因地产权收回所发生之房产问题，我政府另定办法解决之。

三、目前此项兵营及其他建筑，因军事上之需要，先予征用。

四、此项征用，自布告之日起，七日后实施。

主任　聂荣臻

列强在北京的驻兵特权，源于1901年的《辛丑条约》，东交民巷成为“国中之国”，尤其是英国兵营北墙斜对面就是紫禁城，其界墙上的炮台和枪眼正对着天安门和太庙。正是日本在中国的驻军，发动了卢沟桥事变，这是极耻辱的记忆——战事不是在边境发生，而是在中国的腹地。

1949年1月31日，北平和平解放，中国人民解放军全副武装昂首通过东交民巷，洗刷了50年来中国武装人员不得进入东交民巷的耻辱。接下来，列强的兵营也要被收回了。收回过程略有波折，美国颇不痛快，威胁要撤回所有官方人员，新华社对此专门发表评论，给企图保持旧日特权的美国以有力驳斥。在限定时间到期后第三天，美国腾空了兵营。到这年的4月11日，英国兵营也腾空，交还给中国。

继北京之后，天津、上海等地的外国兵营也相继被收回，帝国主义利用不平等条约在中国取得的“驻兵权”，这一次终于被中国共产党彻底肃清。

收回外国兵营时，毛泽东正在苏联访问，他非常重视这项工作。《毛泽东年谱》记载，1950年1月13日，毛泽东给刘少奇回电：“贯彻征用命令征用外国兵营，并准备着让美国将所有在华之旧领馆全部撤走。”1月18日，又复电刘少奇，特地叮嘱：“惟民主人士中害恐美病者可能对我们征用外国兵营等行动有所不满，请注意解释。”

“打扫干净屋子再请客”，并不是一件容易的事情，西方列强不愿意被扫地出门。但新中国不再是孱弱的旧中国，中国人能够自己决定，以好酒款待朋友，以猎枪迎接豺狼。

五

没有实力，奢谈和平。

这个实力，不仅仅是物质实力，更重要的是精神实力。

1842 年 6 月 16 日，第一次鸦片战争吴淞口之战，清军占据地利，炮台极其坚固，双方装备差距，亦无后人想象之大，但是，英军一开炮，清军主帅、两江总督牛鉴吓破了胆，脱掉朝服，抱头鼠窜，守军跟着一哄而散。

时任江苏巡抚的梁章钜目睹了这一幕，后来他在《炮说》中感叹道：英军“桅顶之飞炮”一响，“统军者惊奔，众无不溃矣……今日军中全中此病”。

此病，就是“恐洋症”。

抗美援朝，医治好了一百年来中国人的“恐洋症”，从这个意义上来说，确实是新中国的“立国之战”。

江拥辉回忆说，入朝之初，战士们对美军飞机又恨又怕，不知如何对付，后来忍无可忍，甚至用机枪向低空飞行的飞机射击，打下几架后，敌人也害怕了，再也不敢像以前那样嚣张低飞，后来志愿军自己也有空军了。江拥辉感慨道：“对强大的敌人，只要敢于同他斗，才能变被动为主动。”

当下，再读抗美援朝史，怎能不为英雄的志愿军战士而自豪？落后的武器装备、脆弱的后勤补给，却打出了一场场惊天地、泣鬼神的经典之战。那个时代，世界最强的陆军非中国人民志愿军莫属！

这还是一支洋溢着新中国崭新气象的军队。江拥辉写过一个细节，志愿军让美国俘虏分批出洞散步、呼吸新鲜空气，一个美军少校看到第一批出洞的有黑人士兵，立即向我方翻译提出抗议："应当让白种人先出来，这是通常规矩。"翻译耐心解释，对方却不听，一直强调在美国白人优先。翻译终于怒了："你是在中国人民志愿军的俘管队。在我们这里，人与人之间是平等的。"

1953年10月29日，新华社从平壤发出专电，向世界公布了中国人民志愿军英雄模范和特等功臣名单，特级英雄两位：黄继光、杨根思。曹玉海为一级英雄。

这些名字，不应忘怀。

致敬！

我们不能淡忘的“中国队长”

电视剧《三八线》热播，剧中懵懂冲动的东北青年农民李长顺在战争熔炉中成长为一位战斗英雄。有人感动，也有人质疑：中国的士兵真有这么厉害？

是的，他们确实很厉害。这是一段距离我们并不遥远甚至算得上有些近的历史，近到我们还能触摸到英雄热血的余温，但有时又感觉那么遥远。当我们在为银幕上的“美国队长”啧啧惊叹的同时，又有多少人还能记住那一个个属于我们自己的光辉英勇的名字？

“中国队长”，是真实的存在。

一

报道称，《三八线》80%以上的故事都源于真实的战争。在电视剧中，年轻的志愿军战士们互相“攀比”——比的是谁能在战场上立功。在真实的抗美援朝中，就有一个叫冷树国的战士，跟电视剧中的李长顺、张金旺一样来自东北农村，也跟他俩一样很在乎别人的评价。但冷树国在部队时接到了弟弟写来的一封信，信上说：

“你参军好几年了，也没见你立过什么功，村子参军的人都多少有功了……”这是很大的刺激，但冷树国很快就向老家证明了自己的价值。今天，他的照片还挂在中国人民革命军事博物馆，他的主要事迹是：1951 年 1 月，在志愿军第三次战役中，他带领一个突击组向前猛插，将敌军准备逃跑的 10 多辆汽车、5 门山炮截住，为全歼济宁里之敌做出了贡献。途中，他们俘敌 10 多人，毙敌军官 4 人，冷树国还亲手活捉美军少校军官 1 人。军旅作家王树增在《中国人民志愿军征战纪实》一书是这么描述的：

冷树国冲进了村庄的小街。从一座小院子疾驶而出的一辆吉普车差点儿撞在他的身上。车上有部电台，天线很长，还有个身材高大的敌人：美国人！

穿插的这一路，冷树国还没见到美国兵。他扑了上去。

美国人一下子就把冷树国推倒了，然后向腰间去掏手枪。冷树国没等他掏出枪来，再次扑上去，死死地抱住他。美国人浑身颤抖了起来，冷树国的手指抠进了美国人胸前很厚的肉。不知道从哪里来的力气，冷树国居然把这个美国人抱了起来，摔在车下。

美国人被这个中国士兵的凶猛和勇敢吓呆了，眼看着冷树国从自己的枪套中把手枪拔出来。

美国人的手举了起来。

这一年，冷树国 19 岁，他后来获“二级英雄”称号，没错，是二级英雄。在抗美援朝战争中，中国人民志愿军荣立三等功以上的指战员 302724 名，荣立集体三等功以上的单位 5953 个，其中被授予英雄、模范称号和特等功人员的502名，分别为特级英雄2名，一级英雄50名，一级模范4名，二级英雄286名，二级模范75名，特等功85名。

2名特级英雄，一位是家喻户晓的黄继光，另一位是杨根思。在1950年11月29日第二次战役中，杨根思率一个排的战士，坚守长津湖地区下碣隅里外围的小高岭，这是敌人南逃的必经之地。战斗打响后，敌人想打开包围圈，不惜一切代价。杨根思率一排人连续打退了敌人在飞机、大炮掩护下的8次疯狂进攻，后来阵地上只剩下他与两名伤员，弹药也用尽了。当美军发起第9次进攻时，杨根思抱起最后一个5公斤重的炸药包，冲入敌群，与40多个敌人同归于尽，保住了阵地，完成了切断敌人退路的阻击任务……

那是一个英雄层出不穷的年代，他们完成了一个又一个让后人惊叹不已的战场奇迹。2010年第10期《党史博览》曾有一篇题为《抗美援朝战场上的八大传奇故事》的文章，在网上流传甚广。刘光子，一名普通的志愿军士兵，在战场上只身擒获63名英军战俘——这还只是最后的统计数字，当时刘光子只身押送俘虏回来途中，遭敌机轰炸，部分英军俘虏被炸死或逃散；志愿军空三师在与美军百余架战机的空战中，九团三大队僚机飞行员罗沧海，一分钟连续击落3架美机，创世界空战史奇迹；志愿军215号坦克在石岘洞北山进攻战中，独创朝鲜战场单辆坦克一次战斗击毁美军5辆坦克的传奇；志愿军三十八军“郭忠田英雄排”，以0伤亡消灭215名美军官兵；志愿军一八八师用步枪打空战，一日击落、击伤美军飞机18架，开创朝鲜战场步兵用轻武器击落飞机的最高纪录；美军王牌飞行员戴维斯飞行时间3000多小时，“二战”中击落德军飞机50余架，志愿军“菜鸟”飞行员张积慧飞行时间200小时，从未参加过空战，两人交手，戴维斯被干掉了……

二

再讲讲一个志愿军“二级英雄”的故事，故事主人公叫关崇贵，也是东北人。

关崇贵成名，在于用步枪打下了一架飞机。当时志愿军经历四次战役后，已经筋疲力尽，美军趁机发起“屠夫作战”，中国军队开始了入朝以来最艰难的时刻。在一次阻击战中，副班长、机枪手关崇贵被敌机炸得受不了，举起机枪瞄准敌机开枪，第一次射出7发子弹，没打中，第二次又射出7发子弹，奇迹发生了：一架美军P-51战斗机机尾冒着黑烟坠毁了，飞行员跳了伞，但高度太低，没等伞张开就掉在一根树桩上给戳死了，这是美军飞机炸出来的树桩。

作家萨苏后来考证，关崇贵的机枪子弹很可能击穿了P-51的腹部蒙皮，击中了滑油或者液压油系统，使飞机失去控制，由于是超低空飞行，飞行员惊慌失措，没有选择设法恢复对飞机的控制，而选择了低空跳伞。

回国后，关崇贵被誉为“最伟大的战士”。其实，当他打下飞机时，还一直以为自己要被严厉处分，因为当时在敌方完全掌握制空权的情况下，志愿军有一条纪律——不准对空射击飞机。因为轻武器对空射击不仅打不下飞机，反而会暴露地面部队目标，招致敌人更准确的轰炸。这是志愿军入朝参战初期在不具备地面防空火力的情况下，用无数士兵的鲜血换来的教训，以至于纪律被强调得十分严格，违反后的处理也十分严厉。

但是，用机枪打下了飞机，对艰苦作战的志愿军很有激励作用，关崇贵被记特等功。当时他听到立功消息后，傻了，感觉像做梦。他是个实诚人，还一直强调自己是违反了纪律，要求好歹得记一个处分。团政委估计感觉这人太轴，生气了："别犯傻了，再犟下去，我真的处理你！"

关崇贵的故事，很好地说明了当年志愿军是在何等艰苦的条件下与以美军为首的"联合国军"作战。金一南在《心胜》一书中概括了当年志愿军与美军的"硬件"差距：

朝鲜战场上美军一个军拥有坦克430辆。我最初入朝的6个军，一辆坦克也没有。美军一个陆军师的师属炮兵有432门榴弹炮和加农炮，还可以得到非师属炮兵同类口径和更大口径火炮的支援；我志愿军一个师的师属炮兵仅有一个山炮营，12门山炮。美军一个步兵师拥有电台1600部，无线电通信可以一直到达排和班；我军入朝时从各部队多方抽调器材，才使每个军的电台达到数十部，勉强装备到营，营以下通信联络仍然主要靠徒步通信、军号、哨子及少量的信号弹等。美军运输全部机械化，一个军拥有汽车约7000辆；我志愿军入朝之初，主力三十八军只有汽车100辆，二十七军则只有45辆。更难以置信的是，当时我三十八军90%的战斗兵仍在用日军1905年设计的三八式步枪……

当然，空中力量的悬殊更大。志愿军当时不但没有飞机，连防空武器也极端缺乏。面对美军1100架作战飞机，志愿军当时只有一个高炮团，36门75毫米高炮，还要留12门在鸭绿江边保卫渡口。最初带入朝鲜的，竟然只有这种旧式的日制高炮24门。至于雷达则一部也没有，搜索空中目标全凭耳听和目视。侵朝美军总司令李奇微后来回忆道：

我们在朝鲜战场上空几乎未遭抵抗。除地面火力外，我们可以不受阻碍地攻击敌补给线。在头一年，对方甚至连防空火力还击也没有。

在武器装备极不对等的情况下，志愿军却敢于追求胜利，最后硬是把美国人打回到谈判桌前。这是一种什么样的战斗精神？说回关崇贵，他未受处分反而立功之后，愈战愈猛，在他坚守的阵地上，战至只剩他一个人。大部队往后撤退时，美军飞机还在轮番轰炸这个阵地，因为始终有枪响。阵地被炸烂了，但抵抗的枪声始终还在响。志愿军也觉得奇怪，派了两个营返回，要求从阵地的两侧包抄上去，看看究竟是怎么回事。上到阵地上的中国士兵看见了关崇贵。他浑身是伤，已经站不起来了，坐在布满双方士兵的尸体中间，军服上血迹斑斑。在他的胸前，堆着从美军尸体中搜集来的步枪、机枪、冲锋枪，竟有30多支！他在这个阵地上坚守了两天三夜，始终没有让敌人占领这个阵地。

三

中国人民解放军五十军，其前身是国民党六十军，属于滇军序列，是在国民党军队中备受歧视的杂牌部队，蒋介石当年就蔑称六十军为“六十熊”。1948 年 10 月，这支滇军部队在长春起义，后来改编为中国人民解放军第五十军，参加抗美援朝后，因战功卓绝，被毛泽东称赞为“五十勇”。

在朝鲜，五十军打得极其勇猛，先后参加了第一、二、三、四次战役，进行大小战斗 95 次，毙伤敌军 14052 人。在高阳战役中一举全歼英国皇家坦克营。他们还率先攻进汉城。在著名的汉江南阻击战中，五十军以血肉之躯，创下了以劣势装备战胜号称世界头号强国军队的光辉战例，他们把美国主力挡在南岸 50 昼夜，胜利完成了掩护我军主力在中线集结并实施反击的战役任务。

五十军也付出了惨烈的牺牲，1 万余人伤亡，7 个整连、31 个整排、138 个整班，全都打光了……

在抗战期间，也有不少国民党的杂牌部队，打得极其英勇，但是像五十军打汉江南阻击战这般惊天动地的战例，却是没有的。解放战争期间，解放军的气势如虹，映衬了国民党军队战斗力之低下。莱芜战役，国民党军队在占据绝对数量优势的背景下，反而被解放军消灭 5 万人，7 个整编旅、1 个李仙洲兵团，3 天被收拾得干干净净，以致国民党第二绥靖区司令长官王耀武怒不可遏：“5 万多人，3 天就被消灭光，就是放 5 万头猪，叫共军抓，3 天也抓不完！”

国民党军队以内部倾轧著称，山头林立，见死不救，长官贪污腐败，士兵士气低落，能打胜仗吗？

不少在解放战争中起义或被俘的国民党军队，改编后参加了抗美援朝战争却脱胎换骨，里里外外完全改变。比如，“六十熊”变成了“五十勇”，为何换一身军服，就会发生这么大的变化？

六十军起义后，中国共产党向起义部队派来400多名党员干部，领导数万起义官兵进行新式整军和一系列的政治教育。值得一提的是，以“控诉旧社会，控诉旧军队”为核心内容的政治整训，成为改造国民党起义部队的“秘诀”。各种思想教育之外，最让国民党士兵感到温暖的是士兵委员会制度的建立。在提高思想觉悟的基础上，起义部队由上而下地建立党的各级组织，党员队伍迅速发展壮大，军队的各项政治工作也热火朝天地开展了起来，极大地提高了部队的战斗力。

在朝鲜战场上，有一个四川籍士兵，他当年被抓壮丁，在国民党军队中待了一年零四个月，四川解放时，他作为“解放兵”参加了中国人民解放军，再后来入朝作战，屡立战功，在一次战役中壮烈牺牲，被追授为一级英雄。

他的名字叫邱少云。

四

王树增在《中国人民志愿军征战纪实》中重点描写了一个名叫邢玉堂的中国士兵牺牲时的情景：“（他）被美军的凝固汽油弹击中，浑身燃起大火，他带着呼呼作响的火苗扑向美军，美军在一团大火中只能看见那把尖头带血的刺刀。”

这是抗美援朝最惨烈的战斗之一——松骨峰战斗。在炼狱般的战斗中，松骨峰阵地一直没有丢掉。“火人”一般的邢玉堂连续刺倒几个敌人后，紧紧抱住一个美国兵，咬住这个美国兵的耳朵，两条胳膊像铁钳一样箍住敌人的肉体，直到两个人都烧成焦炭。在魏巍著名的战场通讯《谁是最可爱的人》中，也写了这场战斗：“在掩埋烈士遗体的时候，由于他们两手扣着，把敌人抱得那样紧，分都分不开，以致把有些人的手指都掰断了……”。

沧海横流，方显英雄本色。抗美援朝战争中，在力量对比悬殊的情况下，志愿者的英雄群体如此伟岸。

如果说科幻电影中的“美国队长”是由高科技赋予了其英雄之身，那么历史上真实存在的“中国队长”的英雄本色，则来自“精神”二字。在战争中，武器很重要，但精神同样重要，甚至更重要。

金一南在《心胜》中写道：

人要有点精神，军人最宝贵的精神就是胜利精神。除去胜利一无所求，为了胜利一无所惜，这样的军人是国家和民族的无价之宝。

近代以来很长一段时间，中国人在抵抗外侮时，精神孱弱不堪，为外敌轻视、侮辱更甚。1931 年九一八事变，几十万大军不抵抗，作鸟兽散，但是之后很多人的心态却是：此后至少可保半个世纪以上的和平。因为日本要“消化并开发”吞下的广袤疆域，至少需耗时 50 年……日本人更加摸准了一些中国人尤其是当权者的心态：“好死不如赖活”，“留得青山在，不怕没柴烧”。他们的军事进攻与心理威慑是同步进行的，烧杀淫掠，尤其是屠城、屠村、屠户……以此恐怖行径，来进一步强化中国人在日本人面前的心理弱势：只有投降，才能活下来。日本人屡屡得逞。回望壮烈的全民抗战，我们不得不同时反思：抗战期间为什么中国有那么多汉奸，有那么多伪军，有那么多投降的中国军队……

所以，抗美援朝的意义就在于此。中国人民志愿军司令员彭德怀停战后曾说过：

> 在经过三年的激战之后，资本主义世界最大工业强国的第一流军队被限制在他们原来发动侵略的地方，不仅没有越雷池一步，而且陷入日益不利的困境。这是一个具有重大国际意义的教训。它雄辩地证明：西方侵略者几百年来只要在东方一个海岸上架起几尊大炮就可霸占一个国家的时代，一去不复返了。

这是壮烈的牺牲、辉煌的胜利，还有精神的崛起。

人们纪念自己的英雄，从来不是为了宣扬战争，而是因为人们需要英雄。

上甘岭：霸凌者是被“打尿”的

电影《上甘岭》中，指挥员、战斗员、伤员把一个苹果传来传去，来回传了好几圈才把苹果吃完的情景，是根据真实故事改编的。当时送进一袋萝卜或一桶水，就有战士要付出生命的代价。历史并不枯燥。宏大的历史，往往浓缩于若干细节，让今人回味、唏嘘、感慨。

回望上甘岭战役，其伟大启示意义是：敢于斗争，勇于胜利，才会赢得真正的尊严！

1952年初冬的朝鲜，一小队中国士兵换防撤出阵地，他们形销骨立，胡子拉碴，走起来有些摇摇晃晃，脚下的土地松软若沼泽，坚硬的石头都已变成粉末。有个战士随手抓一把土，感觉硌得厉害，拨了拨，竟从土里拨出了32粒弹屑。沿途捡到一截树干，数一数，上面嵌了100多块弹片……战士们回首望去，那是一片炼狱式的焦土，他们热泪长流，却是满面笑容。

这就是上甘岭！

二

上甘岭位于朝鲜半岛中部，是江原道金化郡五圣山南麓的一个小村庄，背后是五圣山，前面有两个小高地，分别是597.9高地和537.7高地。惨烈的上甘岭战役，就发生在这两座高地。由石家庄机械化步兵学院编著的《世界经典战例：战役卷》如是表述上甘岭战役：

抗美援朝战争中，中国人民志愿军为粉碎“联合国军”发动的“金化攻势”，于1952年10月14日至11月25日，在上甘岭地区依托坑道工事实施坚守防御。

上甘岭战役，“联合国军”先后投入美军第七师和韩军第二师、第九师，共计步兵11个团又2个营，另18个炮兵营，总兵力达6万余人；志愿军投入第十五军、第四十五师、第二十九师、第十二军、第三十一师和第三十四师第一〇二团，炮兵9个团各一部另4个营，总兵力达4万余人。

战役历时43天，志愿军经过反复激烈争夺，阵地多次失而复得，终于粉碎了对方进攻，取得了歼敌2.5万余人，击毁击伤敌机300架，击毁大口径火炮61门、坦克14辆的重大胜利。

上甘岭战役不仅是坚守防御的典型战例，而且是劣势装备战胜优势装备之敌的典型战例。此战粉碎了美军和韩军的“金化攻势”，进一步稳定了战线，为志愿军坚守防御提供了宝贵经验。

“2.5万”这个数字，远远超过美方指挥官、时任美第八集团军司令、四星上将范弗里特的心理预期。他原来计划以5天时间和200人伤亡，夺取五圣山前沿的上甘岭，然后夺占五圣山主阵地。事实上，美军连五圣山主阵地的边都没摸着。

范弗里特的自信，来自他对美军的火力崇拜："我要留下无数个炮兵的弹坑，以致能让人连着从一个弹坑跳到另一个弹坑里。"军事史上也因此有个专用名词"范弗里特弹药量"，指的是不计成本地投入庞大的弹药量进行密集轰炸和炮击，实施强力压制和毁灭性的打击，迅速高效地歼灭对方有生力量，使其难以组织有效的防御，最大限度地减少己方人员的伤亡。

在上甘岭战役中，美军发射炮弹190余万发，投炸弹5000余枚，把总面积不足4平方公里的两高地削低整整2米。范弗里特成名于"二战"欧洲战场，上甘岭战役的炮火猛烈程度，已超过了"二战"。

有钱，任性。上甘岭战役之初，范弗里特自信满满，召开新闻发布会，恨不能让全世界都知道"金化攻势"将是1951年"秋季攻势"以后所发动的一次最大攻势，是一次"扭转当前战局"的"摊牌行动"。结果呢，原计划5天，足足打了43天，美方炮火确实极其猛烈，但伤亡也极其惨重，原计划仅以200人死伤的代价结束战斗，结果死伤了2.5万人，两个阵地居然都没有拿下来……所谓"摊牌行动"，结果打瘫的是自己。美国军事史专家沃尔特·G.赫姆特在《朝鲜战争中的美国陆军》（第一卷）中写道："'摊牌行动'得到了一个令人嘲讽的结局。"

"摊牌"成了笑柄，各家媒体纷纷嘲讽。范弗里特也不是一般地郁闷，他承认10月14日的"金化攻势"损伤了美国对外的威望。史载，在范弗里特的余生中，他一直对当初将上甘岭战役命名为“摊牌行动”，并且在新闻界面前大肆吹擂悔恨不已。

在上甘岭战役结束当天，中国人民志愿军将领王近山（《亮剑》原型，因作战勇猛，素称“王疯子”）冲上山头对着南面大笑：“范弗里特啊范弗里特，老子把你打尿了吧！”这句话，成为抗美援朝金句之一。

二

拥有如此可怕的“范弗里特弹药量”，为何拿不下上甘岭？军事专家总结出志愿军取胜三秘诀：一、坑道；二、手榴弹；三、炮兵。

先说“坑道”。志愿军入朝作战后，在美军猛烈的火力下，逐步摸索出反斜面坑道战术，在上甘岭战役中进行了教科书般的应用，有效地削弱了敌军火力的杀伤。《世界经典战例：战役卷》一书写道：志愿军在“597.9 高地和 537.7 高地北山构筑以坑道为骨干，以野战工事和堑壕、交通壕相连接的支撑点式的坚固防御阵地”，“战术上，志愿军以小部兵力坚守表面工事，大兵力屯于坑道内，保持较多的有生力量，以便抗击美军轮番攻击，不断投入有生力量，增强防御的稳定性”。

简而言之，美军从南坡仰攻，但志愿军的坑道修在北坡，美军火力再猛烈，也难形成太大的破坏。等美军一顿狂轰滥炸后，进攻的士兵以为守军幸存无几了，吭哧吭哧往上爬时，突然惊恐地发现：黑压压一片手榴弹迎面砸下来。

从红军、八路军、解放军，再到志愿军，他们都牢记“从战斗中学习战斗”这句话。你的炮火确实牛，但咱躲炮的能力也超级强，等你炮击结束，咱从地底下钻出来，再把你揍回去。所以，美军随军战地记者，不止一人描述了这样的经典画面：炮击刚歇，硝烟未散，按“常理”判断不可能再有生命的阵地上，突然间有奔跑的身影，玩命朝下面砸手榴弹。

美联社曾报道过韩军组织一个连的进攻，“但见一个中国士兵起来挥舞着手臂向韩军投掷手榴弹，他几乎独个儿击破这次进攻”。这个中国士兵，名叫高守余，美国有家报纸曾经在头版报道过他，标题为《“杀人魔王”高守余》。

当时，高守余所在的班计划趁夜夺回阵地，恶战之后，这个班只剩下高守余一个人。天刚亮，敌军的攻击就开始了，由于密集的炮火封锁，高守余得不到任何支援，一天只吃了口袋里三颗祖国慰问团带来的糖果。但他创造了一个奇迹，他在负伤后用手榴弹、爆破筒击退了敌人6次冲锋，此次战斗，他一人歼敌120余人！

上甘岭战役中，美韩军队一度占领了高地的表面阵地，但志愿军仍能退守坑道，配合二线部队实施反击。在近战中，手榴弹成为最好使的武器。有一项统计显示，志愿军十五军四十五师在23天的战斗中，消耗了10.65万颗手榴弹、4.6万颗手雷和1500余根爆破筒，这还不包括搜集敌方遗弃的手榴弹、手雷。

志愿军炮兵在上甘岭一役中也有出色表现。战后统计，美韩军队在战役中的伤亡有70%是被志愿军炮火杀伤的。时任十五军军长的秦基伟在回忆录中写道：“凡参战部队炮兵均组织得较好，快、准、狠，不仅本身战术俏皮，同步兵的协调也十分默契。步兵部队上下都感到满意。”他认为：大量炮兵参战，炮火准确猛烈，为上甘岭战役取得胜利起到了重要的保障作用。“战术俏皮”说的是志愿军炮兵总结出假火力准备、假冲击、炮火假转移等战术，让敌人吃尽苦头。

在1952年10月30日，志愿军炮兵玩了一回“回马枪”：先是一阵炮轰，然后炮火延伸，机关枪响起来，敌人误以为志愿军反攻开始了，纷纷跃出工事，隐蔽在山背后的预备队也冲出来，计划抢占阵地，哪想到，志愿军的炮火又回来了，在正展开进攻队形的敌人头上，一口气倾泻了1万多发炮弹。嗷嗷叫着往上冲的敌人大惊失色，然后，就没有然后了。

到了抗美援朝末期，志愿军已组建了强大的炮兵队伍，虽然跟美军相比还有较大差距，但上甘岭一役，也消耗了40万发炮弹，创下我军炮兵作战纪录。美军也不得不承认“中国军队的炮火像下雨一样，每秒钟一发，可怕极了”。可以想象，之前一直被美军炮火压制的志愿军炮兵们，是如何酣畅淋漓地打出这40万发炮弹！

三

1952年11月21日，新华社播发前线通讯员采写的新闻《马特洛索夫式的英雄黄继光》；12月21日，新华社又播发记者石峰、王玉章采写的同名通讯。“黄继光”这个名字，从此深深镌刻于民族记忆之中。

黄继光牺牲于当年10月20日黎明前，前一夜，黄继光所在的第二营奉命向597.9高地反击，一夜激战，只剩下最后一个火力点了，黄继光在身无弹药的情况下，毅然扑向敌人的射击孔堵住枪口。

战友们趁机冲上来，全歼残敌，收复阵地。

黄继光的壮举，后人在感动之余也有些质疑：他为什么不等一下，等战友来炸火力点，偏偏要牺牲自己的生命呢？其实，熟悉上甘岭战史的人都明白，如果不在天亮前收复高地棱线上的阵地，等到天亮后敌人巩固阵地，控制住棱线，那么坑道就有被孤立、被各个击破的危险。

黄继光壮烈牺牲的时候，离天亮只有 40 分钟了。他深知，战友们也深知，敌人也深知，棱线就是生死线。韩国军人曾直接将上甘岭战役称为“狙击棱线战斗”。

回首上甘岭战役，棱线的争夺战异常频繁，也异常残酷，白天敌人占了去，晚上我军夺回来。在上甘岭，志愿军惊天地、泣鬼神的壮烈的瞬间，很多发生在棱线争夺战中。

第十五军战后编撰的《抗美援朝战争战史》写道：“上甘岭战役中，危急时刻拉响手雷、手榴弹、爆破筒、炸药包与敌人同归于尽，舍身炸敌地堡、堵敌枪眼等，成为普遍现象。”

除棱线争夺外，坑道作战也极为残酷，敌人占领表面阵地后，对坑道进行封锁、轰炸、爆破、焚烧、堵塞，甚至向坑道里投掷毒气弹、硫磺弹。有的坑口被炸塌，有的被堵塞。坑道里缺粮、缺弹药，最要命的是缺氧、缺水，但战士们以惊人的毅力，坚持了下来，并在随后的反攻中收复了阵地。拍摄于 20 世纪 50 年代的经典电影《上甘岭》，真实重现了这一幕。

给坑道部队提供给养，成为后勤战线最艰巨的任务。从后方到前沿坑道只有几百米上千米，但这短短一段距离，是名副其实的“死亡地带”，中间有敌人的几层炮火拦阻线和步兵火力控制网。

整个上甘岭战役，志愿军伤亡1.15万人，其中运输人员伤亡达1700余人，占伤亡人数的14%，可见战斗之惨烈。

当时送进一袋萝卜或一桶水，就有战士要付出生命的代价。为了鼓舞士气，部队领导甚至提出："谁能送进坑道一篓苹果，就给谁立二等功！"十五军警卫连96人进坑道，其中包括跟随秦基伟多年的警卫员王虏，他受命带着一挎包苹果。最后只有24人活着抵达一号坑道，王虏也牺牲在途中，苹果洒了一地……

今天说起上甘岭战役，总会想起一个个英雄：堵住敌人机枪眼、为冲击部队打开道路的黄继光；双腿被打断仍坚持指挥战斗、最后时刻拉响手榴弹与敌人同归于尽的孙占元；一人坚持阵地战斗，击退敌军40余次冲锋、毙伤敌人280余名，最后守住了阵地的胡修道；在牺牲前用自己的身体连接被打断的线路，保证了指挥联络畅通的牛保才……仅在十五军，就涌现出三等功以上各级战斗英雄共12347人，占该军总人数的27.5%。上甘岭，是中国人的一座精神丰碑！

战争中，武器装备很重要，但精神的力量，更不容忽视！

在爱国主义精神的感召下，人的潜能一旦被激发，就能在天地间演绎寻常时光中难以想象的传奇，再凶恶的敌人也能战胜。

《秦基伟回忆录》中写道：

我们这支军队是什么样的群体啊！烈火烧身而纹丝不动直至牺牲的有，以胸膛堵枪眼的有，抱着爆破筒与敌同归于尽的有，用身体给战友当枪架的有，用身体当电话线的有，把生的希望无私地让给战友、把死的威胁坦然留给自己的也有。所有这些，灼痛了西方人的视野：对于中国人，他们应该重新认识了，必须刮目相看了！

1953年4月，黄继光的母亲邓芳芝来到北京，毛泽东特地邀请她到中南海自己家中做客，并留下了一张经典的照片。照片上毛泽东握着邓芳芝的手，表达对英雄黄继光的敬意。一位是国家领袖，一位是四川农妇，他们的儿子都牺牲在朝鲜战场。

这是一个时代的壮烈记忆。

四

上甘岭战役爆发前，中朝与美国的停战谈判已经持续了一年多时间。

中国人民志愿军抗美援朝以来，美国一方面打不赢，另一方面又不认输。战争拖得越久，对美国越不利，但美国又不甘心如此收场，这种矛盾心情表现得很充分，打仗的时候想坐下来谈判，谈判的时候又想着再打一仗来给中朝施加压力。因此，停战谈判旷日持久、艰难曲折。一边谈，一边打。谈谈打打，打打谈谈；边谈边打，边打边谈。

毛泽东对此有清醒认识，停战谈判刚开始的时候，他一周内给前方发去两封电报。

前一封为：

极力提高警惕。我第一线各军，必须准备对付在谈判前及谈判期内敌军可能对我来一次大的攻击，在后方，则举行大规模的空炸，以期迫我订立城下之盟。如遇敌军大举进攻时，我军必须大举反攻，将其打败。

后一封为：

我前方部队，必须鼓励士气，继续英勇作战，千万不可有丝毫的松懈，不要作此次可以和下来的打算，而应作此次和不下来、还须继续打、还须给敌人以大量的消耗和歼灭，然后才能和下来的打算。只有我们作了此种打算，才于争取最后胜利有益处，否则是没有益处的。

上甘岭战役爆发前，正值第七届联大和美国总统大选在即。为了捞取政治资本，并迫使中朝方接受其在战俘问题上提出的无理要求，美国政府指示“联合国军”在战场上向中朝方施加军事压力。

据此，范弗里特制定了后来成为笑柄的“摊牌”行动计划。上甘岭战役爆发前 6 天，“联合国军”总司令克拉克批准了“摊牌”行动计划。同一天，美国首席谈判代表哈里逊在板门店宣布：停战谈判，无限期休会！未等中朝方代表发言，美国代表就退出了会场，哈里逊退场时还叫嚣：“让大炮和机关枪去辩论吧！”

《毛泽东年谱》记载，毛泽东获悉美方片面宣布无限期休会后，致电中方谈判代表李克农：

同意你们对敌人的这一行动的分析及对我们应取的态度和步骤的意见。南日（注：朝方谈判代表）同志的抗议，望针对敌人这一行动，指出敌人蛮不讲理地坚持其所谓自愿遣返实即强迫扣留的原则，拒绝协定，中止谈判，企图以此压迫即将开会的联合国大会赞同其破坏谈判、扩大战争的阴谋，同时说明我方坚守日内瓦的正义立场及业已达成协议的停战协定条文，对双方遣返全部战俘的原则绝不放弃，但对释放和遣返全部战俘的方法和步骤，从来就主张可以协商。两相对照，对方应负拒绝协定、破坏谈判的全部责任。为此，我们提出严重抗议，要求其对一切后果负责。

上甘岭战役爆发后，美军火力虽空前凶猛，然而付出惨重代价，仍无法越雷池一步。美军拼得差不多了，只能让韩国军队来当替死鬼，最终，进攻上甘岭的韩国军队，也消耗殆尽了。秦基伟自豪地说："美七师、韩二师均被我打残废了。""只得悻悻作罢，老老实实回到谈判桌上来。"美国参谋长联席会议主席布莱德雷则在给美国总统杜鲁门的报告中，沮丧地写道：我们现在"用这种方法20年也打不到鸭绿江"。

上甘岭战役是美国人挑起的，但主动权却在中方。1952年11月15日，毛泽东谈起上甘岭战役时，底气十足地说：

美帝国主义要打就让他打下去，打下去就只有失败……美帝国主义打起仗来有四个不利：一是死人，我与敌人的死伤比例是一比一点八，现在则是一比二点五。二是用钱，美帝国主义在朝鲜战争中用钱是我们的八倍至九倍。三是战略，东西两线不能兼顾。四是吵架，人民向他们吵，国内两个党派吵，帝国主义国家之间吵。美方代表团在十月八日朝鲜停战谈判中，说他提出的方案是"坚定的、最后的、不可改变的"。你是三个"的"，我是一个"打"，总要迫使美方把它提出的方案变为“动摇的、不是最后的、可以改变的”。

敌人谈判桌上得不到的东西，战场上得不到；战场上得不到的东西，谈判桌上也得不到！

五

1953年7月26日，历时两年之久的朝鲜停战谈判完全达成协议。“联合国军”司令官克拉克签字后，坦承：“我成了历史上第一位在没有胜利的停战协定上签字的美国陆军司令官。我感到一种失望的痛苦……”彭德怀也签下自己的名字，后来，他说了一段著名的话：“西方侵略者几百年来只要在东方一个海岸上架起几尊大炮就可霸占一个国家的时代，一去不复返了。”

记住伟大的抗美援朝，记住不朽的上甘岭！敢于斗争，勇于胜利，才会赢得真正的尊严！

有一首歌，让你听了热泪盈眶

时间会湮没许多记忆，但有些其实并未消失，只待一个密码，顷刻激活。对于中国人来说，《我的祖国》这首歌，就是一个激活集体记忆的“密码”。“一条大河波浪宽……”当熟悉的旋律响起，人们会情不自禁跟着唱起来，或者脑海里开始浮现一些画面、许多往事，在旋律中挺直脊梁。

一

《我的祖国》这首歌，是跟一部电影紧密相关的。这部电影叫《上甘岭》，于1956年12月1日上映，虽然讲的是一个连队的故事，却还原了1952年10月14日至11月25日的上甘岭战役之残酷与壮烈。在激烈的战斗间歇，狭窄的地下坑道内，志愿军卫生员王兰唱起了《我的祖国》这首歌，鏖战多日、伤痕累累的志愿军战士们，在歌声中昂起头来，眼眸清亮。《上甘岭》是一部黑白电影，没有今天令人眩目的特效，演员也很质朴，但歌唱《我的祖国》这个场景，成为几代中国人无法忘怀的经典：

在异国他乡，在地底深处，在下一秒死亡可能就猝然而至之际，这一群中国青年，握着钢枪，利用难得的闲暇时光，在歌声中想念祖国的山山水水，田里的稻花、河里的白帆、艄公的号子、温暖的大地……歌声深情，却并不哀婉，有的是磅礴的自信，还有对家国的大爱。他们有一个强大的祖国作为后盾，而祖国也因为他们在上甘岭的坚持，凝聚了无数国人的心，爱国主义热情若火焰熊熊燃烧。

上甘岭，是成立不久的中华人民共和国的精神高地，是再大困难能奈我何、强敌当前敢于胜利的精神象征。

这场在狭小地域反复争夺、血流成河的战役，最终成为中美双方意志的考验，谁能咬牙坚持到最后，谁就是胜利者。时任上甘岭战役志愿军一方主力作战部队十五军军长的秦基伟在回忆录中写道：

我们已经打出了很硬的作风，咬着牙再挺一挺，敌人比不了这个硬劲儿。上甘岭打胜了，能把美国军队的士气打下去一大截儿……上甘岭战斗要坚持打下去，就是要跟美国人比这个狠劲儿凶劲儿！

作为“二战”战场上的胜利者来到朝鲜半岛的美军，是当时世界上实力最强大的军队，把谁也不放在眼里。直到经历抗美援朝战争，尤其是上甘岭战役，他们才真正承认了中国军队的勇敢、毅力和战术都是超一流的，承认了自己的失败。直至今日，美国军事学院的教科书中，还有上甘岭战役的案例。

不把对手彻底打疼，对方怎么会尊重你？在最后关头，伤亡惨重的美军输红了眼，无奈之下派出了最后一支战略预备队，也是最精锐的一八七空降团。一八七空降团在“二战”欧洲战场成就鼎鼎大名，但本来承担应急机动任务的空降兵居然被当成普通步兵使用。

秦基伟在回忆录中写道：美军精锐空降兵确实名不虚传，极其凶悍，他们等极其猛烈的炮火把志愿军阵地覆盖一遍后，开始一波又一波前仆后继地往上冲。然而，三天之后，一八七空降团所剩无几，被志愿军彻底打残了。

在与美军空降兵的恶战中，志愿军的战术运用、步炮协同已堪称炉火纯青。敌人炮火袭来，阵地一片火海时，战士们隐藏在地下坑道（就是《我的祖国》歌声响起的地方），等敌人冲锋，再迎头痛击。年轻的志愿军炮兵队伍在抗美援朝战场火速成长。上甘岭战役后统计，美韩军在战役中的伤亡有70%是被志愿军炮火杀伤的，精锐的美军空降兵在集结的时候，就被出神入化的志愿军炮火所吞噬。最值得强调的，还是中国士兵的无畏勇气。1952年11月2日下午5时，十八期空降团冲上来，志愿军阵地上仅剩下两名战士——朱有光和王万成，他们先后冲入敌群拉响爆破筒。王万成就是日后另一部著名电影《英雄儿女》中王成的原型之一。

值得一提的是，作为步兵打残了美军空降兵团的志愿军第十五军，在1961年改编为空降兵军。

二

朋友来了有好酒，若是那豺狼来了，迎接它的有猎枪。这是强大的祖国，是我生长的地方……

这是中国人的价值观：用美酒款待朋友，用猎枪对付豺狼。上面的歌词，放在近代以来中国遭受的无穷无尽的屈辱背景下，才能明白其中况味。

哪个人的身上，不带着历史的烙印？恩格斯说过：“历史就是我们的一切。”历史是一个民族、一个国家形成发展和盛衰兴亡的真实记录。一个人的身体，来自父母，传承着父母的基因，这个人的精神和思想中，也流淌着民族历史的基因。中国近代史开启以来，中国人渴望的，就是歌曲《我的祖国》中所唱的：“强大的祖国！”

中国一度弱到何种地步？且不说国土沦丧，且不说巨额赔款，且不说两次鸦片战争、中法战争、甲午战争……就说大清的首都北京、民国政府的首都南京，居然在短短不到 40 年内，先后被外敌攻占。南京大屠杀，人皆知之。鲜为人知的是在 1900 年，世界进入 20 世纪时，北京这座伟大的城市惨遭蹂躏。八国联军在紫禁城阅兵，羞辱一个古老的大国；侵略者判处清朝的官员死刑，在菜市口砍头；无辜的百姓被赶进死胡同，遭到机枪扫射……

慈禧太后带着光绪皇帝逃了，主战派的大臣或被砍掉脑袋或自杀身亡，一小队洋兵在华北大地如入无人之境……

这种精神层面的极度孱弱，一度深入中国人的骨髓。1931 年 9 月 18 日晚上，敌人冲进东北军沈阳北大营，年轻力壮的中国士兵就那么直挺挺地躺在军营的床上，枪支弹药就在不远处，但他们就那么躺着，任由日军士兵冲进来，用刺刀将他们一个个捅死……他们接到的命令是：“不准抵抗，不准动，把枪放在库房里，挺着死。大家成仁，为国牺牲。”这哪是为国牺牲？他们用毫无价值、充满耻辱的死亡，在中外战争史上堆砌了一个罕见的“弱”字。

无论是西方列强，还是东方的日本，他们都已经熟稔了近代中国的这种精神孱弱。正是在盲目自大而又轻视中国的这种思维定式之下，在朝鲜战争爆发后，虽然中国已发出警示：如果美国军队越过三八线，扩大战争，“我们不能坐视不顾，我们要管”，但美国人不相信中国人会出兵，他们断定中国只是虚言恫吓，他们认为中国没有能力更没有勇气出兵。

1950年10月7日，美军越过了三八线。10月15日，当时的联合国总司令麦克阿瑟在威克岛与美国总统杜鲁门会晤，断定“中国人起而抵抗的可能性极为微小”。一直到了中国人民志愿军取得了抗美援朝第一阶段的胜利，麦克阿瑟仍然认为这是中国小股部队所为，志愿军就是利用了他的傲慢，获得了清长大捷的胜利。美国人仍然在习惯性思维中心存侥幸：战场上拿不到的，想到谈判桌上拿；谈判桌上拿不到的，又想到战场上拿。

结果，就有了上甘岭战役的胜利。

三

每个人都背负着历史的烙印，每个人都是从历史中走过来的。有些人甘于沉沦，有些人却挺身而出，即使牺牲生命。他们在乎的，不是自己的生命，而是一个“强大的祖国”。

坚持抗美援朝，坚守上甘岭，意义就在于此。歌曲《我的祖国》，至今仍让中国人热泪盈眶，原因也在于此。

中华人民共和国成立之前，中国内忧外患、四分五裂，军阀割据，战争频仍，山河破碎，民不聊生，整个社会“国不知有民，民不知有国”。孙中山先生就曾经无奈地说过：“中国虽四万万之众，实等于一盘散沙。”从这个意义来说，抗美援朝是立国之战，一场大战，既拒敌人于国门之外，保障了中国数十年安心发展的和平环境，又打出了中国人全新的集体精神面貌，“四万万人”凝聚起来，天下谁能敌？

抗美援朝，让西方再也不敢轻视中国。西方媒体评论道：

中国军队跟“联合国军”对抗的这个事实，表明中国再一次成为世界强国。……这是一个世纪以来，中国首次跟西方国家正面对抗（并且没有输）。中国成功地阻止了韩国和美国军队在东北的立足。当时，东北，尤其是辽宁，是中国最重要的工业中心。保卫东北工业区，是参战的重要原因之一。此外，以支援朝鲜的方式，中国获得了对美国超过300公里的战略缓冲，从而减少了之后50年东北边境防御需要的花费。

人心齐，泰山移。在《我的祖国》的歌声中，中国发生了巨大的变化，以往长期困扰中国的问题，都在决策者的决心与广泛而深刻的社会动员中，得以迅速解决，比如匪患，比如禁毒。

鸦片战争是近代中国沦落的开始。西方通过鸦片贸易，不但损害了中国人的身体，而且攫取了大量财富。国民党政府也曾下过决心禁毒，但结果如何？蒋介石居然委托上海滩最大的毒贩杜月笙担任上海市禁烟局的局长！美国著名传记作家汉娜·帕库拉在《宋美龄传》一书中写道：

委员长的“剿共”作战一向耗费不赀，他依靠两个来源取得经费：一是财政部长，一是从毒品生意挤钱。蒋介石如何设法把鸦片市场的交易所得注入“剿共”作战，同时又义正词严下令取缔吸毒，乃是一个政客说一套、做一套最鲜明的例证。

全面抗战爆发后，日本为软化中国人的抵抗意志，在占领区大量设立鸦片馆、白面馆，毒害中国百姓，又攫取暴利。《北京市抗日战争时期人口伤亡和财产损失》一书记载，当时仅在北京，日本人开设的鸦片馆、白面馆，就达数百个。姜文导演，姜文、彭于晏、廖凡、周韵等主演的电影《邪不压正》，就有这么一个镜头。

中华人民共和国成立初期，全国罂粟种植面积高达2000万亩，种植罂粟的农民有60多万，全国吸毒人数有2000多万。

毒品在近代中国的历史上，如此沉重，又如此沉疴难除，如何禁毒，成为新中国治国理政的一大考验。1950年2月，中央人民政府政务院发布《关于严禁鸦片烟毒的通令》，全国开展声势浩大的禁烟运动，中国共产党充分发挥社会主义制度的优越性，坚持严厉惩办与改造教育相结合，收缴毒品，禁种罂粟，封闭烟馆，严厉惩治制贩毒品活动，8万多名毒贩被判处刑罚，2000万名吸毒者被戒除毒瘾，并结合农村土地改革根除了罂粟种植。

无论是面对抗美援朝强大的对手，还是为害中国百余年的烟毒，中国共产党表现出了坚决的斗争精神与强大的斗争能力。《毛泽东年谱》记载，1952年4月8日，毛泽东在一份关于公安人员贩运盗卖毒品及包庇毒犯的情况报告上做了批示。这份报告写道：“三反运动”以来，揭发出公安机关的工作人员中有很多严重的贩毒犯罪行为。为此，必须于“三反”运动末期，配合铁路、交通、海关等部门，再发动一次群众性的清毒运动，惩处吸食、盗卖、贩运、制售毒品或包庇掩护毒犯的公安人员，不予宽恕。

到上甘岭战役胜利结束时的1952年底，国内的禁毒战争也大获全胜，基本禁绝了为患百余年的鸦片烟毒，创造了举世公认的奇迹。这一年，国内经济建设的费用，已跃升为抗美援朝军费的一倍。

四

1920年，中国共产党诞生前一年，梁启超周游欧洲诸国，写下《欧游心影录》一书。当时的欧洲，正值“一战”结束，满目疮痍。梁启超由此反思了西方“科学万能”论，同时评价了东西文化的优劣，提醒国人重视自己的人生哲学、东方智慧，以此纠正、限制科学发展所产生的恶果，期求精神生活与物质生活的调和与一致。《欧游心影录》在国内引发了巨大争议，当时正值“五四”新文化运动之后，西方科学思想即“赛先生”在中国思想界大受尊崇和欢迎，中国知识分子当中，鼓吹全盘西化论也正走向顶峰。今日再读此书，能够读出梁启超的种种矛盾心态，但他渴求一个强大的能够保护自己国民的中国，却是跃然纸上：

我们是要托庇在这国家底下，将国内各个人的天赋能力，尽量发挥，向世界人类全体文明大大的有所贡献……

毕竟，当时中国人无法托庇于一个强大的国家之下，中国甚至都无法把握自己的命运。明明是“一战”的“战胜国”，却只能在巴黎和会上沦为看客，眼睁睁看着德国在中国霸占的权利被日本接收。抗议无效。

能够让国人安心托庇的强大的中国，能够让中国人自己掌握自己命运的中国，是1949年10月1日成立的中华人民共和国。

这是漫长的路，有过挫折，有过错误，有过浴火重生。历史没有终结，中国越来越强。

台湾大学教授颜元叔曾经在台湾《海峡评论》1991年第2期发表过一篇文章，题为《向建设中国的亿万同胞致敬》，他写道：

> 中国的前途在中国大陆，在那11亿心含“鸦片战争”之耻，心含“八年抗战”之恨的中国人身上！他们衣衫褴褛地制造出原子弹、氢弹、中子弹，他们蹲茅坑却射出长征火箭和载人飞船，他们以捏泥巴的双手举破世界纪录，他们磨破屁股包办12面亚运划船金牌，他们重建唐山而成联合国颁奖之世界模范市……同胞们，他们为的是什么？没有别的：他们爱此“中华”，他们不能让“中华”再陨落！
>
> 为什么美国人那么爱美国，为什么日本人那么爱日本，为什么有些的中国人就不爱中国？……爱中国，不再只是口号，不再只是情绪，而是要像大陆40年来苦心孤诣、胼手胝足，不仅流汗甚至流血地干，干，干！把大庆油田打出来，把北大荒垦出来，把葛洲坝拦江筑起来……以屈指难数的各种建设把中国建设起来——这才是爱中国！

在中华人民共和国成立70周年之际，重读这篇台湾同胞写的文章，怎不感慨万千？中国人背负着历史的烙印，从历史中走过来，正在创造新时代属于自己的历史。大道之行，谁能阻挡？正如《我的祖国》所歌唱的：

这是强大的祖国，是我生长的地方。在这片温暖的土地上，到处都有和平的阳光。

为什么活着？为什么死去？

韩国主旋律大片《鸣梁海战》刷新了韩国票房的多项纪录。鸣梁之战在历史上是一个以少胜多的著名战例，这部电影让人既紧张又激动，不仅在于火爆的海战场景，更在于片中主人公李舜臣对待生死的态度。

死亡，始终是人类的终极恐惧，对于危难时刻为了集体而慷慨赴死者，人类总有源自灵魂深处的感动与感谢。而这种慷慨赴死，往往超越生死，创造奇迹。但畏葸不前、贪生怕死者更多，诸多悲剧也因此而起。这是一个矛盾的话题：每个生命都很可贵，为何让人选择去牺牲？

一

李舜臣是朝鲜半岛历史上拥有卓然不群地位的“战神”。在400多年前的壬辰倭乱（1592—1598）中，在朝鲜陆军崩溃之时，李舜臣率领的朝鲜水师屡次大败日军，掌握了海战主动权，为这个国家的军人赢得了荣誉。

鸣梁之战发生在1597年10月26日。当时日军统帅藤堂高虎率领330余艘战船和2万陆军出发，欲趁涨潮时攻进鸣梁海峡，全歼朝鲜水师。而此时的朝鲜情况呢？李舜臣因为在第一阶段战斗中表现实在突出，日本人的军舰在海上只能偷偷摸摸地搞活动，无法大量运兵和运输补给，日本人使用了他们的绝招：使用反间计诬陷李舜臣阴谋篡权。朝鲜国王李昖（绝对昏君）将李舜臣下狱，随后将其贬为士兵，李舜臣只能白衣从军。待到第二阶段战事一起，日军海军来势汹汹，朝鲜水师几乎全军覆没，李昖不得不重新启用李舜臣，李舜臣接收残局，只有12艘平板船。

在《鸣梁海战》电影中，大战之前，朝鲜水师正在加紧制造他们的"抗日神器"——龟船。在海战主要靠冲撞和"跳帮"白刃战的年代，密闭式的龟船曾让日军一筹莫展，可见这一"神器"在朝鲜军人心中的地位。但大战前夕，一个怯战的军官居然唆使手下烧掉了已经造好的龟船，他以为这样就能避免这场注定失败的海战。果然，这场大火之后，军心动摇，无人敢战，李舜臣最信任的手下也强烈要求暂避日军锋芒，以便"留得青山在"。于是李舜臣上演了朝鲜版的"破釜沉舟"，他烧掉了军队辎重、给养、仓库和官兵宿舍，然后充分利用对鸣梁海峡水文的了解，跟日本人狠狠地干了一场。那场面壮观啊，以致有人说这是韩国的"抗日神剧"。

历史真实情况是：李舜臣率12艘战船引敌深入鸣梁海峡，随即发起集中的攻击，对准日军指挥舰攻去，结果歼灭了日军指挥舰和其他战船2艘，并击毙日军主帅来岛通总。与此同时，潮水开始退却，朝鲜舰船趁势进攻，日舰因失去主帅，军心涣散，只得顺潮向东撤退，但遇上李舜臣事先埋下的铁索和木桩，无法退却。结果朝鲜水师全力拼杀，歼灭日舰30余艘，并击毙日军400余人，再度重创了日本水师。确实传奇。

其实电影是想说明：敢死之心远比“龟船”重要，远比“神器”重要。

纵观中外历史以少胜多的著名战役，是谋略的胜利，更是勇气的胜利。事实上，两军对阵，势均力敌时，勇者胜，畏者败。当年，岳飞应对皇帝询问如何治国理政时有句名言：“文官不贪财，武将不怕死。”这十个字，在今天依然是至理名言。

二

李舜臣牺牲在胜利之时。1598年8月，控制日本的丰臣秀吉病死，死讯两个月后传到朝鲜，他的小兄弟们顿时大乱，纷纷回国。于是，明朝与朝鲜联军（没错，是明军，“壬辰倭乱”又称“大明援朝抗日战争”，当时如果没有明军，朝鲜早亡于日本了）在海上狙击，明将陈璘派遣老将邓子龙偕同朝鲜李舜臣联合出击，在露梁海上收拾日本人。这就是“露梁海战”。韩国人在《鸣梁之战》之后还要拍两部续集，其中一部就是《露梁海战》。此战联军大胜，遗憾的是，邓子龙与李舜臣双双战死。当时邓子龙陷入敌围、不幸牺牲后，李舜臣领兵来援，率龟船冲入敌阵，却被日军包围，结果身中流弹而亡。李舜臣死前叮嘱不许张扬，并把军旗交给其子代为发号施令，以继续战斗。

对一个战神级人物来说，死于战场，是最好的归宿。

1934年，抗日名将吉鸿昌死于国民党枪口下，临刑前写下这样的就义诗："恨不抗日死，留作今日羞。国破尚如此，我何惜此头？"挥毫写下这首诗时，他是不是想起两年前的生死搏斗？当年他率领察哈尔民众抗日同盟军收复多伦，日伪军凭借工事与火力，拼命顽抗，吉鸿昌乃亲率敢死队，赤膊匍匐前进，连续三次指挥登城……多伦收复了，他还活着，最后却死在同胞的枪下，又怎么甘心？

"慷慨歌燕市，从容作楚囚。引刀成一快，不负少年头。……"1910年，一个翩翩少年因谋刺清摄政王载沣失败被捕入狱，慷慨赋诗，他就是汪精卫。他逃脱了清政府的屠刀，却在30年后，沦为中华民族的头号汉奸。一个曾经英勇无畏、视死如归的热血男儿，少年任侠，却在惧怕死亡的中年堕落。

中国有句俗语："好死不如赖活。"这是最现实的生存法则，蝼蚁尚且贪生，更何况人？活着，好好活着，不管怎么样都要活着。

但求生的选择权，往往没有掌握在求生者自己手中。2014年，在中国首个南京大屠杀死难者国家公祭日期间，记者白瑞雪从另一个角度来深思了这场国难：

弱国无强军，懦军难壮国。军队是第一道和最后一道防线，然而在77年前的南京，军人过早地失去了保护他的人民的勇气。"守南京的十多万大军，就这样像尘土一般一阵风吹散了。"几日战斗，当最勇敢的那一批人倒在了日军占据绝对优势的重炮与机动火力下，当多处外围阵地全军覆没，也曾破釜沉舟誓与南京共存亡的大军，一夜溃散。那是77年前的12月12日夜。南京守军数量不可谓不众，武器也尚能坚持，但他们最终选择放下武器、放弃抵抗，把自己和老百姓的生命生生留给了日本人的屠刀。战争是体系与体系的对抗，战争双方的意志同样是体系的对垒，其形成与瓦解皆漫长而难以察觉。鸦片战争、甲午战争以来割让求和的惯性之下，作为集体意识的战斗精神和战斗信心一度消逝不复。

或许，在人人都盼望温情脉脉地活着时，军人不行。李舜臣无法做这样的梦，岳飞无法，吉鸿昌也无法……因为敌人不允许。在敌人面前，有太多不能选择，但可以选择勇敢，敢于牺牲，敢于胜利。白瑞雪在这篇题为《保持痛感——南京，南京》的文章中写道：

中国需要胜利，胜利是胜利者的通行证，失败是失败者的墓志铭。抗日战争的胜利开启民族复兴，抗美援朝的胜利彻底终结了中华民族一百多年任人宰割的历史，“两弹一星”则以另一种形式的胜利为国家赢得了安全与尊重——它们之所以成为里程碑式的伟大胜利，很大程度在于从心理、精神上重塑了中国人一次次被颠覆、撕裂、践踏的敢于胜利之心。对胜利的渴望从来不需要掩饰。今日中国军队直言“能打仗、打胜仗”，同此理。

三

生命太宝贵，死亡太可怕，因此，每一个牺牲都永垂不朽。

我们无法超越历史来歌颂生命的可贵与牺牲的遗憾，我们更无法超越历史，用今天所谓“人性”的视角来低估先烈的价值。

邓稼先出身于安徽怀宁的名门邓氏，早年赴美国留学，26 岁就通过了博士学位考试，被美国人称为 baby doctor（娃娃博士）。毕业时，他的英国导师说：我介绍你去英国剑桥大学，几年后你将会站在世界物理界的前沿。邓稼先没有动心，毕业第 9 天就带着“一脑袋的核物理学知识”回到了刚刚成立的新中国。1958 年，任二机部副部长的钱三强找到邓稼先：“国家要放一个‘大炮仗’，想请你参加。”那天晚上，邓稼先很晚才回家，跟妻子说他要调动工作了。到哪儿去？不能说。做什么工作？不能说。能不能给个信箱地址用来通信？也不行。

从此，邓稼先的身影从故旧好友间隐去了，他去了罗布泊人称“魔鬼之域”的死亡之海。探险家也望而却步的恐怖地域，却是两弹研发“最佳的试验场”。他们“饥餐沙砾饭，渴饮苦水浆”，终于在 1964 年 10 月 16 日，让“比一千个太阳还要亮”的光芒照遍了整个北疆。仅两年半之后，中国第一颗氢弹爆炸成功。站起来的中国，从此有了“敢与恶魔争高下，誓叫霸王让三分”的真正底气。

在弟弟邓携先的记忆里，哥哥邓稼先从小活泼好动，他爱听京剧，爱听交响乐，冰滑得棒，棋下得好，最拿手的是“抖空竹”，“能把茶壶盖拿来抖”。剧院上演《谢瑶环》，他顶风冒雪也要去排队买票。然而，就是这个爱生活、爱热闹的邓稼先，为了中国的“大炮仗”，把后半生 28 年光阴全部抛在了荒漠戈壁和莽莽群山里。

从事核研究后，邓稼先的性格发生了很大变化，与朋友交往时的话题缩到了最小范围。他明白自己工作的价值和纪律的需要，他任凭这种工作纪律的严格要求来管住自己的个性，听任自己的性格朝着孤独沉闷的方向变化。他甚至受到了许多亲友的误解，但他不加辩解而心安理得。

他与妻子结婚 33 年，真正在一起的日子只有 6 年。而这最后一年，还是邓稼先身患绝症、辗转病榻的一年。

所有人都说，如果不是为了核弹，邓稼先不会走得那么早。

核弹试验有成功，更有失败。一次空投预试出现事故，核弹坠地摔裂，深知危险的邓稼先只身进入那片象征死亡的沙海寻找弹头，当他把摔裂的核弹捧在手上时，致命的放射线已经深深侵害了他的身体。1985 年 7 月，他被确诊患直肠癌。

1986 年 6 月 24 日，邓稼先的名字在刊物和对外联络中消失了 28 年之后，一篇名为《两弹元勋邓稼先》的通讯同时出现在各大报纸上。中国“两弹”震惊世界的谜底终于揭开。一个月后的 7 月 29 日，邓稼先在北京逝世。

有一个细节笔者印象尤其深刻，与邓稼先曾为同乡和同学的华裔诺贝尔物理学奖获得者杨振宁得知真相后，热泪长流。他后来在回忆文章中写道：“事后我追想为什么会有那样大的感情震荡，是为了民族而自豪？还是为了稼先而感到骄傲？——我始终想不清楚。”

杨振宁还说，假如有一天哪位导演要摄制《邓稼先传》，他建议背景音乐采用五四时代的一首歌，这首歌是这样的：

中国男儿　中国男儿
要将只手撑天空
长江大河　亚洲之东　峨峨昆仑
古今多少奇丈夫
碎首黄尘　燕然勒功　至今热血犹殷红

“革命老前辈”，也是“新青年”

广州的春天，阳光已很热烈，面对一群朝气蓬勃的年轻人，33岁的教师毛泽东很恭敬地介绍一位57岁的学生——“在座的有革命老前辈陈墨西先生”。这是1926年2月国民党中央政治讲习班课堂上的一幕，共有学员800人，陈墨西是最年长的一个。

2019年，是陈墨西150周年诞辰。在今天，说起陈墨西，往往是因为他有一位著名的孙女——琼瑶。其实，陈墨西当年的影响力，远远大过琼瑶在今天的名气。读他的故事，也如同在读一部长篇小说，有缠绵悱恻的言情，更有荡气回肠的历史。一个身处历史大变局中的“老青年”，如何紧跟时代，活成生气淋漓的“新青年”？

这是一位已逝去的中国知识分子的心灵长路，也是后人不能忘记的民族危亡与崛起的记忆缩影。

一

毛泽东尊称陈墨西为“革命老前辈”，是因为他参与领导了辛亥革命最后一场起义——甘肃秦州起义。

秦州即今甘肃天水。史载，1912 年 3 月 11 日清晨，起义开始，由于事先计划周密，部队行动迅速且隐秘。起义军分四路很快占领筹防局、州署衙门、游击衙署和军械火药库。时任游击的玉润（满族人）开枪负隅顽抗，被当场击毙；知州张廷武被生擒。一支清军前来镇压，直逼城下，但经当地绅士出面调停，来敌退走。秦州的起义军基本上没有发生激烈战斗便顺利占领全城，取得了胜利，随即成立甘肃临时军政府（亦称秦州军政府），史称“陇右光复”。

湖南宁乡人黄钺是秦州起义的第一领导人，他与陈墨西是好友。据黄钺的儿子黄祖同后来撰文回忆：武昌起义后，陈墨西随孙中山由日本归来，黄钺已在甘肃进行革命活动，得悉好友陈墨西回国，大喜，立即传书邀请陈墨西赴甘肃共商起义大计，孙中山等极力赞同。陈墨西欣然应召，于 1912 年 3 月 6 日（农历正月十八日）赶赴秦州。陈墨西到达后，传达了黄兴致促甘肃早日举义的意见，与黄钺再次修订了起义计划，如期宣布起义。

秦州起义胜利后，黄钺任军政府都督，陈墨西被任命为军政府秘书长兼教育司司长，秦州军政府的大部分文牍都出自陈墨西之手。

陈墨西 1869 年生于湖南省衡阳县渣江镇。渣江此前出了一个著名人物彭玉麟，他创建了湘军水师，是中国近代海军的奠基者。陈墨西的爷爷陈大源投奔彭玉麟，曾任长江水师湖口炮船厂总办，后来由彭玉麟保奏任江西九江知州，官至三品，病逝于任上，此后家道中落。陈墨西的父亲叫陈启稠，授奉直大夫候选通判，藏书万卷，家教甚严。陈墨西从小就接受了严格的科举训练，遍读四书五经，过目成诵，1890 年，参加乡试，授廪贡生。

但是他的科举之路被历史大潮打断。1905 年，延续 1300 年的科举制度被废除，此事对当时读书人冲击非常之大，不少人感觉天崩地裂、万念俱灰。山西有一个名叫刘大鹏的屡试不第的老举人，听闻废除科举的消息后，在日记中悲伤地写道："甫晓起来心若死灰，看得眼前一切，均属空虚，无一可以垂之永久……日来凡出门，见人皆言科举停止，大不便于天下，而学堂成效未有验，则世道人心不知迁流何所，再阅数年又将变得何如，有可忧可惧之端。"

时代剧变，时人或迷茫，或颓废，或奋起。新旧之间，泾渭分明。科举废除这一年，陈墨西36岁，按生理年龄来说，标准的"老青年"一个，但他没有精神幻灭，他在一年前就投身于新式学堂——南京两江师范学堂。

年过三十，还读师范，确实年龄大了些。但陈墨西面试很出色，校长李瑞清是清末翰林、著名书画家，他很欣赏陈墨西，就将其招收入学了，一段佳话也因此开始。陈墨西仅仅比李瑞清小两岁，但一直对他非常恭敬，每次见面必行鞠躬礼，终生奉其为恩师。

从此，陈墨西频频以"最年长"的标签，紧紧跟住时代潮流，焕发着青春热情：两江师范成立反清组织"革命同志会"，陈墨西是最年长的会员；1909年，陈墨西东渡日本，是最年长的留学生之一，在日本他经黄兴介绍加入同盟会，成为孙中山的忠实信徒。辛亥革命、讨袁战争、东征、北伐……他一直与年轻的战友并肩奋战。

对陈墨西来说，他的心理年龄，始终可以用"青春"二字来形容。

二

1936年，华北战争阴云密布之际，在北平，有一对历经坎坷的情侣，终成眷属。男的是陈致平，陈墨西的儿子；女方是袁行恕，她的父亲是有着"中国银行业之父"之称的交通银行第一任行长袁励衡。他俩是师生恋，为当时社会所不容，压力很大。但真正的压力，来自袁励衡。他坚决反对女儿跟陈致平恋爱，不准两人再有往来。但袁行恕个性极强，宁肯与家里断绝往来，也不愿割舍这段恋情。

袁励衡反对的，倒不是"师生恋"、自由恋爱，而是陈致平这个人，两家门不当户不对。袁家可谓典型的累世书香、仕宦之门，袁励衡之前五代，均在朝廷为官，袁励衡本人也任过清末知县。而陈墨西呢，自1927年"四一二"蒋介石屠杀共产党人之后，尤其是得悉他的挚友、共产党人萧楚女遇难的消息后，心中愤懑，以母亲过世、回乡守孝为借口，脱离了军政界，回衡阳渣江老家教书为生。而陈致平与母亲在北平生活，母亲去世后，他一人北漂着，除了满腹学问，其他什么都没有，袁励衡自然感觉这人不靠谱。

陈致平为什么跟母亲待在北京？其中也有一段插曲：陈墨西当年在外革命时，遇到一好姑娘，俩人结婚了。但这姑娘到了衡阳渣江，发现陈墨西在乡下老家还有一个原配夫人……这也是那个年代屡见不鲜之事，但这姑娘个性强，大怒，带着孩子到了北平。陈致平一直在北平长大。这事让袁励衡更感觉他不靠谱，他们陈家都不靠谱。

眼看这爱情要成苦恋，前景不妙，但转机突然发生，袁励衡同意了！转机，来自陈墨西的一封长信。他在老家听说了儿子的爱情故事后，毕竟打过仗闹过革命，当机立断，提笔给袁励衡写了一封长信。袁励衡读完，才发现陈致平的老爹不是乡下私塾先生，而是鼎鼎大名的辛亥革命先驱、民国元老、民主革命家！哪有什么门不当户不对的？他欣然同意了。这才有了两人的成婚，有了琼瑶的诞生。许多年后，琼瑶在自传《我的故事》中写了父母的这一段爱情往事：

他们的结合，也经过了一番奋斗和挣扎，因为母亲有个大家族，她是典型的大家闺秀，家教非常严谨。而父亲却独居于北京，生活有些潇洒不羁。外祖父对父亲摸不清底细，对于母亲这段婚事，非常迟疑。远在湖南的祖父知道之后，立刻写了一封长长的信给外祖父，代子求婚。据说，外祖父一读完这封信，立刻大大叹赏，说："虎父怎会有犬子！父亲有这么好的文笔，儿子还会弱吗？"

二人结婚时，陈致平 27 岁，袁行恕 20 岁。袁行恕是诗、书、画俱佳的大才女，更是一个在五四精神熏陶下长大的新青年，事业心很强。结婚后，她不想放弃在北平艺专的学业，第一次怀孕后，非常恼怒，一心想要拿掉孩子，但是，在当年，这是一个非常"可怕"的念头。袁行恕只好休学，不甘心、不开心，怀胎五月时，夫妻俩大吵一架，袁行恕要离家出走，搬箱子时动了胎气，这个孩子流产了。陈致平伤心不已，袁行恕又去上学了。旋即，七七事变爆发，夫妻俩在北平没法待了，去了四川。袁行恕发现自己又怀孕了，一怒之下，到医院要求堕胎，医生拍片看了，告诉她怀的是双胞胎。她的母爱瞬间激发了，欢天喜地回到家里。1938 年 4 月 20 日，袁行恕早产诞下一对龙凤胎，陈致平给一对儿女取名陈喆、陈珏。陈喆，就是后来的琼瑶。

三

琼瑶4岁时，第一次见到陈墨西。她后来回忆说：“祖父是个很威严、很有气派的老人。”

那是1942年，琼瑶随父母回湖南衡阳渣江，当时中国半壁江山沦陷，烽火遍地，但他们一直认为，日寇打不到衡阳来。但是，日寇还是来了。琼瑶在《我的故事》中写道：“一天夜里，我从熟睡中被炮火声惊醒，我爬起床来，看到父母和祖父都聚在窗边，满脸凝重地遥望着衡阳城——那城市已被一片大火所吞噬了，连黑夜的天空，都被火映成了红色。”

1944年极其惨烈的衡阳保卫战爆发，从6月23日开始，到8月8日结束，历时47天，是中国抗战史上中国军队与日军正面交战时间最长的城市攻防战，被誉为东方的斯大林格勒保卫战。虽然此役中国军队以少战多，重创日军，但日军最终惨胜。渣江镇距离衡阳城不远，陈家陷入了空前的劫难之中，琼瑶当时6岁，这场劫难给她留下了刻骨铭心的记忆，她详尽写在《我的故事》中，今天读起，仍触目惊心。

琼瑶写到了她珍爱的一面小锦旗被日军烧掉，写到了日军在衡阳乡间的烧杀掳掠，还写到了母亲差点被日军抢走的恐怖时刻：

那日本大汉敞着胸前的衣服，军装上一个扣子也没扣，手里没有拿枪，却握着一根大木棒，他咧着嘴，面目狰狞而凶恶，一伸手，他抓住了母亲的手腕，用生硬的中文，口齿不清地说："跟我走！"说着，他就死命地把母亲向山沟外面拖，一向文质彬彬的父亲，立即爆发了，他陡然间冲过来，抱住母亲，对那日本兵大吼大叫："放手！你这禽兽！放手！"

一切发生得好快，我看到那日本兵举起木棒，对父亲拦腰一棒，父亲站立不稳，那山沟又是一个往下倾斜的斜坡，父亲摔了下去，顺着斜坡，就一直往下滚。祖父忍无可忍，也冲上前去，日本兵再一棒，把祖父也打落坡下，然后，他继续拉着母亲，往山沟外面拖去。母亲用手抓紧了山沟两壁的青草，哭着往地上赖。我眼看父亲和祖父挨打，母亲又将被掳走，恐惧、愤怒和无助的感觉一下子对我压了下来，我用双手扯住母亲的衣服，放声大哭。同时，麒麟和小弟都扑了过来，分别抱住母亲的腿，也放声大哭，我们三个孩子，这一哭哭得惊天动地，我们边哭边喊着："妈妈不要走！妈妈不要走！"

这一幕，今天读起来，悲愤莫名！像袁行恕这样在锦衣玉食中长大的名门望族，尚且蒙受如此侮辱，寻常百姓更是沦落尘埃，命如草芥。当一个国家无力保护自己的国民时，国民又哪能把握自己的命运？

当年，因为全家人的拼命维护，日军收敛，放过了袁行恕。此后，陈墨西下决心让儿子儿媳一家离开老家，经历一番惊险的逃难，他们颠沛流离，来到重庆，但陈墨西仍留在老家。据《风范长存》记载：日军数人闯入其宅，并用刺刀洞穿其大门数处。陈墨西和墨濡笔大书"此扉可作巴黎油画观"九字于其上，众皆瞠目结舌，而陈墨西仍泰然自若。不数日，一日本军官率士兵多人复来，破门而入，陈墨西正襟危坐，怒目而视，继而以日语斥责。日本军官诺诺而退，并书一告示于门外：“日军官兵不准入内。”事后当地百姓认为是奇闻怪事，奔走相告。陈墨西以不惧日寇、大义凛然的浩然正气，竟使虎狼成性的侵略者望而生畏。

1945 年，日本侵略者无条件投降，举国同庆，有人要陈墨西将损坏的门扉加以修整，陈墨西婉言拒绝，并解释说：“此门页要永远保存下来，告诫后世，勿忘国耻。”

综合对比琼瑶所书与乡人回忆，可见陈墨西待亲人脱离险境后，坦然无畏，不再是一个忧虑后人安危的老者，已恢复当年“新青年”的凛凛本色。

四

琼瑶写过这样的一个细节：在护送儿孙逃难时，陈墨西一家遇到一个伪装成农民的汉奸，在后者的手枪面前，陈墨西傲然而立，誓死不肯让汉奸搜身检查。汉奸以死威胁，儿子下跪哀求，都无法让陈墨西低头。后来，汉奸震撼之余，给陈家人指明了一条逃生之路。这一幕，让琼瑶感慨良多。

许多年后，琼瑶在介绍自己的创作历程时，写过这样一段文字：

我生于战乱，长于忧患。我了解人事时，正是抗战尾期，我和两个弟弟，跟着父母，从湖南家乡，一路“逃难”到四川。六岁时，别的孩子可能正在捉迷藏、玩游戏，我却赤着伤痕累累的双脚，走在湘桂铁路上。眼见路边受伤的军人，被抛弃在那儿流血至死。也目睹难民争先恐后，要从挤满了人的难民火车外，从车窗爬进车内。车内的人，为了防止有人拥入，竟然拔刀砍在车窗外的难民手臂上。我们也曾遭遇日军，差点把母亲抢走。还曾骨肉分离，导致父母带着我投河自尽……这些惨痛的经历，有的我写在《我的故事》里，有的深藏在我的内心里。在那兵荒马乱的时代，我已经尝尽颠沛流离之苦，也看尽人性的善良面和丑陋面。这使我早熟而敏感，坚强也脆弱。

今天看民国，不能仅仅停留在津津乐道彼时之人物风流，更要关注他们在抗战时期的颠沛流离与受到的精神折磨，以及由此而生的他们对个人与民族、国家的深刻思考。可以说，在五四精神的熏陶下成长的一代中国青年，在抗战时期，又完成了再次成长。

譬如风华绝代的林徽因，是当年北平的“沙龙女王”，时人感慨的被上天眷顾的集美貌与才华于一身的幸运儿，抗战期间，贫病交加，岁月静好消失，优雅从容不再。从北平到昆明，再从昆明到四川李庄，林徽因肺病发作，长时间卧床不起。但她和丈夫梁思成拒绝去美国治疗，夫妻给美国友人费正清夫妇回信说：“我们的祖国正在灾难中，我们不能离开她，假如我们必须死在刺刀或炸弹下，我们也要死在祖国的土地上。”

林徽因的儿子梁从诫回忆说，在李庄时，他曾问母亲：“如果日本人打到四川，你们怎么办？”林徽因特别平静地回答：“中国读书人不是还有一条老路吗？咱们家门口不就是扬子江吗？”梁从诫感慨道："我当时看着妈妈，我就觉得她已经不是我熟悉的那个妈妈了，她好像变成另外一个人，面对死亡，那样超脱。"

奇妙的是，民国名人，彼此之间有千丝万缕的联系。梁思成的父亲梁启超是徐志摩的老师，而金庸是徐志摩的姑表弟，琼瑶又是徐志摩的表外甥女……

再说回陈墨西、陈致平、袁行恕、琼瑶一家。陈致平夫妇后来去了台湾，陈致平成为著名的历史学家。袁行恕的姐姐袁晓园，年轻时留法，1936 年回国任厦门市税务局副局长，成为中国第一位女税官，1945 年任国民政府驻印度领事馆副领事，是中国第一位女外交官，1947 年定居美国，1953 年任联合国总部秘书，20 世纪 70 年代她作为著名美籍华人、学者率团访问祖国，1985 年，她放弃美国国籍，回到祖国定居北京。袁行恕的妹妹袁静，1930 年加入中国共产主义青年团，1935 年加入中国共产党，1940 年入延安陕北公学学习，1949 年根据自己参加土改和反扫荡斗争的经历，与孔厥共同创作了长篇小说《新儿女英雄传》，描绘了白洋淀人民在中国共产党领导下坚持抗战的事迹，这本书激励了一代又一代中国青年。

五

后来，陈墨西积极参政议政，为新中国建设倾情出力。

1952 年，陈墨西受聘为衡阳县志编撰委员会主任委员、湖南省文物管理委员会委员，并当选为湖南省第一届、第二届人大代表和衡阳县政协委员，1953 年任湖南省人民政府参事室参事，1954 年任湖南省文史研究馆馆员。最为称道的是，陈墨西以85岁高龄，两次由乡民抬着躺椅走访王船山故居和墓地，他也是保护王船山故居的首倡人。

1960年，陈墨西溘然长逝，享年91岁，丧事由省政府出资操办。1989年5月7日，琼瑶偕丈夫平鑫涛返回家乡扫墓祭祖，在祖父陈墨西墓前，行三跪九叩之大礼。

时光悠悠，回味无穷。

妇女能顶半边天，一个理解新中国的最佳角度

作为新中国第一部法律，《中华人民共和国婚姻法》（以下简称《婚姻法》）确立了婚姻自由、一夫一妻、男女平等的新型婚姻制度，不仅为婚姻登记机关依法行政提供了有力的法律保障，更是为之后经济社会健康发展奠定了坚强的法治基础。

为什么新中国第一部法律会是《婚姻法》？

一

1945 年夏天，女大学生沈宝媛在四川成都郊区听到了一个恐怖的故事：父亲当众杀害了亲生女儿。

沈宝媛就读于燕京大学（当时内迁成都办学）社会学系，1945 年，她来到成都郊区一个叫望镇的地方做田野调查，翌年她写下了调查报告《一个农村社团家庭》，作为自己的毕业论文。2018 年，四川籍历史学者王笛以沈宝媛的论文作为核心资料，写出了《袍哥：1940 年代川西乡村的暴力与秩序》一书。沈宝媛的论文与王笛的新著，均重点收录了“亲父杀女”的恐怖故事，后者还将其作为全书之

开篇。

杀人者名叫雷明远，是望镇的一个佃户。他还有另外一个身份——当地“袍哥”的副首领，江湖上的“副舵把子”。[1]他那被自己亲手杀害的女儿叫淑清，读了几年私塾，待字闺中。那时候，淑清情窦初开，认识了一个来家里做裁缝的男青年。人们无从知道他俩的关系究竟到何种地步，但一时间却流言四起，甚至还有人说他们曾“干过不名誉的事”。雷明远听说后，勃然大怒，喊打喊杀。两个可怜的青年被吓得躲到成都城中的裁缝父母家里，雷明远便带着他的“袍哥”兄弟，将这两人押解回乡，在家里绑上绳子后，又押往河边。

《一个农村社团家庭》的报告中记载了当时的恐怖场景：

年轻的一男、一女被绳绑着走在前面，第二个跟着的是拿着枪的父亲，第三个是拿着蜡烛、钱纸，在哭泣着的雷大娘，随后跟着的是社团中的几个兄弟。

临刑之前，父亲在说了：“大女，没事就不要回来啊！”“是。”父亲又说：“不要回来把屋头弄得乒乒乓乓的呵！”“是。”“你要报仇就去找那个害你的，不要找我！”“是呵。”年轻的女儿依然埋着头硬声的回答。

嘭的一声开枪了，先被打倒在河里的是那个男孩，紧接着的第二声便是女子也被打下了河里，街坊中有两个好心的在叫了：“能救起人来的，我愿意给钱，我愿意给钱。”“请大家做做好事罢！”然而，

[1] 四川的哥老会成员被称为袍哥。袍哥会是清末民国时期四川（包括现在的重庆）、云南盛行的一种民间帮会组织，在其他地区被称为哥老会。

在河里跳下去的两个弟兄，反而把女孩的头更死命的往水底压着，他们好像对死者有宿怨一般，河水急声的奔腾着，冲走了这一对人世间的怨男怨女，这一对旧礼教所淹埋的可怜虫！

在今天的年轻人眼中，这个恐怖的故事简直匪夷所思，但此事却是当年真实的存在。更恐怖的是，此类残酷的私刑在当年却无人质疑。沈宝媛写道："没有人感觉到这事的过分严重，他们觉得这种处置是不容非议的，没有人想到雷大爷是犯了刑事案。""望镇的'袍哥们'对于女人们的观念是看得非常严格的，他们不喜欢地方上比较有自由思想的女人，浪荡的女子那更是他们的眼中钉……"

雷明远杀女一事，发生在1939年，民国已成立28年。今人说民国，总会提起那些敢爱敢恨甚至爱得惊世骇俗的女子，譬如萧红、丁玲、陆小曼、张爱玲、董竹君、张幼仪、林徽因……但在她们耀眼的光环之外，却有着无数沉默的无法反抗悲剧命运的女性，譬如雷淑清。

实际上，民国是一个精英群体与普罗大众如油水分离的年代。精英群体寻求自我解放的同时，普罗大众仍在延续千年的封建制度惯性之下挣扎呼号。中国封建制度的一大可怕之处，就是对女性的压迫，她们脖子上套着封建政权、族权、神权、夫权四条绳索，毫无自主地位。

鲁迅先生笔下的祥林嫂最为典型：一个勤劳、善良、质朴的女性，被暴力逼迫改嫁，第二任丈夫死后，只能靠未成年的儿子才有在家族中生存的合法地位。儿子惨死后，"大伯来收屋，又赶她"，只能再出来做下人，却被人视为不祥。她用自己的血汗钱，去庙里捐门槛，试图要洗刷自己身上的“罪孽”……可悲的是，祥林嫂并不知道，真正的罪孽源是黑暗的封建制度。

二

1950 年 4 月 30 日，中央人民政府公布《中华人民共和国婚姻法》自当年 5 月 1 日起施行。《婚姻法》规定：“废除包办强迫、男尊女卑、漠视子女利益的封建主义婚姻制度。实行男女婚姻自由、一夫一妻、男女权利平等、保护妇女和子女合法利益的新民主主义婚姻制度。”

《婚姻法》公布后，毛泽东曾讲了一段非常经典的话：“《婚姻法》是关系到千家万户、男女老少的切身利益，其普遍性仅次于宪法的国家根本大法之一。”

值得一提的是，被称为新中国“伟大预演”的中华苏维埃共和国颁布的第一批法律法规中，也有“婚姻法”。1931 年 11 月 7 日，中华苏维埃第一次全国代表大会在瑞金召开。11 月 27 日，毛泽东在中华苏维埃共和国中央执行委员会第一次会议上当选为主席，项英、张国焘当选为副主席。翌日，毛泽东与项英、张国焘签署颁布《中华苏维埃共和国暂行税则》《中华苏维埃共和国婚姻条例》，中央执行委员会关于暂行婚姻条件的决议指出：“目前在苏区男女婚姻，已取得自由的基础，应确定婚姻以自由为原则，而废除一切封建的包办、强迫与买卖的婚姻制度。”

毛泽东两次签署自己名字的时候，肯定想起了一个人：赵五贞。

赵五贞也是一个悲剧女性。1919 年 11 月 14 日，23 岁的新娘赵五贞在花轿内割喉自杀，震动了长沙城。赵五贞知书识字、性情温和，是个好姑娘，却死于封建包办婚姻。当年夏天，同街吴家向赵家求婚，吴家主母以悍恶著称，吴家公子已年过三十，又是二婚，赵五贞愀然不乐，但她父母贪图吴家丰厚聘礼，许下了这门婚事。出嫁前，赵五贞心事重重，家人虽有所警觉，母亲姐嫂满身搜查，却遗漏了绑腿，那里藏着赵五贞准备好的刀子。花轿快抬到吴家时，轿夫发现轿内鲜血淋漓，赵五贞已割喉自杀……令人愤懑的是，赵五贞入殓后，地方检察官硬于棺木上贴一“吴赵氏”的封条。

此事激怒了青年毛泽东，从 11 月 16 日到 28 日，他在长沙《大公报》和《女界钟》连续撰文 10 篇，猛烈抨击封建礼教和社会之恶。据《毛泽东年谱》，这 10 篇文章分别是《对于赵女士自杀的批评》《赵女士的人格问题》《婚姻问题敬告男女青年》《改革婚制问题》《女子自立问题》《“社会万恶”与赵女士》《非自杀》《恋爱问题——少年人与老年人》《打破媒人制度》《婚姻上的迷信问题》。

毛泽东认为：赵女士自杀，是由于“三面铁网（社会，母家，夫家）坚重围着，求生不能”。“这事件背后，是婚姻制度的腐败，社会制度的黑暗，意想的不能独立，恋爱不能自由”。他怒斥了封建社会的腐朽和传统的婚姻制度弊端：“社会里面既含有可使赵女士死的‘故’，这社会便是一种极危险的东西。他可以使赵女士死，他又可以使钱女士、孙女士、李女士死……”毛泽东大声疾呼：“全中国的青年男女诸君！你们都不是些聋子瞎子，眼见着这么一件‘血洒长沙城’的惨事，就应该惊心动魄，有一个彻底的觉悟。你们自己的婚姻，应由你们自己去办。父母代办政策，应该绝对否认。恋爱是神圣的，是绝对不能代办，不能威迫，不能利诱的！”

彼时的毛泽东，已经不仅仅只是一个“愤怒青年”了，他开始用马克思主义的价值观和方法论来思考中国社会问题。1939 年，毛泽东在陕北时曾对美国记者斯诺说过：“到一九二〇年夏天，在理论上，而且在某种程度的行动上，我已成为一个马克思主义者了，而且从此我也认为自己是一个马克思主义者了。”

马克思主义是“改变世界”的理论，也是人的解放理论。没有妇女解放和进步，哪有人类解放和进步？中国妇女不解放，又何谈中国人的解放？

这是理解新中国的第一部法律为何是《婚姻法》不可忽略的背景。

三

1951 年 12 月 22 日，轰动山西的杀妻案主犯靳书田被枪决。

靳书田时任赵城县（1954 年与洪洞县合并为洪赵县，今为洪洞县赵城镇）四区区委书记，此人胆大心细、办事利索，前途一度被看好。但他在担任领导职务后，见了世面，开始厌倦比自己大三岁的老婆刘奎女。但刘奎女不肯离婚，靳书田害怕被说成陈世美而耽误前途，于是起了杀妻之心。从案件过程可以看出，此人心机缜密，反侦察能力极强：他当天假称要从区政府去基点村，伪造了自己不在场证据，然后潜回自家所在的高崖村。往返走了50多公里地，可见其脚力甚健。杀妻后，靳书田还在村里书写了反动标语，扔了三颗手榴弹，又连夜返回基点村，把杀妻案精心伪装成一起反革命杀人案。当时县公安局抓了七人，决定先枪决五人。临刑前夜，参与侦办此案的山西省检察署副检察长金长庚独持异议，坚持要再做调查，使五人免于一死。金长庚亲下高崖村，细察案情，最终将真凶靳书田抓获。

此案在当时影响极大，金长庚受到最高人民检察署通报表扬，还被洪洞人民誉为“金青天”。此案也成为新中国《婚姻法》贯彻实施宣传中的反面教材。

《婚姻法》是对旧中国社会盛行的包办婚姻和干涉婚姻自主旧制度的彻底否定，对封建习俗构成了颠覆式冲击，可想而知在当时背景下贯彻执行之难度，有些农民甚至抱怨“制定《婚姻法》是毛主席他老人家糊涂了”。1951年9月26日，政务院发出《关于检查婚姻法执行情况的指示》，10月下旬，最高人民法院、最高人民检察署等19个单位派人组成《婚姻法》执行情况中央检查组，分赴全国各地进行历时两个月的检查，结果如何？相关资料写道：

华北及山东等老解放区执行《婚姻法》的情况较好，但在华东、中南、西北等新解放区，特别是边远地区，贯彻《婚姻法》很不够，包办婚姻和早婚现象仍严重存在，童养媳陋俗、蓄婢纳妾的恶习还有保留，妇女被虐待或因婚姻问题自杀、被杀的现象仍然存在。

这个检查结果引起了党和政府的高度重视，要求集中开展贯彻

《婚姻法》运动。中央还明确指出：婚姻制度的改革是人民内部的思想斗争，从人们思想中消除旧社会遗留下来的关于婚姻问题方面的封建意识，“需要有长期的、细致的、耐心的工作，而不能采取粗暴急躁的态度与阶级斗争的方法”。所以，工作方法是，一方面开展宣传和执行《婚姻法》的群众运动，另一方面对一般干涉婚姻自由和有违反《婚姻法》行为的干部群众，以批评教育为主，但对极少数虐待虐杀妇女以及干涉婚姻自由造成严重后果的犯罪分子，则须依法惩处——靳书田无疑属于依法惩处的一类。

1953 年 3 月，是“全国开展宣传贯彻《婚姻法》运动月”，除少数民族地区和尚未完成土改的地区外，各地都把贯彻实施《婚姻法》作为这一个月的中心工作，轰轰烈烈，家喻户晓，充分显示了中国共产党发动群众、社会动员的强大能力。

1953 年 4 月 2 日，北京被服厂第四缝纫部是贯彻《婚姻法》的试点部门，青年李作斌自由恋爱的故事作为正面典型以连环画的形式被广泛宣传。

值得一提的是，在全国开展的宣传中，《小二黑结婚》《刘巧儿》《白蛇传》等倡导自由恋爱的文艺作品产生了巨大影响，一些延续千年、看似坚不可摧的陋俗，却被新中国的强大力量以摧枯拉朽之势涤荡一清。“父母之命，媒妁之言”，曾是封建婚姻制度的“铁律”，然而，评剧电影《刘巧儿》中一句石破天惊的唱腔，瞬间成为时代最强音：“这一回我可要自己找婆家呀……”

诚如毛泽东自豪之语：“我们不但善于破坏一个旧世界，我们还将善于建设一个新世界！”

四

1959年11月，第一批13台国产的东方红拖拉机开进黑龙江省，欢迎仪式上，新中国第一位女拖拉机手梁军驾驶着东方红拖拉机开在最前面，她的这张照片随即红遍中国。1962年，第三套人民币发行，一元券正面的“女拖拉机手生产图”的原型，就是梁军。

梁军本人，堪称新中国女性独立自主故事的最好代言人：1930年，梁军出生于黑龙江省明水县，小小年纪就被父母作为童养媳给卖出去了，1945年黑龙江解放，1947年土改，梁军也获得解放，摆脱了童养媳的命运。她努力争取到了德都萌芽乡村师范学校学习的机会：1948年2月，黑龙江从苏联进口了一批拖拉机，在北安举办拖拉机手培训班，分配给萌芽学校三个名额，梁军第一个报了名——培训班70多个学员，只有她一个女生。

那是激情燃烧的岁月，新中国开垦北大荒，梁军驾驶拖拉机驰骋在原野上，筚路蓝缕，不知疲倦。后来她考上北京农业机械化学院，与同学王作之自由恋爱、结婚，一生恩爱。昔日的童养媳，如今做了自己命运的主人。

梁军的故事说明：广大妇女要真正获得解放和提高社会地位，最终取决于生产力的发展和社会的发展，尤其是妇女经济地位的提高。早在1919年，毛泽东评价赵五贞悲剧事件时就指出：妇女解放的首要条件是经济独立，“男女之间，恋爱只算附属，中心关系，还在经济”，“这便是女子被压制不能翻身的总原因”。鲁迅先生1923年12月26日在北京女子高等师范学校有一个著名的演讲《娜拉走后怎样》，他说：“梦是好的”，然而，“钱是要紧的”。在没有经济大权的情况下，寻求解放的女性，即便出走也不外两种结局：一是回来，一是饿死。

新中国成立后，一方面，《婚姻法》给妇女解放赋予了法律保障，另一方面，娼妓制度被取缔，社会痼疾得以扫除，妇女以主人翁的姿态广泛参与了新中国的建设，她们的聪明才智被极大地释放出来。著名作家老舍曾撰文《最值得歌颂的事》："今天的青年姑娘们是中国历史上没有过的。她们健壮、美丽、勇敢，什么也不怕。不论在什么地方都能听到她们的笑声。在千古积雪的天山下，在人迹罕至的深林里，我们都能遇到她们，或骑着骆驼去勘探地下的宝藏，或短袖轻装搜集动植物标本。在北京的大街上，女警察在扶老携幼穿过马路、指挥交通……我们的妇女的确不但什么也能干，而且什么也干得好！"

同时，妇女经济地位的提高，取决于她们的文化素质。毛泽东认为："没有扫除文盲，没有进小学、中学、大学，妇女还不可能彻底解放。"在 20 世纪 50 年代的全民扫盲热中，妇女是主力：妇女识字班、夜校比比皆是，扫盲运动开展得轰轰烈烈、深入人心，在短期内改变了中国文盲大国的历史，堪称人类文明史上的一大奇迹。

随之而来的，是中国女性对政治的积极参与。1954 年 9 月，时任山西平顺县西沟村农业合作社副社长的申纪兰，当选为中华人民共和国第一届全国人大代表。她提出的《男女同工同酬》倡议，被写进了中华人民共和国的第一部宪法。

在今天的贵州省息烽县堡子村，有一个特殊的"半边天"文化陈列馆。1955 年，堡子村《在合作社内实行男女同工同酬》一文被收录在毛泽东主持编辑的《中国农村的社会主义高潮》一书中，毛泽东同志亲自修改并为该文题写了“这篇文章不长，容易看，建议各乡各社普遍照办”的编者按。之后，1958 年 5 月 25 日，毛泽东等党和国家领导人在十三陵水库接见参加建设的“燕子工作组”时指出：贵州堡子的妇女提出“男女同工同酬”，你们今天的行动就是在践行同工同酬，现在时代不同了，男女都一样，妇女能顶半边天了！

“妇女能顶半边天”——这是一个新世界的豪迈宣言，这也是一个理解新中国的最佳角度。

五

70 多年来，新中国《婚姻法》经历了 1980 年和 2001 年的两次修改，见证了社会进步，又推动了社会进步。但在今天，妇女解放仍然是一个世界性的问题，在中国，无论是家暴还是女大学生就业，仍然提醒人们：妇女解放、男女平等，尚需努力。

70 多年过去了，漫长而又短暂。套用西蒙娜·德·波伏娃《第二性》的名言“一个人不是生下来就是女人，她是变成女人的”，70 多年来，中国的女人多次变化、多次被塑造，曾经性别模糊，如今回归多姿多彩。

这世上哪有救世主？中国人最终还是要靠自己！

1964年10月16日，中国第一颗原子弹在新疆罗布泊爆炸成功。

今天是明天的历史，历史纷繁复杂，众多温情脉脉的瞬间，往往会遮蔽历史的本质，以及一些真实存在却看似残酷的真相。

比如，这世上哪有救世主？中国人，最终还是要靠自己！

一

有一个叫陈光甫的中国人，现在很多人已不知道他的名字了。

陈光甫是个银行家，被誉为“中国摩根”。1938年底，他奉命赴美国，通过私交与美国财政部长谈成2500万美元的“桐油贷款”。美国进出口银行将向中方公司贷款2500万美元，年息4.5厘，期限5年，中方公司在此期限内向美方公司出售22万吨桐油。这笔贷款主要的用途，是购买汽车及改善滇缅公路运输。这是中国与美国抗战期间达成的第一笔贷款协议，也被后人视为美国援华和战时中美合作的开端。

后人研究“桐油贷款”，认为对中国颇为苛刻。学者任东来在专著《争吵不休的伙伴：美援与中美抗日同盟》中写道：首先，桐油贷款与接下来的华锡借款和钨砂借款，不是中国最希望得到的平准基金贷款，没有满足中国稳定通货的首要需求；其次，它是小额商业贷款，不能采购军火。为了偿还借款，中国政府不得不在国内用大量法币收购锡、钨等矿产，而法币的来源只能是印钞机。任东来引用美国大使詹森 1940 年 10 月的话指出，美援“是以高昂代价提供的，它正在吸尽这个国家的钱财和资源，而这些东西本来是可以支持通货遏制物价飞涨的”。

尽管如此，这些凭中国土特产和矿产换来的贷款、借款，还是缓解了当时国民政府的燃眉之急，也极大地鼓舞了中国军民的抗战信心。

1938 年的中国，处于什么境地？国民政府首都南京在大屠杀中进入新的一年，厦门沦陷、合肥沦陷、徐州沦陷、武汉沦陷、广州沦陷……在东北，有宁死不屈的抗联“八女投江”；在河南，为阻挡日军进攻，黄河花园口决堤；恐惧之下，日军还未打到长沙，守军一把大火烧掉全城以实行“焦土抗战”，史称“文夕大火”……可谓山河破碎、苦难深重。这一年，面对日军疯狂的进攻，毛泽东发表了著名的《论持久战》，但“失败论”还是让许多人选择了当汉奸，这一年年底，国民党二号人物汪精卫公开投敌叛国。

说起全面抗战爆发之初的这段美援史实，很多人颇感惊讶：什么？美国不是一直支援中国的抗战吗？并非如此。1937 年七七事变，中国全民族抗战开始后，美国保持“中立”，同时向中日两国出口武器。相对于当时孱弱的中国，作为工业大国的日本，购买力无疑要强得多。根据战后统计，全面抗战爆发后，日本所需钢铁的 90% 来自美国，铜的进口量也超过了 80%。日本所需要石油的 65% 也必须依赖美国，就连生产坦克和飞机的机床也有 70% 来自美国。以石油为例，1937 年日本从美国进口石油 2900 万桶，1940 年为 2300 万桶，各占日本当年进口量的 80% 和 60%。对美国来说，这是一段颇不光彩的历史，在中国苦苦支撑的时候，美国却在助纣为虐。

随着日军侵华的扩大，美国逐渐减少了对日本的出口，加大了对中国的援助。但质的变化，要等到 1941 年 12 月日军发动“珍珠港事件”后，中美两国一下子成为共同抗日的盟友，美国打消顾虑，于次年 3 月给了中国 5 亿美元“无担保、无利息、无指定用途、无任何附带条件的贷款”，开始全面援华、并肩作战。美军对华援助，对于中国人民最终取得抗战胜利，功不可没。

但是，相比于对英国、苏联等国的大量援助，美国对华援助，可谓少得可怜。学者翟全祯、董兴林在《从数量关系看抗战时期美国“租借”援华》一文中统计，从 1941 年到 1945 年，美国援华的租借总额只有 8.25 亿美元（加上战后援助，一共 15.48 亿美元，占美国租借外援的 3.2%）。

换句话说，“二战”中，美国对华援助是对苏联援助的 1/7，是对英国援助的 1/20。

二

在历史的关键时刻来审视“利益”这两个字，很残酷，令人无法正视与释怀的残酷，但却是最真实的。

在《争吵不休的伙伴：美援与中美抗日同盟》一书中，任东来教授认为，美国向中国提供的所有援助，都是与美国保护其在中国和亚太地区利益的考虑分不开的；如何保护并实现这些利益就成为美国对华政策的主要目标，而援助则是实现这一目标的最重要手段……

“二战”期间，美国对华援助远远少于英国与苏联，是因为美国历来奉行“欧洲第一”“先欧后亚”策略，认为帮助英国、苏联与德国作战，才是对美国利益的首要维护，在亚洲，对华援助能够维持中国的国民政府不投降日本即可。

利益、利益，还是利益……历史从不因为人类的善良想象而前行，观察20世纪西方国家对华的历史，尤其是“二战”期间的那段历史，不可否认有“道义”的存在，但是在“利益”面前，“道义”又能有多大的栖身之处？

日本发动侵华战争，是一个武装到牙齿的工业国家对一个积贫积弱的农业国家的全面侵略。在拥有灿烂文明的中国，日本人奸淫掳掠、血腥屠杀，中国一度到了亡国灭种的悲惨境地。那些以文明国家自诩的西方国家，难道不知道吗？他们真正在乎的是什么？

“万一中日交战，英国应该立即远避，中国不可空望援助。”这是英国的态度，早在卢沟桥事变前，英国财政大臣就曾对中国明确表态。英国在东南亚有巨大的殖民利益，最惧怕的就是自己的利益受到损害。卢沟桥事变后，英国首相张伯伦在内阁会议上强调：如果英国对日本实行经济制裁，日本就可能在德国和意大利的怂恿下，对英国在东南亚的殖民地进行报复性打击。所以，英国选择装作没看见日本的暴行。

苏联是七七事变后第一个向中国提供物力、财力和人力支援的国家。全面抗战爆发初期，苏联空军曾经在中国上空血战。苏联亦是出于自身的利益考虑：自近代以来，苏俄就与日本势不两立，同时苏联又是世界大国中唯一与中国接壤、与日本相邻的国家，支持中国，使中国有力量在本土拖住日军的主力，就可以避免与法西斯德国开战时苏联出现东西两面都需作战的被动局面。

德国的威胁越来越大时，苏联开始与日本媾和。1941 年 4 月，苏联与日本签订《日苏中立条约》，条约最重要的一条是："当缔约国一方成为一国或两国以上的第三国军事行动对象时，缔约国另一方面须在纠纷的整个过程中保持中立。"日苏签订中立条约的前提是"日本须尊重蒙古人民共和国的领土完整和不可侵犯，苏联须尊重满洲国的领土完整和不可侵犯"。中国就这么被出卖了。

苏联停止援华，好在美国国会此时通过了《租借法案》。"二战"期间，美国向同法西斯作战的同盟国借贷或出租武器、弹药、战略原料、粮食和其他物资。其中五分之三供应英国，五分之一供应苏联，其余的供应法国、中国和其他国家。虽然各国所得的租借物资极不平等，但对中国来说，这是雪中送炭。

美国人此举，是为了应对日本人企图南下，那么美国在太平洋的利益将受到极大威胁。

这世上，哪有免费的午餐？

无论苏联还是美国，对中国的援助，都获得了巨大的回报。中国人民抗日战争开展时间最早、持续时间最长，中国战场长期牵制和抗击了日本军国主义的主要兵力，对日本侵略者的彻底覆灭起到了决定性作用。中国人民抗日战争在战略上策应和支持了盟国作战，配合了欧洲战场和太平洋战场的战略行动，制约和打乱了日本法西斯和德意法西斯战略配合的企图。中国作为亚太地区盟军对日作战的重要后方基地，为盟国提供了大量战略物资和军事情报。美国总统罗斯福就曾对他的儿子感叹过：

假如没有中国——日本可以马上打下澳洲，打下印度——一直冲向西——和德国配合起来，把俄国完全隔离起来，吞并埃及，斩断通过地中海的一切交通线……

这就是人类文明的悲哀：强者对弱者往往充满了傲慢与偏见、算计与利用、牺牲与出卖，待到认识大家本是命运共同体时，已付出了惨重的代价。

三

一个弱国，在弱肉强食的国际环境下，是何等痛苦的存在？

1941 年 12 月 7 日，日军偷袭珍珠港。12 月 8 日，美国对日本宣战。12 月 9 日，中国的国民政府对日正式宣战。此时，距离九一八事变已有 10 年零 3 个月，距离七七事变已有 4 年零 5 个月。著名学者金一南评价说："卢沟桥作为战争爆发地是耻辱，美国人宣战了我们才敢正式宣战就不是耻辱吗？……侵略者早已明火执仗了，在南京屠城了，大半个中国被侵占了，竟然还未向对方'正式宣战'，一边进行着抵抗，一边琢磨着妥协，一边盘算着退路。"

这就是一个弱国的悲哀。从前人的回忆录中，我们能够看到当年中国抗战的艰难：经济因战争濒临崩溃，财政几近山穷水尽，根本无法养活一支庞大的军队。历史学家黄仁宇抗战期间从军，他后来在《近代中国的出路》一书中回忆道：当时的军人“半像乞丐，半像土匪”。士兵的月饷只有法币 14 元，还要扣除副食，只够在街上吃四碗面。而附近土匪标价收买轻机枪，每挺高达 7000 元，照算是一个上等兵 40 年的薪饷。身为少尉排长的黄仁宇，很多晚上睡不着觉，生怕士兵把机枪偷去卖了……

当今天一些人无限美化民国、缅怀当时“人物风流”时，又怎可一叶障目，忽略曾经沦为鱼肉的国家，还有那些蝼蚁般生存、在异族屠刀下沉默地死去的国民？所谓“国家不幸诗家幸”，但任何一个有家国情怀的诗人，又怎会沉浸于辞藻之中？又怎会感觉生逢乱世之“幸”？又怎不会涕泗横流、椎心泣血？

弱国的悲哀，在于置身于强国的“强盗逻辑”之下，被视若无物。

从九一八到七七事变，中国一直寄希望于国际调解，当时美国等国也确实进行了调解，日本对此反应非常愤怒。美国历史学家约翰·托兰在名著《日本帝国衰亡史》一书中写道：

（面对美国的指责，日本人理直气壮地认为）为什么美洲可以实行门罗主义而亚洲却要实行门户开放原则？日本占领盗匪横行的满洲同美国武装干涉加勒比海地区有什么两样？此外，像美国那样一个幅员辽阔的国家怎么能理解自第一次世界大战以来一直在折磨日本的问题？为什么英国和荷兰可以理直气壮地占领印度、香港、新加坡和东印度群岛，而日本仿效他们却犯了罪？靠欺骗、烈酒和屠杀从印第安人手中掠夺土地的美国，为什么对日本在中国的同样做法如此义愤？

弱肉强食的国际环境下，自己的利益至高无上，谁会在乎一个弱国的感受？谁会倾听一个弱国的声音？谁会为一个弱国去奔走呼告、鼎力相助——除非触及自己的利益。

1905年的日俄战争，却在中国东北进行，中国人的生命财产损失无数。孱弱的清政府，却只能宣称保持“中立”。这是中国历史上无比耻辱的一页。

并不仅仅只有中国遭遇如此耻辱。在中国军民苦苦支撑的1938年，在欧洲，英国、法国、纳粹德国、意大利四国首脑签订了臭名昭著的《慕尼黑协定》，将捷克斯洛伐克的苏台德地区割让给德国。捷克斯洛伐克的代表也被召到了慕尼黑，却一直被排斥在会议之外。《慕尼黑协定》签订后，一直在隔壁房间里等候的捷克斯洛伐克的两名代表才被带进会议厅，告之协定的内容。捷克斯洛伐克的代表之一——马萨里克博士后来回忆说：“一个法国人用一种十分粗暴的态度向我们解释说，这是一项无权上诉、也不可能改变的判决。”

这世上，哪有什么救世主？

全民族抗战爆发后，“兄弟阋于墙，外御其侮”，中国共产党与国民党摒弃前嫌，共御强敌。著名作家王树增写道：

中国共产党认为，在大敌当前的危难时刻，民族之心的凝聚和振奋生死攸关。共产党方面有两个著名的口号：一个是“自己动手，丰衣足食”，说的是指望天上掉馅饼的人肯定要饿死；二是“自力更生，奋发图强”，说的是指望别人的恩赐，任何事业都不可能成功。

中国近代历史已经证明：中华民族屡屡面临危机，而危机的拯救永远不可能依靠外来势力，每一次指望列强随之而来的必是更大的一场噩梦。就像1901年，大清王朝在被迫逃亡的遭遇中与列强签下《辛丑条约》，导致不但为巨额赔款需要向列强借款，同时还要允许列强的军队驻扎在中国，于是30多年后的中日战争在宛平城外的卢沟桥爆发。救中国只能靠中国人自己同心同力——从对中国乃至世界历史的洞察而言，中国共产党远比国民党清醒得多。

四

中国人的传统，是知恩图报。

从20世纪30年代到40年代，长达14年的日本侵华，是中华民族遭遇的一次莫大劫难。在艰苦卓绝的抗战中，中国人民得到了国际社会的支持：从南京大屠杀和其他惨案中为中国难民提供帮助的外国朋友，到同中国军队并肩作战、冒险开辟驼峰航线的美国飞虎队；从不远万里前来中国救死扶伤的白求恩、柯棣华等外国医护人员，到真实报道和宣传中国抗战业绩的外国记者，再到在中国战场上英勇献身的苏军烈士……苏联、美国、英国、朝鲜、加拿大、印度等国的反法西斯战士和国际友人，同中国人民并肩作战，在血与火、生与死的考验中结下了深厚友谊。

对于国际友人的支持，中国军民倾情回报。1944年6月，在云南兰坪，为了让美军飞机着陆运走重病的飞行员罗伯特·威瑟尔霍夫特中尉，当地军民用三天三夜时间修好了一条跑道。1944 年 8 月 20 日，新四军独立团在苏北某县以牺牲战士 4 人的代价，营救了 5 名美军飞行员。1945 年 1 月，美军观察组的艾斯·杜伦陆军上尉到冀中根据地考察，日军侦悉其行踪后包围了其所在的皮里村，杜伦上尉随我军民进入地道。日军找到了地道口，打枪、灌烟，要活捉美国军官。坑道里，一位母亲为了不暴露位置，用乳房堵住怀中啼哭的婴儿，婴儿窒息而死。地面上，房东大娘拒绝说出美国军官去向，被鬼子砍掉四根手指，一名民兵被烙死……

值得一提的是，抗战期间，无论是美国还是苏联的援华物资，均未分配给中国共产党领导下的抗日武装，但后者并无怨言。1944 年，为迎接美军观察团来到延安，八路军使用原始工具——锄镐铲锹、扁担箩筐来整修延安机场，美军观察团为之感动，也参加了劳动，至今还能看到当年留下的珍贵的老照片。

中国共产党与美国人的交恶，并非始于解放战争期间美国人对国民党军的支持，而是朝鲜战争爆发后，美国总统杜鲁门下令美国第七舰队进入台湾海峡“阻止对台湾的任何进攻”，赤裸裸干涉中国内政。中华人民共和国被激怒了，毛泽东号召全国人民团结起来打败美帝。作家李峰在《决战朝鲜》一书中写道：朝鲜战争爆发后第二天，时任美国总统的杜鲁门发表了干涉中国内政的声明，推翻了“二战”中一切有关台湾问题的国际文件，违背了他几天前还信誓旦旦不介入台湾问题的亲口承诺。“这项声明是如此出尔反尔，以至于中国共产党从此失去了对美国政府哪怕一丝一毫的信任；而它的逻辑又是如此荒谬，以致许多美国人自己都为之摇头，中国人干脆称它是‘20 世纪世界外交史上最无耻的声明’。”

五

朝鲜战争期间，节节败退的美国人，对新中国进行多次核讹诈。被逼着走自力更生之路，不是坏事。新中国决定，勒紧裤带，也要发展自己的核武器。1964 年 10 月 16 日，中国第一颗原子弹在新疆罗布泊爆炸成功。纪录片里，当年科研工作者朝着蘑菇云欢呼雀跃的镜头，至今仍令无数中国人热泪盈眶。

多少中国人为此付出巨大牺牲！邓稼先就是其中一位。这位杰出的科学家，大半辈子隐名埋姓，为了保密，甚至改变了自己曾经活泼的性格。令人难忘的是：他不爱拍照，却在杭州参观岳飞庙时留影，背景是四个大字——尽忠报国。

邓稼先的故事感人至深，却也有人不以为然，认为他当年若留在美国不回来，会有更大的科研成就。

这就是立场的问题。无论是看待历史还是看待今天，秉持何种立场非常关键。是从中国立场出发，还是有意无意站在一个旁观者的角色？近代以来，不少中国人的不少困惑，就在于落入别人的话语陷阱，被别人牵着鼻子走，聚焦问题的眼光唯独没有从国家利益、民族大义出发。但在当年，对邓稼先来说，他的选择其实很简单。他少年时在北平求学，正是七七事变后不久，日寇占领北平，他作为一个中国人，却被迫要向太阳旗鞠躬。13 岁的他难以忍受这种屈辱，当众撕碎了一面日本国旗，并扔在地上狠狠地踩了几脚。他因此无法在北平立足，只能逃离，千里迢迢南下，最终在昆明考入了西南联大，又以优异成绩赴美留学。中华人民共和国成立后，他毅然回国，从未后悔。临终前，他说：来世要再当中国人。

幸运的是，中国历史上有许多像邓稼先这样的中国人。有支援时，懂感恩；无支援时，也不会怨天尤人。

中国人，最终还是要靠自己！

瘟疫无法压垮中华民族，秘密就藏在这几个字中

毫无疑问，新冠肺炎疫情给我国带来了巨大的灾难和挑战。纵观中国历史，瘟疫几度肆虐，史书上隔几页就写着“大疫”二字，中华民族的历史，不乏与瘟疫不懈抗争的传奇。

而放眼全球，瘟疫是最大的人类杀手，没有之一。瘟疫甚至摧毁了一些人类文明，美洲大陆上阿兹特克文明、印加文明、玛雅文明的消亡背后，都隐现着瘟疫的魔影，而古埃及、古巴比伦和古印度三大文明古国，还有曾经显赫一时的古罗马帝国，在历史某处烟消云散，亦是战争与瘟疫等共同作用的结果。

但是，瘟疫为何从未压垮过中华民族？

四大文明古国，为何只有中国延续至今？

一

中国古代的瘟疫流行，有两大规律：一是“大灾之后有大疫”，二是“大战之中有大疫”。

大灾，尤其是大的洪水灾害之后，接踵而来的就是菌痢、霍乱、

血吸虫病。1931 年长江中下游大水灾，武汉受灾最重，在洪水中泡了一个多月。因为救灾不力，大洪灾带来了大瘟疫，当时的《国闻周报》报道：武汉三镇“积水中充满腐败食物”，“漂浮人畜之尸体”，“恶气蒸发逼人”，最终“最可怕者霍乱、伤寒、窒扶斯等传染病，以非常速度蔓延于武汉区域”。洪水与瘟疫带来的死亡人数缺乏准确统计，据章博《武汉一九三一年水灾救济问题研究》，武汉三镇死亡灾民人数在 3 万人以上，其中被淹死者 3619 人。可见，瘟疫的杀伤力远大于水灾。

瘟疫与战争，也如影随形。

一方面大规模人员流动带来了瘟疫传播，另一方面两军对垒时人员密集，卫生条件差，容易造成瘟疫暴发。这方面的例子不胜枚举，有些战争甚至因瘟疫而终止，《新元史》记载了蒙古铁骑一次劳师远征的失败，他们要征服的对象，有个很奇特的名字——“八百媳妇国”。这个国家位于今天的泰国北部清迈地区，史书上记载，国王有妻八百，因此得名。公元 1301 年，2 万元军前去攻打八百媳妇国，结果大军刚到南方的崇山峻岭，还没找到对方的主力，就染上了疟疾，“士兵死者十已七八”，这仗还怎么打？最后，元军被迫撤军，主帅被皇帝砍了脑袋。

中国古代天灾频发，战争频繁，可以想见瘟疫之烈度。史料显示：两汉以后，瘟疫日益增多，几乎每朝每代甚至每个皇帝在位期间，都有瘟疫暴发。

著名的“建安七子”，除了孔融、阮瑀早死，其余五人全部死于建安二十二年（公元 217 年）的一场大瘟疫。当时，曹丕曹植兄弟均记载了此事，曹丕痛悼：“徐、陈、应、刘，一时俱逝，痛可言邪！”曹植更写过一篇《说疫气》：“建安二十二年，疠气流行。家家有僵尸之痛，室室有号泣之哀。或阖门而殪，或覆族而丧……”

三国征战不休，但战争带来的伤亡，远远少于瘟疫，“死于锋镝者十之三，死于瘟疫者十之七”。公元223年初，魏国包围吴国江陵城，打了一年多，差点就得手，但江陵城中暴发瘟疫，魏军听说后害怕感染，城也不要了，慌忙撤围；公元253年，吴国围攻魏国新城，作战数月，露宿野外，士兵饮用了被污染的水源后，开始拉肚子，战斗力急剧下降，魏国援军一到，吴军溃败。后人分析应该是肠道传染病，即细菌性痢疾。

这一时期，中国人口数量急剧下降，汉恒帝永寿二年（公元156年），全国户数统计是1607万多户，人口是5006万。到三国末年（公元280年），魏蜀吴合计户数只余149万多户，人口剩下560万。

明末清初，改朝换代，也是瘟疫大暴发的苦难时刻，尤以崇祯年间的鼠疫最为恐怖。

翻开《明史》和地方史志，这段时间尽是触目惊心的文字：

夏遭瘟疫，死者不计其数。（山西沁源）

天行瘟疫，朝发夕死。至一夜之内，一家尽死孑遗。百姓惊逃，城之为空。（山西兴县）

瘟疫大行，人死十之五六，岁大凶。（河北大名府）

人心惊畏，吊问之礼几废。（河北雄县）

春大疫，民死不隔户，三月路无人行。（河南荥阳）

到了崇祯十六年，也就是明亡之前一年的1643年，北京也开始流行鼠疫，“京师大疫，自二月至九月止”。死的人太多，棺材店来不及赶制，许多死者连棺材都没有。有个叫吴彦升的官员，家里一个仆人死了，另一个仆人去买棺材，很久还未回来，赶去一看，这个仆人已经死在棺材店……根据官方计数，从北京九扇城门抬出的死者有 20 余万人。

虽然“天地不仁，以万物为刍狗”，但在瘟疫肆虐之际，苦难的人们只能乞求上苍庇佑。《吴江县志》记载了 1644 年鼠疫流行时，吴江人惊恐之下，涌到寺庙求神拜佛的场景：“举国若狂，费以万计，庙宇中吏卒皆以生人充之，时闻神语呵喝，空有枷锁捶挞之声……”

这一年，明亡清替，兵灾疫情交织，堪称一派末日图景！

二

经历一场场如此惨烈的瘟疫浩劫，中华文明为何还能延续至今？

原因一：地大人多。

中华文明开局就很大气，围绕着黄河、长江两大流域展开，跟其他古老文明在较小地理范围内展开形成了鲜明对比。例如，两河文明起源于亚洲西部的弧形狭长地带，此地犹如一弯新月，谓之“新月沃地”。中国因此很早就形成了广袤的国土面积与庞大的人口基数，无论是面临战争还是瘟疫，都有战略腹地和人力补充。

此外，当欧洲人还在黑森林中茹毛饮血时，中国就已经形成了发达而广大的农业社会，这一点是不容忽视的。美国学者贾雷德·戴蒙德在《枪炮、病菌与钢铁：人类社会的命运》一书中写道：远古人类选择农业还是狩猎采集业，文明发展走向的是两个方向，相比之下，农业产生的剩余粮食，能够养活更多的人，从而形成“定居的、行政上集中统一的、社会等级分明的、经济上复杂的、技术上富有革新精神的社会发展的先决条件”。

更关键的是，发展农业的一个先决条件是驯养动物，而导致瘟疫的很多病毒、病菌都源自动物，第一批驯养动物的人们，成了瘟疫的受害者，但一代又一代的幸存者，逐步形成了对这些新疾病的强大的抵抗力。

原因二：文明的连续性。

跟相继消亡的其他文明古国不一样，地域广大与人口众多的特点，赋予了中华文明巨大的稳定、吸纳和整合力量，它从未被外来文明所取代，是世界上唯一不曾中断的、生生不息的连续性伟大文明。

中国现存最早的较为完整的医学典籍为《黄帝内经》，其成书时间有春秋、战国和西汉之说。后人研究发现，该书应是多个作者跨越了一个较长的时间段集结而成，这就是中华文明“连续性”的证明之一。

汉字保障了中华文明的连续性。发明文字被公认为野蛮时代与文明时代的分野。汉字的发明者已不可考，古人认为是“仓颉造字”，《淮南子》写道：“昔者仓颉作书，而天雨粟，鬼夜哭”，说的是自从人类掌握文字后，也就掌握了天地间的秘密。甲骨文中就有“蛊”字，后人研究，早在殷商年代，人们就发现血吸虫病了。其他古代文明也产生过文字，但甲骨文是人类唯一传承使用的上古文字，从甲骨文、金文、籀文，到秦始皇推行“书同文”的小篆，再到隶书、楷书，再加上造纸术和印刷术的运用，中华文明被完整记录下来，不曾断代。

一起传承下来的，还包括对抗瘟疫的办法。

东汉末年，乱世再起，名医张仲景的张氏家族有两百余人，一场大疫后仅幸存三分之一。张仲景痛定思痛，潜心研究，经数十年含辛茹苦，终于写成不朽之作《伤寒杂病论》，系统阐述了多种外感疾病及杂病的辨证论治，理法方药俱全，还为中医临床各科提供了辨证论治的规范，流传至今。

明末，名医吴有性写出名著《瘟疫论》，打破陈规，跳出千年来一直恪守的伤寒论，提出了传染病病因学的新观点——戾气学说。他认为，瘟疫的发生，不是因为四时不正之气，也不是由于外感伏邪，而是感染了“戾气”，不同的病，是因为感染了不同的戾气，他还指出“戾气”的传染途径是通过空气接触，由口鼻进入而致病。在近代细菌学出现之前，吴有性的研究令人钦佩，也影响深远。正是因为一代代中医名家继承发挥、推陈出新，才形成了博大精深的中医学说。

原因三：大一统的国家与中央集权政权。

古代中国虽然有过内乱、分裂、改朝换代和北方游牧民族入主中原，但是以汉族为主体的多民族政权实体始终存在。

国家统一，中央政府才能“集中力量干大事”，无论是日常维持庞大农业所需的灌溉系统、漕运系统与洪涝防范系统，还是危难时刻的举国行动，例如应对大规模瘟疫暴发——瘟疫传染性强、群发性高、涉及地域广，在防治上需要集中资源、统一协调，综合考验政府的快速反应能力、调动资源能力、行政执行能力、社会动员能力，以及“亡羊补牢”的能力。“亡羊补牢”的能力十分关键，我国地域广阔，在古代信息传递缓慢，存在反应迟缓、行政低效等弊病，但一旦国家动员起来，很快就能转危为安，且能形成反应机制，避免重蹈覆辙。

以宋朝为例，瘟疫爆发时，整个国家机器随之发动：各级政府出面向疫区百姓施散医药，有时皇帝还会以私人名义给散医药至平民百姓手中，政府的医疗机构如医官院、太医局、方剂局、药局，由政府统一调遣，分工合作，积极投入救治，地方州县的医学校也承担救治疫病的任务。政府还出面设立病坊，其实就是今天的简易隔离医院，治病救人，防止扩散。政府还会实施赈济措施，比如减免徭役，给予钱粟，组织掩埋尸体，帮助疫区百姓摆脱困苦，重建生活，同时做好人群密集的军队、监狱等处的防疫。宋朝地方各级官员积极防控疫情，留下诸多佳话，比如苏东坡在杭州推广医药，建立病坊，传播知识，至今仍为杭州人感怀。

值得一提的是，宋朝时已经高度重视疫情预防，当时雕版印刷技术已很发达，政府出面印行大量医书，向各州县加以推广，向老百姓传播预防、医治疫病的知识。这种努力行之有效，宋朝民间很重视饮食、饮水卫生，强调出门在外，要喝“煎水”，“百沸无毒”的概念深入人心，这实际是煮沸消毒法，对消化道感染的预防至关重要。可以说，一千多年前，中国人就爱喝热水了。

三

我们再专门说说“中国精神”。

《隋书》记载了一个故事：

辛公义任岷州（今甘肃岷县）刺史后，发现当地有遗弃病人的陋习，为此他很忧虑。有一年夏天是暴发瘟疫，他就让下属把病人都集中到官府来，最多时来了几百人，厅内廊下全都住满了。辛公义把所有俸禄全部用来买药，请医生看病，还亲自劝病人进食。辛公义自放一榻，办公什么的都与病人在一起——现在读来真可怕，辛公义没被传染上，真是“好人有好报”——由于悉心照顾，这些病人大多痊愈了。随后，辛公义把这些病人的家属叫来，现身说法：对老人，要不抛弃，不放弃。《隋书》后来写道：“诸病家子孙惭谢而去。后人有遇病者，争就使君，其家无亲属，因留养之。始相慈爱，此风遂革，合境之内呼为慈母。”

辛公义是一位男性，却被当地人称作“慈母”，这是极高的赞誉了。对于这两个字，辛公义也感慨颇多——他从小丧父，由母亲抚养长大，母亲亲自教授各种典籍，教他悲悯之心，教他孝亲之道。

无独有偶，《旧唐书·李德裕传》上也记载了这么一个故事：

德裕壮年得位，锐于布政，凡旧俗之害民者，悉革其弊。江、岭之间信巫祝，惑鬼怪，有父母兄弟厉疾者，举室弃之而去。德裕欲变其风，择乡人之有识者，谕之以言，绳之以法，数年之间，弊风顿革。属郡祠庙，按方志前代名臣贤后则祠之。四郡之内，除淫祠一千一十所。

这是唐穆宗长庆年间的事，李德裕任浙西观察使，这位未来的大唐著名政治家，敏锐地发现了一个问题：当时浙西一些地区十分相信巫祝言论，迷信宗教淫祀，家人得了疫病后，其他人不是想办法救亲人，而是将其抛弃在山林间，任其自生自灭，因而绝大部分患者，最后都在荒野里缺医少药痛苦地死去。

李德裕的做法是：找当地有识之士开会，教导他们孝慈是人类最高的伦理境界，危难时刻不能抛弃亲人。他一方面以儒家伦理道德教化百姓，另一方面用法律惩罚抛弃病人的行为，数年之间，就将当地的陈规陋习革除，建立起了公序良俗。

辛公义、李德裕都是熟读儒家典籍的士大夫，一方面不断加强自身修为，另一方面，自觉肩负教化民众的重任，如《礼记·大学》所说："大学之道，在明明德，在新民，在止于至善。"两人在岷州、浙西的作为，皆是教导当地百姓"老吾老，以及人之老"。

孝道，是儒家文化的核心思想之一。孔子说过，要成为君子，必须要"学文"，但就做人的根本而言，比"学文"更重要的是"孝"与"弟"，即孝顺父母和尊敬兄长。"仁义"是儒家的基本道德价值，"孝弟"则是"为仁之本"。在"孝"与"弟"两项中，更为根本的是"孝亲"。岂能因为瘟疫降临，就忘记了孝亲呢？

中国儒家文化的一大核心是"仁者爱人"，儒家伦理政治的更高社会形态是"大同"："大道之行也，天下为公。选贤与能，讲信修睦。故人不独亲其亲，不独子其子。使老有所终，壮有所用，幼有所长，矜寡孤独废疾者，皆有所养……是谓大同。"在新冠疫情全球蔓延时，再细细品读这段文字，怎能不热泪盈眶？

20世纪80年代初，哲学大家张岱年先生把中华民族精神概括为

“自强不息”“厚德载物”。

“自强不息，厚德载物”来源于《周易》“乾”“坤”二卦的卦辞：“天行健，君子以自强不息”，“地势坤，君子以厚德载物”。可见，这八个字浓缩了中国人对天地的敬畏，对己的修为与对人的道义。放在今天，审视武汉人民在封城之内的坚韧，医护人员争相驰援的勇气，再回溯数千年来与瘟疫抗争的荆棘长路，会恍然大悟：中华民族不会失败的秘密，就藏在“自强不息”“厚德载物”八个大字之中。

当然，形成全社会普遍认同的伦理道德，是人类文明的重要标准。这次新冠肺炎疫情期间，网络上流传美国人类学家玛格丽特·米德的一个理论：什么是文明的最初标志？解决温饱和安全的鱼钩、陶罐或是磨石？都不是，古代文化中文明的第一个迹象是股骨（大腿骨）断裂后被治愈。玛格丽特·米德表示：没有动物在断腿之后能够单独活下去，或者因无法捕食动物饿死，或者变成其他动物的盘中餐。当人类断裂的股骨已经愈合，这表明有人花了很长时间与受伤的人在一起，绑住了伤口，将人带到了安全地点，并让他慢慢趋于康复。

“无论什么时候，都在一起。”——这是人类才有的郑重承诺。

四

1958年7月1日，毛泽东获悉江西余江县根本消灭血吸虫病后，“浮想联翩，夜不能寐。微风拂煦，旭日临窗。遥望南天，欣然命笔”，写下了脍炙人口的《七律二首·送瘟神》，在《送瘟神》诗的后记中，毛泽东写道：“党组织，科学家，人民群众，三者结合起来，瘟神就只好走路了。”

“党组织”“科学家”“人民群众”，直到今天，这三者仍然是战胜疫情的最佳结合。

这不仅仅是方法论，更是价值观。

新中国成立不久，中国对瘟疫的防治水平，就有了一个质的飞跃。当年的中国，百废待兴，不像今天这样是世界第二大经济体、拥有世界上最完备的工业体系和先进的医学水平，缘何能发生质的飞跃？简而言之：解决了医疗卫生“为了谁”的问题。

为了谁？人民！

新中国成立后，很快就确定了影响至今的医疗卫生事业四大方针：一、医疗卫生体系为工农兵服务；二、预防为主；三、中西医相结合；四、卫生工作与群众运动相结合。新中国是当时世界上少数几个选择异于西方医疗模式的国家之一，发展了具有重大革新性的公共卫生体系：主要依靠经过很短时间就可培训出来的较低技能医护工作者；发展了劳力密集而不是资本密集的医疗技术；强调预防和初级保健；集中精力实施公共卫生计划，而不是单纯关注个体健康。

这是中国共产党的性质决定的：群众观点是马克思主义政党的根本观点，人民群众是历史的创造者，人民群众不仅是物质财富和精神财富的创造者，而且是社会变革的决定性力量。只有依靠人民，才能建设一个新中国。

中国共产党是中华优秀传统文化的忠实继承者，在推进马克思主义不断中国化的进程中，努力实现马克思主义与中国优秀文化的有机融合，但是，跟儒家文化的“民本”思想相比，中国共产党的群众观点并不在一个层面。

儒家文化提出“民为邦本”，把民比作水，“水可载舟，亦可覆舟”，孟子甚至还说“民为重，社稷次之，君为轻”，归根结底，就是劝导君主要施“仁政”，使君民之间的对立不尖锐化，本质还是基于“君”与“民”的对立。

马克思主义群众史观则强调“人民群众主体地位”，中国共产党源自人民，除了最广大人民的利益，没有自己特殊的利益，党和人民两者不是对立的，而是一致的、统一的。

在中国这样一个地域广大、人口众多的国家，面对重大疾病尤其是瘟疫，只有人民战争，才能取胜。早在 1933 年，毛泽东同志就在《长冈乡调查》一文中指出：“疾病是苏区中一大仇敌，因为它减弱我们的革命力量。如长冈乡一样，发动广大群众的卫生运动，减少疾病以至消灭疾病，是每个乡苏维埃的责任。”新中国成立后，人民当家作主，有了战胜重大疫病的举国家行动基础，面对肆虐中国几千年的血吸虫病，毛泽东就提出：“全党动员，全民动员，消灭血吸虫病。”

爱国卫生运动的开展，彰显了中国共产党发动群众的强大能力。北平和平解放之后，摆在中国共产党人面前的，是一个垃圾遍地、臭气熏天的破败古都，当时的天安门广场，坑洼不平，肮脏不堪，天安门城楼则墙皮翻卷，砖瓦剥蚀，墙头长着随风摇摆的野草，地上铺着厚厚的鸽粪“地毯”……

1949 年 9 月 10 日，在距离开国大典还有 20 天之际，北京多所大学、中学的青年学生以及广场周围的干部群众等 4000 多人，来到天安门广场，用锄头、铁锹除草铲土，用双手搬开阻碍交通的石块，填平路面上的坑坑洼洼，清除多年遗留的渣土，平整碾压出能够容纳16万人的大广场……几乎一夜之间，天安门广场迅速变了模样。这就是群众的力量！

20世纪50年代，在中央防疫委员会的领导下，全国各地迅速掀起了群众性卫生运动的新高潮，即“除四害运动”。运动规模之大，参加人数之多，收效之显著，都是空前的。据统计，仅半年里，全国就清除垃圾1500多万吨，疏通渠道28万公里，新建改建厕所490万个，改建水井130万眼，共扑鼠4400多万只，消灭蚊、蝇、蚤共200多万斤。此外，还填平了一大批污水坑塘，广大城乡的卫生面貌有了不同程度的改善。老舍先生据此写出了《龙须沟》，龙须沟之前是北平的一条臭水沟，周边聚居着大量贫苦百姓。

广大农村，长期是中国防疫的薄弱地区，新中国成立后，毛泽东提出：“把医疗卫生工作的重点放到农村去。”农村缺医少药的面貌，因此迅速改变。千百年来，所谓“皇权不下乡”，但中国共产党以犁庭扫穴之势，完成了前所未有的、广泛而深刻的社会重构和动员，一直影响至今。

在这次防控新冠肺炎疫情中，基层迅速动员起来，广大人民识大体顾大局，众志成城，守望相助，让世界看到了中国真正的力量。

“人民万岁”，岂止是一句口号？是真理。

回溯中华民族与瘟疫对抗的历史，既看到残酷与惨烈，更感受到史学大家钱穆先生所言对历史的“温情与敬意”。

钱穆先生在《中国文化精神》中说：“在此七十年中，便有人说过，‘中国不亡，是无天理’。但生命中有感情，便是一‘天理’。

我将换一句话说，‘中国人不爱中国，则是无天理’。世界各民族都如此，不是只有中国人如此。”

是的，中国人生活在这片土地上，怎么不爱中国？有这样热爱这片土地、热爱这个国家的中国人，瘟疫又怎么可能压垮中华民族！